幸田露伴と西洋

キリスト教の影響を視座として

岡田正子

関西学院大学出版会

幸田露伴と西洋

キリスト教の影響を視座として

まえがき

幸田露伴（一八六七―一九四七）は長期に渡って活動し、文化勲章を受章してもいる作家である。その露伴は、今まで東洋的というのが定説であった。その視点を否定はしない。だが、私は露伴は幅広い作家であり、日本を底辺とする、東洋と西洋の三辺からなる三角形の頂点に在るのが露伴であると考える。それで、今までと違う西洋的側面から光を当て、露伴の再評価を試みるのが本研究である。

一言に西洋と言っても漠然としている。そこで焦点を絞り、西洋思想の根底に在り、しかも、露伴の時代明治初期から日本の近代化に影響をもたらしたと考えられる、キリスト教の影響という視座を設定し、露伴作品を考察するものである。

そこで、本研究はまず、序で露伴はキリスト教と真摯にむきあう姿勢がある事を確認した。さらに第一章で露伴の幼少期を調べると、キリスト教受容に関わってくる感謝の念、弱者への共感の資質が幼少体験から培われているのが見られる。研究対象とした作品は『露團々』、『風流佛』、少年文学『悪太郎のはなし』、少年文学『休暇傳』、評論『愛』、である。すべてにキリスト教の影響が見られる。終章では日常の生活面にもキリスト教の影響があり、露伴の人生の指針としても持続していたと考えられる事を検証した。

以上から露伴へのキリスト教の影響は持続して存在し、たとえ作品において表面には見えない形であっても、深く思考の根幹にかかわっているものであると考えられ、露伴はすべてにおいて「愛」が不可欠であるとする〈愛の思考〉を、キリスト教によって形成するに至っていると考えられる。その究極に露伴の希求し願うのは世界平和、人類の幸福であり、〈戦争をこのましいとしない〉とする思考がうかがえると考える。

キリスト教を根源として通奏低音のように流れ続けている〈愛の思考〉は露伴の作品において結実し、作品の価値を高めていると考えられ、キリスト教の影響は露伴を支える三角形の一辺・一本の柱として必須のものとして認めるべきである。それゆえに露伴独自の作品世界が形成されているのであって文学史的にも高い意義を確立していると考える。なお露伴の作品には今日二十一世紀を生きる人々への警鐘としても聞くことができるものがある。本研究は以上のように結論するものである。

The influence of Christianity on the writing of Koda Rohan
Summary of the "thesis" and introduction to it's content

Koda Rohan (1867-1947) is a Japanese writer who obtained the "prize of literature" after a long work for many years. Until nowadays he has been often praised for his oriental way of looking at life. I am not going to say this judgment is mistaken. But, because Rohan is a writer of so wide range, I should like, taking the triangle as example, to put Japan at the bottom of his work, with the East at one side and the West at the other one, and Rohan himself at the top of the triangle. In this way, what this essay tries to do is just to correct the place given to Rohan, a place which, in my view, stresses too much the oriental flavor of his writings. This correction I pretend to do by contrasting Rohan's original oriental look with the light he got, I believe, from the West.

Although I am talking simply about "the West", I am aware of the inadequacy of my expression. In fact, to clearly express what I understand by this "western world", I just dedicated myself to study the writings of Rohan from the point of view of their references to Christianity, being Christianity the basic support of western thought whose influence in Japan was going to be strong from the beginnings of the Meiji era, just from the childhood of Rohan.

So, in this essay, I state in the prologue how Rohan adopted soon an attitude of serious study about Christianity. Then, in the first Chapter, while investigating the years of Rohan's childhood, I came to realize how much his education was influenced from the beginning by feelings of gratitude in the context of a sympathetic atmosphere towards Christianity. Feelings, for instance, of compassion towards the weakest ones.

The writings of Rohan I chose to investigate were these: "Tsuyudandan", "Fūryūbutsu", the "Akutarō no hanashi" for children, "Kyūkaden" for children too, and his critic work about "Ai". In all these writings clearly appears the influence of Christianity. Then, in my last chapter, arguing about the connection between the Christian faith and every day's life, I found that Rohan indicates often ways which point to the afterlife.

After all my investigations, I came to understand that Rohan's familiarity with Christianity went on for long years. Even when his references are not evident in the words of his writings, one can see the connection present in the deepest aspects of his thoughts. When, for instance, Rohan asserts, in his "Thoughts of Love", that love is necessary in any circumstance, we must suppose he is teaching this under christian influence. Moreover, Rohan's last wish and prayer was just about world's peace and happiness of all humanity. In Rohan's thought it is clear that "war wasn't anything good".

Rohan's "Thoughts of Love" start from a christian mentality and go on under this influence, like a low voice which underlines a song, bearing wonderful fruits and giving high value to all Rohan's writings. It is therefore only natural to recognize that this reference to Christianity is an absolutely necessary element which sustains, as a column or one side, the whole pyramid of Rohan. Taking this in account and realizing that the literally world of Rohan was originated and developed in this way, I think it is also important from the point of view of the history of literature. Let us say, finally, that we, as persons who are called to denounce the mistakes of our XXI century, are strongly invited to pay attention to Rohan's writings. This is just the conclusion of my study.

Explanation of words: "*Prize of Literature*" is a reward given to people who excelled greatly in the realm of scientific or artistic culture.

Translation by José A. Izco

凡例

一　敬称は略させていただいた。失礼をお許し下さい。
一　刊行にあたり補筆・修正をした。ただし、論旨は変わらない。
一　露伴作品本文・参考文献などの表記は、できるだけ各本に倣うのを旨とする。ただし、振り仮名・圏点・傍線などは原則として省いた。必要に応じ付したままとした場合もある。なお、少数ではあるが、現在あまり使用されないと思われる漢字に振り仮名を付けた。
一　基督教（露伴作品・当時の表記）は、露伴作品・文献資料などからの引用はそのままとし、他はキリスト教と表記する。
一　露伴作品、参考文献などの引用は、なるべく原文の形を残したいと思ったが、適宜改めざるをえなかった場合もある。
一　漢字・異体仮名は適宜現行表記に改めた場合もある。
一　僅少だが明らかに誤字と思われるものは訂正した。
一　初出誌の挿絵などを適宜載せた。
一　参考文献は本論中にその都度記載しているので、特に目録としては記さない。
一　西暦・和暦年号は必要に応じて岡田付記もある。

一　括弧等について、
露伴作品は『　』とした。

本論中での関係において、他の作品でも『　』にしている場合がある。

『露伴全集』後記からの引用は雑誌名の括弧等すべて後記に倣う。

資料引用は各資料に倣う。
一　本論中の重複・表記の不統一などはいとわしく思われようが、元は各節が独立していたものであったことの痕跡をとどめるものとして御寛容頂きたい。
一　『悪太郎のはなし』別巻上は、作品内容からみて「少年文學」の分類に入れてもよいと判断し、拙稿では「少年文學」として入れた。
一　今日では不適切と思われる表現もあるが、歴史性を考え原文のままとした場合もある。
一　本論で用いる『露伴全集』
『露伴全集』第一巻、昭和二十七年十月三十一日第一刷發行、昭和五十三年五月十八日第二刷發行、岩波書店。

〜

『露伴全集』第四十一巻、昭和三十三年七月二十五日第一刷發行、
昭和五十五年一月十八日第二刷發行、岩波書店。

『露伴全集』別巻上、昭和五十五年二月十八日第一刷發行、岩波書店。

『露伴全集』別巻下、昭和五十五年三月二十八日第一刷發行、岩波書店。

『露伴全集』附録、一九七九年八月一七日發行、岩波書店。

一　本論で用いる「聖書」

『新約全書』耶穌降生千八百八十年、米國聖書會社、明治十三年、日本横濱印行。「近代邦訳聖書集成」3、一八八〇年原本発行、一九九六年四月二五日第一刷発行、翻訳委員会編、ゆまに書房。

『舊約全書』耶穌降生千八百八十八年、米國聖書會社、明治二十一年、日本横濱印行、上巻（「舊約全書目録」に拠る。以下同）。「近代邦訳聖書集成」6、旧約全書、第一巻、一八七七年（奥付に拠る）原本発行、一九九六年四月二五日第一刷発行、翻訳委員会編、ゆまに書房。

『舊約全書』耶穌降生千八百八十八年、米國聖書會社、明治二十一年、日本横濱印行、中巻。「近代邦訳聖書集成」7、旧約全書、第二巻、一八八八年原本発行、一九九六年四月二五日第一刷発行、翻訳委員会編、ゆまに書房。

『舊約全書』耶穌降生千八百八十八年、米國聖書會社、明治二十一年、日本横濱印行、下巻。「近代邦訳聖書集成」8、旧約全書、第三巻、一八八八年原本発行、一九九六年四月二五日第一刷発行、翻訳委員会編、ゆまに書房。

以上「近代邦訳聖書集成」を用いた（各表紙の國、會、會などは、國、會とする）。

口語訳

『聖書　新共同訳　旧約聖書続編つき　引照つき』日本聖書協会（二〇〇二）。（本論では略して『新共同訳』とすることもある）。

『聖書　口語訳　旧約新約』バルバロ－デル・コル訳、一九六四年一〇月二四日初版発行、一九七二年三月二四日六版発行、ドン・ボスコ社。

『新約聖書　フランシスコ会　聖書研究所訳注』一九七九年一一月一日第一刷発行、一九八〇年二月一〇日第二刷発行、一九八〇年三月一日第三刷発行、中央出版社。

その他はその都度本論中に記載した。

目次

第六章　幸田露伴評論『愛』考　――「基督教」への言及と、初出時の「〈中略〉」部をめぐって　463

序論

幸田露伴（一八六七―一九四七）の文筆活動は明治、大正、昭和の長期にわたっている。その露伴は、従来東洋的側面から多く見られてきた。その視点を否定はしない。だが、私は露伴は幅広い作家であると考える。私見では、露伴は日本を磐石の底辺とする、東洋と西洋の三辺からなる三本柱の三角形の頂点に在るのが露伴であると考える。ゆえに、従来とは異なる西洋的側面から光を当て、露伴の再評価を試みるのが本研究である。

一口に西洋と言っても漠然としている。そこで焦点を絞り、西洋思想の根底にあり、しかも、露伴の時代明治初期から日本の近代化の過程において、思想・社会・文化の各分野にわたり影響を及ぼしたと考えられる、キリスト教の影響という視座を設定し、露伴作品を考察しようとするものである。

前述のように、幸田露伴については、その漢学などの素養・造詣の深さにおいてでもあろうが、東洋的視点から見られることが多い。それは首肯できるものである。だが、露伴は先に述べたように、日本を底辺とする東洋と西洋という三本の柱で成立する三角形の頂点に在ると考えられる。その中で日本が磐石の如く存在しているのは言うまでもない。そして東洋については、これまでも言われてきた。それに比し露伴と西洋、それも露伴とキリスト教を視座にして掘下げての作品考察はなされてこなかった感がある。私はその点に着目し、西洋をキリスト教の影響として絞り、その視座において、露伴文芸を検討すると共に、その根底に流れている思考を考察したいと考えるのである。

斎藤茂吉は『露伴先生に関する私記』(1)で、

露伴先生のものは東洋的な色彩が多いかも知れない。〈略〉けれども、先生程の巨匠になるとその発育史は決して入門的簡単な分類で片付けてしまはれない複雑多様なものが存して居るものである。〈略〉その摂取の有様が最初から同化的なので、西洋の香をば批評家が見免すのである。

と露伴には「発育史」において「複雑多様」なものがあり、その中での西洋的なものは摂取の仕方が同化的なので見落とされていることを示唆している。

また、岡崎義恵は『日本藝術思潮』(2)で、「露伴に如何ばかり西洋の影響があるかは、實は大きな問題であるが」としながら、

東洋文藝の教養を代表するやうな露伴の中に、意外に西洋的要素を見出すといふことも必ずしも奇を好む試みとはいへないと思ふのである。(3)

と露伴文芸の中に西洋的要素を見出すという試みが「奇を好む」ものではなく、そういう要素が認められることを示唆している。

笹淵友一は『浪漫主義文學の誕生』(4)で、

> 露伴といへば直ちに彼における東洋の伝統が指摘され、東洋文人の典型的風格を彼に見るのが文学史の常識である。

と、まず露伴における東洋の伝統を認めたあとで、

> 露伴の教養の中に入つた若干の外国文学や思想の感化をも無視することはできない(5)

と時代の流れによって露伴の教養の中に入った外国文学や思想の感化を無視することはできないとしている。そして、岡崎のいう露伴の中の「西洋的要素」を「見出す」ために、西洋文化の根底をなしていると考えられるキリスト教に注目し、

> 露伴の西欧的教養の中で特に注意したいのはキリスト教、といふよりもキリスト教的ヒューマニズムとも名づくべきものがその理想的、楽天的人間性の観念によつて露伴に思想的感化を与へてゐ《ママ》るといふ事実である。(6)

と露伴の西欧的教養の中で注意したいものとして、西欧的文化の根底にあるキリスト教、それもキリスト教的ヒューマニズムとも名づくべきものが露伴に思想的感化を与えていると見ている。さらに、

露伴のキリスト教に対する関心とそれから受けた感化とを露伴文学形成の一要素として正しく位置づけることが露伴を完全に理解するための一要件であると思ふ。[7]

と言及している。つまり、露伴に如何ばかり西洋の影響があるかを見る一つの視点としてキリスト教的ヒューマニズムをとりあげ、露伴文芸を理解するためには、露伴がどのようにキリスト教とかかわっていたのか、そしてその影響によってどのような感化を受けたのかを正しく位置づけることが必要だとしているのである。要するに、露伴文学を正しく理解するには、露伴へのキリスト教の影響に着目し把握しなければならないとしているのである。

そして、笹淵は露伴へのキリスト教の影響が見られるものとして、次のような例を挙げている。

なさけなや扇もちつつ読経とは

の一句がある。この句は恐らくひたすらな仏道心を詠んだものと見られてゐる《ママ》のではなからうか。しかしこの句の詞書に

凡そ我に来りて其父母妻子兄弟姉妹また己の生命をも憎むものにあらざれば我弟子となることを得ず

とあるが、この「詞書」（詞書は前書きで一般的には和歌に使われているものだが、前記の笹淵論文の「句」の前の「詞書」はそれを踏襲していると考えられるので、以下、詞書として用いる）と新約聖書ルカ伝一四章二六節の

　人もし我に来りて、その父母・妻子・兄弟・姉妹・己が生命までも憎まずば、我が弟子となるを得ず。

との一致は決して偶合ではあるまい。とすれば右の句もその発想を聖書にもつてをり、而もそれを完全に和化或は仏教化してゐ《ママ》るのである(8)。

と、この詞書と「新約聖書ルカ伝一四章二六節」が殆ど一致しているのを指摘している。

だが、笹淵は聖書に発想をもっているとしながら、「この句」を、「ひたすらな仏道心を詠んだものと見られてゐ《ママ》るのではなからうか」としていて、それ以上深くは言及していない。そこで、私は実際に「この句」は「仏道心」を詠んだものなのであろうか、また「仏教化」していると見てよいのであろうか、そして「この句」の解釈はどうなるのか、さらに「詞書」についても「一致は決して偶合ではあるまい。」としたままでおいてよいのであろうか、これら笹淵が深く言及していない問題点について考察し、それによって露伴へのキリスト教の影響を確認したいと考える。

「この句」は、『露伴全集』別巻上（昭和五十五年二月十八日第一刷發行、岩波書店）の一〇頁から一一頁の「雑詠」に載っていて、『露伴全集』別巻上の後記に拠れば、「「雑詠」は讀賣新聞の明治二十三年七月二十一日號に載った。その内容は、本全集の第十三巻「無言非無意」五〇頁と第三十二巻「句集」六七三至六七四頁、「歌集」

七三九頁に分出して既に収められてゐる《ママ》ものであるが、初出誌のま丶を収録してあらためて原姿を示した。これは昭和三十一年十二月發行の露伴全集月報第三十八號でその措置をとってゐる《ママ》のを踏襲したのである（後記に拠る場合は、雑誌などの括弧は後記に倣う。以下同）。」としているものである。本稿は初出による。

「この句」即ち「なさけなや」の句（以下「なさけなや」の句とする）を考察するに先立ち初出の詞書について見ておきたい（原姿）。

初出は前記『露伴全集』別巻上の後記のように『讀賣新聞』の明治二十三年七月二十一日號であるが、「雑詠」は本紙ではなくて附録の二面に載っているものである。一面には「明治二十三年七月廿一日讀賣新聞附録　第四千七百二號」とあり殆ど広告である。「雑詠」は、その二面の三段から四段にかけて載っていて、署名は「つゆとも」である。露伴の訓読みであろう。因みに同紙面に「小説『伽羅枕（十七）』紅葉」が見られる。『露伴全集』後記では「初出誌のま丶を収録してあらためて原姿を示した。」としているが初出では振り仮名（以下ルビとも表記する）がついていた。このルビの有無が露伴の引用聖書ほぼ確定の一助となると考える。

その「雑詠」の六句目に、

〇凡そ我に來りて其父母妻子兄弟姉妹また己の生命をも憎むものにあらざれば我弟子となることを得ず
なさけなや扇持ちつ丶讀經とは

○生禪大疵と云《い》はれし蕉翁の金句《きんく》に縋き趾づ
靜座《せいざ》して惣身の虱や蚤《のみ》のあと
○凡《およ》そ我《われ》に來《きた》りて其父母《ふぼ》妻子《さいし》兄弟姉妹《けいていしまい》まゝ
己《おのれ》の生命《いのち》とも憎《にく》むものにあらざれバ我弟
子《し》とあることを得ぞ
あさけあや扇持ちつゝ讀經《どきやう》とれ

図－1　「雜詠」署名「つゆとも」。ルビ付きの新聞紙面原姿（本論言及部のみ）
明治 23 年 7 月 21 日『讀賣新聞』附録。

とある。この「雑詠」の詞書（以下Aとする）を披見の聖書のうち、

『新約全書』耶穌降生千八百八十年　米國聖書會社　明治十三年　日本横濱印行、

『新約全書』耶穌降生千八百八十二年　米國聖書會社　明治十五年　日本横濱印行（上記二本を以下Bとする）、

と、

『WARERA NO SHU IYESU KIRISUTO NO SHIN YAKU ZEN SHO. THE NEW TESTAMENT IN JAPANESE. TRANSLITERATED BY J. C. HEPBURN,M.D., LL. D. YOKOHAMA: PRINTED BY R. MEIKLEJOHN AND CO. FOR THE AMERICAN BIBLE SOCIETY. 1880.』（表紙に倣う。原書はローマ字綴り）

一八八〇年（明治十三年）横浜で発行されたローマ字綴りのもの（以下Cとする）、とを対照してみる。

A　凡《およ》そ我《われ》に來《きた》りて其父母妻子兄弟姉妹《そのふぼさいしけいていしまい》また己《おのれ》の生命《いのち》をも憎《にく》むものにあらざれば我弟子《わがでし》となることを得《え》ず

B　凡《およ》そ我に來《きたり》てその父母妻子《さいし》兄弟姉妹《しまい》また己《おのれ》の生命《いのち》をも憎《にく》む者に非《あら》ざれば我《わが》弟子と爲《なる》ことを得《え》ず

C　Ōyoso ware ni kitarite sono fu-bo, saishi, kiyōdai, shimai, mata onore no inochi wo mo nikumu mono ni arazareba, waga deshi to naru koto wo yedzu.

以上から次のようなことがうかがえる。⑴用字の違いはあるが、Cローマ字綴りが示すように音読した場合は殆ど同じになることである。このことから、露伴は「C」から漢字仮名まじりの表記にしている、ということも考えられなくもない。⑵ただし、「A」のルビは誰がつけたかわからない（未詳）が、「C　kiyōdai」、「B　兄弟」が、

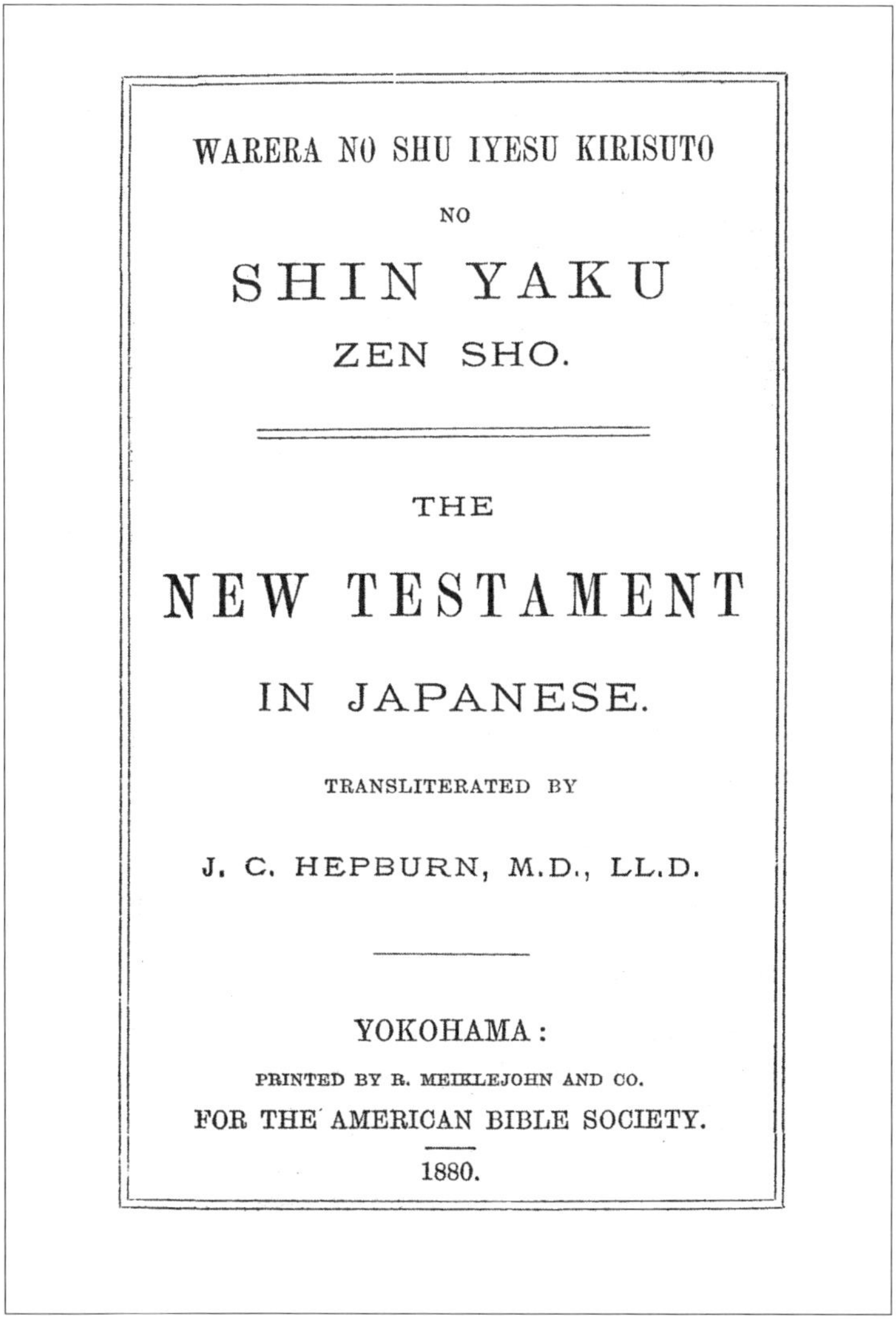

WARERA NO SHU IYESU KIRISUTO

NO

SHIN YAKU

ZEN SHO.

THE

NEW TESTAMENT

IN JAPANESE.

TRANSLITERATED BY

J. C. HEPBURN, M.D., LL.D.

YOKOHAMA:

PRINTED BY R. MEIKLEJOHN AND CO.

FOR THE AMERICAN BIBLE SOCIETY.

1880.

図－2 『SHIN YAKU ZEN SHO』表紙
関西学院学院史編纂室蔵

「A」では「けいてい」となっている所が異なる。とすると、(3)このようにルビがつけられるのはBの兄弟にルビが無く自由につけられるからではなかろうかとも考えられる。(4)「けいてい」を除いての音読が一致（AとBは〈其〉〈もの〉〈あら〉〈なる〉の他は漢字表記も一致）するから、露伴の「詞書」は聖書Bからの引用とみてよいのではなかろうか、ということである。

したがって、笹淵は「一致は決して偶合ではあるまい。」として、それ以上は言及していないが、聖書を調べることにより、「詞書」は当時の聖書からの引用であると明確に言えると考えられるのである。

ところで、聖書の訳はかわってきているので、以下は推測の域を出ないとの非難もあろうが、笹淵提示の「新約聖書ルカ伝一四章二六節」については『浪漫主義文學の誕生』初版発行の昭和三十三年以前で三十三年に近接発行の聖書を見ると、披見のものからの抽出では、たとえば『舊新約聖書』（昭和二年十一月二十八日發行、昭和二十六年九月一日三版發行、日本聖書協會）、あるいは『新約聖書　英和對照』（書名は表紙による。昭和二六年九月一〇日発行、昭和二八年二月二五日七版発行、日本聖書協會）、などこのあたりのものからではなかろうかと思われる。次に記す。

『舊新約聖書』

人もし我に來りて、その父母《ちゝはゝ》・妻子《つまこ》・兄弟《きやうだい》・姉妹《しまい》・己《おの》が生命までも憎まずば、我が弟子となるを得ず。（必要部

のみルビを残す）

笹淵の引用

人もし我に来りて、その父母・妻子・兄弟・姉妹・己が生命までも憎まずば、我が弟子となるを得ず。（ルビ無し）

このように聖書と笹淵との一致が見られる。

つまり、露伴の「雑詠」の「詞書」は露伴の当時の聖書に拠って引用しているのに対し、笹淵は笹淵の当時の聖書に拠って引用をして比較しているのである。ともに聖書からの引用であると言えよう。

次に、この「新約聖書ルカ伝一四章二六節」の「詞書」のある「なさけなや扇もちつつ讀經とは」の句について考察したい。

「なさけなや」の句が「ひたすらな仏道心を詠んだもの」として見られるのは、おそらく「讀經」という表現によるのであろうと思われる。日本では読経といえば、普通仏教のお経を読むことを想像するのではなかろうか。とすればこの句は仏道修行を詠んだ句と解釈できる。

だが、前述の比較によって確認したように、露伴の「詞書」が聖書からの引用であることを前提にすると、この句は、作者露伴がキリスト教・聖書にたいして真摯に向き合う姿勢を表現しているものとして解釈されるのではなかろうか。なぜなら、詞書は一般的には和歌の前書きで、作歌の事情などを述べたものであり、それらを詠んだ趣意を書いたことばである。とすると、「新約聖書ルカ伝一四章二六節」の「詞書」と、仏教の「讀經」を詠んだ句とでは、調和を保って呼応しないのではなかろうか。

　そこで、次に「讀經」についてであるが、「讀經」とはお経を読むことであり普通は仏教的なものとして思うであろう。だが、新村出編『広辞苑』（昭和三十年五月二十五日第一版第一刷発行、昭和四十二年二月十日第一版第二十三刷発行、編者　新村出、岩波書店）などに拠れば「経」は「仏教以外の宗教の聖典にもこの字を用いる場合がある」としている。また、聖書についても、たとえば『聖経夜話』無刊記（一八七七―一八七九年ごろ）、『聖経初要』（謙堂逸士（植村正久）著、聖教書類会社一八七九年（明治十二年）刊（海老澤有道『日本の聖書　聖書和訳の歴史』講談社、三四〇頁））、『舊新約聖經』文理串珠　救主耶穌降世一千九百十一年　歳次辛亥、上海大美國聖經會（漢訳）（関西学院学院史編纂室所蔵）、などに「經」としているのが見られる。また明治二十三年出版の『新撰讃美歌』の第二百八十九に「使徒信經」も見られる。このようにキリスト教関係でも「經」が使われている。露伴も『露伴全集』第二十七巻（昭和二十九年八月十六日第一刷發行、昭和五十四年六月十八日第二刷發行、岩波書店）所収の『一國の首都』一二〇頁で、

　基督教の經典中に（初出の雑誌『新小説』第六年第貳巻、明治三十四年二月一日發兌、附録「一國の首都（續稿）」五頁でも同）。

としている。このことから露伴自身にも聖書を經典という認識があったと考えられる。露伴は句の短い字数の制限の中で、聖書を「經」として表現したのではなかろうかと考えられないでもないが、私はそもそも露伴の「讀經」

は、聖書を読むことを意味していたとみてよいと考えるのである。なぜなら、そう考えると、この「雑詠」の「詞書」はその句を詠んだ事情や趣意を書いたことばとして、句と調和を保って呼応するものになるからである。「新約聖書ルカ伝一四章二六節」の引用の「詞書」と仏教のいわゆるお経の読経ではつながらず、呼応しないが、キリスト教の「新約聖書ルカ伝一四章二六節」とキリスト教の聖書を読む読経なら調和を保って呼応する。したがって、この「詞書」は「なさけなや」の句の「詞書」としてすらりと収まり、句の解釈につながるものとなると考えられるのである。

以上をふまえて、この句の解釈を試みたい。

「詞書」はひたすらに一筋にキリストに従うことの厳しさを示している。そして、「讀經」の「經」とはキリスト教の聖書である。以上を前提におくと、聖書の教えに真摯に向き合うほど従っていけそうもない自身の心を、「なさけなや」と言っているのではなかろうか。「扇もちつつ」というのは初出の七月という時期を考えると、実像であったかもしれないが、怠惰な己の心情表現の比喩ともとれる。当時、父成延《しげのぶ》（柳田泉『幸田露伴』中央公論社、二頁に拠る）が植村正久の説教に感動して家中がキリスト教に改宗していた環境の中にありながらも、真摯に考えるほど、その厳しさゆえにふみきれない、取り残されるような露伴の心情が「なさけなや」と表現されているものの中にこめられているのではなかろうか。とすると、この句は自己をみつめ厳しく内省しつつ、真摯に聖書に向き合う露伴の心情を吐露し表現した句であると解釈できるのである。

そして、笹淵は「仏教化してゐる《ママ》」とみているが、「この句」は露伴が「仏教化」しているのではなくて、「讀經」という言葉に先入観をもつ読者側が「仏教化」しているると解釈しているのではなかろうか。また「ひたすらな仏道心を詠んだもの」と見られてよいものでもない。露伴は聖書に真摯に向き合う自己の心情を率直に吐露し、「この句」に表現しているのであると考えられる。

「新約聖書ルカ伝一四章二六節」の当時の解釈の一端がうかがえるものに、『新約全書路加傳注解　全』（耶穌降生一千八百八十二年、大日本國神戸印行、明治十五年、米國遣傳宣教師事務局）がある。その中（百六十五頁）で露伴の「詞書」「なさけなやの句」に関係すると思われるあたりを次に引用する。

浮薄に此道を信ずるとも其本定まらざれば中折して其功を竣《をは》る事能はざるなり

とある。軽佻浮薄でない揺るぎない精神的基本確立を勧め求めるものである。露伴の心情理解に資するかとも思うので記す。

次に、以上のように「なさけなや」の句を解釈する傍証として、「雜詠」五句目に注目しておきたい。それは、

○生禪大疵《なまぜんおほきず》と云はれし蕉翁の金句に驚き耻づ
静座して惣身の疵や蚤のあと

である。この詞書の「蕉翁の金句」「生禅大疵」とは、松尾芭蕉の曲水宛元禄三年九月六日付書簡の中の次の言及に拠っていると思われる。「ある知識の、玉ふ。なま禅・なま佛、是魔界」(9)とあって生半可な悟りはかえって悪魔の境界であるとの意味である。大津・膳所の人々は古風を抜けかかってはいるが、正しい俳諧の一筋の道にでることはむずかしいということを含んでいると考えられるものである。書簡には続けて「稲妻にさとらぬ人のたつとさよ」とあって、これは、稲妻を無常に結び付ける生悟りの人よりも何も気付かぬ無心の人の方が尊いの意で、中途半端な境地に迷っている湖南の俳風を嘆く意を含んでいるものである。

これらからみて、露伴の「生禪」の詞書は、露伴が生悟りの我が身を反省し愧じているものであると言える。したがって「静座して」の句は、俳聖松尾芭蕉の金句を前にして静かに自己反省すると、自分という人間は何一つとして悟ったと言えるようなものはなくて、全身すべて虫にかまれたように感じられる生悟りの疵ばかりの人間なのだと自覚慙愧の心情を詠んだ句として読めるものなのではなかろうか。この「静座して」の句に続くのが六句目の「新約聖書ルカ伝一四章二六節」を「詞書」とする「なさけなや」の句なのである。このように見てくると「なさけなや」の句も「静座して」の句にうかがえるように、聖書の聖句を前にして我が身を反省し忸怩たる思いの心情を詠んだ句であると考えられるのではなかろうか。直前に芭蕉の金句を「詞書」とする「静座して」の句のような生半可な悟りを恥じる句があることは、そのすぐ後の「新約聖書ルカ伝一四章二六節」を「詞書」とする「なさけなや」の句も生半可な姿勢でなく、真摯にキリスト教・聖書にむきあい「なさけなや」と表現する作者の心情が詠まれている句であると、見ることができると考えられる傍証になろうかと思われるのである。ともに、確とした信念確立には程遠い中途半端を恥じる慙愧に堪えない念がこもる句であると言えよう。そして、のちに露伴は芭蕉の七部集を長い年月をかけてまとめている（『評釋芭蕉七部集』、『露伴全集』第二十巻―第二十三巻）。

これらをふまえて言えるのは、「生禪」を詞書とする「静座して」の句には、芭蕉の高い境地に対して及びもつかない自己を反省しつつ向き合う作者の心情が表出されている。こういう心情を持っていた露伴は、その後、長い年月をかけて『評釋芭蕉七部集』をまとめた。この間ずっと芭蕉の高い境地というものに心を留めていたと言えよう。ゆえに「静座して」の句は露伴が芭蕉にたいして生半可な気持ちでなく、真摯に考えていた証しになると考えられる。

同じことが「なさけなや」の句にも言えよう。「なさけなや」の句には、聖書を前にして、自己を反省しつつ真摯に向き合う露伴の心情が表出されていると考えられる。露伴は後に子女をキリスト教関係の学校に進学させている[10]。また露伴の再婚の司式をしたのは植村正久牧師である[11]。植村は露伴の父成延のキリスト教への改宗に関係している人でもある[12]。また結婚に際して悩む娘文を聖書をひいて諭している[13]。これらの事象からも推察できるように、この間ずっとキリスト教を心に留めていたと言えよう。ゆえに「静座して」の句について述べたように、「なさけなや」の句は、露伴がキリスト教にたいして生半可な気持ちでなく、真摯に考えていた証しになると考えられるのである。このように考えると「ルカ伝一四章二六節」を「詞書」とする「なさけなや」の句は、露伴の聖書に対する姿勢、キリスト教に対する心情が見られる証しとなる例として、挙げてよいものと考えられるのである。

以上によって、露伴は明治二十三年頃にはすでに聖書を読んでいたのは確かであり、しかも、ただ読んだというようなものではなく、真摯に向き合っていたと言える。ゆえに、露伴とキリスト教とを関連付けて見ることは、露伴文芸を理解する上で必須要件である。そして、それには固定観念、既成概念を脱却する発想の転換が必要であると考える。

そこで、作品を見ると、たとえば、『露團〻』[14]では登場人物「しんじあ」はキリスト教の聖書を基にしての宣教に励んでいる。『風流佛』[15]にはキリスト教を基盤とする夫婦の倫理観が包含されている。『悪太郎のはなし』[16]にはキリスト教の説く隣人愛がひかれている。『休暇傳』[17]には封建制度下にはほとんどなかった子供達それぞれの個性の尊重や、教師「吉井」の教訓にキリスト教（マタイ伝）に拠ると考えられるものが認められる。そして、昭和十五年の評論『愛』[18]は露伴とキリスト教の集大成と考えられるものであると読めるものである。このように、露伴作品にはキリスト教とのつながりが見られ、キリスト教の影響があると考えられるのである。

だが、従来この問題すなわち露伴と西洋・中でもキリスト教の影響というような視座から個々の作品を掘り下げて検討し、論じているものは殆どないとさえ言える。そこで私は本論において、「幸田露伴と西洋――キリスト教の影響を視座として」という観点から、個々の作品を検討し、それらにキリスト教がどのような形で影響しているのかを実証したいと考える。そのような視座から露伴作品に光を当てることによって、従来とは異なるなんらかの成果がえられるのではないかと考えるのである。ゆえに、まず露伴が聖書を読んでいたこと、そして、どのような姿勢で読んでいたのかということ、を確認することからはじめたのである。その結果、前述したように露伴が聖書に真摯にむきあった痕跡の一端をうかがい知ることができたと考える。
以下、本論において露伴の個々の作品の検討、考察を通して探求し、実証していきたいと思う。

注

(1) 斎藤茂吉「露伴先生に関する私記」(『文学』第六巻第六号、昭和一三年六月発行)『幸田露伴・樋口一葉』日本文学研究資料叢書、昭和五七年四月一〇日発行、有精堂、一—一四頁所収。九頁。
(2) 齋藤茂吉『幸田露伴』昭和二十四年七月二十日發行、洗心書林、六九—一一八頁所収。九九—一〇〇頁。
(3) 岡崎義恵『日本藝術思潮』第二巻の下、昭和二十三年六月十五日第一刷發行、岩波書店、二七頁。
(4) 岡崎義恵『日本藝術思潮』第二巻の下、前掲、二八頁。
(5) 笹淵友一『浪漫主義文學の誕生』昭和三十三年一月十日初版発行、平成三年六月二十日六版発行、明治書院、六四五頁。
(6) 笹淵友一『浪漫主義文學の誕生』前掲、六五四頁。
(7) 笹淵友一『浪漫主義文學の誕生』前掲、六五四頁。
(8) 笹淵友一『浪漫主義文學の誕生』前掲、六七六頁。
(9) 笹淵友一『浪漫主義文學の誕生』前掲、六七六—六七七頁。
(10) 萩原恭男校注『芭蕉書簡集』一九七六年一月一六日第一刷発行、一九九三年一一月一六日第五刷発行、岩波書店、一三〇—一三二頁参照。

（10）文については、塩谷賛『幸田露伴』中、昭和四十三年十一月九日発行、中央公論社、二八二頁。おとうと一郎については、塩谷賛『幸田露伴』中、前掲、三二八頁。

（11）幸田文「みそっかす（おばあさん）」『幸田文全集』第二巻、一九九五年一月二七日発行、岩波書店、四四頁。なお露伴の再婚は明治四十五年、大正元年（一九一二）十月（『露伴全集』第三十二巻『年譜』五一頁に拠る）。

（12）父成延が「植村正久師の説教を聞いてすこぶる感激し」キリスト教に改宗したことを記している。柳田泉『幸田露伴』昭和十七年（一九四二）二月十二日發行、中央公論社、五七頁。

（13）塩谷賛『幸田露伴』下、昭和四十三年十一月九日発行、中央公論社、七六—七七頁。幸田文「こんなこと（ずぼんぼ）」『幸田文全集』第一巻、一九九四年一二月九日発行、岩波書店、一八九頁。この中で文は翌日父露伴から和歌一首を貰ったと記し、その和歌は「しらいとの、いざ身を惜む」という詞を覚えているが後は忘れてしまったと伝えている。

（14）幸田露伴『露團〻』は、『露伴全集』第七巻、昭和二十五年（一九五〇）十一月三十日第一刷發行、昭和五十三年八月十八日第二刷發行、岩波書店、一—一四四頁所収。初出は雑誌都の花の明治二十二年二月下旬號・三月上旬號・同下旬號・四月上旬號・同下旬號・五月上旬號・六月上旬號・同下旬號・七月下旬號・八月下旬號に載り、翌二十三年十二月金港堂から刊行せられた（『露伴全集』第七巻、後記より抄。括弧等は後記に倣う）。

（15）幸田露伴『風流佛』は、『露伴全集』第一巻、昭和二十七年十月三十一日第一刷發行、昭和五十三年五月十八日第二刷發行、岩波書店、二三—七八頁所収。

初出『新著百種』第五號、明治二十二年九月廿三日出版、吉岡書籍店。

(16) 幸田露伴『悪太郎のはなし』は、『露伴全集』別巻上、昭和五十五年二月十八日第一刷發行、岩波書店、一―九頁所収。

初出は雜誌『生徒』明治二十二年（一八八九）九月十五日出版の第九號、明治二十二年十月十五日出版の第十號、明治二十二年十二月十八日出版の第十二號、明治二十三年（一八九〇）一月十日の第十參號まで四回にわけて（第十一號を除く）載った。成章館。

(17) 幸田露伴『休暇傳』は、『露伴全集』第十巻、昭和二十八年七月三十一日第一刷發行、昭和五十三年九月十八日第二刷發行、岩波書店、三七七―四一九頁所収。

初出は雜誌『少年世界』第拾七號『少年世界臨時增刊　暑中休暇』明治三十年八月十日、東京博文館（六）―（三五）に「休暇傳（少年小説）一名　少年水滸傳」として載った。

(18) 幸田露伴『愛』は、『露伴全集』第二十五巻、昭和三十年四月二十五日第一刷發行、昭和五十四年五月十八日第二刷發行、岩波書店、六六四―六六九頁所収。

初出は『讀賣新聞』の昭和十五年一月四日第二萬二千六百九號（朝刊八面）・五日第二萬二千六百十號（朝刊六面）に載った。その時（五日）に、本論第六章で言及する〈中略〉の箇所があった。

第一章　作家露伴生成の道程考　——資質を培ったもの

第一節　「自傳」の『年譜』をめぐって

はじめに

キリスト教の影響を視座として露伴の個々の作品について考察する前に、まず幸田成行が作家露伴として世に出る迄の生い立ちを追い、その資質を培った土壌、すなわち時代の趨勢と幼少期の環境を見ておきたいと思う。なぜなら、作家として世に出るまでに培われている資質に留意したいと考えるからである。言うまでもないが人間個の育つ環境として家族の影響は重要であり、家族全部の影響が考えられるが、父権の強いこの時代を考えると、露伴の父成延に留意して見ていきたい。幕末、維新の動乱期にあって家族を束ね守り、直接露伴を育てる軸のような父の存在、わけても、はやくにキリスト教に改宗した父の影響を重視するべきであると考えるからである。

成延は露伴が北海道赴任中にキリスト教に改宗し、一家をも改宗に導いていたのであって、このことは帰京した露伴にも当然影響したであろうと考えられ、キリスト教の影響を視座として見る上で、重要な存在と思われるのである。その露伴と父との絆が「自傳」の『年譜』(1)などからうかがえるのである。

露伴の生い立ちについては柳田泉『幸田露伴』(2)に詳しいし、塩谷賛『幸田露伴』(3)も伝えている。本稿は露伴の資質生成道程を追うにあたり、露伴「自傳」の『年譜』を基にして、露伴へのキリスト教の影響ということにかかわる資質と考えられるものに留意し考察したいと考える。その際に、簡略な『年譜』の補足として露伴の『少年時代』(4)『學生時代』(5)、それに加えて柳田泉『幸田露伴』、塩谷賛『幸田露伴』を参考にし、補足しつつ露伴の資質生成道程（作家として世に出るまでとし、その後は終章に述べる）を考察していきたいと考える。

注

（1）幸田露伴「自傳」の『年譜』。

「博文館予が舊文を新刊するに當つて、予に求むるに自傳を爲らんことを以てす。予これを辭す。聽かざる也。已むを得ずして自ら傳ふ。曰く、」として書かれたもの。

『年譜』は『露伴全集』第三十二巻（昭和三十二年八月十日第一刷發行、昭和五十四年八月十七日第二刷發行、岩波書店）後記七九八頁に拠れば、現代日本文學全集第八篇「幸田露伴集」は昭和二年十二月改造社發行、巻末に「年譜」が載つた。とある（後記に拠る場合の括弧等は後記に倣う。以下同）。

『露伴全集』第三十二巻、四六―五三頁所収。

（2）柳田泉『幸田露伴』昭和十七年二月十二日發行、中央公論社。

（3）塩谷賛『幸田露伴』上（昭和四十年七月三十日発行）、中（昭和四十三年十一月九日発行）、下（昭和四十三年十一月九日発行）、いずれも中央公論社。

（4）幸田露伴「少年時代」は近世少年の明治三十三年十月臨時増刊號「近世英傑少年時代」に「小説家幸田露伴君」と題して載った談話筆記で、昭和二十八年六月河出書房發行の幸田文編「續露伴小品」には「少年時代」として収められた。舊全集には入らない（『露伴全集』第二十九巻、昭和二十九年十二月四日第一刷發行、昭和五十四年七月十八日第三（二か？）刷發行、岩波書店、後記五七八頁に拠る）。『露伴全集』第二十九巻、前掲、一九七―二〇八頁所収。

（5）幸田露伴「學生時代」は雜誌中學文藝の明治三十九年六月臨時増刊「名士の中學時代」に「二十餘年前の小私塾」の題で載り、大正四年六月岩陽堂書店發行の讀賣新聞社編「名士の中學時代」に「三十年前の小私塾」と題して再録せられ、「續露伴小品」には「學生時代」として収められた。舊全集には入らない。本全集は再録本を用ゐた（『露伴全集』第二十九巻、後記五八〇頁に拠る）。『露伴全集』第二十九巻、前掲、三九一―三九五頁所収。

（一）「忘るゝ能はざるもの」の要点

露伴は「自傳」の『年譜』の中で、

〈略〉

露伴は武州の人なり、慶應三年七月江戸に生る。其の乳児たるに當つてや、孱弱多病、死して而して蘇るもの數次。醫曰く、此児憫む可し、命の殤せざらば則ち身の廢せんこと必せりと。父母悲傷し、哀ゝ劬勞、擁護甚だ力む、而して後纔に全きを得たり。又やゝ長ずるに及んで眼を病む、天日を仰ぐ能はざるもの數十日、瞑目枯坐、心ひそかに瞽者を分とす。幸にして癒ゆるを得たりと雖も目力終に人に及ぶ能はず。伊呂波を關女史に受け、九歳甫めて小學に入り、十三歳業を卒ふ。次で或は東京府中學に、或は菊池氏私塾に學びしが、故有りて皆業を卒へずして止む。

〈略〉

我たゞ吾が深く感じて而して忘るゝ能はざるものを記するのみ、〈略〉(1)。

と幼少年期の部分に記しているのであるが、露伴が「深く感じて」「忘るゝ能はざるもの」と記し、後々まで忘れることができないほど心に残っているとしているものを見ていきたい。なぜなら、幼少年期に心に深く刻まれたものは、本人でさえも気付かずに成長した後々まで影響が残っているものであり、人間の心の機微を扱う作家として、作品に何らかの影響を及ぼすものであろうと考えるからである。ゆえに、露伴が生い立ちを述べる時、忘れることができないとしていること、つまり露伴に大きな影響を与えたと思われるものに着目しておく必要があると考えるのである。

露伴の「深く感じて而して忘るゝ能はざるもの」の要点は、⑴虚弱の体質で夭折の危惧さえあった程で、父母は非常に心配して大事に育ててくれた。⑵重い眼病にかかり一時は子供心にも回復不能と覚悟した。幸いにも治ったが普通の人のようには回復しなかった。⑶伊呂波を闘女史に学んだ。九歳で小学校入学、十三歳で卒業、それからあと東京府中学、菊池氏私塾等に学んだがいずれもわけがあって続かなかった。要点として以上三点が挙げられよう。そして、自身が今日あるのは父母の慈愛の養育によってであるという思いの強さと、それに伴う父母への感謝の念が深いことがうかがえるのである。

だが、簡略な記述からは、個々の事象の詳細はわからない。ゆえに、前記要点⑴、⑵、⑶の補足をしつつキリスト教の影響ということに関係すると思われる事象に留意して、露伴生成の道程を追って資質を培ったものについて考察したいと考える。

注

（1）『露伴全集』第三十二巻、四六―四七頁（本文は『年譜』『少年時代』『學生時代』いずれも『露伴全集』所収を用いる）。

（二）　虚弱の体質

『年譜』には「露伴は武州の人なり、慶應三年七月江戸に生る。」とだけ記している。幸田露伴は、名は成行《しげゆき》、慶應三年（一八六七）七月廿三日（或は廿六日。柳田泉『幸田露伴』二頁に拠る）、江戸城下、神田の俗称新屋敷というところにあった幕府お坊主衆の組屋敷に生まれた。生家の幸田家は数代つづいた古いお坊主衆の一家で、表お坊主というのが、やかましくいうと幕府職制上の名目であった。父は成延《しげのぶ》、母は猷子、成延は奥お坊主の今西家の出で、家附の女猷子のところに入婿したのである。露伴が生れたとき、父は二十七、母は二十五であった。露伴はその四男であったので、幼名を鐵四郎といった。露伴は『少年時代』で幼少期については、

私は慶應三年七月、父は二十七歳、母は二十五歳の時に神田の新屋敷といふところに生れたさうです。其頃は家もまだ盛んに暮して居た時分で、疊數の七十餘疊もあつたさうです。(1)其頃のことで幼心にもうす〳〵覚えがあるのは、仲徒士町《なかかちまち》に居た時に祖父《おぢい》さんが御歿なりになつたこと位のものです。(2)

と言っている。幼少期に祖父の他界、つまり人間の死というものに直面しているのである。このことについて衝撃が強かったから、他事には記憶が定かでない幼い時のことでも、祖父の死として後々まで覚えているのであって、この経験は後々にも命を考えることに影響するものであると考えられる。

この祖父について、露伴の妹幸田延子が「私の半生」で、

私の祖父は物事を徹底的にやらせる人でして、〈略〉母は祖父の徹底的な教育の下に育てられた人でした。〈略〉此の祖父の教育法を母が受けついだのでした。(3)

と述べているのが見られる。したがって入り婿の、父成延もこの教育法をまったく無視することはできないと考えられ、ここに幸田家伝統の物事を徹底的にする厳しい家風が存在していたことがわかる。この気質が露伴に強く受け継がれ、前述の「雑詠」の五句、六句にもかかわっているのではなかろうかと考えられる。芭蕉の金句に対してもキリスト教の聖書に対しても軽佻浮薄な中途半端な姿勢でなく、真摯に対していたことがうかがえる資質が、培われていたと考えられる。

さらに『年譜』には、

父母悲傷し、哀ゝ劬労、擁護甚だ力む、而して後纔に全きを得たり。(4)

とある。露伴は父母の「擁護甚だ力む」ことによって生かされたと言えよう。

露伴の父成延は、当時の武士階級としては相応以上に学問教養を持った人物で、すこぶる真摯で、堅実で、それでいて江戸人として風雅を解し、文章の才も多少あり、音楽の趣味も持っていたと伝えられている。真摯で堅実な

人柄、高い学問教養と江戸人の風雅、これらの幅広い才能は露伴にも受け継がれ、後に露伴文芸にも現れてくるものを、父は備えていたことになる。毅然とした信念の人、恪勤の人と言ってよいところがあり、また同時に宗教心の厚い熱の人でもあったと伝えられてもいる。

母の猷子は、殊に音楽の趣味に富み、且つその才能も尋常でなかった。露伴の妹に、延子、幸子のような日本知名の女流音楽家が出ていることは知られている。

この芸術的遺伝の感化は、露伴の文芸的活動の面にもおよんでいるものと考えてよいであろう。そういう芸術的遺伝以外、父母の性格、人となりのようなものも、当然のこととも言えようが露伴の人間形成に大きく関係していると考えられる。父母はともに長寿で、父は大正三年の七月に七十幾つで、母は大正八年一月に、八十近くでなくなっている。露伴が弱い生れつきであったのにもかかわらず長寿なのには、俗にいう天寿の長短とかいうもののほかに、両親の遺伝というものも、あるのではなかろうかと考えられる。

また露伴は厳しい仕付けとして祖母のことも『少年時代』で次のように述べている。

種善院様（祖父）も非常に嚴格な方で、而も非常に潔癖な方で、一生膝も崩さなかつたといふやうな行儀正しい方であつたさうですが、觀行院様もまた其通りの方であつたので、家の樣子が變つて人少なになつて居るに關はらず、種善院様の時代のやうに萬事を遣つて往かうといふので、私は毎朝定められた日課として小學校へ往く前に神樣や佛樣へお茶湯を上げたりお飯を供へたりする、晩は燈明をも上げたのです。それがまた一ト通のことな

ら宜いが、なか〳〵どうして〳〵少なくないので、(5)

と述べその内容を詳細にわたって伝えている（観行院様とは祖母のこと。注岡田）。

露伴の祖父は非常に厳格で、一生膝を崩さなかったというような行儀正しい人であったというが祖母もその通りの人であったので、維新後人手が少なくなっているのにもかかわらず、今迄どおりに変えずに万事やっていこうとして、それで露伴にこのような役目が向けられたのである。例えば毎日の勤めはきまっている上に、先祖代々の忌日命日には仏前に御料供を上げることが加わる。天子様のお名前が書いてある軸にも供える。これらが全部すまないうちは朝飯がたべられない。これらの日課は厳然としてあったのがうかがえる。『少年時代』では、

御祖母様は一つでもこれを御忘れなさるといふことはなかつたので、其他にも大黒様だの何だのがあるので、如何な日でも私が遣らなくてはならない務めは随分なものであつた。(6)

と言っている。また露伴は、

神佛を崇敬するのは維新前の世間の習慣で、(7)

とも言っていて、神仏を崇敬する習慣の中に育っているのがわかる。このような環境から察すると、露伴は可視で

きない超越したものを自然に受け入れる心情が培われる環境にいたのではなかろうか。

一方、前述したように幸田家の家庭教育は厳格とは言っても、子供の心を冷たく育てたというのではないことは次の記述から察しられる。

観行院様は非常に嚴格で、非常に規則立つた、非常に潔癖な、義務は必らず果すといふやうな方でしたから、種善院様其他の墓參等は毫も御怠りなさること無く、また佛法を御信心でしたから、開帳などのある時は御出かけになり、柴又の帝釋あたりなどへも折〻御出でになる。其時に自分は連れて往つて頂く、これはまあ折〻の一つの樂みであつたのです。其他に慰みとか樂みとかいつて玩弄物《おもちや》を買ふて貰ふやうなことは餘り無かつたが、然し獨樂と紙鳶とだけは大好きであつただけそれ丈上手でした。(8)

とそこにはまた暖かさもあり、子供相当の楽しみも遊びもあったのが偲ばれる。

露伴は後年『をさな心』(9)などの作品の中に六歳の男の子の楽しい遊びとして書かれているのが見られ、露伴自身の生い立ちにおける影響があるのではないかと考えられる。

そして、これらの厳しい仕付けに対して露伴は、

　家庭は世の常を越えて嚴重でありましたが、確にこれは私の益になつたに相違無いです。〈略〉先づ毎日〳〵復習を爲し了らなければ遊べぬといふことと、朝は神佛祖先に對して爲るだけの事を必ず爲る、また朝夕は學校の事さへ手すきならば掃除雜巾がけを爲るといふことと、物を粗末にしてはならぬといふ事とで責め立てられたのは、私の幸福になつたに相違ないと思ひます。(10)

と後に、厳重な家庭の躾に感謝している。

　以上のような記述から次のようなことがうかがえる。露伴には出生地や代々の職掌柄からして、武士と江戸の気風が受け継がれていると考えられる。祖父との永別を記憶していることからは、人の命を考えること、ひいては命の尊さを認識する心情が培われていると考えられる。また、露伴は徹底的にやらせる家風のある環境の中で相当厳しく育てられたようで、これによって培われた資質は物事を徹底的にするという姿勢として後々に反映していると考えられる。この資質がキリスト教や芭蕉に対したときにも影響していると考えられる。そして、幼少期の経験、体験は後に作品の中の子供たちの姿に影響を及ぼしていると考えられる。

　虚弱の体質で夭折を危惧されるような状態にあった露伴が祖父母、父母らの慈愛と擁護を受けて、厳格な中にもあたたかさのある環境の中で育まれ、次第に成長していく姿がうかがえる。

注

(1)『少年時代』、『露伴全集』第二十九巻、一九七頁。
(2)『少年時代』、『露伴全集』第二十九巻、一九七頁。
(3)幸田延子述「私の半生」『音樂世界』第三巻第六號、昭和六年六月一日發行、音樂世界社、一三二頁。
(4)『年譜』、『露伴全集』第三十二巻、四六頁。
(5)『少年時代』、『露伴全集』第二十九巻、二〇三―二〇四頁。
(6)『少年時代』、『露伴全集』第二十九巻、二〇四頁。
(7)『少年時代』、『露伴全集』第二十九巻、二〇五頁。
(8)『少年時代』、『露伴全集』第二十九巻、二〇六頁。
(9)幸田露伴『をさな心』、『露伴全集』第三巻、昭和二十六年八月三十一日第一刷發行、昭和五十三年六月十六日第二刷發行、岩波書店、四五五―四六六頁所収。
「をさな心」は文藝界の明治三十八年一月號臨時増刊「恤兵小説若菜集」に載り、「小品十種」の附録に収められた。舊全集所収、後少年のための純文學選「雁坂越」に収められた(『露伴全集』第三巻、後記五四〇頁に拠る。後記に拠る場合の括弧等は後記に倣う)。
(10)『少年時代』、『露伴全集』第二十九巻、二〇七頁。

(三)　眼病罹患

『年譜』には、

眼を病む、天日を仰ぐ能はざるもの数十日、瞑目枯坐、心ひそかに瞽者を分とす。幸にして癒ゆるを得たりと雖も目力終に人に及ぶ能はず。(1)

とある。

『少年時代』では、

弱い體は其頃でも丈夫にならなかつたものと見えて、丁度「いろは」を卒へる頃からでゞもあつたらうか、何でも大層眼を患つて、光を見るとまぶしくてならぬため毎日〳〵戸棚の中へ入つて突伏して泣いて居たことを覺えて居る。いろ〳〵療治をした後、根岸に二十八宿の灸とか何とかいつて灸をする人があつて、それが非常に眼に利くといふので御父様に連れられて往つた。妙なところへおろす灸で、而もその据ゑるところが往くたびに違ふので馬鹿に熱い灸でした。往くたび毎に車に乘つても御父様の膝へ突伏してばかり居たが、或日歸途に辨天の池の端を通るとき、そうつと薄く眼を開いて見ると蓮の花や葉があり〳〵と見えた。小供心にも盲目になるかと思つて居たのが見えたのですから、其時の嬉しかつたことは今思ひ出しても飛び立つやうでした。(2)

と述べている。

この時の眼病罹患は露伴の成長の上で多くの意味があると考えられる。光が眩しくて見られないということは、戸棚などの暗闇ばかりにいる恐ろしさ淋しさに加えて、治癒しないのではないかという危惧が子供心にも感じられて、非常な恐怖であったと考えられる。この間、父はいろいろな治療をし、効くと聞けば灸にも連れていくなど、懸命に治癒するために努力している。お灸で根岸まで車で通ったというが、この車は多分明治二年頃から使われるようになった人力車であったのではなかろうか。この車の乗りかたから推測すると、父は幼い露伴を膝近くに抱えて通ったのであろう。この時の暗闇と治癒不可能の恐怖、そういう状態にあっての父の膝の温もりは、おそらく露伴の心に後々まで残ったと考えられる。目の見えない時の苦しさと、見えるようになった時の「今思ひ出しても飛び立つやう」な嬉しさを共に父の膝の上で体験しているのである。このように深い絆で結ばれている父が後にキリスト教に改宗していることは、露伴のキリスト教への関心を深めると共に、その影響も大きいと考えられるのではなかろうか。そして、露伴の心情は、この幼児期における病苦の体験を持つことによって、さらに「幸にして癒ゆるを得たりと雖も目力終に人に及ぶ能はず」という状態の持続によって、病む弱者の苦悩をよく理解し共感できるものとなっていたと考えられる。露伴の成長過程において、多くの意味を持つ出来事であったと考えられるのである。

注

（1）『年譜』、『露伴全集』第三十二巻、四六頁。

（2）『少年時代』、『露伴全集』第二十九巻、一九八頁。

（四）　学校教育

ア　小学校卒業まで

『年譜』は、

伊呂波を闘女史に受け、九歳甫めて小學に入り、十三歳業を卒ふ。次で或は東京府中學に、或は菊池氏私塾に學びしが、故有りて皆業を卒へずして止む。(1)

と記している。

露伴は九つの時、明治八年、お茶の水の師範学校付属小学校に入学する。始め不出来であったらしい。その頃の様子を『少年時代』では、

然し此不出來であつたのが全く學校なれざるためであつて、程なく出來るやうになつて來た。で、此頃はまた頻りに學校で抜擢といふことが流行つて、少し他の生徒より出來がよければ抜擢してずん〳〵進級せしめたのです。私もそれで幸にどし〳〵他の生徒を乘越して抜擢されて、十三の年に小學校だけは卒業して仕舞つた。(2)

と名誉挽回のようにも思われる言い方をしている。留意しておきたいのは、

學校へゆくほど面白いことは無いと思つて居たため、小學校へ通つて居る間一日も缺席したことは無かつたでした。(3)

と言っていることである。体も強くなり、学校も好きであったのである。このことは留意しておきたい。そして、明治十二年春、十三で小学校を卒業した。

因みに露伴はこの頃のことについて後に次のように記しているのが見える。『露伴全集』第三十九巻の二二九頁に所収されているが、昭和三十一年十二月二十五日第一刷發行、昭和五十四年十二月十八日第二刷發行の『露伴全集』第三十九巻後記四〇七頁に拠れば、「書簡番号二八九は雑誌少年世界の同年一月號定期増刊に載り」とある。

明治四十一年戊申、書簡番號二八九、一月、少年世界宛〔轉載〕として、「一、初めて上つた學校　關氏私塾一、初めて就いた先生　關千代子女史　一、初めて讀んだ書籍　孝經素讀　一、幼時好きであつた事　戸外遊戯一、幼時最も嫌ひであつた事　干渉壓制さるゝこと」とあるが、「幼時好きであつた事　戸外遊戯」「最も嫌ひであつた事　干渉壓制さるゝこと」などは、「少年文學」の少年たちの人物造型に、たとえば『休暇傳』で明神山で日が暮れるまで喚声をあげて遊びに熱中する子供達の姿や、学校の先生に反抗するようなとも思える態度などの描写に関係しているのではないかと考えられる。

以上、小学校卒業までを追うことによって言えるのは、露伴は父母の擁護によって、夭折の危惧さえあった自身を生かされているという感謝の念が深い。加えて幼時の記憶に、それだけ残る祖父との永別の体験を通して、人命の尊さを思う素地が培われている。さらに眼病によって人間の病苦を共感できる心情が培われていると考えられることである。これらの資質・特性は露伴へのキリスト教の影響を考察するにあたって留意してよいと思われる。そしてこれらの事象に関して、父との強い絆が結ばれていると考えられる。したがって、父の改宗は露伴とキリスト教とのかかわりを見る上で重要であると考えられる。

露伴はじっくり型であり、したがって軽佻浮薄ではないと思われる。そして露伴の資質には厳重な家庭によって培われている何事も徹底的にする姿勢がある。この姿勢が「なさけなや」の句にも見られるように、キリスト教に対した時にもかかわってくるのではなかろうか。

注

（1）『年譜』、『露伴全集』第三十二巻、四六頁。
（2）『少年時代』、『露伴全集』第二十九巻、二〇二頁。
（3）『少年時代』、『露伴全集』第二十九巻、二〇五頁。

イ　中学入学以後

つづいて『年譜』には、

次で或は東京府中學に、或は菊池氏私塾に學びしが、故有りて皆業を卒へずして止む。(1)

とある。

この頃のことを『少年時代』には、

小學校を了へて後は一年ばかり中學校を修めたが、それも廢めて英學を修める傍、菊池松軒といふ先生に就て漢學を修めました。(2)

と述べている。この「英學を修める」との記述には留意しておきたい。

明治十二年（柳田泉『幸田露伴』二四頁に拠る）の春、露伴は一ツ橋（表神保町）にあった創立間もない東京府第一中学校に入学した。そして、一年余で退いた。在学中の露伴は数学がいつも満点であったという。文章を作り、ものを書くことにも長じていた。中学時代の作文の先生は、校長の村上珍休で、柳田に拠れば村上先生には、始終その文才を褒められたという。このことが影響して次第に作文に自信のようなものが培われていったと思われる。

中学をなぜ退いたのかは『年譜』ではわからないが、このあたりのことを柳田泉『幸田露伴』（二六頁―二七頁）は（以下要約）、

中學を退いたのがいつ頃のことか、はつきりしないが一年餘で退いたといふから、明治十三年中のことであつたらう。それから暫くして、露伴が、また何處かの學校に入りたいと父に願つたところ、それではといふので東京英學校に入ることを許された。東京英學校は青山学院の前身の一つである。露伴がここに入學したのは、明治十四年七月のことであつた。いつごろまでここで學んでゐたものか、「築地の某英學校に一年ばかり通つた」という露伴の口吻で察すると、十五年の春夏の交までぐらゐは通つたものであらう。

と記している。『少年時代』二〇七頁で「英學を修める」としているのはこのことであろう。これからは退いた理由はわからないが塩谷賛『幸田露伴』上（三六頁）は、

なぜ中学校を退学したのか。それは家庭の財政からに違いない。

とみる。その理由として（以下要約）、

慶応四年に将軍家は江戸を去った。幸田家は静岡へ行かずとどまった。収入は減じついに受けていた一切のもの

を失った。父兄の働きで財政をまかなった。倹約もうちぢゅうでやった、中学校へ進めばそれだけ経費がかかる。一中は決して悪い学校ではなかったはずで、露伴が退学したいと思うはずもない。多分は事情が親のほうにあって子の退学ということになったのであろう。

と推測している。露伴は『學生時代』（『露伴全集』第二十九巻、三九二頁）で、

其の頃でも英學や數學の方の私塾はや、營業的で、—〈略〉— 漢學の方などはまだ古風なもので、—〈略〉— 月謝やなんぞ一切の事は規則的法律的營業的で無く、道徳的人情的義理的で濟んで居た方が多いのです。

と言っている。前述したように「學校へゆくほど面白いことは無いと思つて居た」露伴である。やはり経済的理由があったのではないかと思わせるものである。

塩谷は、次に入ったのが「東京英学校である。」「入学は明治十四年七月、露伴は十五歳であった。」と記している。この「東京英学校」を、私は露伴がキリスト教と出会った場として注目しているので別稿で述べたい。

だが、この学校もやがて退いているのである。『年譜』に「故有りて皆業を卒へずして止む。」と記していることには、簡潔な表現の中に忘れられない残念の思いの深さがこめられているとも考えられる。

露伴は「東京英學校」で学ぶ傍ら、十五年の初め頃から菊池松軒の漢学塾にも通い始めた（柳田泉『幸田露伴』二八頁に拠る）。『年譜』には、

明治十五、十六年

夜〻菊池松軒先生に就きて聴講、年少無知と雖も、程朱の學の藩籬を窺ふを得たり。(3)

と記している。『年譜』に「東京英學校」の記述がなく、この「程朱の學の藩籬を窺ふを得たり。」の記述があることが露伴を東洋的に位置づける定説の要因の一つになっているのではないかと考えられる。

菊池塾というのは俗称ないしは通称で、正しくは迎曦塾という。柳田が露伴の友人遅塚氏の文章から補いつつ伝えるところに拠れば、この塾での露伴は、大人びて寡黙であったが、一たび講義の席となると、堂々と議論を闘わして同輩を圧倒した。旺盛な知識欲で經史といわず、諸子の書といわず、史記、漢書、八家文、孔子家語、古文真寶、左氏春秋、近思録、貪るように読み耽った。また、よく筆写をした。また片仮名交じり文に訳した漢文を、再びもとの漢文に復訳する復文が課されたりした。露伴はよく満点であったという。このように露伴は菊池塾で勉強をしたと伝えられている。だが、露伴は『學生時代』の最後に、

わたくしは前にも申した通り學生生活の時代が極短くて、漢學の私塾にすらさう長くは通ひませんでした。即ち輪講をして窘められて、帳面に黒玉ばかりつけられて、矢鱈に閉口させられてばかり居たぎりで、終に他人を閉口させるところまでには至らずに退塾つて仕舞ひましたのです。(4)

このように謙遜に控え目に述べているのである。

「東京英學校」を退くと共に、昼間のおもな勉強所は、湯島の図書館となったという。柳田に拠ると、その頃、御茶の水の聖堂には、東京唯一の東京図書館というのがあった。閲覧手続きも簡単であり、夜は蝋燭で読むという鷹揚な所で、ここが、露伴が毎日弁当を携えて日参した勉強所であった。露伴はここで朝から読書をして、それから菊池塾にでかけたらしい。この時期に淡島寒月と知り合ったという。ここで露伴は何でも構わず、片端から読破した。『水滸伝』とか『西遊記』それから仏教経典がある。こういうことが後の博学に寄与していると考えられる。「何でも矢鱈に讀」んだという（「幸田露伴氏に物を訊く座談會」『露伴全集』第四十一巻、二五三頁）露伴は、キリスト教関係の書物も読んだかもしれない。

露伴が菊池塾に通塾したのは、明治十五年から十六年にわたる正味一年余りにすぎない。中学を一年余で退き、「東京英學校」も退いている。菊池塾も一年程である。

『年譜』には、

明治十六年（『年譜』は明治十五、十六年から年表記がある。注岡田）
電信修技校に入る。給費生となりて自ら文へたる也。(5)

とのみ記している。露伴は明治十六年、官費の「電信修技校」に入った。自給生活にはいったのである。前述のようにこれも家の経済状況に関連があるのではないかと思われる要素である。早く自立していかなければならないという気持ちが強かったのではないかと考えられる。物事を徹底的にするということを厳重な躾によって培われ、しかも勉強も好きだった露伴は経済的理由によって勉学の道が断たれる無念悲痛の思いも味わっていたことになる。

「電信修技校」に入った頃から、露伴は、芝の兄の郡司大尉の邸に同居する。ここでは兄の射的銃を持ち出して悪戯などしていたらしい。自立しかかりながら、まだ子供らしさの残る好奇心旺盛ないたずら好きの青年に近い少年の姿がうかがえるのである。この銃のことなども『休暇傳』の少年造型に影響していると考えられる。

『年譜』は、

明治十七年
同校卒業、實務を執る。(6)

とある。このようにして、露伴は明治十七年の夏に官費の「電信修技校」を卒業する。そして翌十八年までは東京の中央電信局で実務を執った。

明治十八年
判任に補せられ、次で北海道後志に赴任す。(7)

とある。一年たって判任官に補せられ、「北海道は後志の国、余市町の電信分局」（柳田泉『幸田露伴』四七頁に拠る）に赴任したのである。

明治二十年
官を棄て出京す。乃ち免官せらる。(8)

このようにして明治十八、十九、二十年と、およそ三年ほどを、北海道で送ったのである。それからの帰京あたりのことは『突貫紀行』（『露伴全集』第十四巻所収）に詳しい。『年譜』も次は「明治二十一年『露團々』を草す。(9)」になっているので、露伴の作家としての資質を培ったものを探るという目的で生い立ちを見るという『年譜』による考察はここまでにしたい。

注

（1）『年譜』、『露伴全集』第三十二巻、四六頁。
（2）『少年時代』、『露伴全集』第二十九巻、二〇七―二〇八頁。
（3）『年譜』、『露伴全集』第三十二巻、四七頁。
（4）『學生時代』、『露伴全集』第二十九巻、三九五頁。

（5）『年譜』、『露伴全集』第三十二巻、四七頁。
（6）『年譜』、『露伴全集』第三十二巻、四七頁。
（7）『年譜』、『露伴全集』第三十二巻、四七頁。
（8）『年譜』、『露伴全集』第三十二巻、四七頁。
（9）『年譜』、『露伴全集』第三十二巻、四七頁。

むすび

以上のことから言えるのは、露伴は武士や江戸の気風が残る中で、物事を徹底的にやらせる厳格な家庭で育ったということである。そして明治の人に共通する気質と言えるかもしれないが、『年譜』での自分のことをあまり語らない書き方や、『少年時代』『學生時代』にもうかがえるのだが、控え目の奥ゆかしさがある。それは、この『年譜』の始めに、最初辞退したのだが、博文館から求められて「已むを得ずして自ら傳ふ」とあることや、柳田泉が『幸田露伴』（三二頁）で、露伴の老友遅塚麗水の文章から伝えているように、塾での態度は「大人びて寡默であったが、一たび講義の席となると、堂々と議論を闘はして同輩を壓倒した。」と言われているのに、露伴自身は「帳面に黒玉ばかりつけられて、矢鱈に閉口させられてばかり居たぎりで、終に他人を閉口させるところまでには至らずに退塾つて仕舞ひましたのです」と謙遜して控え目に述べていることなどからもうかがえる。また、後に山口剛が「須原の花漬――露伴氏の風流佛――」（『早稲田文學』大正一五年四月）で記しているように、露伴が「あれは或人のことを書いたのだが」とは言いながら、その人の名をあからさまには言わないというような時に醸し出される雰囲気にも共通しているものがうかがえるのである。

そのような人が「深く感じて」「忘る丶能はざるものを記す」として記していることには重みがあると言えよう。その重みのある忘れることのできないものを補足しつつ見てきた結果として、次のようなことが考えられる。

露伴には虚弱の体質の我が身を育ててくれた父母の慈愛の養育に対しての深い感謝の念が培われている。それは夭折を宣告されながらも「全きを得」て、今生きている生かされている生命への畏敬と感謝の念につながるものである。それに加えて、他の記憶が忘れられている中での幼児期の記憶に残っている祖父との永別の体験があり、人間の命について思うことが深いものとなっていたと考えられる。また「目力終に人に及ぶ能はず」という眼病の体験からは、障害者・弱者の立場を自分のものとして共感し配慮する気持ちが培われていたということも考えられる。また「故有りて皆業を卒へずして止む」と学びの場が転々としていることを記していることからは、それが塩谷賛のいうように、退学が家の経済状況によるとすれば、経済事情によって、勉学の道さえもままならない経済的貧困への共感も培われていたのではないか、ということも考えられるのである。

以上をふまえて、露伴の資質として言えるのは、露伴には人間の命の重みへの認識がある。さらに、病気や経済的貧困による弱者に共感できる心情が培われているということである。この心情は後にキリスト教の説く愛に共鳴し、人類の幸福を願い、さらに世界平和希求の願いへと発展、展開する思考に連携するものとなるのではなかろうかと考えられる。

幼少年期から露伴に培われているこれらの資質が、長じてキリスト教の説く愛の受容につながる土壌として、作用するものがあるのではないかと考えられるのである。

そして、この成長の過程で学んだ学校の中で注目すべきが、露伴が「東京英學校」に通学した経験である。露伴がいわゆる漢学を学んだことについては既に周知のことで言われてもいるが、「東京英學校」でキリスト教的環境・雰囲気を体験していることは看過されているようである。私は今まであまり詳細にはふれられなかったこの「東京英學校」に着目している。それについて別稿で述べたいと考える。

○　なお「自傳」の『年譜』補足として、柳田泉『幸田露伴』（昭和十七年二月十二日發行、中央公論社）を用いた。これに多く拠ったのは、露伴生存中に書かれたものであり、加えてその「序語」に見られる執筆姿勢などから信用できるものと考えたからである。

他に、塩谷賛『幸田露伴』上（昭和四十年七月三十日発行）、中（昭和四十三年十一月九日発行）、下（昭和四十三年十一月九日発行）など、いずれも中央公論社を参考にした。

第二節　露伴とキリスト教の出会いをめぐって

はじめに

露伴とキリスト教とのかかわりは、父成延の改宗によってと従来は見られているようであるが、本稿ではまず「東京英學校（現青山学院）」に注目し、次いで父の改宗について見ていきたい。

父のキリスト教への改宗は、露伴のキリスト教への関心を高めたことは確かであろう。だが、私は露伴とキリスト教との出会いはそれ以前にあったと考える。なぜなら、露伴は『少年時代』（『露伴全集』第二十九巻、所収二〇七頁）で「英學を修める」と言っているが、その場所について、柳田泉（『幸田露伴』二六頁）は「東京英學校に入ることを許された」として「東京英學校」に入学したことを記している。「東京英學校」は青山学院の前身である。その青山学院の教育方針は「青山学院の教育はキリスト教信仰にもとづく教育をめざし、神の前に真実に生き真理を謙虚に追及し愛と奉仕の精神をもってすべての人と社会とに対する責任を進んで果たす人間の形成を目的とする。」（『青山学院百二十年』一九九六年三月発行、青山学院、冒頭に拠る）とある。したがって前身の「東京英學校」にも、この教育方針の基本はあったと思われる。そのことから「東京英學校」に在学した露伴もキリスト教と出会っていたと考えられるからである。また、後述するが、露伴が通った当時の教師長田時行の記述に、その頃の学校の雰囲気（讃美歌、日曜礼拝などがあった）の中にキリスト教に関することが見られることによっても考えられるからである。

柳田泉の「東京英學校時代」[1]では当時の環境、雰囲気の詳細については言及していない。だが、キリスト教の影響を視座として露伴作品を考察しようとするとき、露伴がキリスト教と出会った所として、まず「東京英學校」に着目する必要があると考える。なぜなら、この頃すでにふれていたと考えることからは、たとえば『突貫紀行』で帰京の途中に、苦境の中にあった露伴が、なぜ教会に行ったのかを考察するのに、つながるものがあると考えられるからである。

このような前提があって、帰京後、父の改宗によって露伴とキリスト教とのかかわりがさらに深まったと考えられるのである。

以上について検証しつつ、露伴とキリスト教との出会いについて考察したいと考える。

注

（1）柳田泉「東京英學校時代」は、（『幸田露伴』昭和22年11月30日　眞善美社）として、『露伴全集』附録、一九七九年八月一七日發行、岩波書店、一二八―一三〇頁所収。そこでは、

「露伴がこゝに入學したのは、明治十四年七月のことであつた。」
「十五年の春夏の交までぐらゐは通つたものであらう。」
「十四年の冬ごろから菊池松軒の漢學塾にも通ひ始めた。」
と記している。

柳田泉『幸田露伴』（昭和十七年二月十二日發行、中央公論社）「少年のころ（下）（一〇）東京府中學・東京英學校」の「東京英學校」とは殆ど同じだが、柳田泉『幸田露伴』の「東京英學校」では、「十五年の始めごろから菊池松軒の漢學塾にも通ひ始めた」と記している。

なお、「東京英學校時代」には加筆があるようである。

（二）「東京英學校」

ア　「東京英學校」の環境、雰囲気

露伴は『少年時代』で「英學を修める」と言っているが、この修めた場所が「東京英學校」と見られている。そこで、この場所に焦点をあてて見ていくことにする。

「東京英學校」は青山学院の前身である。『青山学院九十年史』は「第二節　耕教学舎―東京英学校」七九頁に、

後の文豪幸田露伴もここで英学を学んでいたことがあるが、このことはあまり知られていないようである。

と記している。そして「東京英学校と露伴」（『青山学院九十年史』七九―八〇頁）という項で、

露伴が東京英学校に学んだことについては明治文化に造型深い柳田泉がその著『幸田露伴』（中央公論社出版）の中に述べている。文豪の学問形成の一面を知るのに興味あることであるから、以下長文にわたるが引用させていただく。なお柳田氏は東京英学校のことは朱牟田徹氏の示教に負うところが多いと述べているが、この朱牟田氏は旧青山学院中学部で歴史を担当していた人である。

として、露伴が東京英学校、後の青山学院に学んだことを記した後で、次のように柳田泉の『幸田露伴』[1]の引用をしている。

「露伴が中学を退いたのが、いつ頃のことか、はっきりしないが、一年余で退いたというから、明治十三年中のことであったろう。それから暫くして、露伴がまた何処かの学校に入りたいと父に願ったところ、それではというので、東京英学校に入ることが許された。

と記し、そのあと、

東京英学校は今日の青山学院の前身の一つである。

として、一つというのは何故かということについて、東京英学校と美以神学校とが合併したのが青山学院へと成長したと書いている。そして、

露伴がここに入学したのは明治十四年七月のことであった。―〈略〉― 露伴が入学したのは東京英学校の銀座三丁目時代であるが、本校の麻布移転の際には、当然銀座の分校に残ったものらしい。さうしていつごろまで、ここで学んでいたものか『築地の某英学校に一年ばかり通った』という露伴の口吻で察すると、築地二丁目時代すなわち、十五年の春夏の交までぐらいは通ったものであったろう。この学校で教えたものは英語が主であったが、傍ら普通学にも及び、一種の変則中学のやうな所もあった。外人教師が数名いたが、日本人教師のなかに、元良（初め杉田）勇次郎（文学博士、帝国大学教授）がいたことは注目される。露伴はここで長田時行（昭和十五年没）などという人からリーダーの講釈を聞いたが、例の努力主義で勉強したから、通学期間は短かかったわりに相当な語学力を得た。露伴は時々種々な必要から（乃至趣味的に）文学、科学、歴史、地理などの英書を読破していたらしいが、その語学力の土台は、全くここにいる一年ほどの間に、固めたものと考えてよかろう。」

と記している。

ここで露伴が学んだ日本人教師として名前が上っている長田時行は、「東京英學校の思ひ出　長田時行」（『青山

学院五十年史』七七—八一頁）で、

明治十四年三月十二日は、私の生涯に於て思ひ出深い日である。この日午前二時ガタ馬車を驅つて高崎を發し、午後四時東京萬世橋に到着、和田正幾氏の出迎を受けた。

と記し、和田氏が美以教会の依頼を受け、耕教学舎の経営を継承することに協力するために、高崎から上京したことを記している。露伴の通った時を含めその前後の「東京英學校」の様子がうかがえるので以下要約する。

三月十五日私は始めて築地の耕教學舎に赴いた。

全校の生徒數は、私の來た直後に於いて、僅かに十數名に過ぎなかつた。教師は、ハリス、ビショップ両夫妻、和田、杉田、槙田晋作の諸氏及び私があり、設備の不完全は熱心と努力とを以て補つた。既にして銀座三丁目河岸（三十間堀）舊原女學校（原胤昭氏經營）校舎跡の洋風家屋に引移り、これを講堂及び寄宿舎に充て、又校名を東京英學校と改稱した。これは第一高等學校の舊稱東京英語學校から案出したのである。

『日日』『朝野』『報知』諸新聞の生徒募集廣告は、青年の注意を喚んだ。當時士族の子弟にして志篤き者は、競つて英語の研究に趨つたが、東京英學校の名稱及び四名の外人教師を有する特色は、大いに彼等の向學心を刺激し、優秀なる青少年が翕然として來集した。

やがて校舎明渡の必要を生じ、一時麻布學農社跡を借用してゐた。既にして築地平野活版所の新築煉瓦家屋に引移り、階上を寄宿舎に階下を教室に充て、大いに面目を新にしたが、間もなく横濱神學校との合併問題起り、私と東京英學校との關係は終了を告げるに至つたのである。

と記し、「東京英學校」の教育方針を次のように記している。

東京英學校の教育方針は、嚴格なる規律と懇篤なる教授とに在つた。

〈略〉

深く我が不徳を愧ぢたので、一日全生徒を講堂に集め、生命懸けの熱禱を捧げた。幸に私の赤誠は遂に生徒の悟了する所となり、一同校規の遵守を誓つた。

かく校紀は峻嚴であつたが、篤學なる和田、元良諸氏の教授は、懇到詳切痒い所に手の届くやうな状態であつたから、上級學校入學試験の合格者も頗る多く、屢〻『和田先生に習った數學は一生忘れられない。』等と謂ひ、感謝してゐた生徒があつた。教科書には、ウイルソン讀本、トドハンタア代數、バアレイ『萬國史』、スヰントン歴史、ミッチェル地理、『論語』『孟子』『徒然草』等が用ゐられた。素質は概ね優秀であり、學業の進歩も著しかつた。長からぬ東京英學校時代の生徒から、後年比較的多數の社會的名士を出したのも、一はこの邊に由来してゐるであらう。

と記しているのが見られる。また、教育の現場で「生命懸けの熱禱を捧げた。」ことを記している。

このあと長田は、社交的集会は焼芋会、趣味娯楽は詩吟や政談演説、運動競技は築地海岸での水泳や和船を漕ぐことがあったことを記し、ついで、

宣教師の夫人が讃美歌を教へたこともあるが、日曜の禮拝は随意となつてをり、海岸教會に行く有志も、その数は格別多くなかつた。要するに生徒全體の氣分は、基督教には未だ深い關心を有してゐなかつた。


このように記している。「一日全生徒を講堂に集め、生命懸けの熱禱を捧げた。」「讃美歌を教へたこともある」「日曜の禮拝」などに見られるように、露伴が通った頃の「東京英學校」ではキリスト教的雰囲気、つまりキリスト教にふれる機会があったと考えられる。

次に、長田を招いた「和田正幾氏」は、「『私の回顧』和田正幾」（『青山学院五十年史』七三—七七頁）で、次のように記している（抜粋）。


甚だ手不足を感じたので、私の友人長田時行君を遠く群馬から招き、託するに幹事の任を以てした。

十四年三月、築地一丁目三番地の耕教學舎は、我等に依つてその授業を開始された。

当時在學生徒約三十名、—〈略〉—　越えて四月銀座三丁目十九番地に於ける舊原女學校　—〈略〉—　に移り、二十日東京英學校と改稱、同日簡単なる開校式を擧げた。生徒は陸續として入學し、全校の生徒數は、最も多い

時に於て百名を超過するに至つたから、忽ち校舎の狭隘を來し、南紺屋町に分塾を設けるの盛況を呈するに及んだ。翌十五年三月に至り、京橋区築地二丁目十三番地祝橋角に於て、格好の校舎を有することとなつた。横濱に於ける美以派神學校との合同問題起り、種々新しい事情の發生を見たので、四月末に及び、我等二人（一人は杉田（勇次郎、後元良。注岡田）は、是年六月を期限として辭職を申出でた。十五年六月末日、我等二人の東京英學校に對する教職員としての關係は、耕教學舍繼承より一年四ケ月にして、茲に一旦斷絶した。

このように当時の事を回顧している。長田との一致が見られると共に補うものもあるものである。露伴の通ったとされる時期と長田、和田の記録はかさなっている。

長田が当時の教師は「ハリス、ビショップ両夫妻、和田、杉田、槙田晋作の諸氏及び私があり、」として挙げていた中で、たとえば、（『青山学院九十年史』参考）

M・C・ハリスは一八四六年オハイオのビールスヴィルに生まれ、十七歳のときから教会に活動をはじめ、一八六九年ピッツバーグ年会の教職試補となった。そして牧会の仕事を続けながらアリゲニー・カレッジに学び一八七三年に卒業し、同年十月ベスト嬢と結婚して、即日、日本へ宣教師として出発し、十二月十四日に到着した。前記（ミッション成立の第一回集会。注岡田）のごとく、函館に任地を定められたが、その後東京・横浜に移って青山学院の前身である美會神学校、耕教学舎、東京英学校に関係し、神学を教授した。―〈略〉― 日本人の風俗・宗教に深い愛情と理解をもって活動し、一九一六年に引退し、二一年に永眠した。

C・ビショップは生まれは、一八五〇年（嘉永三年）アメリカ・ニューヨーク州トループスバーグ。一八七九年

（明治十二年）学業を終えるとすぐに来日、東京をはじめ長崎、札幌、弘前の各地で伝道を行なった。メソヂスト監督教会日本宣教部の会計委員など要職を兼ねるかたわら、青山学院に教授として奉職、その間数年理事を勤めるなど多大な貢献をなした。伝道と教育に身を捧げて六十余年間日本に在住し、昭和十六年帰国、同年他界した。（メソヂストについては辞書には、メソヂスト、メソディスト、メソジストなどとあるが、本論は「関西学院創立者ウォルター・R・ランバスのたどった足跡」（編集・発行関西学院大学図書館、二〇〇四年一一月一日発行）、『神戸榮光教会七十年史』（昭和三十三年九月十七日発行、神戸榮光教会）などを参考にして「メソヂスト」と表記する。注岡田）

ビショップ夫人は美會神学校の創立者M・S・ヴェイルの妹であるが、兄とともに来日以来よき協力者として伝道につとめるかたわら東京英学校などで英語・独語を教えていた。ビショップとは大正五年結婚、青山学院とは明治二十二年に教鞭をとるようになってから帰国まで、宣教・教育の両面で深いつながりをもっていた。

和田正幾は、安政六年（一八五九）本所割下水の幕臣の家に生れた。父は浅井東といったが大政奉還後沼津へ移住し、正幾も父と共に沼津に少年時代を過し、明治三年江原素六の世話で旧幕臣和田茂の養子となった。明治五年（一八七二）浅井家は東京に移り、正幾も東京に出て翌年（明治六年）開成学校の官費生となり、明治九年から東京大学で、化学を学び抜群の成績を示した。十七歳の時（明治九年十二月）カナダ・メソヂスト教会宣教師、J・カクランより受洗し、伝道者たらんと決心して、学友の横井時雄、山崎為徳とともに大学を中途退学して、同志社神学校に入った。新島襄の薫陶を受けていたが、しかし自己が直接伝道者たるには不向きであることを感じ、一ケ年にして同志社を去り帰京した。かれが杉田とともに、耕教学舎を経営しようとしたのは二十三歳のときであり、以後、七十四歳にして世を去るまで、この耕教学舎が東京英学校となり、さらに東京英和学校となり、そして青山学院として、大きく成長していく長い間、一貫してここに教鞭をとり、昭和八年三月青山学院専門部教授として永眠した。その学識は深く、謹厳、寡黙にして責任感強く、生涯学んで倦むことなく、明治三十二年より三十余年間、第一高等学校にも教えたが、その学力には、斎藤秀三郎、夏目漱石も敬服していたという。また、キリスト者としての生活においても他に範を示しており、「キリスト者教師の典型」と某書は述べている（『青山学報』一一二号、「和田正幾先生記念号」および「植村正久とその時代」第二巻、五四一―五四三頁参照）。この和田に長田は呼ばれたのである。

長田時行は岡山の人で、築地大学校（横浜のヘボン塾が築地に移って名を改めたもの。明治学院の前身の一つ）に入って学び、入信して、新島襄の故郷である上州安中に赴き、和田正幾と湯浅治郎の指導のもとに、安中教会員経営の蚕絲工場に働いて寝食を共にしつつ、将来への準備につとめていたが、明治十四年和田から上京して耕教学舎のために協力して欲しい旨の懇篤な手紙が来たので、同年三月に上京し、耕教学舎の幹事として活動したのである。牧師。昭和十五年没。『同志社タイムス』に拠れば伝道に名前が載っている。

杉田（元良）勇次郎は安政五年（一八五八）摂津国に生まれた。一八七四（明治七）年DAVISに出会い洗礼を受ける。同志社を卒業し、津田仙の学農社農学校に教え、また理科大学の学生として数学を研究していた。和田と共に耕教学舎を引き継いで、東京英学校を経営し、明治十六年アメリカへ留学し、ボストン大学、ジョンス・ホプキンス大学で心理学、哲学、社会学を研究して二十一年帰国した。一時、東京英和学校に教え、学校の校主にもなったが間もなく辞して、東京大学、東京高等師範学校に教え、わが国心理学の祖といわれる業績をのこし、大正元年没した。また夏目漱石と座禅をしたこともあると本井は紹介している。(2)

槙田晋作については、青山学院資料センター所蔵の資料に拠れば、「S. Makita, Instructor in Chinese.」とあるのが見える。なお『青山学院五十年史』五五頁に明治十八年頃の教師として槙田晋作の名前が見える。

以上明治十四―十五年頃の、つまり露伴が通ったといわれる頃の「東京英學校」の環境と、教師の状況である。紹介が長くなったが、これらの経歴を見ることによって、露伴の接した人々の多くが、一生をキリスト教によってその信念を貫いた人々であることがわかり、したがってその影響も大きかったと言えよう。

これから言えるのは、露伴の学んだ「東京英學校」は、

(1)　キリスト教宣教の基盤の上に立っている。
(2)　教師として宣教師、熱心なキリスト教関係者が多い。
(3)　讃美歌が教えられたこともあり、熱心な祈祷もあった。
(4)　出席の強制はないが教会の日曜礼拝もあった。
(5)　宗教を強制することはなく、かたよった教育はしていない。

このような特色があり、要するにキリスト教主義に基づく宣教と教育の精神によるキリスト教の雰囲気の多く在る学校であったと言える。露伴はこのような雰囲気の中に学んだということになる。教師達の情熱、人格、実践躬行する姿から学ぶことも多かったと考えられる。

露伴は改宗した父成延に勧められて聖書を読んだと言われている。だが、以上のようなことから、露伴とキリスト教とのかかわりはこの頃からあったと考えてもよいのではなかろうか。

注

（1）柳田泉『幸田露伴』昭和十七年二月發行、中央公論社。該当箇所は二六―二七頁。

（2）本井康博「漱石とキリスト教――同志社人脈との交流――」『キリスト教文学を学ぶ人のために』安森敏隆他編、二〇〇二年九月二〇日第一刷発行、世界思想社、一五九―一六九頁所収。一六三頁。

夏目漱石は鎌倉円覚寺で一週間ほど座禅をしたが、その時、元良が一緒に結跏趺座したという。

イ 「東京英學校」を前提とする『突貫紀行』における記述の意味

露伴とキリスト教との出会いは「東京英學校」と見て『突貫紀行』の次の記述に注目したい。それは、

二十五日、朝、基督教會堂に行きて説教をきく。(1)

である。このあたりの記述から、窮境時に、なぜ「基督教會堂に行」(2)ったのかという行動について疑問がうかぶ。明治二十年九月二十五日は『突貫紀行』に拠ると、北海道の任地から職を棄てて帰京の途次にあった露伴は、得られる予定のお金が手違いで得られず、仙台に五日間もの逗留を余儀なくされていて、窮境にあった時である。これといって、することもないつれづれのままに行ったとも考えられる。だが、日本石巻明治二十年九月氣象報告（気象庁図書資料管理室）に拠れば当日は、「空氣之温度　攝氏」は午前二時十五・五、午前六時十四・七、午前十時

十六・六、午後二時十七・四、午後六時十二・一、午後十時十一・三、平均十四・五である。「風向及速度」は午前二時N5・3、午前六時NW10・6、午前十時WNW12・3、午後二時NW12・6、午後六時NW8・0、午後十時NW9・6の記録が見られる。降雨はないが暴風であり、あまり離れていない仙台も似たような天候であったのではなかろうか。このような状況を考えると、つれづれというようなものではなくて、意思が働いての行動であったと考えられる。

前述のような「東京英學校」における環境の経験がある露伴は窮境だから行ったのではなかろうか。なぜなら、人間は苦境の時、何かに縋りたくなるものである。露伴は、苦境にあって自分を鼓舞し励ます何かを求めたかったのではなかろうか。それが、前述の露伴在学当時の教師たちの経歴にうかがえるように、キリスト教を基盤としての宣教、教育に情熱をもやす人々の勇気や献身的情熱にふれていた露伴を教会に向かわせたのではないかと思われる。唐突に行ったのではなく、露伴自身も説明がつかない何かに引き寄せられるような感情が「朝、基督教會堂に行きて説教をきく。」という行動になったのではなかろうかとも考えられる。説明がつかない何かに引き寄せられるような感情に関係するものを森有正は、その著『近代精神とキリスト教』(3)でクロォデルの『信仰への苦悶』(木村太郎氏訳、二九六—二九七頁)から「そしてその時私の一生を支配する事が起つた。瞬間にして私の心は觸れられ、私は信じた。」を引いている。これは露伴の場合このままは当て嵌まらないであろうが、説明がつかない何かが人の心を動かすことがある一つの参考になるとは思う。

柳田泉の「東京英學校時代」では当時の学校の環境、雰囲気の詳細については、言及してはいない。だが、露伴は「東京英學校」での環境にふれたことのある心情をもって、父のキリスト教への改宗、それによる家族全員の受洗ということに接したのである。「第一章　第一節「自傳」の『年譜』をめぐって」による生い立ちに見られるように、露伴と父は深い絆で結ばれている。その父の改宗によって露伴のキリスト教に対する関心は深まり、真剣に向き合わねばならないものとして受け止めたのではなかろうか。

露伴とキリスト教とのかかわりというようなことについては、従来は、たとえば「八七年父は下谷（現・豊島岡）教会牧師植村正久によって受洗し、幸田家は露伴を除いて全員クリスチャンになった。彼自身も父の勧めで聖書〈略〉を読み、教会に通い」（「こうだろはん　幸田露伴」（西谷博之）『世界日本キリスト教事典』一九九四年三月一日発行、教文館）とあるように、父の改宗によって生じたと見られるのが大方であるが、前述したようなことをふまえると、それより前からキリスト教的雰囲気のある環境にふれていた、つまり、キリスト教に出会っていたと言えるのではなかろうか。

注

（1）『露伴全集』第十四巻、昭和二十六年六月五日第一刷發行、昭和五十三年十一月十七日第二刷發行、岩波書店、一五頁。
「突貫紀行」は明治二十年八月二十五日より翌月二十九日に至る記事で、二十六年九月博文館發行の紀行文集「枕頭山水」に出た（『露伴全集』第十四巻、後記抄に拠る。括弧などは後記に倣う）。

（2）登尾豊の注に拠れば、露伴の行った教会は未詳だが、「当時仙台には、明治十一年設立の元寺小路教会、十九年設立の仙台美以教会（仙台五橋教会）などの教会、仙台女学校・仙台神学校などの礼拝堂、講義所などがあった」という。『幸田露伴集』新日本古典文学大系　明治編22、二〇〇二年七月二四日第一刷発行、岩波書店、四〇六頁。

（3）森有正『近代精神とキリスト教』昭和二十三年十一月十日初版発行、昭和二十五年十月五日再版発行、河出書房、一二六頁。

＊　耕教學舎～東京英學校関係については、『青山學院五十年史』（昭和七年十一月三日發行、青山學院）、『青山学院九十年史』（昭和四十年九月二十日発行、青山学院）に拠る。

また『青山学院百二十年』（一九九六年三月発行、青山学院）を参考にした。

左から和田正幾、長田時行、元良勇次郎
青山学院資料センター蔵

この「第一章　宣教のおとずれ・建学の礎石」に「東京英学校発足を記念して」と題して和田正幾・長田時行・元良勇次郎三人の一八八一（明治一四）年当時の写真が載っている。

○　露伴について柳田泉『幸田露伴』昭和十七年二月十二日發行、中央公論社。ならびに塩谷賛『幸田露伴』上（昭和四十年七月三十日発行）、中（昭和四十三年十一月九日発行）、下（昭和四十三年十一月九日発行）、中央公論社を参考にした。

（二） 父の宗教

ア 父のキリスト教への改宗

北海道に赴任しておよそ三年間程、父からしばらく離れていた露伴は再び父と向き合ってかかわることになる。前述したが露伴は転任を願った（柳田泉『幸田露伴』五三頁）が聞き入れられず、明治二十年八月二十五日午前九時職を棄てて東京へ「忽然出發す」る。この間のことは『突貫紀行』(1)に詳しい。

散々苦労して帰京したのだが、許しもなく勝手に職を棄てて帰京した露伴に対して、父成延の機嫌は散々で、大目玉を食わしたという。

その成延は露伴の不在中に植村正久の説教を聞いて感激し、先祖代々の仏教（法華宗）信心から改宗して猛烈なキリスト教信者になっていたのである。父の改宗が一家を動かして、母も、弟妹も皆熱心な信者になった。帰京した露伴はキリスト教に囲繞される環境におかれたのである。

労働の福音と遊食の罪悪を説かれた成延は、これに共鳴した、そしてわざわざ別の通街に一軒の家を借り（当時幸田家は、すでに山本町から移って末廣町に住まってゐた。柳田泉『幸田露伴』五七頁）、そこを通い店にして紙店を開いたそうである。柳田に拠れば、こうして自身は自宅から通勤して店番をする、日曜日には店を休んで教会に行き、店の儲けは、すっかり教会の費用に差し出すという有様であったと伝えられてもいるのが見える。一説によるとこの店の名前は「愛々堂」(2)であったという。この店の命名から、父もキリスト教の説く愛に心惹かれていたのではなかろうかと考えられるのである。教会においてはしばしば弱者・他者救済が説かれ隣人愛は実行に移される。

「愛々堂」は、成延がこの店の利益を弱者に目を注ぐ愛を実践躬行しようとする考えがあって命名したのではなかろうか。露伴の資質には前に見たように弱者に共感できる土壌が培われている。働いて得た利潤の大部分を差し出すという、この父の行為に深く思う所があったのではなかろうか。そういうことも影響してキリスト教の聖書にも、より真剣に向き合うようになったのではなかろうかと考えられるのである。

注

（1）幸田露伴『突貫紀行』は、『露伴全集』第十四巻、前掲、一―一七頁所収。

（2）塩谷賛『幸田露伴』上、昭和四十年七月三十日発行、中央公論社、六五頁。

イ　禁教の残滓

ところで、日本においてキリスト教は、一つの思想、又は主義と同じように、或いは単にキリスト教のもつ異国的ムードにひかれたり、又は知識の摂取などのために近づくという傾向もあったことは否めないであろう。だが、このようなことだけではなく、人間の根底にあるもの、精神的なものにかかわる問題としても、とりあげなければならないのではないかと考える。とくに明治以後いわゆる「近代」の日本文学には西洋からの複雑な影響が入ってくるが、その一つに「聖書」があると考えられる。現在ではこのようなことは当然のこととして受け取られようが、露伴の青少年期にさかのぼってみると、フランシスコ・デ・サビエルによってもたらされたとされる日本におけるキリスト教は、江戸幕府による長い間のいわゆる御禁制にあい、その弾圧の風が明治以後もまだ名残をとどめていたと考えられる。列強諸国が後押しをしたような形で明治六年に御禁制の高札が下ろされたと言われる。

ここに実例を挙げると、露伴出生の翌年（一八六八）明治新政府が太政官令として提示せしめたキリシタン禁制の高札がある。私の見たものは、松らしい一寸板と杉材らしい笠部で作られ、その高札には、

定

一、切支丹宗門之儀ハ

是迄御禁制之通

堅可相守事

一、邪宗門之義ハ固く

禁止候事

慶應四年三月太政官

右之通被仰出候条　堅可相守者也

豊岡縣

と書かれている。

この高札を実際に見ると、当時のキリスト教に対する見方、扱い方がしのばれ、「御禁制」というものに呪縛されていた社会的状況の重さを、改めて認識実感させられるものである。この高札が下ろされたのである。だが、この高札の撤去は米倉充『近代文学とキリスト教』(1)に拠れば、禁教派の主張者岩倉具視自身がキリスト教寛容の時が来たことを認めて撤去したと言われている。だが、この撤去は諸外国にたいしては撤去したかのように吹聴しても、内にむけては何等の布令書も出してはいないから、明治政府は表向きの方針としては禁教を解除しながら、本音としては依然としてキリスト教に対する根強い偏見と反感を抱いていたことを意味するものだとしている。

したがって、しめつけはゆるやかになったとはいえ、人々に禁制によって植え付けられたキリスト教に対する感情は、ひたすら欧化につとめる一部の東京などではさておき、特に「かくれ切支丹」などの多かった地方などでは早急には払拭しなかったと考えられる。つまり御禁制の残滓があったと考えられる。露伴が生をうけ育ったのは、こういう時代であり、わけても父成延は御禁制の時代に生れ、育ち、壮年期までずっとこういう時代を職務がらとはいえ、切支丹を禁教として取り締まる側の幕府の中枢近くに生きてきた人であるということを見落としてはならないと考える。

注

（1）米倉充『近代文学とキリスト教　明治・大正篇』現代キリスト教選書7、一九八三年一一月二〇日第一版第一刷発行、創元社を参考。

ウ　父の改宗における勇気

前記のような状況下において、さらに、それにくわえて代々仏教信心の幸田家にあって、入り婿でもあるこの成延の改宗という決断実行はまことに勇気のいることであったと言わなければならないであろう。このような状況で、北海道から幸田家に戻った露伴の周辺にはキリスト教がごく近くにあり、真剣に向き合わなければならなかったと考えられる。

また露伴の妹延子は音楽取調所（柳田泉『幸田露伴』七頁、幸田延子「私の半生」三五頁、などの表記に拠る）に学び、ピアノの名手であって女性ながらアメリカ・ボストンに一年、さらにウィーンに五カ年留学している。[1] この延子は西洋と露伴とをつなぐ強力な存在であったのではないかと思われる。なぜなら音楽は音を出して練習する。楽器によらずとも口ずさむこともあったであろう。今日のように防音装置などありえない。だから露伴は西洋音楽も耳にしていたし、話題にすることもあったのではないかと考えられる。そして、肉親が西洋に行っていることは、西洋を近くに感じていたであろうと思われる。

ちなみに、露伴の兄弟妹（三は夭折）は、

長　成常　相模紡績会社社長。

次　成忠《しげただ》　郡司氏を嗣ぎ、郡司大尉（海軍）として、報効義会の創唱者実行者統率者として有名（柳田泉『幸田露伴』七頁に拠る）。北方の警備の重要性を痛感して占守島移住を計画した（「ぐんじなりただ郡司成忠」（能登志雄）『世界大百科事典』平凡社）。『國史大辞典』（吉川弘文館）でも「なりただ」だが、柳田泉『幸田露伴』七頁では成忠《しげただ》としている。

四　成行　露伴。幼名鐵四郎。

上の妹　延子　音楽取調所に学び、ヴァイオリンとピアノの名手。日本の西洋音楽移入に、また、音楽教育に貢献。

五　成友　日本経済史、海外交通史の権威。

下の妹　幸子　音楽取調所の後身、上野音楽学校に学びヴァイオリンの名手。安藤氏に嫁す。

六　修造　上野の音樂學校に入ったが、卒業せずに歿した（柳田泉の記す「上野の音樂學校」は現東京芸術大学）。

このようになる。(2) 皆、当時としては広い視野をもって広い分野に身を立てているのがうかがえ、ここにも父の影響があるのではなかろうかと思われる。勇気ある気質が伝わっているのではなかろうかと考えられる。

注

(1)　幸田延子述「私の半生」、『音樂世界』第三巻第六號、昭和六年六月一日発行、音樂世界社、三三—四二頁所収。三八—三九頁。

(2)　柳田泉『幸田露伴』昭和十七年二月、中央公論社、七頁を参考にした。

むすび

露伴へのキリスト教の影響は、父成延の改宗によるところが大きいとは考えられる。だが、露伴はそれより前に、短期間ながら、「東京英學校」でキリスト教による雰囲気、環境、さらにキリスト教を信念とする教師たちの情熱ある教育の中に身をおいた経験があったのである。いわば基盤があったと考えられる。露伴とキリスト教とのかかわりにおいて、露伴とキリスト教の出会いを考える上で「東京英學校」に注目すべきであり、その経験を看過すべきではないと考える。

生い立ちに見られたように、父成延と露伴との父子関係は医師にも見放されかねないほど虚弱な体質のわが子を育て上げた父の慈愛と、それにたいする子の感謝という絆で結ばれている。そういう関係にある父の改宗、そして「愛々堂」での実践躬行は「東京英學校」の環境裡でふれていた露伴のキリスト教への関心を、それまでよりも深いものへと誘ったのではなかろうか。

以上のように考察するゆえに、キリスト教の影響を視座として露伴作品に、光を当てて見る必要があると考えるのである。

以下、前述したような、作家として世に出るまで（以後は終章において述べる）の露伴とキリスト教との関連をふまえて、露伴作品を考察していきたいと考える。

○　露伴について柳田泉『幸田露伴』（昭和十七年二月十二日發行、中央公論社）に拠るところが多いのは露伴生存中に書かれたものであり、加えてその「序語」に見られる執筆姿勢などから信用できるものであると考えられるからである。

他に、塩谷賛『幸田露伴』上（昭和四十年七月三十日発行）、中（昭和四十三年十一月九日発行）、下（昭和四十三年十一月九日発行）、中央公論社を参考にした。

第二章　幸田露伴『露團〻』考

序　節

「露團〻」は雑誌都の花の明治二十二年二月下旬號・三月上旬號・同下旬號・四月上旬號・同下旬號・五月上旬號・六月上旬號・同下旬號・七月下旬號・八月下旬號に載り、翌二十三年十二月金港堂から刊行せられた。學海居士依田百川の序が附せられ、挿繪は後藤魚州。後三十五年六月博文館發行の「露伴叢書」及び舊全集所收。本全集は初刊本を用ゐ《ママ》初出誌・叢書本・舊全集を参照した。以上のように『露伴全集』第七巻（昭和二十五年十一月三十日第一刷發行、昭和五十三年八月十八日第二刷發行、岩波書店）後記は記している。

反響について、内田魯庵が次のように伝えているのが見える[1]。露伴に原稿を持ち込まれた依田學海が初めて読んだ感想を「ノッケから讀者を旋風に巻き込むやうな奇想天來」に、「磁石に吸寄せられる鐵のやうに喰入つて」「到頭徹宵して」読了したことを伝えている。それから學海が紹介者の淡嶋《ママ》寒月と同道して露伴を訪問し、其後、金港堂へその原稿を持って行ったのである。金港堂の『都の花』の主筆の山田美妙も「實に面白い作で、眞に奇想天來です」と評したという。一般読者が目にする前に評判がよかったのである。

このようにして世に出た『露団〻』を、何故冒頭に取り上げるのか。その理由は、一つには作家露伴が認められ、初めて世に出した作品だからである。二つには、キリスト教がユニテリアンとしてであるが、[2]「ぶんせいむ」の広告に明示してあるように作品の中に取り込まれているからである。三つには作家露伴生成の道程（拙稿「作家露伴生成の道程考――資質を培ったもの」を参照して頂きたい）から見て、苦境時に創作した作品であると考えられるからである。

『露団〻』創作当時、露伴は職を棄て北海道から帰京していた。父の世話になっていたのである。父成延は、そのことに激怒したし、露伴の文学で立つ考えに反対もしていた。露伴は将来の進路の岐路に在ったのである。そのような環境の中であればこそなおのこと、露伴は渾身の力をこめて創作に打ち込んだと考えられる。『露団〻』には露伴という人間の、それまでに蓄積した知識、思考、経験が吐露されているのではなかろうか。したがって、その頃の露伴のすべてが投入されていると考えられるこの作品『露団〻』を考察することによって、作家露伴形成の本源がうかがえるのではなかろうかと考える。ゆえに、キリスト教についても、その作品の中でキリスト教が、いかなる痕跡をとどめているのか、露伴にいかなる影響を及ぼしているのか、つまり、露伴の受容のありようを確認することができるのではなかろうかと考えられるのである。

たとえば、露伴を頂点におく三角形を想定した場合、その形成の要素として、底辺に当然大きく日本があり、右辺に東洋があり、左辺に西洋があり、それらによってなる三角形の頂点に露伴が形成されていると私は考える。今まで日本と東洋という観点から露伴を見ることはなされてきた。だが、西洋、とくにキリスト教の影響を視座とし

図－3　『都の花』第二巻（第九號目録の表記に拠る）第九號の表紙
『露團〻』が掲載された。明治22年2月17日東京金港堂發行。稲垣文庫藏本。
日本近代文学館蔵

てという観点からは、あまりなされていないようである。それは『露團〻』についての次のような論からもうかがえる。

露伴にキリスト教の影響があると見る立場の笹淵は、「露団々」の主な主題は精神的として高い価値をもつ、いわゆる「神聖の恋」であるとしている。これは、笹淵の立場からして首肯できるものである。(3)

しかし、これは独立した『露團〻』論ではなくて、「本研究の主題であるロマンティシズムの観点」（六七七頁）とあるように、その著『浪漫主義文學の誕生』の「第六章　幸田露伴」に「浪漫主義文學」研究の視点を主軸にしての論の中でふれているものである。

一方、二瓶愛蔵は、「「露團々」論」で、『露團〻』を明治文学史上の「特筆されるべき作品」と評価するのであるが、(4)これには首肯することができる。だが、そこでユニテリアンとしたことについて「当時最新のキリスト教の一宗派の名を点綴させたことは作品に新鮮味を添えるための一つの趣向」(5)であり、「同時に父の眼を意識しての配意」(6)ととらえ、当時熱心なクリスチャンであった「父への「挨拶」の意味をも持つ」ものであるとしている。そして、「キリスト教は、以後の露伴の小説には二度と出てこないのである。(7)」と見ている。たしかに時流にのって新しいものを取り入れたことは考えられる。また、父への配意もあったかもしれない。だが、「キリスト教は、以後の露伴の小説には二度と出てこない」と見ることについては異見をもつのである。なぜなら私は、露伴のキリスト教は、表面には明らかに「キリスト教」という形では見えないかもしれないが、キリスト教の影響は通奏低音※のような在り方で（或いは伏流水のような在り方でとも言えようが）、以後の露伴の小説にも存在すると考えているからである。

潟沼誠二は、「『露団〻』論」(8)で「『露團〻』の中に、キリスト教的主題を見い出すことは難し」いと見ている。

だが、私は、恋愛を、たとえば「戀は信用の地にさく花」「神聖の戀」「二人は一體となりしもの」などとしている倫理観のあるところにおいて見られるのではないかと考える。またユニテリアンについては「作品のファッション技法としてもちいられているに過ぎないのである。(9)」としている。だが、私は、ユニテリアンとしてではあっても作品にキリスト教を取り込んでいるのであって、そのことを重要視しなくてはならないと考える。また、潟沼は、作中人物に露伴の分身を見て「詩人たいらつくは、幸田露伴にもっとも近い分身的存在(10)」であると見ている。だが、私は分身として見るというよりも、作者の置かれた環境に起因する心情の投影が、作中人物それぞれのその折々の心情に反映されて、所々に散在していると見られるのではなかろうかと考える。なぜなら、作中に、執筆時の露伴の経験、体験が基になっているのではないかと考えられるものが見られるからである。

前述の各ご見解からは、裨益を蒙るものである。だが、キリスト教の影響を視座とする私の立場からすると、笹淵は納得できるが、二瓶、潟沼は、いずれも『露團〻』をとりあげ、キリスト教についてもふれながら「新鮮味を添えるための一つの趣向」「父の眼を意識しての配意」「父への「挨拶」」などとしてとどめている。勿論そういうことも考えられるが、キリスト教をあまり重要視していることはない。さらには「キリスト教的主題を見い出すことは難し」いと見られているのである。特に二瓶が『露團〻』をこの時点で子細に検討されて、キリスト教にもふれている中で、「キリスト教は、以後の露伴の小説には二度と出てこないのである。」とのご見解を述べられていることは、逆に、以後の露伴のキリスト教が皮相的なものでなく、作品の中にキリスト教的思考として根底に流れているものとなっている場合があることを示唆していると考えられるのではなかろうか。なぜなら、露伴のキリスト教が、通奏低音※（比喩的に、物事の底流にあって、知らない間に全体に影響を与えるような雰囲気をいう。『日本国語大辞典』第二版、小学館に拠る）のようになっているから「二度と出てこない」と表面からは見えるのではなかろうか。そして、また笹淵が「斎藤茂吉が述べてゐ《ママ》るやうに」として言っているように「露伴の西欧的なもの（キリスト教が入っていると考えられる。注岡田）の摂取の仕方は極めて同化的であつて換骨奪胎の妙を得てゐ《ママ》るために、ともすれば炯眼な批評家すらその本源を認めえないことが多い」[11]ということにもなるのであろう。

そして、以上はいずれもキリスト教の影響を視座にした観点からのものではないと言えよう。つまり、露伴を形成している一つの柱左辺の西洋において、キリスト教の影響という視座を主軸にして『露團〻』を論じたものは管見では見当たらないようなのである。それゆえに、その観点から考察する必然性があると考える。この観点から光をあてることをせずしては、笹淵も言及していたが、露伴の作品を真に理解しえないのではなかろうかと考えるのである。

苦境の中、自らの進路の岐路に悩む青年露伴が執筆した『露團〻』の中で、キリスト教がいかなる痕跡をとどめ、いかなる影響を及ぼしているのか、つまり受容のありようを把握しておくことは以後の露伴作品を考察する上でも重要であり、露伴の作品を見ていこうとする者、とくにキリスト教の影響を視座とする者にとって、『露團〻』は必須の作品であると考える。

以上のような理由でキリスト教の影響を視座とする本考察の冒頭に『露團〻』を取り上げるのである。

これまでに、『露團〻』について私は「幸田露伴「露團々」考——露伴とキリスト教の関連と、「露團々」の愉快観、恋愛観の根底にあるキリスト教的思考の考察——」『日本文藝研究』第五十一巻第一号（一九九九年六月十日発行、関西学院大学日本文学会）、「幸田露伴『露團々』考——『露團々』の風流観をめぐって——」『日本文藝研究』第五十二巻第一号（二〇〇〇年六月十日発行、関西学院大学日本文学会）で述べた。本稿はそれらを基にして書き改めたものである。論旨は変わらない。

したがって恋愛観、愉快観、風流観に分けて行う。

恋愛観においては、「しんじあ」「るびな」はもとより、父親の「ぶんせいむ」にもキリスト教的倫理観による所が認められる。そして露伴と西洋の関連を考えるにおいては、キリスト教が重要であることを明示していると考察できる。

愉快観においては、後に露伴は評論「『快楽論』無愉快の愉快」[12]で「感謝の態度に依つて立つて見る時は、愉快であるとする事は容易なのである。」と愉快と感謝の気持ちのつながりを述べている。この考えがすでに愉快観にも見られると考察できる。

風流観においては、それまでの日本の風流には見られない、不幸な人々を癒し救おうという思考が見られるのである。

いずれも、キリスト教の影響があると考えられるものであって、これらについて検討し立証しつつ『露團〻』の考察を進めていきたいと考える。

※　通奏低音つうそうていおん【通奏低音】〔名〕（ドイツ Generalbass の訳語）バロック期から古典派初期の音楽で

行なわれた特殊な演奏習慣による最低声部。〈略〉バッソ-コンティヌオ。また、比喩的に、物事の底流にあって、知らない間に全体に影響を与えるような雰囲気をいう（『日本国語大辞典』第二版第九巻、一九七二年一二月一日第一版第一巻発行、二〇〇一年九月二〇日第二版第九巻第一刷発行、小学館参考）。

別に、或いは伏流水のような在り方でという見方ができるかもしれない。

なお、1通奏低音のような在り方、2伏流水のような在り方は、以後1通奏低音のように、2伏流水のようにとし、2は略すこともある。

注

（1）「露伴の出世咄」魯庵生（『改造社文學月報11』昭和2年11月5日）。『露伴全集』附録、一九七九年八月一七日發行、岩波書店、一〇六―一〇八頁所収。

（2）ユニテリアンは、教派としては十八―十九世紀にイギリスとアメリカに別々に成立したキリスト教の一派で、カソリックの三位一体・聖書無謬・原罪を否定、神のみを信仰の対象とする単一神論を教義とし、合理主義・人道主義の傾向が強い。日本では〈略〉明治十九年秋、矢野龍渓（文雄。注岡田）がとりあげ、〈略〉明治二十年十月、アメリカから宣教師ナップが来日、福沢諭吉の支援を受けて布教活動を行なった（『幸田露伴集』新日本古典文学大系　明治編22、二〇〇二年七月二四日第一刷発行、岩波書店。登尾豊校注『露団々』四頁より抄）。

笹淵はユニテリアン教徒は「現在生活の事に付て論するものなり」とナップが述べていると伝えている（笹

淵友一『浪漫主義文學の誕生』明治書院、六七三頁）。

ユニテリアンの起源は一五六五年ポーランドにたったユニテリアン教会に始まる。アメリカではボストンを中心として一八世紀から一九世紀にかけて流行した。日本では一八八六年（明治十九）に伝えられ、安部磯雄らはこれを信じ、社会運動に及ぼした影響には大きなものがあった（「ユニテリアン　Unitarian」（高谷道男）『世界大百科事典』平凡社より抄）。

安部磯雄（一八六五（慶応一）―一九四九）は福岡藩士、岡本権之丞の次男。日本社会主義運動の先駆者。明治十七年同志社卒業後アメリカに留学。第一回普選以来代議士当選四回。第二次世界大戦後、日本社会党顧問。産児制限論者としても知られる（「あべいそお　安倍磯雄」（今井清一）『世界大百科事典』平凡社より抄）。

『青山學院五十年史』（前掲三三頁）には「明治二十年前後に、ユニテリアン神學が教界に喧傳されて、『自由神學』などという書物が行はれ、神學生の興味をも唆りはしたが、之が爲に信仰上に動揺を來す程には至らなかつた」と記している。

以下、私見であるが、『露團〻』で「ゆにてりあん」としていることは、時代の流行というばかりではなく、「ぶんせいむ」の人物造型につながるものがあるからではなかろうか。小説では「ぶんせいむ」の「ゆにてりあん」への改宗は「他の宗教の儀式の煩重なるを避けたるに外ならざるべし。」（『露伴全集』第七巻、二〇頁）としている。これは合理的が優先していると考えられるものである。「ゆにてりあん」も合理主義の傾向が強いと見られているようである。

だが、露伴が主に接したキリスト教は、現在の青山学院からであり、植村正久の説教を聞いて改宗した父や家族からであり、植村につながる教会からであり、ユニテリアンではないと言えよう。露伴にどれだけのキリスト教宗派への関心があったかは不明であるが、わざわざユニテリアンとしているのは、時流を取り入れたことはあるかも知れないが、熱心な信者としての父や家族や他の敬虔な信者たちの顰蹙を買わずに、人物造型の幅を広げるための小説家としての露伴の考えた手段でもあったのではなかろうかとも考えられる。

私は作品を読むにあたっては、ユニテリアンには全くではないが、あまり拘泥しなくてもよいのではないかと考える。キリスト教の拠るところは聖書であって、聖書の教えるところは変わらないと思うからである。したがって、私は、キリスト教の影響を視座としての観点から考察するにあたり、教派に拠るのではなく、聖書に拠ってキリスト教の影響を見ていきたいと考える。

（3）笹淵友一『浪漫主義文學の誕生』昭和三十三年一月十日初版発行、平成三年六月二十日六版発行、明治書院、六八三頁。
（4）二瓶愛蔵『若き日の露伴』昭和五十三年十月二十五日発行、明善堂書店、二九四頁。
（5）二瓶愛蔵『若き日の露伴』前掲、二八二頁。
（6）二瓶愛蔵『若き日の露伴』前掲、二八二頁。
（7）二瓶愛蔵『若き日の露伴』前掲、二八二頁。
（8）潟沼誠二『幸田露伴研究序説―初期作品を解読する―』平成元年三月三〇日発行、桜楓社、三三二頁。
（9）潟沼誠二『幸田露伴研究序説―初期作品を解読する―』前掲、三三三頁。
（10）潟沼誠二『幸田露伴研究序説―初期作品を解読する―』前掲、三九頁。
（11）笹淵友一『浪漫主義文學の誕生』前掲、六七六頁。
（12）『快楽論』の「無愉快の愉快」は、『露伴全集』第二十八巻、三〇九―三一四頁所収。三一四頁。

第一節　『露團〻』の恋愛観をめぐって

はじめに

『露團〻』は「剛毅果斷」[1]「剛毅曠達」[2]と見られている「ぶんせいむ」が、一人娘「るびな」の婿を選ぶのに広告によって募集し、試験によって選ぶという方法を採用することによって始まる。その「るびな」には相思相愛の「しんじあ」がいた。小説の主流に、この二人の恋があるということは言える。試験の結果、最後に「るびな」の「良配偶」として選ばれたのは、試験を受けることをしなかった「しんじあ」である。そこで、受験しなかったにもかかわらず、なぜ「しんじあ」が選ばれ、「るびな」との恋が、父「ぶんせいむ」の「二人の戀は永久なるべし」という言葉に祝われるような形で、成就したのかを探求したいと思う。そのために、主要登場人物ごとに分けて見ながらそれぞれの恋愛観を考え、それを基に『露團〻』の恋愛観をめぐって考察したいと考える。そうすることによって成就した理由も明らかになるのではないかと考える。あわせて、創作時の作者の思考・心情もうかがえるのではないかと考える。

まず、恋愛観としたことについてであるが、北村透谷は一八九二年（明治二五年）「厭世詩家と女性」[3]の冒頭で戀愛は人世の秘鑰《ひやく》なり。

と言った。だが、『露團々』には「戀愛」という表現は見られないようである。「戀」「愛」「戀慕」である。「愛」は、たとえば「ぶんせいむ」が父に宛てた手紙には「愛する父よ」と記している。これは西欧手紙文の冒頭によく見られる、たとえば英語ならDearを意識していると思われる。また、「しんじあ」の説教には「滿腔の愛をもて」(4)とある。「じゃくそん」は「あだむといぶ」をひいて「相敬し相愛し」と男女間のありようを述べている。「るびな」のキリスト教的倫理観をふまえていると見られる手紙には「愛する人」「深き愛と堅き信」(5)などとして何回か見られる。したがって『露團々』で「愛」が見られるのは、西欧やキリスト教に関係がある時に見られると言えそうではある。

一方、「戀」は全般にわたって見られるのであるが、たとえば、

戀をしらずば神を知らじ、神をしらずば戀をも知らざらん。そもや戀のはじめは是を大にすれば神と人に起り、是を小さく說けば親と子よりぞ起る。兄を戀ひ弟を戀ひ、此心長じて女を戀ひ男を戀ひ、國を戀ひ天下を戀ひ、後世を戀るまでも伸ばさば伸ぶべき者ならん。見ぬ世の吾儕をまで戀にこがれて荊棘の冠を頂き、十字架上にはて給ひしくりすと、萬乗の位をすてばだ河畔にをはられし釋迦なんど、正偏西東の差はあれ眞にありがたき戀しり、情しりにておはしける。(6)

図－4　『都の花』第十號の挿絵

海岸で父と大船を見る「ぶんせいむ」。大船三艘共に一人の所有主であることを聞いた十二歳の「ぶんせいむ」の発した唸り声こそが、後に大富豪となる母となった。

日本近代文学館蔵

このように、「神」とかキリストについて言う場合も「愛」ではなくて「戀」なのである。つまり普通は、神の愛、キリストの愛と言われるのが適当ではなかろうかと思われる所で「愛」ではなくて「戀」が使われている。これらから見ると『露團〻』の場合は「戀」「愛」の置換が可能であるように考えられる。

さらに、「戀慕」がある。「しんじあ」の説教を聴きにくる人々の中の若い女性たちが、「しんじあ」に思いを寄せる感情を「戀慕」としている。また、「しんじあ」が「るびな」にたいして持つ感情の場合も、「戀慕の念」「戀慕は絶る筈」「戀慕を破るもの」[7]など「戀慕」で表現している。

このように見てくると、『露團〻』での「戀」「愛」「戀慕」の用法は明確に区別はできないと言えるのではなかろうか。『露團〻』においてのみの理由の一つとして、読者を意識する露伴が、広範な意味（たとえばアガペーなど）を含み、日本では当時まだ慣用に至らず人々に馴染みもうすく理解しがたい「愛」を余り使わずに、理解しやすい「戀」としているのではなかろうかとは考えられる。その中でたとえば、後述するが「るびな」の手紙に見られるように、男女間の思い慕う感情でありながら「戀」「戀慕」とせず、「愛」としている所には、キリスト教の影響に拠っているものがあると考えられると言ってもよさそうである。

以上のようなことから、『露團〻』での男女間の思い慕う感情は、「戀」とも「戀慕」とも「愛」とも置き換えられているので、これらを一括して恋愛として見てもよいのではないかと考えられる。ゆえに、本稿は恋愛観として考察するのである。

注

（1）『露伴全集』第七巻、二一〇頁。

（2）『露伴全集』第七巻、二一一頁。

（3）北村透谷「厭世詩家と女性」（『透谷全集』第一巻、昭和二十五年七月十五日第一刷發行、岩波書店、二五四—二六四頁所収）。二五四頁。

「厭世詩家と女性」は、一八九二年二月六日「女學雜誌」第三〇三號及び同年四月二十日同第三〇五號發表。署名は透谷隱者（『透谷全集』第一巻、解題勝本清一郎（四三一頁）より抄）。

（4）『露伴全集』第七巻、二一三頁。

（5）『露伴全集』第七巻、九四頁
（6）『露伴全集』第七巻、八九―九〇頁。
（7）『露伴全集』第七巻、一三二頁。

（一）「しんじあ」の場合

ア「しんじあ」の志す道

では、「るびな」の「良配偶」として選ばれた「しんじあ」とは、どのような人物なのであろうか。本文は、人心荒廃の「今日に」、

さりとては殊勝の志し、法の花ふる亞米利加《アメリカ》の紐育府《ニウヨルクふ》に一人の男ありて、其名をもるん、しんじあと呼べり。(1)

として読者に紹介されて『露團〻』に登場する。彼はアメリカのニューヨークにいる人で

額ひろく鼻筋とほり、慈愛の眼清くして小児の啼を止むべく、能辯の唇うるはしく丹花の瓣にも紛ふ許り、齡

も漸く三十を越えて二とまだならぬなるべし。一人生活の相手には、貧人の小僮のよるべなき者常に五六人、多き時は十人餘も入かはり又立かはり、食客となりてはたらくなり、是れ此の人の徳を慕ひて就來れるならん。(2)

とあるように社会匡正という「殊勝の志し」を持ち、容姿も美しい三十歳を少しすぎたばかりの青年である。徳もあり、衆望もある。はじめは「道徳の衰頽を匡正せんと」「数十策を立て」たが、世間の協力を得られなかったことから、「功の急にし難」いことを知り、

二十五歳の曉より、警醒演説會なる者を起し、(3)

所々を回り、「女子と少年」を対象にして、「高尚に馳せず鄙近におちず」「熱心の涙と滿腔の愛をもて正しき道」を教えているのである。この「警醒演説會」であるが、後述する『六合雜誌』が「東京警醒社」として発行されていたことがあるので、そのあたりが意識されているかもしれない。彼の説に感動した人々に敬愛され、その活動に賛同した人々は援助を惜しまない。そのような「しんじあ」が、まだ妻を迎えていない理由として、

ゆかりの藤のさめやすき色香をめでずして、常盤の松の變らぬ操を保ち、情深く心やさしく、天晴れ自己の妻たるべき女を得んと、胸中におもひ定めしよしありや、(4)

などと人々はいろいろ噂をしていたとしている。

このような「しんじあ」の演説会での演説の要点は、鳥獣にもある動物的本能による「肉の利害」と、「善をよみし悪を憎む」人間としての精神的倫理観による「心の利害」の観念についてである。彼によると、この二つは神より人間に与えられたもので、人間は二つながらの利害を知っていると言い、人間が動物的本能を知っているのを認めている。それ故に「平和にして繁榮なる社會」が築けるのであるが、今日のように道徳の衰退した社会の状況では、「心の利害」の観念を「殊に人類に附與したる神」に対して「恐れ愧る所」はないかと「心の利害」に注意すべく訴えて、人々を社会匡正の方向へ導こうとしているのである。彼は、

禁菓を食ひし太古のあだむ、いぶと今日の男女と、大なる差がありませうか。(5)

と聖書の「創世記」の「あだむ、いぶ」が木の実を食べたことを引いて、人類の倫理観が、太古から今日に至るも殆ど進歩が見られないことを挙げ、人々に今生活している社会の現状を正視させ反省させて、人々が正しい倫理観を持つよう訴え、社会を匡正しようとしているのである。これが彼の志す道である。「しんじあ」の説教にはキリスト教の聖書に拠るところが多いと考えられる。「しんじあ」の演説に引かれている太古の人間「あだむ、いぶ」も神の戒めよりも、動物にもある本能に負けたのであるから、「肉の利害」による欲望の方が強かったと言えよう。それを引き合いに出して、人間の倫理観の進歩が一向に見られないことへの反省を促しているのである。

この「しんじあ」の説く「心の利害」「肉の利害」についてであるが、「基督の教へし道徳及ひ宗教」デフォレス

ト『六合雜誌』明治二十一年五月十五日發行第八十九號（東京警醒社、一八〇―一八九頁より抜粋）にも、

或は肉欲に追はれ、私欲に眩まされ、下賤卑劣の目的を懐き　―〈略〉―　金銀を得るを以て無上の幸福と思惟し、―〈略〉―　嗚呼如何にして斯る惨怛たる人類の境涯を和樂平安の腴地と爲すを得るや
茲に答あり　―〈略〉―
吾人は神の児たるの大眞理を信せしめよ彼等は必すや其心（傍点岡田）を以て曾て形躰の奴隷となしたるを悔ひ忽ち善誠、真實の人たらんことを欲するなるへし

などと記されていて「肉欲」に堕落している社会現象に対峙するものとして「心」を以てしているのが見える。「しんじあ」の肉と心を対峙させての演説には、時期的に見ても、このようなことが意識されているのではなかろうかと考えられる。

『六合雑誌』明治二十一年五月十五日發行第八十九號の「基督の教へし道徳及ひ宗教」は、およそ一頁二十四字十六行二段で四百字詰め原稿用紙にして十七、八枚程にもなろうか、要旨はキリスト教の聖書を基にして、人々の守るべき道徳に言及しているものである。

デフォレストはデフォレスト・ジョン・キン・ホイド一八四四・六・二五―一九一一・五・八、アメリカン・ボード（会衆派系の外国伝導局）宣教師、神学者。牧師。七四（明治七年）来日。大阪で伝導、のち仙台の東華学校（東北学院の前身）の創立に尽力八七（明治二〇年）。会津伝導に貢献。得意な文筆で日本を海外に紹介した。仙台に没した

（『キリスト教人名辞典』一九八六年二月一五日初版発行、日本基督教団出版局より抄。和歴年号は岡田記。以下同）人であると思われる。

このデフォレストの記述の本源として次のような聖書の記述が考えられる。

たとえば、キリスト教の聖書の中のパウロの「ガラテヤ人への手紙」の5・16—25（『新約聖書』フランシスコ会聖書研究所訳注、一九七九年一一月一日第一刷発行、一九八〇年二月一〇日第二刷発行、一九八〇年三月一日第三刷発行、中央出版社より抜粋）に、

「霊」の導きに従って生活しなさい。そうすれば、けっして「肉」の欲望を満たすことはありません。なぜなら、「肉」の望むところは「霊」に反し、「霊」の望むところは「肉」に反するからです。〈略〉

「肉」の業は明らかです。すなわち、姦淫、わいせつ、好色、偶像礼拝、魔術、敵意、争い、そねみ、怒り、利己心、不和、仲間割れ、ねたみ、泥酔、度はずれた遊興、その他このたぐいです。〈略〉

「霊」の結ぶ実は、愛、喜び、平安、寛容、親切、善意、誠実、柔和、節制です。〈略〉

わたしたちは「霊」の導きに従って、生きているとするならば、また、「霊」の導きに従って前進しましょう。

『新約全書』耶穌降生千八百八十年　米國聖書會社　明治十三年　日本横濱印行「達加拉太人書」第五章十六節—二十五節では、「肉の欲《ねがひ》は靈《みたま》に逆ひ　靈の欲は肉に逆ひ」〈略〉

と記述されているのが見られ、聖書では「霊」「肉」として語られている。だが前記『六合雑誌』では「肉」に対峙しているものとして「心」としているのが見えた。そのような例もあることから、露伴が「しんじあ」にも「肉」に対して「心」として語らせていると考えられるのではなかろうか。そして本源として聖書が在ると考えられる。

露伴には、のちに『水の旋渦』（『露伴全集』別巻上二〇二―二〇五頁所収。「水の旋渦」は雑誌宗教界の明治三十九年九月號に載った。『露伴全集』別巻上、後記に拠る。括弧等は後記に倣う）で「是の如くにして肉の人は靈の人となって行くのであると。」という記述がある。

因みに『六合雜誌』明治二十一年五月十五日發行第八十九號にはデフォレストの他に、徳富猪一郎「適用の時代、批評の時代」、高橋五郎「道徳宗教職業及び罪悪の關係」、山田寅之助「自然有神論と基督教有神論」、アメルマン「五書批評論集第一編」、小崎弘道「有効の徳育」、ゴルドン「加藤弘之君及ダルウィン氏」などが目次に名を連ねている。これらの著者のごく概略を記す。

徳富猪一郎、一八六三（文久三年）―一九五七（昭和三二年）：号蘇峰。熊本洋学校に学び、一八七六年（明治九年）一二月新島襄から受洗。八七年（明治二〇年）一月民友社を創設、《国民之友》を刊行した。社会の弱者のための運動に支援を送り続けた。

高橋五郎、一八五六（安政三年）―一九三五（昭和一〇年）：評論家、翻訳家。本名吾良。越後国生れ。

一八七五年（明治八年）横浜に行き、S・R・ブラウンに英語を学ぶうちに入信。宣教師を助けて『新約聖書』の翻訳を行う。『六合雑誌』に寄稿した。

山田寅之助、**一八六一（文久元年）—一九二八（昭和三年）**：メソヂスト教会牧師。陸奥国（青森県）弘前生れ。一八七七年（明治一〇年）弘前メソヂスト教会で宣教師J・イングより受洗。八〇年（明治一三年）横浜に出て美以神学校に入学。八九年（明治二二年）青山学院神学部教授となり、終生同職にあって宗教教育、著述に従事した。この間一九〇八年（明治四一年）から二年間銀座教会を牧した。

アメルマン（アママン・ジェイムス・ランシング）、**一八四三（天保一四年）—一九二八（昭和三年）**：アメリカ改革派教会派遣の宣教師。明治学院教授、神学者。日本ではアメルマンと呼ばれていた。七六年（明治九年）来日。横浜でS・R・ブラウンを助け、ブラウン塾で教える。七七年（明治一〇年）東京一致神学校が創立され教授となる。同校が明治学院となったのちも教授を勤めた。妻の病により九三年（明治二六年）帰国。

小崎弘道、**一八五六（安政三年）—一九三八（昭和一三年）**：日本組合基督教会牧師、同志社社長。熊本生れ。七六年（明治九年）四月L・L・ジェインズから受洗。七九年（明治一二年）同志社卒業。八六年（明治一九年）赤坂霊南坂に教会堂を建て、番町教会も兼牧。この間一八八〇年（明治一三年）三月には東京における基督教青年会（YMCA）の創設に加わって会長となり、一〇月には『六合雑誌』を創刊した。八六年（明治一九年）六月には『政教新論』を刊行、キリスト教界・思想界にめざましい活躍をした。九〇年（明治二三年）新島襄のあとをうけて同志社英学校校長・社長となった。

ゴルドン（ゴードン・マークウイス・ラフィエット）、**一八四三（天保一四年）—一九〇〇（明治三三年）**：アメリカン・ボード派遣の宣教師。一八七二年（明治五年）一一月来日、阪神地方に伝道した。同志社で神学を講じた（以上『キリスト教人名辞典』一九八六年二月一五日初版発行、日本基督教団出版局を参考にした）。

簡略に述べたが、以上に見られるように、著者たちはいずれもキリスト教において重要な働きをしている人々であって、その思考の根源にはキリスト教の聖書が基盤になっていると考えられる。したがって、「しんじあ」の演説にもパウロの「ガラテヤ人への手紙」などが本源にあると考えてよいと思われるのである。

なお、少年時代の露伴が薫陶をうけたと見られる長田時行（本論第一章「作家露伴生成の道程考――資質を培ったもの」第一節「「自傳」の「年譜」をめぐって」と第二節「露伴とキリスト教の出会いをめぐって」を参照して頂きたい）が、『六合雜誌』にかかわっていたのではないかということが、次のようなことからうかがえる（表紙の用字は「雜誌」に統一する）。

『六合雜誌』第三十四號　明治十六年五月三十日　東京青年會　編輯兼持主　小崎弘道　印刷　長田時行　假局　東京芝區新櫻田町十九番地　青年會雜誌局とある。

『六合雜誌』第三十五號　明治十六年六月三十日　東京青年會　持主兼編輯　小崎弘道　印刷　長田時行　假局　東京芝區新櫻田町十九番地　青年會雜誌局とある。

『六合雜誌』第三十六號　明治十六年八月三十日　東京青年會　持主兼編輯　小崎弘道　印刷人　長田時行
假局　東京芝區新櫻田町十九番地　警醒社内　青年會雜誌局とある。

『六合雜誌』第三十七號　明治十六年九月二十九日　東京警醒社　持主兼編輯　小崎弘道　印刷　長田時行
發行所　東京々橋區西紺屋町二十番地　警醒社とある。

『六合雜誌』第三十八號　明治十六年十月三十日　東京警醒社　持主兼編輯　小崎弘道　印刷　長田時行　發
行所　東京々橋區西紺屋町二十番地　警醒社とある。

このように長田は印刷にかかわっていたと見られる。それとともにうかがえるのは、この時期『六合雜誌』は移行期と見られ、雑誌名『六合雜誌』は変わらないが、表紙が東京青年會から三十七号で東京警醒社となり、発行所も青年會雜誌局から東京警醒社になり、所在地も東京芝區新櫻田町十九番地から東京々橋區西紺屋町二十番地に変わっている。このような移行期に長田は印刷にかかわっていたと考えられる。

この長田時行が、露伴が通った「東京英學校（青山学院の前身）」での教師と同じ人であれば、露伴もこの雑誌に関心を持っていたのではないかと考えられなくもない。『六合雜誌』は明治十三年十月十一日に第一号が「幹事兼編輯　小崎弘道　印刷　田村直臣」で発行されている。露伴の「東京英學校」通学は明治十四年七月頃から一年程と見られ、その間に長田や、直接ではなくても『六合雜誌』になんらかの接触（名前を聞くだけでも）があったのではないかとは考えられる。

ここで『露團〻』本文にもどるが、「肉」は禽獣にもある本能的なものを指しているであろうということは、読者の誰にも容易に理解されるであろう。それにくらべて、「靈」というのは理解しがたい表現であると思われる。それで露伴は人間の精神的倫理観を説く「しんじあ」の演説に、『六合雑誌』にも見られるように、「心」としているのではなかろうかと考えられなくもない。なぜなら、露伴は、たとえば、『露團〻』で神の愛、キリストの愛など本来なら愛とすべきと考えられるものを「戀」として表現している場合があるし、また「しんじあ」は「高尚に馳せず鄙近におちず」「正しき道」をわかりやすく演説していたという設定であるから「靈」を理解しやすいように「心」としているのではなかろうか。それで「肉」はそのままとして「心の利害」「肉の利害」として表現していると考えられなくもないのである。したがって、「しんじあ」の志す道は、人々に「心の利害」つまり禽獣には与えられていないが、人間だけに与えられているとされる精神的倫理観への関心を高め強めさせ、聖書にあるように「愛、喜び、平安、寛容、親切、善意、誠実、柔和、節制」が保持される社会にすることを目的として進む道であると考えられる。

イ　「しんじあ」の恋

前述のような道を歩もうと志している「しんじあ」であるが、彼は、四年程前に「ぶんせいむ」の工場に、招か

れて演説に行った。その折、「るびな」に会い、以後彼にとって「るびな」は忘れられない存在となる。彼は「るびな」を

美しき乙女や　―〈略〉―　志さへ正しく、多く得難き貴女(6)

と見る。彼は「志さへ正しく」と言っていて、美しさだけに惹かれたのではない。「窮に獨り悩」むが「己を慎み名ををしみ」、また財産の差を考えたりもして、釣り合わない「富家の娘」と婚姻しようなどとするのは「自ら慚と誹を招く道理なり(7)」と考え、人々に誘られ「一生の目的に非常の障碍となる」として「ぶんせいむ」の広告による試験には「申込むのはよくない、……申込む事は出來ない、申込む事はすまい(8)」と決心するのではあるが、「……が、可憐の令嬢は、えゝ忘られぬ、おゝ忘れまい、いや忘るべき人ではない。(9)」と「るびな」の事は忘れられないのである。また「何故といふ事もないが、唯だ戀しい」「唯だ戀しいのが戀の本體には相違ない(10)」とも言っていて、恋というものは理性を超えていて、自身ではどうしようもないものとして認識している。

このように揺れ惑う彼の恋の核心は、「るびな」を疑わないことであって、すなわち、

疑ふ念があれば、既に戀慕は絶る筈です。戀慕を破るものは金銀威權ではなく、唯疑ひですが、僕は少しも疑ひを持つて居ません、決してるびな孃を疑ひません。戀は信用の地にさく花です。(11)

というものである。彼の言葉に拠れば「戀は信用の地にさく花」という考え方である。

彼は恋においての信を重要視しているのであって恋する「るびな」を決して疑わないのである。

以上に見られるのは、彼は「ばいぶるの蘇言機」[12]（蘇言機は蓄音機の初めの訳語。同じことを繰り返す。『幸田露伴集』新日本古典文学大系明治編22、岩波書店。登尾豊校注『露団々』の九六頁注九、四九三頁補注一三参照。注岡田）ではない熱い血の通う生身の感覚を持った人間であって、熱い恋の思いを、自らの進むべき社会匡正を志す道を進もうとする立場を考慮して、聖書を基盤とするキリスト教的倫理観の「矩を踰え」（『露伴全集』第七巻一四二頁）ないようにと自律自制しているのである。これが選ばれる一要素であろうと考えられる。志を持ちながら恋に悩む、そのような「しんじあ」の胸中を露伴は

道徳堅固のしんじあとても、十字架に魂のいりたる者にもあらず、柔かく温かき春風吹かば萌出ん戀草の芽の胸になき事やあるべき。[13]

と本文で、柔らかく表現している。また恋の煩悶を

眞如の月も煩惱の、迷ひの雲に掩はれて、胸のうやむや闢止る、よすがもなくや小男鹿の、聲を不違背實相と、聞しはむかし今はまた、物のあはれのしみ〴〵と、身にしみ渡る秋の風、吹きひるがへす葛の葉の、うらみはせねど生憎に、招くが如き女郎花、[14]

このように恋に悩む心情を表現するに趣向を凝らし、情感を湛える七五調の日本的情趣豊かな美文で表現している。「しんじあ」は恋は理性を超えたものであると認識してはいるが、「しんじあ」の恋の核心はキリスト教的倫理観に基づくと考えられる「戀は信用の地にさく花」なのである。

注

（1）『露伴全集』第七巻、二二頁。
（2）『露伴全集』第七巻、二二―二三頁。
（3）『露伴全集』第七巻、二三頁。
（4）『露伴全集』第七巻、二三頁。
（5）『露伴全集』第七巻、二六頁。
（6）『露伴全集』第七巻、二八頁。
（7）『露伴全集』第七巻、二八頁。
（8）『露伴全集』第七巻、三五―三六頁。
（9）『露伴全集』第七巻、三六頁。
（10）『露伴全集』第七巻、三四頁。
（11）『露伴全集』第七巻、一三一―一三二頁。

（12）『露伴全集』第七巻、八九頁。
（13）『露伴全集』第七巻、二七頁。「しんじあ」は『都の花』第十一號、九頁では「しんじあん」。「魂」は、明治二十三年十二月出版、金港堂版二十二頁では「魂ひ」。
（14）『露伴全集』第七巻、三三頁。「吹きひるがへす」は『都の花』第十一號、十三―十四頁でも、金港堂版二十八頁でも「吹きひるがへる」としている。

(二)「るびな」の場合

ア　深き愛と堅き信

「しんじあ」が試験の申込をせず、自らの道を歩もうと決心したのは、自らの立場を考慮した彼の深慮によるのは勿論である。だが、その決心を支え力づけるのに寄与したのは、「るびな」の手紙であって、「しんじあ」の決心は「るびな」の手紙に負うところが大きいと考えられる。

その手紙とは、かって「ぶんせいむ」家に「奉公」していて今は「じゃくそん」夫人となっている「ちぇりい」が、試験の成り行きを心配して「るびな」に助言する手紙を送ったのに対する「るびな」の「返書」のことであろう。「じゃくそん」夫妻は「しんじあ」「るびな」の恋を熟知していて、幸福な結婚を願うものであり、さらに「警

図－5　『都の花』第十二號の挿絵
「曉天の白薔薇」と評される「るびな」。

日本近代文学館蔵

醒演説會の世話人」[1]でもあるとしているから、そのような関係で「しんじあ」に「ちェりい」宛ての「るびな」の手紙を、読める機会がもたらされたと考えられる。その手紙には、次のように書かれていた。

妾は尤も深く妾を愛する人を愛すること尤も深く、尤も堅く妾を信ずる人を信ずること尤も堅し。恐くは人もまた然らん。されば一人深き愛と堅き信をなせる時は、既に二人は一體となりしものなりといふ事を疑はず。　―〈略〉―　愛と信とは離れたるものを合し、遠き者を近くすることは愈ゝ疑ふべからざることなり。故に妾は彼人と遠ざかりたるを眞に悲む、されど憂へず。彼人と合ひ難きをいたむ、されど恐れず。たゞ自れの愛と信の深く堅からざるを憂ひ恐る。　―〈略〉―　妾はたゞ妾の愛と信を深から

しめ堅からしむべきのみ。花能く香ばしからば蝶自ら來らん。露まことに清くんば月盍ぞ宿らざらんや。(2)

この手紙からうかがえる「るびな」の恋愛観の核心は「深き愛と堅き信」である。そして、「るびな」は自己に厳しい自己内省、キリスト教的倫理観に基づく自律自制、さらに、希望を失わない性格の女性として造型されていることがうかがえる。この手紙には「るびな」の恋愛観というのみならず、キリスト教の影響が見られる『露團々』の恋愛観が凝縮、披瀝されているのではないかと考えられる。二人の恋情は主として「戀」「戀慕」表現であったが、ここでは「愛」と表現されている。「戀」ではなく「愛」としている所に特質があり、キリスト教の影響の痕跡が顕著であると見られるのではなかろうか。たとえば「るびな」の手紙の

深き愛と堅き信をなせる時は、既に二人は一體となりしものなりといふ事を疑はず。

の「二人は一體となり」には前述の『六合雑誌』（明治二十一年五月十五日發行第八十九號、東京警醒社、一八〇頁）にもデフォレストが、

キリストか《ママ》夫婦の關係を説き給ひしことにて明かなり夫れ夫婦の關係たる實地道徳上至緊至要の問題にして世上万《ママ》般の問題中之れより大なるものあるなし何となれは家族の和樂、團欒、社會の平安、秩序、國家の幸福、進歩は基本を夫婦の關係より發すればなり〈略〉

イヱスは斯る至大の問題に付き如何なる事を教へしや曰く神は初めに人を男女に作り給へり故に人の夫婦となるや最早や二人にあらず一躰なりと

と記しているのが見られ、その根源として考えられるのは、たとえば聖書『新約全書』の「馬太傳福音書第十九章四―五節」に、

元始に人を造り給ひし者は之を男女に造れり是故に人父母を離れて其妻に合二人のもの一體と爲なり

とある。「マルコによる福音書10・6―8」、「エフェソの信徒への手紙5・31」（『新共同訳』に拠る）にも同じような記述が見られ、その元は、「創世記1・27」「神は御自分にかたどって人を創造された。神にかたどって創造された。男と女に創造された。」、同「2・24」「こういうわけで、男は父母を離れて女と結ばれ、二人は一体となる。」などからきていると言われ、結婚の不解消性（『聖書　口語訳　旧約新約』バルバロ―デル・コル訳、ドン・ボスコ社。マテオ　第19章　注6〈結婚の不解消性がはっきりと主張してある。〉に拠る）が示されている。「るびな」の手紙の「二人は一體となりしものなりといふ事を疑はず。」には、この聖書の痕跡がうかがえるのであって、キリスト教の影響があると考えられる。そして「るびな」は、自己の愛の対象「しんじあ」にたいしての自己の「深き愛と堅き信」を更に深く堅めることによって、苦境を乗り越えられ恋愛が達成できると考えているのである。この「るびな」の思考には、「重に女子と少年」（本文二三頁）に焦点を合わせて説教していた「しんじあ」からの影響が「し

んじあ」に心酔する「るびな」の背後にあると考えられるものであって、「深き愛と堅き信」を基盤とするキリスト教的倫理観をふまえての恋愛観が見られると考えられるのである。

「疑はず」ということについては、

『救世主降生壹千八百九十三年　新刷　聖詠　東京大司教伯多祿瑪利亞　准』の中の

十一　〇信望愛經

何事をも露だに違はぬ、聖主の教、疑ひなくて、眞を信じ従ひ奉る、

なにごとをもつゆだにたがはぬ、みあるじのをしへ、うたがひなくて、まことをしんじしたがひまつる、

（ルビの読みを入れて併記）

に通じるものがある。

この「るびな」の手紙に力づけられた「しんじあ」が机に向かって「手にまかせて取りたる書」を開くと、彼が開いた箇所に見たのは、

我れ汝を教へ、汝を歩むべき道に導き、吾が目を汝にとめて諭さん。汝等辨へなき馬の如く驢馬の如くなるなか

れ、彼等は轡手綱の如き具をもて引止めずば近づき來ることなし。

本文『露伴全集』第七巻、九五頁

これはおそらく次にあげる『舊約全書』「詩篇　第三十二篇」を基にしていると考えられる。

と記してある「詩篇　第三十二篇八―九節」であったとしている。

われ汝ををしへ汝をあゆむべき途にみちびき﹅わが目をなんぢに注てさとさん
汝等わきまへなき馬のごとく驢馬《うさぎうま》のごとくなるなかれ﹅かれらは鑣たづなのごとき具をもてひきとめずば近づきくることなし

『舊約全書』「詩篇」第三十二篇八―九節

これはダヴィドの詩とされていて、十・十一と続き、『聖書　口語訳　旧約新約』（バルバロ―デル・コル訳一九六四年一〇月二四日初版発行、一九七二年三月二四日六版発行、ドン・ボスコ社）に拠れば、「神にそむいて生きる人は、大いに苦しめられるが、神に服従する人は、いつくしみを受ける。」、つまり神の導きにしたがって進むようにと諭していると「しんじあ」が解釈できるものである。

ここに、この「詩篇第三十二篇」(3)がひかれていることから、「しんじあ」は神によって「歩むべき道に導」かれたと考えられ、これによって社会匡正を志す「しんじあ」の道を歩んでいくことを堅く決心すると見られる。この場面での、この聖書からの引用は、飾りのようにちりばめられたものではなく、煩悶する作中人物の心情に適合したものであり、思考にも深くかかわるものである。このように作品の適切な場面に適合する聖書からの引用があることは、露伴の聖書への関心、理解、通暁の度合いがうかがえるものであると考えられるとともに、露伴自身の経験が背後にあるのではなかろうかと思われるものでもある。また、このことから露伴のキリスト教受容のありようを推量できるものでもあるのではなかろうか。

イ 「るびな」の決断と勇気

前述の「るびな」の手紙はキリスト教的倫理観に満ちたものであった。そして、それは「しんじあ」が煩悶を脱するのに助力するものでもあった。このように理知的で沈着とも言える「るびな」なのであるが、最後に「婚禮」の期日が迫った時、何もかも捨てて「しんじあ」のもとへ行こうと家出の決心をし断行しようとする。だが、「しんじあ」が留守のため実行できず「絶體絶命」の窮境に陥いるの余儀なきに至る。その時の「るびな」は、

成育の恩は深くつても、愛護の情は厚くつても、親の威光は強くつても、もう背かずには居られない。かよわい女子も戀の意地……戀なればこそ生もせめ。戀なればこそ死もせん。戀は女の命の主、……二億計りの金銀は假令光つても戀を買ふ價はない。……〈略〉噫名利は詰らない者だと、決斷をして見れば恐ろしい者はない。……お父さんが何日ぞや、實力のない議論はたゝぬ、貨物の空な革嚢は潰れやすいと仰やつたが、今日は女の命の主

といふ尊い者が、主人の革嚢《かばん》に一杯はひつて居る、神聖の戀といふ者がつまつて居る。お父さんの猛勇な力でも無法の壓制でも、潰される氣遣はない。(4)

と考えている。ここには、手紙に見られたようなキリスト教的倫理観により自制していたものが後退し、理性を超えた熱い情熱を持った恋する一女性としての心情があふれている。親に背き、財産も名誉も捨て、ただ一筋に恋を貫こうとする熱い情熱による強さがあり勇気が見られるのである。手紙では「愛」であったが、ここでは「戀」で表現されていて、核心は「戀は女の命の主」であり、また「神聖の戀」と清らかな「戀」としている所に見られる。前述の手紙とならべて比較すると、「るびな」にはキリスト教的倫理観・理性と、理性を超えた情熱の兩方を具備しているのが見られる。前述の「深き愛と固き信」と記した「るびな」の手紙に見られた恋愛観にはキリスト教の痕跡が色濃く見られると考えられるものであったが、「るびな」は、この場面では「神聖の戀」と表現し、清らかな「戀」であるとしているのである。

親子の情に挟まれつつも、恋を貫こうとする「るびな」の心情を露伴は、

定めたる氣は張弓のいと強く、一念征矢の一筋に枉らで直き女竹、何の巖も通さんと、引きは絞れど放ち得ぬ、親の爲るなる押付に身は姫反の反りかねて、とにも角にも闢板のせき來る者はなみだにて、そゞろにぬるゝ袖すりや、篦中の節のふし柴の凝るばかりなる憂き歎き、思ひやり羽もなかりけり。(5)

と七五調の日本的情緒にみちた情趣豊かな美文で表現している。

注

（1）『露伴全集』第七巻、一一頁。
（2）『露伴全集』第七巻、九四―九五頁。
（3）『舊約全書』耶穌降生千八百八十八年、米國聖書會社、明治二十一年、日本横濱印行、中巻。「近代邦訳聖書集成」7、旧約全書、第二巻、一八八八年原本発行、一九九六年四月二五日第一刷発行、翻訳委員会編、ゆまに書房。
（4）『露伴全集』第七巻、一二八―一二九頁。
（5）『露伴全集』第七巻、一二九頁。
なお『都の花』第十九號二十六頁、金港堂版百二十八頁では「放ち得ぬ、」から「親子の縁の八重がらみ、背かば是や大不孝。」とあって「とにも角にも」と続いている。「親の爲るなる押付に、身は姫反の反りかねて」はない。「なかりけり」は「なかるらん」である。

(三)「ぶんせいむ」の場合

ア　恋と愛、「二人の戀は永久なるべし」

一見「しんじあ」「るびな」二人の恋の障害となっているように見えていた「ぶんせいむ」は、最後になると「じゃくそん」の諫めをもよく聞くことをせずに、「じゃくそん」のいう理屈の「本家本元」であろう「しんじあを連れて來い」と言う。そして、それまで自発的行動をしなかった「しんじあ」が来た時、通したのは面会謝絶にしていた「るびな」の所である。二人が涙で抱擁した時、そこへ出てきた「ぶんせいむ」は「二人の戀は永久なるべし」といって恋を認め、結婚を許すのである。

ここで、冒頭で少しふれたが「戀」と「愛」について再考してみたい。

恋と愛との区別は難しい。『日本国語大辞典』(昭和四十九年一月、小学館)に拠れば、恋は「人、土地、季節などを思い慕うこと。慕うこと。異性(時には同性)に特別の愛情を感じて思い慕うこと。恋すること。恋愛、恋慕。」とある。愛は「親子兄弟などが互いにかわいがり、いつくしみあう心。いつくしみ、いとおしみ。男女が互いにいとしいと思い合うこと。異性を慕わしく思うこと。恋愛、ラブ。」とある。

このように恋と愛とは、たとえば〈恋愛〉〈異性を慕わしく思うこと〉など重なるものが見られるのである。本稿冒頭で『露團〻』の露伴の「戀」と「愛」については少し考えてみたが、そこでは「愛」は「戀」ともなり、「戀」は「愛」とも置換表現可能のようなのである。たとえば前述したが、見ぬ世の吾儕をまで戀にこがれて荊棘の冠を頂き、十字架上にはて給ひしくりすと、―〈略〉― 眞にありがたき戀しり、情しりにておはしける。(1)

に見られるように、キリストの愛をいうのにも「戀」と表現している。

「るびな」も理性的に倫理観をふまえた手紙では「妾を愛する人を愛する」と「愛」としているが、極限の窮境の心情においては「戀は女の命」「神聖の戀」などという「戀」表現もしている。これらの「愛」「戀」表現も置換可能なのではなかろうか。たとえば、〈妾を戀する人を戀する〉としてもよさそうだし、〈愛は女の命〉〈神聖の愛〉ともできるのではなかろうか。「しんじあ」は「戀は信用の地にさく花」と言っているが、この場合にも〈愛は信用の地にさく花〉とも言えるのではなかろうか。

そこで、「しんじあ」と「るびな」の「神聖の戀」は、成就して、父「ぶんせいむ」から「二人の戀は永久なるべし」をはなむけの言葉として祝われるような形になるのであるから、「ぶんせいむ」の言葉の「戀」を「愛」に置換してみたらどうなるであろうか。〈二人の愛は永久なるべし〉となるのではなかろうか。

聖書にはパウロの、

愛は寛忍をなし又人の益を圖るなり愛は妒まず誇らず驕傲《たかぶ》らず非禮を行はず己の利を求めず輕々しく怒らず人の惡を念はず不義を喜ばず眞理を喜び凡そ事包容おほよそ事信じ凡そ事望み凡そ事忍なり愛は永久《いつまで》も堕《おつ》ることなし

『新約全書』達哥林多人前書第十三章四―八節

が記されている。後述のために口語訳も記しておく。

愛は寛容で、愛は慈悲にとむ。愛は妬まず、誇らず、たかぶらない。非礼をせず、自分の利を求めず、いきどおらず、悪を気にせず、不正を喜ばず、真理をよろこび、すべてをゆるし、すべてを信じ、すべてを希望し、すべてを耐えしのぶ。愛は、いつまでも絶えることがない。

「コリント人への前の手紙」第十三章四―八節

（『聖書　口語訳　旧約新約』バルバロ―デル・コル訳、ドン・ボスコ社、前掲）

このように記されている。『露團々』の「戀は永久なるべし」には聖書の「愛は永久も堕ることなし」が意識されているのではなかろうか。

なぜなら『露團々』においての「詩篇　第三十二篇」の引用の場合のように、その場に適切な聖書の詩句を引用した記述は、露伴の聖書への関心、認識の度合い、読みの深さを証明しているものと考えられ、露伴自身「達哥林多人前書第十三章四―八節」も読んでいたと考えられる。露伴がキリスト教の愛について考えていたことは、後の作品や評論からもうかがえると私は考えている。したがって、愛について具体的に解釈を示していると見られる「達哥林多人前書第十三章四―八節」のこの箇所も認識していたと考えられるのではなかろうか。それで「愛は永久も堕ることなし」が意識されていたのではないかと考えられるのである。因みに塩谷賛『幸田露伴』上（昭和四〇年七月、中央公論社、六五頁）に拠れば露伴が店番をしていた父君成延の店の名前は、「愛々堂」であったと言う。この店名には愛が意識されていることがうかがえる。

このように考えると「おほよそ事信じ凡そ事望み凡そ事忍なり」と記されているような箇所も作者露伴の思考に反映し『露團〻』の恋愛観の根底にあるのではなかろうかと考えられてくる。なぜなら、小説は、これまで見てきたように「しんじあ」「るびな」相互に懐疑はなく互いに堅く信じ、希望を失うことなく、障害と見られる困難を耐え忍んだとしているのである。それから類推すると、二人の思考や行動の多くがこの中に当て嵌まるものがあるように考えられるからである。

さらに試験では、「ぶんせいむ」が「コリント人への前の手紙第十三章四―八節」に反する人を落としているのが見られる。たとえば、「輕々しく怒らず」については長時間待つのに耐えられないで怒った人々を「不快の念」を抱いた人として落とし、「誇らず驕傲らず非禮を行はず」については「去れ」と言われても「園中」に残っていた人々を「遜讓の美徳なること」を知らない人として、すべて「謝絶」している。これらは聖書の記述に反しているのである。そして、「おほよそ事信じ凡そ事望み凡そ事忍なり」の「信」「希望」「忍」をふまえ「矩を踰え」なかった恋を「戀は永久なるべし」として認め、結婚を許しているのである。そこには二人の愛はいつまでも絶えないであれという親の祈りのような気持ちがこもってもいると考えられる。

因みにここで「コリント人への前の手紙第十三章四―八節」の反対を、多様な考え方はあろうが日常卑近な例で考えてみたい（口語訳参照）。

「寛容で」……心が狭く、人をよく受け入れないで、人の過ちを許さない。
「慈悲にとむ」……情けや慈しむ気持ちがなくて冷酷である。
「妬まず」……嫉妬深く、
「誇らず」……自慢をし、
「たかぶらない」……傲慢である。
「非礼をせず」……礼儀にはずれる無礼をし
「自分の利を求めず」……自分の利益のみを求め
「いきどおらず」……すぐに立腹し
「悪を気にせず※」……悪意にとって気にし
「不正を喜ばず」……正しくないことを喜び
「真理をよろこび」……まことの道理を喜ばず
「すべてをゆるし」……すべて何事も許さず
「すべてを信じ」……すべてを疑い
「すべてを希望し」……すべてに絶望し
「すべてを耐えしのぶ」……すべて何事にたいしても忍耐するということをしない
「愛はいつまでも絶えることがない。」……愛は、瞬く間にはかなく消え去ってしまうのだ。

このようになるのではなかろうか。このような愛が無い状況の中では「しんじあ」の考える「信用の地にさく花」

にたとえられる恋の花も咲くことはできないであろう。

以上のように考えられることからも、『露團〻』の恋愛観の根源には聖書の影響が見られるのがうかがえると言えるのではなかろうか。

※　「悪を気にせず」については、
「邪推しない」という訳もある。と注記している（バルバロ－デル・コル訳、ドン・ボスコ社）。

「人の悪事を数え立てない」（フランシスコ会、聖書研究所訳注、中央出版社）。

「恨みを抱かない」（新共同訳、日本聖書協会）。

などが見られるが、これらがすべて反対の意味になる。

イ　親の人情と倫理観の矩

では、なぜ「ぶんせいむ」は、新聞広告を媒介して試験するというような手段を用い、しかも「壓制」とも見える態度で臨んだのであろうか。これらについて作者は「子を愛する心深かりしよりかくはしたらんか」と最後部に記しているのであるが、なぜそう言えるのであろうか。その理由について考えてみたい。

まず、「ぶんせいむ」は広告冒頭で「余に最愛の女子あり」と、「子を愛する心」を披瀝している。しかも、広告でその「最愛の女子」すなわち娘の「るびな」の美しさは、容貌は文章を以てあらはし難けれども、衆人の云ふ所によれば現今米國第一なり。某詩人は嘗て曉天《げうてん》の白薔薇《はくしやうび》と評せしことあり。(2)

と言うのである。

そして、その求婚広告の翌日の新聞の「雑報欄」は「るびな」の「肖畫」を載せ、「端雅なる貴女」「眼涼しく鼻正しく、風采豊に品格高く、曉天の白薔薇とは偖もよく評したりとぞ思はれける（本文二一頁）」と小説は語っているのである。

つまり、新聞の「雑報欄」は「某詩人」が「るびな」を形容するのに、「曉天の白薔薇」という表現をしていることを高く評価しているのである。小説の「某詩人」は誰のことか不明である。

とすると「偖もよく評したり」は、作者自身のこの表現に対する自画自賛なのではなかろうか、「某詩人」とは作者のことなのではなかろうかと考えられてくる。作者は、新聞の評に言寄せて、自画自賛しているのではなかろうか。

では、なぜ「曉天の白薔薇」という表現を高く評価するのであろうか。

そこで、本稿は「曉天の白薔薇」表現に着目する。

「曉天の白薔薇」は、たとえば漢詩などに拠っているかと思われもするのだが未詳。またそれが『露團〻』に適合するか否かもわからない。

そこで、独自に『露團〻』の「曉天の白薔薇」について考察したいと考える。

まず、「るびな」を形容した「白薔薇」について、どのように考えられているのかを見ることにする（バラについては、「ばら〔薔薇〕」（寺崎広節）、〔バラをめぐる伝説・風習〕（春山行夫）、『世界大百科事典』平凡社など参考）。

バラの歴史は遠くバビロニヤや古代ペルシャ時代に溯る。花そのものを観賞する風習は少なくとも中世以後と思われているらしい。中国では古くから木香、玫瑰、庚申、長春などが観賞されていたらしい。日本では《古今和歌集》《枕草子》などに〈さうび〉とあるのは、どのようなバラかは不明だが、中国渡来のものとみられる。平安末期から鎌倉時代の藤原定家著の漢文体日記《名月記》には〈籬下長春花〉とある。

日本のバラは《万葉集》に〈うばら〉と〈うまら〉が現われているが、前者はカラタチ、後者はイバラ又は野バラを歌った歌であるらしい。「薔薇」という漢字が初めて現われたのは《古今集》で〈さうび〉と読まれたという。バラの栽培が記録に現われるようになったのは江戸時代からで、貝原益軒の《大和本草》（一七〇九）にもあると言う。

洋種のバラが直接に伝わったのは明治三年（一八七〇）和歌山県の山東一郎がアメリカから苗木を買い入れたのが最初といわれる。つづいて明治六年（一八七三）―七年（一八七四）に開拓使が同じくアメリカから苗木を取り寄せた。初期にはかたかなの品種名は分かりにくかったので〈桜鏡〉〈美登利〉〈天国香〉といった和名が付けられた。明治一〇年（一八七七）ころから明治三十六年（一九〇三）ころまでバラの栽培は非常に盛んであった。

つまり、以上のようにバラの歴史は非常に古いのだが、日本では、明治初頭からバラは外国渡来の花として洋種のバラが盛んに栽培されていたのであって、このことから露伴は花にも新しい時代を取り込んでいると言える。

このように当時流行の花という理由もあってか、露伴ばかりでなく他にも文学作品に取り入れられているのが見える。少し後になるが、たとえば、大和田建樹には、

白薔薇
音樂會をはりて場をいづれば。月色地にありて霜よりも白し。ピヤノの聲箏のしらべ、玲々瓏々今なほ耳をはなれず。主人のおくりし白薔薇は馥郁として胸にあり。(3)

が見られ、この白薔薇という表現は、それを抱える清楚で美しく気品があり、それでいて新しい女性を彷彿させるものがあるのではなかろうか。

落合直文には「白薔薇」(4)という短編がある。

概要(岡田記)は、今は亡き姫君のために白薔薇を育てていた翁がいた。

公爵一柳好美君の配偶者選びを兼ねると見られる宴会の招待状に「好美が、心よすべきほどの、薔薇の花一輪、」を持参するようにとあった。そのような時のために育てていたのであるが姫は急死してしまう。同じく招待されていた五人の姫が次々に翁のもとを訪い、その花を所望する。すべて断った翁が亡き姫に代わって、その花を好美君に贈ろうと鋏を入れようとした時、手元が狂い花弁が落ちてしまう。だが翁は残った花を好美君に贈る。宴会に出た好美君が胸につけていたのはその白薔薇であった。というものである。

ここでも白薔薇は、清楚で美しい在りし日の姫君の姿を彷彿とさせるものがある。

図－6 『都の花』第十七號の挿絵

鳩に託して、窮地を知らせようとする「るびな」。前面の花は薔薇と見られる。

日本近代文学館蔵

文芸作品においては、このように白薔薇は清楚で美しく気品があり、それでいてなんとなく新しい女性を彷彿とさせる表現であると考えられるものであることがうかがえる。因みに明治二十三年十二月出版金港堂『露團々』の一〇四頁と一〇五頁の間（『都の花』十七號）の挿絵（落款から後藤魚州と思われる）にも鳩を放つ「るびな」に薔薇と見られる花が配されている。

ところで、『露團〻』はキリスト教が取り込まれている作品である。ゆえに、キリスト教から見ると、バラは、ローマ帝国没落後、いつのまにかバラはキリスト教のシンボルとなり、中世紀には聖母とバラを結び付けた伝説が多く生まれた。聖母を「純潔のバラ」または「神秘のバラ」と呼ぶようになる（「ばら　薔薇」〔バラ

をめぐる伝説・風習」（春山行雄）『世界大百科事典』参考）。それが『カトリック聖歌集』(5)にも見られる。たとえば、

三〇四番　聖母　うるわしくも
うるわしくも　咲きいでにし
　奇《くす》しき薔薇《ばら》のはなよ
たぐいもなき　そのかおりに
　われらがこころ和む
みいつくしみ　満ちあふるる
　もろびとのははマリア
　ときわに　たたえまつる

このように、「奇しき薔薇」として見える。「三〇六番　聖母　きよらけく」には「いと芳わしき　ばらの花よ」、「三一〇番　聖母　めでたし主の母」には「めでたし主の母　奇しきばらよ」、「三二一番　あめのきさき　ルルドの聖母」には「奇しきばら　芳わしく」、「三四三番　あかつきのほし　暁の星」には「救いはちかし　奇しきばらの　こころも和む　愛のかおりに」などが見られる。これらの例からも薔薇は、「奇しき」「いと芳わしき」ものとされ、続く文脈からいずれも清らかで、気高く、芳わしい香りただようような聖母を象徴する表現と見られるものである。

なお、柳宗玄はマリアを象徴によって表す場合、白ユリや白バラなどによることがあると記している。[6] 確かに聖歌集にも白百合は多く見られる。そして、上記の聖歌集では色にはふれていないが、「奇しき」「芳わしき」薔薇は白薔薇と考えられる。白い色は、全き純潔、清浄と不滅の栄光とを象徴するからである（マンフレート・ルルカ著、池田紘一訳『聖書象徴事典』一九八八年九月初版第一刷発行、一九九八年四月四日初版第三刷発行、人文書院参考）。このようにキリスト教から見ると白薔薇は聖なる美を象徴しているとともに、慰めと慈愛をも含めて象徴している花として聖母マリアと関連する表現なのであると考えられる。

このように、薔薇と聖母とは関連しているのであるが、明治初期においては、薔薇は薔薇と表記されてはいなかったようである。披見の例をあげると、明治二十三年十二月出版、植村正久、奥野昌綱、松山高吉らによる『新撰讃美歌』には「第二百八十九使徒信經」に「處女マリアよりうまれ」とはあるが薔薇と関連しては見られないようである。また、

1 『御主降生以來千八百七十九年（明治一二年。注岡田）七月　長崎天主堂　きりしたんのうたひ　日本　南方の主教　べるなるど　准』には、「十八、すぴりと　さんと」に「さんた　まりや、」とはあるが、「ばら」はないようである。

2 『救世主降生壹千八百八十三年（明治十六年。注岡田）新刷　聖詠　完　北緯日本聖會司教　伯多祿瑪利亞　准

神父　瑪爾遮爾　選　奉教人　保祿　訂正』の、

「〇　天主教の再び日本に行る〻事」の三番目に
　清潔き園の（玫瑰）も咲き充ちて薫床しき時は來にけり
　いさぎよきそのの（ろふざ）もさきみちてかほりゆかしきときはきにけり

として（ろふざ）とルビがふられているのが見られる（ルビの読みをいれて併記。以下同。注岡田）。

この（ろふざ）が薔薇と見られる。なぜなら『大漢和辭典』（諸橋轍次　抄）に拠れば、玫瑰はバイクワイまたはマイクワイと読まれ、一美玉の名。南方から出る赤色の珠。二薔薇科、薔薇属の落葉灌木の名。はまなす。茎に棘を密生し、香気ある紅紫色の五弁花を開く。とあり美玉と、香気ある花との二つの意味があると言われている。後述のルビ「ろざりよ」はロザリオと思われ、「「ロザリオ　Losario」（野口啓祐）『世界大百科事典』平凡社　抄」に拠れば、カトリックの信心用具。鎖と珠で作られる。ラテン語の rosarium は花輪乃至バラの花冠を意味し、珠はバラの木を材料とするのが普通で、全体は五連よりなる。教皇レオ十三世（在位一八七八（明治十一年）―一九〇三（明治三十六年））は十月を特にロザリオの月と定め、また聖母の連禱中に「いと尊きロザリオの元后」なる祈願を追加した。中国語の「玫瑰花冠」もロザリオの漢字名として日本でも明治、大正時代を経て第二次世界大戦前まで用いられた。とある。ゆえに、後述の当時の「ろざりよ」とするルビは、このようなことに拠っているのではなかろうかと考えられる。

では、なぜ「ろふざ」としたのであろうか。前記『世界大百科事典』（平凡社）を参考にすると、ばら、薔薇は、バラ科の一属ローサの総称とある。たとえば、現在のバラに関連の最も深い原種の中に、学名ローサ・ルゴサ、通称ハマナス、原産地：日本・アジア北東部、あるいは学名ローサ・ムルティフロラ、通称ノイバラ、原産地：日本などが見られる。つまり、「玫瑰」は薔薇科であって学名にローサがつくのである。そして、バラはヨーロッパ各国ではラテン語のROSAが変化した名前で呼ばれているという。このようなことから「ろふざ」のルビをしたのではなかろうか。私見だがマイクワイ或いはバイクワイでは語感も悪いように思われる。

では、なぜ「玫瑰」と表記しているのであろうか。

当時は、中国伝導を経験している宣教師が多数来日し、讃美歌・聖歌を翻訳、「アーメン」を「亜孟」と表記している讃美歌・聖歌集も存在すると手代木俊一監修『明治期讃美歌・聖歌集成』第六巻（一九九六年五月三〇日発行、大空社）の中に記されている。そういうこともあって、バラを「玫瑰」と表記しているのではなかろうか。以下、明治初期の「玫瑰」と、それに付すルビの例を挙げてみる（なお、本稿1、2、3、4、5、6の引用は、この『明治期讃美歌・聖歌集成』を参考にしている）。

3　『救世主降生壹千八百八十九年（明治二二年。注岡田）新刷　聖詠　完　北緯日本聖會司教　伯多祿瑪利亞　准』

「六十三　〇聖「マリヤ」の頌の歌」には、

咲きにほう奥ぞゆかしき玫瑰の花　我等の爲に願ひ給へよ
さきにほうおくぞゆかしきローザのはな　われらのためにねがひたまへよ

とありルビは「ローザ」である。また、

玫瑰のいとも貴とき姫后は　我等の爲に願ひ給へよ
ろざりよのいともたふときひめぎみは　われらのためにねがひたまへよ

とありルビは「ろざりよ」である。また、
「七十三　〇天主教の再び日本に行る〻事」の三番目に

清潔き園の玫瑰も咲き充ちて薫床しき時は來にけり
いさぎよきそののろふざもさきみちてかほりゆかしきときはきにけり

と2での「清潔き園の（玫瑰）も」の山括弧を除いて「ろふざ」とルビしている。

4　『救世主降生壹千八百九十三年（明治二六年。注岡田）新刷　聖詠　完　東京大司教　伯多祿瑪利亜　准』

「百三十　○聖母譽れの唱の歌（目録に拠る）」

本文中では「百三十　○聖「マリヤ」の頌の歌」

咲きにほう奥ぞゆかしき玫瑰の花　我等の爲に願ひ給へよ

さきにほうおくぞゆかしきローザのはな　われらのためにねがひたまへよ

は3と同じく「ローザ」とルビされ、

玫瑰のいとも貴とき姫后は　我等の爲に願ひ給へよ

ろざりよのいともたふときひめぎみは　われらのためにねがひたまへよ

は「ろざりよ」である。

これらは歌の番号は異なるが、ルビは3と同じである。

「百五十二　○天主教再び日本に行はる丶歌」（目録に拠る）

本文中では「百五十二　○天主教の再び日本に行る丶事」

清潔き園の玫瑰も咲き充ちて薫床しき時は來にけり
いさぎよきそののろふざもさきみちてかほりゆかしきときはきにけり

とあって「ろふざ」である。

5　『天主公教會拉丁聖歌』（発行年月等記載なし。注岡田）「聖母瑪利亞の連禱の歌」の六十五頁「ロザ、ミスチカ。奇しき玫瑰花」六七頁「レジナ、サクラチシミ、ロザリイ。聖き玫瑰の元后」とある。

6　『Recueil de Cantiques Japonais avec musique. YOKOHAMA: A. D. 1883.（明治十六年。注岡田）』三一頁の「FÊTE DE LA DÉCOUVERTE DES CHRÉTIENS.」の2に「Isagiyoki Sono no rôsa mo Saki michite Kaori Yukashiki Toki wa ki ni keri.」と「rôsa」が見られる。

以上のように「玫瑰」は「ろふざ」「ローザ」であり、「ろざりよ」とも読まれた。「玫瑰」の意味を花に取るとき、「玫瑰」は「ろふざ」「ローザ」であり「薔薇」であり、気高く清い聖母マリアと関連してくるのがうかがえるのである。讃美歌・聖歌集などにおいて、いつから薔薇表記になったかは今後の課題としたい。

その後、落合や大和田に見られるように、白薔薇が、優雅で気品がありながら、どこか近代的なものを包含する女性美の形容に見られるようになることは、当時の他の作品の検討が必要だが、薔薇を「るびな」という女性の形容に用いた、露伴の「白薔薇」は、斬新な表現であったのではなかろうかと思われないでもない。『露團〻』本文は「いと美しく端雅なる貴女」「まことに眼涼しく鼻正しく、風采豊に品格高く、暁天の白薔薇とは俗もよく評したり」とあって「るびな」を美しいだけでなく凛とした気品ある女性として造型し、「白薔薇」を具象化している。キリスト教を取り込んでいる『露團〻』においての「白薔薇」表現には、聖母マリヤと関連している薔薇のイメージが作者に影響を及ぼしているのではなかろうかと考えられなくもないのである。東洋的素養があれば「玫瑰」が薔薇につながるのは容易であったと思われる。なお、柳田泉による「露伴先生蔵書瞥見記」(『文学』1966 3 VOL. 34 102-112. 1966 4 VOL. 34 103-112. 日本文学研究資料叢書にも所収)には「旧教説教考」というのがあり露伴は旧教に全く関心がなかったとは言えないと思われる。ただし「旧教説教考」は未詳。

ところで露伴自身は薔薇という花を、それも、白薔薇を好んだであろうことは次の『六十日記第十二』[(7)]からもうかがえよう。

二十四日 〈略〉白薔薇不二開く。花輪大にして雪白、たゞ其香淡し。薄暮の小園、一點白、人をして悦ばしむ。
二十五日 風やゝ烈、雨の小なるを幸とするのみ、美人草(ヒナゲシ。注岡田)、白薔薇、愛するところあれば、心すなはち苦むを免れず。

二十七日　〈略〉美人草、白薔薇、微物いふに足らずと雖、人を慰むること多し。

と記していて白薔薇の開花を喜び、雨中の花を気遣っているのが見られ、慰められるものとしても白薔薇を好んでいたことがうかがえるのである。

以上に見られるように、いずれにしても「白薔薇」は女性の純潔性神秘性高貴性を包含している美を象徴しているもので、「るびな」の容貌の美だけでなく精神性をも端的に表現していると考えられる。そして、古来、美人の形容に慣用されてきたと思われる芙蓉、牡丹、芍薬などにせず、「薔薇」としたところに当時の現代風が見られ、小説に新味を添えるものとなっているのではなかろうかと考えられる。

さらに『露團〻』では「るびな」を「曉天の白薔薇」としている。「曉天の」としているのには、朝露の玉が転び宿り、花にしっとりとしたうるおいと優雅の情趣をたたえるものとしているのであって、そのような風韻もあるのが「るびな」なのであろう。詩人の評としているのも首肯できる詩的なともいえる「曉天の白薔薇」とは、露伴が創造しようとしている女性「るびな」が精神的高貴さを持ち清らかで、かつ、瑞々しい情趣が漂う香いたつような美しい女性として彷彿させるのに絶妙の表現であろうと考えられ、作者が高く評価して、自賛したくなるのも首肯できる表現である。「ぶんせいむ」の「最愛の女子」はまさしく「曉天の白薔薇」なのである。

このような「るびな」であるから、父親「ぶんせいむ」としても自慢するに値する「最愛の女子」なのである。

そして、合否判定の「全權は全く余にあり」としている。これらからうかがえるのは「るびな」は「ぶんせいむ」が父親として守らなければならない、深窓に秘蔵する所持者自慢の玉のように鍾愛する「最愛の女子」なのだということである。このことは読み進めるとさらに明らかになる。

まず「無法の壓制」と言われるが、けっしてそうではない。ここで「壓制」ではないと考えられる面を考察したいと考える。以下は「るびな」が「ちェりい」に話した所によるのであるが、「ぶんせいむ」は広告を出す前に、当事者の「るびな」と「ぶんせいむ家の良宰相」と言われる「しんぷる夫婦」に

おれも七十の餘、娘は十九の若盛り。よい婿取って老樂としたいが、宜からうか、まだ早過るか。(8)

と意向を聞いている。この「ぶんせいむ」の提案に対して、夫婦の「誠に御尤です」との賛同と「るびな」の「はい」という答えを得てから、「よい婿」選びに関する自分の考えを述べている。選ぶにさいして「ぶんせいむ」のいう要点は、外見の美醜などにとらわれてはならない、また、人を見る眼力のない者は失敗しやすいというものである。これについても三人は「御道理です」と納得する。次に、七十年来世の中の辛酸を経て財産を拵えた自分と、深窓育ちの娘とどちらが見識があり眼力がすぐれているかと問う。「申すまでもなく、とても御父さんには及びません」との「るびな」の答えがあり、この点でも父「ぶんせいむ」の方が適任であるのを当事者「るびな」からも容認を得ている。それを聞いてから、「それならおれの考をもつて、最もよい婿を取ってやる」と言っている。こういう段階をふんでから早速に広告を出すという行動に及んだのである。であるから強制ではなく、相談す

るべき全員の承認を得ていると言ってよく、そういう過程を経ているから「全權は全く予にあり」と言えるのである。「るびな」の意思も、近しい関係者の意見も全く無視しているとは言えず、彼のやり方が「壓制」とばかりは言えないと考えられ、人々に「壓制」と映る「ぶんせいむ」の行動の全ての源泉は「子を愛する心深」いゆえに発していると言えるのである。

また、「ぶんせいむ」が広告という手段をとってから「るびな」に話した中に、

壓制の老爺が人の心も知らないでなどと考へ込んで居るかもしれないが、それはおまへの愚だ。……可愛い娘の一生の夫を、なんで迂濶に極めてよい者か。(9)

とあり、自分の行動が「壓制」に見えかねないという自覚は十分に持っている。そして、これは、広告による婿選びに深慮があるのをも示している。なぜなら、「一生の夫」としている所に、本稿「(二)「るびな」の場合」で前述したように「馬太傳福音書第十九章四―五節」などに拠ると見られる結婚の不解消性の痕跡がうかがえるからである。「最愛の女子」の一生の幸福をかけて愼重に事を運んでいると考えられる。さらに、

それも皆なお前の爲めだ。(10)

……唯人情、……或時は道理の墻をも超える人情といふ者で、……其愛情といふ者で無遠慮に壓制する、……胃病の小児の手から氷砂糖をとりあげる壓制は、善でも、悪でも、不法でも、苛酷でも、親の愛情として止める事

の出來ない者だ。(11)

とあり、このあたりの「……」の頻出は道理を超えた「親の愛情」を押し付けがましくなく説明するのに躊躇呻吟する「ぶんせいむ」の心情を表現するものである。ここには親の愛情というものは、道理を超えたものであり、時には圧制とも思われるものであるとの認識が見える。さらに、そのような親の愛情にたいして子はどう対処すべきかというと、

父の愛情の壓制は子が愛情の忍耐で受けるがよい、是も一つの美しい現象だ。(12)

とあって圧制とも感じられることもあろう親の愛情にたいして、子は愛情の忍耐をもって受けなければならない、そうすることが人の子として美しい行為なのだという考えを披瀝している。また、試験に合格の可能性もでてきた「吟蜩子」に対した時「ぶんせいむ」のとった態度は、

にらむごとくさげすむごとき憎げなる光線を眼より閃めかし、(13)

とあり、ここには婿選びをしながら、なぜか心底には娘を手放したくない父親の気持ちがうかがえ、こんな人物には「最愛の」娘はやれないという心中の思いが働いているとも考えられるものであって、父親の愛情のなせるとこ

ろの微妙な心理であろうと考えられる。いずれも「最愛の」娘への父親の愛情が滲み出るものであると考えられる。
また試験の時「るびな」が「同伴に客間へ」行くのを嫌がると、

よし〳〵、そんならしんぷる、四人を別〻の部屋にいれて置け。(14)

と嫌がる「るびな」の気持ちを尊重していて、自由を全く束縛しているとは言えない。
また、諫める「じゃくそん」に、

しんじあの話しなら少しは聞てもやらうが、──〈略〉── 明日の朝ぜねらす村へしんじあと二人で來い、理屈を云ひたければしんじあに云はせろ。(15)

と、「しんじあ」を重要視しているのが明らかである。しかも「しんじあと二人で來い」と「ぶんせいむ」の所、つまり「るびな」のいる所へ来ることを促しているように見えるのである。「じゃくそん」は「ぶんせいむ」にいわれて「しんじあ」に同行を促すのであるが、それでも逡巡していて行動を起こすのを躊躇し優柔不断かに見える「しんじあ」に、次のように「戀の誠をあらはす」「勇気」を促す。

るびな嬢は自ら不孝の名を負ふとも猶其戀を果さんとするの勇気あるに、君は人の過誤を救ふてしかも己れの戀

の誠をあらはすに足るの美事をも爲すの勇気がありませんか。(16)

このように言われた「しんじあ」が駆け付けた時に、「ぶんせいむ」が通したのが面会謝絶であった「るびな」の所であったのである。このことは恋を貫くためには、すべてを捨て家出までしようとする「るびな」の「戀を果さんとするの勇気」に相応するべき「しんじあ」の「己れの戀の誠をあらはす」「勇気」があるか否かを「ぶんせいむ」は試していたとも考えられる。なぜなら「鬼子」（本文一一五頁）でない「るびな」は、立志した若き「ぶんせいむ」が父に置き手紙をして家出したように、いざという時決断し実行する父親の気性を継いでいる。そういう「るびな」の婿には、「ばいぶるの蘇言機」だけではない熱い情熱を伴う勇気ある行動ができる人でなければ「戀は永久」には続かない、つまり「るびな」の「一生の夫」には適さないと、「子を愛する心深」く、子の気性を知る事親に如くはない父親「ぶんせいむ」は考えて、最後に試したのではなかろうか。このように考えると、すべて「子を愛する心深かりしよりかくはしたらんか」という作者の言が肯定できるのである。「無法の壓制」（一二九頁）かと見える「ぶんせいむ」の行動は、決して圧制ではなかったのである。

「ぶんせいむ」に見られるのは、理性を超え、ひたすら子の幸せを願うという、親子の情によるものがあり、かつ、キリスト教的倫理観が根底に流れているものであって、わが子の恋がもたらす幸福が末永く続くもの、相互に「深き愛」と「堅き信」をもって思い合う情愛は一生つづくもの、つまり恋愛から進展する「最愛の女子」の結婚の幸福が睦まじく一生続くものであって欲しいという願いと希望のこもる恋愛観である。そこには前述のキリスト教の聖書「達可林多人前書第十三章四―八節」に示されている矩の痕跡がある。また矩は超えないが理性で説明できない熱い情熱を伴う勇気も必要であり、それらを包含して一生幸せが続くものであって欲しいという願いと希望と祈りともいうべき親子の情のこもった恋愛観と言えよう。「ぶんせいむ」は一見古風の人情に偏っているように見える。一方、「しんじあ」「るびな」の恋の倫理観には新しさが見られると考えられよう。しかし今まで見てきたように、共にキリスト教の倫理観を根源にしている所があると考えられるのである。そして「ぶんせいむ」が古い人でないのは、極貧から身を起こし起業して成功し、大富豪となっているとしていることからも推量できるのではなかろうか。なぜなら企業は時代の趨勢を先取りできる人物でなければ、成功し長く続くものではないと考えられるものであるからである。

以上、「ぶんせいむ」の恋愛観を見てきたことから言えるのは、「ぶんせいむ」の恋愛観は理、情いずれにも偏する事なく、花も実もあると評してよいものであると考えられることである。そして、その「ぶんせいむ」の恋愛観の中心には「曉天の白薔薇」と評される「最愛の女子」「るびな」の存在があるのである。

そして、その根幹にはキリスト教の影響が見られると考えられるものである。

注

（1）『露伴全集』第七巻、九〇頁。
（2）『露伴全集』第七巻、七頁。
（3）大和田建樹『雪月花　散文韻文』明治三十年九月三十日發行、大正二年十月五日卌一版發行、博文館、四五五頁。

(4) 落合直文『萩之家遺稿』明治三十七年五月五日發行、非賣品、發行者　故落合直文相續者落合直幸、印刷者三樹一平、東京株式會社　集英舍印刷、二三六―二四一頁。

(5) 『カトリック聖歌集』聖歌集改訂委員会編集、昭和四一年一月五日第一版発行、昭和四六年一〇月一五日第六版発行、光明社。

(6) 「マリア・Maria〔美術におけるマリア〕」(柳宗玄)『世界大百科事典』一九五六年八月二五日初版第一刷発行、一九六二年十一月一〇日初版第十一刷発行、平凡社。

(7) 幸田露伴『六十日記第十二』大正五年四月一日より翌月三十一日に至る記事。『露伴全集』第三十八巻、三四三―三六一頁所収。三五九―三六〇頁。

(8) 『露伴全集』第七巻、三九頁。

(9) 『露伴全集』第七巻、四三頁。

(10) 『露伴全集』第七巻、七一頁。

(11) 『露伴全集』第七巻、七四頁。

(12) 『露伴全集』第七巻、七五頁。

(13) 『露伴全集』第七巻、八六―八七頁。

(14) 『露伴全集』第七巻、一〇三頁。

(15) 『露伴全集』第七巻、一二七頁。

(16) 『露伴全集』第七巻、一三三頁。

(四)　恋愛観の考察から浮上する『露團〻』の意義

ア　作者の投影

以上のように、恋愛観を考察してきたことによって浮上してきたのは、ア、『露團〻』には作者の心情の投影が見られるのではないか、イ、作家露伴形成要素の形相の明確な提示が見られるのではないかということである。

序でも述べたように『露團〻』は作者が渾身の力をこめて創作した作品であると考えられる。そういう作品だからこそ、『露團〻』には創作時の作者の心情が強く投影されていて、読者はそれを読み取ることができると考えられるのではなかろうか。

創作当時の作者の環境を見ると、露伴は勝手に職を棄て北海道から帰京し、文学への道を志しつつ、父の世話になっていたのである。父はそのことに賛成していなかったと考えられる。それは『酔興記』(1)で「汝が筆に成りしものなど如何で世間に出づべきや」(二二頁)という父の言を記していることからも推測できる。そういう環境の中で、露伴自身も文学を志しても、果たして生計を立てていけるかどうかという将来への不安もあったろうし、自己の才能に不安を抱いたりして、進路に迷いを生じることもあったであろうことは想像に難くない。そのような状況時に、「詩篇第三十二篇」は露伴を導く指針ともなり、心の支えともなったものなのではなかろうか。小説の中で「しんじあ」が社会匡正を志す「しんじあの道を進もう」と言っているように、露伴は露伴の道、即ち文学を志す道を進もうと心を励まされたこともあった、つまり「しんじあ」の状況と似通った体験をしていたのではなかろうかと考えられる。「しんじあ」が聖書を開いた時に「詩篇第三十二篇」を目にしたとしているのは、自身の体験からによるのではなかろうか。露伴も進むべき指針、支えを「詩篇第三十二篇」によって得ていたのかもしれないと考えられるのである。

また、「ぶんせいむ」が父親の「壓制」のように見えながら、全く無慈悲な「壓制」ではなくて、「壓制」と見えたものは「子を愛する心」に起因していると、すべて父「ぶんせいむ」の愛情によるとしている。これも実体験からではなかろうか。なぜなら、露伴の進路にたいしての父の反対は時には圧制のように思われることがあっても、露伴は「親の愛情による壓制を、子は忍耐という愛情で受け」なければならないものとして、ひたすら耐えていたこともあったのではなかろうか。また、露伴は最後部で「ぶんせいむ」が二人を試みたのは「子を愛する心深かりけんよりかくはしたらんか。」（本文一四三頁）としている。これについても同様に考えられる。なぜなら、創作当時、文学への志望をなかなか理解しない父にたいして「子を愛する心」が深いからこそ、息子の露伴の将来を思って、翻意を促そうとして圧制のように思われる態度で自分に臨んでいるのであって、つまり、露伴の決意がゆるぎないものか否かを試すために「かくはし」ているのだと、受け止めていこうとしていた露伴の体験、経験からの心情が投影していると考えられなくもないのである。「壓制」と見える中にある父親の愛情を露伴自身が感じていたのではなかろうか。

また、気付くのは「強ふる」という言葉が、広告に「謝絶」「承諾」の「全權は全く余にありて、諸彦は少しも之れを強ふること能はざるべし。」(2)と使われているのを始めとして、何回か「強ふる」が個人の自由を束縛するニュアンスをもって使われていることである。たとえば、「ぶんせいむ」は、「ふりゅーと」を奏でる少年に「ふりゅーと」を「又一曲をと請」うた時に、少年が「余はふりゅーとの音を賣る者にあらず」と言ったのにたいして、「誰か買はんと強ひしや」(3)と言っている。束縛して強制するのではなく少年の自由な意思の尊重がある。また、「しんじあ」は、「じゃくそん」に性急に「るびな」との結婚を勧められた時に「人を強るのをやめ給へ」(4)と言っている。「じゃくそん」は、「強るのではありませんが」「僕は強るのではありませんが」「決して君を強ひません」(5)と言っている。これらにも束縛しない個人の自由な意思の尊重が見られるのである。このように作者が「強る」に拘泥するのは、幼少期から「干渉壓制」を最も嫌っていた（明治四十一年戊申書簡番號二八九『露伴全集』第三十九巻二二九頁参照）作者自身が、当時、束縛され何か強いられているような感覚を持っていた経験からではないかとも思われる。それは、父の愛情によると思おうとしながらも、一方では不満もあり、父との確執に起因することは考えられなくもない。生活環境からの実体験が作用して、作品上にも繰り返されているのではないかとも思われないでもない。露伴の当時の環境からして、全く束縛されている感覚を持たないとは考えられない。それで、『露團〻』の原稿料を手にした時、飛び立つように、ただちに旅立ったのではなかろうか。

その旅を記した『醉興記』の冒頭に

> 面白く無くて面白く無くて、痡癪が起つて痡癪が起つて、何とも彼とも仕方の無い中の閑を偸むで漸くに綴り成したる露團〻は賣れたり(6)

とあることからも創作当時の鬱積していた心情がうかがえる。

また、「しんじあ」が「るびな」を「え、忘られぬ、お、忘れまい、いや忘るべき人ではない。(7)」と言っているが、露伴の場合は父に反対されても文学を「え、忘られぬ、お、忘れまい、いや忘るべきものではない。」と、どうしても諦められなかったのであろう。では、なぜ文学を志望するのかと問われても、「しんじあ」が「るびな」を思う気持ちを「何故といふ事もないが、唯だ戀しい(8)」と言っているのと同じように、その理由の説明はできないが、文学にたいして「唯だ」その道に進みたいと、ひたすら思うこともあったのではなかろうか。そして「しんじあ」が社会匡正を志しているとしているように、露伴も文学によって社会に何らかの貢献をすること、たとえば、世直しの志をもつ人生を考えていたようなことは、当時の心ある青年として考えられることではある。

さらに、終りの方で「ぶんせいむ」は「從來尊むにたらずとせし宗教の價値を知り(9)」と言っている。これは「しんじあ」と「るびな」が恋愛において、キリスト教の倫理観によって、「深き愛」と「堅き信」を基盤とする精神的憧憬として高い価値をもつ愛を貫くことができたと見られることから、「押しひろめて」「ぶんせいむ」が「宗教の價値を知」ったのであろうと思われるものである。また、作品の中では「しんじあ」が愛を貫く途上で「詩篇第三十二篇」から啓示を受け指針とし支えとしている。このことからは、露伴も『露團〻』を書き上げる途上の困難克服に、たとえば前述の「しんじあ」の「詩篇第三十二篇」のようにキリスト教の聖書を指針とし心の支えとするような経験があったのではなかろうかということが考えられる。作品構成の適切な場に「詩篇第三十二篇」を持ち込んでいること自体、露伴が聖書をよく読んでいたからできたのではなかろうか。そのようなこともあるのによって、露伴が「宗教の價値を知」るような経験があって、その実体験が「ぶんせいむ」の言葉として作品に投影しているのではなかろうかと考えられるのである。

以上のように、幾つかあげた例からも『露團〻』には、創作時の作者の心情の投影が見られると考えられるのである。そして、作中人物の心情に託されるような形で、作者の置かれた環境からの実体験、経験が元にあると考えられることは、とりもなおさず創作時の作者露伴の心情が呈示されているということであり『露團〻』考察においても意義あることと考える。

イ　作家露伴形成要素の形相明示

ところで、露伴の作品中のキリスト教は、『露團〻』以後、東洋も西洋も渾然と融合した形になっていくように見える傾向のある中で、表面からは、それと判明しがたい形となっていくようである。それゆえに、笹淵は斎藤茂吉の述べていることを取り入れつつ、露伴の西欧的なものは「烱眼な批評家すらその本源を認めえないことが多い」[10]と言うのであろうし、二瓶もこの時点で「キリスト教は、以後の露伴の小説には二度と出てこない」[11]と見られるのであろう。出てくるのであるが、「認めえない」形なのである。

だが、その点『露團〻』は始めの作品であるためか、西洋、東洋、日本の融合が熟成してはいないように見える。そのことがかえって幸いして作家露伴形成要素の形相を見るにおいて資するものがあると考える。

序でもふれたように、作家露伴形成要素の形相は太い日本という底辺をもち、それに東洋と西洋という二つの柱を加えてなる三角形の頂点に露伴が在るものと考えられる。このことを『露團〻』において見ると、日本はたとえば「戀」「戀慕」表現、恋情記述時の七五調の情緒的美文、恋の例に業平小町の恋などを引き合いにしていて、日本があることは明確である。また東洋は、たとえば場を南京、香港などとし「吟蜩子（実は日本人である。注岡田）」「田亢龍」「唐狛」などや、「さすが中華の人なりけり」と評している「知縣」の「彭令倫」などを配することによって、東洋という柱があることは明瞭である。一方、西洋としてのキリスト教は、キリスト教の一派「ゆにてりあん」としていることに見られるが、それだけではなくて小説の場面に適合して配された聖書からの引用、聖書をふまえた表現、さらにこの小説の主題の一つといってもよい恋愛に、聖書を基盤とする思考による恋愛観があることによって明確であると言えよう。このように『露團〻』には作家露伴形成要素の形相が明確に示されているのが見られるのである。なかでも恋愛観考察の過程から、西洋はキリスト教に代表されるような形で在ることが見られ、しかもそれが、時代の趨勢に沿って作品に新鮮味を添えるために取り入れているというにとどまらず、キリスト教の聖書による倫理観を基盤とした思考を伴う恋愛観という形で見られるのは、以後の作品を見る上で意義あることと考える。

以上のように、作家露伴形成要素の形相分析から見ても、キリスト教は明らかに露伴を形成する要素としての一本の柱となっていると言える。なお、ア、に述べたように作品中に作者の心情の投影を見るならば、聖書を心の支え、指針とすることがあったであろう創作当時の作者の心情においても、キリスト教の痕跡が見られると言えるのである。このように露伴作品を考察する上でキリスト教は看過できないと考えられることが明確に示されていることに、私は『露團〻』の意義を見るのである。

注

（1）明治二十一年十二月三十一日より、翌年一月三十一日に至るまでの記事。『露團〻』の原稿料を得て、高崎、軽井沢、小諸、塩尻、洗馬、須原、大津、大阪などを経て（簡略に記す）、翌年一月三十一日に帰京した旅を、日記風に記したもので、洗馬、須原などでの見聞は『風流佛』に影響を及ぼしていると見られている。『露伴全集』第十四巻、一九―四八頁所収。

（2）『露伴全集』第七巻、七頁。

（3）『露伴全集』第七巻、二一頁。

（4）『露伴全集』第七巻、三一頁。

（5）『露伴全集』第七巻、三一―三三頁。

（6）「酔興記」『露伴全集』第十四巻、二一頁。

（7）『露伴全集』第七巻、三六頁。

（8）『露伴全集』第七巻、三四頁。

（9）『露伴全集』第七巻、一四二頁。

（10）笹淵友一『浪漫主義文學の誕生』昭和三十三年一月十日初版発行、平成三年六月二十日六版発行、明治書院、六七六頁。

（11）二瓶愛藏『若き日の露伴』昭和五十三年十月二十五日発行、明善堂書店、一八二頁。

むすび

恋愛観の考察を通して言えるのは、一つには、『露團〻』には新鮮味を添えるためというようなことだけではなく、キリスト教的倫理観を基盤とする思考が明らかに見られるということである。たとえば「しんじあ」の「肉」にたいする「心」の説教や、「深き愛」と「堅き信」を基盤とする恋愛観において見られる。二つには、露伴形成の形相要素の三本の支柱にキリスト教があると明確に言えることである。

作者が渾身の力をこめて創作したと考えられる作品『露團〻』において、キリスト教の影響が多く見られるのであり、しかもそれが時代の流れの中での新鮮さを加味するためというようなことだけの受容ではなく、キリスト教の聖書による思考を伴う形で受容されていることが明らかに見られるということは、以後の露伴作品読解につながっていくものであり、露伴作品読解においてキリスト教を視野に入れなければならないことを示していると考えられる。これらが明らかになることは意義があると考える。

ところで、本稿冒頭の「はじめに」で、なぜ試験をうけなかった「しんじあ」が「るびな」の「良配偶」として選ばれたのかと問題提起をしたが、恋愛観の考察によって、その答えとして次のようなことが考えられる。まず第一に愛し合う二人にキリスト教的倫理観によると見られる「深き愛」と「堅き信」を基盤にした恋を貫こうとする揺るぎない意思があったこと。さらに「しんじあ」に倫理観の「矩を超えざる」自律自制の精神があったこと。それに加えて、さらに、恋を貫く情熱による最後に実行される勇気があったことによると言えよう。第二に、これが重大なのだが、何よりも「ぶんせいむ」が二人の真実の恋、誠の愛を、深くよく理解して、そこに高い価値を見たからであると言えよう。それゆえに「しんじあ」が選ばれたのである。「ぶんせいむ」の眼力の高さでもある。では、なぜ理解し得たのか。そもそも「ぶんせいむ」自身も愛のある人だからである。自覚の有無に拘らず、「ぶんせいむ」の病院、学校への義捐をするという行動は、病人や子供という社会的弱者にむけられているものであって、「ぶんせいむ」の愛の心の発露である。「ぶんせいむ」の性格や生き方から推測すると、売名とか広告手段としてとは考えられない。それは最後に財産の殆どを娘に与え、自身はわずかを持って不幸な人々の救済に、世界を回る旅に出ようとする姿勢からもうかがえると考えられる。「ぶんせいむ」はキリスト教の愛を自然に実践躬行していると考えられるのではなかろうか。「ぶんせいむ」が愛のある人なので、彼の下には、たとえば「しんぷる」のように誠実に「ぶんせいむ」家のためを思って勤める人がいるのである。つまり「ぶんせいむ」家は愛ある家族のようなものであり、そうなる所以は主人の「ぶんせいむ」に愛があるからである。そういう環境だから「暁天の白薔薇」も育ち花開くのであろう。

以上をふまえて、私は、『露團〻』に見られたキリスト教の影響は以後の作品にも見られると考える。なぜなら、恋愛観考察を通して、作家露伴形成の要素としてキリスト教の影響の存在が明確になったのであるから、露伴のその後の作品においても、キリスト教の影響を念頭において読む必要があり、その観点から光をあてて見る時に、露伴の他の作品にもキリスト教の影響が見られるものがあるのではないかと考えられるからである。

そこで、キリスト教の影響を視座として見ると、たとえば、『風流佛』には一夫一婦の形態で、一生愛し合う夫婦像が見られ、これは『露團〻』の恋愛観につながるものである。因みに「白薔薇」は『風流佛』にも「白薔薇《ホワイトローズ》香《にほひ》燻《くん》じて」(1)という表現がある。また『悪太郎のはなし』では、「悪太郎」が「木の菓《み》」を取ったとしていて、この「木の菓」表現の用字から、聖書からのものと考えられ、キリスト教の説く隣人愛に至る人間の精神的成長を意識していると考えられる。いずれもキリスト教が通奏低音のような在り方（或いは伏流水のような在り方でとも言えようが）で、観点によって、作品中に確かに影響していると考えられるのである。笹淵の言う「烱眼な批評家すらその本源を認めえない」ようなありようで存在しているのである。これらの作品を含めて、露伴の『露團〻』以後の作品について検討し、キリスト教の影響の存在を立証したいと考える。

作者は最後に「人の世は誠こそ尊けれ」と記している。嘘偽りのない真実こそ尊いとしているのである。「しんじあ」「るびな」は恋愛において誠の愛の尊さを示し、「ぶんせいむ」は父親として誠の愛の尊さを示していると言えよう。

この物語のために作者は「ぜねらす村」という、悪人がいない、いわば理想郷とも言える場を設定した。だが、その理想郷は社会と隔絶していることはない。「此家私有の汽車」で苦悩を負う人々の喧騒の大都会「紐育府《ニウヨルクふ》」にも通じているのである。このような場設定から、人間の苦悩を見つめながら、理想的人間像をえがき、それに近付こうとする努力によって、人間性を見出そうとする作者の考え方がうかがえるのではなかろうか。

恋愛観考察により、『露團〻』は露伴作品を見るにおいてばかりではなく、作家露伴を考える上においても、礎となるものを包含しているのであって、看過できない重要な作品であると位置付けしてよいと言えよう。

注

（1）『露伴全集』第一巻、七七頁。

＊『露團〻』本文は『露伴全集』第七巻、昭和二十五年（一九五〇）十一月三十日第一刷發行、昭和五十三年（一九七八）八月十八日第二刷發行、岩波書店を用いた。

また『都の花』第九號―二十號（十五號、十八號を除く）と、『露團々』明治二十三年十二月二十四日出版、金港堂を参照した。

＊　本稿で用いた「聖書」

『新約全書』耶穌降生千八百八十年、米國聖書會社、明治十三年、日本横濱印行。「近代邦訳聖書集成」3、一八八〇年原本発行、一九九六年四月二五日第一刷発行、翻訳委員会編、ゆまに書房。

『舊約全書』耶穌降生千八百八十八年、米國聖書會社、明治二十一年、日本横濱印行、中巻。「近代邦訳聖書集成」7、旧約全書、第二巻、一八八八年原本発行、一九九六年四月二五日第一刷発行、翻訳委員会編、ゆまに書房。

口語訳

『聖書　新共同訳　旧約聖書続編つき　引照つき』日本聖書協会（二〇〇二）。（本論では略して『新共同訳』とすることもある）。

『聖書　口語訳　旧約新約』バルバローデル・コル訳、一九六四年一〇月二四日初版発行、一九七二年三月二四日六版発行、ドン・ボスコ社。

『新約聖書　フランシスコ会　聖書研究所訳注』一九七九年一一月一日第一刷発行、一九八〇年二月一〇日第二刷発行、一九八〇年三月一日第三刷発行、中央出版社。

本稿は、拙稿「幸田露伴「露團々」考――露伴とキリスト教の関連と、「露團々」の愉快観、恋愛観の根底にあるキリスト教的思考の考察――」（『日本文藝研究』第五十一巻第一号、一九九九年六月十日発行、関西学院大学日本文学会に掲載）をもとに補筆、修正したものである（論旨は変わらない）。

本文、引用文、聖書の漢字、仮名遣いはなるべくそのままとしたが、旧字体など適宜改めざるをえなかった場合もある。

第二節　『露團々』の愉快観をめぐって

はじめに

『露團々』は恋愛と愉快と風流が三本の柱となって構成されていると考える。つまり、作者の恋愛観、愉快観、風流観がうかがえる作品なのである。恋愛観については本論第一節「『露團々』の恋愛観をめぐって」で述べたようにキリスト教の影響が在るのが見られた。本稿では愉快観について考察したいと思う。愉快観として取り上げるのは、『露團々』の発端で「ぶんせいむ」が「るびな」の「良配偶」（本文一四二頁）を新聞広告によって募集した。その広告の「求婚者の資格」「被求者の資格」の内容に着目するからである。なぜなら、そこに挙げられている「被求者の資格」とは、「求婚者」側から要求する「被求者の」条件にあたると考えられる。その条件は一見した所では、必ずしもさして難しいものではなさそうにも見え、誰でも応募できそうで「求婚者」側の無欲を示しているようにも見えるのだが、その中で、特異なものとして「被求者の資格」最後の第九に、

特に望む所あり、卽ち決して不愉快の感覺を抱かずして、常に愉快なる生活をなし得る者なることを要す。[1]

という条件があり、ここに着目するからである。

そもそも人間とは喜怒哀楽などの様々な感情を持つものであるから、「常に愉快なる生活をなし得る者」が、この世に存在するだろうかと、誰しも不思議に思うのではなかろうか。それで、この特異性があると考えられる条件について考察していくことによって、「最愛の女子」「るびな」の「良配偶」の資格として、「常に愉快なる生活をなし得る者」を掲げる「ぶんせいむ」という人物を造型した作者の「愉快」に対する思考が、うかがえるのではないかと考えられる。それで愉快観として取り上げるのである。

岡崎義恵は、『日本藝術思潮』第二巻の下で、(2) 広告の「常に愉快なる生活をなし得る者」という条件を「唯一つの重要なもの」と見做し、「精神上の理想が掲げられて」いると見ている。この見解には首肯する。だが同八頁で「たいらっく」について、「たいらっく」は「ブンセイムの求める「常に愉快なる生活」に生きる人ではない。寧ろ不愉快の何たるかを知ってゐる人に過ぎないであらう。」と見られていることには些か異議がある。私は「たいらっく」は「常に愉快なる生活をなし得る者」への道・方法の何たるかを知っている人と見ることができるのではないかと考える（これについては当該箇所で述べたい）。

笹淵友一は、『浪漫主義文學の誕生』(3) で『露團〻』の「愉快」についてはふれていない。また、「浪漫主義文学の観点から」という立場からでもある。

そして、前記いずれも「愉快」についての独立した論ではない。

二瓶愛蔵は、『若き日の露伴』[4]で「岡崎氏も笹淵氏も正面から取上げず」としてから、「この「愉快論」こそ実に若き露伴の内奥から発した一志想であり、また小説の形をとった問題提起だと思われる」と見、「この「愉快論」に焦点を当てて考えてみたい」と言われている。そして「常に愉快なる生活をなし得ることは風流人においては可能なのであ」るとの見解を示されている。「愉快論」が「一志想であ」ること、「問題提起だと思われる」との見解には首肯するものである。だが、「風流人においては可能」とする二瓶の見解は首肯できるのではあるが、二瓶は風流を定位としての見解である。したがって、キリスト教の影響を視座とする私とは自ずと見解が異なる。私は「常に愉快なる生活をなし得る者」となるには、キリスト教の聖書に立脚、指針とすることにおいて可能になるのではないかと考えるのである。

潟沼誠二は、『幸田露伴研究序説――初期作品を解読する――』[5]で「たいらっく」の「不愉快」論をひいて「たいらつくの依拠するところは、結局〈徳〉〈廉〉〈義〉〈仁〉という儒教的徳目である」と見ている。だが、私は「たいらっく」の依拠するところはキリスト教の影響であるという観点から、この「たいらっく」の「不愉快」論を見て重要視する。なぜなら「たいらっく」の「不愉快」論の中に、逆のようではあるが「決して不愉快の感覚を抱かずして常に愉快なる生活をなし得る者」になり得る鍵が包含されていると思うからである。つまり、「愉快」でないものを「愉快」に導く発想の転換を誘発させる鍵のようなものの所在が示唆されていると考えるのである。では、その思考の転換はいかにして可能なのか。この問題に焦点を当てキリスト教の影響を視座として、考察したいと考える。

関谷博は『幸田露伴論』(6)で、「「常に愉快なる生活をなし得る者」とは「愉快」という個人的・一回的な感情を「常」すなわち普遍に向けて拡張するという秘技の持ち主に他ならず」(7)と見ておられる。常に愉快であるのは普通では不可能であるということである。その一回的な感情を普遍に向けて拡張する「秘技」と言われるものの「持ち主」についていかに考えるかなどには言及されていないので不明である。だが関谷は「「学制」期にうえつけられた立身出世主義的主体を正当化する私的道徳の確立の問題という観点から『露団々』をみてきた」(8)視点からのご見解であるから「秘技」内容に言及されても、キリスト教の影響を視座として『露團〻』を考察する私見とは自ずと見解が異なると思われる。私は、関谷が「秘技」と言われるこの部分を、「愉快」でないものを「愉快」に変える発想の転換を誘発させる鍵のようなものがあるとしてとらえ、そこにキリスト教の影響が関わっていると考え探求考察したいと考えるのである。

以上述べてきたが、この『露團〻』の「愉快」という問題に留意し、愉快観として取り上げ、さらにキリスト教の影響という観点を主軸にしての見解は管見ではないように思われる。ゆえに、私は「常に愉快なる生活をなし得る者」の「愉快」に焦点を当てて、愉快観としてここに取り上げ、キリスト教の影響を観点の主軸にしての考察を試みたいと考える。

注

（1）『露伴全集』第七巻、八頁。
本文引用は『露伴全集』第七巻、昭和二十五年十一月三十日第一刷發行、昭和五十三年八月十八日第二刷發行、岩波書店に拠る。以下同。

（2）岡崎義恵『日本藝術思潮』第二巻の下、昭和二十三年六月十五日第一刷發行、岩波書店、六頁。

（3）笹淵友一『浪漫主義文學の誕生』昭和三十三年一月十日初版発行、平成三年六月二十日六版発行、明治書院、六八三頁。

（4）二瓶愛蔵『若き日の露伴』昭和五十三年十月二十五日発行、明善堂書店、二六五―二六六頁。

（5）潟沼誠二『幸田露伴研究序説――初期作品を解読する――』平成元年三月三〇日発行、桜風社、四〇頁。

（6）関谷博『幸田露伴論』二〇〇六年三月九日初版第一刷、翰林書房。

（7）関谷博『幸田露伴論』前掲、七二頁。

（8）関谷博『幸田露伴論』前掲、七四頁。

（一）広告の「愉快」と人々の反応

ア　広告における「愉快」の位置

では、実際に『露團〻』の「ぶんせいむ」の広告(1)の条件を見ていきたい。

求婚者の資格
第一。教育は高等の普通教育を受け、且つ音樂繪畫縫箔等の美術は皆其専門家に就て充分に學得せり。

第二。性質は溫順良貞にして、敏捷活潑には非ざれども、常に其の朋友の間に敬愛を受く。

第三。容貌は文章を以てあらはし難けれども、衆人の云ふ所によれば現今米國第一なり。某詩人は嘗て曉天の白薔薇と評せしことあり。

第四。財産は結婚の時に臨み、一億九千萬圓を予より讓與して、必らず其の所有たらしむべし。

第五。系統は清潔にして、各種の遺傳病等決してなし。

第六。宗教はゆにてりあんなり。

第七。家族は予と唯二人なり。

第八。年齢は十九歳なり。

以上、第八までである。これに対して

被求者の資格
第一。教育職業等は全く無きもよろし。

第二。性質は人の敬愛を受るにたらざるもよろし。

第三。容貌は畸形者にあらざれば、非常の醜陋なるもよし。

第四。財産は皆無にてもよろし、多少の負債あるも妨げず。

第五。系統は清潔ならざるべからず。人種は猶太人にても支那人にてもよろし。

第六。宗教は何にてもよろし、無宗教にても宜し。

第七。年齢は二十歳以上三十五歳までの間たるべし。

第八。家族の多少に關せず。

第九。特に望む所あり、卽ち決して不愉快の感覺を抱かずして、常に愉快なる生活をなし得る者なることを要す。


と第九まであって一条多い。そして、一見したところ、第八まではさして難しいとは思われないのではなかろうか。十分な資格を「求婚者」が有しているのに対して、「被求者」に求められる資格は無に等しいとさえ思える程である。たとえば、「第一。教育は高等の普通教育を受け、且つ音樂繪畫縫箔等の美術は皆其専門家に就て充分に學得せり。」とあって、求婚者の教育が申し分のないような十分なものが有るのを提示しているのに対して、「被求者の資格」第一は「第一。教育職業等は全く無きもよろし。」であって、有ると無いとが対しているのである。第四では「財産」は「一億九千萬圓」に対して、「財産は皆無にてもよろし、多少の負債あるも妨げず。」である。

もっとも第五の「系統は清潔」に対して「系統は清潔」があり、第七の「年齢は十九歳」に対して「年齢は二十歳以上三十五歳までの間」があるが、豊富な「求婚者」の資格に対して「被求者」に対しての条件は第八までで見る限りは、「世人」（一八頁。『露伴全集』第七巻「露團〻」本文の頁を示す。以下同）からすれば、釣り合わないことに奇異を感じることはあっても、厳しいとは感じられるものではないと言えよう。

そういう中にあって、第九の条件「決して不愉快の感覺を抱かずして、常に愉快なる生活をなし得る者」とは、「求婚者」が要求しているのは、これ唯一つと言ってもよいほど重要なものと位置付けることができ、その重要たる所以を探求する必要があると考える。

イ　人々の反応

この広告にたいしての人々の反応は、作品の中で「世人」を代表しているとも言える「れおなァど」も、第八までては自分も立候補できるように思うのだが、第九に至って「むゝなに、不愉快の感覺を抱かずして常に愉快の生活を爲し得ることを要す。むゝ。」（一四頁）と行き詰まってしまうのである。

そういうことからもうかがえるように、「世人」はこの広告を見て「不思議の廣告」（一五頁）と言い、新聞も「此の奇廣告は氏の誠意に出でしか、又滑稽に出でしかを斷言することあたはず」（一七頁）というような反応を示しているのである。

後に、この広告に直接かかわってくることになる「吟蜩子」は、世の中に苦のない者もないに、あんな笑しな廣告、……〈略〉人欲は限りのない馬鹿者ですから、衣食住や財産爵位名譽等に十分になると、尚進んで長生を願つたり神通を得たがる者で、……〈略〉ぶんせいむも其通りで、天女も五衰の世の中に此様な愚な考を起したのですから、是れに應じて及第する人はありはしません。[2]

と見ている。「吟蜩子」は「世の中に苦のない者もない」のだから「常に愉快なる生活をなし得る者」などはいない。したがって「及第する人は」いないと考えているのである。

また「しんじあ」は、「ちェりい」の伝える所によれば、

不死不老の金丹などといふ事も多くは富貴の人の描き出した想像で、不愉快の感をもたずに愉快の生活計りする者を得たいなんぞといふも、人生の欲にあき足りるより起つた迷ひだ。[3]

と見ている。「しんじあ」は「不愉快の感をもたずに愉快の生活計りする者を得たいなんぞといふ」広告を出すのは、「人生の欲にあき足りるより起つた迷ひ」からだと考えている。したがって、そのような人は存在せず及第する人はいないと考えているのである。皆、人間には不愉快と感じられることが必ず在ると考えているのである。

「第九」を除けば無欲といってもよい広告なのだが、この「廣告」に直接かかわってくる、しかも「吟蜩子」は「田亢龍」に「人物風雅に談論輕妙」（五七頁）と見られているし、「しんじあ」は「警醒演説會なる者」（一三頁）を起こし、演説しているのだから、いずれも知識人と考えられる二人であるが、そのいずれもが、人の欲があのよ

うな「廣告」を出したのであると見ていて、二人とも「決して不愉快の感覚を抱かずして、常に愉快なる生活をなし得る者」はいないという見解を示しているのである。存在しないものを求めているかに見えるこの試験は、常に愉快を維持することの困難さを確認しようとしているとさえ思われる。以上のような反応から、結局、誰にも「ぶんせいむ」の真意は理解されていないと考えられるのである。

ここで留意しておきたいのは、広告の表現が読み手即ち受け手によって変わることである（本文引用は『露伴全集』第七巻に拠る）。

1　広告

「決して不愉快の感覚を抱かずして、常に愉快なる生活をなし得る者なることを要す。[4]」

2　「れおなァど」

「不愉快の感覚を抱かずして常に愉快の生活を爲し得ることを要す。[5]」

3　「ちェりい」の伝える「しんじあ」の言

「不愉快の感をもたずに愉快の生活計りする者[6]」

4　代理として米国に「吟蜩子」を送った「田亢龍」

「不愉快の感情を抱かない愉快の男子[7]」

このように、1の広告本文から2では「決して」が消え「常に愉快なる生活をなし得る者」が「常に愉快の生活を爲し得ること」に変わる。

3は伝え手「ちェりい」の広告のとらえ方が作用していると見られる。「常に愉快なる生活をなし得る者」が「愉快の生活計りする者」になる。

4は遠隔地ゆえか広告とは大部離脱しているように思われる。「愉快の男子」だけである。

このように作者は受け手による変化を示していることに留意しておきたい。なお、2は初出『都の花』[8]第九號十六頁では「爲し得る者を要す」である。

このように微妙に異なる伝わり方は、正確に伝言する困難さと、それに伴って真意を伝えることの不可能にも近いことを示しているのではなかろうかと考えられる。

以上をふまえて「愉快」観を探求していきたいと考える。

注

（1）『露伴全集』第七巻、七―八頁。
（2）『露伴全集』第七巻、五九頁。
（3）『露伴全集』第七巻、四一頁。
（4）『露伴全集』第七巻、八頁。
（5）『露伴全集』第七巻、一四頁。
（6）『露伴全集』第七巻、四一頁。

（7）『露伴全集』第七巻、五九頁。
（8）『都の花』は一八八八年（明治二一）十月二一日創刊、一八九三年六月一八日廃刊。月二回発行通巻一〇九冊、金港堂刊。表紙には色刷りの花が描かれ、当時としてはハイカラな感じを与えた。月二回発行を原則とした。発行兼編集人は中根淑（香亭）、印刷人山田武太郎（美妙）。第三十九号からは藤本真（藤蔭）にかわる。内容はほとんどすべて小説であって当時の文壇人の作品を網羅した感がある（「みやこのはな　都の花」（成瀬正勝）『世界大百科事典』平凡社より抄）。

（二）「しんじあ」の「愉快」

このように、「広告」における「ぶんせいむ」の真意は、誰にも理解されていないと思われるのであるが、そういう状況の中で、自分自身で「愉快」の「身」であると言っている者がある。それは「しんじあ」である。だが「しんじあ」は広告による申込をせず、受験しないから試験の答えではない。

「しんじあ」は、恋する「るびな」の配偶者を求める広告を知って、悩むのであるが、後に「るびな」の手紙にはげまされるようにして（本稿第一節「『露團〻』の恋愛観をめぐって」を参照して頂きたい）恋の煩悶から脱して立ち上がる時の様子に、「さしも悶えにもだえたるしんじあの顔いつとなく和ぎて、」とあり、そして次のように言うのである。

かへすぐ〳〵も無益の想像を繰り返すのをやめて正當に働かう。考へ直して見れば平和で、安樂で、愉快で、莊嚴な望のあるしんじあの身だ。ぶんせいむを恨むにも愚痴を繰り返すにも及ばない。勤めやう働かう、しんじあはしんじあの道を歩まう。(1)

そして、

と云ひつゝ立て机に向ひ、手にまかせて取りたる書を開けば、

「我れ汝を教へ、汝を歩むべき道に導き、吾が目を汝にとめて諭さん。汝等辨へなき馬の如く驢馬の如くなるなかれ、彼等は轡手綱の如き具をもて引止めずば近づき來ることなし。」（表記は『露伴全集』に拠る。(2) 詩篇第三十二篇八―九節に該当。『舊約全書』詩篇第三十二篇八―九節と用字の違いはあるが殆ど同じであることから、露伴は聖書に拠っていると考えられる。）

『舊約全書』を次に記す。

われ汝ををしへ汝をあゆむべき途にみちびき、わが目をなんぢに注てさとさん

汝等わきまへなき馬のごとく驢馬のごとくなるなかれ、かれらは鏕《くつわ》たづなのごとき具をもてひきとめずば近づきふたることなし

『舊約全書』詩篇第三十二篇八―九節

と記されている所であったとされている。ここに「平和で、安樂で、愉快で、莊嚴な望のあるしんじあの身だ。」と「愉快」という表現が見られるのである。これに注目したいと思う。

彼はまず「顔いつとなく和ぎて、」とあるようにそれまで苦悶していた心が平穏・平和を取り戻したと見られ、そして、「愉快」とする前に「考へ直して見れば」と言っている。この「考え直」すとは、平和な心を取り戻した彼が自分自身の心内・行為をみつめるゆとりを得て反省したと考えられる。その結果、恋の煩悶に落ち込んでいる自身を悔い、心のもちようを改めたと考えられる。それまで「ぶんせいむ」を恋の障害のように見做して恨んだり、くよくよと愚痴を繰り返したりしたのは、「しんじあ」が心中の葛藤に苦しんでいたからなのである。「考え直して」悔い改めるという過程を経て、それらを脱却した後で、彼の「愉快」があるのである。つまり悔い改めの過程を経て彼の「愉快」があると考えられる。そしてその時、彼の心からは恨みも愚痴も消滅し、「勤めやう働かう、」と立ち直るのである。「正當に働」くことは彼にとって「愉快」であり、それはさらに自らの道を使命感をもって働くことによる、喜びにもつながるものがあると考えられる。

そこで、この喜びについて『新聖書大辞典』（昭和四六年三月一日第一版発行、昭和五〇年一一月一日第二版発行、キリスト新聞社、一四七七頁）を見ると、

ヘブル語では「喜び」と訳された語が十種を越え、ギリシア語も数種に及んでおり、それぞれ異なった意味合いをもっている。聖書では「喜び」が自然の喜び（喜悦、満足、楽しみ、愉快）、道徳的な喜び（平和、静穏）、霊的な喜び（信仰の喜び、希望の喜び）に関連する。

とある。それぞれ異なった意味合いをもっているとされるが、その中の自然の喜びの中に愉快という表現もあり、愉快とよろこびの関連が見られる。とすると「廣告」の「常に愉快なる生活をなし得る者」とは〈常に喜びの気持ちをもって生活をなし得る者〉ということに置換可能かとも考えられる。

そこで、聖書に喜びがどのように出ているかを見ると、たとえば、

常に喜ぶべし斷ず祈るべし凡の事感謝すべし是イエスキリストに由て爾曹に要め給ふ神の旨なり

『新約全書』達帖撒羅尼迦人前書（「新約全書目録」に拠る）第五章十六―十八節

とある。「常に喜ぶべし」に従えば、常に喜んでいる状態にあるので「常に愉快」に生活できることになるのではないかと考えられる。恋愛観で露伴には「戀」と「戀慕」と「愛」の置換可能が見られたが、それからすると、ここでも愉快と喜びの置換が可能と考えられる。

では、「なし得る」とはどういうことであろうか。諸橋轍次『大漢和辭典』に拠れば、

なす―爲　なす。つくる。こしらへる。
うる―得　うる。手に入れる。とる。

このような意味が見いだされる。これらから次のように考えられるのではなかろうか。

量の軽重はあっても怒り、悲しみ、苦しみ、悩み、恨みなど、喜ばしいとはいえない感情が必在する人世において、恒常的愉快は何らかの方法によって自ら獲得しなければならないものなのではないかということである。つまり、「常に愉快なる生活をなし得る者」とは、その獲得方法を実行している者なのである。ゆえに、ここから考えられるのは、広告者は「衆人」（七頁）の反応「常に愉快な人などいない」と言われることなどは、既知なのである。それにもかかわらずこの広告を出し求めていることは、それなりの理由があるはずであり、その理由が恒常的愉快は何らかの方法によって自ら獲得しなければならないものとする思考であろう。広告は、その方法を知り実行できる者を求めているのであると考えられる。

既に述べたように、「しんじあ」は「警醒演説會」でキリスト教の聖書に拠って人々に「神に對して恐れ愧る所」はないかと説いている人物として造型されている。それでその「しんじあ」の「愉快」もキリスト教に拠って考えてみたい。

前述のように、「しんじあ」の「愉快」の場合には「平和で、安楽で、愉快で」とある前に「考え直してみれば」とある。ここに悔い改めへの過程があるのが見られ、それを前提としてから自己の進むべき道に「勧めよう働こう」と建設的心情に立ち直しているのである。

この場面での「しんじあ」の心情の記述を理解するのに次のような讃美歌が参考になるのではなかろうか。讃美歌には神をたたえるとともに、教え、ここではキリスト教の教えの凝縮が平易に歌われていると考えられるので引用するのである。

『新撰讃美歌』著者兼發行者　東京府平民植村正久　仝　東京府平民奥野昌綱　仝　新潟縣平民松山高吉　印刷者　神奈川縣士族須原徳義　明治廿三年十二月一日出版

第百六十六　信徒生活　十字架の誇

三　うきことうちよせ　のぞみはうせて
　　おそれとなやみに　かこまるゝとも

四　じふじかは平和と　よろこびをもて
　　われをばはなれで　つねにかゞやく

五　さいはひの日いで　わがゆくみちを
　　ひかりとあいにて　かゞやかすとき

八　はかりしられざる　ときはかきはの

ここには苦境を乗り越えて至る「平和とよろこび」という表現が見られる。これを「しんじあ」に当て嵌めると、「るびな」との恋の危機に直面し、苦悩していた「しんじあ」は「考え直して見れば」、この讃美歌に見られるようなことに思い至って、「警醒演説會」で聖書に拠って説いているという身でありながら、本来自分の心は平穏であるべきなのに、恋ゆえの葛藤に苦しみ乱されていた自身の心を考え直して神の前に祈り改め、平穏を取り戻したゆえに「平和で、安樂で、」となり、つづいて「愉快で、荘厳な望のあるしんじあの身だ。」と言っていると考えられなくもないのである。彼のゆく道を照らすのに貢献したのは「るびな」の愛の手紙であった。恋愛は人間の成長過程で通過すべきものでもあり、否定されるものではない。だが、恋ゆえの苦悶、葛藤に心が乱されているのが問題なのである。その時に「るびな」の手紙が「しんじあ」を立ち直らせるのに寄与したのであって恋愛観で言うところの「神聖の愛」と考えられる。それが神の導きを示す「詩篇第三十二篇」につながっていくのである。神の導きにしたがって歩む道は讃美歌にも見られるように、「平和とよろこび」がみちているのであって、それを歩む「しんじあ」の心身は平和であり、「よろこび」に満ちているのであると考えられる。つまり「愉快」なのである。「ときはかきは」は「常磐堅磐」であり、永久に変わらないことを意味するから、恒常的であり、この「しんじあ」の「愉快」の恒常性を示していると見られ、「しんじあ」の「愉快」は『露團〻』の愉快観を考えるにおいて重要であると考えられる所以である。

また、本稿は「しんじあ」の「考え直して見れば」を、恋のための葛藤に苦悩する自身の心・行為をみつめて反省し、悔い改めたことを意味していると考えられるとした。その根拠は「さしも悶えにもだえるしんじあの顔いつとなく和ぎて」とあることや、また、「しんじあ」が「ぶんせいむを恨むにも愚痴を繰り返すにも及ばない。」などと言っていることによって、心が平和を取り戻したから顔が和むのであり、恨みや愚痴がなくなるのも迷いから脱却できたからであり、それらの表現を根拠として自己内心を悔い改めたことを意味していると考えられるのである。

悔い改めはたとえば『新撰讃美歌』にも多く見られるが、その例を挙げて見よう（抽出。以下同）。

第百十七　拯救　悔改め

一　うまれしときより　こゝろくらく
　　つみもあやまちも　いやつもれり

二　あけくれ日ごとに　やむときなく
　　くちにもわざにも　つみををかす

五　きよきみたまをば　われにそゝぎ
　　けがれしこゝろを　きよめたまへ

このように悔い改めは、自身の心を凝視してからの神への祈りを伴っており、悔い改めによって心を清澄にするものでもある。このことはキリスト教において重要視されていて、悔い改めの参考となるものは多く見られる。たとえば、

『救世主降生壹千八百八十三年　新刷　聖詠　完　北緯日本聖會司教　伯多祿瑪利亞　准　神父瑪爾遮爾　選
奉教人　保祿　訂正』八丁
（『明治期　讃美歌・聖歌集成』第六巻所収、一九九六年五月三〇日発行、監修者手代木俊一、大空社。以下同）

〇　後悔
既往《いにし》罪悔る心を赦せかし
　　今より背くことはあらじな

『救世主降生壹千八百八十九年　新刷　聖詠　完　北緯日本聖會司教伯多祿瑪利亞　准』一〇―一一頁。

一三　〇後悔
きのふ迄をかしゝ罪は赦せかしけふより背くことはあらじよ

『救世主降生壹千八百九十三年　新刷　聖詠　完　東京大司教伯多祿瑪利亞　准』二五頁。

三十一　〇第三　悔改《こうかい》の事
我の弱き事を、想ひ憐み給ひ、清き眞心に、洗へかし、

このように、何かしらの罪をおかしてしまう人間の、弱い心の中を常に反省し神に祈り改めて、それによって清くしていこうとする姿勢が見られる。「しんじあ」の場合も恋ゆえの葛藤、煩悶に心を乱し、神の導きに従って歩もうとする道の支障となるような状態にあったことが、神の前に罪と考えられるのである。

また、『露團〻』本文にも「じゃくそん」の言葉として

是れから君と同伴にぶんせいむの處へ行つて、其壓制を拉り挫しぎ其誤謬を悔い改めさせてやらうといふのです。(3)

と「悔い改め」という表現が見られ、作者には、悔い改めということが認識されているのがうかがえる。

これらから、恋の葛藤ゆえに自らの心の平穏を乱し、働くことにも支障をきたしかねないような状態の「しんじあ」は、自身の心内・行為をみつめ、その弱さに気付き「考え直して」悔い改めたと考えられる。それによって「愉快」が発語されているのである。

また、「しんじあ」は「荘嚴な望」と言い、「勤めやう働かう」と言っている。「働」くことについて『新撰讃美歌』には、たとえば、

第百四十一　信徒生活　勤勉

二　あしたにゆふべに　いやしきこの身を
みさかえのために　いそしませたまへ

三　いまの世のちの世　いづこにありとも
たゝへのうたもて　たのしき業とせん

とあり、このように、この身を神の栄光を顕現するために勤めるものでありたいとする願いが見られる。この考え方は使命感を生じ、すべての業は喜んで神へ捧げる楽しい業となる。「しんじあ」の「荘厳な望」とは「しんじあ」の志す道であり、「肉の利害」に偏る現実の社会を、神の前に恥じない世に匡正するために働くことである。それが「詩篇第三十二篇」にあったように「歩むべき道に導」かれることなのである。この仕事を彼は使命感をもって楽しい業とし、よろこびをもって励み「愉快」とするのである。つまり、「しんじあ」は、自身の心・行為を凝視して反省し悔い改めて、試練をも乗り越え神の導きに従って、彼の志す道、神の前に恥じない世に匡正するために歩む道において、専心働くことによって、自身が「平和で安樂で愉快」の状態にあることを言っていると考えられる。

また、苦境に遭遇するのを試練ととらえることについて、『新撰讃美歌』には、たとえば

第百七十五　信徒生活　試練
三　わざはひのときも　よろこびあり
かみはいつくしむ　子をむちうち
火をもて鍛ふる　ことをしれば

身をやくばかりの　苦をもしのばん

とある。このように苦境を、神が慈しむ子だからこそ私を鞭うつのだ、つまり神は、神の愛する子の私を火をもってきびしく鍛えて下さるのだと考えて、神の愛に感謝し、「よろこび」をもって受入れ、耐えるのが見られる。このことをふまえると「しんじあ」も苦境を「よろこび」をもって受入れることができ、常識的に考えれば苦境の生活も、彼においては愉快のうちに耐えることが可能であり、神に感謝しつつ神に示された道を「よろこび」のうちに歩むことにいそしみ、愉快に生活していくと考えられるのである。このように見てくると、「しんじあ」は「常に愉快」なのであって、恒常的に「愉快なる生活をなし得る者」なのである。改めてここで確認しておきたいのは、この「しんじあ」の悔い改めの過程を経ての神への賛美と感謝が基盤にあると考えられる「愉快」が、『露團〻』の愉快観を考察する上で重要であると考えられることである。

因みに、『露團〻』の終り近く（一四三頁）に「ぶんせいむはもとより黄金のしんじあ、白銀のるびなを試みるに猛火を以てしたるにすぎずといへども、子を愛する心深かりけんよりかくはしたらんか」と記しているが、ここには讃美歌にある「火をもて鍛ふる」がそのままに見られると言ってよく、『露團〻』におけるキリスト教の影響は、こういう所にも見られると言えるのではなかろうか。

注

（1）『露伴全集』第七巻、九五頁。
（2）『露伴全集』第七巻、九五頁。
（3）『露伴全集』第七巻、一三一頁。

(三)「たいらっく」の「不愉快」論の「愉快」

一方、広告による試験の進捗状況はいかがであろうか。一回目の試験と、二回目の試験に焦点を当て、とくに二回目の試験を重視する。

一回目の試験

広告によって行った第一回目の試験結果の発表も広告で行い、その「謝絶」即ち「落第」と判定した理由には、少しの時間の空費や礼節の欠乏に耐える事ができなかったり、また、去れといわれても執拗に園中に止まっていた人々などを「謝絶」の基準においている。つまり忍耐がなかったり、遜譲の美徳を知らなかったり、些少の無礼に憤ったりする人々を「落第」としているのである。これらの人々は常に愉快の状態にあるとは言えないからであろうと考えられる。注目したいのは二回目の試験である。

二回目の試験

二回目の試験は、一回目と異なり受験者を丁重に扱っておいて、出題する。

其問題は即ち不愉快といへる題にして、其起因性質及び之れを匡濟する方法等、何にても隨意に充分に答へられんことを望む。(1)

と「不愉快」という出題をし応募者各自の考えを書かせるものである。不愉快の反対は愉快であるから、この問題は不愉快を問いながら受験者の愉快観が問われていることにもなると考えられる。なぜなら、不愉快を病気にたとえれば、その病気の原因ならびに症状と、治療法を問うものであるから、これが明解に論じられるということは治療法もわかっているということになり、いつも愉快でいられる可能性があると考えられるからである。

その結果、及第とした答えは次の五つである。以下、A、B、C、D、E、とする。

A　不愉快とは不愉快を打破る勇氣のない時の有様故に、勇氣あれば即ち不愉快なし。(2)

B　習慣にさからふ時起る感情を不愉快といふ。―〈略〉―　既往の習慣に執着せずして速に新來の事に從へば不愉快なし。(3)

C　世間に一つも不愉快なし唯るびな令嬢の歡心を得ざる時は大不愉快なれども其時は吾れ自殺すべければ更に一

の不愉快もなし。[4]

D　眞に人の不愉快を感ずるは尤も美しき徳あるが故なり。深く恥るは、尤も美しく廉なる故なり。深く憤るは尤も美しく義あるが故なり。深く憂るは尤も美しく仁あるが故なり。都べて不快を感ずるは尤も美しき徳あるによれり。見給へ、若し雪中に黒き兎を見ば著るしく眼に付くべし、是れ清き雪の眞白なる上に黒き者あるが爲なり。不愉快は兎の如く、美徳は雪の如し。故に愈ゝ徳の雪の白きに從ひ、愈ゝ不愉快の兎は著るしかるべし。されども神は美妙の装置を爲し給へり。卽ち黒き兎は白き雪の深くなるに從ひて遂には白く化せらる、ことなり。噫、不愉快の兎は雪見竿なり。此の雪見竿によりて己れの徳の厚薄を考へて、成るべく厚からんとせば遂に黒き者なきに到るべし。若し此雪見竿なきならばあだむ、いぶより吾ゝまで、猶ほ野生の芋に満足して愉快顔なる豚なるべきに。[5]

E　知らず。[6]

以上五つである。

これら五つの答えの「不愉快」の原因と治療法を分類してみると、Aは愉快でいるには勇気が必要であると言えよう。「ぶんせいむ」の評は「及第さ」である。Bは愉快でいるには頑迷固陋でない、進歩的柔軟性が必要であると言えよう。「ぶんせいむ」の評は「實行出來るかどうか怪しいが、まづ及第さ」である。Cは一途に率直に思いを貫けば愉快でいられると言っていると言えよう。「ぶんせいむ」の評は「かういふ男はおれが大好だ。無論及第さ」である。Eは「不愉快」を感じる事がないので「不愉快」を知らないのであり、いつも愉快であるとも言えよう。だが、「不愉快」を知らないが愉快と出題されても知らないと答えたかもしれないという疑問がうかぶのではなかろうか。「不愉快」も愉快も関係がないとも見えるのである。「ぶんせいむ」の評は「奇〻妙〻、古今未曾有といふ答へだ」「知らずと即座に答へたのは妙だよ」である。

問題なのはDの「不愉快」論である。これは「廉」、「義」、「仁」という「美しき徳」のある人が「不愉快」を感じるのだという。これらの言葉にこだわっての瀉沼誠二は（前掲『幸田露伴研究序説』四〇頁）、「たいらっく」の「不愉快」論について「たいらつくの依拠するところは、結局〈徳〉〈廉〉〈義〉〈仁〉という儒教的徳目である」と見ている。だが、本論はキリスト教の影響を視座としてという観点において見ようとしているものである。

たしかに「廉」あればこそ恥じ、「義」あればこそ憤り「仁」あればこそ憂える。だが「恥」にも「憤」にも「憂」にも喜びの感情はない。それでは「徳」のある人は愉快になれず、愉快でいられるのは徳のない人かと思われないでもないのであって、一見常識的には疑いたくなるように思われるのであるが、「たいらっく」の「不愉快」は「不愉快」を感じる次元が違い、そこから単に「愉快顔なる豚」ではない高次元の愉快が示唆されているのである。では、なぜ高次元の愉快と言い得るのであろうか。

考えてみると、過去の自己の心内・行為を、あたかも凝視するようなきびしい内省（以下、きびしい内省とのみ記す場合もある）をしていく人間ほど、自己の些細な欠点にも気付き反省していくものではなかろうか。白い雪はそのような、いうなれば清き心を志向する人の心のメタファーであり、そこにいる黒い兎はきびしい内省によって認識する自己の欠点なのである。その兎の黒さ汚さを見つめる事は苦しいことではあるが、自己を深く反省することになり、それによっての悔い改めを積み重ねていくと考えられる。その途上では、心が清澄になればなるほど兎の黒さも増して見えることもあるであろうが、そのような過程を経て、究極には黒い兎はいなくなって、白い深い雪にたとえられる心になっていく。この変容を「神」の「美妙の装置」によってとしている。そうなれば、その人間は不愉快となるものがなくなっているのだから不愉快ではなくなる。常に愉快な状態にあることができると言えよう。「たいらっく」の「不愉快」論におけるこの思考は、きびしい内省による悔い改めという過程を経ないでの愉快状態には価値を認めないのである。それは「愉快顔なる豚」に過ぎない。Dの愉快は、きびしい内省によっての悔い改めという過程を経た後の「愉快」を真の「愉快」としているのである。自己をみつめ、常に反省し、謙虚に自己の至らなさを自覚した上においてのことなのである。Dは、「不愉快」論で皮相的見地からでなく深く考えた結果の答えとしての愉快観を述べているのである。そしてその愉快観は前述の「しんじあ」の「愉快」に重なるものがある。そしてここにも人間に「美妙の装置を為し給へり」とする神への感謝がうかがえると言えるのではなかろうか。

　このDの見解には「若し此雪見竿なきならばあだむ、いぶより吾ゝまで、猶ほ野生の芋に満足して愉快顔なる豚なるべきに。」とあることからも、聖書の影響があると考えられるのである。「雪見竿」はきびしい内省による悔い改めの過程を必要とする比喩なのではなかろうか。

　この雪の白さと心の関連について当時の認識を見る参考として、前述の『新撰讃美歌』に、

　第百四十九　信徒生活　一切を献ぐ

一　耶蘇よこゝろにやどりて　われをみやとなしたまへ
　けがれにそみしこの身を　ゆきよりもしろくせよな

わがつみをあらひて　　ゆきよりもしろくせよな

とあるのが見られる。「けがれ」「つみ」を除いた心の状態を表現するのに、雪の白さをもってたとえられている。「黒き兎」については聖書に見当たらないようである。だが「兎」は見える。『舊約全書』耶穌降生千八百八十八年、米國聖書會社、明治二十一年、日本横濱印行、上巻に拠れば、

兎是は反蒭ども蹄わかれざれば汝等には汚たる者なり　　『舊約全書』利未記第十一章六節

駱駝兎および山鼠是らは反蒭ども蹄わかれざれば汝らには汚れたる者なり　　『舊約全書』復傳律例第十四章七節

（「舊約全書目録」の表記に拠る。他の場合もあるが、本論では特記の他は目録の表記で一貫させる。）

このように兎は不潔なものとされているようである。そのような「兎」に暗いイメージを連想される色彩「黒」を付していることによって「黒き兎」表現は汚れを増幅させていると考えられる。

なお参考として、「兎」「豚」の表記例の一端ではあるが次に記しておく。

露伴が読んだと考えられる聖書（本論の序論部を参照して頂きたい）では、「復傳律例」「利未記」も「兎」は「兎」である。

「豚」は、「豚」「復傳律例」（十四・八）、「猪」「利未記」（十一・七）、「豕」「馬太傳福音書」（七・六）、このように数種の漢字が用いられているが、すべてルビは（ぶた）である。

したがって『露團〻』当時は「猪」「豕」もルビで「ぶた」と読んだのであり、（ぶた）はすべて「豚」と考えてよく、「兎」は「兎」でよいと思われる。

そこで、豚について、聖書でどう考えられているかを見ると、たとえば、

猪是は蹄あひ分れ蹄まつたく分るれども反蒭ことをせざれば汝等には汚たる者なり

『舊約全書』利未記第十一章七節

また豚是は蹄わかるれども反蒭ことをせざれば汝らには汚たる者なり

『舊約全書』復傳律例第十四章八節

また豕の前に爾曹の真珠を投與る勿れ恐くは足にて之を踐ふりかへりて爾曹を噬やぶらん

『新約全書』馬太傳福音書第七章六節

など少しの例からも大体において、豚は不潔で愚かなものと見られているようである。であるから、聖書の面から

も「愉快顔なる豚」は軽蔑した表現であることが察しられる。

さて、本文に戻るが、Dに対して「るびな」は「なる程是れが一番で御座りますね」（一〇一頁）と評し、「ぶんせいむ」は「これは無論及第さ。」と「るびな」に言い、高く評価している。

一方、「落第」にしたほうを見ると、注目しておきたいものに、

Ａ　眞の不愉快とは麪包と羅紗と煉瓦の缺亡より起る者なれば、衣食住に足るを得れば卽ち不愉快はない。(7)

がある。これは物質的生活のみを考えるものである。聖書には次のように記されている。

人はパンのみにて生るものに非ず唯神の口より出る凡の言に因　『新約全書』馬太傳福音書第四章四節

Ａはこの聖句に反していると考えられる。Ａの答えは「麪包と羅紗と煉瓦」が示しているように衣食住のみ、つまり物質的生活だけを考えるものである。であるから、Ａは「人はパンのみにて生るものに非ず」という考え方、つまり人間は物質面の充足だけを考えて生きているものではないとし、神の言葉に因って生きるという精神的面を強調する聖書の記述に反しているのである。このＡにたいし「るびな」は「あらあさましい」と嫌悪感をもって反応し、「ぶんせいむ」は「此奴は火事にあって發狂する性質だから無論落第さ」（九七頁）と言うのである。前述の「雪見竿」の説に「無論及第さ」と評価した「ぶんせいむ」が「無論落第さ」とするのである。このことから、「ぶ

んせいむ」には人間の精神的生活に重きをおく思考があるのがうかがえると言えるのではなかろうか。この他に「落第」としたものを見ると、

B　不愉快とは學問を食たりぬ人の胃にある所の飢の痛みだ。(8)

がある。Bは学問・勉学上障害あるときに愉快でなくなると見られ、「ぶんせいむ」の評は「此奴の愉快は脳病になれば直に砕けるのだから、無論是も落第さ」である。「ぶんせいむ」が学問を偏重しない考え方をもっているのが見られるのである。次に、

C　不愉快とは神の法律を犯したる時、神より嵌めらるゝ無形の首枷なり。(9)

D　不愉快とは神の作り給へる天地は善美なりといふ事を信ぜざる、腐敗の脳髄に生ぜる黴なり。(10)

これらC、Dにたいして「るびな」は「是は及第でせう」と言うが、「ぶんせいむ」は、「二ツとも道理には違ひない」とは言うのであるが、Cは「神の法律を犯した經驗のあるものでなくてはいへぬ言葉だ」として、今度悪事をする時は前より平気でするから行末が危ないと見る。Dは「妙に悟つたやうな云ひ草だが」世間の波風にふれたことがない男だからとしていて、机上の空論への危惧が見られる。そしてC、Dとも「落第」としている。ここには

「神の法律」「神の作り給へる天地」という表現が見られ、聖書の影響があるのがうかがえる。またCにたいしての「ぶんせいむ」の批評には人間には必ず良心があるという考えが基盤になっているのではないかと思われる。その良心が度々「神の法律を犯」すことによって、曇ってしまうことを危惧していると考えられる。

以上見てきたことから、「ぶんせいむ」にはきびしい内省による悔い改めの過程を経て「神の美妙の装置」にあずかって至る「愉快」に価値をみる思考があると見ることができ、そこにキリスト教の影響が考えられるのである。

このように、「不愉快」を問いながら実は愉快観を問うているとも考えられる試験で「ぶんせいむ」の「及第」「落第」とした判定の基準の中に、きびしい内省によっての悔い改めの過程を経た後の「愉快」を「無論及第」としているのが見られ、「しんじあ」と「たいらっく」の「愉快」はキリスト教の影響を観点として見たとき重なるものがある。また、「人はパンのみにて生るものに非ず（「馬太傳福音書第四章四節」）」にある、人は衣食住の物質的充足だけでは生きているのではないというような、精神性を強調しているキリスト教の聖句に拠ると考えられるものがとりこまれてもいるのである。

注

（1）『露伴全集』第七巻、八五頁。
（2）『露伴全集』第七巻、九八頁。
（3）『露伴全集』第七巻、九八頁。

(4)『露伴全集』第七巻、九八―九九頁。
(5)『露伴全集』第七巻、一〇一頁。
(6)『露伴全集』第七巻、一〇二頁。
(7)『露伴全集』第七巻、九七頁。
(8)『露伴全集』第七巻、九七頁。
(9)『露伴全集』第七巻、九七頁。
(10)『露伴全集』第七巻、九七―九八頁。

(四) 露伴『快樂論』(1)の「愉快」

ところで、『露團〻』には、もと「ぶんせいむ」家で働いていた「ちェりい」が、夫の「じゃくそん」に、「吟蜩子」について、「愉快とかいふ書を著して本屋に渡したさうで、まだ出版にならぬ内から大層な評判ですから」(二二六頁)と言っているのが見える。実際に露伴は後に『快樂論』を書き、その中で「愉快」について書いている。『露團〻』初出は雜誌『都の花』明治二十二年二月下旬號からである。『快樂論』は、雜誌實業之世界の大正四年一月下旬號から載った(緒論は大正五年四月)ものである(『露伴全集』第二十八巻目次と後記參考)。ほぼ三十年ほどの年月の経過によって育まれ、深まっているようなことはあり得るであろうが、その『快樂論』での「愉快」言及の中で『露團〻』の「愉快」と関連性のあるものを抽出し、比較してみたいと思う。

ここで、後年の『快樂論』の「愉快」言及を『露團〻』の愉快観と関連させて見ようとするのは、私は、『露團〻』には、拙稿「幸田露伴『露團〻』考」「第一節「『露團〻』の恋愛観をめぐって」」で述べたように、作家露伴形成要素の形相が示されていて、その後の露伴の姿勢をも示していると見ることができ、露伴作品の志向の端緒が見られると考えているからである。それで、そのことが愉快観を視点においても言えるかということを確かめたいためである。つまり、「評論」ではあるが『快樂論』での「愉快」言及において、『露團〻』の「愉快」に、つながるものの有無を見ることによって、そこにつながるものが有れば、『露團〻』は愉快観から見ても露伴の後の作品・言説への端緒・萌芽が見られると言えると考えられるからである。さらに、それに伴って、本稿の（二）（三）で述べたように、『露團〻』の愉快観にはキリスト教の影響があると見ているのだが、年月を経過してからの『快樂論』の「愉快」と関連させて見ることによって、露伴におけるキリスト教の影響のありようの一端もうかがえるのではないかと考えるからである。

そこで、『快樂論』における『露團〻』の「愉快」と関係が見られるものを次に挙げる。

『物質的愉快と精神的愉快の意義』(2)の中で、

愉快に二つの別がある。一つは物質的の愉快、他の一つは精神的の愉快である。〈略〉愉快には自ら二種あるので、一は物質によつて得られ、若しくは與へられる愉快、他の一つは、物質によらずして得られ、若しくは與へられると云ふよりは、物質によつて得られず、若しくは與へられざる愉快と云ふが適當である。

『露伴全集』第二十八巻『快樂論』（以下同）二四九頁

と言う。たとえば、衣食住のような物質によって得られる物質的愉快はあるが、一方、物質によっては得られず与えられない精神的愉快があると言うのである。そして、

人間が他の動物と異つて高貴な位置を占むる所以は、實に此の精神的愉快を解釋し、認識し、所有し得る點にある。

二五一頁

と記している。精神的愉快を人間性の高貴さと関連付けて見ている。この言説から想起されるのは、『露團〻』の「試験」で「衣食住に足るを得れば即ち不愉快はない」としたAを「落第」としたことではなかろうか。確かに「衣食住に足る」ということ、つまり物質的に足りることは、不愉快でない要素と考えられるし露伴もそれを否定はしていない。だが、ここでの露伴の言説は「精神的愉快」つまり人間性に重きをおくものである。このことは、「人はパンのみにて生るものに非ず唯神の口より出る凡の言に因」（馬太傳福音書第四章四節）の聖句をふまえた思考と考えられるものであり、『快樂論』での言説は『露團〻』の愉快観における、落第とされたAの場合を想起さ

せるものであって、『露團〻』には『快樂論』の「愉快」への萌芽が見られると言えよう。そして、『快樂論』の「愉快」においてもキリスト教の思考がふまえられていると考えられるのではなかろうか。

次に、『人間の進歩と快樂の向上』(3)の中で、

愉快と云ふものは、外面より之れを觀察する時は種〻の状態はあるけれども、主觀的のものであつて、其人の心の傾向の如何によつて定まり、其人の主觀的に快とする所は他よりそれを奪ふ事の出來ないものである。

二五五頁

と言う。これは、たとえば「しんじあ」に見られたようにきびしい内省による悔い改めの過程を経ての「愉快」が、他の人々からは苦しんでいるだろうなどと見られても、「しんじあ」にとっては真の愉快になっていくのにつながるものである。このように主観的なものだから、自身の心のありよう次第で「常に愉快なる生活をなし得る者」にもなり得るのである。

次いで、『愉快と教育』(4)の中で、

如何なるものが人の眞の愉快であらうかといふ事を知つて、而して其の愉快を獲得するの道を發見する方が、吾人に取つての緊要なる事である。

二八三頁

と言う。「教育」は「人の眞の愉快とすべきもの」を教え、人間はそれを知り「眞の愉快」「を獲得するの道」を発見できるようにならなければならないとする考えのあることがうかがえる。ここにも、「愉快」とすることができる「道」がある事が示唆されていると考えられる。『露團〻』の広告のように「常に愉快なる生活をなし得る者」になり得るには「眞の愉快」を知り、それに至る何らかの「道」〈鍵〉とも考えられる）を発見してそれによって自分で獲得しなければ、この人世において愉快に過ごせないという思考がうかがえるのである。ここで「獲得するの道」として「道」という言葉が使われていることに留意したいと思う。なぜなら武道・茶道・書道などと言うとき、技術だけではなく精神的な面が重要視されているのではなかろうか。とすると「眞の愉快」「を獲得するの道」は精神的な面の重要性が包含されているものと考えられる。『露團〻』では、この「愉快を獲得するの道」に精神的基盤となるのがキリスト教に拠ると見られる、きびしい内省によっての悔い改めであり、神への感謝であるとしていることにつながると考えられる。露伴の精神的面の重要視があるのがうかがえる。

さらに、『人間性の愉快と動物性の愉快』(5)の中で、

人間性の愉快を動物性の愉快に比ぶれば、その價値の高くして範圍の廣き事は云ふ可くも無いのである。人の他の動物に比較して高き地位を占める所以は、實に此の人間性の愉快なるものを解し知るに基いて居るのである。

二八七頁

と言う。人間性と動物性の区別が見られ、人間の精神的なものを伴う「愉快」に高い価値を見るものである。それ

は前述の『物質的愉快と精神的愉快の意義』とに重なるものでもあり、そこで述べたように『露團々』につながるものがある。

露伴の動物に対しての人間尊重は次の言説にもうかがえる。

文明史を一瞥すれば、文明史上に赫々の功を樹てゝ居る人は、卽ち人間性の愉快の範圍を擴張し進歩せしめた所の人だといふ事が出來る。其の人々は吾人に愉快の分量を增し、其の大いさ、深さ、精しさを增し、他の動物が世界創造以來繰り返し事を繰り返して居る間に、獨り人類をして繰り返し事以上に漸々發達するに至らしめたのは、畢竟此等先覺者の恩恵である。吾人は此の恩恵を喜び、感謝し、そして吾人が平凡といへども猶ほ能く此の擴張と進歩とを特性とする人間性の愉快を愉快として味ふ事の出來るものである事を喜び、且つ感謝し、

二八八―二八九頁

と記されている。「世界創造」に関しては、仏教での世界の考え方や、また、他にもいろいろあるようだが、キリスト教の影響を視座とする本稿は、文脈なども考えると、露伴の「世界創造」表現からは、天地万物が唯一絶対の神によってつくりだされたとする、キリスト教の「旧約聖書創世記」第一章の〔天地創造〕が想起されると考える。〔天地創造〕の時、人間は動物を任された（「創世記」第一章二六―二八節）のであって、露伴の人間尊重の考えはこのあたりからきているのではなかろうか。そして、「他の動物が世界創造以來繰り返し事を繰り返して居る間に」「擴張と進歩とを特性とする人間性の愉快」を「味ふ事の出來るもの」になる人間性の精神尊重の姿勢が見ら

れる。「しんじあ」の「演説」や、「たいらっく」の「試験」の答えの中にも、「あだむ、いぶ」以来変わらない、つまり人間として進歩がないままであってはならないことへの言及が見られたが、そこに『快樂論』の姿勢の萌芽が認められると言えるのではなかろうか。そして、その人間性の精神尊重の思考の基盤に、キリスト教がかかわっていると考えられるのである。また『快樂論』でも、そのような人間として創造されたことを「喜び」、そして「感謝」するという姿勢が見られるのである。

また、『無愉快の愉快』(6)の中で、

古へより、一種の信念を有して居る者は多くは、自己の生活の上の無愉快の日を愉快の日として過し得て居るのである。〈略〉感謝して今日を送る者の如きは、皆此種類に屬するのである。即ち自己の生活に對して積極的評價を下して居るのである。そこで、此等の人は何等の愉快も無き日を愉快として生活し、時に或は少許の不愉快に逢ふも猶且つ之を愉快と爲し了せんとするが如き習慣を爲して、そして實際に愉快を成就して行くのである。阿彌陀を信じ基督を信ずる如き者に其の實例を求むれば、幾らも求め得るのである。〈略〉

日々の業務を執るといふが如き事は、何人にとつても、さのみ愉快でも無く、又さのみ不愉快でも無いのが實際であるが、之を感謝の態度に依つて、――時運に對し、國家に對し、教主に對し、雇主に對し、其他の者に對しての感謝の態度に依つて立つて見る時は、愉快であるとする事は容易なのである。そこで、之を愉快として、そして其の業務に從ふ事は、自己を愉快にするの幸福を贏《か》ち得るのみならず、實に其の仕事をして光彩あり活氣あるものたらしめ、充實したる精神に依つて一切を支持せしめる所以の道である。

三一三―三一四頁

と記している。何事にたいしても、「感謝の態度に依つて立つて見る時は、愉快であるとする事は容易なのである」と感謝をもって見るならば、すべての事が愉快となることを言っているのが見られる。また感謝して日を送り「實際に愉快を成就して行く」例として「基督を信ずる如き者に其實例を求むれば、幾らも求め得るのである。」と基督教に言及しているのが見られる。このように言うには露伴が「基督を信ずる」人々に関心があったから言えるのではなかろうか。露伴の知人に適合する人物がいたのでもあろうか、いずれにしても「基督を信ずる」人々に全く留意することなくしてはこのようには言えないであろうと思われる。そして私見であるが、ここには『露團〻』の広告にあった「常に愉快なる生活をなし得る者」になるための〈鍵〉が示されていると考えられる。なぜなら「不愉快」を「愉快と爲し了せんとするが如き習慣を爲して」というが、「習慣を爲して」とは常にきびしい内省による悔い改めの過程を経ていくことの習慣性が該当するのではなかろうか。

『無愉快の愉快』という表題は、「無愉快」について言及しているかに見えるのだが、「不愉快に逢ふも猶且つ之を愉快と爲し了せんとするが如き習慣を爲して」と不愉快にも言及されている。たとえば「しんじあ」のように、キリスト教の影響があると考えられる場合は、『讃美歌』にも見られたように、悩み、苦しみなどの不愉快も神への感謝によって「喜び」「愉快」へと「爲し了せんとするが如き習慣を爲し」「自己を愉快にする」と考えられる。そこに『露團〻』につながるものが見られる。

その文中に、

感謝の態度に依つて立つて見る時は、愉快であるとする事は容易なのである。そこで、之を愉快として、そして其の業務に従ふ事は、自己を愉快にするの幸福を贏ち得るのみならず、實に其の仕事をして光彩あり活氣あるものたらしめ、充實したる精神に依つて一切を支持せしめる所以の道である。

と記しているが、「しんじあ」がきびしい内省によっての悔い改めの過程を経て感謝を湧出し、清澄な心となって、神の導きに従って仕事に励み歩む時の「愉快」の解釈とも言えるような記述であって、本稿「『露團〻』の愉快観をめぐって」で〈鍵〉ととらえた思考との関連が考えられるものである。

以上のように『快樂論』での「愉快」への言及には、『露團〻』の「愉快」とのつながりが見られる。したがって『露團〻』の愉快観には、後に『快樂論』としてまとまった中の「愉快」観への志向の端緒・萌芽をすでに見ることができると言えるのではなかろうか。

その『露團〻』の愉快観にキリスト教の影響がうかがえることは本稿、(二)「しんじあ」の「愉快」、(三)「たいらっく」の「不愉快」論の「愉快」、で考察したとおりである。よつて、その『露團〻』の愉快観とつながるものが、『快樂論』の「愉快」への言及に見られるということからは、年月を経ても、露伴にはキリスト教の影響、関心が続いていると考えられるのではなかろうか。

『評釋芭蕉七部集』は露伴が芭蕉に関心を持ち続けた結晶と思われる。とすると『快樂論』は露伴が「愉快」に関心を持ち続けたことを示しているのではなかろうか。そして、その「愉快」にキリスト教の影響が見られることは、露伴へのキリスト教の影響、露伴のキリスト教への関心が持続していることを示していると考えられる。

ゆえに、愉快観という観点から見ても『露團〻』はキリスト教の影響を視座として露伴作品を理解しようとする上で、重要な作品であると言えよう。

注

（1）『快樂論』は雑誌『實業之世界』の大正四年（緒論は別）十五回にわけて載った露伴の評論である。『露伴全集』第二十八巻後記に拠れば「緒論」は雑誌實業之世界の大正五年四月上旬號に「無益の益（近著快樂緒論）」と題して載った。とある（後記に拠る場合の雑誌名括弧などは後記に倣う。以下同）。『露伴全集』第二十八巻、昭和二十九年十月十六日第一刷發行、昭和五十四年六月十八日第三《ママ》（二か）刷發行、岩波書店、二四一―二三七頁所収。

（2）『物質的愉快と精神的愉快の意義』は『露伴全集』第二十八巻後記に拠れば實業之世界の大正四年一月下旬號に快樂論の其一として載った。『露伴全集』第二十八巻、二四八―二五四頁所収。

（3）『人間の進歩と快樂の向上』は『露伴全集』第二十八巻後記に拠れば實業之世界の大正四年二月上旬號に快樂論の其二として載った。『露伴全集』第二十八巻、二五五―二六〇頁所収。

（4）『愉快と教育』は『露伴全集』第二十八巻後記に拠れば實業之世界の大正四年六月上旬號に快樂論の其六として載った。『露伴全集』第二十八巻、二七七―二八三頁所収。

(5)『人間性の愉快と動物性の愉快』は『露伴全集』第二十八巻後記に拠れば實業之世界の大正四年六月下旬號に快樂論の其七完結として載つた。『露伴全集』第二十八巻、二八四―二八九頁所収。

(6)『無愉快の愉快』は『露伴全集』第二十八巻後記に拠れば實業之世界の大正四年十月上旬號に快樂論の十一として載つた。『露伴全集』第二十八巻、三〇九―三一四頁所収。

むすび

露伴は愉快というのは今日一般には、憂、悶、悲、怒、疑、などが除かれ、心の良好な状態にあるときとも言っている(1)。では、つねに心の良好な状態を保持するにはどうしたらよいのか。つまり、人間はこの苦の多い人の世において、いかにしたら常に「愉快」に生活できるのか、この「道」・方法について『露團々』は問題提起しているのであると考えられる。そして、その答えが「しんじあ」の「愉快」と、「たいらっく」の答えの中に述べられていると考えられる。すなわち、過去の自己の心内・行為を、あたかも凝視するような、きびしい内省によっての悔い改めの過程を経ることの積み重ねであり、そして、それにともなって湧出する感謝の念をもつことであり、それが〈鍵〉となって可能となるということである。

『露團々』では、そういう恒常的「愉快」について、たとえば、キリスト教とは関係がないようにも見える「たいらっく」であるが、その「たいらっく」の「雪見竿と黒き兎」を例にしての説にもキリスト教の影響が流れていて「しんじあ」とも響き合うような経過を経て得られるものと考えられる。両者に共通するきびしい内省によっての悔い改めの過程を経ることによってもたらされるのは、次のようなことではなかろうか。神、或いは超越したものとも言えようが、そういうものの前に自然に祈る気持ちであり、その前で自身の小ささを痛感し、更なる内省をして畏れ祈る心情が湧出し、自身の生かされて在ることに改めて深く感謝する心情ではなかろうか。その感謝の気持ちが喜びをいざない、「愉快」の心情をもたらし保持していくことができるのである。とすると、きびしい内省によっての悔い改めの過程を経ての「愉快」には感謝が基盤にあると言えよう。それが〈鍵〉なのである。苦悩などすべてを感謝の念によって乗り越え喜びに変え得ているのである。そして、それによって常に愉快と表現される心情に導かれ、保持していくことができるのであるという思考が『露團〻』から読み取れるのであると言えよう。

「被求者の資格」第九を「特に望む所あり」として掲げた「ぶんせいむ」は、人間には憂、悶、悲、怒、疑など様々な不愉快の要素があることを熟知しているのである。だからこそ、広告に「なし得る者なることを要す」としているのである。「ぶんせいむ」は、苦境に陥ることがあっても自分で自分の心を愉快にして、愉快な生活の保持を「なし得る者」を求めているのである。それは、人間精神の高貴さがあって、はじめてできることなのであり、「ぶんせいむ」は「眞の愉快」を解する人を、そしてそれを実践躬行できる人を「暁天の白薔薇」と評されもする愛する娘「るびな」の婿として求めているのであると言えよう。

そして、『露團〻』の愉快観には、それを「なし得る」ための〈鍵〉にキリスト教がかかわっていると見ることが出来るのである。

このように考えてくると、「被求者の資格」第九は人間精神の核心を問うものであり、厳しい条件なのであって、「ぶんせいむ」の真意もうかがえるものである。

『露團〻』の「ぶんせいむ」に、このような思考が包含されていると考えるならば、「被求者」に対する第九の資格「常に愉快なる生活をなし得る者」は、荒唐無稽な不可能な条件ではなくて、「ぶんせいむ」は常に内省し悔い改め感謝の念をもって生活するという生活信条を、保持することのできる者を求めているのであり、「ぶんせいむ」の「滑稽に出し」ものではなく、「誠意に出し」広告であると言えよう。

この資格こそ、何ものにも代替不可能な唯一の「被求者」に求める資格としているのであって、「しんじあ」が選ばれたのを肯定するものとなり、そこに『露團〻』の愉快観の神髄があると考える。

注

(1)『露伴全集』第二十八巻、前掲、二四八―二四九頁。

＊　本稿で用いた「聖書」

『新約全書』耶穌降生千八百八十年、米國聖書會社、明治十三年、日本横濱印行。「近代邦訳聖書集成」3、一八八〇年原本発行、一九九六年四月二五日第一刷発行、翻訳委員会編、ゆまに書房。

『舊約全書』耶穌降生千八百八十八年、米國聖書會社、明治二十一年、日本横濱印行、上巻（「舊約全書目

録」に拠る。以下同）。「近代邦訳聖書集成」6、旧約全書、第一巻、一八七七年（奥付に拠る）原本発行、一九九六年四月二五日第一刷発行、翻訳委員会編、ゆまに書房。

『舊約全書』耶穌降生千八百八十八年、米國聖書會社、明治二十一年、日本横濱印行、中巻。「近代邦訳聖書集成」7、旧約全書、第二巻、一八八八年原本発行、一九九六年四月二五日第一刷発行、翻訳委員会編、ゆまに書房。

本稿は、拙稿「幸田露伴「露團々」考――露伴とキリスト教の関連と、「露團々」の愉快観、恋愛観の根底にあるキリスト教的思考の考察――」（『日本文藝研究』第五十一巻第一号、一九九九年六月十日発行、関西学院大学日本文学会に掲載）をもとに補筆・修正したものである。論旨は変わらない。

第三節　『露團々』の風流観をめぐって

はじめに

これまでに、私は幸田露伴の世に出た処女作『露團々』におけるキリスト教の影響を考察するために、まず第一に露伴とキリスト教との関連をおさえた上で、次に『露團々』を恋愛観、愉快観に分けて見てきた。(1) その結果、露伴とキリスト教とは思いのほか深くかかわっていて、その恋愛観、愉快観の根底にはキリスト教の影響が流れているのが見られたのである。そのことをふまえて、本稿は『露團々』の風流観という観点から、同じ問題つまり『露團々』の恋愛観、愉快観には、キリスト教の影響があると考察したが、風流観という観点においては如何なのかという問題について考察したいと考える。

そのための手段として、岡崎義恵『日本藝術思潮』(2) に拠って、従来の風流意識をおさえた上で考察したいと考える。なぜなら、作品本文にかかるに先立ち、冗長になるかとも思うが、露伴の『露團々』の風流の特質を探求し考察するためには、まず従来からの風流意識（概略）についいて見ておくことの必要性を考えるからである。

注

（1）これに関しては、本論第一章第二節「露伴とキリスト教の出会いをめぐって」、第二章第一節「『露團〻』の恋愛観をめぐって」、第二節「『露團〻』の愉快観をめぐって」を参照していただきたい。

（2）岡崎義恵『日本藝術思潮』第二巻の上、昭和二十二年十一月五日第一刷發行、岩波書店。
岡崎義恵『日本藝術思潮』第二巻の下、昭和二十三年六月十五日第一刷發行、岩波書店。

（一）風流意識の変遷概略

（岡崎義恵『日本藝術思潮』第二巻の上、に拠る。現行表記を用いる。必要に応じ旧字体を用いる場合もある。）

そもそも「風流」とはどのようなことを言うのであろうか。

そこで、この章においては、まず岡崎義恵『日本藝術思潮』第二巻の上、を基に概略だが風流とはいかなるものを言うのかについてまとめてみる。

「風流」といふ語は中国（岡崎は支那と表記。以下同）から移植されたものである。「風流」も亦日本で独特の開花を見せたのであるが、その源流は中国にある。

「風流」とは先王の遺風余沢であろうが、その遺風が現に天下に行われている状態、即ち伝統的な風俗・習慣そのものをさすこともある。

「風流」はもと天下の美風であり、政治的なものであった。然るに後には個人的な優れた風格、即ち品格というようなものにもなったと思われる。

また一方、『文選』より少し後『玉臺新詠』の中には優美なものの例を認め得る。

そこで中国の用法をまとめると、その〈根本的意義は優れたる精神文化的価値の存する有様〉（岡崎義恵、一一頁）ということである。その内容は初めは主として政教的であったかと思われるが、更に広く倫理的・美的価値の領域に及び、その所在は天下の民俗・特定の個人・自然物・芸術品等に亘っているようなのである。

では、日本での「風流」とはいかなる意味を持ち、どのように変わっていったのであろうか。今日見出されている限りでは『萬葉集』以前にはないようである。

石川女郎贈大伴宿禰田主歌一首
遊士跡　吾者聞流乎　屋戸不借　吾乎還利　於曽能風流士
大伴宿禰田主報贈歌一首
遊士爾　吾者有家里　屋戸不借　令還吾曽　風流士者有

（『萬葉集』巻二、一二六・一二七）

この場合、女郎は恋愛の情を解する人が真の風流人であるべき筈なのに、無理解な人は「風流」ではないとし、田主は自媒を試みるような女と軽々しく通じないのが身を持すること高き真の「風流」だといい、「風流」に対する解釈の違い、解釈の多様性が見られ、ここに好色道の萠芽が見出だされるようである。これは中国の好色譚の影響があるらしく、その出来事全体をフモール的に府瞰しようとする心持があって、高度の喜劇的精神がある。其処には「みやび」における心の余裕——自他を離れて見得るような心のゆとりが見られる。

献天皇歌一首　　大伴坂上郎女在佐保宅作之
足引乃　山二四居者　風流無三　吾爲類和射乎　害目賜名
（『萬葉集』巻四、七二一）

この歌は、作者が献上した或る品物に高尚卓抜な美的価値がないのを恥じているらしいのである。ここに「風流」の意味に美的価値が含まれるのが見られる。

風流絶世
（『萬葉集』巻五、八五三詞書）

これは若干の精神的雰圍気のこもる優れた風姿を指すらしい。

風流意氣
（『萬葉集』巻六、一〇一一、一〇一二）

この「風流」は古体の歌でも作ろうとする様な文雅の心を指すらしい。そういう雅情の盛なる発露、即ち俗界を離れた芸術的・詩的情熱というようなものが「風流意氣」であるらしい。

そして、これらにも見られるように、万葉時代の「風流」は、政教的方面ではなく、美的・芸術的方面に属するものであり、『文選』的ではなく『玉臺』的である。『文選』の用例は殆ど全く政教的であったが、『玉臺』は著しく傾向を異にしていた。中国では同じ時代でもこの二潮流が見出だされたが、『萬葉集』はその『文選』的ものよりも『玉臺』的なものから多くの影響を受けたのであり、これは日本における「風流」の運命であった。日本の「風流」は倫理的なものでも常に若干美的なものと結合しているようなのである。

さらに、「風流」と「好色」の関係については、「好色」「いろごのみ」とは女色即ち女の美を好愛することであって、一種の美的意義を含むものであり、その一面において「みやび」「風流」の感覚美と連結するものであるから、「好色」も亦風流の中に入れて考えることも不当ではないわけである。けれども「好色」には単に美的ならざる情欲的一面も濃厚であるから、「好色」には「風流」又は「みやび」ならざる一面もあるといわなければならない。ところが、平安時代や後の江戸時代には、好色即風流であるかの如く思ひ誤られる風潮もあったと考えられる。平安時代には「みやび」「風流」「すき」等は、接近したものとして一つの精神形態を形造るようになっていて、それが多少「いろごのみ」的色彩を帯びていたが、中世に入ると大分風貌が変わって、好色性から遠ざかり、この「すき」の如きも全く「好色」を離れて、茶道の「わび」のような清淡なものになってしまうのである。

平安時代の文献に「風流」の語の用いられている例は夥しいが、殆どすべて漢文で書かれたものであり、当時この語が未だ国語として用いられていなかったことを示すのである。

平安時代に見られる例からは、詩文の雅致、及びその雅致を身に体することを言っているのが見られる。また和歌の「みやび」のことを言って居り、和歌の中でも「心」に対する「詞」の方の「妖艶」をさしているような場合もある。

賦などでは「風流」の語は自然の美を指している場合があり、しかもその自然は庭苑の形になっているもので、人工の美・芸術的美と結合したものであり、それは又宗教的情調の中に融けているのであって、「風流」と宗教的情調の融合調和が見られる。

さらに、自然・人体の美のみならず、造形美術の美も「風流」であったらしい。それに稀ではあるが音楽を「風流」といっているらしい例もある。

また、「風流」は建築・調度・庭園・服飾・絵画などに亘って、様々の独創的な意匠を凝らすことを指している場合もあり、これを好む者を「風流者」と称しているのである。これは美的生活者とか芸術愛好者とかいうような意味のもので、人工的に独創的意匠をこらした工作物を作らせたりして、手元に置くような人が「風流」と言われるようになる。

そして、人間の工作物に現れる「風流」は、美ということよりも、或場合常と変わっているということを意味するようである。

中世には、佐々木道譽（正しくは導譽であるらしい。岡崎義恵『日本藝術思潮』第二巻の上、八九頁に拠る）に見られるいわゆる「ばさら」というものがある。この華美で珍奇で豪奢で、道徳的とは言えないようなものを意味する一種の悪趣味の「風流」が、中世の一般社会に「風流」の主流であったと推定することも出来るのであるが、一方、尚古的で上品な文雅の風流は公家中心に続いていたようである。

また、作り物の「風流」の例は中世の文献には多く見出だされ、炭櫃や火桶などでも、ちょっとかわった工作物を「風流」としたらしいのである。

そして、華美珍奇の「風流」は服装・調度・乗物等工芸品の類のみならず、遂に歌舞音曲等の如き動的な催物にまで波及してゆき、武士・庶民・僧侶等の各階級にも及んで、めざましい発展を遂げた。

無論、中世を通じて漢詩趣味の自然を愛する「風流」も行われたのであって、その著しい様相は五山禅林の詩文に現れているのである。

また、「幽玄」とか「余情」とかいうような和歌の方で発達した「みやび」の精神が、能の道にも受けつがれ、それらがすべて「風流」に外ならぬものと考えられている。そうして、その「風流」は「花をかざし玉をみがく」ような美的意欲に帰するのであり、「花鳥風月のもてあそび」というような自然美の享受とも結合しているのであって、和歌の「みやび」の精神が受け継がれ、「花鳥風月」を愛でることが「風流」といわれもする。

また一方、むしろ豪奢の「風流」を離れて、「風流」ならざる処また「風流」という境地を体得する所に「侘」があり、「好き」も亦好色的・感覚的な好みに溺れることから離れて、無一物の境に生ずる感動を好むという所に、真の「すき」があると考えるべきであろうという面も出てくるようである。また、

おのづから風流なるこそ真の風流とすべし。つとめて風雅ならんとするは、なか〱に山の井の浅き心みらる、
わざなるべし　（田安中納言「松月齋茶會」[1]）

と、わざと「風流」らしくするのは「風流」ではない。浅い心であるとしている。これなどは、さしずめ『露團〻』の「田亢龍」などに当て嵌まるかと考えられる。

また、柳里恭は、(2)「心に叶うならばその価で買い取れ」とすすめたという。茶人がそれだけの価ありとして評価したものは、その価に定まるものであって、それが当然であるとするのである。値段というものはその価値を認める心が決めるものとしている。『露團〻』の「ぶんせいむ」が、少年の「ふりゅーと」に興を覚え高い価値を認めた行為に当て嵌まるかとも考えられる。

また、書道について、未だ至らざる者が達者の模倣をするのがわるいのであるとしている。勝手気ままに書いたものはよくなく、功がいりてのちのさらりと書き流したようなものには「風流」が出てくるのであると見ている。とにかく風流といわれる以上、尋常平凡なものではなく、何か人を魅するような変わった所がなければならないということはうかがえる。「吟蜩子」の行動に当て嵌まるかと思われる。

近世の小説では、西鶴の好色本は総て「風流」の近世町人化であるとも見られるが、西鶴の浮世草子に実際に「風流」の語を用いているのは乏しいようで、その中で歌舞伎に近い近世芸能の「風流」が見られてくる。また、「風流」を「だて」と呼んでいる例が見られる。(3)

「風流」を「だて」とよんでいる例は、まず侠客のようなものであり、世俗と違った一風ある生活態度を持するという意味の「風流」が頽廃して甚だしく奇道に走った場合に言うらしい。

また、「好色」について、好色道は普通人間の楽と愁とによって支えられて居るのであり、一切が楽となってしまった後は、もはや好色世界の味は失われて、自然に帰入するような別様の「風流」に変質するものであり、岡崎は「後に露伴の小説に見出だせる風流思想は、このあたりに幽かな源流を示してゐると見得ないであらうか」と言われている。(4)

風來山人(5)には又風流を好色以外の意味に用いていることもある。必ずしも「好色」とか「みやび」の世界とかに関係しない所にも「風流」のあることを認めているらしい。即ち滑稽的態度で様々の風刺や戯論をするような文事をも「風流」と考えたのではないかと思われる。

また、豪奢で艶麗なものも「風流」と見られ、この「風流」では贅沢と華美との風潮を享けたものが「風流」となるらしいのである。

江戸戯作者の「風流」は概していうと遊里の「風流」を中心とするもので、それは感覚的・好色的であり、直接には西鶴の系統を引くものであるが、この風流圏内から逸出した一種の反風流的傾向も見られるのであって、それも亦西鶴以来のものである。純粋に俗人の立場に立って人生の醜を暴露せんとする態度もあったのである。川柳とか滑稽本とかの系統はこれに属する。「風流」ならざる所に「風流」を持するような意味もないことはないのであって、俗人の醜を笑うのは、それによって消極的に俗界から超越しているものとも解されないことはないし、この滑稽洒脱も亦一つの「風流」――いわば一休和尚的風流の系統に属するもの――と言えないこともないのである、と岡崎は風流といわれる中に滑稽洒脱をいれている。

また、江戸時代の芸術には一方にはたしかに「風流」の高度の展開を示した点があり、芭蕉や大雅(6)の如きはその最大の道標を示すものに外ならない。

さらに、「聖賢の風流」というのは、富貴貧賤に心を累さず、胸中洒然として、寛大従容な人品の高さを指すのであるから、天下の大事大難に当たっても、その胸中に余地のある為、従容としてこれに応じ得るのである。そうして自然を愛し、精神を養い、俗塵を忘れて、光風霽月の如き胸懐となるのは天下事物に応ぜんが為であるから、このような意味での詩歌管弦の類は、結局心身の修養となる、とこのような「風流」もあるようなのである。これなどは『露團〻』でいうなら、「しんじあ」にその片鱗が見られるのではなかろうか。

また、塵事を脱して然も人情を失わない風懐を「風流」と言ったり、人品の自然から発した、情味のある「質樸の風流」というのもあるらしい。

また人情に拘わるのは、どうしても「風流」の妨げとなるものであるという見方もあり、それで多くの場合、「風流」に生きる者の姿は、人情の世界から超越した面が著しく見えることになる。田能村竹田の伝える風流人の如きは、多くこの酒脱の風懐を中心とする清逸高邁の士であって、これも「風流」なのである。「たいらっく」に見られるのではなかろうか。

そして芭蕉の「風流」は、優雅典麗な美としての「風流」でもなく、又豪華な興趣でもない。素朴にして粗野なものの中にも見出だし得るわび、さびの美であり、苦悩と貧寒との中にも感取し得る精神的な逸興である。「芭蕉の風流の最後に到達した所は、この苦悩の生からの救済としての客観化の道であった。」(8)と見られているようである。

ところで、露伴には生涯の仕事と言ってもよい『評釋芭蕉七部集』がある。芭蕉への関心は高く、学ぶことも多かったであろうことは、明治二十三年の「雑詠」での詞書に「蕉翁の金句に耻ず」としていることからも推測されよう（本論序論部を参照して頂きたい）。

その芭蕉が最後に到達した所に、人間の苦悩の生からの救済という面がでているようなのであるが、それはもっぱら自身の内面を対象にしての苦悩からの救済であって、現実に自分から他者それも弱者に手を差し伸べる救済とは違うものなのではなかろうか。つまり、およそ「風流」と見られるものの中には他者・弱者救済が言及されることはないようなのである。

本稿はここまで冗長になるのを考慮しつつ「風流」の変遷について見てきた。それによると、「風流」の〈根本的意義は優れたる精神文化的価値の在する有様〉と見られているようである。それが次第に変わっていって多種多様な「風流」と言われるものを生み出した。その中でたとえば、〈風流ならざる処また風流〉などに見られるように、見方、考え方、感性など、人間の精神的なものの作用によっては、何でも「風流」と言われるようになる可能性があるのではないかとさえ思われるほど、「風流」は多種多様広範にわたって多角的面で言われているのが見られる。

だが、これら多種多様広範にわたる多角的面を持つ「風流」と言われるものの中に、他者それも弱者を思いやり自身から手を差し伸べて救済しようとする精神・行動のことはとりたてて入っていないようなのである。また、人を恨むことなく許すということも見られないようなのである。私はここに着目したい。なぜなら、この点が『露團〻』の風流観に関係してくると考えるからである。

以上のような風流意識の変遷（概略）をふまえた上で、『露團〻』の風流観を探求考察し、その特質を明らかにしたいと考える。

注

（1）田安斎匡《なりまさ》『松月斎壁書』茶説。一冊。『松月斎茶会』『松月斎茶令』とも称する。松月斎田安斎匡が自己の茶道観を五か条にわたって述べたものである。『茶道』全集巻の一、『甲子夜話』巻九十四（東洋文庫『甲子夜話』六）所収。『角川茶道大事典』林屋辰三郎他編、平成二年五月一日初版発行、角川書店に拠る。

引用箇所本文は『甲子夜話』巻之九十四（東洋文庫三四二『甲子夜話』六）二二六頁。

（2）柳沢里恭のこと。元禄一二年—宝暦八年（一六九九—一七五八）武士。柳里恭《りゆうりきよう》の称で南画巧書をもって知られる文人。字は公美、号は玉渓・竹渓・淇園など。若くして和漢の学に通じ、兼て天文・易学・本草・仏典に通じ、なお衆技に精通し、人の師たるに足るべき十六芸があったという。漢才を示す『文宝雑譜』は十三歳、随筆和文の妙を示す『ひとり寝』は二十一歳の作。晩年の『雲萍雑志』は筆意円熟を示して有名。南宗画を学び、彩色の法は祇園南海にうけたといわれ、鮮麗な着色が称される。書は董其昌の風を得た。池大雅は十六歳のときよりその教えをうけたという。篆刻にも長じた。なお音楽は絲竹ともによくし、遊芸酒色の道をも解した粋人と呼ばるべき士であった（井口海仙他監修『原色茶道大辞典』昭和五十年十月十日初版発行、昭和五十四年五月十五日五版発行、株式会社淡交社より抄）。

なお里恭の生年については、一六九九年とするのは原田伴彦他編『茶道人物辞典』一九八一年九月五日第一刷発行、柏書房。『名前から引く人名辞典』一九八八年四月二二日第一版第一刷発行、一九九〇年六月二〇日第一版第二刷発行、日外アソシエーツ株式会社、発売元紀伊國屋書店、三二六頁がある。同辞典一〇六六頁には「りきょう」とし〈「さとやす」をも見よ〉として一七〇六年としているのも見えるがわからない。

柳沢淇園として生年を一七〇四年とするのは林屋辰三郎他編『角川茶道大事典』平成二年五月一日初版発行、角川書店。『新訂増補　人物レファレンス事典　古代・中世・近世編』一九九六年九月二〇日第一刷発行、編集：日外アソシエーツ編集部、発行：日外アソシエーツ株式会社、発売元：紀伊國屋書店がある。

生年を一七〇六年とするのは、下中邦彦編『日本人名大事典（新撰大人名辭典）』一九三八年十月三一日初版第一刷発行、一九七九年七月一〇日覆刻版第一刷発行、平凡社。『号・別名辞典　古代―近世』一九九〇年六月二〇日第一版第一刷発行、日外アソシエーツ株式会社、発売元：紀伊國屋書店がある。

没年はすべて同じで一七五八年としている。

（3）「こゝの傾城町の事とよ毎夜噪ぎ中間の男風流《だて》〈略〉」（「懐硯」巻五「居合もだますに手なし」）「……年来我〳〵か男風流此度の卑氣とる事の口をし」（同）岡崎義恵、前掲、第二巻の上、三〇六頁。

（4）岡崎義恵、前掲、第二巻の上、三一〇頁。

（5）風來山人は平賀源内（一七二八―一七七九）のこと、他に福内鬼外など。江戸中期の科学者・本草学者・戯作者。高松の人。江戸に出てエレキテル（摩擦発電機）・寒暖計・石綿などを製作。のち戯作に没頭。誤って人を殺し獄死。著書『風流志道軒伝』など（梅棹忠夫他監修『日本語大辞典』一九八九年一一月六日第一刷、一九九一年六月一八日第一〇刷発行、講談社に拠る）。

（6）池大雅（一七二三―一七七六）江戸中期の画家。京都の人。日本南画の大成者。書家としても有名。中国南宗画を基礎に個性的な画風を確立。自由奔放な性格で逸話も多い（『日本語大辞典』前掲に拠る）。

（7）田能村竹田（一七七七―一八三五）は江戸後期の文人画家。名は孝憲。豊後の人。明清画を翻案し新画風を樹立。作品『亦復一楽帖』、画論『山中人饒舌』など（『日本語大辞典』前掲に拠る）。

（8）岡崎義恵、前掲、第二巻の上、二三三頁。

(二) 風流の型の分類

さて、『露團〻』本文において風流という用語が記されている例は、

風流の細水になくや痩蛙　　吟蜩子　　五六頁
（本文引用頁は『露伴全集』第七巻、岩波書店に拠る。以下同）
風流閑篙人　　吟蜩子　　五二頁、五六頁、六三頁など
風流の韵士は誰れか園中の薔薇を折て　　たいらっく　　一〇四頁
吟蜩は風流溫藉　　吟蜩子（知縣の判文）　　一四〇頁
風流の趣意を知るの幸福　　ぶんせいむ　　一四二頁

などがあって、「吟蜩子」「たいらっく」「ぶんせいむ」に使用されているのが見られる。そこで、この三者の本文中における人物造型表現から、その風流と考えられるものを個々について見ていくことにしたい。このうち「風流

閑篙人」については「無名翁」という「卜者」（本文四九頁）の「偈」の「風流閑篙人」を心に留めていた「田亢龍」が、「ぶんせいむ」の広告に応募するために「吟蜩子」の利用を思いついたとき吟じた（五六頁）ので、「田亢龍」は「風流閑篙人」につながる人として「吟蜩子」を見ていると思われるので「吟蜩子」とした。そして、「風流閑蒿人」に心引かれている人物として造形されている「田亢龍」も含めて四者について見ていくことにする。

1　「たいらっく」の人物造型

身の丈僅に四尺五寸計り、額大きく口小さく、人形の如きひね男なり。　八九頁

とあり、この男の試験の答案にくらべる時、この容姿表現は何か滑稽味があるようでもある。そして、

夫は關山遙なる胡地の軍にありと聞く。—〈略〉—　戦ひ果てし荒野には恨ばかりや残るらん〳〵。……あゝら、つはものどもが夢の跡、「吾夫はや。」　一〇〇頁

彼はこのような詩を作る詩人でもある。本稿「（一）風流意識の変遷概略」（以下、本稿（一）とする）から見ると古体の歌でも作ろうとするような文雅の心や、洒脱の風懐を中心とするのを「風流」と見ることに該当するのではないであろうか。「あゝら、つはものどもが夢の跡」には芭蕉の「夏草や兵どもが夢の跡」（尾形仂『芭蕉の世界』

昭和六三年三月一〇日第一刷発行、昭和六三年九月二〇日第三刷発行、講談社、二五九頁に拠る）をふまえているのが見られる。また「吾夫はや」については『古事記』「景行紀」の倭建の「吾嬬はや」をふまえていると思われ、倭建が亡き妻をおもう心情を戦場の夫への思慕に置き換えたものであると見られる。彼は、

風流の韵士は誰れか園中の薔薇を折て瓶に插むの花となすを願はんや。―〈略〉―　何とて人の心なく折らんとするぞ、心なや。　　一〇四頁

との手紙を「ぶんせいむ」に送って最終試験を棄権する。そして、この手紙の添え書は、

造花（『都の花』第十七號十一の「露團々（十五回の續き）」では「造化」（なお『露伴全集』第七巻では第十六回）。『幸田露伴集』新日本古典文学大系　明治編22でも造化、よって誤植と考えられる）の美妙を人間の脳髓に移植せんと圖る詩人にもあらず、俗塵の粉紜を名山の飛瀑に洗濯せんとする隱士にもあらず、―〈略〉―　鸜鵒石の響を發して人と語る。たいらっく再拜。　　一〇四頁

であった。鸜鵒石とは一枚岩がその前で出す音を反響させるのでその名があるので、これを自らの声を自ら聞く意味と取れば、自らの心内部との対話、すなわち自己を見詰める事ができる人間として造型されていると考えられる。そして自分では隠士でも詩人でもないと言う。本稿（一）に拠れば、おのずから風流なるこそ真の風流、なの

であって、つとめて風雅ならんとするは、なかなかに山の井の浅き心みらるゝわざであるから、自分では詩人でも隠士でもないと書いている彼は浅い心ではないと考えられる。また「風流」に生きる者の姿は、人情の世界から超越した面が著しく見えることになるとも言われていることから見ると、彼は洒脱の風懐を中心とする清逸高邁の士などに該当するのではないであろうか。なお「たいらっく」という名については、

この名は「幽玄洞雑筆」の署名の「大楽子」の替え名、つまり北海道時代の詩人の身代りかと思われる。(1)

と見る向きもある。さらに「大楽子」については、

「大楽子」は、山東京傳の「戯作四書京傳予誌」の第一章「大楽」から来ているように思われる。この四書は「大学・中庸・論語・孟子」をもじって「大楽・通用・豊後・申」としたものだが　—〈略〉—　この「大楽子」は「風流人」ほどの意味で、京傳の洒落を借用したものと思われる。(2)

とする考えもある。とすれば「たいらっく」の行動はそのまま作者露伴にとって、風流とみなされるものなのであろう。そしてこの風流には詩が作れることが大きい要素を占めていると見られる。本稿（一）に拠れば詩文の雅致、及びその雅致を身に体することも「風流」であった。「たいらっく」が最後に棄権していずこともしれず行ってしまったように、この「たいらっく」の風流は現実社会、現実生活からの高尚な逃げ道とでも言えるような性格

を持っているとも見ることができる。人間が人間社会の中で生きていくということに関して孤立的であり、無関与的であり、隠遁的な性格があると考えられるのである。だが、そのような「たいらっく」は、本稿（一）にあげた「風流」と見られるものに該当するものを持っているのである。

2　「吟蜩子」の人物造型

次に「吟蜩子」であるが、彼は不愉快についての試験問題に「不愉快」を「知らず」という一言で答案とした人物である。そして最後に「しんぷる」に頭を叩かれ、計略に嵌まったような形で「不愉快だ」と口走ってしまった人物であり実は日本人である。彼は、

帚の眉絲の眼にて、容貌眞に可笑けれど、聲静にして話に巧みに、睛はしまりて光り濁らず、風采或は取るべきあり、其行を察すれば、飄〻として雲水の如く、富貴も名譽も好まざるにはあらざれど敢て求めず、酒を喜び白湯に甘んじ、錦もきれど葛もいとはず、花を愛すれども首の骨の痛きまでも眺めず、月をめづれど我身の老を喞つにもあらず、唯何となく世を送り來りし偏人。自から風流の細水になくや瘦蛙と、吟じ捨てたる四大假合のうき身を扮して、いでや庾嶺の月梅、洞庭の風水に遊ばんと、或日の興に乗じて故郷を出しが、―〈略〉―

五六頁―五七頁

と造型・表現されている。風采は見ようによってはなかなか良い。行動は「飄〻として雲水の如く」であり、何事

にも恬淡としていて、「偏人」であり、「輿に乗じ」れば故郷も出る。このような「吟蜩子」の、「ぶんせいむ」の広告に対する反応は、

世の中に苦のない者もないに、あんな笑しな廣告、……然し虚誕とも思ひません。―〈略〉― 人欲は限りのない馬鹿者ですから、衣食住や財産爵位名譽等に十分になると、尚進んで長生を願つたり、神通を得たがる者で、……

五九頁

と考えるのである。人間の欲を客観化している。まして欲の中に自分自身を置くことはない。この考え方は「しんじあ」の

不死不老の金丹などといふ事も多くは富貴の人の描き出した想像で、不愉快の感をもたずに愉快の生活計りする者を得たいなんぞといふも、人生の欲にあき足りるより起つた迷ひだ

四一頁

に通じるものがある。その「吟蜩子」が「ぶんせいむ」邸で、皆の前に現れた時の様子は、

満堂水を打たる如く静まりかへりたる其中より、活潑に壯快に敏捷に、……金鯉魚が淵に躍る如く拔て走り出たる者あり。

何ぞと人皆驚きて、頭をあげて見る間遅しと眼を注げば、身には紫綸子の袖廣き服を着し、光澤ゝたる帽子を頂き、黒油ゝたる辮髪長く後に垂れたる支那《ママ》人なり。　八五頁

このように颯爽としていて、作者露伴が生まれながらに継承していて、その感性に潜在していると見られる江戸情緒にたとえれば「助六由縁江戸桜」(3)の紫鉢巻きの助六が花道に出てくる時のような粋とか伊達とか華と言うようなものに表現される趣がある。本稿（一）から見ると、この出で立ちは風流を「だて」とよんでいる例が見られるなどが該当するのではないであろうか。またこの「吟蜩子」については、

風流の細水になくや痩蛙(4)　五六頁

冷水に蛙のたゆまず(5)　八六頁

のように蛙の比喩が組み合わされている。さらに、

非情の芭蕉も耳ある道理　八七頁

と芭蕉という名も出てくる。作者は芭蕉の「古池や蛙飛び込む水の音」（尾形仂『芭蕉の世界』前掲に拠る）の句から蛙や芭蕉を比喩に使っているのであろうと思われる。このように見ると「吟蜩子」という名前からは芭蕉の「閑

かさや岩にしみ入る蝉の声」（表記は尾形仂『芭蕉の世界』前掲に拠る）が思い出される。この「吟蜩子」は試験の時に、

反身になって云ひ放てど流石俳優にもあらざれば、くすりと洩せし一笑は、吟蜩子の本音とも、白髯のぶんせいむは愈〻あきれて言葉なく、―〈略〉― 顔のみ見詰て茫然たり。　八七頁

このように剛気の「ぶんせいむ」を呆然とさせるような態度をとるのである。こういうこともあって「ぶんせいむ」は彼に魅せられるのであるが、しかし、ここで一考を要するのは、この「ぶんせいむ」を呆然とさせるような「吟蜩子」の態度は、勿論彼自身の資質もあるが、実は彼は当事者ではなく「田亢龍」の身代わりを演じていたという立場であったからできたとも考えられる。これについては、

吟蜩子がブンセイムの試験に合格したのは、その才知とものにこだわらぬ性格のゆえに他ならないにしても、彼が押しつけがましい恩人・田亢龍の身代りとして試験に参加したという条件が常に有利に働いたこともまた確かである[6]。

と関谷も〈身代り〉という条件の有利さを指摘されている。
当事者ではなく身代わりであり、傍観者的立場だからこそできたのではないであろうか。本稿（一）に拠れば、

この出来事全体をフモール的に府瞰しようとする心持ちがあって、高度の喜劇的精神がある。そこには「みやび」における心の余裕——自他を離れて見得るような心のゆとりがあるなどに該当すると言えるのではないであろうか。そういう立場だから何があっても、

儘よ浮世の七轉び、八起も人の手にまかす不倒翁《おきあがりこぼし》の達磨をば、學ぶもつらき面壁の修行者じみて、廓然無しやうに座したる　一〇七頁

と修行者じみて座していられるのであり、

妙ゝ、そんなら私は試驗に落第したのではないのですな。……して見れば矢張常に愉快な人と見えるな。……はゝ妙ゝ、落第もしないが及第もしないので。……是なら田亢龍も文句の付どころがないな。はゝゝ、素敵にうまい結果になつた。　一〇八頁

などと言えるのではないであろうか。そして、そのような言動のすべてが織り成す結果が、ものに執着しない飄々とした風情を醸し出して「ぶんせいむ」の意表をついたり、風流の魅力となって映ったりしたのではないであろうか。もっとも真の風流人には関係ないとは思われるが、この場合「吟蜩子」が「ぶんせいむ」に「老後の好朋友」として偶せられるようになる要因には、当事者ではなく身代わりであったということが、心のゆとりにいささかな

りとも作用していたからではないかと考えられもするのである。最後に「吟蜩子」は「しんぷる」の計略に嵌まり、「不愉快だ」と言ってしまい婿としての試験には合格しないことになる。

ところで、身代わりではない「吟蜩子」本人の本心が表現されているのは、彼が中国に戻ってからである。


小生に彼れの暗愚剛慢なるを憫むの心あれども少しも是を恨むの意なし。故に今回歸りしも、全く彼を諭して自ら分外の慾を斷たしめ、又た小生との恩讐を都べて一掃せんが爲なり。

一三九頁

と彼は自分を身代わりに立てた「田亢龍」のやり方に対して、憐れみこそすれ恨んだりはしないで、「分外の慾を斷たしめ」るよう諭そうと思うのである。本稿（一）に拠れば「聖賢の風流」というのは、富貴貧賤に心を累さず、胸中洒然として、寛大従容な人品の高さを指すのであって、天下の大事大難に当たっても、その胸中に余地のある為、これに応じ得るのであるというあたりに該当する部分があるようにも考えられるのであるが、人を恨まず赦す、しかも向後のために諭すというようなことについては、本稿（一）の「風流」の中には見当たらないようである。

また「知縣」に拠れば、

吟蜩は風流溫藉、金を返して恩を報じ、書を述て迷を醒さんとす。能く進退両難の間に居りて、此れに誠にして彼れに欺かず。

一四〇頁

図－7　『都の花』第二十號の挿絵
「吟蜩子」は怒って立出る「田亢龍」を追いかけて「三千兩」と「方陣秘説」を渡す。
提供：日本近代文学館

と「吟蜩子」は風流温藉であり誠があったと見られている。しかし、これは後の事で、米国において「ぶんせいむ」の眼に「風流」と映ったものには、身代わりという要因が大であり、その風流には傍観者的要素があると考えられるのである。岡崎は、

このやうに見て來ると、この一篇だけでも「風流」の語は極めて多角的に用ゐられてゐることがわかるのであり、この後露伴作中にはやはりこの種々の角度から見た「風流」の思想があらはれるのであるが、それがこの作では吟蜩子といふ人物に寓して示されてゐるのである。この風流の様々な面によって構成された一人物は、慥かに露伴の一理想を具體化してゐるのであつて、これを露伴の風流思想の出發點における著しい發現と考へることは差支ないであらう[7]。

と言われている。確かに「吟蜩子」という人物は〈風流の様々な面によって構成された一人物〉と見られる面を十分に持っているように造型されているが、『露團々』における彼の言動には単に理想と言ってしまうには、少しためらいがある。なぜなら彼の言動は身代わりという立場による所があると考えられるからである。だが露伴はこのような傍観者的態度からくる心のゆとりを、風流といわれるものの中に見ていたのかもしれないとも考えられる。しかも、露伴の創作人物の風流の多角的面によって構成された人物と見られる「吟蜩子」には人を恨まず赦し、その人の向後のためも考えるという他者への思いやりが見られる。これは本稿（一）の風流の変遷には見当たらなかったものである。私はここに注目する。

3　「ぶんせいむ」の人物造型

本文一八頁から二一頁の「ぐらんど、ぶんせいむ君小傳」に拠れば、一八一七年出生と同時に母に死に別れ、貧困の生活を送り、十二才の時に大船三艘共に其所有主を一つにするのを聞き、

> 左右の拳を握り固め下唇を嚙み締て、低くして太き呻り聲を發したり。嗚呼此一つの呻りこそ、二億に餘る金銀貨の母とは後にぞ知られける。　一九頁

このような生い立ちに見られるように、貧富の格差、社会の矛盾を経験して、大富豪となった人物である。

當年七十一歳にして尚壮健なり。　二一一頁

とあるように枯淡の境地に達する年齢でもある。因みに『露團〻』は一八八九（明治二二）年二月から『都の花』に載ったのであるから、一八一七年生れの「ぶんせいむ」は作品執筆当時およそ七十一才になっていることになる。読者は実在の人物のように感じるのではなかろうか。「ぶんせいむ」の生きてきたとされている時代は、イギリス船、アメリカ船などが次々に日本に何らかの形で来ているので、「大船三艘」の発想もその辺が影響しているかもしれない。彼は「他人の忠告を聴」いたことがないとされているが、

剛毅果断にして、―〈略〉―　心中必ず充分精細の思考を有するを知るに足れり。　二一〇頁

とあり、察するに、心中十分精細の思考ができるということは、他者からは「他人の忠告を聴し事なし」のように見えながら、実は「ぶんせいむ」自身は心に深く留めていたのではないかと考えられるのではなかろうか。その「ぶんせいむ」は、

學校、病院、養育院等に對して驚くべき金員を義捐すれども、宗教に關しては実に冷淡にして、―〈略〉―　平素勤倹にして奢侈ならざれども、一時の逸興に乗じて千金を抛つは、他の富紳の爲す能はざる所なり。　二一〇頁

このように義侠心というようなものを持ち、一方、少年の奏でる「ふりゅーと」に興がのれば大金を惜しまない。本稿（一）に拠れば心に叶うならば、その値で買い取るのに該当するのではなかろうか。また音楽に興を覚えること自体も「風流」なのである。「るびな」の幻想によれば「しんじあ」も笛に巧みであることになっていて、「しんじあ」も音楽を理解する人であり、この面から「しんじあ」も風流な人物として造型されていると言えるのではなかろうか。また興に乗じて何かの行動を起こすということは、「吟蜩子」が「ある日の興に乗じて」日本を出国し旅に出た行為に通じるものがある。その「ぶんせいむ」の容姿は、

頂上つやゝかに禿て、白髯胸にかゝり、兩眼の光り美しく、満顔童子のごとき此家の主人ぶんせいむなり。　四二頁

とあり、品格が醸し出されている風采ではある。彼の思想の一端は、

今日の世界は理のある所に權のあるのではなくて、力のある所が權のある所だ。　七四頁

と見ていて現実的なものがある。そしてその声は、

雷の如き聲鋭く、　八一頁

とあるように、かっての海洋生活での名残もあってか声が大きく、また使用人などからは、

白髯を捻って、金剛石のやうな眼で睨み付られると、中〻おそろしうご座んすよ。　一二五頁

と恐ろしさが挙げられていて、厳しさが見られる。「金剛石のやうな」と形容される「光り美し」い眼は「ぶんせいむ」の老いて尚矍鑠とした意思の強さを表現している。「ぶんせいむ」は最後に、

解する事なかりし風流の趣意を知るの幸福を得たり。　一四二頁

と言っているのであるが、前述の人物造型を子細に見ると、彼は既に「風流」な生き方をしていると言えるのではなかろうか。なぜなら、たとえば「ふりゅーと」に興を覚えれば、その価値を認め大金を惜しまず、財に淡泊であり、風流人と思われる「たいらっく」や「吟蜩子」に共感を覚えたりするのは、「風流」を理解するから共感できるのであるから「ぶんせいむ」は既にして「風流」と見られる要素を持っている人物なのである。容姿もその白髯は「助六由縁江戸桜」の「髭の意休」を彷彿とさせ、美、洒脱、淡泊、雅といったものをその身に体現している人物、本稿（一）に拠れば人品の自然から発した、情味のある「質樸の風流」を体得したものなどに該当する部分が見られる人物として造型されているのである。

露伴は、明治十六年乃至明治二十年執筆の『幽玄洞雑筆』で「不風流處却風流[8]」と記しているが「解する事なか

り し風流の趣意を知る」と最後に言っている「ぶんせいむ」は、本人が風流に気付かないで過ごしてきただけではないであろうか。「ぶんせいむ」は社会関与しながら、「風流」な生き方をしているのである。これが本物の「風流」なのではなかろうか。このような「ぶんせいむ」のありようを名付ければ、自然体的、社会関与的風流と言えるのではないであろうか。

4 「田亢龍」の人物造型

次に、本文中に風流という表現のある人物ではないが、「吟蜩子」を身代わりに利用した「田亢龍」についてふれておきたいと思う。彼については、

眉上り鼻高く、唇の両端の上にはねたるさま、神相全篇に實例として引出されさうな處なり。

財と位に汲〻たる父には引かへて、—〈略〉— 壁間には誰れも讀めぬ科斗の文字の一軸を掛け、何某が重さを問ふたといふ破れ鼎に雪山の牛の糞を焼き、文君去りぬ塵世また誰れと共に琴瑟の和を望まんやと、獨身者の唯ひとり、瓦缶を敲き楚辭を呻つて澁がるかと思へば、時〻は調の亂れたヴァいおりんを彈いて鬪鷄の最後のやうなさび声を發するは、眞にふしぎと糺せば、食客の吟蜩子といふ日本人より話をきいて、頃日急に香港から百弗餘りで買寄せたとの事。 四七—四八頁

とある。「田亢龍」自身「風流」をわきまえているか否かは不明な人物造型なのだが、彼にはたとえば、変わった

ものを手元におくなどのような「風流」といわれるものの要素があることはある。だが、ここに表現されている人物像は「風流」の真似をして、風流人と思われたい自分も思いたい人物なのである。一見さも風流人らしく見えるかもしれないが、その実は風流人らしく見せたがり、自身もそう思い込んでいる俗人である。本稿（一）に拠れば、「つとめて風雅ならんとするはなかなかに山の井の浅き心みらる、わざ」に該当するのではないであろうか。外見的には「風流」らしく見えながら、その精神はえせ風流なのであり、いわば独善的、偽善的風流、と言えようか。自分一人で風流ぶっているのである。彼の風流には我執があり、決して自然に行動しているのではないのである。真の「風流」とは自然と醸し出されるものであって、そこに自己の何等かの作為的意思が働いたら、その時点から「風流」ではなくなるとも言えるのではなかろうか。風流をひけらかし風流ぶる時、それはまやかし、ごまかしであり、「風流」ではなくなると考えられるのではなかろうか。露伴が半可通をよしとしないことは、明治二十三年『雑詠』の「生禪大疵と云はれし蕉翁の金句に驚き耻づ」の詞書からもうかがえる。

注

（1）二瓶愛藏『若き日の露伴』昭和五十三年十月二十五日発行、明善堂書店、一二三七頁。

（2）二瓶愛藏『若き日の露伴』前掲、一二二三頁。

（3）歌舞伎十八番中唯一の世話物。一幕。江戸歌舞伎の代表作。正徳三年（一七一三）初演。俠客助六、実は曽我五郎が、名刀友切丸詮議のため吉原に出入りし、愛人揚巻をめぐって髭の意休とはり合う（梅棹忠夫他監修

『日本語大辞典』一九八九年一一月六日第一刷発行、一九九一年六月一八日第一〇刷発行、講談社に拠る）。

（4）登尾豊校注、明治二十一年の作と推定される露伴の句。『幸田露伴集』新日本古典文学大系明治編22、二〇〇二年七月二四日第一刷発行、岩波書店、六〇頁。

（5）登尾豊校注、蛙の顔に水をかけても平気なように、どんな事をされても、言われても平気でいる。「たゆまず」は、ひるまないこと。弛まず。『幸田露伴集』新日本古典文学大系明治編22、前掲、九二頁。

（6）関谷博『幸田露伴論』二〇〇六年三月九日初版第一刷、翰林書房、七三頁。

（7）岡崎義恵『日本藝術思潮』第二巻の下、前掲、一五頁。

（8）幸田露伴『幽玄堂雜筆』は、『露伴全集』第四十巻、昭和三十三年四月十日第一刷發行、昭和五十四年十二月十八日第二刷発行、岩波書店、一七―三八頁所収。「余市八勝琴平夜雨」三三頁。『露伴全集』第四十巻後記に拠れば、「「幽玄堂雜筆」は幸田家藏の稿本に據り、執筆の年代は明治十六年乃至明治二十年である。未發表。」とある。

(三) 風流の型分類の総括

以上のように、登場人物それぞれについての風流を見てきたのであるが、その結果を纏めると『露團〻』の風流には、次の四つの型が見られる。

1　「たいらっく」型

詩作を重要要素とし、脱社会的、社会無関与的、隠遁的風流、と考える。

2　「吟蜩子」型

従来は「この風流の様々な面によって構成された一人物は、慥かに露伴の一理想を具體化してゐる[1]」と見られてきたようである。だが、本稿ではその飄々とした言動要素に当事者ではなく「田亢龍」の身代わりという立場が大きく作用しているのではないかということなどを勘案し、米国での「吟蜩子」を傍観者的、第三者的風流、と考える。

3　「田亢龍」型

落語などに出てくる若旦那に時として見られるような、自分一人で風流人ぶっている俗人の風流であって、世俗的、偽善的、半可通的風流、と考える。

4　「ぶんせいむ」型

「ぶんせいむ」について岡崎は、

貧家より身を起し、海洋を股にかけて大事業を果す人物の如きは、慥かに作者の理想を表現してゐる所があり、一面誠實なる道徳家であると共に、一面洒脱なる藝術家であることも、作者の理想であると思はれ、その全面を一身に具體化してゐるブンセイムは、色も香もある作者の胸中の理想像に外ならないと推測される。(2)

としておられる。「ぶんせいむ」は、自分自身では「風流」と認識していない行動がそのまま「風流」であって、それがそのまま自然に風流な生き方につながっているのである。だが、その生き方は社会に関わって行こうとする進取的、積極的要素を持つので、自然体的でありながら、社会関与という面があるので私は自然体的、社会関与型風流と名付けてみたらどうであろうかと考える。

「ぶんせいむ」が「驚くべき金員」を「義捐」するのは「學校・病院・養育院」などであり、社会的に見て小さき人々・弱者に向けられていると考えられる。そしてこのあたりに『露團〻』における風流の特質というようなものが見えてくると考える（この特質については、「(四)「ぶんせいむ」型風流の特質」でさらに言及する）。

以上のように、風流観に関係すると思われる登場人物三者（えせ風流の田亢龍は除く）の造型に見られる風流の型は、「ぶんせいむ」の社会関与型の部分を別にすると、本稿「(一) 風流意識の変遷概略」で挙げたもののいずれかに当て嵌まる部分を持っているのが見られるのである。そして「しんじあ」も「るびな」も、その人物造型から「風流」に当て嵌まるものが浮かび、これら『露團〻』の主要登場人物はすべて「風流」と言える部分があると考えられる（作者露伴自身が「風流」の人であると考える）。

注

（1）岡崎義恵『日本藝術思潮』第二巻の下、前掲、一五頁。
（2）岡崎義恵『日本藝術思潮』第二巻の下、前掲、一三頁。

（四）「ぶんせいむ」型風流の特質

ところで、「ぶんせいむ」について岡崎は露伴の〈胸中の理想像〉と見ておられた。本稿では「ぶんせいむ」について、彼の風流を「ぶんせいむ」の帯していると考えられる風流要素から、前述したように、自然体的、社会関与型風流として分類するのである。

その「ぶんせいむ」は「風流の趣意を知るの幸福を得たり」と話した後、

自己は僅に一千萬圓をとりて其餘は殘らずるびなに與へ、己れは既に人世の幸福の極點に達したれば足れり、人世の不幸の極點に達したる人〻を訪ひ尋ねて其不幸を愈《い》やし救はんとて、吟蜩子を隨へ世界漫遊に出るむねを演説して、終に二人は發しぬ。　一四三頁とあるように「世界漫遊」の旅に出る。この旅について考えてみると『露團〻』の最後の回の冒頭の俳句が「あら尊青葉若葉の日の光り」で『おくのほそ道』（表記は、今栄蔵『芭蕉　その生涯と芸術』一九八九年九月二〇日第一刷発行、日本放送出版協会に拠る）からのものであり、「風流」と見られる要素を多くもっている人、すなわち岡崎（『日本藝術思潮』下、一五頁）に拠れば〈風流の様々な面によって構成された一人物〉と見られる「吟蜩子」が随伴する旅という面からも、まず想起されるのは、芭蕉が曾良を連れての『おくのほそ道』の旅ではないであろうか。『おくのほそ道』には、

ことし元禄ふたとせにや、奥羽長途の行脚ただかりそめに思ひ立ちて、呉天に白髪の恨みを重ぬといへども、耳にふれていまだ目に見ぬ境、もし生きて帰らばと定めなき頼みの末をかけ　おくのほそ道

と「かりそめに思ひ立ちて」とあるが、この旅について

奥羽の旅を思い立った最大の動機は未知の歌枕への強いあこがれにあった。

―〈中略〉―

古典と古人の世界を直接肌で実感しようとする願望に発したものであろう。

―〈中略〉―

芸境の停滞を打ち破るための新天地を、この旅に期したこともまた見逃すことはできまい。(1)

芭蕉は奥の細道の旅で風流を體驗するつもりであつたと思はれ[2]、

などという見方があり、いずれにしてもこの「おくのほそ道」の旅の動機・目的は芸術的風流に関連しているものであったと考えられ、他者を癒し救済するためというようなことは見られない。

また、「世界漫遊」ということからジュール・ヴェルヌの『八十日間世界一周』[3]が考えられる。これは明治十一年に川島忠之助によって紹介されているので露伴が読んでいる可能性は十分にある。しかも主人公フィリアス・フォッグが従僕ジャン・パスパルトゥーを従えての二人旅である。

「いいかね、八十日間で、すなわち、千九百二十時間で、十一万五千二百分以内で、ぼくに世界一周をしてほしいという人に対して、ぼくは二万ポンドを賭けるよ。わかったね？」[4]。

因みに川島忠之助訳も記しておく。当時の翻訳の雰囲気がしのばれる。

否ナ否ナ良英人タル者ハ決シテ戯言ヲ吐カズ殊ニ況ンヤ賭ヲ結フ如キ重事ヲナスニ於テヲヤ拙者ハ誰ニテモ拙者ガ八十日間則チ千九百貳拾時間乃チ拾壹万五千貳百分時間巳内ニ地球ヲ一周ナシ得ズト云フ人ニ對シ貳万磅ヲ賭スヘシ如何ニ君等ハ競賭ヲ承ケ玉フ歟[5]

このフォッグの旅は、八十日間で世界一周が可能か否かという賭が目的であって、他者を癒し救おうとするような目的ではない。

だが、「ぶんせいむ」の旅は積極的社会関与ともいうべき、不幸の人々を「愈やし救はん」とする他者救済が目的となっている。これは本稿「（一）風流意識の変遷概略」の範疇の何処にも入らないものなのではなかろうか。「ぶんせいむ」は出立前に財産の殆どを娘に譲ってしまったのだから、金品による直接の救済は不可能と考えられる。ゆえに不幸の人に思いをいたし、癒し救おうとする他者弱者への思いやり、つまり愛の精神を持って行ったと考えられる。

また、この目的について考えるのに明治二〇年小宮山天香の『聯島大王』がある。大実業家をめざす「大東一郎」と、キリスト教宣教を志す「世良匡」が活躍するのだが、そこには、領土拡張のためには、民族を越えた普遍的宗教が必要というような何らかの利益にからむことが、内包されているのではないかと考えられなくもない。だが、財産を譲り、恐らく旅費のみを持つと考えられる「ぶんせいむ」の旅には利益につながることは考えられないのではなかろうか。「ぶんせいむ」の持参するものは愛の心なのであって、これについては次のような聖書の記述が想起される。聖書を見ると、

イエス十二の弟子を召て彼等を二人づゝ遣さんとして之に悪鬼を逐出す權威を授け且かれらに命じけるは一の杖の外は旅の用意に何をも携なかれ旅袋糧食また金をも携ずたゞ履をはき二の衣をきる勿れ　―〈略〉―　弟子たち出て人々に悔改む可ことを宣傳へまた多の悪鬼を逐出し又多の病る者に膏を沃《つけ》て醫《いや》しぬ

『新約全書』馬可傳福音書第六章七―九・十二―十三節

とあって、これも二人旅である。一本の杖と履物の他は何も持たず、金も持たず、着替えさえままならず、厳しい条件の下で、しかも不幸の状態にあると考えられる「病る者」、不幸の人々を〈いやそう〉としていることが見られるのである。この旅の目的は「悔改」めに導くことによっての、精神的愛による救いが大きいと考えられる。同じように「ぶんせいむ」も精神的な愛の心で「愈やし救はん」としているものと考えられる。ここにキリスト教の聖書とつながるものがあると考えられるのではなかろうか。この行為を作中で多角的な風流の趣を多く備えていると見られる人物二人「ぶんせいむ」と「吟蜩子」に託しているのである。「風流」に他者への愛の心を加えたのである。これが『露團〻』の風流の特質であり、また、作者露伴の理想を抱懐した風流なのであると考える。

以上をふまえると、『露團〻』の風流観には本論第一節「『露團〻』の恋愛観をめぐって」第二節「『露團〻』の愉快観をめぐって」とも貫通するキリスト教の影響があると考えられるのである。

注

（1）今栄蔵『芭蕉　その生涯と芸術』日本放送出版協会、一九八九年九月二〇日、第一刷発行、一五〇―一五一頁。
（2）岡崎義恵『日本藝術思潮』第二巻の上、岩波書店、昭和二十二年十一月五日、一二八頁。

（3）ジュール・ヴェルヌ『八十日間世界一周』江口清訳、昭和五十三年十一月十日改版初版発行、平成十年五月二十日改版十七版発行、角川書店。

　岡野他家夫『日本近代名著解題』一九八一年七月三一日第一刷、原書房に拠れば、「一八七八年（明治一一）に至って画期的な、ボール表紙本の翻訳文芸物が二種出現した。丸屋善七から売出された『新説八十日間世界一周』は、フランスの大衆作家で、科学的地理的小説の新しいジャンルを開拓したジュール・ヴェルヌの代表作である。訳者は横浜語学所でフランス語を習得、通訳として九年に蚕糸輸出交渉の使節に随行、翌年帰国した川島忠之助である。―略― ともかく本書は明治初期の翻訳文芸代表作の一として、またボール表紙本の流行書の代表的なものとして記念すべきものであった」。四一頁。

（4）ジュール・ヴェルヌ『八十日間世界一周』江口清訳、前掲、角川書店、三二頁。

（5）佛人シュル〻ウヌルス氏原著　日本川島忠之助譯『新説八十日間世界一周』前編　明治十一年六月刊行　後付には明治十一年五月三十一日版權免許、翻譯出版人川島忠之助　神奈川縣下横濱相生町三丁目四拾六番地山中傳次郎方寄留、賣捌書林　丸家《ママ》善七　東京日本橋通三丁目拾四番地　同　山中市兵衛　同芝三島町拾四番地同　慶應義塾出版社　同三田貳丁目拾二番地。定價金四拾錢の印がある。二九頁。

　なお後編は、第貳拾回からで

佛人ジヱル〻ヴエルヌ氏原著　日本川島忠之助譯『新説八十日間世界一周』後編　明治十三年六月刊行　後付には明治十三年六月廿四日出板御届　翻譯出版人川島忠之助　神奈川縣下横濱相生町三丁目四拾六番地　山中傳次郎方寄留、賣捌書林　丸屋《ママ》善七　東京日本橋通三丁目十四番地　同　山中市兵衛　同芝三嶋町拾四番地同　慶應義塾出版社　同三田二丁目二番地。定價五拾錢の印がある。

むすび

露伴は後に長い年月をかけて『評釋芭蕉七部集』をまとめている。『雪の薄』（披見のものは京都大学文学研究科所蔵）[1]には、

我門の風流を学輩は　―〈略〉―　冬の日春の日瓢集炭俵猿蓑あら野を熟読すへし　―〈略〉―。

とある。ここに挙げられている俳諧撰集はすべて七部集[2]に入っていることからも、露伴の風流の指針として芭蕉の風流があったであろうことは考えられる。だが、それだけではないように思われる。

岡崎に拠れば、「ぶんせいむ」は露伴の胸中の理想像と見られている。その「ぶんせいむ」に露伴は従来の風流の範疇にないような、他者弱者を思いやり救済しようとする精神を付加している。おそらく、露伴の理想は従来の風流といわれるものを重く見ながらも、自己をこえて、他者・弱者の救済がそこに含まれなければならないものなのではなかろうか。他者・弱者の救済も、他者を赦すのも、他者への思いやり、つまり愛の心からの発露であると考えられる。

そもそも「風流」の〈根本的意義は優れたる精神文化的価値の存する有様〉であったのだ。「風流」の根本に重要なのは、人間の優れた精神の存在なのである。露伴は、その人間の優れた精神の存在として該当するものに、他者救済、他者への寛容が考えられているのではなかろうか。それゆえに、「風流」の人と見られる二人「ぶんせい

む」「吟蜩子」の精神にあるものとして愛の心をくわえたのではなかろうか。露伴の「風流」には他者への思いやり、つまり愛の心がそなわるものでなければならなかったのである。それがあって『露團〻』の「風流」の意義は高まるのであると考えられる。私はここに『露團〻』の「風流」の特質があると考える。そして、そのように創作した作者の思考の根底にキリスト教の影響があるのではないかと考えるのである。

終に二人は發しぬ。是より後の珍談は冊を改めて説かん。　一四三頁

と『露團〻』の作者露伴は言う。「世の不幸の極点に達したる人々を訪ひ尋ねて其不幸を愈やし救はん」という目的を持って「ぶんせいむ」は、自分を苦しめた人を許すことのできる「吟蜩子」と二人、旅に出発したのである。「風流」といわれる要素の豊かさに、愛の心を加味した二人の他者救済という目的を持つ旅の話は、その後の露伴の作品に様々に形を変えて語られるのではないかと予感させるような書き方である。

因みに「ぶんせいむ」夫妻のありようは、作者に拠れば、

妻を娶り、膠漆の契り淺からず、氏の爲に内助を爲せしも少なからざりしといふ。　二〇頁

としている。その妻亡き後、「ぶんせいむ」は一人娘「るびな」を育て上げている。この生活態度は後の作品『風流佛』の「岩沼子爵」と通じる所がある。また「しんじあ」「るびな」の一筋に貫く恋は、「珠運」「お辰」の恋の

ありようにつながるものである。

さらに、小説の終り近くにいたり露伴は「噫、人の世は誠こそ尊けれ」と記している。「誠」と弱者への共感は露伴に一貫して続いていると考えられるものである。その始まりがこの『露團〻』に見られると考えてもよいのではなかろうか。『露團〻』には露伴のその後の姿勢が示されているのである。そこに『露團〻』の意義があると考える。

そして、本稿はじめに、において問題提起したが、『露團〻』は風流観という観点から見ても、キリスト教の影響が見られる作品であると考えられる。

『露團〻』は、その構成要素として考えられる恋愛観、愉快観、風流観いずれにおいても、キリスト教の影響がある作品であると言えよう。

注

（1）『雪の薄』眠郎編、安永六年（一七七七）。

『芭蕉事典』昭和五三年六月三〇日発行、監修者　中村俊定、春秋社。

『芭蕉語彙』改訂版〈非売品〉二〇〇七年六月吉日発行、著者　宇田零雨、など参考。

（2）［俳諧七部集］蕉門の俳諧選書中、松尾芭蕉の俳風を代表する七部の書。佐久間柳居が選定。享保一七年

（一七三二）ごろの成立。『冬の日』『春の日』『曠野』『ひさご』『猿蓑』『炭俵』『続猿蓑』の七編。芭蕉七部集（梅棹忠夫他監修『日本語大辞典』一九八九年一一月第一刷、一九九一年六月第十刷発行、講談社に拠る）。

＊　本稿で用いた聖書

『新約全書』耶穌降生千八百八十年、米國聖書會社、明治十三年、日本横濱印行。「近代邦訳聖書集成」3、一八八〇年原本発行、一九九六年四月二五日第一刷発行、翻訳委員会編、ゆまに書房を用いた。

＊　『露團〻』本文は『露伴全集』第七巻、昭和二十五年十一月三十日第一刷發行、昭和五十三年八月十八日第二刷發行、岩波書店を用いた。

なお『都の花』、また『露團々』明治廿三年十二月廿四日出版、金港堂を参照した。

本稿は、拙稿「幸田露伴『露團々』考――『露團々』の風流観をめぐって――」（『日本文藝研究』第五十二巻第一号二〇〇〇年六月十日発行、関西学院大学日本文学会に掲載）をもとに補筆・修正をしたものである。論旨は変わらない。

第三章　幸田露伴『風流佛』考

第一節　「發端　如是我聞」と「團圓　諸法實相」をめぐって

はじめに

露伴の代表作品の一つに挙げられている「風流佛」は新著百種第五號（明治二十二年九月、吉岡書籍店）に載った。挿絵は松本楓湖・平福穂庵である。以後小説集・文庫・文学全集など多くに収められている（『露伴全集』第一巻後記参考）のは、この作品が高い評価をえているとともに、多数の読者に迎えられていることを示していると言えよう。本稿本文は『露伴全集』第一巻、昭和二十七年十月三十一日第一刷發行、昭和五十三年五月十八日第二刷發行、岩波書店を用いた。

この作品は、たとえば北村透谷も、

図－8 『新著百種』第五號の表紙
明治22年9月23日出版、吉岡書籍店。
京都光華女子大学図書館所蔵『風流佛』

図－9　『新著百種』第五號、『風流佛』の挿絵
修行の旅中の「珠運」。さすが彫刻家と言えよう。狛犬の彫りに目をとめている。
京都光華女子大学図書館所蔵『風流佛』

露伴の作として不朽なる可けれ。(1)

と文芸作品として高く評価している。そして『風流佛』という題名からも、また、小節毎に題と副題がつけられていて、その題が法華経に拠っているということからでもあろうか、東洋的・仏教的という視点から見られるようで、作品の中の「風流佛」は「仏教における「大愛」の象徴(2)」としてとらえられてもいる。私はそういう視点から見ることを捨象するものではない。

だが、本稿は西洋・キリスト教の影響を視座として、という観点から見ようとするものである。なぜなら、『風流佛』には東洋的・仏教的面からだけでは、読解において少し疑問となる表現があるのではなかろうかと考えるからである。それが「團圓　諸法實相」に散見していると思うのである。その疑問を本稿の視座による読解によって解明したいと考えるのである。そして、この観点での読解によって「團圓」において『風流佛』という作品は、夫婦のありようの理想の姿は一夫一婦であるとする理念のこめられた、教訓・教養・説教・啓蒙・寓意小説とも言えるようなジャンルに入るものを包含しているのではなかろうかと考察し、提案したいと考える。
以上を考察するにあたって、まず『風流佛』の各小節冒頭にとりいれられている法華経について考えていきたいと思う。

注

(1) 北村透谷「「伽羅枕」及び「新葉末集」」『透谷全集』第一巻、昭和二十五年七月十五日第一刷發行、岩波書店二七二―二七九頁所収。二七九頁。
一八九二(明治二五)年三月十二日「女學雑誌」第三〇八號及び同月十九日同第三〇九號發表。署名は透谷(『透谷全集』第一巻、解題(勝本清一郎)抄に拠る)。
(2) 杉崎俊夫「『風流仏』試論」『大正大學研究紀要』第六十一輯、昭和五十年十一月一日発行、大正大學出版部、一一(三六五)頁。

（一）　経典と『風流佛』の法華経との関係

仏教経典の高遠なる思想について言及することは、浅学の私ごときに到底できることではない。だが、たとえば泉鏡花「薬草取」(1)にも仏典が関係していて、それについて異なる見解の言及があることからしても、(2)(3)『風流佛』において全くふれないということでは、すまされないと考える。

そこで極めて表層的であるが、『風流佛』における経典について、そのありようを考えたい。解説などでは、

法華経(4)

大乗仏教経典の一つ。三種の漢訳のうち、一般に鳩摩羅什訳の『妙法蓮華経』八巻が知られる。〈略〉全体は二十八章からなり、そのうち第二十五章の「観世音菩薩普門品」は『観音経』として独立して用いられる（『日本語大辞典』一九八九年一一月六日第一刷発行、一九九一年六月一八日第一〇刷発行、講談社参考）。八巻・二十八章六万九千三百八十四字（渡辺宝陽『ＮＨＫこころをよむ法華経』昭和六十一年一〇月一日発行、日本放送出版協会、一四三頁参照）。

その中で、「観世音菩薩普門品」は、法華経二十八品の中でもとくに人々の信仰を集め、『観音経』と称し独立したお経として読誦されてきた（渡辺宝陽、前掲二〇一頁参考）。

「観世音」とは経文にある通り「世音を観ずる」ことである。世音とは真実の音、すなわち宇宙の真実相である。観世音菩薩は常に宇宙の真実の音声を観察されているのである。十方世界の一切衆生の声を観世音菩薩はく

まなく聞きとり、それらの衆生のために必要な姿を現じて救済の手を差しのべてくださるのである（渡辺宝陽、前掲二一〇頁）。

とされている。その「序品第一」に、

序品第一

……眉間白毫　大光普照　雨曼陀羅　曼珠沙華　栴檀香風　悦可衆心……

とある。曼陀羅華は天上に生ずるマンダーラヴァ樹の花。曼珠沙華はマンジューシャカ樹の花であり、栴檀は古名オウチ　白檀の別名　材は香気があり、細工物に利用されまた香料としても用いられるものである。このような素晴らしい状況の中で釈迦の晩年に説かれたものとされている（渡辺宝陽、前掲七―一一頁参考）。

ここに「白薔薇」はないことに注目しておきたい。

ところで、法華経の「序品第一」は、奈良国立博物館蔵の「法華経序品第一」（見返し）にも見られるように（渡辺宝陽、前掲六八頁）

如是我聞。一時佛住王舎城。耆闍崛山中。

是の如く我聞きにき、一時佛、王舎城、耆闍崛山《ぎしやくつせん》の中に住したまひ、（小林一郎『法華經大講座』第一巻、八九頁）

とある。つまり、「如是我聞」は、仏の説かれたことをこのように聞いたのだということになる。『風流佛』には「發端　如是我聞」として見える。

以上のようなことをふまえて『風流佛』の各小節の題・副題と構成内容との関係を考えてみたい。

『風流佛』の構成は、

發端「如是我聞」上下、第一「如是相」、第二「如是體」、第三「如是性」上下、第四「如是因」上下、第五「如是作」上中下、第六「如是縁」上中下、第七「如是報」、第八「如是力」上下、第九「如是果」上下、第十「如是本末究竟等」上下、團圓「諸法實相」

に分けられている。

これは、法華経「方便品第二」に

諸法実相。所謂諸法。如是相。如是性。如是体。如是力。如是作。如是因。如是縁。如是果。如是報。如是本末究竟等（渡辺宝陽、前掲一六頁）。

とあり、これに依拠していると思われる。これを訳すと、全存在の真実相（諸法実相）ということは、つまり、諸法（あらゆる存在）が、それぞれ、相（すがた）、性（本性）、体（本体）、力（能力）、作（はたらき）、因（直接の原因）、縁（間接的原因）、果（直接にあらわれる結果）、報（間接的結果）が——本末究竟して等しい（これらのことがらが緊密に連関しあってはたらいている）ということなのである（それら十のはたらきを「十如是」とよぶ。渡辺宝陽、前掲一六頁）。

このようになるそうであるが、『風流佛』は経典そのままではなく変えている。

露伴の『風流佛』本文は、

發端　如是我聞

如是相。如是體。如是性。如是因。如是作。如是縁。如是報。如是力。如是果。如是本末究竟等。

團圓　諸法實相

となっていて、「發端」が「如是我聞」にはじまり「諸法實相」が最後の「團圓」にきていることにも見られるように経文とは微妙に違っている。またそれぞれに副題がついている。これらが何を意味しているのであろうか。たとえば前述の「薬草取」について田中励儀は、

鏡花は「薬草喩品」を仏法の比喩としてではなく現実の自然描写として受取り活用したのである。

と見ている。これにたいして藤澤秀幸は

仏教的性格を捨象すべきではない

と見ていて、このように「仏法の比喩としてではなく現実の自然描写として受取」っていると見るのと「仏教的性格を」見るのとの二面からの見方があることが提示されている。『風流佛』ではどうなのであろうか。

まず、「發端」の「如是我聞」の意味の解釈について考えてみたい。

「法華経」「序品第一」にある「如是我聞」の意味であるが、たとえば次のように見られている。

『如是』といふことには二つの意味があります。一つは、たしかに此の通りといふ意味で、いゝ加減に聞いたんではない、〈略〉本当に自分は一生懸命に聞いた、自分の聞いたところに依ると、これより外ない、此の通りだ、斯ういふ意味に『如是』といふ字が使はれて居ります。しかしながら佛でない者が佛の教を聞いたのだから、若し間違があれば自分の責任だといふ意味もある。だから『如是』といふ二字には、たしかだといふ確信の意味と、しかし若し間違へば自分が間違つたので、自分が間違つたのだから自分が責任を負ひますといふ意味と、両方含まれて居るわけです。〈略〉確信をもつて自分は斯う聞いたといふのであります。(5)

「これから述べる経典は私が確かに正統の師から教えられたことであって、誤りのない聖典である」という意仏教経典の冒頭におかれることば。釈迦の教えを正しく聞き信頼することを示す。[7]

《このように私は聞いた》の意味が含まれているわけである。[6]

などとある。つまり、これらに見られるように、「如是我聞」は「確信をもって自分は斯う聞いた」という意味であり、何を聞いたかというと「誤りのない聖典」という意味が含まれているのである。この場合の「誤りのない聖典」とは仏教の経典と考えられる。

そして、『風流佛』の「如是我聞」については、

もっとも『風流仏』そのものに即していえば、露伴にそれほど「誤りのない聖典」という意味をふくませる意識はなく、ただ題名にふさわしい経典的体裁を考慮しての命名であったであろう。つまり、意味としては「物語のはじまり」というぐらいのものと見てさしつかえないであろう。[8]

と見られてもいて「薬草取」が二面から見られるように、『風流佛』の「如是我聞」には「誤りのない聖典」という意味を含ませているとして見るのか、「物語のはじまり」というぐらいのものとして見るのか、二面から見られる可能性が示唆されている。

だが、それだけであろうか。露伴の『風流佛』の「如是我聞」とは何を意味するのであろうか。このことについ

て考えていきたい。

注

（1）泉鏡花『薬草取』は明治三六年五月一六日から五月三〇日まで『二六新報』に連載された（藤澤秀幸「薬草取」参考）。
『日本短篇文学全集』第6巻、昭和四五年七月一〇日第一刷発行、筑摩書房。
（2）田中励儀「鏡花『薬草取』覚書」『同志社国文学』昭和五九年三月一日発行、同志社大学国文学会、九頁。
（3）藤澤秀幸「『薬草取』——泉鏡花の創造力と『妙法蓮華経』——」『國文學　解釈と教材の研究』平成三年八月二十日発行、第三十六巻第九号八月号、學燈社。一〇〇頁。
（4）「法華経」については以下などを参考にした。
小林一郎『法華經大講座』第一巻「序品第一」昭和十年九月廿一日發行、平凡社。

『法華經大講座』第二巻「序品第一（續）」「方便品第二」昭和十年十月廿二日發行、平凡社。

『法華經大講座』第三巻「方便品第二（續）」昭和十年十一月廿二日發行、平凡社。

『法華經大講座』第四巻「化城喩品第七」昭和十年十二月十八日發行、平凡社。

『法華經大講座』第五巻「化城喩品第七（續）」昭和十一年一月十七日發行、平凡社。

『法華經大講座』第八巻「妙音菩薩品第二十四」昭和十一年四月十八日發行、平凡社。

『法華經大講座』第九巻「妙音菩薩品第二十四（續）」「観世音菩薩品第二十五」昭和十一年五月

十八日發行、平凡社。

渡辺宝陽『NHKこころをよむ法華経』昭和六一年一〇月一日発行、日本放送出版協会。

渡辺宝陽『法華経・久遠の救い』一九九五（平成七）年一一月二〇日第一刷発行、二〇〇二（平成一四）年一二月五日第五刷発行、日本放送出版協会。

岩本裕『日本佛教語辞典』一九八八年五月初版第一刷、平凡社。

織田得能『佛教大辭典（普及版）』大正六年一月五日初版発行、昭和五十六年八月三十日復刻版第一刷発行、昭和六十二年八月三十日復刻版第二刷発行、名著普及会。

古田紹欽外監修、日本アート・センター編集『佛教大事典』一九八八年七月、小学館。

（5）小林一郎『法華經大講座』第一巻、前掲、八九―九〇頁。

（6）『風流佛』注釈　岡保生、『幸田露伴集』日本近代文学大系第六巻、昭和四九年六月三〇日初版発行（岡は「渡辺照宏『お経の話』（岩波書店）には次のような説明がある」と前置きをしている）。角川書店、五〇二頁。

（7）梅棹忠夫他監修『日本語大辞典』一九八九年一一月六日第一刷発行、一九九一年六月一八日第十刷発行、講談社。

（8）『風流佛』注釈岡保生、『幸田露伴集』日本近代文学大系第六巻、前掲、五〇二頁。

（二）小節の題、副題、内容の関連性

『風流佛』の「如是我聞」の意味を考えていくために、『風流佛』本文小節の題の経文と、副題と、内容とのつながりを見ることにする。題、副題、内容がつながりを持つのは、当然とも思われようが、その関連の仕方について、考察したいと考える。

そこで、たとえば、本文の「第一」「第二」「第四」を挙げてみる。

第一　如是相　本文以下同、二七頁
書けぬ所が美しさの第一義諦　二七頁

となっていて、ここでの題「如是相」の「相」は経文では（すがた）と訳されている（渡辺宝陽、前掲に拠る。以下同）。副題は、「珠運」が初めて会った「花漬賣」の姿形の美しさが語られている本文内容を、要約していると考えられる。姿形が語られていることは、題「相」に関連していると考えられる。とすると題「如是相」の「相」は本文内容に即しての意味であるとともに、経文の訳とも合致する。さらに経文を離れて漢字そのものの意味とも合致しているのである。

第二　如是體　二八頁

粋の父の子實の母の子　二九頁

となっていて、ここでの「如是體」の「體」は経文では（本体）と訳されている。副題は、「花漬賣」の「お辰」の父は京都の花町で遊ぶような粋人であり、母は夫を信じ娘を養育しながら、ひたすら夫の帰りを待ち続けるという実のある人であって、「お辰」はこの二人を父母として生まれた娘なのだと、「お辰」の出自、経歴、その父母の人となりについて語られている、つまり「花漬賣」はいかなる者なのかという、「花漬賣」の本体を語っているとと考えられる本文内容を、要約していると考えられる。本体を語っているのであるから、題「體」に関連していると考えられる。とすると、題「如是體」の「體」は本文内容に即しての意味であるとともに、経文の訳とも合致する。さらに経文を離れて漢字そのものの意味とも合致しているのである。

第四　如是因　三六頁

上　忘られぬのが根本の情　三七頁

下　思ひやるより増長の愛　三八頁

となっていて、ここでの「如是因」の「因」は経文では（直接の原因）と訳されている。副題「上」「下」は、本文「上」では、修行一筋であった「珠運」の心に「お辰」を忘れられない恋情が生じること、本文「下」では、その「お辰」の恵まれない境遇に同情することによってますます募る思いが語られているのであるから、「上」「下」

の副題はそれぞれの本文内容を要約していると考えられる。そして、これらが後に「風流佛」像を作る直接原因になるのであるから、それらは題「因」に関連していると考えられる。とすると、題「如是因」の「因」は、本文内容に即しての意味であるとともに、経文の訳とも合致する。さらに経文を離れて漢字そのものの意味とも合致しているのである。

ここに挙げたこれらの例に見られるように、副題は本文内容を要約しているとともに、題の経文の意味と関連している。そして、それぞれの題の意味は「如是」に続く字において、本文に即していると読める。さらに題におかれている経文は、副題に要約されている本文内容によって解釈できるものとも言える。そして、経文を離れて漢字そのものの意味にも即していると考えられる。小節の題、副題、内容は、このように考えられる関連の仕方をしているのである。以上のようなことを勘案すると、題におかれている経文が経典の順序と変わっているのは、小説の進行に即してかえられているのであると考えられるのではなかろうか。露伴の『風流佛』の経文は小説の進行に即しているのである。このことから作者は経文よりも作品の構想・進行が優先していると見られる。だが経文の意味を全く離れてはいないということも考えられる。なぜなら経文の漢字「相」「體」「因」などの解釈がそのまま本文内容解釈にも関連するからである。

以上から『風流佛』の法華経「方便品第二」の経文の順序は、作者の小説構想優先の姿勢によって変えられていると考えられる。法華経「方便品第二」の経文に拠ったと見られる題は、副題に要約されていると考えられる本文内容と連係していると考えられる。したがって題、副題、内容は関連している。そして題は経文の「如是」に続く漢字によって表す意味が本文内容に即していると考えられるから、順序は変わっても全く離れてもいないのである。

このような『風流佛』の経典のありようをふまえて見ると、『風流佛』本文の「發端　如是我聞」の副題は、

上　一向専念の修業幾年　二五頁
下　苦勞は知らず勉強の徳　二六頁

であった。ここで語られている本文内容は、本文「上」では、「珠運」が師匠の教えをよく聞き信頼し守って長年修行してきた。本文「下」では、その勉強によって迷うこともなく、芸術一筋に励んでこれたのだということであろう。これら本文の内容を副題上下はそれぞれ要約していると見られる。「珠運」は釈迦の教えではないが、その代わりに師匠の教えを聞いて信じ学んできたのだから「如是我聞」ともつながるものがあると言えよう。さらに、この場合の「如是我聞」は、作者が小説のはじめに「珠運」の人となりについてこのように聞いていたという意味もこめて読者に紹介しているものとも考えられる。だが、また、それだけでなく、これから始まる小説全体をこのように聞いたというように小説全体にかけているようにも考えられる。さらに、「如是我聞」の「我」に読者各自を仮託させれば、読者はこれから始まるこの小説から何を聞くか、つまりどう読むかという問題を作者は提示しているとも考えられる。このように多様に考えられるのは、題の上に「發端」という経文にはない言葉があるので、

経文の意味だけではない何かがこの中に包含されているのではないかと思われるからである。私は、この「發端」を冠した「如是我聞」には深い意味があると考える。それで広汎な視野のもとに、『風流佛』という作品の読みに新しい方向と意義を見いだすべく見ていきたいと考える。

（三）環状の構想による「發端」と「團圓」の関係

前述のように、小節の題の法華経の順序が変えられていることから、作者にとっては経文自体よりも作品の構想が優先していると考えられる『風流佛』において、作品の終りは、

團圓　諸法實相（全存在の真実相）（括弧内は岡田記）

歸依佛の御利益眼前にあり　　七七頁

である。内容は二人が「雲の上」に行ったということと、「其後」「風流佛」が様々に変容して顕現し、拝む者には「子孫繁昌家内和睦」の「御利益」がもたらされるということである。前に見たように題、副題、内容が関連していることがここにも見られると言える。なぜなら、ここでの作品・小説の内容は副題の要約が示すように「御利

益」についてであって、その「御利益」は目の前、すぐ近くにあるとしているからである。作品を読み進めると確かにそのように読めるのである。そして経文では「諸法實相」（全存在の真実相）が先なのだが作品では最後にきていて、順序が変わってもいる。

このような、作者の作品の構想優位の姿勢をふまえて、さらに広い視野の下に新しい方向を見いだすべく作品を鳥瞰するとき、この作品の構想は直線的すなわち「發端」から「團圓」へと一直線に連なっているのではなくて、環状ように丸く連っているのではないかということが考えられる。つまり、直線では始めと終りの隔たりある位置で呼応していた「發端」と「團圓」が、環状では一つ所で照応するものとなる。

なぜなら、たとえば、環状線に乗車したと仮定する。始発駅（「發端」）から出発し、多数駅（第一から第十）を経て終着駅（「團圓」）に着いたと思ったら、そこは始発駅であって、連環していたことに気付くようなものである。『風流佛』に、このような環状の構想が見られると考えるならば、「發端　如是我聞」と「團圓　諸法實相」とは一つ所で照応するものとなる。つまり「如是我聞」は「諸法實相」と一つ所になり、その場で直結しているのである。「如是我聞　諸法実相」となる（「方便品第二」では「諸法實相」がはじめに記されている）。そして、「諸法實相」は全存在の真実のすがたなのであるから、作品を主としてみれば、全存在とは、そこに存在する作品全体を意味しているとも見られる。ゆえに「如是我聞」と「諸法實相」が続いた時には、我・私は作品の真実のすがたを、つまり、作品が本当に言わんとしていることをこのように聞いたのだという意味になるのではなかろうか。

なお環状の構想が考えられるという着想は、本文「第十」が「如是本末究竟等」であり、これは漢字の意味だけで考えると始めと終りが究極では等しいという意味に読めると考えられることにもよる。そして、その「第十」の次に小説の終りの「團圓　諸法實相」が続いているので、始めの「發端」と終りの「團圓」が一つ所になるという暗示を思わせられることに触発されたからでもある。

このように考えて「團圓　諸法實相」を見ると、題「諸法實相」（全存在の真実相）はこの小説の全体の真の姿が「團圓」にあるということを意味し、副題では「御利益」に言及していて、副題は前述のように内容を要約しているものなのだから、この「御利益」の内容が小説の真のすがたであり、「團圓」の中には作者の主張したい主眼がこめられていると考えられるのではなかろうか。そして、この「團圓」の副題にある「御利益」の意味しているものは何なのかを、「發端　如是我聞」は我・私はこのように聞いたという意味になるのではなかろうか。

そこで、副題の「眼前にあ」る「御利益」の意味するものは何なのかについて『風流佛』の「團圓　諸法實相」の内容を通して手掛かりを得たいと思う。

以上をふまえつつ「團圓　諸法實相」を見ていくと、東洋的・仏教的だけではない所が散見する。たとえば、

白薔薇《ホワイトローズ》香薫じて〈略〉天鼓をうつ如く　　七七頁

という表現がある。これは、法華経「化城諭品第七」に、

諸天撃天鼓。幷作衆伎樂。香風吹萎華。更雨新好者。

又天上界のものは天の鼓を撃つて音樂を奏し、その修行の尊さを讃め稱へた。さうして天から雨つたところの華が萎んでや、色が悪くなると、香の美い風が吹いて來て、その萎んだ華を吹き拂ひ、又新しく好いものを雨して來た、この事は諸天が、常にこれを讃歎して居るといふ意味を表はして居る。(1)


四王諸天。爲供養佛。常撃天鼓。(2)

即以天華。而散佛上。(3)


などとあるのに拠っていると思われる。だが、法華経にでてくる花は前述（本稿「(一) 経典と『風流佛』の法華経との関係」を参照して頂きたい）したように、曼陀羅華、曼珠沙華などである。

だが、「團圓」での花は「白薔薇《ホワイトローズ》香薫じて」とあるように白薔薇で、香も栴檀ではなく白薔薇である。

そして、「團圓」の様々な形に顕れるというのは、次のようなことに拠っていると思われる。『法華經大講座』には、

法華經　妙音菩薩品第二十四
此の菩薩は三十四身を現じたといふことが説かれてあります。―〈略〉―
此の妙音菩薩は東方に在り、次に出て來る觀世音菩薩は西方に在つて、一方は三十四身、一方は三十三身を現じて教を説き、佛の化導を賛けらる、と申すことであります。(4)

とある。また、渡辺宝陽前掲『ＮＨＫこころをよむ法華経』には、

観世音菩薩普門品の三十三身普門示現の概要を述べれば左のようになる。

「もしこの国土の衆生のなかで仏身をもって救うべき者があれば、観世音菩薩は仏身を現じて法を説く。このように観世音菩薩は辟支仏・声聞・梵王・帝釈・自在天・大自在天・天の大将軍・毘沙門・小王・長者・居士・宰官・婆羅門・比丘・比丘尼・優婆塞・優婆夷・長者の婦女・居士の婦女・宰官の婦女・婆羅門の婦女・童男・童女・天・竜・夜叉・乾闥婆・阿修羅・迦楼羅・緊那羅・摩睺羅伽・執金剛神等の身を現じて法を説き、衆生を救う。」(5)

とある。和歌にも、

みそぢあまり三のちかひのうれしきはさまざまになるすがたなりけり　慈鎮和尚（拾玉集）二五三一

（『新編国歌大観』第三巻、角川書店）

と詠まれ、観世音菩薩はこのようにさまざまな形に顕れて人々を救うとされているのである。花も観音の「三十三身普門示現」も日本においては昔から人々の心の中に深く入っていたものであって「團圓」において「風流佛」が様々に変容して顕現するというのは、これに拠っているとも考えられる。

だが、「三十三身普門示現」では、例えば「居士」は仏教で、男子の法名の下につける称号であり又在家の仏教信徒の男子の称号である。「比丘」は出家して戒を受けた二十歳以上の男子。僧である。これらのように、明らかに男性の姿でも顕れる。

だが、『風流佛』では女性の姿でばかり顕れるとされている。明確には男性の姿では顕れない。

そして、七藏、田原が共に、

左右の御前立となりぬ。　　七七頁

とあるのは恐らく脇士を言っていると考えられる。

脇士とは、中尊（『風流佛』の場合は珠運の彫刻像となろうか）をはさんで左右に立つ仏像のことで、

観世音菩薩は、一般には勢至菩薩と共に阿弥陀如来の脇士として名高い。(6)

と言われているのである。『風流佛』本文三七頁にも、「お辰」を見て「白衣の觀音」という表現があったし、「團圓」に書かれているように、時と場所によって様々の形で顕れるということから「珠運」の彫像は観世音菩薩をイメージしているのであるということも推察できる。

だが、仏教の観世音菩薩そのものではないと考えられる。なぜなら本文中に、

是皆一切經にもなき一體の風流佛　　七七―七八頁

という表現があるからである。「一切經」とは幸田露伴『風流佛』注釈岡保生（『幸田露伴集』日本近代文学大系第六巻、昭和四九年六月三〇日初版発行、角川書店、八四頁）頭注に拠れば、「一切経　大蔵経。仏教に関する経典の総称。」とある。また露伴も、『一切經の傳』で、

一切經とは、佛教中の、經、律、論、祕密、雜の五藏を合せ稱するものにて、―〈略〉― 佛教の典籍これに盡くるといふにはあらざるも、―〈略〉― 殆んど網羅包括して剩すところ無ければ、―〈略〉―(7)

と言及している。

そして、『風流佛』本文に拠れば、仏教に関する経典の総称であるといわれる「一切經にもなき一體の風流佛」なのであるから、「風流佛」は佛と表現しているが、仏教に属するものではないのではなかろうか。

このように、『風流佛』には東洋的・仏教的面のみではない所が散見するのである。

また、本文には、「珠運」「お辰」が雲の上に「行し後」の、さらに「其後」以降に「光輪美しく白雲に駕つて所〻に見」えるとしている。そして、それについて、

拝みし者誰も彼も一代の守本尊となし、信仰篤き時は子孫繁昌家内和睦、御利益疑なく、假令少〻御本尊様を恨めしき様に思ふ事ありとも、珠運の如くそれを火上の氷となす者には本より持前の佛性を出し玉ひて愛護の御請願空しからず、若又過つてマホメット宗モルモン宗なぞの木偶土像などに近づく時は、現當二世の御罰あらたかにして、光輪を火輪となし一家をも魂魄をも焼き滅し玉ふとかや。　七八頁

と記している。ここには、「御本尊様」「佛性」など仏教を思わせる用語も見える。

だが、なぜ、最後になって「マホメット宗モルモン宗なぞ」のような一夫多妻の宗教が出てくるのであろうか。これは、それまでの仏教的要素を含む日本的情緒を背景にして、一組の若い男女の一筋に貫こうとする恋を述べている本文の感覚からは、少しずれているものなのではなかろうか。この表現を仏教的視点から見れば、これは仏教を信じ他の宗教には近付かないように戒めているともとれる。だが、「マホメット宗モルモン宗」は一夫多妻として見られていたものである。そして、仏教が早くに伝わっていたと見られる日本では、一夫一婦の夫婦の倫理観は後述するように確立してはいなかったのである。

それらをふまえると、この「木偶土像」とは妻以外の女性の比喩なのではなかろうか。そして「御本尊様」とは正当な配偶者すなわち妻の比喩と考えることも可能なのではなかろうか。「御本尊様」つまり妻という一人の女性を大事に守るということは、『風流佛』という小説が語ってきた一筋に貫こうとする一組の男女の恋に相応しいと言える。そして、そのようにした時には、その一家に「子孫繁昌家内和睦」の御利益がもたらせられるが、「木偶土像」つまり妻以外の女性に近付く時は「現當二世の御罰あらたかにして、光輪を火輪となし一家をも魂魄をも焼

き滅」すのだとしている。「火輪」とは嫉妬の炎が燃え上がる比喩なのではなかろうかとも考えられる。そのような状態になることは人間の心をもむしばみ家庭の崩壊にいたることを言っているのではなかろうか。

このように見てくると、『風流佛』という作品には、最後において一夫多妻を批判し戒めているとともに、一夫一婦の夫婦のありよう、その倫理観に賛同し、提唱しようとする作者の思考がこめられていると考えられる。

以上のような考察を経てから考えると、「發端　如是我聞」の「如是我聞」の意味しているのは、「子孫繁昌家内和睦」の「御利益」は一夫一婦の倫理観に基づく夫婦の上に、もたらせられるのだということを正しいもの真実のものとして我・私は聞いたという意味にもなるのではなかろうか。最後に「處方實相」（全存在の真実のすがた）を題としておいているこの作品は、そのことを述べるのを主眼としていると考えられるのである。

そこで、日本の夫婦のありようは、いかなるものであったのかを見る必要があると考える。

注

（1）小林一郎『法華經大講座』第五巻、昭和十一年一月十七日發行、平凡社、五頁。
（2）小林一郎『法華經大講座』第四巻、昭和十年十二月十八日發行、平凡社、三〇八頁。
（3）小林一郎『法華經大講座』第四巻、前掲、三三七頁。
（4）小林一郎『法華經大講座』第八巻、昭和十一年四月十八日發行、平凡社、三六一頁。
（5）渡辺宝陽『ＮＨＫこころをよむ法華経』昭和六一年一〇月一日、日本放送出版協会、二〇三頁。

（6）渡辺宝陽『NHKこころをよむ法華経』前掲、二一〇頁。
（7）『露伴全集』第十五巻、昭和二十七年五月二十五日第一刷發行、昭和五十三年十二月十八日第二刷發行、岩波書店、三二一—三六頁所収。三二一頁。
「一切經の傳」は雑誌小國民の明治二十七年二月上旬號・同下旬號に載った（『露伴全集』第十五巻、後記抄に拠る。括弧などは後記に倣う）。

（四）一夫一婦制と日本の風俗慣習

日本では古くから一夫一婦という夫婦の倫理観は確立していなかったと言えよう。このことについて西欧文化圏の人々から見た当時の日本のありようと、それに対しての彼等の感覚を、たとえば聖フランシスコ・デ・サビエルやレオン・パジェスなどが、次のように伝えているのが見られる。

天文一八年（一五四九）来日し、日本にキリスト教を伝えた聖フランシスコ・デ・サビエルの書翰に拠れば、

私達が町を歩いてゐる《ママ以下同》と、路上の腕白小僧や、その他の色々の人々が後からついて來て、ゲラゲラと笑ひながら、「見ろ、俺達は救はれるために神を禮拝しなければならないし、萬物の創造主だけが俺達を救ふことができ

るのだとよ。」と何度も繰り返して言つた。他の者は「この人は、一人の男は一人の妻しか持つてはならないと説教してゐる人間だよ。」と反復した。するとまた他の者は「この人は亂倫は罪惡だと言つてるよ」と叫ぶ。つまりこれらの惡業が、彼等の間に頻りに行はれてゐるのである。

書翰　第三〇（EP. 96）歐洲の會友宛　コチンにて、一五五二年一月二十九日(1)

聖フランシスコ・デ・サビエルは、このような状況を書き送っている。つまり、一夫一婦の夫婦のありようが定着していなかった日本では、西欧文化圏の背景にあるキリスト教の一夫一婦制の倫理観は、キリスト教伝来の当初から問題を提起していたことがうかがえるのである。

また、レオン・パジェスは、慶長五（一六〇〇）年〈関ヶ原の戦い〉の折に、大阪城に入ることを拒み、命を断った細川忠興の妻ガラシヤ（洗礼名）をめぐって次のように記している。

内府様の旗下には、丹後の長岡越中殿（細川忠興）がゐた。其夫人ドンナ・ガラシヤ（忠興夫人、明智光秀の女、秀林院）は、典型的のキリシタンで大阪に滞留し、夫の家老の一人小笠原殿（小笠原少齊）が護つてゐた。此家老は、若し夫人の名譽が危機に瀕した場合には、日本の習慣に基いて、先づ夫人を殺し、次いで他の家臣と共に切腹せよとの命令を受けてゐたのであつた。―〈略〉―　小笠原殿は、夫人に夫の命令を傳へた。ドンナ・ガラシヤは、運命に忍從して祈禱所に入つて祈り、次いで侍女達には、後に殘るやうに言含めた。事實、侍女達に館を引下らせた。一方、家臣の面々は、誤った武士の面目といふ事に心を惹かされて、自殺すると言つてきかなかつた。ガラシヤは、跪いて劔の前に首を延べた。家臣達は、隣室に行つて、城に火をかけた後に切腹した。總ての物が皆灰になつた。

ガラシヤ夫人は、總ての道徳の完全な鑑であつた。彼女は、前から如何なる事變に遭はうとも、それに對する覺悟が出來てをり、又神の思召に従って死ぬ事を一種の贖罪として進んで受け容れたのであつた。(2)

とガラシヤについて先ず伝えている。そしてその夫忠興について、

ドンナ・ガラシヤのため、毎年祭典が行はれた。この年、祭典後領主は莫大な布施と、その外に夫人を記念するために、既に死刑の宣告を受けた者七人の命を助け、翌日更に二十人の命を助け、なほ之等の不幸な人々を神父の許に遣はして敬意を表さしめた。彼等は、皆教を學んで洗禮を受けた。(3)

陰暦七月十七日に、ドンナ・ガラシヤの年忌が行はれた。この機會に越中殿（細川忠興）は、素晴しい慈善を行つた。彼は、死刑の宣告を受けた者七人を特赦して神父に引渡し、なほ之でも足らず、翌日更に、他の死刑の宣告を受けた者二十人を全部釋放した。教會に感謝してゐた之等憐れな人々は、説教を聴くことを願ひ、そして洗禮を受けた。越中殿も、キリシタンになりたさうに見えた。然し、政治的の利害關係と、第六戒（貞節）を守ることの困難とが、この大名の改宗に何時も邪魔になつた。(4)

と伝えている。この記述は、当時の有力者などの間では、一夫一婦が守り難いものであったと見られていたことを

伝えていると考えられるものなのではなかろうか。

このように、日本では一夫一婦が大名などでは難しい問題であり、また、庶民感覚も一夫一婦にたいして違和感を感じるような風俗慣習の中にあったことが、書き残されているのである（因みに明治三十一年に重婚の禁止にともなって一夫一婦制が施行されたと考えられる。詳細は終章に後述）。

以上のように、キリスト教では日本宣教当初から一夫一婦が説かれていたのがうかがえ、それが日本において、なかなか受入れられがたいものであったことがわかるのである。

だが、明治となり、キリシタン禁制の高札は廃され、文明開化と称して西欧に倣う風潮のなかで、このキリスト教を背景にした一夫一婦制の倫理観も浮上してきたと言えよう。

注

（1）『聖フランシスコ・デ・サビエル書翰抄』下巻、ペトロ・アルーペ神父・井上郁二訳、一九四九年七月一〇日第一刷発行、一九九一年一一月二〇日第四刷発行、岩波書店、一〇三頁。

（2）レオン・パジェス『日本切支丹宗門史』上巻、クリセル神父校閲、吉田小五郎訳、一九三八年三月一〇日第一刷発行、一九九一年一一月二〇日第一二刷発行、岩波書店、四五―四六頁。*Léon Pagés*（1814–1886）フランスの日本研究者（『日本切支丹宗門史』上巻参考）。

（3）レオン・パジェス『日本切支丹宗門史』上巻、前掲、一二七頁。

（4）レオン・パジェス『日本切支丹宗門史』上巻、前掲、一四一―一四二頁。

むすび

以上の経緯をふまえた上で『風流佛』の「團圓」を読むと、「珠運」が身も魂も打ち込んで彫刻した愛する「お辰」の彫像は、愛欲を乗り越えて昇華し、聖なる「風流佛」となり、様々に変容して「北海道」や「佐渡」など遠隔地にも顕現するものとなる。たとえば、

或紳士の拝まれたるは、天鵞絨の洋服裳長く着玉ひて駝鳥の羽寶冠に鮮なり　七七頁
某貴族の見られしは、白襟を召して錦の御帯金色赫奕たり　七七頁
破褞袍着て藁草履はき腰に利鎌さしたるを農夫は拝み、　七七頁
阿波縮の浴衣、綿八反の帯、洋銀の簪位の御姿を見しは小商人にて、　七七頁
風寒き北海道にては鰊の鱗怪しく光るどんざ布子、　七七頁
浪さやぐ佐渡には色も定かならぬさき織を着て漁師共の眼にあらはれ玉ひけるが、　七七頁

とあるように、この場合どのような人を紳士としたかは定かではないが、新しい教育を受けた人と思われる上流社会の男性には当時はまだ珍しい洋装の姿、公爵や伯爵などには白襟に錦の帯という格式に見合う立派な和服姿、農夫には農夫に相応しい鎌を腰にさした農婦の姿、小商人には衣装髪飾りなど小商人に相応しい姿、北海道の漁師には鰊を漁る北海道の漁師に相応しいどんざ布子の姿、佐渡の漁師には色もさめてしまったような、さき織を着た佐

渡の漁師に相応しい姿などのように、見た人それぞれの境遇に相応しい姿で顕れている。しかも全部、女性である。さらに、

業平侯爵も程經て、踵小さき靴をはき派手なリボンの飾りまばゆき服を召されたるに値遇せられけるよし。七七頁

とあることから推測できるように、一時は「岩沼令嬢」即ち「お辰」の結婚相手とみなされていた「業平侯爵」には、見方によっては配偶者「侯爵」夫人の姿として顕れたことになる。これを他の例に当て嵌めると、それぞれの境遇に相応しい姿で顕現する女性は、みなそれぞれの配偶者として考えることができる。つまり一夫一婦のありようなのである。そして、

御本尊様を恨めしき様に思ふ事ありとも、珠運の如くそれを火上の氷となす者には　―〈略〉―　愛護の御誓願空しからず、―〈略〉―　木偶土像などに近づく時は、―〈略〉―　光輪を火輪となし一家をも魂魄をも焼き滅し玉ふとかや。七八頁

とある。これは、夫婦間で配偶者に不満があった時でも「火上の氷」のように溶かして許すことによって、平和な家庭生活、円満な夫婦関係が持続するという意味を内包していることになるのではなかろうか。そして、正当の妻以外を比喩していると考えられる「木偶土像」に近付きこの関係が崩れた時には、「光輪」は「火輪」となって滅

ぼすというのは家庭崩壊を意味しているのではなかろうか。この場合での「火輪」とは嫉妬の災である。

露伴はキリスト教を背景とする思考をふまえて、一夫一婦からなる誠の愛の上に成立する夫婦のありようと、それを基盤とした家庭の平和を理想とし、「團圓」に盛り込んでいるのではなかろうか。そこには「子孫繁昌家内和睦」（本文七八頁）も盛り込まれていて、それが「眼前にあ」る「御利益」と言えるものなのであると考える。とすると、前述の環状の構想のように「發端」と「團圓」のつながりを一つ所に重ねて「如是我聞　諸法實相」となると考えると、露伴の「發端　如是我聞」は、キリスト教的思考を背景としている夫婦の倫理観を、これを正しいものとして聞いたという意味になると考えられる。

露伴の「如是我聞」は単に「物語りのはじまり(1)」の意味だけではないのではなかろうか。また仏の教えをかくの如く聞いたという意味だけでもないのではなかろうか。露伴の「如是我聞」は、視野をひろげて見ると西欧文化圏の思考も、時代の趨勢をも取り込んでいる広いものなのではなかろうか。私はそこに『風流佛』の読みにおける新しい方向と意義を見いだしたいと思うのである。

露伴は文明開化と言いながら、一方では一夫一婦がなかなか守られない当時の社会的風潮を苦々しく感じていたのかもしれない。そして暗に風刺する気持ちもあったかもしれない。

『風流佛』という作品は、浪漫的幻想的とも言えるような形態を採りながら、また、「法華經」を取り入れることなどにより、仏教的・東洋的に思わせ、情景情緒に日本的なものをただよわせながら、そして芸術と恋愛の純粋至高の姿を描写し、それを主題としているように装いつつ、「團圓」において『風流佛』の本質には教訓・教養・

説教・啓蒙・寓意小説と言えるものを包含していると考えられる。「行し後」の、さらに後の「其後」以降に顕現する「風流佛」は一夫一婦制の誠の愛の上に成立する夫婦愛の象徴としてとらえてもよいと考える。

『風流佛』の本源にはキリスト教的思考が摂取されていて、一夫一婦の誠の愛の上に成立する夫婦のありようの推奨をも包含しているのである。それ故に『風流佛』は教訓・教養・説教・啓蒙・あるいは寓意小説とも言えるものを包含している作品であると考えられるのである。

注

（1）『風流佛』注釈岡保生、『幸田露伴集』日本近代文学大系第六巻、昭和四九年六月三〇日初版発行、角川書店、五〇二頁。

本稿は、拙稿「幸田露伴『風流佛』考――「發端　如是我聞」と「團圓　諸法實相」をめぐっての西欧的、キリスト教的視点からの考察――」（『日本文藝研究』第五十三巻第二号、二〇〇一年九月十日発行、関西学院大学日本文学会に掲載）をもとに補筆・修正をしたものである。論旨は変わらない。

作品本文、引用文の漢字、仮名遣いはなるべくそのままとした。旧字体など適宜改めざるをえなかった場合もある。

第二節 「珠運」構想背景と狩野芳崖をめぐって その一

はじめに

『風流佛』の構想について考察するときには、『醉興記』[1]が引き合いに出され、『風流佛』の主人公「珠運」「お辰」の人物造型構想背景をめぐっての考察の流れでは、従来、「お辰」に焦点が当てられているようである。

露伴自身は『自作の由來』で、

別に由來と言ふ程のものは何にもないですな。唯冬でした、—〈略〉—其れで須原の驛の花漬と云ふのは名産で、中々風情のあるものですから、彼れへ花賣女をつかッて見たので、餘は假想に過ぎません。—〈略〉— 外に是れぞと云ッて話すやうな格別なこともない。[2]

と述べている。だが、野山嘉正は、

洗馬の宿に入って、「菩薩眉、菩薩眼したる」鼻筋の通った美少女に出会う。これが「風流佛」のお辰の原型になった生身の少女であることは『日本近代文学大系』の岡保生氏が補注で指摘しているとおりであろう。「唾玉集」所収の「自作の由来」では須原の花漬のことが述べられているだけであるが彼是想い合せると岡氏の推定が確かなように思える。(3)

このように見られている。その「岡保生氏」の「補注」とは、

一月八日、露伴が洗馬の宿で見かけた美少女によるところが多いであろう。(4)

というものであって、野山は、「岡氏」が〈洗馬の宿で見かけた美少女〉を「お辰」のモデルとする推定を確かであろうとしているのである。洗馬の美少女とは露伴の『酔興記』に、

奥の方より齢は十四か五なるべし、額のびやかにして鼻筋通り、菩薩眉、菩薩眼したる少女の面は櫻色に美はしきが、小さき朱唇を今や動かして何か物言はんとしつゝ出で來りしに出で會ひて、年増は小聲に何をか耳語しつ彼の鍋を渡せば、少女は無言にて上品なる顏を我が方に向け星眸一轉して羞を含みつ、直ちに鍋を提げて奥の方へ入りけるが、うしろ姿もすらりとして黒き布子をこそ着たれ襟のあたりは晝になんど見るが如く清げに、黒き地へ赤く黝れ梅やうのものの染められたるメリンスの帯まで貴く見えたり。思はず我は茫然として其後少時は年増の女に何を云はれしやら何を云ひしやらも分からざりしが、(5)―〈略〉―。

とあるのに拠っていると思われる。この少女を「岡氏」が「お辰」のモデルと推定し、野山も〈お辰の原型になった生身の少女である〉と肯定しているのである。

このように、もっぱら「お辰」に焦点があてられている。

だが、「珠運」については、野山は、

珠運は露伴の手で創り出された人物で(6)

とあって作者によって創作された人物と見ている。また、山口剛は、

作者がおたつの名を與へたのは、その人に風流温藉を期しての事であらう。おたつすでに然り。珠運また作者の好みの上に活きもし活かされた人物であらう。

多く作者その人の好みを見るべく、また作者その人の面影を多く見るべきであらう。珠運が風流佛の製作に専念する状をうつす筆は、また作者その人をおのづから傳へるものであらう。(7)

と言っている。山口は「お辰」の命名にも作者の好みがうかがえる。「珠運」も作者の好みによって活かされた人物であり、作者の好みが入っている。そして、「珠運」が制作に専念する姿は、作者その人を伝えているものがあると作中人物に作者の面影を見ている。つまり、「珠運」と露伴を重ねて見ているのである。

だが、「お辰」の構想の背景には、原型に生身の少女、洗馬の美少女が推定されている。しかし、「珠運」に対しては、それに匹敵するものは推定されていない。

そこで、私は「珠運」に焦点をあて、「珠運」構想の背景を探り、「珠運」の原型としての生身の芸術家を推定することを試みたいと考える。

注

(1)『露伴全集』第十四巻、昭和二十六年六月五日第一刷發行、昭和五十三年十一月十七日第二刷發行、岩波書店、一九―四八頁所収。なお「後記」には、次のように記している。
「醉興記」は明治二十一年十二月三十一日より翌年一月三十一日に至る記事で、「枕頭山水」に出、「露伴叢書」初刊本・再刊本後編に収められ、舊全集所収。本全集は幸田成友所蔵の原稿を用ゐ《ママ》初出本・叢書本・舊全集を参照した（「後記」に拠る場合は括弧等は後記に倣う。以下同）。

(2)『露伴全集』別巻上、二七―三二頁所収。二七頁。なお「後記」には、次のように記している。
「自作の由來」は雑誌新著月刊の明治三十年八月號に「作家苦心談」の第九回「露伴氏が「風流佛」「一口劍」「五重塔」等の由來及び之れに關せる逸話」と題して載り、同月春陽堂發行の伊原青々園・後藤宙外編「唾玉集」に改題して収められた。談話筆記である。初出誌の文末に「氏の談話は尚残れど、紙數の制限上、割愛して次號に譲る」とあるが、次號に續稿は無く、「唾玉集」でこの附記は除かれてゐ《ママ》る。

（3）野山嘉正「近代小説新考　明治の青春——幸田露伴「風流佛」（その一）——」『國文學　解釈と教材の研究』一〇月号、第三六巻一二号、學燈社、一五二頁。
（4）『風流佛』注釈岡保生『幸田露伴集』日本近代文学大系第六巻、昭和四九年六月三〇日初版発行、角川書店、五〇四頁。
（5）『露伴全集』第十四巻、前掲、四三頁。
（6）野山嘉正「近代小説新考　明治の青春——幸田露伴「風流佛」（その二）——」『國文學　解釈と教材の研究』一一月号、第三六巻一三号、學燈社、一四四頁。
（7）山口剛校訂『明治文學名著全集』第貳篇『風流佛』大正十五年九月十日發行、大正十五年十月廿五日、再版發行、東京堂、二一一—二一二頁。
＊　本稿『風流佛』本文は、『露伴全集』第一巻、昭和二十七年十月三十一日第一刷發行、昭和五十三年五月十八日第二刷發行、岩波書店に拠る。

（一）山口論の「或人」

次は、山口剛「須原の花漬——露伴氏の風流佛[1]——」の一節である。

この露伴とかの珠運はおのづから影と形との關係にある。虚中の實と見るべきであらう。しかし、「風流佛」中の實は、たゞ木曽路に見聞したものにとゞまる事であらうか。わたしは作者の所謂假想のうち、何かしら一味の實の他に潜在して居りはせぬかをおもつた。

往日蝸牛庵裏の談、偶この事に及んだ。主人はいふ、あれは或人の事を書いたのだが、決してあの通りの事があつたのではない。その人は故人であるが、名をいふ事は避けると。斯うして主人は口を噤む。客も強いて問を重ねぬ。

と記している。『自作の由來』では「格別なこともない」と言っている露伴が、山口には「或人の事を書いた」と言っているのである。山口は何か「潜在して」いるのではないかと感じていたのだけれども、この時、それ以上尋ねることはしなかったと言っている。

そして、『明治文學名著全集』に次のようにも書いておられる。

「風流佛」にはモデルあり、似かよひたる事實があるとの事。けれど事實を事實として描き出すを以て、作の重要事とするははるかの後年に至つて起つた文界の現象である。二十二年の當時に於ては事を假りて情をうつすべく、情に基いて事を構へるを小説傳奇の常とした。事實を事實としてのみうつす無趣向は當時にあつてはとらざるところ、まして人の身の上をさながらにうつし出すは道義上ゆるされざる事であつた。故に作者は今もそのモデルに就いて多くを語るを欲せぬ。(2)

また、「須原の花漬——露伴氏の風流佛——」九四頁に、

「皮籠摺或は七部集其他に所々散見するたつといへる者の句あり。予が曾つて作りし文中に用ゐし女の名は是より思ひ寄せたるなり。」「句の面白きよりは作句者を風流温籍《うんしや》の好人物ならむと想像して面白がるなり。」かくいへる「折々草」(3)の一節は這裏の消息を明にする。

「一口劍」のおらんにモデルのあつた事は「新著月刊」(小説を主とする月刊の文芸雑誌。明治三〇・四—三一・五『日本近代文学大事典』講談社参考)の談によつて知つた。今またわたしは作者から正藏のモデルが講談の直助である事をき丶知つた。

とあって、露伴は、作中人物の命名にも何かに拠っていることがあるし、露伴の作品には、たとえば「一口劍」のようにモデルがある場合があることを記している。これらから『風流佛』「珠運」のモデルを考えるということもあってよいのではなかろうかと考えられる。

そこで、この「或人の事を書いた」と言う露伴の言葉の吟味をしてみたい。

一、「あれは」

二、「或人の事」(を書いた)

三、「あの通りの事」(があつたのではない。)

四、「その人」〈は故人〉なのであるが、

一、の「あれは」は『風流佛』という小説全体を指しているのは山口の文脈から推して確かであろう。『自作の由來』でも「彼れへ花賣女をつかッて見たので」（『露伴全集』別巻上、二七頁）と言っている。

二、の「或人」がわからないのである。しかし、二、の「或人の事」の「或人」と、四、の「その人」とは同じ人である。そして故人となっているということはわかるのである。三、の「あの通りの事」は小説の筋を指すと考えられる。これも山口の文脈から推して確かである。以上から、「あの通りの事があつたのではない」が〈似かよひたる事實〉はあったと考えられる。

このように見てくると、「或人」とは「お辰」に焦点を当てている限り女性であって、華族の令嬢などでこのような数奇な運命を生きた人物があったかもしれないが、女性ではないかもしれないのである。何故なら小説の骨子を一貫して貫いている主人公は、木曽路を旅し、「お辰」に会い、愛し、そしてその愛の思いを像に刻んだ芸術家「珠運」なのである。この「珠運」の行動を中心にして、小説のプロットは進行しているのだから、『風流佛』の主人公は、あくまでも芸術家「珠運」なのである。私ごとになるが、私はこの山口の論文を読んだ時、露伴のいう「或人」を男性ではないかと感じたものである。しかし、『醉興記』（『露伴全集』第十四巻、四四頁）には「聖子の恵み」を説いてキリスト教伝道の旅をしている「眞貫」に字数を費やしているのが見えるが、「珠運」人物構想背景にあるのではなかろうかとして推定できるような人物の記述は見当たらないようである。それで『醉興記』は対象から外して、「或人」に焦点をあて、「お辰」同様「珠運」についてもモデル考を試みたいと考える。

注

（1）『早稲田文學』大正十五年四月一日發行、東京堂、九三―九四頁。

（2）『明治文學名著全集』第貳篇、前掲、二一一頁。

（3）幸田露伴『折々草』「七　おたつ」『露伴全集』第三十一巻、昭和三十一年八月十日第一刷發行、昭和五十四年八月十七日第二刷發行、岩波書店、一四頁。

「皮籠《かわごずり》摺或は七部集其他に所々散見するたつといへる者の句あり。予が曾て作りし文中に用ひし女の名は是より思ひ寄せたるなり。

見るも憂しひとり住居のたままつり

あの中へまろびて見たき青田哉

皆同じ人の句にして予の面白しと感ぜるものなり。さるは句の面白きよりは作句者は風流温籍の好人物ならむと想像して面白がるなりけり。」

なお『露伴全集』第三十一巻「後記」には、次のように記している。

「折々草」の中、「土屋安親」より「白雨」に至る三十項は新聞國會の明治二十三年十二月二十五日號から翌年にかけて「靄護精舍快話」と題して載り、以下略（「七　おたつ」も入る。注岡田）。

（二）「或人」推定に芳崖の浮上

前述のように、「お辰」は『酔興記』に拠るモデルが推定されているが、「珠運」の場合には『酔興記』は対象からはずれる。それで他に推定できる資料を探さなければならない。

ところで、『風流佛』の本文は、法華経から小節それぞれの題がおかれている。そして芸術家「珠運」は「風流佛」像を制作するという構成である。本文中にも「白衣の観音」（本文三七頁）などという表現がある。それらから、観音像とのかかわりが考えられてくる。

明治二十年代初期の美術界で観音にかかわる作品と、文芸作品とのつながりを見るとき、原田直次郎『騎竜観音』（『日本美術全集』第21巻　江戸から明治へ　近代の美術1　一九九一年四月二五日第一刷、編著者高階秀爾他、講談社。一九七―一九八頁参考）がある。原田は明治美術会の創立に参加し、『騎竜観音』を明治二十三（一八九〇）年第三回内国観業博覧会に出品している。この原田は森鷗外の『うたかたの記』の「巨勢」のモデルとして見られている。これに似たようなことが「珠運」の背景にもあるのではなかろうかと考えられてくる。そして注目したいのが、狩野芳崖の訃報である。観音図を描いていてほぼ完成しながら、惜しくも十一月五日に死去したことが伝えられている。

たとえば、『讀賣新聞』明治二十一年十一月七日には、

狩野芳崖氏死去

——〈略〉—— 一昨五日午後三時六十一歳を一期として死去されたり病に罹る前より観音の畵像の大作に掛り漸やく五六日前に出來上りしも、落欵を入るゝに及ばずして筆を曼荼羅界中に移されたるは惜むべき事なり

と伝えている。落款が入って出来上がるのであるから芳崖の弟子たちは出来上がったとは言っていない。なお『朝日新聞』も同日伝えている。

この時期は、露伴が『醉興記』に記している木曽路の旅への出発十二月三十一日に近接しているのである。それらから『悲母觀音』を描いた狩野芳崖が、「珠運」の背景にあるのではないかとして浮上したのである。

原田直次郎『騎竜観音』——森鷗外の作品『うたかたの記』の作中人物「巨勢」に影響しているのが原田
狩野芳崖『悲母觀音』——幸田露伴の作品『風流佛』の作中人物「珠運」に影響しているのが芳崖

このようなつながりを考えるからである。

そこで、芳崖に焦点を絞って、次に『悲母觀音圖』創作過程を追ってみたい。

『風流佛』は「珠運」「お辰」の恋をえがくとともに、「珠運」の「風流佛」像創作過程に作者は力を注いでいる。そこで、注目したいのが芳崖の『悲母觀音』創作過程である。

狩野芳崖の『慈母觀音圖』（悲母とも）は明治二十年春頃より下図にかかり翌二十一年十一月いっぱい《ママ》（芳崖死去は十一月五日である。注岡田）かかって仕上がったとある（東京美術学校編『東京芸術大学百年史』第一巻、九六—九七頁に拠る）。因みに露伴の『風流佛』初出は『新著百種』第五號（明治二十二年九月）である。

狩野芳崖「悲母觀音圖」東京藝術大学所蔵

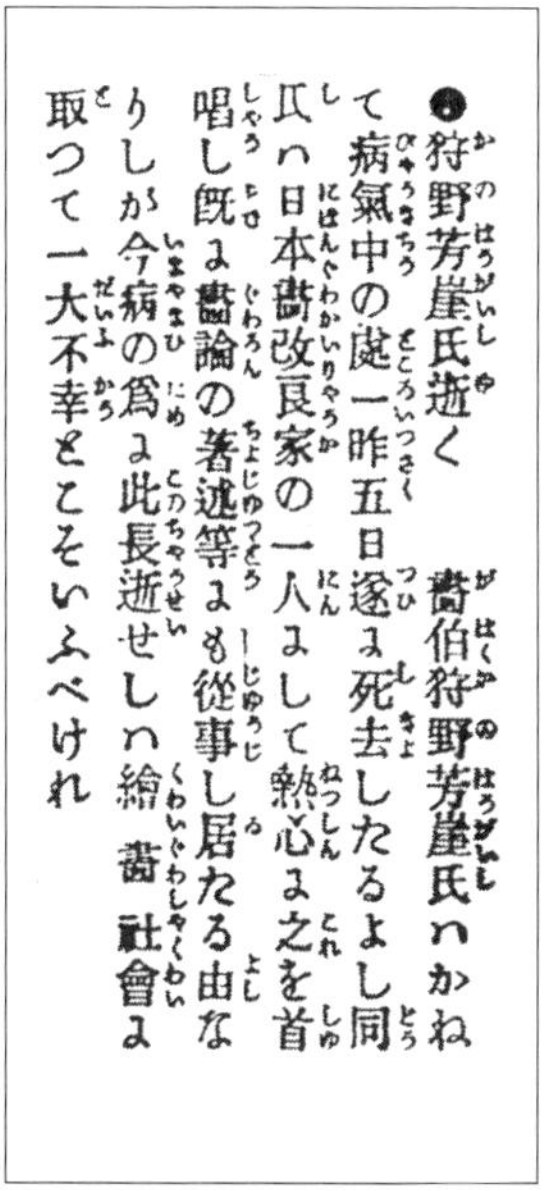
●狩野《かの》芳崖《はうがい》氏《し》逝《ゆ》く　畫伯《ぐわはく》狩野《かの》芳崖《はうがい》氏《し》ハかねて病氣中《びやうきちう》の處《ところ》一昨《いつさく》五日遂《つひ》に死去《しきよ》したるよし同《どう》氏《し》ハ日本畫改良家《にほんぐわかいりやうか》の一人《にん》にして熱心《ねつしん》に之《これ》を首唱《しゆしやう》し既《すで》に畫論《ぐわろん》の著述等《ちよじゆつとう》にも從事《じゆうじ》し居《ゐ》たる由《よし》なりしが今《いま》病《やまひ》の爲《ため》に此長逝《このちやうせい》せしハ繪畫社會《くわいぐわしやくわい》に取《と》つて一大不幸《だいふかう》とこそいふべけれ

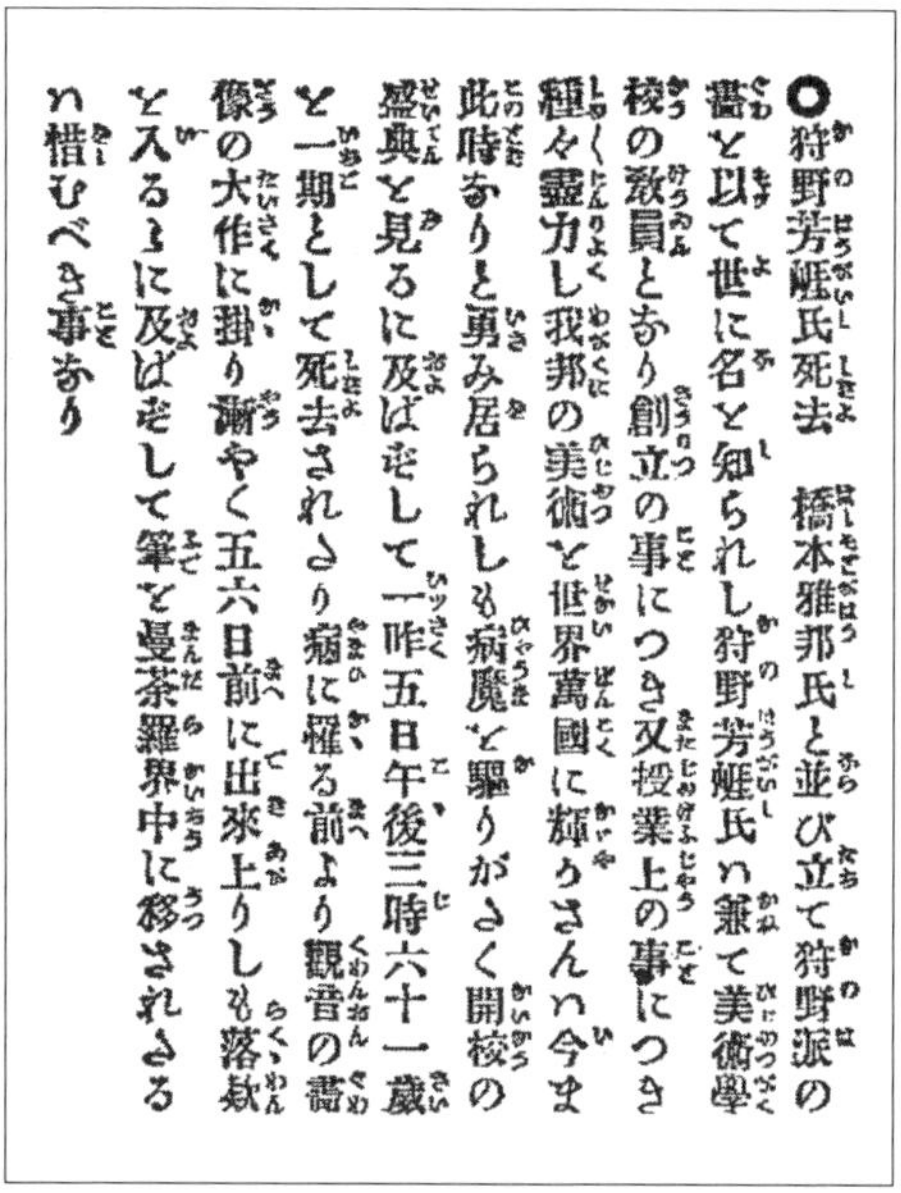
○狩野《かの》芳崖《はうがい》氏《し》死去《しきよ》　橋本雅邦《はしもとがはう》氏《し》と並《なら》び立《たち》て狩野派《かのは》の畫《ぐわ》を以《もつ》て世《よ》に名《な》を知《し》られし狩野《かの》芳崖《はうがい》氏《し》ハ兼《かね》て美術學校《びじゆつがくかう》の教員《けうゐん》となり創立《さうりつ》の事《こと》につき又《また》授業上《じゆげふじやう》の事《こと》につき種々《しゆ／＼》盡力《じんりよく》し我邦《わがくに》の美術《びじゆつ》を世界《せかい》萬國《ばんこく》に輝《かゞや》かさんハ今《い》ま此時《このとき》なりと勇《いさ》み居《を》られしも病魔《びやうま》を驅《か》りがたく開校《かいかう》の盛典《せいてん》を見《み》るに及《およ》ばずして一昨《いつさく》五日午後《ご》三時《じ》六十一歳《さい》を一期《いちご》として死去《しきよ》されたり病《やまひ》に罹《かゝ》る前《まへ》より觀音《くわんおん》の畫《ぐわ》像《ざう》の大作《たいさく》に掛《かゝ》り漸《やう》やく五六日前《まへ》に出來《でき》上《あが》りしも落款《らくゝわん》を入《い》るゝに及《およ》ばずして筆《ふで》を曼荼羅《まんだら》界中《かいちう》に移《うつ》されたるハ惜《をし》むべき事《こと》なり

図－10　狩野芳崖死去を伝える新聞記事

（左：『朝日新聞』、右：『讀賣新聞』。ともに明治21年11月7日水曜日の紙面）

生前の芳崖の活躍を報じ、その死去を悼んでいる。有名人である芳崖には多くの人が関心を寄せ、露伴もその中の一人であったと考えられる。

芳崖に師事した高屋肖哲(1)と岡不崩(2)が座談会(3)で周囲の質問に答えるかたちで師の制作について詳しく述べている中で、この観音の面相について、

観音の下圖を鉛筆で描て居りました時に私は傍らに居りました、芳崖師は奈良古美術研究中の旅館角屋の娘に観音の面相程の容貌者ある事を思ひ出して、第二観音の下圖を作つたので、研究とを加味した天平式とも申す面相になりましたのです、(4) —〈略〉—

矢張り観音下圖制作中ですが、芳崖師下繪をかきながら前畫きの面相はベソをかいて居るとて、しきりに奈良旅館の娘の面貌を思ひ出しては描いてをりました、(5)

このように、高屋肖哲が語っているのが見られる。芳崖は旅で出会った旅館の娘の面影を思い出して、観音の面相に取り入れている。「珠運」の「風流佛」像も「お辰」のモデルは洗馬の少女であると推定されているから、もとはといえば旅で出会った娘を思い出して創作しているのであると言える。

次に、高屋肖哲編の『芳崖遺墨』(明治三十五年十二月廿八日發行、書報社)を抄する。

狩野芳崖先生畧傳

惜イカナ其開校ニ先タツコト殆ント三ケ月、明治二十一年十一月五日、病魔ノ襲フ所トナリ、彼ノ世ニ喧傳セ

ル、悲母観音ノ大圖ヲ畵キシカ、未タ成ラスシテ、溘焉簀《こうえんさく》ヲ易《か》フ、享年六十有一、噫悲イカナ下谷區谷中長安寺ニ葬ル、法名ハ東光院臥龍芳崖居士、　九頁

芳崖の作品は「未タ成ラスシテ」とあるが、「珠運」の作品も完成したと見るかどうかははっきりしないとも言える。

先生居常門人等ニ語テ曰ク、所謂巧ミナル畵工ニナル勿レ、必ス名手トナリテ名ヲ後世ニ揚ケヨ、眼前ノ細利ヲ逐ハス、死シテ名ヲ千載ノ後ニ傳フルヲ期セヨ、　九頁

この芸術家の心構えの教訓は「珠運」の「一向専念」の修行精神にも通じるものがある。また後の随筆『名畫は畫中に詩あり』（大正四年一月）などからうかがえる、露伴の畫家に対する見識からみても、露伴の好みに合っていると考えられる。

『芳崖遺墨』からは、このように「珠運」造型と共通するものが見られるのである。

次に、岡不崩著『しのぶ草』（明治四十三年十二月十八日發行、印刷所日英舍）を抄する（『しのぶ草』は表紙は「しのふ」、目次は「しのぶ」と記している）。

図－11 『芳崖遺墨』表紙
編輯兼發行者：高屋肖哲、明治35年12月28日發行、畵報社。
関西学院大学図書館蔵

芳崖先生逸事

一

翁の絶筆慈母觀音に就て　都新聞所載（慈母としている。注岡田）

時は十一月一日であつた。―〈略〉―　けふの明方寝冷でもしたのか、惡夢を見た。　九頁

とあって、圖畫取調掛となっていた芳崖は圖畫取調所へ出勤したが夢の事が気に掛っていて、役所にいた狩野友信や橋本雅邦たちに夢の話をしている。芳崖は「然るに同五日」すなわち十一月五日死去であるから、この記述から最後まで力の限り創作に打ち込んでいた姿が忍ばれる。「珠運」も同様最後まで制作に打ち込んでいたとも考えられる。

予は思はず先生と一聲呼んだが、僅かに聞えたらしい様子であつた。それが最後で、再び眠りに入つて、二時間程すると呼吸が段々に低くなつて、遂に永眠されたのである。時に享年六十一歳であつた。　一一頁

と伝えている。

二

翁の持論と美術學校の創立（國民新聞社よりの依頼）　一二頁

図－12 『しのぶ草』表紙
岡不崩著、明治43年12月18日發行、日英社。
関西学院大学図書館蔵

門人の中では高屋肖哲氏が神妙に拜見して居るからお氣に叶つて居た。　二一四頁

（これは芳崖の趣味の仕舞の拝見を、少々苦痛に感じてもいたらしい門人たちの中での肖哲の態度である。注岡田）

この記述から、高屋肖哲が常に師の傍らに在った事がわかる。ゆえに高屋肖哲の芳崖についての見聞録は信用できるのではないかと考えられる。

三

芳崖翁と大蒜　　中央新聞所載　　二一五頁

翁が坪内雄藏氏に會つたときにも、色々と話の後ち、大蒜《にんにく》の話しが出て、　二一七頁

とあり、大蒜を介して画家芳崖と文学者坪内逍遙の交流がうかがえる。

翁が坪内氏に會見されたのは、氏が當時妹背の鏡(6)と云ふ小説を書かれた、それを予等が時々讀んで聞かせたら、大層面白いと喜ばれて、どうも細君の選擇が肝用だ。お前等も能く氣を付けなければいかぬ。わしは細君の選擇が能かつたから仕合せである。家の觀音様は（美術學校の慈母觀音を描き初めてから女の事を觀音様と言つて居られた）わしを能くして呉れる。若い者は能く氣を付けなければこの小説の様な事が起る。―〈略〉―　二一八頁

と芳崖は結婚の重要性を弟子たちに教訓している。このようなことがあってから、芳崖が坪内逍遙を訪ねたらしい。

きのふ坪内へ行つて來た。色々と美術論をして來た。又來いと言つたから、其内行て見やう。　二八頁

と言ったことが記されている。これらの記録から、芳崖と坪内逍遙と接点があったことがわかる。

因みに芳崖夫人については、次のように知られている。

先生年二十八ニシテ、同里ノ人鳥山某ノ女ヲ娶ル、然レトモ男ナシ、乃チ某ノ子ヲ養ヒテ嗣トナス、號ヲ廣崖ト云フ、學ヲ慶應義塾ニ修メ、後チ雅邦氏ノ女ヲ娶リテ一子ヲ擧ク、(7)

芳崖は最後に小川町へ移つた。其の頃彼の妻が病没した。芳崖の悲嘆は一と通りでなかつた。彼が生涯貧苦の中でも繪筆を捨てずに居られたのは、彼の妻の功勞であると言はなければならなかつた。それだけに芳崖の悲しみは大きかつた。(8)

翁は最愛の夫人の亡なつてからは非常にさみしく感じられたとみえ取調所から歸られると隣家の結城氏の處へ行つて夕飯は自宅から運ばして居つた。(9)

とある。

ここに見られる芳崖夫妻のありようから、芳崖の女性観の中に妻の位置をないがしろにせず、大事にして支え

あって家庭を築いていく夫婦の倫理観をうかがわせるものがある。そして、それが芳崖夫妻のありように実践されているのがうかがえる。そのことは、『風流佛』の「珠運」の恋愛観を通しての夫婦間における倫理観にも通じるものがある。

一方、坪内逍遙はこのあたりのことを次のように言っている。

芳崖翁と私

芳崖翁と差向ひて話をしたのは、たつた三度きりで、而もそれは明治十九年頃の事だから、記憶が朦朧となつてしまってゐ《ママ》てどうもはつきりとは言へない。—〈略〉—

ある日、突然真砂町の宅へ訪ねて來た老人があつた。極粗末な羽織袴姿で、齢は五十七八で、腰には辨當箱をぶら下げ、たしか下婢に口上で姓名を言つて會ひたいといふ。

どういふ人だか分らなかつたが、—〈略〉—

翌日になつて、私は有名な芳崖翁であることを知つた。又、芳崖翁の爲人に關しては、其後、あちこちから聞いて、成程、常人ではないなと思つた。

其後、私はつい訪問し得なかつたが、たしか其年の内に、更に二度——やはり、勤務の歸途に——立寄つてくれられた。—〈略〉—

「自分は常に大蒜《にんにく》を食用してゐるが、身神を強健ならしめるには全く大蒜に如くものはない。是非おもちひなさい。―〈略〉―」

翁の勧告を信じて早速翁の駿河臺の宅へ使を遣つて試用料としての大蒜を小風呂敷に一包ほど譲り受けた。雑炊にして食ふのが最もよいと翁は言つた。

大抵の物は食ひ得る私だが、此大蒜雑炊には参つた。

其後、たしか一度駿河臺へ、――餘り久しく翁の消息を聞かなかつたので――私自身訪ねて往つたことがあつたかと思ふがそれが翁の病中か何かで逢へなかつた。

翁の死後、友人の某が「君も芳崖とあれほど親しかつたなら　―〈略〉―」（大正九年一月十九日於熱海）（古川修「狩野芳崖」『中央美術』大正九年三月）[10]

などと記されている。坪内逍遙は芳崖についてこのように言っているのである。

坪内逍遙は、芳崖の質素で腰には弁当箱をぶら下げるというような身なりに頓着しない様子を伝えている。そして、あちこちから人となりについて聞いて常人でないと思ったと伝えている。それらは皆芳崖の芸術一筋の姿を伝えていて「珠運」の「一向専念」に励む芸術精神、態度に通じるものである。

坪内逍遙が大蒜の話を聞いて、直ぐに試してみたことや、「友人の某」が逍遙と芳崖の交流を「あれほど親しかったなら」と見ていたことや、「餘り久しく翁の消息を聞かなかつたので―私自身訪ねて往つた（心配になって訪ねたと思われる。注岡田）」ことなどから、直接会う機会は少なくても、かなり親しい交流があったのではないかと考えられる。「有名な芳崖翁」という言い方や、人となりについて「あちこちから聞いて」ということなどからは、芳崖が大勢の人々に知られていて世間に話題性のある人であったことがわかる。したがって露伴も様々な方面から芳崖のことを聞くこともあったであろうと考えられる。

また、岡倉秋水は(11)「芳崖先生の思い出」(12)で、芳崖の大蒜について、

又來客にも薦めて大蒜の効能を述べ、例の國家的の觀念から大蒜を食べて強壯な國民をつくるのは國家に忠なる所以だと説かれた。—〈略〉— こんな風で思ふ樣に自分の説が行はれないから現在生きて居るもの、救濟は斷念して、それよりも婦女子にそれを食べさせて強壯な子孫を生ますにしくはないと考へた。そしてそれに關聯して女子教育を狂的に迄骨折った。絶筆の悲母觀音圖も實はこの大蒜説から生み出したものであった。(『中央美術』大正六年五月)

と述べている。

秋水は、芳崖の大蒜説は強壮な子孫と、それに関連する女子教育にもかかわるもので、『悲母観音圖』もこの説が源泉にあったと言っている。このことは、『悲母観音圖』には女性尊重と子孫繁昌の願いがこもって描かれているのだと言っているのではなかろうか。『風流佛』にも「子孫繁昌家内和睦」という表現がある。露伴は〈あちこちから〉伝わる芳崖の人となりの中に、そのように〈国家的の観念〉や、〈女子教育〉に力を尽くしたりしようとする一面が、あることにも惹かれるものを感じていたかもしれない。そして共感を覚えるものがあったかもしれない。

なお、芳崖は圖書取調所に出勤していた。露伴の妹は音樂取調所に関係していた。共に芸術関係であるから、この面からも関心があったかもしれない。

注

（1）高屋肖哲（たかや　しょうてつ）徳次郎。高屋肖哲編『芳崖遺墨』に門人として岡不崩、岡倉秋水ら六人と共に名前を連ねている。常に師匠の傍らにあったらしい。

（2）岡不崩（おか　ふほう）（一八六九―一九四〇）本名名和吉壽、福井県生。狩野芳崖に師事。二二年東京美術学校に第一期生として入学。翌年東京高等師範学校講師となる。山水・花卉をよくした。晩年は画壇を退き万葉集をはじめ故事古典を研究、『萬葉集草木考』『古典草木雑考』を著した（『近代日本美術事典』一九八九年、講談社より抄）。

（3）「東京美術学校創立当時回顧座談会」昭和六年三月九日、於翠松園（『日本美術院百年史』一巻下、平成元年四月、日本美術院発行、一九四頁参照）。『東京芸術大学百年史』と『日本美術院百年史』の記述には重複が見られるようである（注岡田）。

（4）『東京芸術大学百年史　東京美術学校編』第一巻、東京芸術大学百年史刊行委員会編集、昭和六十二年十月、ぎょうせい、九六頁。

（5）『東京芸術大学百年史　東京美術学校編』第一巻、前掲、九六頁。

（6）『妹背の鏡』は『新みがき妹と背鏡』の事であろう。「春のやおぼろ先生戯著」として、明治十八年（一八八五）十二月、會心書屋から第一號が發行された。ただし、十二月は刊記なので、『幾むかし』によると、翌年一月四日ごろ發行が實際だったらしい。失敗した二組の夫婦を、夫婦道の逆の「かゞみ」として裏がえすと、社会倫理の基本的な人間関係としての夫婦間の敬愛の精神が具象されてゆくという、主題の展開の深まりがある。『明治文學全集16「坪内逍遙集」』解題（稲垣達郎）、三九五―三九六頁を参考にした。

（7）『芳崖遺墨』「狩野芳崖先生略傳」一〇頁。

（8）『本朝画人傳』巻四、村松梢風、昭和十七年三月七日發行、中央公論社、三三〇頁。

（9）『しのぶ草』岡不崩「芳崖先生逸事　一　翁の絶筆慈母観音に就て」明治四十三年十二月十八日發行、日英舎八頁。

（10）『日本美術院百年史』一巻下　資料編、前掲、九七―九八頁。

（11）岡倉秋水は名は覺平。明治元年十二月福井市老松下町に生れ夙に日本畫の研究に從ひ、後に狩野芳崖に學び、學習院教授となり、日月會の幹事長となった。審美會、日月會等に出品した事がある（松本龍之助『明治大正文學美術人名辭書』大正一五年四月五日初版発行、昭和五五年五月一〇日発行、国書刊行会に拠る）。

（12）『日本美術院百年史』一巻下　資料編、前掲、九八―九九頁。

第三節　「珠運」構想背景と狩野芳崖をめぐって　その二

（三）　狩野芳崖という人

前述のように「或人」に芳崖が浮上した。では、その芳崖が熱心であったと言われる女子教育とはいかなるものなのか『しのぶ草』によって見ることにする。

四

翁の女子教育

常に予等に向って語られた。―〈略〉―

翁が言はれるには、圓満なる家庭は是又女子の力で、其和氣靉々たるのは即ち主婦の力である。一家團欒の樂しみは、延いて一國の平和となるのである。―〈略〉―　女子はちやうど観音様のやうである。―〈略〉―　お前等も観音様女子を云ふを貴ふには能く〳〵考へなければ遂に一生を誤る事があるよ。―〈略〉―

三二一頁―三二三頁

このように、「圓滿なる家庭」は「主婦の力」であり「一國の平和」にもつながるものであるとし、女性の力を観音にたとえている。そして、弟子たちに結婚の重要性を教えている。

また、女性の魔性にもふれていて、

併し其恐ろしい魔物も、一轉すれば所謂賢母良妻淑徳圓滿な觀音樣になるのだ。其一轉するのは何によるのかと云ふと、即ち教育である。何にも六ケ敷事は教へなくとも、女の道一筋でよからうが、心掛を第一として、高尚な氣風に向はせるのが肝要である。

三三頁―三四頁

このように「圓滿なる家庭」は「主婦の力」であり「一國の平和」にもつながるものであるとし、女性の力を観音にたとえているほどなのだが、一方女性の魔性も見ていて、その女性の魔性も教育によって観音様になり得るのだとしているのである。そして、「賢母良妻淑徳圓滿な觀音樣になる」には心掛けを「高尚な氣風」に向かわせる教育が必要なのだとしている。「高尚な氣風」とは人間性の中にある高貴さ崇高さの部分に属するものであると考えられる。たとえば社会や他者弱者のためにつくそうと志すものがある。家族に思いやりをもって接するのを心掛けるものもある。事の大小遠近内外にかかわらず、これらは「高尚な氣風」と言えるものなのではなかろうか。では何がそのようにさせるかというと、すべて対象にたいする思いやりから発しているのではなかろうか。他者を思いやるということは、その対象側の身になって考えることであり心配することであって、思いやるということの根本は愛するということから発していると考えられる。ゆえに「高尚な氣風に向はせるのが肝要」とする教育は、愛の心を育てるのが肝要であるとする教育なのではなかろうかと考えられる。つまり芳崖の教育観は女性に愛の心を育てる教育が重要なのだとしているのであると考えられるのではなかろうか。

因みに女子を観音と見ることについては、

芳崖つねに女子の功徳を稱して廣大無比となして曰く天下何物と雖も能く女子の温柔端麗と慈悲とに敵するものなし女子は慈悲の神なり慈悲の神は即ち觀音なり觀音は男躰なれども我は女躰の觀音を作らむと筆を染めたるもの即ちこの圖なりき。

芳崖がこの圖を畫き初めたるは明治二十年の冬の始めにして明る年の十月三十日即ち永眠する前五日をもて卒業したるもの(1)

と書かれているのもある。ここ(『近世名匠談』二十六頁)では「子持觀音」としているのであるが、「悲母觀音」をさすものと考えられる。これからも女性尊重の考えが見られる。

『しのぶ草』は、

五

先生と予との關係

芳崖先生の門人中では、予が一番故参なのである、　三七頁

と岡不崩が、芳崖先生を一番よく知る者は自分であるとの自負をもって、書いているのがうかがえるものである。『しのぶ草』からは、このように芳崖のことを知ることができる。

以上のように『芳崖遺墨』『しのぶ草』などを参照しつつ、芳崖について見てきたが、芸術観、夫婦の倫理観、女躰の観音・仏像を作ることなどに「珠運」と共通するものが見られるのである。「珠運」作「風流佛」も女躰と考えられる。

ここで『風流佛』本文を見ると、

奈良鎌倉日光に昔の工匠が跡訪はんと　『風流佛』二六頁
奈良といふ事憶ひ起しては空しく遊び居るべきにあらず　四八頁
奈良よく、誤つたりと一町たらずあるく　五一頁
まして奈良へと日課十里の行脚どころか　六〇頁
奈良へでも西洋へでも行れた方が良い、　六七頁

などとあって「珠運」も奈良を目指していること（芳崖も奈良で研究していた。注岡田）や、旅中で出会った少女が影響していることなど類似点が見いだせる。また『しのぶ草』や『近世名匠談』からは芳崖の配偶者観や、女性に

対しての理想の教育に関心があったこと、夫人を観音様と言っていたことなど、『風流佛』に包含されていると見られる恋愛を通しての夫婦の倫理観につながるものがうかがえる。露伴の言う「或人の事」「その人は故人」（いずれも山口による。注岡田）という言葉から、「或人」とは狩野芳崖のことではないかとの推測も可能であると考えられるのではなかろうか。

ここで、狩野芳崖の生涯を見ておきたいと思う。

狩野芳崖（一八二八―一八八八）は、明治時代前期の日本画家。本名幸太郎、諱は延信、字は貫甫。はじめ皐隣、また松隣と号し、のち翠庵とも号す。狩野勝川の門に入り勝海雅道と称し、のち芳崖と改めた。本姓は諸葛。文政十一年（一八二八）正月十二日、長門国長府藩の御用絵師諸葛晴皐の子として生まれ、十九歳の時、江戸に出て木挽町の狩野勝川門に入り、のち塾頭に選ばれた。同門に終生の友、橋本雅邦がいた。芳崖は幕末騒乱にあたって、約十年ほど、画筆をすてて国事に奔走したが、明治十年（一八七七）上京して窮乏の生活をおくり、砲兵工廠図案課などに務めた。のち島津家の恩顧をうけたりして、しきりに制作に励んだ。同十七年、第二回内国絵画共進会に「桜下勇駒図」「雪景山水図」を出品し、フェノロサに認められ、岡倉天心と識り、やがて鑑画会に加わり、作品を発表した。十八年、文部省図画取調掛の御用掛に任じられ、技芸教育の調査にあたった。ようやく画名の高くなった芳崖は、狩野派の近代化というフェノロサ・天心らの志向を体して、雅邦とともに日本画の改革に力をつくした。その工夫は、もっぱら西洋画法の狩野画派への摂取というところにあった。同二十一年、東京美術学校の創立に、天心らとともに参画したが、開校をみないで、同年十一月五日病没した。六十一歳。下谷区谷中上三崎北町（台東区谷中）の長安寺に葬られた。法名を東光院臥竜芳崖居士という。代表作には絶筆となった「悲母観音像《ママ》」（東京芸術大学蔵、重要文化財）がある。そのほか「仁王図」、「不動明王図」（東京芸術大学蔵、重要文化財）、「大鷲図」などがあるが、「悲母観音像《ママ》」は最も晩期の創意あるものとすることができる。芳崖の画想は、日本美術院にひきつがれ、その後の新日本画運動に投影された[2]。

このような生涯をおくった芸術家であった。また、

芳崖の一生を観するにその雲繁霜惨の間に在りて貧苦を意とせず能く繪事の成道を遂げたるは恰かも獨逸の名匠アルハルト、デーラルの如しその世に出で叱咤するや金毛の獅子王の如く百獣をして足を措くの地なからしめたるは伊太利の名匠マイケルアンジェロ（ミケランジェロ）に似たり[3]

（アルハルト、デーラルはデューラー　Albrecht Dürer 一四七一—一五二八　ドイツ　ニュルンベルク生。「デューラー」（嘉門安雄）『世界大百科事典』平凡社参考）

とも言われている。『風流佛』本文にも、

心ばかりはミケランジェロにもやはか劣るべき、　　『風流佛』六〇頁

と『風流佛』の「珠運」もミケランジェロに言及している。

また、芳崖は定朝を認めていた記述がある。

芳崖、つねに定朝の彫刻をよろこび、之を稱して、口に絶たず。いはく、定朝が吉祥天女のごときは最上美の標準となすべしと。(4)

このように記されている。これにたいして、『風流佛』本文にも、

定朝初めて綱位を受け、中ゝ賤まるべき者にあらず、　　　　『風流佛』六〇頁

と「珠運」が言及しているのが見える。ミケランジエロや定朝は、当時の風潮としてひかれているのかもしれないが、芳崖の芸術が一級のものと見られていたということは、言えるであろう。「珠運」の芸術も秀でていたのである。

明治初期を生きた画家狩野芳崖と小説家幸田露伴は、一方の画家芳崖は奈良の「角屋の娘」の容貌を思い出して、観音の面相を描き、『悲母観音圖』を創作した。その芳崖を心のどこかに秘めつつ、一方の小説家露伴は、「お辰」を思い出して「風流佛」を彫る芸術家「珠運」を主人公とする文芸作品『風流佛』を創作した。その「お辰」は洗馬の宿で見かけた少女を思い出して、露伴が創作したものである。ともに旅での少女が関係している。このあ

たりにも両者の間に何かしら通じるものがあると言えよう。

露伴が「その人の名をいう事は避ける」と語った事について山口は、

「風流佛」は人我の別なく事實を事實としてさながらに寫して憚らざる文界現象の起る二十年前の作である。當時は事を假りて情をうつすべく情に基いて事を構へるを小説傳奇の常とした。事實を事實とのみうつすものは寧趣向なき者として斥けた。まして人の身の上をさながらに叙する如きは没道義ゆるし難きものとした。今にしてなほ主人が作中人物のモデルの名をいふを憚るを、わたしは意味深しときいた。(5)

と記しているが、明治時代の人の感覚としてはそのようなものであったかもしれないと思われる。

また、山口は、

この露伴とかの珠運はおのづから影と形との關係にある。虚中の實と見るべきであらう。しかし、「風流佛」中の實は、たゞ木曽路に見聞したものにとゞまる事であらうか。わたしは作者の所謂假想のうち、何かしら一味の實の他に潜在して居りはせぬかをおもつた。(6)

と「露伴とかの珠運」が「影と形との關係にある」ことは認めながらも、「一味の實の他に潜在」があるのではないかというような感覚を持たれているが、私も全く同感である。なぜなら『自作の由來』でも述べているが、『風流佛』の基にはその風景などにも木曽路の旅がある。また「お辰」の命名も「皮籠摺或は七部集其他に所々散見するたつといへる者」を念頭においている。いずれも何かしらの根拠がある。そういうことも「珠運」構想の背景として露伴に影響した人として狩野芳崖があったのではないかと考えられる所以である。

注

（1）森慶造「狩野芳崖」『近世名匠談』明治三十三年三月廿一日發行、春陽堂、二十七頁。
（2）「かのうほうがい・狩野芳崖」（宮川寅雄）『國史大辭典』第三巻、昭和五十八年二月一日第一版第一刷発行、昭和六十年十月一日第一版第二刷発行、吉川弘文館に拠る。
（3）森慶造『近世名匠談』前掲、五十一頁。
（4）森慶造（背表紙に森大狂）『近古藝苑叢談』大正十五年三月五日發行、巧藝社、一三五三頁。
（5）山口剛「須原の花漬——露伴氏の風流佛——」『早稲田文學』大正一五年四月、九四頁。
（6）山口剛「須原の花漬——露伴氏の風流佛——」前掲、九三—九四頁。

（四）芳崖と露伴の接点

ア　文壇の交流から

「或人」を芳崖と推定するのに問題となるのは露伴と芳崖との接点である。直接に会った記録は見当たらないようである。もっとも、高名な画家で還暦ほどの年齢の芳崖と、作家と言っても世に出たばかりの二十歳ほどの露伴とが、直接に面談をするなどということは、当時はまず考えられないであろう。だが、私は芳崖と親しかったと見られている坪内逍遙を含む文壇関係者を通して、伝わっていたことは十分に考えられると思う。また、評判というものは一瀉千里で広範に伝わる習性があるから、逍遙が「あちこちから聞いて」と言っていたように「有名な」芳崖の人となりなどは多方面から、たとえば挿絵関係の画家たちからも伝わることがあったかもしれない（『露團〻』の挿絵は後藤魚州。因みに序は學海居士依田百川。『風流佛』挿絵は松本楓湖、平福穂庵。『露伴全集』第七巻、第一巻後記に拠る。注岡田）。このように多くの人物交流が様々の情報を伝え合ったと考えられる。

そこで、芳崖についての露伴の見聞の周辺を探ってみたい。

どのようなつながりがあったか、まず『我樂多文庫』『新著百種』出版頃の文壇動向に注目する必要がある。人物交流がかなり輻湊しているので長くなるが引用する。(1)

硯友社の知己（巌谷小波）

ここに私共の「我楽多文庫」に付て、忘れる事の出来ぬ人々がある。彼の内田不知庵（今日の魯庵）君の如きは、「我楽多文庫」の初号からの熱心なる愛読者として、同情ある長文の書簡を寄せ、「……都合に依っては硯友社に加盟し、又『機関雑誌』に執筆するも差支ない」と、私共を奨励し、又声援してくれたものである。又当時の法科大学生であった石橋忍月君なども、「女学雑誌」に批評の健筆を揮われておったが……不知庵氏のように、私共に多大の同情を寄せて来た。けれどこの「我楽多文庫」も、経営難や、その他の事情に余儀なくせられて、十六号を最終刊とし、更に文庫と改題する事になった。

「我楽多文庫」が「文庫」（「我楽多文庫」第十七号一八八九年明治二二年三月八日以下「文庫」と改題。「がらくたぶんこ　我楽多文庫」（勝本清一郎）『世界大百科事典』一九五六年二月二五日初版第一刷発行、一九六一年二月一〇日初版第一一刷発行、平凡社に拠る。注岡田）になってから、幸田露伴君も之に執筆した。その紹介者は紅葉君であった。其頃紅葉君は誰も知る通り西鶴好きで、今も猶お向島に居る淡島寒月翁(2)（露伴と寒月は親しいようであった。注岡田）が、西鶴物の珍本を沢山持って居る所から、何度も其所へ本を借りに行き、それを借りて来ては写すと、その写本を又私達が写すと云う有様で、私の持っておる『一代男』『一代女』などは、皆紅葉君の写本から写したものである。すると、或時紅葉君は私に、「昨日淡島さんの所で幸田露伴と云う人に逢ったよ。なかなか面白い男だから、雑誌に寄稿の事を頼んで来た。」と、元気好く語った事がある。そしてその後に間もなく露伴君の処女作は、私共の「文庫」に掲載された。併しこれも十二号まで発行して、遂に廃刊する事になった。

その頃又理学士吉岡哲太郎君が金主になって、『新著百種』を出版する事になり、我々社中の者にも亦「……執筆したら？」と云う相談があった。その紹介者は今の文学博士坪内逍遥氏であったように記憶して居る。それで或時私共は、紅葉を筆頭にし川上眉山、石橋思案、丸岡九華などと云う面々が、谷中初音町に在った、吉岡理学士の別荘に招待された事がある。そしてその席上でいろいろ文学談が交換せられた。其座には無論坪内博士が居られた（『新著百種』と坪内逍遙のかかわりが見られるが、『風流佛』初出は『新著百種』第五號である。注岡田）。

このように、多くの人々がつながりあっているのがうかがえる。

たとえば、前記冒頭にでている内田魯庵は、

『露伴の出世咄』　魯庵生

或時、其頃金港堂の「都の花」の主筆をしてゐた山田美妙に會ふと、開口一番「エライ人が出ましたよ！」と破顔した。

突然依田學海翁を尋ねて來た書生があつて、小説を作つたから序文を書いて呉れと云つた。

内心馬鹿にしながらも二三枚めくると、ノッケから讀者を旋風に巻込むやうな奇想天來に、―〈略〉―　倒頭徹宵して竟に讀終つて了つた。―〈略〉―　俥を飛ばして紹介者の淡嶋《ママ》寒月を訪ひ、―〈略〉―　初めて幸田露伴というマダ青年の秀才の初めての試みであると解つた。

早速寒月と同道して露伴を訪問した。―〈略〉―　夫から十日ほど過ぎて學海翁を尋ねると、翁からも同じ話を聴かされたが、エライ男です。エライ男ですと何遍となく繰返した。

此作が「露團々」であつた。―〈略〉―　其面白味は手品を見るやうな感興で胸に響くものは無かつた。が、

「風流佛」を讀んだ時は讀終つて暫らくは恍然として、珠運と一緒に五色の雲の中に漂うてゐるやうな心地がした。―〈以下略〉(3)―

と露伴の作品について記している。

これらの資料からも芳崖と直接交流のあった坪内逍遥を頂点中心にして見る時、多くの文壇人の交流が見られ、青年初心の露伴もその交流の中に入っていきつつあったことは確かである。

また横山大観は、

私がお訪ねすると、「こつちへおはいり」といつて、先生は無造作に私を紙帳の中に招いて下さいました。その時描かれてゐたのが、あの有名な「悲母《ひも》觀《ママ》音」でした。(4)

と語っており、画壇関係では、このように創作途中で目にしていた人達もいたのである。大観の「露伴さんの思ひ出(5)」には、

露伴さんのお父さんが神田五軒町に古本屋をやつてをられた頃、露伴さんもそこにゐて、わたしは學校の歸りによく伺ひました。その頃の露伴さんは全く讀書に日を忘れるといふ勉強ぶりでした。

とあり、店番もしたであろう露伴はいろいろの情報に接するに、有利な環境裡に在ったのではなかろうか。

フェノロサの影響などがあったりして、日本美術界が活発になってきた時代である。明治十七年頃すでに芳崖の前作の観音図は第二回パリ日本美術縦覧会に出品されている（『國華』第千百七十二號、二三―二四頁に拠る）。その観音図と『悲母觀音圖』はほぼ同じような構図に見える。芳崖と坪内逍遙は明治十九年頃からの交流があった（前述の坪内逍遙「芳崖翁と私」参考）。芳崖は明治二十年頃から悲母観音図制作に取り掛かっていると考えられる。

明治二十一年十一月五日の芳崖の死去は、明治二十一年十一月七日の『朝日新聞』、『讀賣新聞』ともに訃報を載せ追悼の記事を掲載している。多くの人に知らされたのであり、それだけ関心を持たれていたのである。その後『悲母觀音圖』が「明治二十二年四月一日生產、受入」として東京美術學校（現東京藝術大學）の所藏品となる（『國華』第千百七十二號、二三頁に拠る）までの、移動経緯は詳らかでない。

露伴の『醉興記』の旅出発が明治二十一年十二月三十一日である。帰京が明治二十二年一月末。露伴の『露團〻』は『都の花』の明治二十二年二月下旬號から載っている。

東京美術学校開校が明治二十二年二月（『國華』第千百七十二號、二三頁に拠る）。『我樂多文庫』が『文庫』と改題したのが明治二十二年三月頃（「がらくたぶんこ　我樂多文庫」（勝本清一郎）『世界大百科事典』平凡社参考）。二十二年九月『風流佛』が『新著百種』第五號に初出。このあたりの事象は複雑に絡み合い人物の交流もまた輻湊しているのである。

坪内逍遙は十九年頃すでに「有名な芳崖翁」「あちこちから聞いて」という表現をしている。したがって二十年八月北海道から官を棄て帰京（九月）した露伴も耳にしていたと思われるが、世間一般より詳しい逸話なども文壇交流の中で知る機会もあったのではなかろうか。

なお、坪内逍遙と露伴の交流は『露伴全集』第三十九巻七頁に「十三日二時坪内大人坐下　幸田露伴」、八頁に「逍遥大人」宛て「露」とした、明治二十三年初頭頃と見られる書簡の記録があるが、そのほかにも『井原西鶴』を発表（雑誌國民之友の明治二十三年五月下旬號、『露伴全集』第十五巻後記に拠る）していて、そこに、

去年我坪内逍遙子と初めて逢ふ、

『露伴全集』第十五巻　九頁

とあり、二十二年には直接逢っている記録がある。また、坪内逍遙は、

明治二十三年日記抄　坪内逍遙

一月三日、曇後雨あり。—〈略〉—　夕刻幸田露伴中西漂絮来る。小宴をひらき談笑午前二時にいたる。

『露伴全集』附録、七四頁—七五頁

との記述があり、この頃にはかなり親しい様子がうかがえる。

注

（1）巌谷小波「硯友社の知己」、『［児童文学］をつくった人たち　1、［おとぎばなし］をつくった巌谷小波――我が五十年――』一九九八年四月二十日初版第一刷発行、ゆまに書房、二二四―二二六頁所収。
（2）伊藤整「紅葉と露伴」に拠れば（岩波講座『日本文学史』第十二巻　近代、昭和三十三年九月十日発行、岩波書店、二二頁）、二十一歳で上京した年、彼は旧友の淡島寒月に逢って、西鶴の作品を読まされることとなる。彼は十四歳の頃、東京府立中学校を二年でやめて、湯島の聖堂内にあった東京図書館に通っているうちに、その頃淡島宝受郎と言った寒月と知り合っていたのである。またこの明治二十一年に、彼は寒月を通して紅葉とも逢っている。
（3）『改造社文學月報11』昭和二年一一月五日。『露伴全集』附録、一九七九年八月一七日發行、岩波書店、所収一〇六―一〇七頁。
（4）横山大観「大観画談」昭和二十六年、大日本雄弁会講談社（『東京芸術大学百年史』東京美術学校篇　第一巻、昭和六十二年十月四日第一刷発行、第一章　東京美術学校創立前史、ぎょうせい、一〇〇頁所収。一〇〇頁）。
（5）横山大観「露伴さんの思ひ出」『露伴全集』附録、前掲、岩波書店、四二―四四頁所収。四三頁。

イ　露伴蔵書関係から

柳田泉に「露伴先生蔵書瞥見記」(『文学』昭和四一年三、四月号、1966 3 VOL. 34, 1966 4 VOL. 34.『幸田露伴・樋口一葉』日本文学研究資料叢書、昭和五七年四月一〇日発行、有精堂、一〇二—一一二頁にも所収)がある。そこには「これが先生の生涯の蔵書の全部、又は先生の眼にされたものの全部というのではない」として、およそ千百七十あまりの書名が記されている。

これは、昭和十九年八月五日から八日にかけてというから、第二次世界大戦も終りの頃、東京も空襲の危険にさらされていた時(柳田も八月四日夜に空襲警報があり二度ばかり起こされたことを記している。注岡田)に記録されたものである。後に柳田は、

今になって自分の手蹟でも読めないものがいろいろあり、また誤字や脱字もあるかと思う。(四月号、一一一頁)
私が七十の老筆を駆り、老眼をこすって、十何日かの日数をかけて、当時の手帳から浄書し、「文学」の編集者諸氏に頼んでこれを公けにしたのも、せめてはこの名のみの文庫を残しておきたいと思ったからである。
(四月号、一一二頁)

このような思いで残されている。

その中に『狩野流大観』(三月号、一〇九頁)という書物がある。これについていろいろ調べたが、『狩野流大観』というものは管見では見当たらないのである。おそらくこれは、「流」ではなくて「派」であり、『狩野派大觀』の

ことであろうと思われる。ゆえに、以下『狩野派大觀』として進めていきたい（『狩野流大観』があれば、是非ご教示賜りたい）。

披見の『狩野派大觀』（大阪府立図書館蔵）は、三つに分かれていて、おおよそ縦四六センチ×横三一センチ和綴じと見える。厚さはそれぞれ異なる。一つは、何とも名状し難い色であるが敢えて言えば、くすんだ黄と紺がまざった灰色布表紙で、奥付によると「大正元年十二月二十日　大正元年十二月三十日　不許複製　編者　齋藤謙　編者　吉浦祐二　發行所狩野派大觀發行所　東京市日本橋區檜物町二番地尚文館内」とある（この厚さは約二・五センチ）。二つは、黄土色の固い表紙であとで図書館などで補修したと見られる。奥付はない（この厚さは約四センチ）。三つは、藍色味を帯びたくすんだ灰色の唐草様花柄布表紙で、奥付には「大正三年十一月一日印刷　大正三年十一月五日發行　狩野派大觀第貳輯」と小さくあり、「不許複製　編者　齋藤謙　編者　吉浦祐二　發行所　狩野派大觀發行所　東京市神田區錦町一丁目二番地尚文館内」とある（この厚さは約一センチ）。それらの、毛筆行書の表題は心せわしく見たら「流」と「派」が混乱する可能性はある。以上書物を本稿では便宜上一、二、三、と表示する。

「凡例　編者誌」には、

本書編輯の目的は、狩野派の全體を系統的に選輯して、斯道研究家の材料に供し、兼ねて又鑑賞家の參考に資せんとするに在り、四百餘年間本邦の畫壇を飾れる狩野派も一時々世に伴ふの悲運に陥りしが、今や将に再び盛ならんとするの機運に嚮ひたれば、其一助たるを得んか編者望外の幸なり。

本書を分ちて三輯となす、第一輯は正信、元信より、其系統を追ふて中橋狩野を撰し、支家、門葉をもこれに附したり、第二輯は探幽の一流にして鍛冶橋狩野、第三輯は尚信の一派にして木挽町狩野これなり、是亦何れも其正系の外に支家門流を加へたり、濱町狩野は別に一家をなせりと雖も、其數甚だ少きを以て、其本家木挽町狩野に附し、これを第三輯に収むること、爲せり。

〈略〉

本書に掲載せる繪畵は、御物を初めとし、各家珍藏の名畵にして、殊に本書が斯道を益するの多大なるを賛して掲載を快諾せられたるは、編者の深く感謝せざるを得ざる所なり、〈略〉

とある。披見のものでは大正元年（一九一二）から大正三年（一九一四）にかけて発行されたのではないかと思われもするこの書物が、露伴の蔵書の中に、いかなる経路を経て入ったものか、また、揃えてあったかなどは定かでないが、狩野派絵画への興味を示しているものではなかろうか。さらに二、の中には、「第九十二圖狩野芳崖筆『山水圖』」「第九十三圖『不動明王圖』」「第九十四圖『牧童圖』」「第九十五圖『山水圖』」が掲載されている。また、三、には画人の略歴や、落款印譜などが載っていて、狩野芳崖の略歴（英訳も）、落款印譜も載っている。しかも大正三年十一月五日発行ということは、奇しくも狩野芳崖の命日にあたるのである。『風流佛』から時は流れているが、蔵書の中にこのようなものがあることからは、露伴は狩野派の絵に関心があり続けたのではないかとも考えられるのではなかろうか。

また、前述した蔵書の中に、露伴は「『絵師草紙』一冊　丹鶴叢書」（『文学』四月号、一〇九頁）も蔵していた。これについて、ここで詳細は記せないが、披見のものは、『長谷雄草紙　絵師草紙』（『日本の絵巻』11、編集・解説：小松茂美、昭和六三年二月二〇日発行、中央公論社）のものである。

それに拠れば、紀州新宮城の城主、水野忠央《ただなか》（一八一四―一八六五）が弘化四年（一八四七）から、六年かけて『丹鶴叢書』一五四冊を上梓した。その中の一冊に、この『絵師草紙』の木版彩色刷りの模刻本（嘉永二年刊・己酉帙）が収められている（原本は数奇な運命を辿り徳川家定御台所天璋院遺品中に発見され、現在は御物として京都御所にある東山文庫に収蔵されているとある）。描線闊達、奔放自在とも言える見事なものと言う。内容は、貧乏な絵師が知行を賜るというので大喜びしたが、結局それが糠喜びに終わったという話である。柳田の「書目」には「丹鶴叢書　揃」（四月号、一〇九頁）というのもあり、「『絵師草紙』一冊　丹鶴叢書」は、この揃の中の一冊が別に置かれていたために、このように記録されているのかとも思うがわからない。

だが、これらから、すくなくとも露伴は絵画に全く関心がなかったということはないと言える。なお、柳田に拠れば、これら蔵書は売り払われたりして「今は、露伴先生蔵書としてまとまった形がなくなり、この目録だけで名のみをとどめている」（四月号、一一二頁）とある。そして、この目録自体も戦火を危うく免れたものであると言う。

（五）『悲母觀音圖』

ア　岡倉覺三（天心）の評価

では、芳崖の『悲母觀音圖』とはいかなるものであったのか。

現在、東京藝術大学大学美術館の収蔵品データベースに拠れば「年代一八八八（明治二十一）年、技法・材料絹本着色、形状　額装、一九五・八×八六・一、一八八九年四月一日受入、重要文化財　一九五五年六月二二日指定」とあって、その下図とともに蔵されている記録がある。

まず、同時代評として明治二十二年十月岡倉天心らによって創刊された『國華』第貳號（明治二十二年十一月二十五日出版、國華社）には、

「狩野芳崖」　岡倉覺三
翁嘗テ人ニ語テ曰ク人生ノ慈悲ハ母ノ子ヲ愛スルニ若クハナシ觀音ハ理想的ノ母ナリ萬物ヲ起生發育スル大慈悲ノ精神ナリ創造化現ノ本因ナリ余此意象ヲ描カント欲スル茲ニ年アリ未タ適當ノ形相ヲ完成セスト此圖ハ翁ノ最後ノ揮毫ニ係リ長逝ニ先タツコト纔カニ四日前ニシテ畫キ了リテ未タ欵ヲ署スルニ至ラサルモノナリ蓋シ翁平生ノ心事此一幅畫中ニ留存スルモノナランカ其筆墨ノ沈着淳厚其賦色ノ明麗融渾ハ近世多ク此類ヲ見ス特ニ意匠ノ高尚秀絶ニ至テハ技道ニ進ムモノニシテ遙カニ古人ヲ凌駕セントス
―〈略〉―

憐ムヘシ此超凡ノ絶技ヲ抱キタル人ハ天下ノ名ヲ成ス能ハスシテ空シク黄泉ノ客トナレリ嗚呼翁ノ妙想竟ニマイケル、アンジェロヲシテ美を擅ニセシメサリキ　二一一―二一二頁

とあるように、非常な賛辞を呈している。

天心の『欧州視察日誌』（『岡倉天心全集』第五巻、一九八〇年六月一〇日初版第一刷発行、一九九三年三月一日初版第二刷発行、平凡社の明治二十年三月二日―八月七日）から抜粋すると、（東京美術学校篇『東京芸術大学百年史』第一巻、第一章　東京美術学校創立前史、八〇頁も参照）

四月二十日　ローマ着（以降四月二十六日までローマ滞在）。
　フェノロサと会う。ボルゲーゼ宮。ヴァティカン、システィナ礼拝堂（ミケランジェロ《天地創造》《最後の審判》など。注岡田）。

二十一日　彫刻ギャラリー。サン・ピエトロ聖堂。サン・パウロ聖堂。サンタ・マリア・トラステヴェレ聖堂。

二十二日　ヴァティカンの彫刻ギャラリー。ドリア宮。サン・ロレンツォ、サンタ・マリア・マジョーレ、サン・ジョバンニ・ラテラノ聖堂。

二十四日　ヴァティカン絵画ギャラリー。

などと記録されていて、天心は欧州で実際にミケランジェロの作品を見ていると考えられる。天心は前述の『國

華』第貳號二一頁で「マイケル、アンジェロノ畵キタル創造（Creation）ノ圖」にふれている。システィナ礼拝堂にも行っていたりして、直接にミケランジェロの作品を目にしている天心が評している言葉には重みがある。

「人生ノ慈悲ハ母ノ子ヲ愛スルニ若クハナシ観音ハ理想的ノ母ナリ萬物ヲ起生發育スル大慈悲ノ精神ナリ」と言っていた芳崖は、母の姿になぞらえた観音に託して慈悲いいかえれば愛（この言換えは露伴の評論『愛』（『露伴全集』第二十五巻）により可能と考えられる。仁より説き起こし、慈悲も包括して最後に愛として一括している。注岡田）を表現したのである。そして芳崖の「平生ノ心事此一幅畫中ニ留存スルモノ」なのである。天心に拠れば、『悲母観音圖』の主題は芳崖が常に表現しようと志していた女性の愛なのであると見られるものなのである。

イ　現代の評価と解説

時は流れて平成となり、この図の解説は、次のようにされているのが見られる。以下、概略を記す。長い引用であるが、『悲母觀音圖』の鑑賞形態を明示しているものであり、ひいては、『風流佛』の「一體の風流佛」（本文七八頁）との共通性をも明示するものであると考えられるので、ここに記す。

「『國華』第千百七十二號　第九十八編　第十一冊　明治二十二年十月創刊」平成五年七月二十日發行　發行所國華社　發賣所　朝日新聞社

解説　佐藤道信　東京國立文化財研究所

「狩野芳崖筆　悲母觀音圖」佐藤道信

本圖は、明治二十一年十一月五日に急逝した芳崖が、直前まで制作に携わつていた絶作である。本圖は現在「悲母觀音圖」の名稱で呼ばれている。しかし、芳崖自身が本圖をどう命名したかは不明である。―〈略〉―　現東京藝術大學の臺帳（寫し）によれば、「明治二十二年四月一日生産、受入」として、東京美術學校の所藏品となった段階では「悲母觀音」となつているのだが、その後の種々の美術雜誌類の著述では、昭和二十年代まで「慈母觀音」の用例もはなはだ多い。昭和三十年六月二十二日付で重要文化財に指定された時には、「悲母觀音」の名稱で、下圖三幅、畫巻に仕立てた小畫稿類一巻とともに一括指定されている。「悲母觀音」の名稱に一本化されていくのも、おそらくこれ以降のことと思われる。

と昭和二十年代まで「慈母觀音」とも言われていたことを記している。

ここで言う前作の観音圖とは、明治十七年の第二回パリ日本美術縦覧會に出品された作品で、現在フリア美術館の所藏になる水墨淡彩の「觀音圖」のことである。

フリア本「觀音圖」から本圖にいたる間の變化で重要なポイントとなるのは、第一に前者が水墨中心、後者が色彩中心であること、第二に觀音の面貌が前者は男顔、後者は女顔であること、第三に後者の女性の顔だちにかなり強い洋風が入つていることである。

と観音の面貌が女性の顔だちになり、しかも、かなり強い洋風が入っていることを指摘している。前に述べたが芳崖は「女躰の観音を作らむ[1]」として描いたとも言われている。

両圖が天界と下界という對比的状況を強調し演出していることである。しかもその基本構圖の中で、観音と童子は、従來の類型的な組み合わせ方から、天界から下界に降り下る幼児とそれを見守る観音と言う、ストーリー性を帯びた状況設定に變えられている。

芳崖は生前、「人生の慈悲は母の子を愛するに若くは無し、観音は理想的の母なり、萬物を起生發育する大慈悲の精神なり、創造化現の本因なり」と人に語ったという。ここには、佛の慈悲と人の母性、佛界の観音と人間界の母とが重ね合わされている。いわば観音の現世的化身としての母がイメージされているのであり、佛教の理念を背景としながらも、彼自身のイメージは、その顕現としての、〝母〟という現世像に置かれていることがわかる。

そして、「観音圖」から本圖にいたる観音の男顔から女顔への面貌變化には、次の二つの原因が想定される。

第一には、本圖の制作を始めて間もない明治二十年七月、芳崖が「観音さま」とよんでいた最愛の妻よしが没したことである。もちろん、本圖の観音の顔が妻の面影を描いているわけではないが、女顔にした背景には、亡き妻へのオマージュという心情も讀みとれるように思われる。

と女顔にした背景に妻への敬意・献辞を含む愛惜の心情がこもっていると見ている。

第二に、フェノロサが歐州出張から持ち歸つたキリスト教美術、特にマドンナ像との接觸である。これがそのまま、第三點の問題である洋風の面貌表現にも通ずることになる。

芳崖は明治二十年（あるいは二十一年）、フェノロサが歐州美術視察旅行から持ち歸つたジョルジョーネ筆「祭壇のマドンナ」(2)の石版畫を模寫している。―〈略〉― 本圖には〝日本のマドンナ像〟への伏線が、すでに敷かれていると見ることもできる。女性顔の觀音と幼児の組み合わせには、すでに聖母マリアと幼児キリストのイメージが重ね合わせられている可能性が高いのである。

二二三―二二五頁

『悲母觀音圖』はこのように見られている。

ここで重視したいのは、芳崖にキリスト教的美術との接触があることである。ジョルジョーネ筆「祭壇のマドンナ」の石版画を模写していることは、『悲母觀音圖』にキリスト教的なものが影響していると考えられる。したがって、解説のように『悲母觀音圖』には「聖母マリアと幼児キリストのイメージが重ね合わされている可能性が高い」と見られるのである。つまり、『悲母觀音圖』にはキリスト教の影響があるということである。そして、妻への愛惜の心情があると感じさせるものがあるということなのである。そのように感じられるのは、芳崖の日頃の妻への心情が伝えられているからであろうと考えられる。この心情が『風流佛』の「珠運」をとおしての夫婦の倫理観につながるものであると考えられるのである。

露伴の『風流佛』にもキリスト教の影響があると私は考察している。(3)

露伴の場合は「東京英學校」に通学したことや、父の改宗によって一家全員がキリスト教という環境裡に在った。『風流佛』にも日曜学校に行く子供の慌てた姿の描写（『露伴全集』第一巻、六六頁）が記されていたりもする。また、フェノロサらの持ち帰った資料の中にはキリスト教聖書を題材とした絵などに関する事も多かったであろうから、それらも話題として伝わっていたと考えられる。

このように見てくると、芳崖の『悲母觀音圖』も、露伴創作人物「珠運」の彫刻「風流佛」像も、すべてを救いとる愛の姿を女性として表現しているのではなかろうか。

そして、ともにキリスト教の影響があるものなのであると言えよう。

以上をふまえて、あれこれ考え合わせると、露伴は芳崖について全く知らなかったということはなかったであろうと考えられる。さらに推測すれば心惹かれる芸術家でもあったのではなかろうか。

それにしても、作者芳崖はこの図をどのように命名したかったのであろうか。

注

（1）森慶造（大狂）『近世名匠談』「狩野芳崖」明治三十三年三月卅一日發行、春陽堂、二十七頁。

（2）ジョルジョーネ　別名ジョルジョーネ・ダ・カステルフランコ（一四七八—一五一〇年一〇月）イタリアの画家。「主作品」にソロモンの審判（フィレンツェ）：王座の聖母子と二聖人、一五〇四（カステル・フランコ）：嵐（ヴェネツィア）：眠れるヴィナス（ドレスデン）：田園の合奏（ルーブル）：三哲人（ヴィーン）、などがある。

『岩波　西洋人名辞典』増補版、一九五六年一〇月一六日第一刷発行、一九八一年一二月一〇日増補版第一刷発行、岩波書店より抄。
（3）本論第三章「幸田露伴『風流佛』考、第一節「發端　如是我聞」と「團圓　諸法實相」をめぐって」を参照して頂きたい。

むすび

「春の屋主人坪内逍遙は、新しい小説理論の發表者たるのみならず、その實行者として、明治二十年頃までは殊に華やかな先驅者振りを示した。」（柳田泉『幸田露伴』中央公論社、七〇頁）と見られている。文筆家を志す露伴も当然関心を抱いていたであろう。ゆえに、不断の逍遙への関心注目があったと思われる。したがって、その逍遙が直接親しかった芳崖のことは、何らかの方法で世間一般より詳しかったであろうということは考えられる。本稿で前述したように輻湊した文壇の交流は、その推測を可能にさせる。また、芳崖は当時すでに有名でもあったから多方面からその情報を得られたであろう。また、蔵書の『狩野派大觀』は露伴の関心の所在を明らかにする。

そして、芳崖の芸術にかけた情熱、芸術に真摯なあまりと言ってもよい奇行、妻を観音様と呼び敬愛していたこと、しかも観音図制作途上でその妻を亡くしていて妻への強い愛惜の心情があったこと、さらに芳崖自身が一代の名画が完成するかしないかの時点で死去するという劇的なとも言えるような最期を遂げていること、加えて芳崖生前における女性観や、太莊の話に見られる国家的見地からの女子教育論などを伝え聞くにつれて、露伴は畏敬ならびに親愛の念と共感を覚え、絵画と文芸という違いはあるが同じ芸術の道を歩む者として、露伴の関心をそそる芸術家になっていたのではなかろうか。そういう土壌がある所に芳崖の死去を聞いて、それからの創作途上においてそれらが影響し熟せられ、作品において「珠運」として造型されているのではなかろうか。芳崖の死去と『風流佛』の初出の時期などいろいろ含めて勘案すると、「珠運」造型の背景にあるものとして考えられるのではなかろうか。

聖愛と俗世の情念との間を揺れ動いた「珠運」作「風流佛」は、「團圓」において見事に聖愛のすべてを救う「一切經にもなき」「白薔薇香薫じ」（本文七七頁）る世界の、西欧的なものを加味した聖母マリアにも通じるものとして昇華され顕現しているのである。「悲母観音」制作過程と共に「観音圖」解説を合わせ見ると、芳崖の『悲母観音圖』も「珠運」の「風流佛」も、すべてを救いとる愛の理想の姿を女性として表現しているのであると言えよう。

ここで再び『風流佛』「團圓」本文を見ると、

其後光輪美しく白雲に駕つて所〻に見ゆる者あり。或紳士の拝まれたるは、天鵞絨の洋服裳長く着玉ひて駝鳥の羽寶冠に鮮なりしに、某貴族の見られしは、白襟を召して錦の御帯金色赫奕たりしとかや。夫に引き變へ、破縕袍着て藁草履はき腰に利鎌さしたるを農夫は拜み、阿波縮の浴衣、綿八反の帶、洋銀の簪位の御姿を見しは小商人にて、風寒き北海道にては鰊の鱗怪しく光るどんざ布子、浪さやぐ佐渡には色も定かならぬさき織を着て漁師共の眼にあらはれ玉ひけるが、業平侯爵も程經て、踵小さき靴をはき派手なリボンの飾りまばゆき服を召されたるに値遇せられけるよし。是皆一切經にもなき一體の風流佛、珠運が刻みたると同じ者の千差萬別の化身にして

七七―七八頁

とあって見方によっては、夫々の境遇に相応しい配偶者すなわち妻の姿として見えるのであると解釈できるのではなかろうか。

そして、『悲母觀音圖』の背景には作者芳崖の国家への思いがあり、そのためには女子に対して愛の心を育てる教育が必要であり、強健な体をつくるのが大事であるとする大蒜説をふまえての女子教育への熱意がこめられている。「風流佛」の背景には作者露伴の国家の繁栄への思いがあり、健全な家庭が基であるとすることによる意識改良の熱意がこめられている。

さらに、『悲母觀音圖』は現世的化身としての母がイメージされているもので、女性顔の観音と幼児の組み合わせに、マリアと幼児キリストの、つまり愛のイメージが重ね合わされていると見られるものである。一方、「團圓」のそれぞれの配偶者にふさわしい姿の「風流佛」は現世的化身としての妻がイメージされているもので、そこにキリスト教による一夫一婦制(1)による夫婦愛のイメージが重ね合わせられていると見られるものである。

このように、二者ともにキリスト教の影響があるということにおいても共通するものがある。以上のようなことなども「珠運」構想の背景に芳崖の影響を見る所以である。

そして、夫婦間において妻を尊重し愛するということから考えられるのは、当時の風潮からして夫婦のありようの理念として、まず一夫一婦制の確立ではなかろうか。芳崖の女性観や夫妻のありようの中にそれがうかがえるものがあり、『風流佛』の「珠運」の恋を通しての夫婦の倫理観にもつながるものが見いだせる。このことも「珠運」には芳崖の影響があるのではないかと考えられる一因になると考える。

幸田露伴の『風流佛』の根底には西欧的、キリスト教の影響による思考が流れていて、「團圓」において一夫一婦制の誠の愛の上に成立する夫婦のありようを推奨しているのではなかろうか。それ故に教訓、教養、説教、啓蒙、或いは寓意小説とも言える要素を包含しているものではないかというのが、かねてより、私の一貫しての考察からの見解である。本稿において「珠運」構想の背景に狩野芳崖を推定することにより、以前からの考察の意義が深められるものになるのではないかと考える。

なお、本稿で述べた露伴周辺の人物交流については、今後も課題としていきたい。

注

（1）『幸田露伴集』新日本古典文学大系　明治編22、二〇〇二年七月二四日第一刷発行、岩波書店。『風流仏』関谷博校注で「風流仏は一夫一婦制の仏なのである」としている。二二五頁。

なお、『風流佛』と一夫一婦制については、拙論「幸田露伴『風流佛』考――「発端　如是我聞」と「團圓諸法實相」をめぐっての西欧的、キリスト教的視点からの考察――」（『日本文藝研究』第五十三巻第二号、二〇〇一年九月十日発行、関西学院大学日本文学会に掲載）で、すでに言及しているので参考にして頂きたい。

本稿は、拙稿「幸田露伴『風流佛』考（上）――「珠運」構想背景と狩野芳崖をめぐって――」（『日本文藝研究』第五十四巻第一号、二〇〇二年六月十日発行、関西学院大学日本文学会に掲載）、「幸田露伴『風流佛』考（下）――「珠運」構想背景と狩野芳崖をめぐって――」（『日本文藝研究』第五十四巻第二号、二〇〇二年十月十日発行、関西学院大学日本文学会に掲載）をもとに補筆・修正したものである。論旨は変わらない。

第四節 〈珠運は如何お辰は如何になりしや〉をめぐって

はじめに

『風流佛』は、明治二十二年九月『新著百種』第五號、吉岡書籍店から発行された。この作品にたいする同時代評で、

新著百種第五號風流佛批評　落花漂絮（中西梅花。注岡田）
書中の挿繪裸體の彫像の如き其まづさ加減言語同斷と云ふべし
『讀賣新聞』附録第四千四百四十號、明治廿二年十月十七日
『露伴全集』附録一四九―一五〇頁（表記は『露伴全集』附録に拠る）にも収録

露伴氏の「風流佛」　其川子（内田魯庵。注岡田）
「風流佛」は日本文學史中に特筆すべき大文章なり。〈略〉意匠の最も斬新なるは其愛婦を佛像に刻むの趣向なり。〈略〉終に裸體の像を刻み出す趣向は恐らく是までに見ざる處にて最も超凡と云ふべし。

然るに、末段に到り天に昇ると云ふ結局になるは、從來の陳套を襲ふたるものにて面白からず、なほさらあちこちにて、駝鳥の羽寶冠に鮮やかなりとか錦の御帯金色赫々たりなど評判あるは先年の西郷星めきて大に拙なし。こゝ今少しの考案あらまほし。

『女學雜誌』第一八三號、明治二十二年十月十九日出版、女學雜誌社（二〇六）―（二〇七）
（昭和四十二年二月二十日発行、複製版「女学雜誌」臨川書店）
『露伴全集』附録一五〇―一五二頁にも収録

などとあって、ヌードに関心があるとともに、「團圓」の不備が指摘されている。

そのような中で肉食頭陀が、

新著百種第五號風流佛　　肉食頭陀（石橋忍月。注岡田）

妙味佳香言ふ可からず

としながらも、

殊に其結末に至り珠運は如何お辰は如何になりしや（傍点岡田）是れ吾人が大に不平を鳴らし非難せんと欲して非難する能はざる所なり何となれば著者は朧氣の筆を以つておぼろげに結たればなり否な吾人は其朧氣中に如何なる妙味あるや熟考未だ著者の真意匠を思ひ出ださゞればなり、―〈略〉―　著者若し吾人の不敏を憐まば請ふ團

圓の「歸依佛御利益」を詳説せよ、

『國民之友』第六拾五號、明治廿二年十月十二日發兌、民友社、三六—三八（第五巻五三八—五四〇）

『露伴全集』附録一四七—一四九頁にも収録

と「團圓」を取り上げつつ問題を提示しているのが見られる。忍月は「妙味佳香言ふ可からず」と評価しながら、「珠運は如何お辰は如何になりしや」と「珠運」「お辰」の恋がどうなったかわからないままであることを批判し、その点において、「團圓」の「歸依佛御利益」の説明が不足だと言っているのである。初出時における反応は、その作品に対してもっとも新鮮な感覚でとらえられたもので、しかも別号であることは拘束のない自由な立場なので素朴な気持ちを率直に述べていると考えられる。

そこで、本稿は、この「肉食頭陀」の批評が適切かどうか考察を試みたい。

その方法として「團圓」の、

吉兵衛を初め一村の老幼芽出度とさゞめく聲は天鼓を撃つ如く(1)

表現と、「團圓」の後方にある四回目の「風流佛」表現とに着目する。この二表現に注目する理由は、まず、「吉兵衛を初め一村の老幼芽出度とさゞめく聲は天鼓を撃つ如く」に着目するのは、老いも若きもこぞって「芽出度」(2)と いうのは何故か、その理由を探りたいと考えるからである。次に、四回目の「風流佛」に着目するのは、『風流佛』

には次に挙げる四回の「風流佛」表現があり、

一回目　荘厳端麗あり難き實相美妙の風流佛、(3)
二回目　優然として長閑に立る風流佛(4)
三回目　頭を上れば風流佛悟り濟した顔、(5)
四回目　是皆一切經にもなき一體の風流佛、(6)

このうち、四回目の「風流佛」表現は前三回の「風流佛」表現と些か趣を異にすると考えられるからである。なぜなら、三回目まではいずれも製作者「珠運」が「風流佛」とともに存在していたが、四回目「風流佛」は、「珠運」が「雲の上に行し後」の、そのまた「其後」の製作者不在の話として、しかも、「其川子」の批評にあった〈駝鳥の羽寶冠に鮮やかなりとか錦の御帯金色赫々《ママ》たり〉など様々に見えるものとして、『風流佛』の「團圓」の終り近くに出ているという特異性に注目するからである。

「團圓」にあるこの二つの表現を主軸にして、初出時の肉食頭陀すなわち忍月の批評が正鵠を射ているかどうかの考察を試みたい。それに伴って不備と評された「團圓」の意義、つまり、不備と見る可否についても明らかにしたいと考える。

注

（1）『露伴全集』第一巻、七七頁。
（2）『日本国語大辞典』小学館に拠れば、
「めでた・い」

「目出度」「芽出度」などの字をあてることもある。
ア　立派である。見事である。すばらしい。
イ　非常に尊い。ありがたい。
ウ　喜ばしく結構である。人や物事の状態が、祝い喜ぶに値するさま。
などの意味がある（本稿では主にウに拠る）。
（3）『露伴全集』第一巻、六六頁。
（4）『露伴全集』第一巻、六九頁。
（5）『露伴全集』第一巻、七五頁。
（6）『露伴全集』第一巻、七七―七八頁。
『近代人物号筆名辞典』一九七九年一〇月二一日第一刷発行、柏書房を参考。

（一）「珠運」「お辰」の恋の結末の解明において

初出では、「第十　如是本末究竟等　下　戀戀戀、戀は金剛不壞なるが聖」の終りには、

彫像が動いたのやら、女が來たのやら、問ば拙く語らば遲し、玄の又玄摩訶不思議(1)

とあって、作者は「珠運」「お辰」の恋の結末を明らかにはしていないように見える。「動いたのやら」「來たのやら」と曖昧に表現しながら、「摩訶不思議」で終わったままでは釈然としない。著者による結末が明瞭でない故に様々な読解の可能性が生じ、次に見られるように様々な考察がされてきた。

像の動いたのやら、女の來たのやらつひにわからず了ひに、玄又玄不思議に筆を斷つたのが作者の考であつたらう。實のおたつがそこに來たと見るのは、作者の狙をそらした事であらう。そのあとの團圓に二人の夫婦姿を見るといふは實に就いていふのでなくして「戀愛」そのものに就いていふだけである、(2)

この奇蹟の中心になるお辰が現実のお辰か、木像のお辰の化身かといふ穿鑿はこの作品にとつて大した意味をもたないであらう。といふのはこの昇天の帰依仏は現実的な意味をもつのではなく、むしろ恋愛の象徴化、人格化ともいふべきものであり、「帰依仏の御利益眼前にあり」といふ一句もその意味に解すべきだと思はれるから

である。(3)

現実における悲劇的破局を天上の恋に変質昇華させ、更に一切衆生済度の帰依仏といふ理念にまで到達した。(4)

破れた戀を前にして ―〈略〉― 藝術の力をかりてこれを不朽にとゞめようとした ―〈略〉― その刹那美神に生気が生じて、去った戀人が彼のもとにもどる。藝術家の一心が美神を生かしたのである。(5)

露伴にとっては珠運お辰の現実の運命などはどうでもよいので、珠運が性根をこめて刻み上げたお辰の裸像に、お辰の魂が乗り移り、ここに風流仏が完成したことを描くのがその目的であったに相違ない。(6)

珠運は一心不乱に恋人の像を彫ることで風流仏の来臨を得、風流仏によってこの世の恋の苦悩から救われる。(7)

など様々である。

二人の恋は「天上の恋に変質昇華」した。或いは「藝術家の一心が美神を生かした」。「お辰の裸像に、お辰の魂が乗り移り、ここに風流仏が完成した」。「風流仏の来臨を得、風流仏によってこの世の恋の苦悩から救われる」。このような見方が『風流佛』には相応しいものと言えるのであろう。だが、一方否定されているように見えるが「實のおたつがそこに來たと見る」「團圓に二人の夫婦姿を見る」とか、また「恋愛の象徴化」という見方の可能性が全くないとは言えないことも、示されているのではなかろうか。

これらからもうかがえるように、各立場にたっての様々の見方があり、夫々に頷けるものであって多種多様の読みの可能性があることを示している。

だが、では現実に「珠運」「お辰」の恋は成就したと見るのか、しないと見るのか、そしてそのいずれにしてもどのような形での結末なのか。つまり、「珠運」と「お辰」は如何になったのかの詳細については、明らかではない。また、「團圓」を主軸にしてのものでもない。

そこで、まずこの結末の解明を試みたい。

結末の解明には、A、芸術道と個人の独立性・自立性による「芽出度」か、B、恋愛成就による「芽出度」か、に着目する必要がある。A、に着目すれば、ア、「珠運」「お辰」ともに独自の道を歩んだ。B、に着目すれば、イ、恋愛は成就しすべて円くおさまる、の解釈の方向が示されよう。以下、具体的に、ア、「珠運」「お辰」ともに独自の道を歩んだ、イ、恋愛は成就しすべて円くおさまる、この二方向から考察を試みる。

ア　「珠運」「お辰」ともに独自の道を歩んだ

三回目の「風流佛」は「悟り濟した顔」であった。

そもそも「風流佛」が「荘嚴端麗あり難き實相美妙」と見えるのも、「優然として長閑に立る」と見えるのも、「悟り濟した顔」に見えるのも、すべて「珠運」の心のありようによって主観的に見えるのではなかろうか。その証拠には「荘嚴端麗あり難き實相美妙」の「風流佛」も状況によって「彫像」「木像」「お辰の像」などと表現が変わる。揺れ動いていて、いつも「風流佛」ではない。たとえば「浮世のいざこざ知らぬ顔の彫像」「淋し気に立つ彫像」「しょんぼりとせし像」である。苦悩の末、「珠運」の心情がほとんど「煩悩愛執一切棄べし」という段階近くにまでになっていたから、三回目の「風流佛」は「悟り濟した顔」にも見えるのである。そして、そのような純粋清澄な心情に高められていればこそ、「お辰」への疑いを克服し、「恨も憎も火上の氷」として溶かし赦し「一念の誠」をもって信じ愛する愛に高まった時、愛についての悟りがあったと考えられる。信じ愛しきったからである。そこに超越したものとの出会いがあり、その時、人は愛の神髄を悟るのである。信じ愛しつくさなければその境地には到達できない。この感覚は人間の心奥におこる神秘的なものであるから、言語では到底語り得ないものなのである。また、「珠運」は制作中「人の天真の美」を追求し、無駄なものすべてを除いていった。つきつめていった究極に、「人の天眞の美」とは、とりもなおさず愛の心であると自ずから感得するものがあったのではなかろうか。そういうことも純粋清澄な心情に高められる因になっていると考えられる。

「歸依佛」とは愛であって「珠運」は「一念の誠」をもって信じ愛しきったればこそ、愛の神髄を悟りえたのである。啓示を受けたのである。それが「御利益」と表現しているものなのではなかろうか。「一念の誠」をもって愛しきった時、「珠運」の「お辰」への恋の思いは高みの愛へと昇華したのである。

このように考えると、

お辰と共に手を携へ肩を駢べ悠〻と雲の上に行きし(8)

の「お辰」は、それまでの「お辰」ではない。「珠運」の愛の対象は「お辰」という個をはなれている。

ア丶否なのは岩沼令嬢、戀しいは花漬賣(9)、

と「珠運」の心情は伏線としてでている。貴族の娘というような身分となった現在の「岩沼令嬢」などはもうどうでもよいのである。「珠運」の心の中には、疑いを克服し、ゆるぎない「一念の誠」の愛をもって信じ愛しきったことによって、悟りによって得た愛、聖なる愛の灯がともされていたのである。この読みを採った場合「雲の上に行」ったということは、

われ人生の旅のなかばに
正しき路を失いて
とある暗き森林の中にありき
神曲　起句
（里見安吉著『ダンテ神曲解説(10)』）

というような状態にあった「珠運」がウェルギリウスに導かれて登っていく道程をたどって浄化され、情念の世界を脱して愛が昇華されたことになるのである。愛着の妄想、「吉兵衛」の言う「影法師」から脱脚したと考えられる。純粋清澄な心に妄執は生じない。

「珠運」はその愛の灯を胸にして修業の旅へと出発したのである。「お辰」に会う前の「珠運」は「一向専念の修業」をするものであり、「昔の工匠が跡訪はん」と旅に出、「志願を遂ぐる道遠し」という状況にあった。それが中断していたのであるが、「お辰見ざりし前に生れかはりたし」と言っていたように、修業一筋に励む「珠運」になったのである。そして、「吉兵衛を初め」とある「吉兵衛」は、

お辰めに逢はぬ昔と諦らめて又候や修業に行て、天晴名人となられ、假初ながら知合となつた爺の耳へもあなたの良評判を聞せて貰ひ度い、(11)――〈略〉―― 横道入らずに奈良へでも西洋へでも行れた方が良い、(12)

と薦めていた。「吉兵衛」も「珠運」の修業の大成を待ち望むものである。

また、「吉兵衛」は、

なまじお辰と婚姻を勧めなかつたら兎も角も、我口から事仕出した上は我分別で結局を付ねば吉兵衛も男ならず(13)

とも思っていた。これもこのア、のように読む伏線である。「珠運」が立ち直れば「吉兵衛」も「男」になれるのである。

この読みをすると、「團圓」の

一村の老幼芽出度とさゞめく聲は天鼓を撃つ如く、(14)

が納得できる。「田原」も「七藏」も感動し感化されたのである。「田原」と「七藏」が「御前立」となったというのは何らかの形で旅の手助けをしたのである。「田原」は以前に「金圓品物」を持ってきた時、

男らしう思ひ切られたが雙方の御爲かと存じます、併しお辰様には大恩あるあなたを子爵も何でおろそかに思はれませう、されば是等の餽物親御からなさるゝは至當の事、(15)

と言っていたから、子爵からの餞別を届けるようなかたちで、また姪の「お辰」を辛く遇した「七藏」も、「一念の誠」の愛を貫きとおして崇高なまでに高まった「珠運」の生き方に感動し感化され、以前、「女房に都見物致させかた〴〵御近付に」と「室香」のいる京へきたりもしているから、旅のことなどで助力したのではないかと考えられるのである。このように考えられるのは、「御前立となりぬ」(16)とあるからである。

では、一方「お辰」はどうなったのであろうか。

そもそも「お辰」は美しさや、「しほらしさ」「纖細な身體」「なよやかに」など、しとやかな立ち居振る舞いがある。それに加えてしっかりと現実を直視する「利發さ」がある。それは「岩沼」を見た時、「父様か」と父と直感する「利發さ」あるいは、

どうぞわたくしめを元の通りお縛りなされて下さりませ、(17)
妾身の上話は申し上兼ねまする、(18)
あなたは旅の御客、逢も別れも旭日があの木梢離れぬ内、(19)
すげなく申すも御身の爲、御迷惑かけては濟ませぬ故どうか御歸りなされて下さりませ、(20)

などとあって利発でたくましく強い自立性をもった女性として描写されている。これらの言葉（これらは「珠運」の妄想の中での言葉ではない）から推測できるように、現実をしっかり見据えて、その境遇に順応して生き抜こうとする女性として人物造型されている。

「身の上話」をして同情をさそうようなことはしない。しかも、「御迷惑かけては濟ませぬ」と強さと共に他者への配慮がある。無理難題をいう叔父の「七藏」によく仕えていたように辛抱強く、しかも血縁を大事にする。このような女性像がうかんでくるのである。「岩沼令嬢」となった今、父「岩沼子爵」への配慮、自身がおかれている境遇への認識は十分にしているであろうし、また「子爵」が言っているように、

思想の發達せぬ生若い者の感情、追付變って來るには相違ない(21)

のように「都風」になった可能性があることも考えられる。この見方をすると、後に「珠運」の手紙に返事がなかったのには、「お辰」の性格から類推すると「すげなく申すも御身の爲」と考えた「お辰」の意思が働いていた

と考えられなくもない。また、この読みの場合は「父上の皆為されし事」は、妄想の中で「珠運」がそう思いたかったからであるともとれる。

また、この読みでは「芽出度」と思う人が一村だけでなくさらに広がる。それは「岩沼子爵」である。何故なら、「岩沼子爵」と「室香」の関係も「そなたが母の室香が情何忘るべき」「志、七生忘れられず」「大事の〳〵女房」「後妻を貰ひもせず」などに見られるように、一生どころか七生かけての恋であるとしている。ここにも『風流佛』の恋の理念が述べられているのが見られる。「岩沼子爵」は「お辰」を探し続け、その愛娘に対する父としての願いは、

行儀學問も追〻覺えさして天晴の婿取り、初孫の顔でも見たら夢の中にそなたの母に逢つても云譯があると、今からもう嬉くてならぬ(22)

というものである。この願いが叶う可能性も生じてくる。

「舞踏會」「音樂會」にも連れて行かれ、「學問」をし「都風」になった「岩沼子爵」「令嬢」は、「團圓」の、

業平侯爵も程經て、踵小さき靴をはき派手なリボンの飾りまばゆき服を召されたるに値遇せられけるよし。(23)

とある女性のような姿をしていたとすると「岩沼子爵」の願い成就は具体性を帯び、これも「芽出度」である。

以上のように、「珠運」「お辰」ともに自立して夫々の境遇に適した独自の道を歩んだと見ることは、「珠運」に直接かかわりのあった人々は「七藏」をも感化し、すべて「芽出度」となる。「さゞめく聲は天鼓を撃つ如く」(24)には、現世地上のさまざまのことをすべて乗り越えて広まり、人々に浸透していくという意味合いをもこめて「一村の老幼芽出度とさゞめく聲は天鼓を撃つ如く」という表現を自然に導き出すものとなる。「芽出度」は「一村」どころか、おそらく東京在住の「岩沼子爵」や「業平侯爵」にもおよぶのである。

イ　恋愛は成就しすべて円くおさまる

「お辰」すなわち「岩沼子爵」「令孃」が実際に迎えに来た。「腰元」「お霜」などもついている「子爵」「令孃」が、一人での外出は難しいのではないかと思われるかもしれないが、この場合は、お供が付いていてもかまわない。だから東京から須原まで来られる。なぜなら、父「岩沼子爵」の許しを得たからである。「粋の父」「岩沼子爵」は十分に一生をかけての恋、否、一生どころか「七生忘れられず」の恋を知っている。そして、その変わらぬ恋の思いを持ち続けている人物として造型されている。それは「お辰」に母「室香」のことを話した時にうかがえる。いわば伏線がある。娘「お辰」の一生をかけての恋の心情をよく理解できるはずである。

さらに、「岩沼子爵」は「お辰」宛ての「珠運」の手紙も、前近代的家父長権、親権の強い風潮のなかで、父として娘可愛さの心配のあまり読んだということが考えられる。とすれば「返辭もよこさず」は「父上の皆爲されし事」となる。「岩沼子爵」は始めのうちは「思想の發達せぬ生若い者の感情、追付變つて來るには相違ない」と考えていても、度重なる「珠運」の手紙の文面に接するうちに、「珠運」の「一念の誠」をもって貫く愛を読取り、徐々にその心情にうたれていったと考えられる。これには「珠運」がいかに心を尽くして手紙を書き送ったかが「珠運」によって語られているのが伏線となる。

再書濃ゝと、色好み深き都の人ゝを幾人か迷はせ玉ふらん御器量の美しさ却つて心配の種子にて、我をも其等の浮たる人ゝと同じ様に思し召らんかと案じさふらうては實に〳〵頼み薄く口惜う覚えて、あはれ歳月の早く立かし、御おもかげの變りたる時にこそ淺墓ならぬ我戀のかはらぬものなるを顯したけれと、無理なる願をも神前に歎き聞えそろと、愚痴の數ゝまで記して丈夫そうな狀袋を撰み、封じ目油斷なく幾度か打かへし打かへし見て、印紙正しく張り付、(25)

と「かはらぬ」恋の思いをこめ、こまやかな心遣いをして送ったことが記されている。

イ、の読みをとると、「戀に必ず、必ず、感應ありて、一念の誠御心に協ひ、」は「他し婿がね取らせん」としていた「岩沼子爵」が「珠運」を婿としてもよいと認めたことを意味する。「自が歸依佛の來迎」は父の許しを得て「お辰」が迎えに来たことを暗示している。「辱なくも」は華族子爵という特権的門地の「岩沼子爵」「令嬢」という身分に対しての言い方であり、「雲の上」は身分上のもので、ここでは華族社会の意味となる。前に「地下と雲上の等差口惜し」という表現があった。「白薔薇香薰じて」は「お辰」が用いていた香水と見る向きもあろうが、

「薫」には善に導く、感化する、という意味も含まれている（諸橋轍次『大漢和辭典』参考）。父をも感動、感化させるほどの清純な恋、愛の美しさを形容しているとも考えられる。このように見ると、そもそも初めに結婚をすすめたのは「吉兵衛」なのだから、「吉兵衛を初め一村の老幼芽出度」と「さゞめく」のは当然のことである。「吉兵衛を初め一村の老幼」は、「一念の誠」をもって貫く恋に感動し、ことの成り行きを聞いて、たがいに「芽出度」とさざめきあったのである。一村の老幼こぞってのそのさざめきが、天鼓を打つようにと表現されているように、あたかも雷鳴がとどろくように大きかったのである。村中の皆が喜び祝ったのである。「七藏」も感動して感化され、「田原と共に左右の御前立となりぬ。」は「岩沼」家の右腕左腕と言われるような「家従」（本文五三頁）になったのである。この読みでも「岩沼子爵」は「芽出度」である。「珠運」は、

心ばかりはミケランジェロにもやはか劣るべき、(26)

に見られるように、西洋芸術に目を注ぐ人物として造型されている。また、

横道入らずに奈良へでも西洋へでも行れた方が良い、(27)
お辰を女房にもつてから奈良へでも京へでも連れ立て行きやれ、(28)

と「吉兵衛」に勧められていたこともある。それらからすると、芸術修業に奈良や西洋に、「お辰」とともに行く

ことも考えられる。とすれば、これも修業と恋愛、ともに初志を貫くことになり「芽出度」である。ア、のような心的成長をとげての「珠運」なら「芽出度」もまさるであろう。「お辰」の「婿がね」「業平侯爵」は「程經て」「踵小さき靴をはき派手なリボンの飾りまばゆき服を召された」女性に「値遇」し、これも「芽出度」である。加えて「芽出度」は今は亡き人々にまで及ぶ。

夢の中にそなたの母に逢つても云譯がある(29)

と「お辰」の父「子爵」が気にかけていた、一生かけての恋をし実行した「お辰」の母「室香」も、恋を貫き通し「室香」自身は達せられなかった幸せを得た娘に「芽出度」と心から祝うであろう。さらに母「室香」亡きあと「お辰」を育て早世した「七蔵」の妻「女心の柔なる情ふか」かった「お吉」も、夫「七藏」の身持ちの定まることと、「お辰」の恋の成就とあわせて「芽出度」と喜ぶであろう。イ、の「天鼓を撃つ如く」は現世を離れて宇宙にまでひびきわたり、「芽出度」は天上界、あの世にまで及ぶのである。

このイ、の読みは、一見あまりにもめでたく団円の意味〔まるくをさまる〕〔円満に解決する〕（諸橋轍次『大漢和辭典』）通りで甘美すぎ俗すぎる感を免れないかもしれない。だが、あれほどむごく「お辰」を遇した「七藏」まで救われて「芽出度」となるのである。そしてあの世にまで救いと「芽出度」が及ぶ。『露團〻』にも見られたが、人間にたいして暖かく遇する露伴文芸のありようがうかがえると考える(30)。

文明開化の時代を考えるとア、もありえるであろう。だが、ア、では「お辰」の方は変わってしまったことになり、誓ったら一生貫くという『風流佛』の恋の理念には適応しなくなる。「お辰」は「珠運」の芸術完成への道程における導き手という役割としてのみの存在だったのかということが考えられてくる。確かに「珠運」は「お辰」との恋を乗り越え芸術の道を進めた。だが、「お辰」はたとえ他の結婚をしたとしても、「珠運」との貫けなかった恋を背負って、そのまま取り残されてしまったままでよいのであろうか。ア、の場合「お辰」のことを気にしすぎてはいけないが、『露團〻』にも作者は不幸な人々や、善くないことをしてしまう弱い人間にたいして暖かく遇する姿勢が見られた。『風流佛』においても「七藏」をも救っているのである。まして「お辰」を単に「珠運」の芸術のため、悟りのための導き手としてのみの存在だけに扱っていることはないと考えられる。「お辰」も救われなければならないし、幸せにならなければならないのではなかろうか。

そう考えると、イ、は、恋の理念も貫け「お辰」も幸せになり、多くの人々が「芽出度」と祝い、天上界、あの世にまでもその余波が及ぶと考えられるのである。

以上ア、イ、が「芽出度」に拘泥した読解の結果である。そして、イ、のような結末を考えることはその後の展開の道程として看過することができないと考える。

作者は、はっきりとさせない結末の中に、以上のような読解を包含しているのである。このように幾通りにも読める可能性のあることも、『風流佛』の作品としての価値を高めているものなのではなかろうかと考える。

注

（1）幸田露伴著『風流佛』、『新著百種』第五號、吉岡書籍店版、名著復刻全集、近代文学館、昭和四三年十二月十日発行、一一四頁。

（「玄の又玄摩訶不思議」は久しく削除されていたらしいが、『風流仏』、『幸田露伴集』新日本古典文学大系　明治編22、二〇〇二年七月二四日第一刷発行、岩波書店には入っている。二二四頁）。

（2）山口剛校訂『風流佛』明治文學名著全集第貳篇、大正十五年九月十日發行、大正十五年十月廿五日再版發行東京堂、二〇六頁―二〇七頁。

（3）笹淵友一『浪漫主義文學の誕生』昭和三十三年一月十日初版発行、平成三年六月二十日六版発行、明治書院、六八九頁。

（4）笹淵友一『浪漫主義文學の誕生』前掲、六九一頁。

（5）柳田泉「解題」『幸田露伴集』明治文學全集二五、昭和四十三年十一月二十五日第一刷発行、筑摩書房、三九五頁。

（6）河盛好蔵「幸田露伴集解説」『幸田露伴集』日本近代文学大系第六巻、昭和四九年六月三〇日初版発行、角川書店、一九頁。

（7）登尾豊「露伴登場」『幸田露伴集』新日本古典文学大系　明治編22「解説」前掲、五二九頁。

（8）『露伴全集』第一巻、七七頁。

（9）『露伴全集』第一巻、五八頁。

（10）里見安吉著『ダンテ神曲解説』一九六五年二月一日発行、山本書店、一三頁。

(11)『露伴全集』第一巻、六七頁。
(12)『露伴全集』第一巻、六七頁。
(13)『露伴全集』第一巻、六二頁。
(14)『露伴全集』第一巻、七七頁。
(15)『露伴全集』第一巻、五九頁。
(16)「御前立」は御前駆、さき立ち。岡保生注釈『風流佛』(『幸田露伴集』日本近代文學大系第六巻、昭和四九年六月三〇日初版発行、角川書店、八三頁)。七藏・田原は発心して風流仏の守護役となった(仁王像のように)。関谷博校注『風流仏』(『幸田露伴集』新日本古典文学大系　明治編22、前掲、二二四頁)。いずれにしても助けることになる。
(17)『露伴全集』第一巻、四二頁。
(18)『露伴全集』第一巻、四四頁。
(19)『露伴全集』第一巻、四四頁。
(20)『露伴全集』第一巻、四四頁。
(21)『露伴全集』第一巻、五九頁。
(22)『露伴全集』第一巻、五六頁。
(23)『露伴全集』第一巻、七七頁。
(24)帝釈天が住む忉利天の善法堂にあるという鼓。打たなくとも自然に妙音を発し、聞く者に悪を慎ませ、善を好ましめる、という。風流仏来迎に対して皆のあげる歓呼の声が、この天鼓のように、七藏を感化する。関谷

博校注『風流仏』（『幸田露伴集』新日本古典文学大系　明治編22、前掲、二二四頁）。

なお、天鼓について
〔天鼓〕雷をいふ。雷に似た音。諸橋轍次『大漢和辭典』に拠る。

〔天鼓〕天上に鳴るつづみ。雷鳴。かみなり。

用例として風流仏（一八八九）〈幸田露伴〉団円「吉兵衛を初め一村の老幼芽出度とさざめく声は天鼓（テンコ）を撃つ如く」が挙げられている（『日本国語大辞典』小学館、第二版に拠る）。つまり、珠運・お辰の恋の成り行きを老幼こぞってめでたいと祝う声が村中にどよめいたのである。と解釈できるとも考えられる。
(25)『露伴全集』第一巻、七五頁。
(26)『露伴全集』第一巻、六〇頁。
(27)『露伴全集』第一巻、六七頁。
(28)『露伴全集』第一巻、四九頁。
(29)『露伴全集』第一巻、五六頁。
(30)『露團〻』は、『露伴全集』第七巻、岩波書店。一―一四四頁所収。
雑誌都の花の明治二十二年二月下旬號から載り、〈略〉翌二十三年十二月金港堂から刊行せられた（『露伴全集』第七巻、昭和二十五年十一月三十日第一刷發行、昭和五十三年八月十八日第二刷發行、岩波書店後記抄に拠る。雑誌の括弧などは後記に倣う）。

『露團〻』の「ぶんせいむ」は「人世の不幸の極點に達したる人〻を訪ひ尋ねて其不幸を癒やし救はん」と不幸の人々に目を注いで旅に出たとしている。また、「ぶんせいむ」は娘「るびな」の婿を広告によって募集し、試験をして選ぶという方法をとった。その試験に「吟蜩子」を替え玉として送るというようなことをした「田亢龍」も終りには「温順の人となり、父の官を繼ぎて榮えしとなり。」としている。「るびな」は試練を乗り越えて恋をつらぬき、最後に多くの人々に祝福されて「しんじあ」と結婚する。（このように皆幸せになるのである。要約岡田）。

なお、『露團〻』については本論第二章「幸田露伴『露團〻』考」を参照して頂きたい。

（二）一夫一婦の倫理観において

次に、「團圓」本文は、「珠運」が「お辰と共に手を携へ肩を駢べ悠〻と雲の上に行し後」のさらに後に、「其後」と続いているのに着目したい。

「團圓」については、同時代評でも不備の指摘が見えたことは前述した。現代でも、露伴の団円はいかにも取ってつけた感がなくもないのである。(1)

と思われているのが見えるが、「團圓」特に「其後」以降がそれまでの本文にそぐわないものが感じられることは、否めない事実であろうと考える。

その一つの理由として、俗世の情念の世界から脱して、昇華した世界になるからという見方もできよう。だが、それだけではないのではなかろうか。作品では、本文「第十　如是本末究竟等　下　戀戀戀、戀は金剛不壊なるが聖」に続けて、冒頭に、

　虚言といふ者誰吐そめて正直は馬鹿の如く、眞實は間抜の様に扱はるゝ事あさましき世ぞかし。男女の間變らじと一言交せば一生變るまじきは素よりなるを、〈略〉[2]

と『風流佛』の恋の理念と、近頃の世情批判が示されているのが見える。

これは、男女の間は、変わらないと一度誓ったら一生変わらないのが当然であり、この場合、変わらないというのは、男女の間で誓い合った愛のことであると解釈できる。

一方、日本の社会では、夫は正妻の他に妾というものがあっても、それは男の甲斐性として、或いは家の跡継ぎの問題があるからなどとして認められていた。つまり夫婦は、特に上流富貴階層では一夫数婦のような形態が公然と許されていたのである。長く続いてきたそういう慣習・風俗が明治になったからといって、一気に払拭されるものではないことは、歴史を見ても明瞭である。

このように、一夫数婦が公然と許されるような社会の中にあって、『風流佛』は一生かけての変わらぬ恋を理念とする。上流階層の「岩沼子爵」をも「大事の〳〵女房」「後妻を貰ひもせず」などにも見られるように、その理

念を貫いている人物として造型している。　また「珠運」の手紙という設定の中に、

あはれ歳月の早く立かし、御おもかげの變りたる時にこそ淺墓ならぬ我戀のかはらぬものなるを顯したけれ(3)

とあったが、これは男女の間で年老いて若い時の美しさや力強さはなくなっても、一生変わらずに愛の思いが続くということを現している。

「珠運」「お辰」のような若い男女間においての「變らじと一言交せば一生變るまじきは素より」という恋の理念は、その恋の延長線上にある恋の結実の結婚をとおして夫婦間へとつながる。つまり、「男女の間變らじ」は夫婦の間変わらじとなる。その場合、夫婦という男女の間において一方が複数になるとき、たとえば一夫数婦のような形になる時、一生変わらない「一念の誠」をもって信じ愛していると言えるであろうか。「一念の誠」をもって信じ愛していくことができるであろうか。なぜなら、一方が複数になるとき「變らじ」の関係は何らかの変化をするのではないであろうか。とすれば、『風流佛』にいう「男女の間變らじと一言交せば一生變るまじき」の恋の理念は、とりもなおさず一夫一婦の夫婦のありようの理念につながるものとなる。

日本における夫婦のありようについては、天文一八年（一五四九）来日し、日本にキリスト教を伝えたサビエルの書翰抄『聖フランシスコ・デ・サビエル書翰抄　下巻』(4)に「一人の男は一人の妻しか持つてはならない」と説いていたことに対する日本の人々の反応が記されているのが見られるが、このように一夫一婦を説くことを珍しいことのように聞いたらしい。つまり、日本では夫婦間は曖昧な形態のままで別にとりたてて考えられることではな

かったのである。この曖昧さによって被害を被るのは、恐らく女性のほうが多かったと考えられる。

こういう風潮が続いてきた中で、明治二十二年〈日本キリスト教婦人矯風会〉による一夫一婦の建白があったことが、『日本キリスト教婦人矯風会百年史』[5]に見られる。

一夫一婦の建白[6]

八百余名の署名連印

一八八九（明治二二）年のメイン・イベントは、一夫一婦の建白書を元老院へ提出したことである。[7]

とあり、その「建白書の文面はいまのところ発見されていない」として、

建白活動の中心人物だった湯浅はつ（矢島姪）が『女学雑誌』一六一号（明治二十二年五月十一日。注岡田）に寄稿したものが建白書の内容をあらわすものであるから掲げておく。[8]

として記している中に、

倫理の基の要旨　湯浅はつ

一、一夫数婦の弊を救ふの第一法は基督教によるにあり　―〈略〉―　只基督教は一夫一婦を主張するものなれば

必ず之によらさる可らす。(9)

一、一男子四人の妻を有するを許されたる亜刺比亜人すら近頃は一夫一婦に満足し、一夫数婦を制とするモルモン宗も米国政府より公然一夫数婦の制を取ることを厳禁せられたり。(10)

と記されているのが見られる。『風流佛』初出は同年すなわち明治二十二年九月吉岡書籍店発行の『新著百種』第五號である。『風流佛』本文の、

若又過つてマホメット宗モルモン宗なぞの木偶土像などに近づく時は、現當二世の御罰あらたかにして、光輪を火輪となし一家をも魂魄をも焼き滅し玉ふとかや。(11)

という表現には、前記建白書の

亜刺比亜人すら近頃は一夫一婦に満足し、一夫数婦を制とするモルモン宗も

の影響があるのが見られるのではなかろうか。亜刺比亜人をマホメット宗にしているのではなかろうか。そしてともに、一夫一婦を推奨しているものなのである。「木偶土像などに近づく」は他の宗教に近づくことを意味するとも考えられるが、『風流佛』では一夫数婦になることを比喩していて、一夫一婦による「子孫繁昌家内和睦」に

対して、一夫数婦による弊害を述べているのであると考えられる。〈日本キリスト教婦人矯風会〉による前記建白(建白にいたる気運は前からあったと思われる)が『風流佛』になんらかの影響があったのではないかと考えられる。

露伴とキリスト教との関連については、柳田泉がその著『幸田露伴』のなかで、

露伴の不在中(北海道に赴任中。注岡田)、何ういふ切掛けからか、下谷教會を預かつてゐた若い植村正久師の説教を聞いて頗る感激し、先祖代々の佛教(法華宗)信心を拋擲して猛烈な基督教信者になつてゐた。(12)

と父成延の改宗をはじめとして一家(露伴をのぞいて)がキリスト教の信者になっていたことを記している。

因みに、柳田泉著『幸田露伴』は露伴の生前昭和十七年二月十二日發行である。その「序語」に

さて、此の書を露伴傳とはいふものゝ、それは世にいふ評傳といふ性質のものではない、見方によつては、傳記資料といふにちかいかも知れない。わたし自身の目的からいへば、能ふ限り公平な、すらすらとした、先生の文學的作品や人物を理解する上に幾分でも多く助けとなるやうなものを書きたいといふのであつた。露伴先生は七十五の高齢ながら、現に元氣で讀書執筆をされてゐることであり、

と『幸田露伴』執筆にさいしての柳田の姿勢と、執筆当時、露伴が健在であったことが記されている。さらに、「心構への一つとして、成るべく先生を煩はさずに、自分で勉強して資料を拾蒐し案排して作り上げてみたいと志

した。」が、

肝心のところでどうにも資料が足りなかつたり、作品に分らない點が出て來たり、資料そのものに疑點があつたりして、結局、度〻先生に御面倒をかけることになつたのは、笑止の至りである。

とも記している。

先生の直話中、本文を訂正すべきもの、追補すべきものは、附録（一）として巻尾にのせてあるから、これは、是非とも本文と併せて讀まれたい。〈略〉

昭和十六年一月十三日午前　柳田　泉記

とあり、こういう姿勢で書かれ、しかも露伴生存中に発行されているので、違う事は訂正されたであろうから、信用できるものであると考えられる。

その柳田泉『幸田露伴』に拠る明治二十年頃の露伴の環境から見ると、露伴にキリスト教の影響[13]がなかったとは言えないと考えられる。したがって、建白のことも直接のかかわりはなくてもキリスト教の関係していることではあり、前記のような家庭環境の中にあって、話題にも上り聞いていたことは考えられる。

キリスト教の『新約全書』には（書名は「新約全書目録」に拠る）

元始に人を造り給ひし者は之を男女に造れり　是故に人父母を離れて其妻に合二人のもの一體と爲なりと云るを未だ讀ざるか　然ばはや二には非ず一體なり神の合せ給へる者は人これを離すべからず

『新約全書』馬太傳福音書第十九章四―六節

婚姻の事を凡て貴め

『新約全書』達希百來人書第十三章四節

などに見られ、一夫一婦を説く拠り所が示されている。(14)

このように見てくると、「其後」以降において『風流佛』の世界は、それまでの日本的情景の中に醸し出される情念の世界から一転して、当時の世情を反映し、しかも、キリスト教的倫理観の影響のある世界へと移行しているのである。次元を異にするから「團圓」が〈いかにも取ってつけた感〉じにもなるのではなかろうか。

四回目の「風流佛」は移行した世界に、見えるのである。

この「風流佛」は「所〻に」見え、しかも夫々の境遇にふさわしい配偶者、それも女性の姿、妻の姿として見えるとされている。さらに、本文はそれを「一切經にもなき一體の風流佛」と表現している。「一切經にもな(15)」いというのだから仏教のものではないと考えてよいのではなかろうか。因みに様々な姿に見えることから、「觀世音菩薩普門品」の「三十三身普門示現」（渡辺宝陽、前掲二〇三頁に拠る）が想起されるが、そこでは男性の姿にも現じていて、女性の姿ばかりではない。『風流佛』で顕現するのは女性の姿ばかりである。たとえば、「或紳士」は「駝鳥の羽寶冠に鮮」の姿を拝み、「某貴族」は「錦の御帶金色赫奕」の姿を見、「農夫」は「腰に利鎌さした」姿を拝み、「小商人」は「洋銀の簪位」の御姿を見、しかも、同じ漁師でも「北海道」の「漁師」は「鰊の鱗怪しく光るどんざ布子」の姿を見、「佐渡」の「漁師」は「色もさだかならぬさき織」の姿を見るのである。「踵小さき靴をはき派手なリボンの飾りまばゆき服を召されたるに値遇」するのは「業平侯爵」である。これらは皆それぞれに相応しい配偶者の姿で見えていると考えられる。

そして、この様々な姿で顕現する四回目の「風流佛」を拝んだ者は「一代の守本尊と」するという。

このように見てくると、実は、四回目の「風流佛」とは実体がなく、愛の心を象徴しているものなのではなかろうか。とすると、これを現実の夫婦の場合にあてはめれば、「一代の守本尊と」するということは、いつも愛の心を持っていることになる。愛の心を互いに持ち続けているということは、「一念の誠」の愛と信の上に成立する一夫一婦の夫婦のありようの基となるものである。そういう夫婦には「御利益」として「子孫繁昌家内和睦」の一家の繁栄がもたらされるとしているのであると考えられる。

建白書に、

一家は一国の基なるを以て一家の不平攪乱は一国にもその関係を及ほすなり。(16)

とあるが、作者露伴にも一夫一婦による家庭の繁栄は、国家の繁栄につながるものという思考(17)が抱懐されていたのではないかということも考えられる。

注

（1）野山嘉正「近代小説新考　明治の青春―幸田露伴「風流佛」（その六）―」『國文學』三月号第三七巻三号、學燈社、一五五頁。
（2）『露伴全集』第一巻、七〇頁。
（3）『露伴全集』第一巻、七五頁。
（4）『聖フランシスコ・デ・サビエル書翰抄　下巻』ペトロ・アルーペ／井上郁二訳、一九四九年七月一〇日第一刷発行、一九九一年一一月二〇日第四刷発行、岩波書店、一〇三頁。
（5）日本キリスト教婦人矯風会編『日本キリスト教婦人矯風会百年史』一九八六年一二月六日第一刷発行、ドメス出版、六二―六四頁。
なお、〈日本キリスト教婦人矯風会〉は、一八八六（明治一九）年一二月六日に創立された。当時の日本は近代国家建設の途上にあったが、その根底には古い封建時代の因習が根深くのこっており、女性と子供の人権はなきにひとしいものであった。けだし、日本の矯風会が禁酒運動と婦人運動との二本立てになったゆえんであり、東京の日本橋教会で発会式を挙行するや、その翌年には男女の貞操問題を決議、二年後の一八八九年に一夫一婦の請願、九二年に海外売春婦の請願と、やつぎばやの活動を展開する原動力となった（『日本キリスト教婦人矯風会百年史』「刊行にあたって」篠原喜美より抄）。
（6）『日本キリスト教婦人矯風会百年史』前掲、六二頁。
（7）『日本キリスト教婦人矯風会百年史』前掲、六二頁。
（8）『日本キリスト教婦人矯風会百年史』前掲、六二頁。

（9）『日本キリスト教婦人矯風会百年史』前掲、六四頁。
（10）『日本キリスト教婦人矯風会百年史』前掲、六三頁。
（11）『露伴全集』第一巻、七八頁。
（12）柳田泉『幸田露伴』昭和十七年二月十二日發行、中央公論社、五七頁。
（13）露伴とキリスト教との関連については拙稿「幸田露伴『露團々』考――露伴とキリスト教の関連と、「露團々」の愉快観、恋愛観の根底にあるキリスト教的思考の考察――」（『日本文藝研究』第五十一巻第一号、一九九九年六月十日発行、関西学院大学日本文学会に掲載）を参照されたい。なお、本論「第一章、第二節、露伴とキリスト教の出会いをめぐって」、「終章、本論視座の必然性の立証――露伴とキリスト教との関連（点検と再考察）」を参考にして頂きたい。
（14）関谷博校注『風流仏』には「風流仏は一夫一婦制の仏なのである。」としている。『幸田露伴集』新日本古典文学大系　明治編22、二〇〇二年七月二四日第一刷発行、岩波書店、二三五頁。なお、一夫一婦制については、すでに拙稿「幸田露伴『風流佛』考――「発端如是我聞」と「團圓　諸法實相」をめぐっての西欧的、キリスト教的視点からの考察――」（『日本文藝研究』第五十三巻第二号、二〇〇一年九月十日発行、関西学院大学日本文学会に掲載）でふれているので参照して頂きたい。
（15）露伴は『一切經の傳』で「一切經とは、佛經中の、經、律、論、秘密、雜の五藏を合せ稱するものにて、〈略〉苟も佛教に關して〈略〉殆んど網羅包括して剰すところ無ければ、〈略〉」と言及している。『露伴全集』第十五巻、三二頁。
（16）『日本キリスト教婦人矯風会百年史』前掲、六四頁。

（17）後（昭和十五年）のことではあるが露伴は『愛』で、「他面には夫婦の愛、そこから生物は繼紹して行くのである。〈略〉こゝに世界の組織だって繁榮し、人間の滋息して行く妙作用が運ばれるのである。〈略〉愛によって社會も發達し、國家も隆昌なるに至るのである。」と記しているのが見られる。
『愛』は『露伴全集』第二十五巻、昭和三十年四月二十五日第一刷發行、昭和五十四年五月十八日第二刷發行、岩波書店、六六四―六六九頁所収。六六六頁。

むすび

ところで、初出時、肉食頭陀（石橋忍月。注岡田）は、「新著百種第五號風流佛」で、

1　殊に其結末に至り珠運は如何お辰は如何になりしや

2　其朧氣中に如何なる妙味あるや熟考未だ著者の眞意匠を思ひ出ださゞればなり、

3　著者若し吾人の不敏を憐まば請ふ團圓の「歸依佛御利益」を詳説せよ、

『國民之友』六拾五號、明治廿二年十月十二日（三六―三八）

と批評していた。1、「珠運」「お辰」の恋がどうなったか不明である。2、それにつれて〈著者の眞意匠〉が不明である。3、前記1、2、において團圓の〈「歸依佛御利益」〉を詳説してほしいと言っていた。つまり、『風流佛』という作品は、1、2、3、が不明なままなのが不足なのだとしているのである。本稿はこの忍月の評が正鵠を射ているか否かの解明を試みたのである。併せて「團圓」の意義をも考察したのである。

その結果、

1、〈珠運は如何お辰は如何になりしや〉は、本稿「（一）「珠運」「お辰」の恋の結末の解明において」のイ、であるとする。以下、イ、とする理由を述べる。

ア、の読みも捨てがたい。なぜなら、人生において通過せねばならない恋というものに伴う迷いから脱却し、聖なる愛へと昇華する愛の神髄を「珠運」が得る、悟ることができたということも、人間の成長過程の道程として立派な見事なことであり、そのようになれたのは尊く有難いことであると考えると捨てがたい。

だが、このア、では「お辰」はいわば「珠運」を悟りへと誘う道具のようなものになってしまう。さらに「お辰」は「追付變つて來」たことになり『風流佛』の一生変わらないという恋の理念からも外れてしまうのである。そして、『露團〻』では「るびな」と「しんじあ」は試練を信と愛によって乗り越え、恋愛成就から多くの人々に祝福されての結婚という結末をとっている。さらに「ぶんせいむ」の旅にも、不幸な人々を救うという目的があるとする視点が見られるとともに、悪をおかしてしまう弱い人間へ暖かい目が注がれているのが見られた。[1]『風流佛』でも「お辰」にむごくあたっていた「七藏」をも救っているのである。ゆえに、『風流佛』において、道具だけにつかわれることになるような「お辰」の扱い方はしないと考えられる。その「お辰」にとっては栄誉富貴の華族となるよりも、「一念の誠」の信と愛によって貫く恋が成就することのほうが『風流佛』の恋の理念からすると幸せであると考えられる。「お辰」は初めて父「岩沼子爵」に会ったとき、「五日前一生の晴の化粧」という表現をしている。五日前とは「珠運」と婚礼しようとしていた日のことである。これから「お辰」には一生一度の婚礼という、誓ったら変わらないという恋の理念がうかがえる。

とすると、『露團〻』の結末と同様に、「珠運」「お辰」は恋を貫き恋愛成就し「芽出度」と多くの人々に祝福されて結婚した、と見るのが『露團〻』『風流佛』二作品に共通する展開として合致し、あわせて『風流佛』の恋の理念にも適合すると考えられる。このような理由でイ、であるとするのである。このイ、の結末があることが近代的家庭形成一夫一婦制に言及することにつながり、さらに次の2、〈眞意匠〉の解明へとつながり、3、の〈「歸依佛御利益」〉の解明につながるものとなると考える。すなわち、

2、〈著者の眞意匠〉は、日本的情緒情念の世界とも見える作品に、キリスト教的倫理観を根底とする、一夫一婦のありようの推奨とも言えるものを包含させ、社会に向けての提唱へとつながるものとする趣向に見られる。

3、〈「歸依佛御利益」〉は、ア、の場合は啓示をうけ愛の神髄を感得することであると考えられるが、イ、では、一夫一婦の誠の愛の上に成立する夫婦にもたらされる「子孫繁昌家内和睦」の幸福のことである。だから「眼前にあり」と言えるのである。それは国家の繁栄につながるものであるということも、暗に含まれていたのではなかろうかと考えられる。

以上のように、「團圓」に着目して読むと忍月がわからない、不足だとして批評していたことが明らかに見えて

くるのである。著者は「團圓」で解明しているのである。著者の緻密な構成は「團圓」に説明を用意しているのであるとも言えよう。また、著者は抱懐する考えを「團圓」で吐露しているとも言えよう。したがって、不足だとする忍月の批評は正鵠を射ていないと言えよう。しかし、一方、不明な所に何かあると感じ、問題を提起したとすれば、鋭い批評家だと言えよう。作者の意図が「團圓」にこめられているのではなかろうか。「團圓」の意義、特に「其後」以降の意義は重いと考える。

以上のように、「團圓」の二つの表現「吉兵衛を初め一村の老幼芽出度とさゞめく聲は天鼓を撃つ如く」と、四回目の「其後」以降の「風流佛」表現に着目して読むとき、「團圓」の意義は重く、同時代評で不足・不備と見られた「團圓」に作者の周到な意図がこめられていると言える。

そして、『風流佛』は、キリスト教の影響のある作品であると言えよう。なぜなら、当時、一夫一婦制はキリスト教の倫理観に基ずくものであると言えるからである。

変わらないと誓った若い男女の恋愛成就は結果として結婚へとつながるものであり、夫婦間において変わらぬ愛を一生持続しようとすれば、その望ましい形態は一夫一婦でなければならないと考えられる。『風流佛』創作当時、〈日本キリスト教婦人矯風会〉による一夫一婦の建白があったが、『風流佛』はこういう社会の趨勢をとりいれているものであって、露伴には一家の繁栄は国家の繁栄につながるという思いもあったのではないかと考えられる。

古い封建時代の因習が根深く残っている当時の社会における女性や、社会風潮・趨勢をも見据えて、「團圓」において近代的家庭形成一夫一婦の夫婦のありようの推奨を社会に提唱しているのではなかろうか。そこに日本の近代国家建設の途上に生きる青年としての、作家露伴の使命感がこめられてもいたのではなかろうか。

それゆえに、「團圓」において『風流佛』は、教訓・教養・説教・啓蒙・寓意小説とも言える要素を含んでいると言えるのではないかと考えられるのである。

笹淵は、

> 露伴の西欧的なものの摂取の仕方は極めて同化的であって、換骨奪胎の妙を得てゐ《ママ》るために、ともすれば烱眼な批評家すらその本源を認めえないことが多いのである。(2)

と、露伴の作品の中で西欧的なものを認める難しさを指摘しているが、『風流佛』でも西欧的なものキリスト教の影響は容易に認めえない形で存在していると言える。

それらを包含しつつ、『風流佛』は〈妙味佳香言ふ可からず〉と評される価値ある文芸作品なのであると言えよう。

注

（1）本稿「（二）「珠運」「お辰」の恋の結末の解明において」の注（30）を参照。

（2）笹淵友一『浪漫主義文學の誕生』昭和三三年一月初版発行、平成三年六月六版発行、明治書院、六七六頁。

＊『風流佛』本文は『露伴全集』第一巻、昭和二十七年十月三十一日第一刷發行、昭和五十三年五月十八日第二

刷發行、岩波書店を用いた。

なお、『風流佛』、『新著百種』第五號、明治二十二年九月廿三日出版、吉岡書籍店。

幸田露伴著『風流佛』吉岡書籍店版、名著復刻全集、近代文学館、昭和四三年一一月一〇日発行、日本近代文学館を参照した。

＊

本稿で用いた「聖書」
『新約全書』耶穌降生千八百八十年、米國聖書會社、明治十三年、日本横濱印行。「近代邦訳聖書集成」3、一八八〇年原本発行、一九九六年四月二五日第一刷発行、翻訳委員会編、ゆまに書房。

本稿は、拙稿「幸田露伴『風流佛』考――〈珠運は如何お辰は如何になりしや〉をめぐって――」（『日本文藝研究』第五十五巻第二号、二〇〇三年九月十日発行、関西学院大学日本文学会に掲載）をもとに補筆・修正したものである。論旨は変わらない。

第四章　幸田露伴少年文學『惡太郎のはなし』考
——作品表現と聖書世界との関連を視座として

はじめに

『露伴全集』は、「少年文學」として、その第十巻の後半と第十一巻をあて、およそ四十ほどの作品を所収している。だが、『惡太郎のはなし』は、再版に際して追加された別巻上にある（本論では、内容から見て便宜上「少年文學」とする）。

初出時の『惡太郎のはなし』は、第一、第二、第三、からなり、雑誌『生徒』第九號（成章館、明治二十二年（一八八九）九月十五日出版）から四回にわけて載った。

まず、明治二十二年（一八八九）九月十五日出版の第九號「惡太郎のはなし第一　露伴寄稿」（因みに第九號目次では「「惡太郎話のはなし」（第壹）露伴寄稿」となっている）、これには子供達の喧嘩の場面の挿絵がついていた。同年十月十五日出版の第十號「惡太郎のはなし第二」（目次、本文ともに作者名はない）、これには海上の嵐の場面の挿

図－13　『生徒』創刊號第壹號の表紙（明治 22 年 1 月 5 日出版、成章館）
東京大学法学部附属明治新聞雑誌文庫所蔵

絵がある。荒れ狂う風雨にもまれて漂っているのは、かなり大きい船と見える。その船から離れようとする、手で漕ぐ小船がある。前面に今まさに海に飛び込んだ女の子らしい姿が描かれている。第十號は「未完」としていて、その後に「童子を教ふるの道云々（後述）」の文章が書かれていた。第十一號には『悪太郎のはなし』はない。同年十二月十八日出版の第十二號「悪太郎のはなし第二（第十號續）露伴子作」、これには挿絵はなく（未完）としてある。そして明治二十三年（一八九〇）一月十日出版の第拾參號「悪太郎のはなし第三　露伴子著」のように、四回にわけて（第二は第十號と第十二號に分けて掲載。第十一號には『悪太郎のはなし』はない）、いずれも成章館から出版された。この初出時期からみて露伴「少年文學」の最初に位置するものと考えられる。なぜなら、従来、露伴の少年向けの初めのものとして見られていた『鐵三鍛』は雑誌「少年園」の明治二十三年一月上旬號に『鐵之鍛』として載ったもの（『露伴全集』第十巻後記參照）だからである。

『生徒』第壹號（明治廿二（一八八九）年一月五日）には、「生徒の發刊に就て」の中に、

吾輩は今の小學生徒諸君に向て尤も望を屬するものなり。夫れ小學の教育は教育の根本なり。―〈略〉―　吾輩の此小冊子を刊行する。聊か此に見るあり。少年諸君の爲めに學業の小輔を爲し。尤も根本の教育に向て助けを與へんと欲するものなり。

と発刊の目的が書かれていた。

図－14 『生徒』第九號の表紙（明治22年9月15日出版、成章館）
『悪太郎のはなし』第一が掲載された。目録に「家庭教育「悪太郎の話のはなし」第壹　露伴寄稿」とある。

東京大学法学部附属明治新聞雑誌文庫所蔵

發行兼編輯人　加藤孫次郎　東京々橋区木挽町一丁目六番地　發行所　東京京橋區木挽町一丁目六番地　成章館

となっている。雑誌『生徒』、成章館、加藤孫次郎の詳細については管見では今の所わからない。

露伴の『少年文學』について福田清人は、

露伴の処女作（「鐵三鍛」をさす。注岡田）は、小波に先行する作品であった。その意味では露伴こそ先駆者である。(1)

と言っているが、勿論この時点では『悪太郎のはなし』にはふれられていない。

ところで、児童文学(2)には作者の人生観や生きていく知恵と共に、次世代に託す理想が込められると考えられる。露伴が少年達に託したかった理想、根本の教育とはいかなるものか。そしてその拠り所とするものは何か。この二点を作品研究することによって論証したいと思う。

注

（1）福田清人「露伴と少年文學」『文学』一九七八年一一月 VOL. 46《幸田露伴研究》岩波書店、一〇五頁。

（2）福田は『文学』前掲一〇四頁で「昭和十年代から「児童文学」という呼称に代ったが、それまでは多く「少年文学」という呼称だった子供のための文学・読物に、明治期、幸田露伴は非常な熱意を注いでいる。」と記している。

※　本稿の本文は『露伴全集』別巻上（昭和五十五年二月十八日第一刷發行、岩波書店）所収（一—九頁）『悪太郎のはなし』に拠った。
なお、『生徒』第壹號、第九號、第十號、第十二號、第拾參號を参照した。

（一）「『悪太郎のはなし』第一」への論証　その1

——「創世記」にはじまる聖書世界内在化の浮上——

作品本文は、

悪太郎（十三歳。注岡田）といふ子供がありました。まことの名は太郎といふのですが、人の家の木の菓《きみ》を取つたり、又は友達をあざむいたり、弱い者をいぢめたりなぞ悪い事をするので悪太郎と呼ばれたのです。

本文（以下同）一頁

と記している。ここで注目したいのは「木の菓」（『生徒』第九號でもルビ共に同じ）という表現である。これは聖書（序論で露伴が読んだと推定し、本稿が拠る『舊約全書』）では、

木菓《み》の結る諸の樹とを汝等に與ふ
『舊約全書』「創世記」（他の場合もあるが、本稿では「舊約全書目録」の表記で一貫させる。『新約全書』も同。以下同）　第一章二十九節

としている。初出は勿論であるが、『露伴全集』もルビを省かずに「み」としている。

そこで、木の実についての聖書の他所の記述を見ると、たとえば、

ヱホバ神其人に命じて言たまひけるは園の各種の樹の果《み》は汝意のまゝに食ふことを得然ど善悪を知の樹は汝その果を食ふべからず汝之を食ふ日には必ず死べければなり
『舊約全書』創世記第二章十六—十七節

とこのように記されているのが見られる。「創世記」第一章「木菓」から「樹の果」と「菓」ではなく「果」となっているのである。以上のように「樹の果」ではなく「木の菓」とした表現から、作者は「創世記」第一章を想起していると考えられるのではなかろうか。

つづいて本文一頁には、

図－15 『生徒』第九號、十三頁の挿絵（明治22年9月15日出版、成章館）
小さい子を泣かせ、取上げた「小刀」で「俠吉」を傷つけ、悪太郎と呼ばれる本領発揮の場面である。ちなみに背後の木は何の木かちょっとわかりにくい。『露伴全集』別巻上には挿絵は収録されておらず後記にも挿絵についての記述は見られない。
東京大学法学部附属明治新聞雑誌文庫所蔵

はじめは人の家の庭にある林檎を取ったのですが、今は人の家の子供の持て居る菓子を取る程になりました。はじめは友達をあざむいたのでしたが、今は學校の先生をあざむき、はじめは弱い者をいぢめたのですが、今は誰とでも喧嘩する程になりました。

このように、「悪太郎」の悪がエスカレートしていく様子を記している。この「人の家の庭にある林檎を取った」に着目したい。普通単なる木の実なら、たとえば柿でもよいし桃でも蜜柑でもよいと思われる。それなのに多くの果実の中でなぜ「林檎」なのか。明治初期には栽培種の移入があるから、その頃珍しい果実として取り上げたのかもしれない。だが、「創世記」のアダムとエヴァ（エバ、イブとも）の話でエヴァが「林檎」を取るという情景は、聖書から取材して描くことの多い欧州画家たちの好題材であったし、現在でも、聖書にはこの場面で何の実との明記は無いのにもかかわらず、エヴァが取ったのは「林檎」と想起する人が多いのではなかろうか（これらについては『岩波キリスト教辞典』大貫隆他編二〇〇二年六月一〇日第一刷発行、岩波書店、「リンゴ　Apfel」（山我哲雄）『旧約新約聖書大事典』一九八九年六月二〇日発行、教文館、大月虎男著『聖書植物図鑑』一九九二初版発行、教文館などを参考にした）。

キリスト教の伝統では、エデンの園でアダムとエバが取るのを禁じられた果実をリンゴと表象することが多いが、これはラテン語学における「リンゴ（MALUS）」と「悪しき（MALUS）」の語呂合わせから生じた二次的な同定と言われている。またこの情景は欧州画家の好題材でデューラー（一四七一―一五二八）などもリンゴとして描き（『アダムとイブ』プラド美術館蔵）、ミルトンは楽園喪失の長詩を書き、これに次のように記している。

Of tasting those fair apples, I resolved.（ミルトン『失楽園』9：584　平井正穂訳、岩波書店など参照）などと見える。

笹淵は、「柳田氏によれば、『ミルトンは英語に熱心したころの露伴の愛読書であつた』といふ。」と露伴が若い時、ミルトンを読んでいたことを伝えている（笹淵友一『浪漫主義文學の誕生』明治書院、六六〇頁）。ミルトン（一六〇八（慶長一三）年—一六七四（延宝二）年）は人間の罪悪と、それに対する神の贖罪に示される愛を探求している詩人であって『失楽園』は一六六七（寛文七）年頃に書かれた長編叙事詩である。年代から言っても文明開化の日本に舶来していたことは考えられる。そして、ミルトンを愛読していたと言われる露伴が、『悪太郎のはなし』で「創世記」第一章からに拠ると考えられる表現「木の菓」を、次では「林檎」としていることからも、ミルトンの『失楽園』を読んでいたと考えられるのではなかろうか。

また、実際に聖書を読むと「林檎」は所々（たとえば、箴言二五・一一、雅歌二・三、約耳一・一二など）に見られる。画家たちは、「創世記」で不明の実を、身近にある美しい果実というだけでなく、聖書の記述からも「林檎」を想起し描いたのではないかとも考えられる。日本では明治初期から絵画美術教育に力がいれられ、岡倉天心やフェノロサらの尽力があって、明治二十二年初旬には美術学校が開校されたり、それより前、イタリヤからはフォンタネージ（Antonio Fontanesi 一八一八—一八八二イタリヤの画家。一八七六（明治九）年に来日。『世界大百科事典』平凡社参考）らが招聘され、その時多くの絵画を持ってきたりしているようで、「創世記」の林檎の場面はデューラーばかりでなく、たとえばティツィアーノやルーベンスなども描いているようだから露伴もあるいは絵は見なくても話などで聞くなど、なんらかの情報を得る機会があったかもしれない。露伴が「林檎」という知識を何によって得たのかは明らかではないが、とにかく長い間に「創世記」の「木の菓」は「林檎」として、人々に思われていったのである。

つまり、「人の家の木の菓を取つた」から「人の家の庭にある林檎をとつた」へと移る表現過程から、この作品はキリスト教聖書『舊約全書』の「創世記」を念頭において書き進められているのではなかろうか、ということが考えられる。

このように視点を定めると、次に本文は「はじめは」「今は」と対比させていることに気付く。前述したように、露伴は「創世記」第一章を念頭においていたのであるから、本文にまず、「はじめは」とあることによつて、

元始《はじめ》に神天地を創造《つくり》たまへり

『舊約全書』創世記第一章一節

に始まる「創世記」の「はじめ」が想起される。

後年であるが、露伴は評論『一國の首都』（『露伴全集』第二十七巻、二九頁）で、「アダムイブ以後の重疊せる過失の塵埃を焚きて、」「能ふべくんば世界を樂園の罪無き昔時に回らし、」と記している。また、『方陣秘説』（『露伴全集』第四十巻、一三頁）では、「人は　―〈略〉―　神ニヨリテ作ラレタル天地萬象ノ中ノ一動物ナレバ、」とこのようにも記していて、露伴の神の概念にはキリスト教があると言ってもよいと考えられる。本文の「はじめ」には単に「悪太郎」のいたずらの「はじめ」ではなくて、「創世記」第一章の、人間が「木菓」を取ることに、まだ関係しない「元始」の意味を包含していると考えられる。ゆえに、本文に「はじめは」「今は」として対比させていることは、「樂園の罪亡き昔時」と『悪太郎のはなし』を書いた明治二十二年頃の社会の堕落している人間のあり

ようを、「悪太郎」が悪へとエスカレートする行為を記すことによって、暗に比喩、風刺しているとも考えられるのである。

　つづいて本文は、

其中に俠吉といふ子がありました。俠吉は今年十一ですけれども、心の正しくて強い子です。さうして情の深い子ですから、―〈略〉―　かはいさうに思ひましたから、おまへはどうしたのだと、やさしくたづねました。―〈略〉―　俠吉は静に、わたしが小刀を取り返してあげるから泣くのではないよとなぐさめて、　一―二頁

と記している。一連のこの事件は、「善きサマリア人のたとえ話」（『新約聖書　フランシスコ会　聖書研究所訳注』中央出版社に拠る）を想起させる。

ある人エルサレムよりエリコに下るとき強盗に遇り　―〈略〉―
然ば此三人のうち誰か強盗に遇し者の隣なると爾意ふや彼いひけるは其人を矜恤《あはれみ》たる者なりイエス曰けるは爾も往て其ごとく爲よ。

『新約全書』路加傳福音書第十章三十―三十七節

とあるこの話をふまえていると思われる。さらに本文は、

悪太郎は木の下に立つて居ました。―〈略〉― 顔を赤くしてだまりました。―〈略〉― 太郎さんどうかその小刀をあの子にかへしてやつて下さいな。さうすればあの子は大そうよろこびます。さうしてわたくしもよろこびます。

本文二頁

と続くのであるが、ここでも桃の木、松の木、杉の木などと特定せずに、ただ「木」とだけにしているのである。このことからも、「創世記」を意識していると考えられるのではなかろうか。

そして、「顔を赤くしてだまりました。」には、怒りのために顔を赤くしたのではなく、恥ずかしさに赤面したのであろうとも考えられ、「悪太郎」の人間としての良心が垣間見られ、後の悔い改めへとつながるものであるとも考えられよう。また、「俠吉」の言葉の「さうすればあの子は大そうよろこびます。さうしてわたくしもよろこびます。」は、

喜ぶ者と共に喜び哀む者と共に哀むべし

『新約全書』達羅馬人書第十二章十五節

をふまえていると考えられる。本文は続いて、

又小刀を返してごらんなさい。大そうい丶心もちがするにちがひありませんよ。小刀を取れば神様の罰をうけて長く心持のわるい目にあふでせうと、親切に云ひましたが、

二―三頁

とあり、「神様の罰をうけて」という表現が見られ、また、「長く心持のわるい目にあふ」と、人間「悪太郎」の良心に訴えかけてもいる。「俠吉」は神の存在を信じているとともに「悪太郎」に良心があることをも信じているのではなかろうか。本文は「悪太郎」が、

げんこつをかためて俠吉を威しましたが、俠吉は少しも驚きません。

三頁

と記す。「俠吉」の「俠」は仁侠の侠であって、命名からも弱きを助け強きを挫く気質が示されているが、この暴力に屈しない彼の態度には、

なんぢ悪に勝るゝ勿れ善をもて悪に勝べし

『新約全書』達羅馬人書第十二章二十一節

がふまえられていると思われるのである。つづいて本文には、

いくらかくれても逃げてもわるい事をした者を神様はゆるしませんから悪太郎はつかまへられて懲役になりました。

三頁

と記す。悪いことをしたら、かくれても逃げても絶対に神様が許さない。ここに神の正しい裁きのあることが語ら

れているると見られるのである。そして、

大勢の子供はいよ〳〵俠吉を尊みます。　三頁

とある。この頃の子供たちは、なかなか一人前とは見られなかった。にも拘らず、わずか十一歳の少年に「尊」ぶという表現がされている。この少年の人格が高く評価されているのである。理想像なのでもあろう。「俠吉」は他の人々が「悪太郎」と呼んでいた中で、「悪太郎」を「まことの名」の「太郎さん」と呼びかけていて他者の人格を尊ぶ姿勢が見られた。つづけて本文は、「俠吉」が、

學校の大先生から貰つた小刀は銀の鞘に珠の飾りの付て居るので悪太郎が取つた小刀より百倍もきれいでした。　三頁

としている。「學校の」としながら、校長先生ではなく「大先生」としているのである。「大先生」の意味は何なのか。おそらく「大先生」は、神ではないが、天使とか、イエレミヤのような預言者、あるいはアロン（『舊約全書』出埃及記《しゆつえじぷとき》第四章十四節などに見られる）などを想起させる呼称なのではなかろうか。「百倍もきれいな小刀」は精神的な価値に対して渡されたものとも考えられる。つづいて本文は、

噫悪太郎は今は暗き部屋の中にひとりで居ます。どちらがりこうでせうか。
悪太郎は是からどうするでせう、まだいろ〳〵の話しがあります。　　三―四頁

と読者の子供自身に問題を投げ掛けて考えさせるという方向にみちびいている。そして、次回へと読者の興味を引く事も忘れていない。

以上のように本文の表現を読み解いていくと、それぞれに内在化している聖書の世界が浮き上がってくる。「『悪太郎のはなし』第二」には、明らかに「創世記」が意識されていると見られる。そのように考えると「悪太郎」が見せる良心の片鱗は、人間は神にかたどってつくられたものであり、その救済される所以の一片を垣間見させるものなのではなかろうかと考えられるのである。

(二)「『悪太郎のはなし』第二」への論証　その2
――成果のない、言語で諭すだけの教育――

続いて「暗き部屋」での「悪太郎」の生活について作者は、

毎日〳〵白き髯の長く生えて居る老人が來ていろ〳〵の教を説き聞かしてくれるより他には誰と話しをすることもできません。悪太郎は此のやうにくるしき目に逢つても、自分の悪事を悔ゆる事はありませんでした。四頁
白き髯のある老人は、悪事をすれば必らず神の罰を受けると云つたが、神様なんぞはあるものかばかな事を云ふやつだと腹の中に考へて居ましたが、四頁

と記している。白い色は、全き純潔、清浄と不滅の栄光とを象徴する（マンフレート・ルルカ著、池田紘一訳『聖書象徴事典』一九八八年九月二五日初版第一刷発行、一九九八年四月三〇日初版第三刷発行、人文書院）とされる。髯についてではないが白髪や老人については、聖書に、

白髪は榮の冠弁なり、義しき途にてこれを見ん、『舊約全書』箴言第十六章三十一節
白髪の人の前には起あがるべしまた老人の身を敬ひ汝の神を畏るべし『舊約全書』利未記第十九章三十二節

とある。したがって「白き髯のある老人」は、尊敬されるものであり、この老人の教えたことは、人間としての道、すなわち「義」と言われるものであったと考えられる。それにもかかわらず、この間「悪太郎」の心の状態は、悪事を悔いることもないし、神の存在も信じないのである。

次に本文は、「番人の居ない時をねらって逃げ出し」た「悪太郎」について、次のように記す。

図－16　『生徒』第十號の表紙（明治 22 年 10 月 15 日出版、成章館）
『悪太郎の話』第二が掲載された。
東京大学法学部附属明治新聞雑誌文庫所蔵

遠くの國へ行かうと段々海邊へ來ました。海邊には大きな船が一つ有りまして今錨をあげて是から遠くの國へむかつて出る所でした。　四頁

と大きく場面転換をしている。「大きな船」からは、

汝松木をもて汝のために方舟を造り　『舊約全書』創世記第六章十四節

が想起される。すなわち、〈ノア（ノエとも）の箱船（方舟とも）〉（創世記第六―八章）が想起され、これは大きな船であった。本文の「遠くの國」「海邊」「大きな船」という表現は、視点を日本から外国に大きく広げている。この船上で、「悪太郎」は一つの出会いをする。

隣りに居たのは五十許りの女と十許りのうつくしき女の子でした。此女の子は玉のやうにきれいでやさしき子でした。―〈略〉―　まことにふたりはうれしさうに日を送つて居ましたが、　五頁

とあり、俗界のものではないような「玉のやうにきれいでやさしき」「うつくしき女の子」を登場させている。そして、この親子の「まことにうれしさうに日を送って」いる生活態度は、

常に喜ぶべし斷ず祈るべし凡の事感謝すべし是イエスキリストに由て爾曹に要め給ふ神の旨なり
『新約全書』達帖撒羅尼迦人前書第五章十六―十八節

を念頭においていると思われる。年少者向けに「うれしさうに」としたのであろうか。そして、「悪太郎」は、

たゞひとり隣りの女の子をうらやましく思つて居ました。　五頁

とあって、ここに見られるのは嫉妬とは異なる羨望である。「悪太郎」の心の清らかさがうかがえる。「未完」として初出ではここまでで終わっている。その後に、初出では、

童子を教ふるの道言語を以て之を諭すよりは實際に美事善行を目撃せしめ之をして其心に恥ち其意に悟らしむるを勝れりとす故に古へより躬を以て人を率ゆるを教への第一義と爲す以下話説する所悪太郎の事を見て其違はさるを知るなり

このような文章が書かれていた。これから見ると書いたのは次の話の成り行きを知っている人物（作者か）であろうと考えられるが、明確ではない。『生徒』第十號には、子供には言葉だけでは教えられないことが語られている。

なお、「悪太郎もおとなしく家に居たらば、母に可愛がられて」と家族の記述がある。だが「俠吉」には全くそ

の辺りの記述がない。「俠吉」の特殊性を示しているのではなかろうか。

(三)「『惡太郎のはなし』第二（第十號續）」への論証　その3
――恐怖体験と美事善行目撃による教育効果――

船が出てから二日目に、「惡太郎」の乘った船は嵐に遭遇する。

墨のやうな黒い雲が出て來たので太陽の光りもなくなりました。おそろしくはげしき風が西の方から吹いて來ました。―〈略〉―　劒のやうに光る電光《いなづま》はぴかりぴかりと黒雲の間からきらめきます。がら〳〵どうと雷が大砲を百發も一時に放したやうに鳴り出しました。船の中に居た人々は　―〈略〉―　神様の名を呼んで助け玉へと祈りました。　五頁

とある。この祈りは聖書には、

あゝヱホバよわれふかき淵より汝をよべり
主よねがはくはわが聲をきゝ汝のみゝをわが懇求のこゑにかたぶけたまへ　『舊約全書』詩篇第百三十篇一―二節

とあり嘆願である。また、嵐の状況は「使徒行傳」にも、

斯て多日のあひだ日も星も見ずして疾風ふきあてければ我等つひに救るべき望さえ果たり　―〈略〉―
『新約全書』使徒行傳第二十七章二十―四十四節

などと記されているのが見える。次に、電光と雷鳴について聖書には、

雷《いかづち》と電《いなびかり》および密雲山の上にあり又喇叭の聲ありて甚だ高かり營にある民みな震ふ
『舊約全書』出埃及記第十九章十六節

此とき許多の聲迅雷閃電《いかづちいなづま》また大なる地震ありき
『新約全書』約翰黙示録第十六章十八節

このように、あたかも神の力の象徴として、人間を震えあがらせるものとして記されている。

この激しい嵐の間、「女の子」は「母の膝に取り付いて」「細き声で神様に祈つて居ました」とある。一方、この

時「悪太郎」はすがるものの、祈るものもなかったのであった。このような体験を経てのち、「悪太郎」は、

悪事をしたのを今は悔しく思ひました。悪事をした者を神様は助けて下さるまいと思へばまことに悲しく苦しい事です。悲しい計りではありません。悪事をした故に神様の罰を受けたのではないかと思へば、まことに恐しい事です。ぴかりぴかりときらめく電光は劒の形をして悪太郎の胸をさし通します。がら〲となる雷は鐵砲のやうに悪太郎の耳を打ちます。雨は瀧のやうにふつて來て悪太郎のあしき心を洗ひます。そこで悪太郎も悲しさと恐しさに罪を悔いて涙を流して神様に祈りましたが、　六頁

とあるように「神様なんぞはあるものか」と思っていた「悪太郎」が「神様の罰」を思い「罪を悔い」「涙を流して」「神様に祈」るようになっているのである。「悪太郎」は、今までの自らの行為を反省して、悔い改めているのである。

さらに、洗うについて聖書には、

わが不義をこと〲くあらひさり我をわが罪よりきよめたまへ　『舊約全書』詩篇第五十一篇二節

清き水を汝等に灑ぎて汝等を清くならしめ汝等の諸の汚穢と諸の偶像を除きて汝らを清むべし　『舊約全書』以西結《えぜきえる》第三十六章二十五節

などと記述されてあり、ここに至って「悪太郎」が悔い改めたことが見られる。
電光の劔は「悪太郎」の良心につきささり、雷鳴は良心のおののきをいざない、雨は洗礼にもつかわれる水で、罪を洗い流し清いものにする。「悪太郎」自身の「涙」も罪を洗い流したのである。ここで、「悪太郎」は神の存在を認識し、初めて神に祈るようになった。しかし、まだ本当のものではない。悔い改めに対する露伴の厳しさがうかがえる。つづいて本文には、「女の子」の行動を次のように記す。

三艘目の舟を今出さうとして居る所でした。悪太郎は其舟の中へ飛び込みました。―〈略〉― 一人をのせる事は出來ますけれども、二人を乘せる譯にはなりません故、―〈略〉― 母さまを助けて下さい。―〈略〉― 渦巻き立て居る浪の中に身を投げて仕まひました。―〈略〉― あゝ此むすめは死にました。然し其母親は助かりました。

六―七頁

とある。「此むすめ」の行為は親孝行の極致を示していると見えるが、それだけではなく、

人その友の爲に己の命を捐るは此より大なる愛はなし

『新約全書』約翰傳福音書第十五章十三節

をふまえていると思われる。また、本文において、

図－17　『生徒』第十號、十五頁の挿絵（明治22年10月15日出版、成章館）
海上の嵐。わかりにくいが、今まさに右の大船から「渦巻き立て居る浪の中に身を投げ」た女の子らしい姿が下方正面にえがかれている。

東京大学法学部附属明治新聞雑誌文庫所蔵

三艘の小舟に乗つた人々は皆助かりました。身を投げて母を助けたむすめの話しは世界中にひろまりました。七頁

とあるが、「此むすめ」の献身が日本だけでなく、全世界に伝わったこととしているのである。「世界中」という表現は聖書には「徧く世界を廻て」（『新約全書』馬可傳福音書第十六章十五節）と記されているのが見える。また、本文は、

悪太郎は此話しをきくたびに、はづかしくてたまりません。自分は男の子のくせに人を傷てにげ出したのです。むすめは女の子だけれども身を投げて母を助けたのです。七頁

としており、当時の性差による期待される性格の基準のようなものが明確に見られる。そして、ここでも、

しかし悪太郎はどうしますか。次に話しませう。七頁

と読者自身に考えさせると共に、次回へと読者の少年達の興味をつなげることを忘れていない。

このように見てくると、「『悪太郎のはなし』第二（第十號續）」の難船の話の中にも、聖書をふまえているのが見られる。「悪太郎」にとっては、「女の子」が母を救うために、目の前で荒れ狂う海へ飛び込んだことが至上の教

育になったのである。前号の終りに予告してあったように、まさに、「美事善行を目撃せしめ之をして其心に恥ち其意に悟らしむるを勝れりとす」であった。ただ、「五十許り」の母親と「十許り」の「女の子」という設定は、その頃の風習からすると母と子の年令に少し隔たりがあり過ぎるようにも思うが、これも、「俠吉」のように、何か普通でない象徴的な親子の意味を暗示させているのかもしれないと、考えられなくもない。

「女の子」の行為は、自分のすることが、世界中にひろまるなどとは思いもしない、ただ、ひたすらな愛の心の発露の行為であったのである。

なお、「嵐」と、「女の子」が母を救う為に自分が海に飛び込むという話からは、世界的児童文学の古典『クオレ』（「愛の学校」）の「難破船（最後の毎月のお話）」の少女ジュリエッタと少年マリオの話を思い出させる。激しい生への葛藤を経て、マリオは最後の一人の救命ボート乗船をジュリエッタに譲るという人間として最も高貴な行いをするのである。『クオレ』はイタリア語で心臓・心・愛を意味し、作者エドモンド・デ・アミーチス（一八四六―一九〇八）が一八八六（明治十九）年に出版したものである。安藤美紀夫に拠れば[1]『クオレ』の翻訳の最初は明治三十五年の『十二健児』、『教育小説・学童日誌』であろうと考えられているそうである。その後、明治四十五年に三浦修吾が『クオレ』の題名に『愛の学校』を選んでから、この題名で親しまれるようになったという。邦訳題名に『クオレ』が登場するのは、大正期もずっと後のことらしい。

露伴に直接関係はなさそうであると一応は考えられるが、『クオレ』が書店の店頭に出たのは一八八六年十月で、その後、二カ月半の間に四十版を重ねたといわれるほど、熱狂的に受け入れられ、ヨーロッパ各国での翻訳もすすめられたというから、英語訳などが案外早く日本に入っていて露伴も読んでいたかもしれないと考えられなくもない。

注

（1）エドモンド＝デ＝アミーチス『クオレ』矢崎源九郎訳、安藤美紀夫解説、少年少女世界文学館第二二巻、一九八八年三月二一日第一刷発行、一九九八年三月一三日第一六刷発行、講談社、三七〇―三七五頁を参考。

(四)「『惡太郎のはなし』第三」への論証　その4
――隣人愛へと進展――

さて、嵐の海から助かった「惡太郎」はその後どうなったのであろうか。本文は、

腹が減つてたまりません。―〈略〉― うまさうな瓜が蔓にいくつも付て居ました。取つて食ようと思ひましたが考へて見ると悪い事ですから取る事はやめましたがひもじくてなりませんから、―〈略〉― どうか瓜を一つ下さ

いと云ひました。　　　　八頁

と記す。ここでは嵐や「むすめ」のした事によって「悪太郎」の心に確実に変化があったことを示している。もう人のものを許可なしに取ることはしない。奪うのは悪い事と認識している。続いて本文には、

爺さんひとり出て來ました。―〈略〉―　瓜はやるから家へ來いと云ひました。　　　　八頁

とある。老人の呼称が前は「白き髯のある老人」ここでは「爺さん」または「爺」になっている。「爺さん」に対して「婆さん」の呼称が見える。共に庶民的呼称である。前述の「白き髯のある老人」は尊称で教える人であったことがわかる。因みに聖書にもウリを食べたことが記されていて（ウリ科コロシントウリ「列王紀」下四：三九―四一、ウリ科スイカ「民数紀」一一：四―五）いずれもひもじい時である（大槻虎男『聖書植物図鑑』一九九二年一月二〇日初版発行、教文館を参考）。

「爺さん」は、年貢の金が払えないほど自分も貧しいのに、見も知らぬひもじい人「悪太郎」を助けようとする。ここに隣人愛が見られる。この「爺さん」に対して「悪太郎」も、「爺さん」の「涙」を見過ごすことはしない。互いに相手を思いやるのが見られる。そして、その「涙」の「譯を」きくと「悪太郎」は次のような行為をする。

悪太郎は委しく自分の仕た事を話し、又身を投て母を助けたむすめの事も話し、自分は難船のおそろしきとむすめの孝行とに後悔して罪に服し、今までのあしき心をあらため、是より善人となるつもりなれば是非縛って警察へ出せ。もし縛らなければ自分で縛つて爺につかまへられたと云つて出ると云ふので、爺は遂に悪太郎を縛りて警察へ出しました。　九頁

と記している。ここで、「悪太郎」は自分自身悪い事をしたと認めてすべてを話している。『露團〻』の愉快観にも見られたように、過去の自己の心内・行為を、あたかも凝視するようなきびしい内省によっての悔い改めの過程を経ていることになる。そして「あしき心をあらため」「善人となるつもり」と心に決め、「爺さん」に誓っている。しかもただちに「爺さん」を救うために、自ら進んで自分の身を捧げて罪に服し、今まで「自分の仕た事」の償いをしようとしたのである。ここで「悪太郎」は本当の意味での悔い改めをしたことになる。この時の「悪太郎」には「爺さん」を救う行為をして褒められたいというような、功利的な考えは毛頭ないと考えられる。唯「爺さん」を救いたい、極貧の「爺さん」に「褒美」があればよいがという一心で、ただちに隣人愛を実行しようとしたのである。隣人愛ということすら意識してはいなかったであろう。その「悪太郎」に対して社会はどう対処したであろうか。小説では次のように記している。「警察署では」、

まづ悪太郎を懲らしてのち、却つて悪太郎が爺を助けたのをほめました。　九頁

悪い事は悪いとして罰し、善いことは善いとしてほめている。露伴の理想の一端がうかがえるのではなかろうか。このような世の中が実際に実現するなら人間は平安であろう。さらに、

惡太郎は是より段々よき事をのみ爲るので誰も惡太郎と呼ぶ者はなくなりました。太郎さん太郎さんと呼びました。太郎はいよ〳〵善き事をするので後には善太郎と云はれました。（明治二十二年九月）　九頁

として、『惡太郎のはなし』は「（完）」（『生徒』第拾參號に拠る）である。

「太郎さん」と本名を呼ばれることは、人権、人格の回復を意味し、「善太郎」と言われるようになったことは新しく生れ変わったことを意味しているのではなかろうか。「惡太郎」の「惡」は、自分の罪を認識しその罪を悔いて涙を流して神様に祈り、さらに隣人愛を感得し実行するまでに精神的成長をするという過程を経て「善」になったのである。

前回では、親子という肉親の間が主であったが、この回では全く未知の人々の間での愛へと進展している。場所についても、徴税とはしないで、貧しい生活の中での「年貢」という表現で、まだ世界という認識が薄いであろう少年読者が理解しやすいよう、日本であることを意識させている。そして、対象を他者へと広げた隣人愛の姿が述べられているのである。「惡太郎」が学んだのは、理想の愛の姿であったと言えよう。人間の高貴な精神を学んだのであるとも言えよう。

以上のように本文を読み解いてみると、『悪太郎のはなし』は、「創世記」の人間の「はじめ」の罪の話から始めて、一人の少年が、神の存在に目覚め、内省し、悔い改め、隣人愛を感得し、そして、それを実行するまでに精神的成長をしていく姿を、少年読者の興味を引きつけるような構成をとって、書き進めているのである。

このように見る時、この作品には内在化している聖書の世界があり、作品の根底にキリスト教の影響が深く浸透しているものであると言えるのではなかろうか。子供の興味をそそるように進行していく話の中に、聖書の世界が内在しているのである。決して無理にあからさまに押しつけるようなことはしない。ここに、露伴作品のキリスト教受容のありようが明確に見られると言えよう。気付かなければ見過ごしてしまうが、実は深い意味を包含している。そして、その発想の根源には聖書がある。これが露伴作品のいくつかに見られるキリスト教受容の基本的姿勢であると考える。そのありようの一端をうかがうのに、この『悪太郎のはなし』は好例であると言えよう。

(五)『悪太郎のはなし』の意義

ところで、我が国児童文学史は長い間、巖谷小波の『こがね丸』をもって児童文学の始まりとしてきた感があるが、福田清人は露伴の『鐵三鍛』(明治二十三年一月。この時は『鐵之鍛』)に注目し、[1] 鳥越信は三輪弘忠の『少年之玉』(明治二十三年十一月)に注目している。[2]

ここで、『こがね丸』、『鐵三鍛』、特に『少年之玉』との関係において『悪太郎のはなし』の特質を考えてみたいと思う。

『こがね丸』は「明治二十四年一月、少年文學の第一編として、斬新なる意匠の下に、博文館より出版せられしもの」(『小波先生』編輯並發行人：木村定次郎、昭和五年十一月十八日發行、非賣品)と『小波先生』の「出版の主旨」は記している。なおこの書には「恩師巖谷小波先生の還暦を記念し祝賀せん爲」出版したものであると記している。作品の内容は周知のことなので改めて紹介はしない(『こがね丸』は、『小波先生』目次では『黄金丸』)。

『鐵三鍛』は、雑誌少年園の明治二十三年一月上旬號に原題「鐵之鍛」として載った(『露伴全集』第十巻後記抄に拠る。雑誌の括弧などは後記に倣う)。

冒頭に、

男《を》の兒《こ》は赤裸《はだか》百貫《ひやつくわん》の生金《なまがね》
　浮世《うきよ》の火《ひ》に錬《ね》られ槌《つち》に打《う》たれ
　　礪砥《といし》に磨《みが》かれて其後《そののち》は
天晴《あつぱれ》の業物鋩光《わざものばうくわう》天《てん》を衝《つ》く寶劍一口《はうけんひとふり》

『露伴全集』第十巻　二二九頁

と記されていて、本文内容を要約すれば男子に自主独立の精神を説いたものと言えようか。

『少年之玉』は、作者は三輪弘忠で、安政三年（一八五六）九月三十日愛知県生、昭和二年（一九二七）十二月五日没。明治二十二年九月『少年之玉』を執筆して大日本教育界「少年書類」懸賞に応募、二十三年七月『少年之玉』入選、十一月鬼頭書屋　鬼頭平兵衛本店から刊行された（『少年小説大系　明治少年小説集』第一巻、監修　尾崎秀樹他、責任編集　伊藤秀雄他、一九八九年三月三十一日第一版第一刷発行、三一書房。五三三頁を参考にした）。

次に、内容について大略であるが述べる。「巻一　第一編」「巻二　第二編」「巻三　第三編」「巻四　第四編」からなっている。主人公「国吉」の白い飼い犬と、副主人公「虎吉」の黒い飼い犬が喧嘩をすることが発端である。犬の喧嘩は白犬が勝つが、「虎吉」によって殺される。殺された「白犬」を「国吉」が葬り、桃の木を植えると見事な実をつける。「虎吉」も桃の木がほしくなり、「黒犬」を殺して桃の木を植える。その桃の木を、はずみで「国吉」が折ってしまう。「虎吉」は怒って「国吉」を「八分」にする。このように二人の少年の関係がもつれ合って進行していくのである。偶然にもこの二人が助け助けられということもあって、最後に「国吉」は大実業家となり、心を改めた「虎吉」もそこで立派に働くようになる。このような筋である。つまり、貧から身を起こし実業界で成功する立身出世の成功譚である。

次に、この作品で注目したいことを挙げてみよう。

名前に工夫が見られる。たとえば、「国吉」は「水田米」の息子ということになっている。当時の農業の基本は水田による米作りであろう。とすると「水田米」と国が吉とする「国吉」とは全くつながりが無いものではないのではなかろうか。また、校長は「文林教」である。文林は文学者の仲間の意味がある。学校は文事に属すことを教える所であり、それを教えるのが先生であるから、このように名付けたのではなかろうか。作者が登場人物の命名に意を含むことがうかがえる。露伴も『休暇傳』で人名についての工夫が見える。
だが、『悪太郎のはなし』では重要な登場人物と見られる「女の子」を「玉のやうにきれいでやさしき子」とのみ記していて名前はない。そのことは、この「女の子」が俗世界の人ではないことの意味を包含しているのではなかろうかとも思われる。

また、『少年之玉』では各巻ごとに教訓的まとめを作者がしている。たとえば、

一　虎吉、先ニハ愛シタル桃ノ木ヲ折ラレ、後ニハヒドキ病ヲ得タルハ、白犬ヲ殺シタリ、国吉抔ヲイジメタルムクイナル可シト、人々云イ合エリトゾ、

二　虎吉ハ、此事ノミナラズ、平日悪シキ業ノミヲナシ、勉強トテハナサザレバ、トテモ卒業ノ見コミナシトテ、此時遂ニ同校ヲ逐イ出サレタリ、

三　アー悪シキ業ノミヲナシテ、イタズラニ此世ヲ送クルモノハ、其末多ク虎吉ノ如ク苦ミヲ得、又良キ事ヲナセバ、国吉ノ如クダンダント幸ヲ得ルモノナレバ、少年タルモノハ、悪業ヲナサザル様、心掛ルコソ、第一ノ務ナレ、

四　ソレ国吉ハ、一ノ貧乏人ナリ、而シテカクノ如キ立派ナル人トナリタルハ、前ニ述ベタル如ク、唯忍耐ト勉強トニアルノミ、虎吉初メハ、一ノ悪キ少年ナリ、而シテカク国吉ニツヅキタル人物トナリタルハ、アヤマチヲクイ、心ヲアラタメ、カツ勉強忍耐セシヲ以テナリ、サレバ、人タル者ハ、何人ニテモ、忍耐ト勉強トニヨレ

バ、世ノ中ニ指ヲオラルル人物トナリ得ルヤ必セリ、アー後ノ少年ヨ、能ク国吉ヲ以テ手本トナシ、虎吉ヲ以テ戒トナス可シ、

と、まとめている。

以上に見られるように、忍耐と勉強による立身出世を推奨しているのである。だが、悔い改め（「アヤマチヲクイ、心ヲアラタメ」）はあっても神については言及していない。難破船はあっても他者の命を救うために自身を犠牲にするような行為は見られないのである。

『少年之玉』は明治二十二年九月執筆して懸賞に応募したもので、入選は二十三年七月で、十一月に鬼頭書屋から刊行されたとなっている。『悪太郎のはなし』は明治二十二年九月十五日発行の『生徒』に載ったものである。ほとんど同時代に執筆されたようであるが、この二作品が少年に語りかけているものには隔たりが見られる。まず第一に挙げられるのは『悪太郎のはなし』は立身出世主義ではない。自己を犠牲にしても他者を救おうとする隣人愛が語られ、人間として最も崇高な精神を少年に伝えているのである。さらに神の存在の認識が語られている。そして、プロットや表現には聖書に拠っていると考えられるものを包含しているのがうかがえる。これらから二作品の作者、すなわち露伴と三輪の、少年への教育の理念においての姿勢に些か違いがあるのではなかろうかと考えられる。

次に、『悪太郎のはなし』は、たとえば「悪太郎は是からどうするでせう。まだいろ〳〵の話しがあります」のように問題を投げ掛けて、読者の子供自身に考えさせるという方向に導いている。そして、次回へと子供の興味を

持続させようとする心配りも忘れていない。

また、『悪太郎のはなし』は、作者がまとめをして上から子供に教訓していない。考えるのは子供なのである。

因みに『少年之玉』には「桃」は記されているが、「林檎」はない。

以上のように同時代の作品と並べて見ると、『悪太郎のはなし』のこのような特質が見られるのである。

露伴がなぜ『生徒』に「寄稿」したのかわからないが、理由の一つに『生徒』の「生徒の發刊に就て」に「尤も根本の教育に向て助けを與へんと欲するもの」とあるように、『生徒』という雑誌のかかげる、少年の根本の教育のためにという姿勢がうたわれていることに、賛同する気持ちがあったのではなかろうかということが考えられなくもない。『生徒』第九號などの「成章館々則」の中に「原稿御投寄の節は廿四字詰十五行に願上候」とある。成章館『生徒』については、發行兼編輯人　加藤孫次郎は「加藤孫次郎　中央新聞社員、京橋區木挽町一丁目六」（交詢社文庫藏版『日本紳士録』第六版、發行所：東京市京橋區山下町六番地、日本紳士録編纂事務所、明治三十三年七月三日發行、百九十頁に拠る）かとは思われるが、このあたりのことについては未詳。ちなみに『生徒』の発行所成章館は東京京橋區木挽町一丁目六番地である。つまり「成章館」と紳士録の加藤孫次郎は同所と考えられる。

以上のようなことから、『悪太郎のはなし』は露伴の少年文学の第一作と言えるのではなかろうかと考えられる。そして、『生徒』明治二十二年九月からという時期に、少年に向けての作品として、立身出世主義に立脚せず、聖書に拠ると見られる隣人愛に立脚した『悪太郎のはなし』という少年に向けての作品が、露伴によって書かれていることは意義があると考える。

注

（1）福田清人「露伴と少年文学」『文学』一九七八年一一月VOL. 46《幸田露伴研究》岩波書店、一〇四―一〇五頁（『悪太郎のはなし』にはふれられていない）。
福田は「鐵三鍛」については、次のように言っている。「鐵三鍛」は、ただに露伴の少年小説として處女作であるばかりでなく、一般に少年文學の先驅と見られている巖谷小波の「こがね丸」に一年ほど先行する點、わが少年文學の最初の作品というべきである（福田清人「幸田露伴の少年文學」『明治少年文學集』明治文學全集九五、昭和四十五年二月二十日第一刷發行、著者代表：巖谷小波、筑摩書房、四三八頁）。

（2）鳥越信『日本児童文学案内　戦後児童文学革新まで』一九六三年初版一九八一年二月第十二刷、理論社、一〇頁。

むすび

以上により、露伴が少年に託す理想、教育の根本は神の存在を認識し、隣人愛を感得し、それを実行する事であり、その拠り所、発想の根源には聖書の世界があると考えられる。そして、このような作品が『こがね丸』よりも、また『少年之玉』よりも早期であると考えられる明治二十二年九月という時期にあることは注目してよいのではなかろうか。

昨今しばしば教育改革の必要がさけばれ、少し前には「ゆとりの教育」などといろいろ言われてきているが、もし、今、百有余年の歳月をこえてよみがえる露伴の声をきいたなら、そのような枝葉末節を云々するよりも、まず、隣人愛を教育理念の根本におくことを、提唱するのではないかと考える。

＊　本稿で用いた「聖書」

『新約全書』耶穌降生千八百八十年、米國聖書會社、明治十三年、日本横濱印行。「近代邦訳聖書集成」3、一八八〇年原本発行、一九九六年四月二五日第一刷発行、翻訳委員会編、ゆまに書房。

『舊約全書』耶穌降生千八百八十八年、米國聖書會社、明治二十一年、日本横濱印行、上巻（「舊約全書目録」に拠る。以下同）。「近代邦訳聖書集成」6、旧約全書、第一巻、一八七七年（奥付に拠る）原本発行、一九九六年四月二五日第一刷発行、翻訳委員会編、ゆまに書房。

『舊約全書』耶穌降生千八百八十八年、米國聖書會社、明治二十一年、日本横濱印行、中巻。「近代邦訳聖書集成」7、旧約全書、第二巻、一八八八年原本発行、一九九六年四月二五日第一刷発行、翻訳委員会編、ゆまに書房。

『舊約全書』耶穌降生千八百八十八年、米國聖書會社、明治二十一年、日本横濱印行、下巻。「近代邦訳聖書集成」8、旧約全書、第三巻、一八八八年原本発行、一九九六年四月二五日第一刷発行、翻訳委員会編、ゆまに書房。

口語訳

『新約聖書　フランシスコ会　聖書研究所訳注』一九七九年一一月一日第一刷発行、一九八〇年二月一〇日第二刷発行、一九八〇年三月一日第三刷発行、中央出版社。

本稿は、拙稿「幸田露伴少年文學『悪太郎のはなし』考――作品表現と聖書世界との関連を視座として――」(『人文論究』第五十二巻第三号、二〇〇二年十二月十日発行、関西学院大学人文学会に掲載)をもとに補筆・修正したものである。論旨は変わらない。

第五章　幸田露伴少年文學『休暇傳』考

――すべて「吉」のつく理想郷をめぐって

はじめに

『休暇傳』は、雑誌『少年世界』第三巻第十七號臨時増刊『暑中休暇』（明治三十年八月十日、東京博文館發行）に、「休暇傳（少年小説）……幸田露伴作　永洗社中畫」として掲載された。当時の風俗がうかがえる挿絵も七枚添えられていた。初出の副題には「一名　少年水滸傳」（博文館創業十五週年記念出版『露伴叢書』著者：幸田茂行、明治三十五年六月十五日發行、博文館にはみあたらない。注岡田）とあった（『露伴全集』第十巻、昭和二十八年七月三十一日第一刷發行、昭和五十三年九月十八日第二刷發行、岩波書店。三七七―四一九頁所収）。

露伴は四〇ほどの「少年文學」（別巻上『悪太郎のはなし』も入れて露伴全集の分類に拠る）を書いているのであるが、個々の作品について論じられているものは少ない。福田清人は露伴の「少年文學」全般にわたって言及し、「露伴の少年文学を、ジャンル別に整理してみる」(1)として、少年小説、歴史小説、史伝、童話、科学読物、訓話的

図－18　雑誌『少年世界』第三巻第十七號、臨時増刊『暑中休暇』の表紙（明治30年8月発行、東京博文館）
色刷りである。扇を持った鳥のようなものがえがかれている。

日本近代文学館提供

随筆に分けている（『五王子』はないようである。注岡田）。そして「労働への意欲、自立の精神の讃美[2]」は、「常に保持されている露伴の呼びかけの姿勢であった[3]」と露伴の少年文学全体の姿勢を見ている。また、福田は『休暇傳』について、「「休暇伝」は、増刊の「暑中休暇」号のため、読者のその間の生活指導を考慮した作で[4]、」あるとしている。

本稿で『休暇傳』をとりあげるのは「「暑中休暇」号のため、読者のその間の生活指導を考慮した作で」ある『休暇傳』には、作品中に見られるであろう休暇の生活指導から露伴の少年たちに託す理想と、その根底に流れている思考がうかがえるのではないかと思い、それを探っていきたいと考えるからである。そして、福田は言及していないが、私は『休暇傳』の根底に流れている思考の中にはキリスト教の影響があると考えている。したがって生活指導にも、それが反映しているのではないかと考える。このことについても探究したいと考える。

探究の方法として、人名に着目する。

その理由は、『休暇傳』を読んで先ず気付くのは、人名をはじめ存在するものすべてに「吉」という字がついている特殊性が見られるからである。諸橋轍次の『大漢和辭典』（以下同）に拠れば漢字「吉」には「よい。さち。さいはひ。しあはせ。」などの意味があると解釈している。

そして、露伴が小説を書く時について述べている『小説と想の構成』『小説の題のつけ方』の中で、「骨書きは如何してするかと云ふと、先づ人名、それから年齢[5]」「私の題の附け方は極めて平凡で、別に苦心すると云ふ程の事もない、すらりと附けて了ふのが常である。[6]」と言っているのが見られる。これらから考えられるのは、露伴という作家は小説の題名は「すらりと附けて了ふ」が、登場人物の「人名」には苦心し、熟考した上で、意匠を凝らして命名しているということである。「先づ人名」といったのは明治三十七年（注5参照）であるが、小説を創作するに際しての露伴のこの姿勢は以前から持続しているものと考えられる。なぜなら、露伴は明治三十三年『當流人名辭書』（『露伴全集』第四十巻、一二五―一五一頁）を新小説に掲載（『露伴全集』第四十巻の後記に拠る。括弧などは後記に倣う）している。また、明治二十二年刊行の『風流佛』の「お辰」は（「予が曽て作りし文中」を『風流佛』を指すと考えれば）句集に見られる「たつ」という者の句を面白いと感じて、それに拠っていることを述べているのが『折々草』（『露伴全集』第三十一巻、一四―一五頁）に見られるからである。したがって人名を意識することが続いていると考えられる。

とすると、『休暇傳』のすべて「吉」のつく人名に対しても「先づ人名」として相当想を練って命名したものと考えられる。

以上をふまえて人名を見ると、たとえば、「吉井善作」（初出「休暇傳」七頁、『露伴叢書』の一〇四頁に、「吉水善作」としているのが見える。注岡田）という教師の命名は、『大漢和辭典』を参考にすると、

「吉」は前述。

「井」は「ゐ。ゐど。地に穴を掘って水を出すところ。しづか。ふかい。」

「善」は「よい。うるはしい。たかい。理にしたがひ、道にかなひ、良心の理想とする完全な徳。」

「作」は「つくる。なす。おこなふ。」

などと記されていて、これらから、吉い水の井戸から涸れることのない吉い水を注いで善を作る、つまり、生徒を善に導く、善い人間を作るという意味を表現していると考えられ、それは、彼の生徒たちへの熱心な指導が証明してもいる。尽きることのないよい井戸のよい水を注いで善を作る、すなわち教師としてよい子供たちを育んでいくという人間像が造型されていると考えられる。つまり人名と作家の造型しようとする人間像が直結していると考えられ、作者が苦心し、熟考した上で、意匠を凝らした人名なのであると推測できる。このような例から見ても『休暇傳』の人名を考えるのは意義のあることと思われる。

以上に述べたような姿勢で小説を創作する作者が、すべてに「吉」（よし。本文ルビによる読み）をつけた人名、加えて地名などの意味を考えてみる、という方法を通して『休暇傳』を読み、それによって露伴が少年たちに託したかった理想と根底を流れている思考を考察するというのも一つの方法であろうと考える。

そこで、人名などの意味を考えるにあたっては、諸橋轍次による『大漢和辭典』（昭和三〇年一一月三日初版発行、平成一三年一〇月二〇日修訂第二版第六刷発行など大修館書店）、『日本国語大辞典』（第一版第一巻一九七二年一二月一日発行、第二版第一巻二〇〇〇年一二月二〇日第一刷発行など小学館）を参考にする。その理由を次に述べておきたい。

『大漢和辭典』が依拠しているものは「説文」（説文解字）をはじめ「論語」など数多い。一方、明治以後にヨーロッパの辞書の影響を受けてその体裁にならった辞書が生じるようだが『休暇傳』創作の三十年頃には今日のようなものはまだないようである。だが柳田泉の「露伴先生蔵書瞥見記」[7]には「説文解字翼徴　六冊」「説文解字義証　卅三冊」「説文通訓定声　四帙」（柳田は定と声の間に「(?)」をいれてあるが「定声」でよいのではなかろうか。注岡田）、「説文仮借義証　二八迄」など「説文」関係のもの（これは一例であって全部ではない。注岡田）がある。改めて言うまでもないが「説文」とは「説文解字」の略で後漢の許慎の撰した中国最古の字書であると言われる。露伴は「説文」関係の書を見ていたと考えられる。

『大漢和辭典』は「説文」の他にもたとえば「論語」などにも依拠している。前掲の「露伴先生蔵書瞥見記」には、たとえば「論語旁証　四冊」「論語語正録　十一冊」「論語随筆　一帙五冊」など「論語」に関するものもあるし、「論語」は武家の子弟などが漢文を学ぶのにも多く用いられたらしいから、露伴も見ていたと考えられる。

また、「露伴先生蔵書瞥見記」には「新撰字鏡　七冊」もある。「新撰字鏡」は、昌泰年間（九〇〇年ころ）、昌住が著わした漢和辞書、全一二巻。漢字二万余を、扁・旁などにより、一六〇部首に分類して収め、発音や意味をしるし、約三、〇〇〇の和訓もつけてあり、和訓を有する辞書としては現存最古のものである。古代文献の解読、古代国語の研究に不可欠の書である（「しんせんじきょう　新撰字鏡」（土田直鎮）『世界大百科事典』一九六一・一一・一〇初版第一二刷発行、平凡社参考）とされている。

このような露伴の蔵書から推測した上で、諸橋轍次の『大漢和辭典』をもとに考察する。

『大漢和辭典』は、たとえば「吉」では「よい。[説文] 吉、善也、从二士口一。」と出典を明らかにして解釈している。また［山海經］などから「さち。さいはひ。しあわせ。」と解釈している。『休暇傳』の「吉」にもこのような意味に解釈してのことであろうと読み進めるうちに考えられてくるのである。

ここでご許容いただきたいことについて述べておきたい。

露伴の辞書は特定できないが、「蔵書」の一端を見ることによって露伴は『大漢和辭典』の元を見ていたと言えよう。「露伴先生蔵書瞥見記」の一端だけからも、露伴が漢字に造詣が深いことがうかがえる。しかも「蔵書」はここに記されているだけではないのだから、漢字の意味を考えるに当たっては、多くの書物を総合して編まれている『大漢和辭典』に拠るのが今日ではよいのではなかろうかと考えるのである。

因みに「露伴先生蔵書瞥見記」には「漢和字典原稿めくもの　一函（先生朱正済み、植竹書院という原稿紙もあり）」との記述がある。

『日本国語大辞典』についても、同じようなことが言える。「露伴先生蔵書瞥見記」には、たとえば、「日本書紀通証　二十三冊」がある。「日本書紀通証」は、注釈書、三五巻、二三冊、谷川士清《ことすが》著、宝暦元年（一七五一）成立、同一二年刊。「日本書紀」全巻にわたる最初の注釈書〈略〉である（『日本国語大辞典』二〇〇一年一〇月二〇日第二版、第十巻第一刷発行、小学館参考）。また、「八雲御抄　七冊（先生書入れ）」がある。（「八雲御抄」は、平安時代の歌学書、六巻、順徳天皇撰、歌学全般の集大成書で、〈正義部〉〈作法部〉〈枝葉部〉〈言語部〉〈名所部〉〈用意部〉などにわけられ、それぞれ意義があるが、〈正義部〉および〈用意部〉はとくに注意されている（「やくもみしょう　八雲御抄」（久曾神昇）『世界大百科辞典』平凡社参考）。などが見られる。「日本書紀」も「八雲御抄」も『日本国語大辞典』の元のなかにはいっているものと言えよう。そして、これらは「蔵書」のごく一部にすぎない。したがって、『大漢和辭典』の場合と同様に、総合して編まれている『日本国語大辞典』にもとづいて考察していくのが、今日ではよいのではなかろうかと考えるのである。

以上のような理由で、諸橋轍次の『大漢和辭典』、『日本国語大辞典』小学館に拠るのである。

本来は、露伴がどのように認識していたかを探るべきであるが、今日ではそれが不可能と思われるので、一応あくまで便宜上の手段として『大漢和辭典』、『日本国語大辞典』に拠ることをご許容いただきたい。

以上をふまえて、『休暇傳』において、作者が苦心し、熟考した上で、意匠を凝らしたであろう人名をもとにして露伴が子供達に伝えたかった理想を探究し、併せて、その思考の根底におけるキリスト教の影響についても考察したいと考える。

注

（1）福田清人「露伴と少年文学」『文学』一九七八年一一月VOL.46《幸田露伴研究》岩波書店、一〇五頁。
（2）福田清人、前掲、一〇五頁。
（3）福田清人、前掲、一〇五頁。
（4）福田清人、前掲、一〇六頁。

（5）「小説と想の構成」は雑誌成功の明治三十七年八月號に載った。談話筆記である。明治三十八年四月成功雑誌社發行の「現代名家作文祕訣」に再録せられたことがある（『露伴全集』別巻上後記に拠る。括弧などは後記に倣う。以下同）。
『露伴全集』別巻上、一〇三―一〇六頁所収。
（6）「小説の題のつけ方」は雑誌文章世界の明治四十年十一月號に載った（『露伴全集』別巻上、後記に拠る）。
『露伴全集』別巻上、二四四―二四五頁所収。
（7）柳田泉「露伴先生蔵書瞥見記」『文学』昭和四一年三、四月号、1966 3 VOL.34 102-112頁。1966 4 VOL.34 103-112頁。
『幸田露伴・樋口一葉』日本文学研究資料叢書、昭和五十七年四月一〇日発行、有精堂出版、一〇二―一二二頁にも所収。

（一）非現実の場の設定の必然性

本稿の「はじめに」でも少しふれたが『休暇傳』は場が「吉水川」の流れる「吉水村」であり、登場人物すべてに「吉」がついている。すべて「吉」のつく「郷」なのである。作者はなぜこのような場を設定したのであろうか。

『休暇傳』本文は、まず冒頭に（ルビは必要と思われるもののみ残し他は省く）、日の入るところも月の出るところも皆山なるに、北さへ老樹生ひかさなりて晴れたる日の晝すら小雨降るごとき最大きなる某嶽に蔽はれたれば、此地より塵の立舞ふ境へ通ずるは、唯山間を蜿蜒《うね〱》として縈《めぐ》り廻《めぐ》りつ流れ行く谷川の傍の崖の細徑一ト條開けて、南の方へと爪端下りに下るあるのみ。村とはいへど其處に三軒彼處に二軒といふやうに飛び〱離れて立てる人家の、檜原を隔てゝ朝夕炊事の煙に互に有りと知り知らるゝほどなれば、川の彼方と此方とにて上下一里ばかりが間に總計百戸あるか無しのいと小なる一ト區劃なり。(1)

と場所の設定「吉水村」があり、さらに続けて、その村の住人たちはどのような人々かというと、「人ゝ各ゝ我が郷好しと思ひ込み(2)」「寺」も「村役場」も「學校」も揃えていて、その学校は「村の名の吉水を頭につけたる稱號さへ易らかに吉水小學と呼び、高等科をすら備へたるは、(3)」「質朴にして善に勇む村人」が「心優しくも」「教育といふことの大切なるを」悟っていたので「分に應じた」力を集めてできたものだとして、吉水村の人々の「質朴」で「善に」いそしみ「心優し」い気風をのべている。この話は、その学校で「明日よりは暑中休暇となる」日に始まる。(なお『露伴全集』第十巻、三七八頁の「寺の役場も」は、初出も『露伴叢書』も「寺も役場も」なので、寺と役場は別にあり、その「役場の後の小高くてやゝ平なる晴やかな地に、」「吉水小學」校は位置していると考えられる)。

その「吉水小學」校で、高等科第四年(凡そ十三歳、『学制百年史』昭和四十七年十月一日発行、印刷発行 帝国地方行政学会、著作権所有文部省参考、注岡田)を受け持つ「教師吉井善作」が、休暇にあたっての次のような教訓をした。

日も休まず働き草木も休まず働き溪水も休まず働いて居ります。(4) ——〈略〉——

人間でも心あるものは決して純くの休息といふことは致しませぬ。人間の全くの休息は棺桶の中へ入つてから致して宜いものです、それまでは決して怠惰心を持つてはなりませぬ。(5)―〈略〉―如何なる時なりとも我〻自身を進歩さするといふことを忘れてはなりませぬ、決して惰弱の行ひを仕てはなりませぬ。(6)―〈略〉―

遊ぶのも人間に大切な働きの一つとして、充分勉強して遊ばねばなりませぬ。(7)―〈略〉―私も生きて居りますから私は私だけに必ず何事か致して働きます、皆様も生きて居らつしやる上は必ず何事か仕て御働きなさるが宜しい。(8)―〈略〉―

どうか皆様も惰弱でなく日を御暮らしなさいませ。(9)―〈略〉―遊びに主意といふものを立て、、而して能く遊んで、遊び終つた時に我が遊びより生じたることを観るといふやうになさい。(10)―〈略〉―

このような教訓を受けた生徒たちが、各自一晩考えた休暇中の過ごし方を「明朝あの明神山の明神の森」(11)で先生も含めて生徒全員で話し合うということになった。これが発端である。この「教師吉井善作」の教訓には勤労の勧めと怠惰な生活におちいることへの戒めがある。

そして、ここで注目したいのが、人々各々は「塵の立舞」わない「僻地」を「我が郷好し」と思い、村の名も「吉水」、流れている川も「吉水川」、学校の名も「吉水」、教師の名も「吉井」、そして後述するが子供達にもすべて「吉」が付いて命名されていることなのである。すべて「吉」がつくなどということは現実には滅多にあ

図－19　雑誌『少年世界』第三巻第十七號、臨時増刊『暑中休暇』七頁、『休暇傳』の挿絵
「教師吉井」から休暇の過し方について諭され、下校する生徒たち。後方に少女たちが見える。
日本近代文学館提供

りえないであろう。なぜこのような非現実の場を設定したのであろうか。

『休暇傳』が掲載された明治三十年頃は日清戦争から日露戦争へと向かう時期に当たり、国威発揚、富国強兵などが国策として広く喧伝された。『休暇傳』は、こういう時代背景のなかで子供を対象に書かれているのである。たとえば『休暇傳』には北海道開拓を志す少年「吉野頓作」が登場する。国策に沿い国益第一に考えれば、北海道の広い大地を開拓し大農業家となることは、大いに歓迎される未来を志向することなのである。

だが、反面これを実現するには、明治政府の同化政策の下での開拓の余波を受けて、先祖から伝わる土地や住家を追われ失う原住民アイヌの悲劇が生じる可能性をはらむものである。利害の対立があるそのような現実社会の矛盾を、自身北海道に暮らしたこともあり、千島開拓などにも関係するような兄（郡司成忠大尉）を持っている露伴が認識していない筈はないと考えられる。『休暇傳』に語られる少年の志を明とするならば、アイヌの悲しみ苦しみは暗となる。この明暗の暗に全くふれずに書くことに露伴は思うことがあったのではなかろうか。なぜなら露伴は、本論第一章「作家露伴生成の道程考――資質を培ったもの」で述べたように、その生い立ちに見られるように、弱者の痛みに共感できる素質があるからである。そういう思いが桃源郷のような非現実の場を設定した一因ではなかろうか。この非現実の場では暗の部に言及する必要はなくてもよいし、また暗への言及がないことについて批判されることもないと考えられるからである。

ところで、陶淵明の『桃花源記』の故事による桃源郷は俗世間を離れた別天地である。またトマス・モア『ユートピア』（一五一六年刊）のユートピア島の地形は四面海で囲まれていて外来者を拒み現実社会からは孤立した小島という設定である。だが、露伴は桃源郷のような場をつくりながら、「此地より塵の立舞ふ境へ通ずるは、唯山間を蜿蜒として縈り廻りつ流れ行く谷川の傍の崖の細徑一ト條開けて、南の方へと爪端下りに下るあるのみ。」とあるように、「塵の立舞ふ境」現実社会につながるものとして「細徑一ト條開けて」いるのである。つまり、自由に往来することができるのである。その細い道から「質朴」で「心優し」い人々が平和に暮らすこの桃源郷のような「吉水村」にも国策・社会風潮が伝わっているのであると考えられる。細い道ながら社会とつながっているのである。それゆえにこの非現実の場は現実の場と全く離れてはいないのである。露伴がこのように非現実の場を全く孤立的にしなかったのは、作者の時代認識によると考えられる。日本の次代を担って生きる子供達に向けて、生活指導の手引きを語るのに、国策・社会の風潮から全く離れられないと考えていたからであろう。それが時代の趨勢であり要請でもあったとも考えられる。

したがって、現実社会から全くはなれていないこの桃源郷ともいえる非現実の場は、露伴の構築した理想郷といってよいと考えられるのではなかろうか。

『休暇傳』を書くにあたり、まず、冒頭において、この理想郷とも言える非現実の場を設定したことにより、社会に関与することに言及しても、現実を認識しながらも明の部分のみを書けるのであり、また、この非現実の場は塵にまみれない子供達の躍動が可能な場でもあるのである。そこに私はこの非現実の場、すべて「吉」のつく露伴の理想郷設定の必然性があると考える。

注

（1）『露伴全集』第十巻、三七八頁。
（2）『露伴全集』第十巻、三七八頁。
（3）『露伴全集』第十巻、三七九頁。
（4）『露伴全集』第十巻、三八〇頁。
（5）『露伴全集』第十巻、三八〇頁。
（6）『露伴全集』第十巻、三八一頁。
（7）『露伴全集』第十巻、三八一頁。

（8）『露伴全集』第十巻、三八一―三八二頁。
（9）『露伴全集』第十巻、三八二頁。
（10）『露伴全集』第十巻、三八三頁。
（11）『露伴全集』第十巻、三八三頁。

（二）「馬太傳福音書」をふまえた「教師吉井」の少女たちへの賛辞

さて、翌朝「明神山の明神の森」の「集會」に集まる少年たちの中で、次の二名「吉田おこん」「吉瀧おせん」は少女である。仮名の名前には漢字に束縛されない自由がある。漢字について『大漢和辭典』を見る（以下同）と、

「吉田おこん」の

「田」は「た。はたけ。うゑる、耕す。たつくる。」などとある。

「吉瀧おせん」の

「瀧」は「雨の降るさま。ひたす。うるほす。」などとある。

その「吉田おこん」が休暇中にしたいこととしてあげたのは、病気の「吉原茂之助」を看護することである。それに、「吉瀧おせん」が助力するような成り行きになることは、人名「田」と「瀧」で畑にうるおす雨という組み

合わせを寓意しているとも考えられる。

ちなみに「吉田おこんは」「心優しく活發《いき〳〵》したる愛らしき兒にて、其笑顔の美しさは人を醉わしむばかり」（四一一頁）とあり、おそらく二人とも容姿が美しいばかりでなく、内面の心も暖かく他の人の苦しみを自分の身にして考えることができ、「先生」から「一旦思ひ立つた事を爲ぬのは悪いこと」とは教えられていても、柔軟な考え方をして、他者の窮状を知ると、自分のしたいことを後にして、ただちに弱者に直接手をのべて「看護」するという行動を決心し、許しがでるとすぐに実行することができる少女たちである。

この二少女の行為に「痛く感動」した「教師吉井」は、

　善を好むこと、餓ゑたる人の食を求むるやうな(1)

とたたえるのであるが、さらに、この二少女の行動について、「教師吉井」は、

　天は必ず御二人の前途に幸福の大なるものを賜はるでございませう、(2)

と言っている。これらは『大漢和辭典』に見られる「〔見レ善如レ不レ及〕それが善であると知ったならば、恰も逃げる人を追ひかけても追ひかけても、なほ追ひつき得ない時のやうな心持で、一意専心その善を追及する」や、「〔作レ善降二之百祥一〕善をなせば、天は之に多くの幸福を與へる」も考えられるであろうが、キリスト教を視座と

図－20　上：雑誌『少年世界』第三巻第十七號、臨時増刊『暑中休暇』一二頁、『休暇傳』の挿絵
下：雑誌『少年世界』第三巻第十七號、臨時増刊『暑中休暇』一七頁、『休暇傳』の挿絵
翌朝「明神山の明神の森」に集まる先生と生徒たち。

日本近代文学館提供

して見ると、

饑渇ごとく義を慕者は福なり其人は飽ことを得べければ也
『新約全書』馬太傳福音書第五章六節

義に飢え渇く人々は、幸いである、その人たちは満たされる。
マタイによる福音書5・6
（口語訳は『新共同訳』に拠る）

の影響があるのではないかと考えられる。なぜなら、「吉井」の「善を好むこと、餓ゑたる人の食を求むるやうな」は右の「馬太傳福音書」の「饑渇ごとく義を慕者」に通じ、「馬太傳福音書」の「其人は飽ことを得べければ也」は「吉井」の「天は必ず御二人の前途に幸福の大なるものを賜はる」に通じると読めるからである。なぜ互いに通じるのかといえば、この「馬太傳福音書」の聖句の意味を考察すると、あるよい事を、あたかも飢えた人が食を求めるように熱心にしようとしている人は、必ずそれが遂げられることを意味しているのではなかろうか。たとえそれが目に見える形でなくとも、また物質的には如何であろうとも、精神的には満ち足りて、心に平安が得られることを意味していると考えられる。心に平安が得られるということは、つまり「天」から「賜はる」「幸福の大なるもの」のことであり、食事にたとえれば十分に飽きる程の食事が得られることになる。このように考えると「吉井」の言は「馬太傳福音書」に拠っていると言えるのではなかろうか。「教師吉井」がこのように言っていることは、とりもなおさず作者が言っているのであり、作者のキリスト教的思考が反映していると考えてもよいのではな

図－21　雑誌『少年世界』第三巻第十七號、臨時増刊『暑中休暇』三一頁、『休暇傳』の挿絵
少女が螢狩りをしているように見えるが、服装などがそぐわない感がある。当時の人たちの少女というものに対する憧れを具象化しているのであろうか。
日本近代文学館提供

かろうか。

ところで、『休暇傳』のこの二人の少女たちが「看護婦」(現在は看護師。注岡田)の仕事を取り上げている理由としては、次のようなことが考えられる。

ジュネーブでの赤十字誕生から十年余りを経て、人道、博愛を実践する赤十字の存在に注目した佐野常民らの尽力によって、明治十年五月日本赤十字社の前身博愛社が創立された。創立当時の救護員は男性だけであった。看護婦養成の必要性が説かれてきた。二十年五月二十日日本赤十字社と改称した。その後二十一年一月二十三日皇后陛下病院視察があり、七月十五日磐梯山噴火の際には災害救護にかかわり、二十三年四月第一回看護婦生徒の授業式が催され、二十四年農尾大地震に活動し、二十五年五月三十日第一回生第二回生の卒業式をしている。看護婦養成所の修業年限は、はじめ一年半であったとしている。明治二十六年六月の『女学雑誌』第三四七号に、日本赤十字社第七回総会に出席した看護婦についての記事が載っている。

當日殊に編者の注目に觸れたるものは、五十餘名の看護婦なりき、……何れも皆謹肅にして、且つ溫和の風を帯び、平素同社が養成する所の一斑を觀るに足る。

明治廿六年六月二十四日發兌『女學雜誌』第三百四十七號、女學雜誌社。一二五頁（原姿、注岡田）。

白衣白帽の姿と、日本赤十字社の看護教育の成果が、部外者の目にとまったのである（『日本赤十字看護教育のあゆみ—博愛社から日赤中央女子短大まで—』[3]に拠る）。

ここで、当時の女子の仕事について見ると、明治維新を迎えた十九世紀以後の近代社会においても、封建時代の残滓は根深く残っていたと考えられる。近代的教育制度ができてからも古い良妻賢母型の教育は続いていたし、女子への教育程度も低かった。しかしその間主としてキリスト教主義から発足した女子校が新しい方向に女性を誘導する働きをした。そのような中で女性の職業として女教師も現れ、また樋口一葉などのいわゆる女流作家、与謝野晶子などの歌人、その他上村松園などの画家、松井須磨子などの女優、福田英子などの社会運動家や、平塚雷鳥に代表される「青鞜社」の新しい女性も現れてきた。看護婦という仕事もこのような流れの中で現れてきたと見られる。様々な分野への女性の進出、活動がきざしてきた時代であったのである。

このような中で、しかも戦争がある社会背景の中で、時代の要請からも看護婦が女子の仕事として、大きく注目されてきた時代であった。明治二十七年八月日清戦争開戦、戦時救護に日赤看護婦と生徒が初めて加わっている

図－22　雑誌『少年世界』第三巻第十七號、臨時増刊『暑中休暇』三三頁、『休暇傳』の挿絵
運動会の赤十字。左側の長い旗に、赤十字のしるしの十が見える。さらに「赤」という字と、次の字はかくれて見えないが、その下に「字」が見え、赤十字であろうと考えられる。
日本近代文学館提供

（『日本赤十字看護教育のあゆみ』前掲年表に拠る）。因みに『休暇傳』初出誌『少年世界』第十七號、三三頁に挿絵があり、万国旗の傍らに大運動会と書いた幟があり、その後方に「十字」のマーク（色刷りでないから色は不明）の下に「赤」、次は隠れていてわからないが、その下には「字」と書いた三文字を記したものが描かれている。おそらくこれは運動会で転んで負傷したときなどに処置をして救護にあたる場所を示すための「赤十字」ではないかと考えられ、活動の浸透がうかがえるものである。

また、傷病看護を担う病院については、西洋医学による病院の建設としては、戦国大名の一人豊後の大友宗麟（一五三〇―一五八七）が一五五六年に癩患と貧しい病者のためにつくった救済院が挙げられる。大友宗麟は、有馬晴信、大村純忠と共に九州三侯と言われていて、欧州に少年使節団を派遣したことでも知られるいわゆるキリシタン大名である。このように弱者を見捨てず看護する精神、姿勢は続いていると考えられ、現在でも、たとえば、東京の聖路加病院、大阪のガラシャ病院などキリスト教に関係のある人の名を冠してキリスト教の精神を拠り所として、医療に携わっているのが見られる。

また、看護婦（今は看護師）と言えば、看護学の功労者ナイティンゲールが想起される。彼女を模範とする世界の看護婦にはナイティンゲール記章が与えられる。ナイティンゲール（英一八二〇―一九一〇イタリアフィレンツェ生）はドイツのカイザーヴェルトのプロテスタント補祭学校に入って看護学を修めたと言われる（「ナイティンゲール」（大島蘭三郎・本庄俊輔）『世界大百科事典』平凡社など参考）。したがって看護婦という仕事にもキリスト教の影響がかかわっていると考えられる。

『休暇傳』が、様々な女性の職業のなかで、時代の背景もあろうが、この二少女「吉田おこん」「吉瀧おせん」に看護の仕事をえらび、それにたいして「馬太傳福音書」をふまえての「教師吉井」の賛辞があることは、『休暇傳』にはキリスト教の影響があると考える根拠ともなるのではなかろうかと考えられる。

注

（1）『露伴全集』第十巻、四一三頁。
（2）『露伴全集』第十巻、四一三頁。
（3）『日本赤十字看護教育の歩み―博愛社から日赤中央女子短大まで』日赤中央女子短大史研究会編、昭和六三年八月一五日初版第一刷、蒼生書房。

(三) 少年たちの人名の寓意性

ところで、『休暇傳』の「明神の森」の「集會」で、各自が考えてきた休暇の過ごし方について発表するのは十人、それに病気のため欠席だが、代弁者によって発表される一人を加えると十一人となる。そのうち二人は前記少女である。したがって少年たちは九名である。そのすべての人名に「吉」がついている。以下、各人名と人物造型、ならびに少年たちの発表内容との関連を『大漢和辭典』の解釈をもとにして見ていくことを通して、人名の寓意しているものを考察したい。

冗長になるが全部の人名に寓意性のあることを立証したい（『大漢和辭典』は旧漢字・仮名遣いだが、以下適宜改めて引用する）。

前述したように「吉」は、「よい。さち。さいはひ。しあわせ。めでたい。」などを意味している。したがって、全部に「吉」を付けていることは、作者の意図する「理想郷」をうかがわせるものであると考えられることをふまえて人名について考察していく。

「吉野頓作」

「野」は「まちはづれ、郊外。のはら、のら。さと。ゐなか。ひな。質朴」などとある。のらは田畑で、のら仕事ともいうから農業に関係する。

「頓」は「頭を下げて地をたたくやうにする敬礼の事である。先ず跪いて胸の前で両手を組み、次に両手を組んだままで下げて地につけ、更に頭を急にさげて額で地を叩くようにする。此の時、額は地に著く。〈略〉」とある。これは、自らを低くして跪きぬかずくような丁寧な礼をさしている。

「作」は「つくる。いとなむ。なす。おこなふ。はたらく。かせぐ。たがやす。」などとある。とすると、この「吉野頓作」という人名は、田舎の田畑の地面に対して跪くような謙虚な態度をもって、地をはうように耕していくという意味のある人名であると考えられる。

そのような意味が読み取れる「吉野頓作」は休暇中の過ごし方として荒れ地の開墾を考えている。そして教師「吉井」は、それを成し遂げることによって、忍耐の美徳も具わると言う。これは、大地に謙虚に向き合うことによって「頓作」の精神を養うことができることを言っているのではなかろうか。

少年「頓作」は、「父は材木伐採」「母は村内第一の機織の上手」で養蚕もやっている「中等の生活」をしている家の子供である。「頓作」は、

性朴直にして、小賢しきことは無けれども其代りにはまめ〳〵しく身を働かし、心捷からぬ代りには耐へ情強く、堅固にして着實なる少年なり。(1)

と、このように造型されていて、彼の将来の希望は「大農業者」になって北海道や内地の「未墾地」を開拓し、「大に國利民福」を増そうとするもので、「模範」は「二の宮金次郎先生」である。明治の「二の宮」として「廉潔」「堅固」「清浄」「健剛」「一身一家をも幸福にし一國一世の幸福をも増進する」ような生涯を送りたいというもので、その「下稽古」として、この休暇に「荒地」を開墾したいというのが「遊びの主意」になっている。

このように見てくると「吉野頓作」という人名は、忍耐強く農業をする彼の性格や、大農業者になって家庭を、さらに国をも幸福にしたいという将来の希望に関連しているものを寓意していて、作者が苦心し、熟考した上で、意匠を凝らして命名したあとがうかがえると言えるのではなかろうか。

「吉光雅之助」

「光」は「ひかり、ひかる、はえ、ほまれ。文物の美。文化。日・月・星。ひろい、ひろめる。」などとある。「雅」は「みやびやか、あでやか、さとい。」などとある。

「雅之助」は「いと静なる性質」であり、雅、優美、典雅、繊細、巧緻を理解する芸術家の素質をもっている。「左まで貧し」くはない「色白の眉目美しき優しき少年」と人名の意味を表すように造型されている。彼の姓には名を広めて誉れを得るであろうことがこめられている。彼は教師からも名高い画家になるかもしれないと嘱望されているが、これも人名の「光」の意味が表しているとも言える。

「吉光雅之助」は「吉水川の畫巻」を「作りたくて作りたくて、作らずには居られない」のである。これらを総合すると、この少年の人名はこの人物の性格、容姿を表すとともに絵画において優れた芸術家になり得るであろう

図－23　雑誌『少年世界』第三巻第十七號、臨時増刊『暑中休暇』二二頁、『休暇傳』の挿絵
「吉水川」の川べりで釣糸を垂れながら静かに水の音を聞いているとも思われる。だが、この挿絵の近くにある本文の位置を考えると、庭の池とも考えられないでもない。
日本近代文学館提供

ことをも包含している。彼は、

> 紙の上の吉水川にも淙〻といふ水音を發させたい。(2)眞實の吉水川では無い繪の吉水川で、而して繪の吉水川では無い水音のする吉水川を諸君の面前に置きたい、僕の筆の端から出したい、(3)

と言うのであるが、露伴の『名畫は畫中に詩あり』での言及、

> 表面に描かれたる圖以外に、詩趣の油然として内部に生ずるものなくんば、これ遂に圖のみ、以て畫とするに足らず。(4)

に通じるものがあり、芸術の高い境地を少年ながら理解していて、「吉水川」という自然を師として、それを目指しているのである。年少にしてすでに気付き目標としていることは、「親の氣性を讓り受けての賢さ」にくわえて余程

の天賦の才能がある人物のように造型されているのを寓意している命名であると言えよう。

「吉川長太郎」

「川」は「ながれ。水流の総称。貫穿して流水を通ずること。」とある。

「長」は「ながい、短かくない、ひさしい、ながくする。たっとい。たっとぶ。」などとある。

「太」は「おおきい。」

「郎」は「男子。」

「長太郎」は「鶴の如く、長き身」とあるように、長身で大きい少年を意味する。「川」も長いことを意味する。これらを総合すると、この少年の人名は長いということが必要なものと関連があるのを意味している。「吉川長太郎」が休暇中にしたいことは、去年からの続きの「植物採集」である。貫穿して流水を通ずるには、こつこつと続けなければ成果があがらないのであるから、長く続けて尊ばれるような仕事をするのを寓意している人名であると考えられる。

「吉沼徹一」

「沼」は「ぬま。いけ。」とある。

池は地面などの水がたまっている所であり、沼は浅くて泥深い池である。沼や池の水は殆ど流れず動かない。

「徹」は「とほる、とほす。とどく。とどける。」などとある。

「徹一」は一徹を意味する。徹太郎としていないところからそれがうかがえる。『日本国語大辞典』に拠ると、一徹は「思いこんだり、言い出したりしたら、是が非でも押し通そうとする気の強い性質」である。であるから、「徹一」は一徹者で一途に思いこんだら、どこまでも押し通そうとする性格を表している人名なのである。

つまり「吉沼徹一」という人名は、この少年がじっとして動かず冷静であり、一途に思いこんだことをするのを寓意していると考えられる。

ところで、一徹な人は何事かを計画したら目的に達するまで頑固に一筋に続けとおす傾向がある。本文でこの少年は、

色黒くして身幹小けれど、心堅くして情硬く、思ふこと大にして行ふこと厳なる精悍剛愎(5)

と造型されている。これらから総合すると、「吉沼徹一」という人名は「心堅くして情硬く」は沼の水のように動じないことを表し、「行ふこと厳」は途中で放棄せずやり通すことを表している。そして、後述する「吉熊」とは、

吉熊は吉沼と日頃より大の仲好(6)

という関係である。そして、この少年の「吉熊」観は、

図－24　雑誌『少年世界』第三巻第十七號、臨時増刊『暑中休暇』二六頁、『休暇傳』の挿絵
「吉川長太郎」の「植物採集」か、それとも「吉沼徹一」の計画する「吉水川」上流の探検であろうか。
日本近代文学館提供

實に大膽で、體格も好し勇氣もあり氣象も快活(7)

と高く評価するものである。だが、それにひきかえ皆から一目おかれている「村長吉山《よしやま》氏《うじ》の子の吉太郎《きち》」にたいしては、

隱然一敵國をなせるは、精悍剛愎にして何によらず屈するといふこと毫も無き(8)

という態度をとる性格に造型されている。彼の「吉態」観にしても、「吉太郎」への対応にしても、いずれも他人の批評を鵜呑みにせず、付和雷同もせず、自分なりの冷静な判断に立脚しているのである。

このような彼の「休暇」の過ごし方の計画は、「吉水川の上流」を「探檢」し「石炭」の埋蔵の有無を確かめることである。実行にさいしては、計画が実際に成功するまでは目的を他の人に語らないという慎重さ・思慮深さがあ

り、したがって準備する携帯用具にも危険を防ぐ思慮が見られる。彼は、この「探檢」が成功すれば「吉水村」の「利益」だけではなく「國益」にもなることなのだという見通しを持ち、しかも「吉熊金太郎」を「黨與《くみ》」にした上に、「吉川長太郎」も「吉光雅之助」も誘い、それぞれの特技をもって助け合っていこうという、少年としては大きな構想に立脚した計画をしている。ゆえに、「吉沼徹一」という彼の人名は冷静沈着にして動じない一徹な性格と、それを必要とする仕事を寓意していると考えられるのである。

「吉山吉太郎」

「山」は「やま。平地より高く突起し、万物を養育する地塊。」とある。「君主の象。」ともある。「太」は「はなはだしい。おほきい。尊称に用いる。」などとある。

これらを総合すると、この少年の名前は「吉水村」で高い地位と、「太郎」によって長男を表す人名である。「吉山吉太郎」は、村長を父に持ち、

級中の首席を占むること多き吉山吉太郎《よしやまきちたろう》は鷹揚にして、すべて物事の順序立ちて都合よきを好み、假にも亂雜無法なることを悦ばず、人と爭はず、人と競はず、奇異なるところも特殊なるところも無き代り、人に嫌はるべきところ一つも有たぬ眞に君子の風ある少年なれば、徳望おのづから備はれるなるが、―〈略〉― 悠然と立出でし其風情、何處と無く品高く位有るに、(9)

というように、性格も容姿も君子然とした少年に造型されている。休暇中には「少年の集會娯樂するところ」を作りたいのである。作るに際しての態度は「急かず忙てず勉め」たら「出來ぬといふことは無かろう」「失敗も随分をかしかろう。」と受け入れる鷹揚なものである。その「少年會堂」を休暇の遊びの結果を話すところにしたいというのが彼の目的である。その落成時には級友たちそれぞれから、休暇中の成果贈呈の申し出があるのは「吉山」の徳望のゆえであろうし、全員参加の協力でもある。彼の「少年の集會娯樂するところ」は少年のためばかりでなく、村人皆のためになるものであり、村全体のために働く村長の仕事に通じるものがある。

また、「吉太郎」の計画に実際に当たるのは次に述べる「吉坂大十郎」であって、「吉太郎」は「大十郎」を「有力な同志として充分の尊敬を以て待遇する」としている。相互に尊敬し合う人間関係を構築し得る性格である。「吉山吉太郎」は上に立つものとして相応しいよい素質を寓意している人名であると考えられる。

「吉坂大十郎」

「坂」は「さか。傾斜している土地や山道」などとある。

「大」は「おほきい。あまねし。さかん。おもんずる。すぐれる。容易でない。」などとある。

「十」は「まったい。完全。」などとある。

これらを総合するとこの人名から、この少年の大柄で鷹揚な性格がうかがえる。

彼の容姿は、「むつくりと下豊れの顔つき下品ならぬ」(10)で「吉山」から見ると「意匠に富んで居る人」「温良で心の急で無い」性質である。「吉山」が「少年會堂」の「目論見の大體は吉坂君が立てゝ、繪圖も吉坂君が製する筈」(11)

と言っているから、実務はすべて「吉坂」がこなすのである。彼は、

最も建築し易くて最も我ゝの遊び樂むに適した一小堂を設計し、而してまた鋸を手にし斧を手にして、――〈略〉――建築者になるのです。(12)

と休暇中の過ごし方を述べている。「吉熊」から「殿様、お扈従」と声がかかるこの「吉山」と「吉坂」のコンビは「山」があるから「坂」があるのであり、「坂」があるから「山」の頂きにも登れるのであって互いに無くてはならない存在として計画を完成させるであろうと思わせる組み合わせである。「吉坂大十郎」は「吉山吉太郎」の信頼があるのも首肯できる人物を表現していて、「大十郎」という名前は計画の成功を寓意しているとも言える人名であると考えられる。

「吉岡才五郎」

「岡」は「をか。山の背。小山。」などとある。
「才」には「才能のある人」などの意味がある。
「才五郎」は才能のある少年であるが、その才能は完全な才能とは言えないものであることをこの人名は表している。なぜなら、「岡」は小山であって山には及ばず、「五郎」の五は完全を意味する十には及ばないからである。不足がある名前なのである。なぜこのような人名にしたのであろうか。

彼は、「一種の才を抱ける一ト風異りし少年[13]」で、「科斗《おたまじゃくし》のやうなる形は仕たれど光は麗しき賢げの眼[14]」をしていて、自分は描かないが絵を愛する。「腕力」「勇威」「剛情」は「吉熊」におよばないが、「愚なりとして」「吉熊」には屈しない。

一方、「吉熊」は「吉岡」を「弱蟲」として「常に侮り輕んずる」という対立する関係にある。この「吉岡」のしたいことは、「活物をこしらへたい」ということで、その方法として、「龜の卵」「鶏の卵」を孵化させることを考えている。そして、「二十一日間」「母鶏」と同じ熱で暖めれば「才五郎」が作る「設計装置さへ悪くなければ」、「卵子は必ず孵」り「ひよ〱と鳴く、丸つこい雛」になると見込んで計画を立てている。彼は「活物をこしらへたい」といい、孵化させた雛を「吉岡」は「僕のこしらへた活物」と言うのである。

これにたいして「吉熊金太郎」は、

僕のこしらへた活物とは何の事だ。活物といへば活きて居るものだ、活きて居るものが人の力から出來るものか、[15]

と思っているのである。

ここで、「才五郎」と「金太郎」の言い合いについて考えてみたい。

「吉熊」は「活きて居るものが人の力から出來るものか、」と言う。これに対して「才五郎」は、

されば吉岡は今吉熊の言葉を聞くと共に冷笑《あざわら》つて、「黙りたまへ吉熊君。君のやうな人は薪でも割つて居るが好

い。何も分りもせぬ癖に理屈らしいことを云ひたまふな」と云ひ棄てつ、(16)
このように冷笑し、「吉熊」の言葉を取り上げない。この一連の状況に着目したい。ここには生命が人力でできるものか、できないものかという大問題が含まれている。この時点では年少者の素朴な発想かもしれない。だが、「才五郎」もいずれは、どんなに「装置」を精密に作っても孵化しない卵があるのはなぜかという疑問に突き当たり、この問題に直面しなければならないであろう。生命の根源の問題に突き当たれば、生命への畏敬の念が生じる。したがってその生命の殺戮も避けるようになる。おそらく『休暇傳』の最も重要な問題は、この「吉熊金太郎」の言ったことから生命への畏敬の念に考え及ぶかどうかではなかろうか。作者もそこに重きをおくゆえに、子供達が親しみやすいように造型された「金太郎」に、この問題の提示をさせているのではないかとも考えられる。

因みに鶏卵ではないが、鮭、鱒の卵の人工孵化は、日本では明治九（一八七六）年から北海道に始まり、明治二一（一八八八）年に国立の鮭鱒孵化場が設立され、石狩川に放流されたそうである（「人工孵化」『世界大百科事典』一九六三年一月一〇日初版第十二刷発行、平凡社に拠る）。このようなことが「吉岡」造型の発想の下にふまえられているのではなかろうかと考えられる。

この「吉岡才五郎」という人名は近代産業がその発展の途上において、人間を置き去りにしてはならないことを寓意しているとも読めるのではなかろうか。「才五郎」が、「活きて居るもの」について「金太郎」の言うことを、冷笑裡に黙殺することなく、生命の尊厳を真剣に考えて近代産業に寄与しようとするとき、作者露伴は、たとえば〈吉「嶽」才「十」郎〉のような人名をもって登場させるのではなかろうか。

以上のように、少年たちの人名に用いられている漢字の意味は、すべて各自の性格や容姿などを表しているとともに、各自の休暇の過ごし方、仕事に関することなどを寓意していると考えられる。つまり、少年たちの名前は各少年の個性や将来の希望を表しているものなのである。作者が苦心し、熟考した上で、意匠を凝らしたであろうことは確かであると思われる。よって、残る二少年の命名についても、作者は同様であろうと考える。そのことをふまえて、残る二人「吉熊金太郎」「吉原茂之助」について、次に、「(四)「吉熊金太郎」の寓意と、喚起しているもの」「(五)「吉原茂之助」の寓意と、喚起しているもの」において考察していく。

注

(1)『露伴全集』第十巻、三八七頁。
(2)『露伴全集』第十巻、三九三頁。
(3)『露伴全集』第十巻、三九三頁。
(4)『露伴全集』第三十巻、昭和二十九年七月十六日第一刷発行、昭和五十四年七月十八日第二刷発行、岩波書店、四五—四七頁所収。四五頁。
「名畫は畫中に詩あり」は繪畫叢誌の大正四年一月號に「畫師と圖師」と題して載り、舊全集に解題して収められた(『露伴全集』第三十巻後記抄に拠る。括弧などは後記に倣う)。
(5)『露伴全集』第十巻、四〇五頁。
(6)『露伴全集』第十巻、三八五頁。

(7)『露伴全集』第十巻、四〇七頁。
(8)『露伴全集』第十巻、三九七頁。
(9)『露伴全集』第十巻、四一四頁。
(10)『露伴全集』第十巻、四一五頁。
(11)『露伴全集』第十巻、四一五―四一六頁。
(12)『露伴全集』第十巻、四一八頁。
(13)『露伴全集』第十巻、三九五頁。
(14)『露伴全集』第十巻、四一六頁。
(15)『露伴全集』第十巻、四一七頁。

※ 人工孵化

〔家禽の人工ふ化〕
ニワトリは生来8―12個産卵すれば就巣し、卵をふ化する習性をもっている。しかし自然ふ化では必要数のひなを得ることができないので、人工ふ化の必要が生じる。
人工ふ化はすでに二〇〇〇年以前からエジプトおよび中国で実用化されていた。アリストテレスは、前四〇〇年にエジプトでは卵をたい肥の中に埋めてふ化したと記載している。
日本では明治の末期から大正にかけて、げた箱式、伴田式、KK式などがあり、立体ふ卵機が使用されたのは一九三〇年（昭和五）ころからである（「じんこうふか　人工孵化」飯田左翼『世界大百科辞典』平凡社より抄）。

〔魚卵の人工ふ化〕

日本では一八七六年（明治九）から北海道に始まり、一八八八年（明治二一）に国立のさけます孵化場が設立され、石狩川に放流された（「じんこうふか　人工孵化」市川竜資『世界大百科辞典』平凡社より抄）。

露伴は時代の先端をとりこんでいると考えられる。

露伴は少年文學『番茶會談』五十二で「孵卵器」をとりあげている（『露伴全集』第十巻、五四八頁）。関心があるものであったと考えられる。

「番茶會談」は雑誌實業少年の明治四十四年一月號・二月號・四月號・五月號・六月號・七月號・八月號・九月號・十月號・十二月號に「滑稽　御手製未來記」と題して載り、「番茶會談」と改題して「立志立功」に収められた。〈以下略〉。『露伴全集』第十巻後記に拠る（括弧などは後記に倣う）。『露伴全集』第十巻、四五六―五五三頁所収。

(四)「吉熊金太郎」の寓意と、喚起しているもの

「熊」は「くま。獣の名。」とある。

「金」は「かね。金属、鉱物の総称。かたい。よい。うつくしい。たっとい。」などとある。

まず、この人名で注意したいのは、「金太郎」にたいする当時の人々の認識である。「金太郎」という名前の人は多くいるであろう。だが、当時の時代感覚からすると、「晝に見る山姥の子をそのまゝ」「づんぐり肥えたる岩疊づくり」「赭面童子」とあるこの本文を読んで、「熊」と「金太郎」の組み合わせの人名を見たら、読者は「金太郎」として次のような人物を想起したであろうと考えられる。

なぜなら、「金太郎」は、『日本国語大辞典』に拠れば「平安時代中期、源頼光の四天王の一人で、酒呑童子退治にも同行したとされる坂田金時(公時とも)の幼名。また、それにまつわる伝説。相模の足柄山の山中で、山姥を母とし、熊などの野獣を友として成長したという。鉞(まさかり)を手にし、全身赤色の皮膚を持ち、怪力の持主。その物語は室町期に成立したと推定され、江戸期の浄瑠璃、歌舞伎などで脚色され、特に近松門左衛門作の「嫗山姥(こもちやまんば)で広く知られるに至った。」などとあるからである。「金太郎」をかたどった五月人形も飾られたのである。本文には、

活潑過ぎて親困らせ朋友困らせの赭面童子、晝に見る山姥の子をそのまゝ、づんぐり肥えたる岩疊づくり(1)、

とある。この表現から想起されるのが、前述の「坂田金時」の幼名と伝説である。そこで、この人名から源頼光につかえた坂田金時（公時とも）が、幼名を「金太郎」といい足柄山の山中で育ち、熊などの野獣と遊び強かった、そして後に頼光の四天王となり都の平安のために大江山に鬼退治に行ったと伝えられる話に拠っている「金太郎」だと『休暇傳』の読者は思うと考えられるのである。ここでその話がどのような経緯をたどって伝わってきたかを詳らかにはできないが、実際に昭和初期頃にも端午の節句に「づんぐり肥えたる岩疊づくり」で「赭面童子」の表現そのままの姿で、「金」と書いてある腹掛け（『日本国語大辞典』には「金太郎腹掛」とある）をした童子の人形が端午の節句飾りに見られた。このように比較的最近（現在も見られるようである）でも端午の節句の飾りの中に見られる「金太郎」なのである。

では、『休暇傳』が書かれた明治三十年頃はどのようであったろうか。

明治三十四年五月一〇日發行の第二百三十二号『風俗畫報』（十七頁）に「節句の幟見」として、

五月節句は幟の節句ともいふて男の児ある家は戸毎に門に幟を立つ武者人形或は吹貫馬レンなど總て勢ひを見せたる戰爭などの具を飾りて男児の猛きを見する爲家々思ひ〳〵の飾物をなすなり當日幟見とて諸方を散歩しいろ〳〵の幟を見るを樂みとす

とあり、この当時、江戸期以来の風習が依然として行なわれていたことがうかがえる。

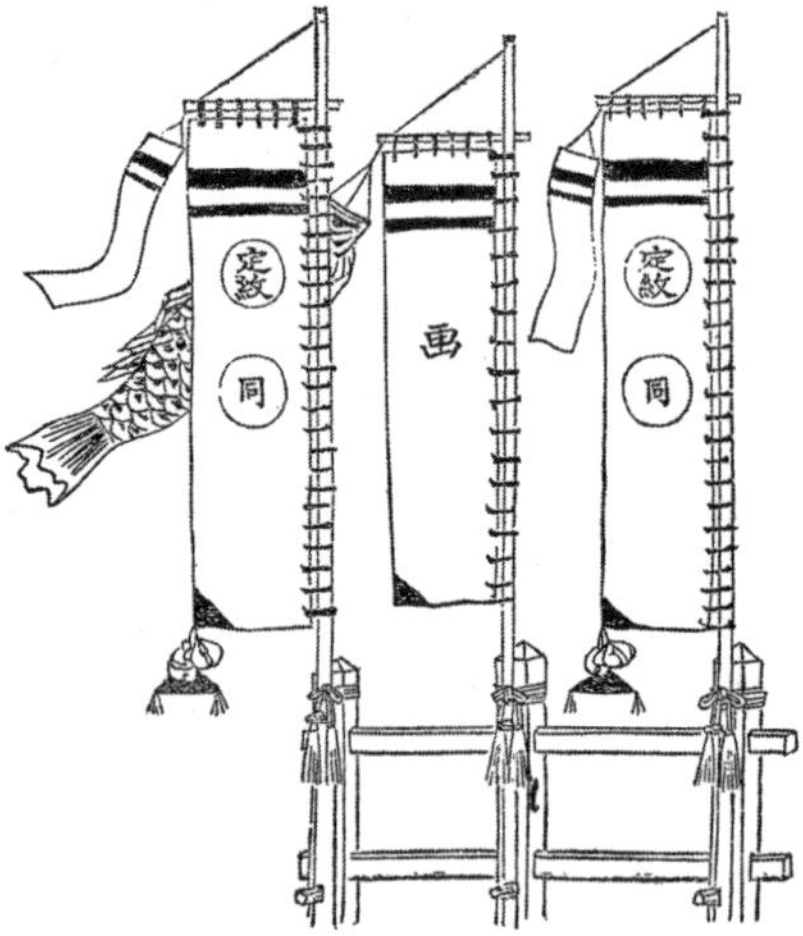

図－25　節供の幟見挿絵
『風俗畫報』第二百三十二号、明治卅四年五月十日發行、東陽堂、十七頁。
関西学院大学図書館蔵

ところで、その風習であるが、端午の節句とはいうまでもなく五月五日の節句のことである。男児の節句とされ幟、武者人形などを飾ってその健やかな成長と出世を祈るものであるといわれる。平安朝末期から子供達が左右に分かれて礫を打ち合う印地打ちという石合戦が行われた。これが江戸時代に入ると五月節句行事の一つとなったが、危険なので幕府から禁令が出る。かわって菖蒲打ちなどとなっていくのであるが、江戸中期にはこうした遊びは次第に姿を消し、柳の木などで作って美しく彩色した菖蒲刀や飾り兜、幟などを戸外にならべる風習が生れ、やがてそれらが室内に飾る五月人形となった。なお、菖蒲は「尚武」の音通から、武を重んじる行事がこれに集中され、江戸時代には五節句の一つとして重んじられた。明治維新でこの行事も一時廃れたが、再び盛んになり、明治以後もこの屋内外の節句飾りが行われた。この幟について貞享四年（一六八七）刊『日本歳時記』には、「紙旗にいろいろの絵を書きて長竿につけ、」戸外に立てて一日から五日まで児童の遊ぶものとしたと記している。また『貫保延享江府風俗志』には「此頃のぼりは紙のぼりに〈略〉絵具にて色取、〈略〉或は金太郎〈略〉男子有家は大凡立たる事也」と記されている。くだって明和安永（一七六四—一七八一）のころには、武者絵はことに四半旗（幅と長さの割合が二対三の旗差し物。注岡田）に多く描かれ、これは鍾馗と金時が最もよろこばれたという。

このような伝統を持つ武者人形は五月人形ともいわれ、その種類としては八幡太郎義家など多種ある中に、坂田金時、山姥などとあるのが見える。明治に入ってからは人形も小型になり、その種類も神功皇后、武内宿禰、金時、鍾馗などが歓迎されたとある。五月人形や幟を売る幟市が明治六年復活し、日本橋本石町十軒店の幟市の当時の値段表によると、「金太郎」五十銭より二十円とある。前記明治三十四年五月一〇日發行の『風俗畫報』に「節句の幟見」として、「五月節句は幟の節句ともいふて男の児ある家は戸毎に門に幟を立つ武者人形云々」とある幟や五月人形はこれらをさしていると思われ、「金太郎」が入っていたと考えられる（『日本人形玩具辞典』新装普及版、齋藤良輔編、一九九七年九月二五日初版発行、東京堂出版など参考）。

以上から、『休暇傳』の「吉熊金太郎」という人名は、この武勇を表す「金太郎」に拠っていると言える。「金太郎」は幟の絵としても、人形としても人気があり、子供達が見る機会の多いものであった。露伴は『休暇傳』に「畫に見る山姥の子をそのまゝ、」としていることから、幟に描かれた「金太郎」のことを言っていると考えられる。

また、「吉熊金太郎」が武勇を重んじる「軍人になりたい」と言っていることからも、「吉熊金太郎」は酒呑童子退治をしたと伝わる坂田金時の幼時の「金太郎」に拠っていると考えられる。作者も「名を金太郎といふも可笑しく、吉熊といふ姓もまたいと珍らしく可笑しきが」（本文三八四頁）と「金太郎」と「熊」を組み合わせて焦点を合わせることを促しているのである。

以上のようなことから、『休暇傳』の「吉熊金太郎」は「熊」と「金太郎」の組み合わせで坂田金時の幼時の「金太郎」に拠っていて、武勇、頑丈な容姿などを寓意しているものであると言える。しかも子供達が親近感を抱くものである。他の人名と比べてみる時、「吉熊金太郎」という人名だけが「熊」という動物がはいり、しかも実在した、知名な人物をふまえているのをみると、この人名から「金太郎」の寓意するものには、苦心し、熟考した上で、意匠を凝らして命名する作者が、読者にむけて何か特別に喚起したいものがあるのではなかろうかと思われる。

さて、『休暇傳』の「金太郎」は「頑要《いたづら》ものの大將」で、「活潑過ぎて親困らせ朋友困らせの赭面童子(2)」で「無邪氣」で「銅鑼聲」「胴魔聲」でもある。また「明神山」の「集會」に一番早く来たことからもわかるように行動的である。また「神前」の「狛犬の苔」の緑美しいのを捞り剥がしてしまうような悪戯者で乱暴者でもある。渾名をつけたり当意即妙の野次を入れるのが上手で直截的でもある。学業成績は「落第も仕かねまじき」有様だが「正直にして勇敢質朴」なので教師からも疎まれないどころか、「教師」は、「心を用うること深く、骨折りて教へ育て(3)」ていると、このように造型されている。

この少年は学校で教えられる「修身書」にはおさまらないような行動をする。「交情《なか》が好いから悪口を云ふても好い」」と本当に気心の知れた間では悪口を言っても互いに問題にしないと、「修身書」には書いてないと「教師吉井」から注意される「奇妙な道理」を言ったりもするが、これは親友間の微妙な内面心理をついたものである。このような「金太郎」は「軍人になりたい」のだが、「軍人になりたいといふ精神に協ふやうな遊びかた」が無いと

言う。これに対して「教師吉井」は、

汝《あなた》は軍人になりたいといふ精神に適した遊戯が仕度といふなら、他の人が何事をか企だてゝそれに障碍のあつた場合に、其人を保護するのを汝の任務としたら好いでせう。但し喧嘩争闘をするやうなことは避けなければなりません(4)

と諭す。「喧嘩争闘」すなわち「軍人」の場合はこれが戦争となるが、『休暇傳』の「軍人」に求められているのは、争うことをするのではなくて、何かを企画しても障碍によってできない時に、その人を「保護する」のを「軍人」の精神とする「吉井」の考え方が示されている。さらに、

汝は他の人の保護者となると云ふ以上は、第一に他の人の其自由を保護しなければならぬ筈で、決して汝の考へをもつて他の人の爲ること思ふことに干渉するやうなことは成らぬ筈です。(5)

と「金太郎」が「他の人」を「保護する」にあたっては、各人の「自由」を尊重しなければならないと戒めてもいる。このあたりには、戦争をこのましいとしないとする露伴の思考の一端が垣間見られるのではなかろうかと考えられる。

この「金太郎」が前述のように、生命が人の手によって造れるか造れないかという問題で「吉岡才五郎」と対峙

しているのである。

このように作者は、実在した人物に拠っていて、しかも当時の少年たちが五月節句の飾りに、その容姿をしのぶことができて親しみを覚えているであろう「金太郎」に、生命への畏敬という大問題を提起して考えさせることへ誘う重要な役割をもたせている。生命への畏敬の念を抱くと、いずれ、人間を超越したものに思いをいたすことにつながる問題が生じてくると思われる。

さらに「金太郎」に託して伝えたかったことには、武の力を戦争に使わず、人間の自由を尊重しつつ保護することに使うということも含まれている。そのためには、他者をおもいやり愛情をもって接する愛の心が基本となる。この精神をも伝えたかったのではなかろうか。

日本の伝統風俗をふまえての「金太郎」を当時の子供の世界によみがえらせ、生命への畏敬の念と、人間を超越したものの存在と、人間への愛を考えるという重要な問題を喚起していることに、「吉熊金太郎」という人名を考案して、この「金太郎」をとおして当時の少年読者の興味と関心を高めようという作者の深慮がうかがえるのではなかろうか。

作者の暖かい目が少年たち全般に注がれているのが見られるが、わけても「金太郎」の造型の上において顕著である。「金太郎」は憎めない「頑要《いたづら》もの」なのである。露伴の少年文学の中で、このように躍動感にみちて生き生きとした少年の描写はほかにあまり見あたらないのではなかろうか。

注

（1）『露伴全集』第十巻、三八四頁。
（2）『露伴全集』第十巻、三八四頁。
（3）『露伴全集』第十巻、三九八頁。
（4）『露伴全集』第十巻、四〇四頁。
（5）『露伴全集』第十巻、四〇五頁。

（五）「吉原茂之助」の寓意と、喚起しているもの

ところで、「明神山」の「集會」に当日欠席の生徒がいた。「肋膜」という病気のため出席できなかったとされている「吉原茂之助」である。なぜ、すべて「吉」のつく理想郷にありながら健康に恵まれない少年を造型し、しかもこの少年だけを欠席にしているのであろうか。この欠席者の人名について、この問題を含めて考察したい。

まず、この少年のしたいことが「吉水志」を作りたい、つまり歴史を書くということであるのをおさえておきたい。そして、この歴史を書きたいということが「吉原茂之助」本人は欠席でありながら、農業をしたいという「吉野頓作」によって、「明神山」の「集會」で多種多様の仕事が語られる中で一番初めに発表されている。それに続いているのが「吉野頓作」の農業なのである。

『休暇傳』のこの構成から、この少年の人名「吉原茂之助」には日本の古称、葦原の瑞穂の国という表現が想起されるのではなかろうか。なぜなら、「吉水村」は日本にある。「吉原」の「原」には、元とか源の意味があるとされる。この少年のしたいこととして歴史が挙げられている。この少年は、小説の中で他の少年たちの集合場には姿が見えない。つまり現在には存在しないのである。これらは、〈日本〉〈元・源〉〈歴史〉〈現在にない〉としてつながってくる。そうすると現在は日本国を葦原の瑞穂の国と言わないが、歴史をさかのぼり、日本の元・源をたずねると古代では葦原の瑞穂の国と称された記録があることにつながるからである。

日本の国号について（「にほん　日本」【日本の国号】（三宅武郎）『世界大百科事典』平凡社）は、「〈古事記〉〈日本書紀〉などの古文献によると、古代人はその地理的自覚から自国を〈大八州（おおやしま）〉と呼び、また〈豊葦原瑞穂国（とよあしはらのみずほのくに）〉〈葦原中国（あしはらのなかつくに）〉その他の修辞的な美称を用いているが、〈略〉聖徳太子が隋に送った国書に〈日出処天子〉または〈東天皇〉とあるのと同じ心持で、やがて〈日本〉の国号が生まれ、大宝令ではこれを対外的な国号と定めた。」と記している。であるから、日本の歴史を溯ると古代人は葦原の瑞穂の国と言っていたのである。

また『日本国語大辞典』（二〇〇〇年一二月二〇日第二版第一巻第一刷発行、小学館）は、

「あしはらの瑞穂の国―（葦原にあるみずみずしい稲の穂が実っている国の意）日本国の美称。豊葦原（とよあしはら）の瑞穂の国。」と記している。

次に、葦原の〈あし〉と、吉原の〈よし〉についてであるが、

「あし「葦、蘆、葭」イネ科の多年草、世界の温帯および暖帯に広く分布し、水辺に群生する　―〈略〉―、後世、アシは「悪し」に通じるとして反対のヨシと呼ばれるようになる。」と葦原のあしと、吉原のよしが通じることを記している。次に、「よしわら」について「よしわら「葦原・葭原」葦が生い茂った原。あしはら。」とここで「よしわら」と「あしはら」が同じものをいうことを示している。

＊『日葡辞書』（一六〇三―〇四）「Yoxivara（ヨシワラ）（訳）葦が生い茂った場所」と記している。

ようするに、葦原はよしはらとも、あしはらともいわれ、葦が生い茂った所のことである。

すべてに「吉」がつくこの作品の作者露伴の意図による「吉水村」にあって葦原を「吉原」としていると考えられるのではなかろうか。

次に「茂」について『大漢和辭典』に拠れば、

「「茂」は、しげる。ゆたか。さかん。うつくしい。すぐれる。よい。〔説文〕茂、艸木盛皃、」などとあって、草木が豊に盛んに美しく繁茂する意があると考えられる。

であるから、「瑞穂の国」の「瑞穂」に見られるように、稲が茂ることになり、稲は豊かに茂れば実りをもたらし米を豊に実らせる。「瑞穂の国」とは日本の美称であり、米が豊かに実る国の意味なのである。

このように見てくると、この「吉原茂之助」という人名は「吉原」が葦原に通じ、「茂」が稲が実ることに通

じ、加えて歴史を書きたい（だが現在には存在しない）としていることなどを勘案すると葦原の瑞穂の国を寓意しているると考えられるのではなかろうか。

また、露伴には『心のあと出盧』(1)（『露伴全集』第十三巻）第三篇二七二頁で、

みづほの國の　國人と、

という表現があり、これは日本をさしていると考えられる。であるから作者には葦原の瑞穂の国という日本の古称は認識されていたと考えられる。この作者の認識と、この少年のしたい事として歴史をあげているということからも人名「吉原茂之助」は葦原の瑞穂の国を寓意していると考えられるのではなかろうか。

このように「吉原茂之助」という人名から、葦原の瑞穂の国が想起され、この少年の人名はこの少年のしたいことして挙げている、自分の住んでいる「吉水村」の「歴史」と「地理」と「其他百般」のことを書くということから、日本の歴史を書くということを包含している人名であると考えられるのである。「美しく優しい文章」で「吉水志」つまり歴史を書きたいという「吉原茂之助」の希望を伝えたのは、「堅固にして着實」「平生人より先に發言などすることは無き」性格であり、農業をしたいという「吉野頓作」である。彼が「珍らしく」「先に立ちて言ったのである。日本の農業の本は稲作とされていたことを考えると、このなりゆきにも作者の深慮があったのではなかろうかと考えられる。

ところで、歴史というものは繁栄と衰亡を繰り返して続いている。繁栄といってもそれは強者だけが享受できるものであり、それさえ長い歴史の目から観れば束の間のことにすぎない。しかも、その繁栄の陰には必ず弱者の涙を伴うものである。繁栄は多くの弱者の涙の上に束の間築かれるものにすぎない。しかも歴史というものは多くは強者側によって記録されて残る。

『休暇傳』の「吉原茂之助」の家は「貧し」く「母様」と生活していて、しかも「肋膜」という当時不治の病と言われた肺結核になりかねない病気を病んでいる。生徒の中で最も弱者と見られるこの少年に「吉水志」を書くという「遊びの主意」を用意したこと、しかもその「遊びの主意」を、農業を「遊びの主意」とする「吉野頓作」に代弁させていることにも作者の深慮があると考えられるのである。なぜなら、前述のように瑞穂の国と稲作農業は密接な関係があり、作者はまずこの国の基本をおさえたのである。そして歴史なくして現在の我々はないのに、表に現れず忘れられがちな歴史を書くことを、生徒たちとともにありながら、欠席していて表に現れない弱者「吉原茂之助」に託しているのである。弱者に重要な仕事を託していることに人間に対しての作者の暖かい目が感じられるのである。弱者だからとて差別もしないし仲間外れのような扱いもしていない。それどころか弱者側から見る歴史を書くという重い役割をになうべく起用しているのである。

「吉原茂之助」は欠席で姿を表さないこともあって本人そのものの、たとえば容姿や性格なども定かではなく、「吉原茂之助」という人名からは考えるてがかりがないように思われるし、集会に欠席だから自ら話すこともない。

そして、さらに「吉原茂之助」の欠席には次のような意味もあるのではなかろうかと考えられる。歴史は先人たちの努力の足跡の積み重ねである。その歴史をふまえて現在があるのに、現在を生きる者はとかくそれを忘れやすい。しかも先人たちは自分自身で自分自身を語ることはない。稀にわずかを歴史書などに残すだけである。だから日本の古称を寓意していると見られる「吉原茂之助」が欠席になっているのではなかろうか。当時、明治十六（一八八三）年には洋風建築の鹿鳴館が東京内幸町にできたりしていて、欧化の風潮が喧伝され、ともすれば軽佻浮薄に流されがちな世情の中で、日本の歴史や古来の伝統などが、その影に隠れ忘れられ埋没されかねない世相を、ずっと見ていた作者が、歴史を「美しく優しい文章」で書きたいという「吉原茂之助」を病気による欠席にしていることには、尊重すべき日本の伝統が忘れられていくような社会への警鐘もこめられているのではなかろうか。子供達に「吉原茂之助」の寓意している日本の歴史の尊重と矜持の保持、の願いをこめて人名「吉原茂之助」を考案し、しかも、それを農業を遊びの主意とする「吉野頓作」に語らせるという構成にしたのではないかと考えられるのである。

以上のように人名「吉原茂之助」の寓意するものを読取り、日本の歴史、伝統の再認識の喚起を促す作者の思いを考えるのも可能なのではなかろうか。露伴は『休暇傳』創作にあたって、それぞれの少年たちの名前に苦心し、熟考した上で、意匠を凝らして命名したであろうと考えられる。

注

（1）　幸田露伴「心のあと出廬」は讀賣新聞に明治三十七年三月十三日號に「はしがき」が載り、〈略〉十二月三十一日號までに四篇にわけて載った。単行本は翌三十八年一月春陽堂發行、「はしがき」が除かれて新に引を附してある（『露伴全集』第十三巻後記より抄。括弧などは後記に倣う）。『露伴全集』第十三巻、昭和二十六年一月二十日第一刷發行、昭和五十三年十一月十七日第二刷發行、岩波書店。七一―三四六頁所収。

＊　「金太郎」に関しては『日本人形玩具辞典』新装普及版、齋藤良輔編、一九九七年九月二五日初版発行、東京堂出版。『日本風俗史事典』日本風俗史学会編、昭和五十四年二月二十五日初版一刷発行、弘文堂などを参考にした。

むすび

小説を創作するにあたって、「先づ人名」という露伴自身の言説に拠って、視点を、登場人物と人名との関連において考察してきた。その結果、人名にはそれぞれに意味がこめられていて、作者の深慮がうかがえるものであった。作者は人名を苦心し、熟考した上で、意匠を凝らして命名しているのである。そこから推量すると露伴が『休暇傳』で日本の未来を担う少年たちに、伝え託したいものとして次のようなことが言えよう。

一つは「吉熊金太郎」に寓意して語られる生命への畏敬と、それに関連して派生する、人間を超越したものに思いをいたすということである。さらに、「軍人になりたい」「戦争の眞似を仕度い」と言う「金太郎」は、「喧嘩争闘をするやうなことは避けなければな」らないこと、他の人の自由を侵さず保護すること、などを「教師吉井」によって諭されるが、これは戦争をこのましいとしないとする思考、ひいては人間を愛することにつながるものでもある。

二つには「吉原茂之助」に寓意される古代から伝わる日本の歴史、それにまつわる古来から伝わる日本の伝統・文化をおろそかにしないことである。

三つには人名によって各自を寓意している少年たちの語る中に、多様の職業を網羅して示し、子供達が将来どの分野に進むかを考える参考になるものを供して、その手助けをしていることである。そして人間、社会のためになる職業につき勤勉に励むことによって、それが愛国と矜持を保持し、国威発揚に貢献することが勧められているのが見られる。

露伴は国を思う気持ちの篤い人であると言えよう。なぜなら、これら少年たちに伝えたいとするものの背景には富国強兵を推進するという社会の風潮の反映もあろうが、作者自身の愛国心が言わせているとも考えられるからである。たとえば、『心のあと出盧』には、

心頭燃え燃ゆ　愛國の念、(1)
我國のため　國をこそおもへ、(2)
たゞ愛國の　狂と呼ばれん。(3)

などと記しているのが見られる。これらの表現には時代の要請があったかもしれないが、また当時の列強諸国に対応していかなければならない立場におかれている日本人として当然のこととも言えようが、露伴の国を思う気持ちの発露とも考えられるからである。

さらに、『休暇傳』で注目すべきは「教師吉井善作」の存在である。「教師吉井」は本稿「(二)「馬太傳福音書」をふまえた「教師吉井」の少女たちへの賛辞」における二少女への賛辞が、「馬太傳福音書」をふまえていると考えられることから、キリスト教の影響が見られる。その折、少女たちが休暇の間を病む友の「看護婦」として働きたいと申し出るのを聞いて「教師吉井」は「痛く感動し」、このような生徒を持ったのは自分が「藍綬褒章」(4)をもらったより「嬉しいことで」、「今日のやうに清〻しい幸福を得た經驗は吉井善作一生にまだありませぬ」「今日は却つて御二人に教を受けました」「お二人は實に一同に取つて貴い師です」とこのように言うのである。なぜこのように非常に深く感動して賞賛するのであろうか。考えられるのは、教え子である二少女が弱者に手をさし延べて助けるというキリスト教による隣人愛を、ただちに実行しようとしているからではなかろうか。「教師吉井」自身がキリスト教を基にして教え育ててきた生徒が、キリスト教を理解し実行しようとしていることに深く感動したのである。「吉井」の教えが確実に実を結んでいるのを実感したからであると考えられるのではなかろうか。

「教師吉井」は『休暇傳』の発端で、人間はその終りまで休まず働かねばならない、休息は棺桶に入ってからでよい、遊ぶのも悪いことではないが、ただ遊ぶだけではいけない、遊びにも「主意」を立ててあそぶようにと怠惰を戒める教訓をしている。この教訓を受けてこの小説の子供たちの活動が始まっているのである。

働くということについて、「新約聖書」の「テサロニケの信徒への手紙　二」3・7―10で使徒パウロは、あなたがた自身、わたしたちにどのように倣えばよいか、よく知っています。わたしたちは、そちらにいたとき、怠惰な生活をしませんでした。また、だれからもパンをただでもらって食べたりはしませんでした。むしろ、だれにも負担をかけまいと、夜昼大変苦労して、働き続けたのです。援助を受ける権利がわたしたちになかったからではなく、あなたがたがわたしたちに倣うように、身をもって模範を示すためでした。実際、あなたがたのもとにいたとき、わたしたちは、「働きたくない者は、食べてはならない」と命じていました（『聖書　新共同訳　旧約聖書続編つき　引照つき』日本聖書協会（二〇〇二）の訳に拠る）。

と、キリスト教信徒の生活の指針として、働くことの勧めと、遊食・怠惰の生活を戒めている。「教師吉井」の教訓にはこの姿勢が影響していると考えられるのではなかろうか。

とすると、「教師吉井」におけるキリスト教の影響は、二少女への賛辞『新約全書』「馬太傳福音書第五章六節」の部分だけに限られるものではなくて、「教師吉井」の生活信念そのものに影響していると考えられる。

このような「教師吉井」の子供達への教訓によって始まり、しかも「教師吉井」は多種多様の職業を語る個々の生徒たちを諭しながら、「明神山」の「集會」の終始にわたって生徒たちと共にいるのであるから、『休暇傳』は全編にキリスト教の影響がある作品であると言えるのではなかろうか。つまり『休暇傳』はキリスト教的思考が通奏低音のように（或いは伏流水のようにとも言えようが）流れている作品であると考えられるのである。

すべて「吉」の「塵の立ち舞わない」場、露伴の理想郷において進行してきた小説は、最後に、

其日そこに暮れてより、今猶愉快なる少年少女は餘念無く、自己〳〵の樂しとおもへる事して遊び居れる最中なり。(5)

として、自由に楽しく日の暮れるのも忘れて、余念なく遊ぶ、伸び伸びと躍動する、生命力に満ちた子供本来のありようを描写して終わっている。本稿は、作者露伴が次代を担う子供達に伝え託したいことを三つにまとめて前述した。それは露伴の理想でもあろう。そして、はじめに「塵の立舞」わない理想郷を設定していると考えられることも述べた。そして、その最後に本文においてこのように遊びに熱中する、子供本来の姿が躍動している描写があることは、この子供たちの姿こそ作者の設定した理想郷の一大要素なのではなかろうかと考えられるのである。「愉快」に「活潑」に自由に躍動する子供達の姿があってこそ、「吉水村」は露伴の理想郷たりえるのであると考える。

『休暇傳』には、今日の教育問題を考える上にも、参考になることが多くあるように思われる。

以上が小説創作にあたって「まづ人名」と言った作者の言により、露伴が苦心し、熟考した上で、意匠を凝らして命名したと考えられる登場人物の人名に着目し、『休暇傳』をキリスト教の影響を視座として読み解いた一考察である。

注

（1）『露伴全集』第十三巻、二八六頁。
（2）『露伴全集』第十三巻、二八七頁。
（3）『露伴全集』第十三巻、二八八頁。
（4）褒章は一八八一年（明治一四）褒章条例によって定められた奇特な行為を表彰するもので、はじめ紅綬（人命救助）、緑綬（善行）、藍綬（発明公益）があった（「くんしょう　勲章」〔褒章と賜杯〕（堀毛一麿）『世界大百科事典』平凡社に拠る）。
（5）『露伴全集』第十巻、四一九頁。

＊　本稿本文は『露伴全集』）第十巻、昭和二十八年七月三十一日第一刷發行、昭和五十三年九月十八日第二刷發行、岩波書店所収のものに拠る。
なお『少年世界』第三巻第十七號臨時増刊『暑中休暇』明治三十年八月、東京博文館の『休暇傳（少年小説）一名　少年水滸傳』を参照した。

『露伴叢書』博文館創業十五周年記念出版、明治三十五年六月十五日發行、著者幸田成行、博文館を参照した。

＊　本稿で用いた「聖書」
『新約全書』耶穌降生千八百八十年、米國聖書會社、明治十三年、日本横濱印行。「近代邦訳聖書集成」3、一八八〇年原本発行、一九九六年四月二五日第一刷発行、翻訳委員会編、ゆまに書房。

口語訳

『聖書　新共同訳　旧約聖書続編つき　引照つき』日本聖書協会（二〇〇二）。（本論では略して『新共同訳』とすることもある）。

第六章　幸田露伴評論『愛』考

――「基督教」への言及と、初出時の「〈中略〉」部をめぐって

はじめに

評論『愛』は、四百字詰め原稿用紙にして八枚を少し越す程度のものである。その『愛』をここで取り上げるのは、執筆当時七十四歳という露伴の年齢にある。慶應、明治、大正、昭和と、四分の三世紀を生き抜いてきた露伴が辿り着いた、「愛」についての思考の集大成が、見られるのではないかと考えるからである。

『愛』には、キリスト教について次のような言及が見られる。

基督教は愛を唯一神に掛けるべく教へて、愛の聖化に力めた。愛を主とする立派な教となつた。そして其功徳を世に齎らした。　本文六六七頁

と露伴は記している。「愛を唯一神に掛けるべく教へ」ということから、露伴は愛を神の愛としてとらえ、聖化された愛をよしとする姿勢で見ていることがうかがえる。この言及は、神は愛というキリスト教の核心をとらえていると見ることができるものであると考えられ、晩年の露伴の愛への認識がうかがえるものではなかろうか。露伴をキリスト教の影響という視座から見ようとするのを立場とする私は、この言及に留意したいのである。

また、『愛』には、初出時「〈中略〉」部があった。この経緯は未詳であるが、『露伴全集』第二十五巻の後記に拠れば、「新聞社の處置」によるとされている。この「〈中略〉」部があったことにも留意したいのである。

以下、(1)露伴の年令、(2)「基督教」への言及、(3)「〈中略〉」部、に着目し、『愛』を取り上げ考察する。

『愛』は『露伴全集』第二十五巻（昭和三十年四月二十五日第一刷發行、昭和五十四年五月十八日第二刷發行、岩波書店）評論二（六六四—六六九頁）に所収されている。初出は『讀賣新聞』の昭和十五（一九四〇）年一月四日（木曜日）第二萬二千六百九號（朝刊八面）に「愛　露伴」と墨筆ようで題字が書かれ、露伴の顔写真が添えられている。本文は、四日と五日の二回に分けられている。四日は、

人の此心の働きのさま〴〵な中で、愛が最も優美で靈妙で幽遠なものであることは言ふまでもない。（續）

までで（續）としている。

次いで、五日である。

　母子の愛、そこから生物は成立つて行くのである。

から「（完）」までが、翌日すなわち『讀賣新聞』の昭和十五（一九四〇）年一月五日（金曜日）第二萬二千六百十號（朝刊六面）に、題字はそのままだが、その上部に「川端龍子筆」（川端龍子一八八五—一九六六、日本画家と思われる）として「学藝」の文字と絵らしきものが付されて『愛』が載っている。その記事中に、前述のキリスト教への言及があるのである。また、次のような形で「〈中略〉」部もある。

　實は科學の關せぬことであるが、これは世に眞の幸福をおくる性質のものではない。〈中略〉人間世界の味は愛の多少による。

となっていて、このように「〈中略〉」としているのが見える。

　その「〈中略〉」部を『露伴全集』第二十五巻（昭和三十年四月二十五日第一刷發行、昭和五十四年五月十八日第二刷發行、岩波書店）の第二刷は三宅正太郎氏所藏の自筆原稿（『露伴全集』後記に拠る）により補っている。本稿は『露伴全集』第二十五巻（昭和五十四年五月十八日第二刷発行）六六四—六六九頁に拠るので、この「〈中略〉」部を入れて読むものである。この「〈中略〉」として略されているのは、前掲『露伴全集』後記に拠れば、「新聞社の處置」によるものであるとされている（経緯の詳細は未詳）。

その『愛』での「基督教」についての記述というのは、露伴が次のように記していることである。

佛教は愛を解して、殆ど男女の間の欲のみのやうに見做した。そして愛を迷執煩惱の本據のやうに取り、愛の網に墮ちたものは助からない、愛の火に燒かる〻者は亡びるばかりだといふやうに説いたが、愛を欲のみとすれば然樣なるのも致方ないが、—〈略〉—（上記〈略〉は本文引用における略であって「〈中略〉」には関係ない）

基督教は愛を唯一神に掛けるべく教へて、愛の聖化に力めた。愛を主とする立派な教となつた。そして其功德を世に齎らした。(1)

と記している。仏教と対峙してキリスト教を述べている。だが、今までこの「基督教」への言及についての記述にはあまりふれられていないようである。

塩谷賛は『愛』の解説(2)において「愛の思想は露伴の思想の大きな一つである。」「愛の世界は露伴の人間世界に対する愛であり、そして悲願であった。」「露伴の歴史的立場は愛の思想である。」と露伴の思想において「愛」を重要視しているのが見られ首肯するものである。だが、この「基督教」についてはふれられていないようである。

柳田泉は『幸田露伴』(3)で『愛』の末尾を引用し、「人間の相層る世界の現状を慨いて、自ら一種の新秩序の到來する日を豫言するやうに聞えるものがある。」と言っている。『愛』について記してはいるが「基督教」の記述についてはふれられていない。

このように「基督教」への言及については、これまで留意されず、関心がもたれなかった感がある。

だが、露伴が「基督教は愛を唯一神に掛けるべく教へて、愛の聖化に力めた。愛を主とする立派な教となつた。そして其功徳を世に齎らした。」と記していることからは、露伴は、神は愛とする姿勢で愛を見ていることがうかがえると考えられるのではなかろうか。キリスト教の愛の核心をとらえているとも言える言及と考えられ、それが明記されていることから、『愛』は露伴とキリスト教のかかわりとしての集大成でもあると思われるのである。本稿はこの記述に着目する。

次に、初出で「〈中略〉」され前掲『露伴全集』第二十五巻で補われた「〈中略〉」部を以下に引用すると、

それと共に怖るべく悲むべきは、科學の無忌憚應用で、これも、甲國が之を爲せば、乙國も之を爲さゞる能はざる事情があるから、已むを得ざるには相違無からうが、爆藥毒藥、すべて魔王の庫中に在るべきものが世に投出されるのは、情無いことである。斯の如きことが何の幸福を世に貽るであらう。[4]

となる。

瀬里廣明は、その著『露伴と道教』[5]で、「原文（露伴の『愛』のこと。注岡田）の書かれた時（昭和十五年。注岡

田）は、日本が世界戦争突入の前夜であったので、時局は緊迫していた。この程度のものでも一部原文の削除にあったと、柳田さん（泉のこと。注岡田）は返信の葉書に書いておられた。軍部にとって、愛などという軟弱思想は時局にとって好ましいものでないということなのであろう。」と見ている。柳田のいう削除が「〈中略〉」部を指すとすれば、削除の原因は、柳田泉が瀬里への返信に言うところの時局の緊迫による一部削除というのは、当時の情勢から見れば首肯できる。だが、「軍部にとって」以下の見解にはそのままには首肯できないものが残るのである。瀬里が削除部分の原文を明示しないまま述べておられることにも起因するかとも思うが、私はこの削除部分に当時の国家の政策の方向にそぐわない思想につながるものがあるのがうかがえるので、時局柄好ましくないと見られ、削除されたのではなかろうかと考えるのである。なぜなら「愛などという軟弱思想は時局にとって好ましいものでない」のが原因なら『愛』と題し、「愛」を主題としていると見られるこの評論『愛』そのものが掲載されないのではなかろうかと考えられるからである。

本稿は、『愛』を露伴とキリスト教のかかわりの集大成と見做し、露伴の『愛』における二つの記述「基督教」と、「〈中略〉」部に着目し、キリスト教の影響を視座とする立場において、『愛』について考察したいと考える。

注

（1）『露伴全集』第二十五巻、六六七頁。

……と、それらしい木造の洋館が、狭い門と鉄柵に囲まれて、す……の眼についた。

山……女學院——

看板の前に立った……木は、こ……から帰ると早々、校舎の……洋女學院へ、瑠子を訪ねてた時のことが、つい昨日のやうに思ひ出された。

校は、もう冬休みで、大門はれ、あたりはガランとして、人の気配もなかつた。……木は、脇門を潜つて、二三歩、玄関の近づいたが、人気のない廊下に……して、躊ふやうに歩を停め

……瑠子のことを調べて、それ……うしようといふのだ……

……に待つてゐる由美子の顔を……と、何か大きな罪を犯してゐるやうな、懐しい苛責を覚えずに

愛

幸田露伴

母子の愛、そこから生物は成立って行くのである。母が乳を授ける、子が乳を受ける。吾が邦の語では、乳は血と同じであり、血は愛と同じである。物質と精神とを不異にして、古今と自他を一貫する所以のものが愛なのであって、そこに進化生成の機関を窺はしめるものがある。世間には夫婦の愛、そこから生物は繁殖して行くのである。夫は作して取つて而して與へ、婦は承けて與へて而して供へ、片時眉寄せ、眉去り悲来るの中に、飢餓の重さも忘れ、茨棘の路も厭はで、生活を和やかに楽しく保ち、烟霧霜雪、春風季に満つるが、皆いづれも愛があればこそその世の中で、愛によつて社會も発達し國家も隆昌なるに至るのである。

★☆

愛は本来無償的のものとは定まつて居ないが、孟子にある如く、人を愛する者は人恒に之を愛する道理で、愛すれば愛され、愛さるれば愛されざる情状が世の通例だ。愛は親和力であり、粘着力であり、結合力である。愛が少しでは、如何に制度が巧妙完全に組織されても、人世はたゞ器械の如きものになる、冷い、味気無い、力學的、算數的のものとなつて、一旦其原動力の不足する時は、硬い、醜い一塊物となつて、其破綻を際限にさらすに過ぎない。

★☆

佛教は愛を解して、殆ど男女の間の愛のみのやうに見做した。そして愛を迷妄煩悩の本源のやうに取り、愛の網に罹つたものは助からない、愛の火に焼かるゝ者は亡

基督教は愛を唯一神に掛けるべく教へて、愛の聖化に力めた。愛を主とする立派な教へとなつた。そして其功徳を世に齎らした。然し今日は神の説が弱くなつて漸く其力を失つた。神を取上げられて棄てられた邦の人民などは、鉄の様な法律を受取らされた。法律に愛の裸ひの有らう筈は無い。與へられたものは鉄木であつた。そして人民は牛とされたのであつた。神は悲しんで居るに疑ひ無いが今は致方が無い。

★☆

そこで科學であるが、科學と愛とは直接には何の交渉も無い。餘り上品で無い科學者は、これを惡く言へば、進化の蹊路へ錯や槌を持つて押入つて、奪ひ取つたる此一發、大願成就、チェーかたじけなや、と云ひたがつてゐるやうなものであるから、夫から愛などは説教にしたい感きがある。然めて

に立らぬといふ所に[illegible]あることは悲しいことである。科學に取つても、よい迷惑で、實は科學の關せぬことであるが、これは世に真の幸福をおくる性質のものではない。〈中略〉人間世界の幸福は愛の多少による。今の世界はたしかに恐い味になつてゐる。これを恐い味であるよ、甚はしく恐ふ人の言を耳にすることの少いのは如何にも寂しい。

★☆

眼を擧げてみれば、花のゆたかに咲いてゐるのも愛のすがただ、蝶の親しく舞うてゐるのも、小鳥のおもしろく鳴くのも、愛のすがただ。然しそんな甘つたるい味は、今の人々には古くて厭くさいとでも思はれて居るのでもあらうか。いかく、愛の乏しい世界を誰が好いとするであらうか。

こゝに指摘する。愛の乏しくなつて行く世界が決して幸福でないことを。又指摘する。世界の人々が愛を重んぜねばならぬことに心づく日の速に近づけることを。

（完）

図－26　『愛』後半（昭和15年1月5日『讀賣新聞』紙面）
連載掲載の最下段、星印の右側6行目に〈中略〉がある。

（2）幸田露伴『愛』（解説　塩谷贊）昭和二十八年七月二十五日初版發行、昭和三十五年三月二十日十三版發行、角川書店。解説七九―八八頁。
（3）柳田泉『幸田露伴』昭和十七年二月十二日發行、中央公論社、四四九頁。
（4）『露伴全集』第二十五巻、六六八頁。
（5）瀬里廣明『露伴と道教』二〇〇四年八月二日第一刷発行、海鳥社、一六一頁。

（一）『愛』での露伴の「愛」の認識

ア「人の心」と「愛」

露伴は『愛』で、まず、

仁は天地の大徳である。今こゝに仁を語らんとするも、その廣大玄遠で能く説盡しがたいので、しばらくこゝに愛を語る。愛は仁の片鱗末枝であるが、もとより仁のほかのものではない。愛よりして仁にも至るべきものである。(1)

と「仁」は、大きすぎて語れないとしてから「愛」を「愛よりして仁にも至るべきもの」として見、「愛を語る」として、「愛」を浮上させ以下「愛」として述べている。

次いで、

愛は古人が恵なりと解いてゐる、又憐なりとも解いてゐる。少しでも他の幸福を増してやりたいといふのが恵即ち愛であり、又相並んで彼此同じく幸福ならんとするのが憐即ち愛である。いづれも人の心のやさしい、和やかな、美はしい働きである。(2)

と言う。「愛」は「他の幸福を増してやりたい」「相並んで彼此同じく幸福ならんとする」ものであり、そして、それは「人の心のやさしい、和やかな、美はしい働きである。」と言うのである。

次に、「愛」を表現する「我邦の言葉」の例を、たとえば「めぐし」「かなし」「あはれ」など数多く挙げたあとで、「皆是れ愛である」とする。また、「愛」は「「美」なのである」とも言う。露伴は「愛」とは「人の心のやさしい、和やかな、美はしい働き」と考えているのがうかがえ、つまり「愛」と「美」はつながるものなのであって、「愛」というものの中に「美」を見ているのである。そして、

人の此心の働きのさまぐ〵な中で、愛が最も優美で靈妙で幽遠なものであることは言ふまでもない。(3)

と記している。「愛」は人の心の究極の「美」であり、崇高なものとして考えているとも言えよう。ここまでが新聞の四日紙上である。「少しでも他の幸福を増してやりたい」「相並んで彼此同じく幸福ならんとする」のが「愛」であり、それは「人の心のやさしい、和やかな、美はしい働きであ」り、「人の此心の働きのさまぐ〳〵な中で、愛が最も優美で靈妙で幽遠なものである」という「愛」に対する思考がうかがえる。露伴はまず自身の「愛」の認識を明らかにして伝えようとしているのである。

そして、五日紙上に続く。

具体的に「母子の愛」「夫婦の愛」など自身だけではなく他者との関係の「愛」に言及し、つづけて、

それから同胞の愛、一家の愛、師弟の愛、朋友の愛、一族の愛、郷里の愛、郷黨の愛、皆いづれも愛があればこその世の中で、愛によつて社會も發達し、國家も隆昌なるに至るのである。(4)

と言っている。つまり「世の中」は「人の心のやさしい、和やかな、美はしい働きである」「愛」が基盤にあらねばならないとする思考があるのがうかがえる。それに続いて、

基督教は愛を唯一神に掛けるべく教へて、愛の聖化に力めた。愛を主とする立派な教となつた。そして其功徳を世に齎らした。〈略〉神は悲しんで居るに疑無いが今は致方が無い。(5)

という言及が見られるのである。「基督教」の教える「愛」にふれていて、ここから「世の中」に不可欠の「愛」に、「愛を唯一神に掛けるべく教へ」る「基督教」の教えの神の「愛」が認識されている思考がうかがえると考えられる。そして、その「愛」がうすれていくように見える今日の有様を「神は悲しんで居るに疑無い」と記しているように、少なくとも露伴は神の存在を疑ってはいないと考えられる。

以上のように『愛』では広範にわたる表現を「愛」として包摂してとらえ、人間社会の基盤に必要なのは、人の心の働きの「愛」であるとしている。そして、その中で、「基督教」の教えの「愛」に言及されていて、『愛』での露伴の「愛」にはキリスト教の「愛」の認識が根本にあると考えられる。人間社会の基盤に必要なのは「愛」だとする露伴のこの思考は、早くに萌芽が見られ、続いていると考えられる。

露伴には、明治三十二年『一國の首都』で理想の東京を建設するにおいて、

都府の状況をして善美ならしめんと欲すれば、人民をして其都府を愛せしむること一切の施爲の基礎根底たらざるべからざるをや。(6)

という「愛」を「基礎根底」におかなければ「善美」なる首都はできないとする記述が見られる。この「善美」の意味には、住民が互いに他を思いやり、ここに住みたいと思うような幸福なる生活が包含されていると考えられるものでもある。『愛』での思考の萌芽がすでにうかがえると考えられる。

また、『愛』には、「今日は」「今は」「今の世界」というように執筆当時の時代背景が強く意識されているのがう

かがえる。

イ　「科學と愛」

露伴は次いで、科学にふれ、「科學と愛」について述べている。まず、

科學と愛とは直接には何の交渉も無い。(7)

としたあとで、だが、科学者の中には、

人類全體の幸、不幸、榮枯、盛衰のかゝつてゐるところの愛といふものの如きを當面の問題とするには、まだ暇無くもあり、專門外でもあるから、當然でも有らうが更に關せず焉で、(8)

とするような風潮が科学の分野にあることがあって、「愛などといふ生温いものは話題にさへするに足らぬといふ風に傾きたがつてゐることは悲しいことである」と言い、

これは世に眞の幸福をおくる性質のものではない。(9)

と記している。露伴は「勿論科學は尊重すべく」（本文六六八頁）と言うように科学を尊重している。だが、その科学にも「愛」が基盤にあらねばならないと言うのである。そして、前述したが次のような「〈中略〉」部があるのである。

それと共に怖るべく悲むべきは、科學の無忌憚應用で、これも、甲國が之を爲せば、乙國も之を爲さゞる能はざる事情があるから、已むを得ざるには相違無からうが、爆藥毒藥、すべて魔王の庫中に在るべきものが世に投出されるのは、情無いことである。斯の如きことが何の幸福を世に貽るであらう。(10)

と「〈中略〉」部では科学の「無忌憚應用」にふれ、「甲國」「乙國」が互いに使用しあってその結果「爆藥毒藥、すべて魔王の庫中に在るべきものが世に投出されるのは、情無いことである。」と言っている。この「〈中略〉」部に見られるのは戦火の拡大が危惧される「今」という時代にたいしての憂慮ではなかろうか。

「無忌憚應用」は科学の軍事転用を意味し、それに連動して殺戮が発生するのである。「甲國」「乙國」が互いに「爆藥毒藥」などを見境なく使用しなければ、つまり戦争を避ければ、戦火の拡大はなく殺戮もないのである。「爆藥毒藥」も使われないのである。露伴は「愛」のない科学の産物とも考えられる武器の「無忌憚應用」に言及し、「今」を憂え、「斯の如きことが何の幸福を世に貽るであらう。」と言うのであるから、この言及からは、「今」に在りながら戦争をこのましいとしないとする思考が読み取れるのではなかろうか。それゆえに「〈中略〉」部があるのは、戦時下という時流にかんがみてなされた処置ではなかろうかと思われる。

以上からうかがえるのは、『愛』で露伴は、人間社会において「愛」を最も重要視している。その「愛」には「基督教」についての記述に見られる言及からみて、キリスト教の教える「愛」が基盤になっていると考えられる。さらに科学の「無忌憚應用」をとりあげ、それによって派生する殺戮に思いをいたし、「今」という時局に在りながら、戦争をこのましいとしないとする思考が読み取れるような記述をしている。そして「今の世界」というように、この『愛』の執筆当時の世界情勢に焦点を当ててもいる。その「今」において露伴はキリスト教に言及し、キリスト教の「愛」の認識を明記し、さらに戦争をこのましいとしないとする思考が読み取れるような記述をしているのである。

そこで、これら露伴の言及が「今」とどのようなかかわりがあるのかを考察するために、露伴が焦点を当てる「今」とはどのような時代であったのかを見ていきたいと考える。

注

(1)『露伴全集』第二十五巻、六六四頁。
(2)『露伴全集』第二十五巻、六六四頁。
(3)『露伴全集』第二十五巻、六六五―六六六頁。
(4)『露伴全集』第二十五巻、六六六頁。
(5)『露伴全集』第二十五巻、六六七頁。

(6)『露伴全集』第二十七巻、一〇頁。
(7)『露伴全集』第二十五巻、六六七頁。
(8)『露伴全集』第二十五巻、六六七頁。
(9)『露伴全集』第二十五巻、六六八頁。
(10)『露伴全集』第二十五巻、六六八頁。

(二)『愛』執筆の時代背景

『愛』では「今」という時代が意識されている。

では、『愛』で露伴が「今」という時代は、どういう時代であったのか。それについて、ここで『愛』に関係すると思われるその頃の事件を追って、「今」について考えてみたい。

一九〇五年(明治三十八年)九月、日露戦争で日本が勝利し、南満州の鉄道経営権などを得る。

〇九年(明治四十二年)新聞紙法制定される。

一四年(大正三年)七月二十八日オーストリアのセルビアにたいする宣戦布告により、第一次世界大戦始まる（「せかいたいせん　世界大戦　第一次世界大戦」（江口朴郎）『世界大百科事典』平凡社参照）。

一八年（大正七年）白虹事件[1]が発生する。

二五年（大正十四年）治安維持法が制定される。国体を変革しまたは私有財産制度を否認することを目的とする種々の行為の処罰を内容とする（「ちあんいじほう　治安維持法」（団藤重光）『世界大百科事典』平凡社参照）。

三一年（昭和六年）九月十八日満州事変勃発する。日本軍、中国東北部で武力行動を開始する。

三三年（昭和八年）国際連盟からの脱退を通告する。

三六年（昭和十一年）二・二六事件が発生する。

三七年（昭和十二年）七月七日盧溝橋事件発生する。北京郊外で日中両軍が衝突。日中戦争始まる。

三八年（昭和十三年）国家総動員法もできる。日中戦争の長期化に対処するため、人的・物的資源の統制運用を目的としたもの。敗戦により一九四五年九月二九日廃止（「こっかそうどういんほう　国家総動員法」（藤原彰）『世界大百科事典』平凡社参考）。

三九年（昭和十四年）キリスト者集団灯台社員明石真人・村本一生が軍隊内で兵役拒否をする（稲垣真美「兵役を拒否した日本人」『日本平和論大系』一四参考）。

同年、津田左右吉（歴史学者）の「神代史の新しい研究」などの研究が右翼によって攻撃され、翌年発禁処分を受ける。津田は、古事記、日本書記の神代説話が、客観的史実の記述でも民間に行われている神話でもなく、天皇支配の正当性を主張する政治的意図をもって後世の朝廷の官人が造作したものであることを論証した（「つだそうきち　津田左右吉」（家永三郎）『世界大百科事典』平凡社を参考にして抄した）。

四〇年（昭和十五年）一月四日・五日　露伴評論『愛』掲載される。

同年、「十一月十日、全国でさかんに皇紀二千六百年奉祝行事が行われた」（色川大吉『ある昭和史――自分史の試み』昭和五十年八月十日初版発行、昭和五十年十二月二十日七版発行、中央公論社、八二頁）。

四一年（昭和十六年）十二月八日日本軍がハワイ・真珠湾の米艦隊を攻撃、マレー半島に上陸。米英との太平洋戦争始まる。

ここに見られるように、まず、言えるのは戦時下ということである。第一次世界大戦、満州事変、日中戦争と続いていて、『愛』執筆は太平洋戦争勃発のすぐ前であったのである。

では、言論関係についてはどういう時代であったか。厳しい統制下にあったのである。

新聞紙法は内務大臣の発売・頒布禁止権を定め、陸軍、海軍、外務各大臣も、掲載禁止を命令できた。大日本帝国憲法下で臣民は、「法律の範囲内において」のみ言論の自由が認められていた。治安維持法は、国体の変革、私有財産制度の否定を目的とする結社の組織者と参加者を処罰する内容の法律なのだが、次第に反政府・反国策的な思想や言論の自由の抑圧の手段として利用された（四五年廃止）。満州事変が突発すると、新聞紙法の下での差し止め件数は急増した。三七年、日中全面戦争が始まり、軍に関する報道は陸軍省令などで規制された。三八年には国家総動員法もできる。戦争がアジア・太平洋全域に拡大する四一年には、国防保安法、言論、出版、集会、結社等臨時取締法もつくられた（『朝日新聞』二〇〇六年（平成一八年）七月一四日金曜日二三面「歴史と向き合う」第二部戦争責任③「見失った新聞の使命」を参考にした）。

そして、たとえば前述の津田のように発禁の処分を受ける事例もでてくるのである。

このような状況から見ると、やはり「〈中略〉」部があることには、時流にそうべく新聞社のとった処置であろうとは思われる。だが、『愛』全文が掲載禁止になったのではなく、戦争をこのましいとしないとする思考にかかわるであろうと思われる部分だけが削除されていることは留意しておきたいと思う。瀬里の言う「愛などという軟弱思想は時局にとって好ましいものではない」としての処置ではないと思われる。

では、キリスト教関係についてはどういう時代であったのか。

このような時代におけるキリスト教関係について、稲垣真美は、『日本平和論大系』(2)で、「治安維持法などによる言論・思想弾圧によって、戦争や軍部に反対する運動の芽も摘みとられてしまっていた時代に、なおも非戦・反戦を志向するものがあるとしたら、本来隣人を、平和を愛し、非暴力の立場を守るはずのキリスト教関係の組織にでも求めるほかないのではないか、といった気持も学生や知識人のなかになくはなかったように思われる。」と記している。ここから言論が弾圧され、戦火も拡大する情勢の中で、隣人を愛し、平和を愛し非暴力の立場を守るはずのキリスト教関係者による非戦・反戦を志向することによる何らかの動きがあるのではないかと期待もされていたことがうかがえる。稲垣はこのように述べるとともに、『戦時下抵抗の研究』一、和田洋一「抵抗の問題」（一九六八年、みすず書房）での、「戦争の初期、満州事変を通して日本の大陸侵略政策が形をとり始めたころ、キリスト者の抵抗があったかといえば、それはほとんど全くなかったと言わねばならない。」との記述（和田洋一「抵抗の問題―戦時下のキリスト者・自由主義者の姿勢に関連して―」『戦時下抵抗の研究―キリスト者・自由主義者の場合― 1』編者　同志社大学人文科学研究所　キリスト教社会問題研究会、昭和四三年一月一〇日第一刷発行、みすず書房、三三―三四頁。注岡田）を紹介している。キリスト教関係組織は「平和を愛し、非暴力の立場を守るはず」と考えられ、言論・思想弾圧の中でも、非戦・反戦を志向し、何らかの抵抗があってもよいのではと期待されてもいたが、満州事変を通して日本の大陸侵略政策が形をとる初期から抵抗がほとんどなかったことを伝えている。これは露伴の言う「今の世界」を「厭はしく思ふ人の言を耳にすることの少ないのは如何にも奇異だ（『愛』六六八頁）」と関連すると考えられるものである。

そういう状況の中で、兵役拒否をした例が見られる。これは戦争をこのましいとしないとする思考に連動する行動と考えられるのではなかろうか。

一九三九年キリスト者集団灯台社員明石真人・村本一生が軍隊内で兵役拒否したことである。稲垣は、

　兵役拒否は、徴兵忌避が本質的に逃げの行為であるのにくらべて、はるかに積極的な正面切っての抵抗である。それは軍隊内で、あるいは召集にあたって、逃げもかくれもせず、自己の信条と良心にもとづいて銃をとらないことを、軍務を一切拒否することを、軍の組織そのものにつきつけることなのである。
　きわめて苛酷な軍律の統制下にある戦前の天皇制の日本の軍隊内で、そのような兵役拒否をするにはどんなに勇気がいったかは、軍隊生活をじかに体験した人々、国民皆兵の当時の日本を知る人々には、十二分に了解されることであろう。(3)

と記している。そして、稲垣は、明石真人の場合は「入隊後一週間目の夕方、真人は内務班長の軍曹のところへ行き、『自分はキリスト者として聖書の〝なんじ殺すなかれ〟の教えを守りたいので、銃器をお返しします』と申しでた。〈略〉翌日営倉入りの処分に付した。」と「自己の信条と良心にもとづいて銃をとらないことを」表明した真人が営倉入りの処分に付されたことを伝えている。(4)〝なんじ殺すなかれ〟（マタイによる福音書5・21など）の教えに基づく信条と良心によって銃を返したのであって、この行為は非戦にもつながるものがあると考えられる（〝なんじ殺すなかれ〟については、たとえば『舊約全書』出埃及記第二十章十三節「汝殺すなかれ」、『舊約全書』復傳律例第五章十七節「汝殺す勿れ」、『新約全書』馬太傳福音書第五章二十一節「殺《ころす》こと勿れ」。口語は『新共同訳』マタイによる福音書5・21「殺すな」などに見られる）。

　この銃をとらないことについて、時は日露戦争前に遡るが、内村鑑三は「平和の福音」（明治三六年九月一七

日『聖書之研究』四四號「講演」署名　内村鑑三　明治三六年九月二一日　記す）『非戦論』（『内村鑑三選集』第二巻、一九九〇年十月二十五日第一刷発行、岩波書店）所収、五九―六四頁で、

平和の福音
（絶対的非戦主義）

〈略〉武器を擱くこと、是れが平和の始まりであります。

と記している。

そして内村は「平和の福音」の最後を、

今や若し日本と露国とが開戦するに至りますれば是れ世界の大事であります。其ために苦しむ者は日本人と露西亜人と許りではありません、それがために全世界の戦争を惹起すに至つて五大陸を修羅の街と化するに至るかも知れません、斯かる大危険に臨むことでありますれば私共は断然意を決し、神に頼り其能力を仰いで茲に是非共開戦を喰止めなければなりません。

と結び、明治三十六（一九〇三）年において世界的視野にたつ開戦反対の見解を披瀝しているのである。

では、「今」はどうであろうか。

植村環が「私の歩んだ道」[5]に、一九三七―一九四〇年頃を記しているのが見られる。

> 日本はますます軍国化し、満州事変、日華事変はエスカレートして、二・二六事件を起こし、またキリスト教会や救世軍、その他のキリスト教団体に迫害の手が伸び、多くの伝道者が入獄せしめられた。

と当時、キリスト教関係組織に迫害があった様子を伝えている。このような迫害の中にあってキリスト教関係者は抵抗が困難な時代であったのがうかがえる。さらに、この困難な状況に関して植村は、

> 柏木教会も常に刑事の見舞を受け、説教や祈祷の内容を書き取られては、警察署や検事局に呼び出され、無礼に、執拗に、調書をとられた(「見舞」はママ。荒井栄子「植村環―時代と説教」『女性キリスト者と戦争』二〇〇二年一二月二〇日初版第一刷発行、行路社、一三二頁の引用では「見張り」としている)。

と厳しい監視下におかれ、言論・思想の自由が抑圧されていたことを記している。さらに植村は、

> 礼拝の十分前には宮城遥拝を強いられたが、幸い、この行事を礼拝のプログラムに繰り込むことだけは、やっと拒否し得たのである。

と礼拝のプログラムの干渉にも「やっと拒否」できるような状態であったことを伝えているのが見える。因みに植村環（一八九〇―一九八二・五『女性キリスト者と戦争』二〇〇二年一二月二〇日発行、行路社一〇五、一〇八頁、荒井英子第三章「植村環―時代と説教」に拠る）の父は、露伴の父のキリスト教改宗に影響した植村正久（一八五八・一・一五（安政四・一二・一）―一九二五・一・八「うえむらまさひさ　植村正久」（遠藤祐）『世界日本キリスト教文学事典』一九九四・三・一発行、教文館に拠る）である。

また、金田隆一は『昭和日本基督教会史　天皇制と十五年戦争のもとで』[6]の中で、

この神話と伝承の世界から発生した皇国史観に基づく、皇記二千六百年記念奉祝大会を契機として、実質的に教会合同が実現したことを知る時、キリスト者にとって最大の汚辱と敗北の歴史であったと言えよう。

と記していて、国情に従っていく様子が伝えられているのは見られる。

以上から、「今」はずっと続く戦時下であったこと、厳しい言論統制下であったこと、キリスト教には迫害もあって時流に抵抗するようなことなどについて言及するのは難しく、言えない状況であったことなどがうかがえる。そういう状況の中での露伴の『愛』執筆なのである。そして、その中でキリスト教にふれ「基督教は愛を唯一神に掛けるべく教へて、愛の聖化に力めた。愛を主とする立派な教となった。そして其功徳を世に齎らした。」としてキリスト教に言及しているのである。

また、「〈中略〉」部に見られるように「科學の無忌憚應用」を非難し、戦争をこのましいとしないとする思考に

つながると考えられるような言及もしているのである。時代背景を考え合わせると、露伴の信条と信念による勇気ある執筆であると考えられるのである。

これらから、「〈中略〉」部のある理由には、当時の社会情勢が、戦時下であり、紀元二千六百年奉祝行事を行い、国威発揚を掲げる国情への配慮もあったと考えられるのである。

そして、キリスト教関係組織は迫害をうけ、平和への志向による抵抗を期待されながらも困難であったのであり、言論・思想統制弾圧の時代がうかがえる。それと共に、そういう状況の中で執筆した露伴の勇気もうかがえるのである。

新聞紙上において「〈中略〉」となっていることは、「〈中略〉」部の包含する問題の重要性を証明しているとも考えられる。

露伴の『愛』が載った四日の紙面には「童話劇こども日本　紀元二千六百年奉祝童謡を初演」という見出しの記事がある。紀元二千六百年奉祝行事は子供達にも軍国主義と神国日本を伝える絶好の機会であったのである。

また、「歌壇・俳壇」の「短歌　北原白秋選」の、

ふるさとの山川白くおく霜のきびしき中に兵の征ちゆく

という入選歌は、若者達の出征の姿が日本中に見られたことを示唆している。
このような紙面記事からも、当時、すなわち露伴のいう「今」の状況がうかがえる。

注

（1）一九一八年八月言論弾圧を糾弾する「関西新聞社通信社大会」が開かれた。それを報じる記事の中で、大阪朝日は「『白虹《はっこう》日を貫けり』と昔の人が呟いた不吉な兆が……」と書いた。「白虹貫日」は中国の古典で兵乱が起こる兆候とされる。
政府はこれをとらえ、発売禁止にするとともに、筆者の大西利夫記者らを起訴。将来にわたっての発行禁止を求めた。村山龍平社長は、右翼の暴漢に襲撃された。朝日は危機に追い込まれた。約二か月後、村山社長は辞任。朝日新聞は一面で、「近年の言論頗る穏健を欠く者ありしを自覚し、又偏頗の傾向ありしを自知せり」と、全面的に謝罪するに至る。判決では発行禁止は免れた。これについて立教大学の門奈直樹教授は「言論機関の使命より会社の存続を重視した。萎縮と自省が言論界にひろがるきっかけとなった」と指摘する（『朝日新聞』二〇〇六年（平成一八年）七月一四日金曜日一三版一三面「歴史と向き合う」第二部　戦争責任③「見失った新聞の使命」を参考にした）。
「白虹貫日」は『史記』「魯仲連鄒陽列傳第二十三」水沢利忠著『新釈漢文大系第八九巻史記九（列伝二）』平成五年五月二五日初版発行、明治書院、三一六頁を参照されたい。

また、陳舜臣『中国の歴史』第十二巻、清朝二百余年（一九八二年十二月十五日初版第一刷発行、平凡社）二三〇頁に拠れば、江西省の郷試（科挙の予備試験）に、査嗣庭という人物が「維民所止」（維れ民の止むる所）を出題した。時の雍正帝は「維」の字は「雍」の字の首をはねた、「止」の字は「正」の字の首をはねたとして、査嗣庭は投獄され、獄死したという「文字の獄」を伝えている。この出題が、はたして「雍正」の首をはねるという諷刺を意識してのことだったかどうかはわからないらしい。だがそのように解釈されて投獄され家族にも累が及んでいるのである。

「維民所止」は白川静訳注『詩経雅頌二』（一九九八年七月八日初版第一刷発行、東洋文庫六三六、平凡社）三二三頁「玄鳥」に見られる。

以上のようなことをふまえると、当時の、つまり「今」の執筆者には非常な勇気と、慎重な配慮が必要とされたことが推測される。

露伴の脳裏に大正七年の「白虹事件」があったであろうことは推測できる。なぜなら露伴は『露團〻』（『露伴全集』第七巻、二二頁）で、すでに「白虹日を貫て舌鋒利劒より鋭く、」と記しているからである。また博識の露伴は柳田泉「露伴先生蔵書瞥見記」に『詩経』に関するもの、たとえば『詩経　白文』『詩経正解　三十三冊』など幾つか見られるから、「維民所止」についても脳裏にあったのではなかろうかと考えられなくもない。

以上のようなことから、露伴の『愛』は言論弾圧の情勢の中で、自身のみでなく、関係者に累を及ぼさないように慎重な配慮が必要であることを意識しつつの執筆であったと考えられる。したがって、読者は婉曲な表現に潜在する作者の意図を読み取る必要があると考える。

（2）　稲垣真美「兵役を拒否した日本人――灯台社の戦時下抵抗」『日本平和論大系』一四、家永三郎責任編集、一九九四年四月二五日初版第一刷発行、日本図書センター、八―一四五頁所収、九頁。
（3）稲垣真美、前掲、八―九頁。
（4）稲垣真美、前掲、六四―六五頁。
（5）植村環著「私の歩んだ道」『植村環著作集』三、植村環牧師記念出版委員会編、一九八五年四月三〇日第一版第一刷発行、新教出版社、一八五頁。
（6）金田隆一著『昭和日本基督教会史　天皇制と十五年戦争のもとで』一九九六年四月三〇日第一版第一刷発行、新教出版社、三四六頁。

（三）「今」における評論『愛』の意義

露伴の「今」は前記歌壇の入選歌に見られるように、日本中から多くの出征兵士を送る時代であった。兵士として兵役に服し出征する人々の中にはキリスト者もいたであろう。

そういう時代に、露伴は「科學の無忌憚應用」で見境なく「爆薬毒薬」それらが用いられることを憂慮し、その行為を「情無いこと」と言い、「何の幸福を世に」もたらすことができるのかと、「爆薬毒薬」使用の殺戮を伴う戦争の無益を言外に仄めかし、暗に戦争を愚行としているのであって、これは戦争をこのましいとしないとする思考によると考えられ、ひいては非戦、厭戦、反戦につながる言説でもあると考えられる。

ところで、このような露伴の思考は以前の作品にも見られるものである。

たとえば露伴に『をさな心』(1)という小品がある。

内容(要約岡田)は、時は明治三十八年正月元日、場所は東京近郊の市外れ。植木師の夫が出征した後の留守宅を守るお縫と一人息子勘太郎の話である。初日の光は貧富に関係なく一様に注ぐが、去年は新しい着物で揃って雑煮を祝ったという、お縫の回顧から始まる。今年は夫に陰膳を据え、幼い子供と二人だけで正月を祝う寂しさと、女手一つで支える生活の貧しさが描かれ、父の帰りを待つ、頑是ない子供の無邪気な言動と、お縫の心情がよく表現されている。お縫の「此の可憐い勘太郎を見たくもあらう歸つても來たからうが、御國の爲、天子様の爲と、じつと辛抱して、彈丸よ鐵砲よで風の日も雪の夜も働いて居るのだらうものを(四六二頁)、」という戦場で砲火にさらされ命をかけて戦っている夫への思いが表現されている。そして、夫を思い、また父の帰りを待つ児童心のいじらしさに「初泣に泣いた」としてで終わる。

この『をさな心』を留守家族や兵士が読んだなら、家族も兵士も一家団欒の日々に思いをはせるのではなかろうかと思われる。たとえば「御國の爲、天子様の爲」のように戦争に行くことは大事なことなのだ、お国のためなら戦争に協力すべきなのだとする言い方で、戦争を勇ましく美化する表現が散在しているので表面には見え難いが、この作品からも戦争をこのましいとしないとする思考、ひいては非戦、厭戦、反戦につながるものが読み取れるようにも思われるものである。したがって、露伴のこの思考は日露戦争の頃にも見られ持続しているものと考えられ

図－27　雑誌『文藝界』明治38年1月號、臨時増刊『恤兵小説若菜集』表紙
『をさな心』が載った。　東京女子大学図書館蔵

る。表面勇ましく取り上げられる戦争の影の涙、弱者の側にたっての視線がある。

そして、ここにも「彈丸よ鐵砲よ」と殺戮をもたらす武器があげられているのである。交戦すれば互いに戦死者がでるのであって、お縫の涙は、これらの武器によって、何時、夫の戦死に泣く涙にかわるかもしれない危惧が言外に潜められていると読めるものでもある。前述の歌壇北原白秋選の入選歌に見られたように、「征ちゆく」多くの出征兵士を見送れば、多くの無言の凱旋をも迎えなくてはならないのである。

時代をとわず、戦争での一番の弱者は残された寡婦と遺児であろう。内村鑑三は日清戦争後に、「寡婦の除夜」（明治二九年一二月二五日『福音新報』七八號、署名内村鑑三）前記『非戦論』（二八―二九頁所収）で、

寡婦の除夜

月清し、星白し、
霜深し、夜寒し、
家貧し、友尠し、
歳尽て人帰らず、
〈略〉
人には春の晴衣
軍功の祝酒

我には仮りの侘住
独り手向る閼伽の水
〈略〉

と日清戦争後の寡婦の寂しい除夜を記している。

また、内村は『内村鑑三所感集』（編者　鈴木敏郎、一九七三年一二月一七日第一刷発行、一九九三年四月一六日第九刷発行、岩波書店、一三〇―一三一頁）で、日露戦争の時、

微かなる非戦論　明治三十八年（一九〇五）

寡婦がその杖として頼む一人の男子を召集されしときに、かの女の心底に微かなる非戦の声揚がる。今や戦争は天下の輿論なり、しかして世の文士と論客とは筆を揃えて戦争を謳歌す。この時にあたりてわれらキリストの福音を宣伝うる者は天下幾多の寡婦に代って微かなりといえども非戦の声を揚げざらんや。

と記している。また、「寡婦の声」（『内村鑑三所感集』前掲、一三一頁）で、「戦争は国家の利益ならん、しかれども寡婦もまた国家の一部分なり。―〈略〉―　真情を語るの自由を与えられんには、かれらは声を放って言わん、「戦争はわれらにとっては非常の苦痛なり」と。」とも記している。

『をさな心』にもこのような弱者にたいする心情がうかがえるのであって、内村と露伴の思考には通いあうもの

図－28 『をさな心』挿絵「寡婦憶遠征」
東京女子大学図書館蔵

があり、それはすなわち露伴へのキリスト教の影響を思わせられるものでもある。この時、内村は「輿論」に反して声を挙げているのである。

これまで見てきたことをふまえて露伴の次の記述を見ると、露伴は『愛』で「〈中略〉」部に続けて、

人間世界の味《あじはひ》は愛の多少による。今の世界はたしかに悪い味になつてゐる。これを悪い味であると、厭はしく思ふ人の言を耳にすることの少いのは如何にも奇異だ。(2)

と言っているが、この非常に不思議だと言っている中には、「愛」と殺戮との間の問題も包含しているのではなかろうかと考えられる。なぜなら、『愛』の考察によって、次のような事象が明らかになり、それをふまえて考えるからである。

(1)　露伴の『愛』での「愛」には、露伴が長年真摯に向き合ってきた結果と考えられる「基督教」の「愛」の認識が基盤としてあると見られる。

(2)　日露戦争時にも「彈丸」「鐵砲」などの殺戮にかかわる武器を視野に入れていて、女主人公の泣くという行為の描写で終わり、戦死の危惧を忍ばせる作品がある。戦争がなければ武器による殺戮もないのだから、ここには戦争をこのましいとしないとする思考が潜んでいるのがうかがえると考えられる。そして弱者側からの視点がある。

(3)　『愛』執筆の前年一九三九年にキリスト教の教え〝なんじ殺すなかれ〟（マタイによる福音書（『新共同訳』目次による））5・21な

ど）の信条と良心による兵役拒否の事例があった。

(4)　露伴は『愛』で「爆薬毒薬」という殺戮をもたらす武器に言及していて、根本に「愛」がないとも言えるそのような武器を使っての交戦は、世に幸福をおくるものではないと、戦時下において批判的な言及をしている。

(5)　露伴の戦争をこのましいとしないとする思考は持続して存在している。それにはキリスト教の「愛」が基盤となっていると思われる。露伴が「他の幸福を増してやりたい」「相並んで彼此同じく幸福ならんとする」「人の心の」「美はしい働き」と認識する「愛」である。

以上をふまえて、前記引用部分の露伴の言を考えると、「厭はし」いのは「愛」の少なくなっている「今の世界」の状態である。であるから、そういう世界がよくないという何らかの言及が、もっとされてもいいのではないかと思われるのに、そういう言及を、見聞することが少ないのは不思議なことだと露伴は言っていると考えられるのである。

その露伴には、前述の(1)、(2)、(3)、(4)、(5)に見られるように、戦争をこのましいとしないとする思考があるのがうかがえる。この思考はキリスト教の「愛」に拠る所があると考えられる。「愛」があれば戦争、殺戮の応酬はない筈なのに、「今」世界の状況は、その「愛」が減じて殺戮の応酬になっているように見える。そして、日本にも多くの出征兵士がいる。その中にはキリスト教の「愛」の〝なんじ殺すなかれ〟と戦場での殺戮の間に、兵役拒否の例のように葛藤を抱きながら出征する青年たちもいる筈なのである。聖書には「隣人を自分のように愛しなさい」（マタイによる福音書22・39、マルコによる福音書12・31、ルカによる福音書10・27―37など、表記は『新共同訳』に拠る）とも記されていて「愛」と殺戮とは対峙していると考えられる。この「愛」と殺戮の問題をも含めて、

「愛」の少ない世界はよくないということについての言及は、「今」重要なことである筈なのに、それについて見聞することが少ないのは不思議だと言っているのだと考えられるのではなかろうか。露伴はこのような思いをもって「今」の世の有様を憂慮と危惧を抱きつつ見ていたのではなかろうか。

そして、言論統制によって自由に言えない「今」への憂慮と、もどかしさをも含んでいるのではないかと考えられる。

露伴には『をさな心』にも見られたように、夫が出征した留守を守り内職をして貧しい生活を支える妻や、おとなしくしていれば父が早く帰ってくると諭されて、ひたすら父の帰りを待つ子供など弱者の立場にたっての視点が見られる。ゆえに、出征していく青年の葛藤、苦悩にも思いを致していたのではなかろうか。露伴は出征し戦地におもむく青年の立場に身をおいて考え、言及しているのではなかろうかと考えられる。

以上のようなことをふまえると、キリスト教の「愛」を認識し、志向する露伴は、「聖書」の〝なんじ殺すなかれ〟と「今」の戦争殺戮についても、見解を聞くことが少ないのは「奇異だ」としているのではなかろうかと考えられてくるのである。

このように見てくると、露伴はキリスト教の教える「愛」と殺戮という問題について考え、心中の葛藤に苦しみながら戦いにいく青年たちを思い、キリスト教関係の人々にも問い掛け、何らかの言及を促しているとも考えられるのである。

この問題について、遠藤周作は、『女の一生』二部「サチ子の場合」[3]で、このキリスト教の教えの「愛」〈殺すなかれ〉と、戦争で人を殺すという問題に煩悶する、まもなく戦場に赴く青年「修平」を登場させ、（以下抜粋）

そこに「神は愛なり」と書いてあるのに気がついた。

そういう説教を人々にする牧師が人を殺す戦争に目をつぶっているのが、たまらなく不快だった。矛盾しているると思った。

とこのような形で表現している。露伴のいう「今日の世界」にも、この問題について考え、このように思う人々はいたであろう。

だが、日本の「今」という時代背景を考えると、本稿「(二)『愛』執筆の時代背景」で述べたように、戦時下の「今」取り上げ何か言及するには過ぎた重い問題であったことがうかがえる。そして、一方この問題は、とりわけ、出征していく若者にとって大きな葛藤、煩悶をもたらすものであったと考えられる。

しかし、『女の一生』は昭和五十六年七月三日より五十七年二月七日まで、『朝日新聞』に連載されたものであり、戦後に執筆されたものである。

だが、露伴は厳しい言論統制下の「今」に身をおいて執筆しているのである。露伴が『愛』で、「愛」と殺戮の問題の葛藤に関してのことも含むのであろうと、察しなければわからないような慎重な配慮によるとも言える婉曲な表現を用いてはいるが、「今」という時代背景から考えると、ふれているると考察できるものがあるのは意義あることと考える。

「今」の状況を考慮すると、露伴の『愛』での、キリスト教に関しての「基督教」の記述と、戦争をこのましいとしないとする思考、ひいては、非戦、厭戦、反戦につながると見られる「〈中略〉」部を含む記述とは、「今」への抵抗という要素を含むと考えられなくもないのであって、勇気ある執筆と見るべきである。

「人間世界」（本文六六八頁）「今の世界」（本文六六八頁）「世界の人〻」（本文六六八頁）という露伴には、「愛」を基点とすることによる世界的視野にたっての人類の幸福と、世界平和を願う志向があることが察せられるのである。

現在「〈中略〉」部が補われ、全文が読めることに感謝したいと思う。

ところで、前述の金田は皇紀二千六百年にふれていたが、露伴が戦時下におけるキリスト教の「愛」と戦争での殺戮の問題について考えていたと言うならば、西暦によらない紀元二千六百年奉祝に関係する皇国史観についてはふれないのかという向きもあろう。これに対しては、露伴は『愛』という表題で「愛」について書いているのだから、ふれなくてもよいとは言える。だが、さらに、露伴のいう「今」の国情を考えると、この評論が、始めに、「仁」を「廣大玄遠で能く説盡しがたいので」として「仁」を除いて「愛」に入っていく形態をとっていることにも、「今」の影響があるのではないかと思われる。この形態は「仁」に関することにはふれないということである。そのことは、ひいては国体護持に関係する問題にはふれないと言っていると考えられる。なぜなら、「仁」

は孔子の中心思想をあらわす用語だが、儒教では親愛や慈愛の意味の仁を政治・倫理の両面の学説の中心思想としたようでもあり、露伴の言うように「説盡しがたい」ものであるのは確かであるとは考えられる。だが、それだけではなく、日本では「仁」という字が歴代天皇の御名に見られる（「てんのう　天皇」（石井良助・宮沢俊義・河鰭実英・本表筆者は武田政一）『世界大百科事典』平凡社参考）。上記事典に拠れば「仁」のつく御名は多いが、特に光厳天皇（一三三一年践祚、一三三二年即位）以後、女帝の明正、後桜町天皇をのぞいて歴代天皇の御名には、すべて仁がある。明治天皇は睦仁、大正天皇は嘉仁、昭和天皇は裕仁という御名である。「仁」のもつ「廣大玄遠」の意味をこめての願いによる計らいであろうと考えられる。露伴が『愛』の始めで「仁」についてふれないとするのは、高貴の御名を憚る配慮もあるかと思うが、「今」を考えると、その「仁」を持つ御名でつながる皇統、国体護持に関することにはふれない立場をとることを予告しているようにも考えられる。

津田のような事例も脳裏にあったであろう。

そして、題名『愛』が示すように露伴が言及したいのは「仁」ではなく「愛」についてなのである。そして、その『愛』で「基督教は愛を唯一神に掛けるべく教へて、愛の聖化に力めた。愛を主とする立派な教となった」と見る、キリスト教の「愛」についての露伴の評価を明記しているのである。

「愛」と殺戮の問題を含めての読みは恣意的ではないかと見られる向きもあるかと思う。だが、「今」という時代をふまえるとともに、露伴とキリスト教との関連について、『愛』での言及に至るまでの長い行程を追い、その経緯をふまえると、このような考察の可能性も肯定して頂けるのではなかろうかと考える。

そこで、次に露伴とキリスト教との関連を、ここでは『一國の首都』を例にして、『愛』に至るまでの行程を追い、なぜこのような勇気ある執筆ができたのか、執筆したのか、を考察したいと考える。

注

（1）「をさな心」は文藝界の明治三十八年一月號臨時増刊「恤兵小説若菜集」に載り、「小品十種」の附録に収められた。舊全集所収、後少年のための純文學選「雁坂越」に収められた（『露伴全集』第三巻、昭和二十六年八月三十一日第一刷發行、昭和五十三年六月十六日第二刷發行、岩波書店の後記に拠る。括弧などは後記に倣う）。『露伴全集』第三巻、四五五―四六六頁所収。

（2）『露伴全集』第二十五巻、六六八頁。

（3）遠藤周作『女の一生　二部　サチ子の場合』昭和五十六年七月三日より五十七年二月七日まで朝日新聞連載。昭和五十七年三月三十日第一刷発行、昭和六十年二月二十日第五刷発行、朝日新聞社、二七五―二七九頁。

（四）自己の理念への確信

「今」という時世において、なぜ露伴は勇気を持って『愛』を書き得たのであろうか。それは、それ迄育んできた自己の理念に確信を持つに至っていたからであろうと思われる。なぜなら、戦争をこのましいとしないとする姿勢も、「科學の無忌憚應用」への憂慮も「今」において始めての思考によっているのではない。前者の要素は、すでに明治三十八年『をさな心』にうかがえたことは前述した。同じように「科學の無忌憚應用」への憂慮の要素のうかがえるものとして、『一國の首都』が挙げられると考える。

『一國の首都』は『露伴全集』第二十七巻（昭和二十九年八月十六日第一刷發行、昭和五十四年六月十八日第二刷發行、岩波書店）後記（抄）に拠れば、「「一國の首都」は雜誌新小説（後記に拠る雑誌などの括弧は後記に倣う。他も同）の明治三十二年十一月號・十二月號に前半が載り、三十四年二月號・三月號に「一國の首都續稿」と題して後半が載った」もので『露伴全集』第二十七巻、一―一六八頁に所収されている。

内容は日本の首都東京を、いかにして理想的首都として成長発展させるべきかを提言していると見られるものである。その「細目」の中に、

國民は何人も首都を愛せざるべからず(1)
都に對する愛情(2)
東京は世界の東京たらしむべし(3)

などの言が見られ、首都建設においても「愛」が基盤になっているのがうかがえる。また、「世界」を視野にいれて考えているのが見られる。詳細についてはここではふれられないが、露伴の言の一端に、たとえば、

都府の状況を考ふるに先だつて、人民が都府に對する愛情の如何を考ふべきは當然の順序にして、都府に就て言を爲さんとするものの必ず注意すべき一點ならずや。況や都府の状況をして善美ならしめんと欲すれば、人民をして其都府を愛せしむること一切の施爲の基礎根底たらざるべからざるをや。(4)

とあって善美な都市建設をするためには「基礎根底」に、人の心に「愛」がなければならないことを述べている。すべてに「愛」を基盤とする思考が見られる。さらに、

要するに首都に對するの愛情無かりしより一切の忌むべき光景は現出したる也。(5)

と記してもいる。根底に首都にたいする「愛情」がない、つまり「愛」を基盤としていない「施爲」は東京に「忌むべき光景」を「現出」するばかりであって、「愛」がなければ「善美」の東京は建設できないと考えている。いかに科学の進歩によっての新工法などを駆使し新施設、新開発をしても、その根本に「愛」がなければ東京は「忌むべき光景」を「現出し」て美しくはならない、したがって住む人間にとってもよくはならないし、世界視野にたってもよくはならないと考えている。このように、すべてに「愛」を根本とする思考がうかがえるのである。

また、

我が帝國の首都を如何にせんといへる問題に就き答案を寄せんと欲する人の甚だ少きぞ口惜しき。(6)

と記している。この記述からは、首都建設についての提言を寄せる人が少ない中で、露伴は東京を愛しているから『一國の首都』を執筆し、善美なる東京建設のために提言をしようとしていることがうかがえる。東京を真に愛していれば、それを善いものとするために何らかの提言もあってしかるべき筈なのに、言う人があまりないことを残念に思っているのである。この姿勢は『愛』での「愛」が減少している世界を「厭はしく思ふ人の言を耳にすることの少いのは如何にも奇異だ」として自身が提言する姿勢に連繫していると考えられる。

また、露伴は科学の進歩のもたらすものの摂取に関して、たとえば、

鐵道馬車を設けんとしたる其初に當つても、之を多弊少利の擧ならんとしたる人士ありき。(7)

と頑迷固陋の考え方に陥ることを批判し、文明の利器の摂取に前向きの考えを示していて、科学の進歩を歓迎する姿勢がある。『愛』での「勿論科學は尊重すべく」に連繫する姿勢であると考えられる。

露伴は科学の進歩によって作られたものを応用する人間の心を問題としているのであって、心に「愛」のある人間はけっして負を目的とする部分において応用することはないと考えているのではなかろうか。負の部分とは、た

とえば爆発薬が人間の幸福を増すために使われず、殺戮に使われるようなことである。

このように、露伴は首都建設にもその根本に「愛」がなければならないとする。そして、科学の進歩は摂取すべきという姿勢が見られ、科学の進歩は歓迎するものである。だが、根本に「愛」がなければならないという思考なのである。したがって、『愛』での「無忌憚應用」の憂慮は、人類の幸福を考慮にいれることなく、科学の進歩によってもたらされたものを、軍事転用によって戦争での殺戮に応用するようなことにたいしてなのである。露伴の言う「愛」には「少しでも他の幸福を増してやりたい」「相並んで彼此同じく幸福ならんとする」「人の心のやさしい、和やかな、美はしい働き」という思考がある。『一國の首都』の首都建設においても、これに反する即ち「愛」のない科学の応用などによる「施爲」によって建設されることを憂慮しているのであると考えられ、『愛』での思考に連繫する萌芽がうかがえるのである。したがって、「科学」の「無忌憚應用」への批判と憂慮の姿勢も以前から継続していると考えられる。

露伴の理想の首都は人の真心、人の善なる心、人の美しい心、真善美からなる、つまり「愛」を基盤とする思考をもって、住む人々の幸福を考えて建設される、世界の東京たるべき美しい首都なのである。

さらに、『愛』では「基督教」への言及があるが、『一國の首都』にもキリスト教の影響が見られる。東京の堕落を述べ遺憾の意を表し、我執を去った時に、人が思うこととして、悲憤の心火にアダムイブ以後の重疊せる過失の塵埃を焚きて、忌むべき連鎖の一環子たるべき地を脱し、能ふべくんば世界を樂園の罪無き昔時に回し、人間を光音天の美はしかりし初めに返らしめんことを思はざるものあらんや。(8)

と「アダムイブ以後の重疊せる過失」「樂園の罪無き昔時」などとしていることに影響が見られる。また、

志あるものは成る、求むれば則ち得ん、これ爲すあるものの疑はざるところならずや。(9)志あるものは成る、求むれば則ち得ん、爲すあるものは此語を疑ふが如き閑暇を有せざる也。(10)

とある。ここに見られる「求むれば則ち得ん」という表現は、

求よ然ば與られ尋よ然ばあひ門を叩よ然ば開かるゝことを得ん蓋《そは》すべて求る者はえ尋る者はあひ門を叩く者は開かる可ればなり

『新約全書』馬太傳福音書第七章七―八節

我なんぢらに告ん求よ然ば予られ尋よ然ばあひ門を叩よ然ば啓るることを得ん蓋《そは》すべて求る者は得たづぬる者はあひ門を叩者は啓るれば也

『新約全書』路可傳福音書第十一章九―一〇節

（左記の『新共同訳』の口語訳はマタイによる福音書、ルカによる福音書、同じである。）

求めなさい。そうすれば、与えられる。探しなさい。そうすれば、見つかる。門をたたきなさい。そうすれば、開かれる。だれでも、求める者は受け、探す者は見つけ、門をたたく者には開かれる。(11)

マタイによる福音書7・7―8
ルカによる福音書11・9―10

に拠っていると思われる。人間に希望と勇気をもたらす聖句であり、人間にたいする「愛」がうかがえると考えられるものである。『愛』での「基督教」の「愛」言及に連繋する要素が見られるものではなかろうか。

さらに、『一國の首都』には、

今の世は如何なる國といへども一國にて一國の運命を領有する能はず、(12)

と記し、ゆえに「着眼大處」（『一國の首都』本文五八頁）が、活発な競争共存世界において重要であることを言っている。この広い視野が『愛』での世界平和を希求することにつながっていると考えられる。

このように見てくると、『一國の首都』には『愛』での「科學の無忌憚應用」への憂慮の萌芽がうかがえるのである。したがって、露伴の『愛』での言及は、「今」において初めての思考によるのではなく、長期にわたって露伴に流れているものなのであると考えられる。露伴は人の心の「愛」を最も重要とする理念を持続しているのである。そして、その「愛」には「基督教は愛を唯一神に掛けるべく教へて、愛の聖化に力めた。愛を主とする立派な教となった」と認識する「愛」が根源にあると考えられる。「今」の露伴は持続している自己の理念に確信を持つに至っていると思われ、確たる信念によって「今」においてさらなる勇気も湧出したと考えられる。

『一國の首都』は、

爲さゞるは勇無き也。爲して成らざるは智無く信無き也。(13)

で終わっている。ここから露伴は勇気ある人間を志向しているのが見られる。そして「爲して成らざる」時は自己責任とするような謙虚さと潔さも見られるのではなかろうか。

以上から、露伴は自己の理念に確信を持ち、確たる信念に支えられて、「今」という時世に『愛』を、勇気をもって掲載公表すべく執筆できたのであると考える。

注

(1) 『露伴全集』第二十七巻、三頁。

（2）『露伴全集』第二十七巻、三頁。
（3）『露伴全集』第二十七巻、四頁。
（4）『露伴全集』第二十七巻、一〇頁。
（5）『露伴全集』第二十七巻、二二頁。
（6）『露伴全集』第二十七巻、四六頁。
（7）『露伴全集』第二十七巻、五二頁。
（8）『露伴全集』第二十七巻、二九頁。
（9）『露伴全集』第二十七巻、四九頁。
（10）『露伴全集』第二十七巻、五九頁。
（11）聖書口語訳は、『聖書　新共同訳　旧約聖書続編つき　引照つき』日本聖書協会（二〇〇二）を用いた。『新共同訳』とのみ記す場合もある。
（12）『露伴全集』第二十七巻、五七頁。
（13）『露伴全集』第二十七巻、一六八頁。

むすび

本考察は、はじめに、において『愛』をとりあげる理由として、(1)露伴の年齢にも留意するとした。そして、(2)「基督教」への言及と、(3)「〈中略〉」部に着目することを提示した。その考察の結果を(2)、(3)から述べる。

(2)「基督教」への言及からは、露伴は「人世」には「愛」は不可欠として位置付け志向していて、その露伴の言う「愛」には「基督教は愛を唯一神に掛けるべく教へて、愛の聖化に力めた。愛を主とする立派な教となつた。そして其功徳を世に齎らした」と認識するキリスト教の説く「愛」が基盤になっていると考えられる。そして、「今」において「基督教」について明記しているのであって、ここに意義があると考えられる。

(3)「〈中略〉」部からは、露伴の、戦争をこのましいとしないとする思考がうかがえる。ゆえに、略されたと考えられる。そして、その萌芽は既に『をさな心』にも見られ、持続しているものであると考えられる。そして、科学の「無忌憚應用」への憂慮に連繫する思考は、既に『一國の首都』にその萌芽がうかがえる。その思考が「今」において戦争での殺戮への憂慮になったのである。それに連係していることとして、「愛」と戦争においての殺戮の葛藤の問題が包含されているのではないかと考えられるのである。露伴は「今」という時代を考慮してであろう婉曲な表現をしているのであろうが、「今」という時代背景と『愛』執筆に至るまでの露伴の理念の継続していることを考えると、その問題の潜在性がうかがえるのである。

(1)露伴の年齢への留意は、なぜ言論統制弾圧の厳しい「今」書けたのかを考察する資料となると考えられる。露伴は自己の理念に確信を持ち、確たる信念に支えられて、「今」という時世に『愛』を勇気をもって書いたと考えられ、その信念確立熟成に要する時間を考慮しなければならないと考える。信念を培う年月として露伴の「今」の年齢（七十四歳。『露伴全集』別巻下、幸田露伴著作年表二、初出目録五七六頁に拠る）に留意するべきではなかろうかと思われるのである。その年月を考慮にいれることによって、明治三十八年の『をさな心』や、明治三十二年の『一國の首都』に既に萌芽として存在していた思考が、昭和十五年の「今」において信念として確立していると考えられるのである。

『愛』は、花が咲き、蝶が舞い、小鳥が鳴くのも、「愛のすがた」であると見做して、平和を象徴していると見られる情景を記し、最後に次のように指摘して結ばれている。

こゝに指摘する。愛の乏しくなつて行く世界が決して幸福でないことを。又指摘する。世界の人ゝが愛を重んぜねばならぬことに心づく日の既に近づけることを。(1)

このように、愛が乏しい世界が幸福ではないことを、まず、指摘した後に、露伴は重ねて「又指摘する」としているのである。

この「又指摘」している部分を、戦雲急を告げる「今」という時代と「世界の人ゝ」という対象とを背景において読むと、「心づく日」が「既に近づける」ということは、戦争になってから・平和を失ってから、「人ゝ」が、平和のありがたさ・尊さ、つまり「愛」の重要さに「心づく日」が近づいていることを意味していると考えられるのではなかろうか。ゆえに、そうならない前に、「世界の人〻」が「愛」の重要さに気づき、戦争拡大を未然に防ぐ方向に推移可能になってほしいという露伴の願い・祈りのような思いがこもっていると読めるのではなかろうかと考えられるのである。

因に、『風流佛』「團圓」でも「雲の上に行きし後」の、また「其後」に、作者の主眼が読みとれたことが想起される（第三章　幸田露伴『風流佛』考、第一節「發端　如是我聞」と「團圓　諸法實相」をめぐって、第四節〈珠運は如何お辰は如何になりしや〉をめぐって、などを参照していただきたい）。

ここに見られるのは、露伴の「愛」を基盤とする人類の幸福と世界の平和への願い・祈りである。露伴は「今」にもかかわらず提言し訴えかけているのである。「今」だからこそ「今」の世のありようを危惧し憂慮し、戦争になる前に「愛」の大切さに心づいてほしいと警告を発しているのである。言論統制下でのその執筆は勇気を要することであって、その勇気は露伴の自己の理念への確信によって湧出していると考えられる。そして、その理念の根源に「基督教」の「愛」があると考えられるのである。

むすび、において露伴の次の言及を挙げたい。

兇器の猛悪もさうである。火薬の改良、銃砲の改良、飛行機や水雷や何〻何〻と恐しい武器が澤山出來て來て、人類は終に兇器の猛悪なるに畏怖して戦争を止めるに至るだらうと云ふことは、やゝもすれば繰返された。然るに結局は何うである。それよりも恐しい馬鹿げた毒瓦斯彈だの火焔彈だのと、此世からなる阿鼻焦熱の凄じい惨劇を演じても、戦争は猶ほ止まぬ。

これは『戦後思想界の趨勢』[2]の一節である。ここでの「戦争」は第一次世界大戦を含むと思われる。ここにも『愛』での「〈中略〉」部で言及している「科學の無忌憚應用」への憂慮が見られる。そして、露伴の、戦争をこのましいとしないとする思考がうかがえるのである。露伴の思考は持続しているのである。

では、いかにしたら「此世からなる阿鼻焦熱の凄じい惨劇を演じても」「猶ほ止まぬ」戦争を止められるのか。露伴はそこに「愛」を掲げたいと考えているのである。

露伴の「指摘」は二十一世紀の今日への警鐘としても聞かれるものではなかろうか。

注

（1）『露伴全集』第二十五巻、六六八―六六九頁。

（2）「戦後思想界の趨勢」は、雑誌向上の大正六年五月號に載り、「露伴小品」におさめられた。舊全集には入らない（『露伴全集』第二十五巻、後記に拠る。雑誌などの括弧は後記に倣う。他も同じ）。『露伴全集』第二十五巻、昭和三十年四月二十五日第一刷發行、昭和五十四年五月十八日第二刷發行、岩波書店、一一七―一二〇頁所収。一二〇頁。

※　本稿で用いた「聖書」

『新約全書』耶穌降生千八百八十年、米國聖書會社、明治十三年、日本横濱印行。「近代邦訳聖書集成」3、一八八〇年原本発行、一九九六年四月二五日第一刷発行、翻訳委員会編、ゆまに書房。

『舊約全書』耶穌降生千八百八十八年、米國聖書會社、明治二十一年、日本横濱印行、上巻（「舊約全書目録」に拠る。以下同）。「近代邦訳聖書集成」6、旧約全書、第一巻、一八七七年（奥付に拠る）原本発行、一九九六年四月二五日第一刷発行、翻訳委員会編、ゆまに書房。

口語訳

『聖書　新共同訳　旧約聖書続編つき　引照つき』日本聖書協会（二〇〇二）。（本論では略して『新共同訳』とすることもある）。

終章　本論視座の必然性の立証
――露伴とキリスト教との関連（点検と再考察）

はじめに

本論各章考察を経て考えられるのは、露伴へのキリスト教の影響は大きいものがあり、しかも持続して通奏低音のように（或いは伏流水のようにとも言えようが）流れていて、露伴の思考の根幹にかかわっていると考えられ、看過してはならないということである。

にもかかわらず、なぜ、従来露伴とキリスト教を関連づけて見難かったのか。

その原因の一つには、従来の定説があるということは否めないであろう。だが、もう一つの原因として、露伴とキリスト教との関連について留意することがやや稀薄であったのではないだろうか、ということが考えられる。

そこで、終章において、露伴とキリスト教の関係を

（一）露伴とキリスト教との邂逅の場の意義

（二）作家露伴の文筆活動に見られるキリスト教との関連
（三）作家露伴の日常生活に見られるキリスト教との関連
に分けて、点検と再考察をし、本論視座による考察結果の必然性を立証する一助にしたいと考える。

（一）露伴とキリスト教との邂逅の場の意義

では、なぜ露伴とキリスト教との邂逅の場を取り上げて、そこにおける出会いを重視するのか。それは、人間には出会いの第一印象や感動が、その後の心象にかかわり続けるということがあるからである。そこで、この見地から、露伴とキリスト教との邂逅の場の意義について考えたいと思う。

まず、露伴は人格形成期において「東京英學校」で長田時行らに出会っている。これらの人々は本論で紹介しているように、生涯をキリスト教によって貫いて生き働いた人々であると見てよいであろう。それらの人々の人格、情熱に接して感動し感化されるというようなこともあったであろうし、心象に残り続けるものとなっていた面もあったのではないかと考えられる。さらに加えて露伴には、任地北海道から帰京後の家では、深い絆で結ばれている父のキリスト教への改宗があり、それに付随して信徒になっていた家族に囲繞されて生活する時期があった。後には父成延に影響をあたえた、植村正久（牧師。一八五八年一月一五日（安政四年一二月一日）―一九二五年一月八日。「うえむらまさひさ　植村正久」（遠藤祐）『世界日本キリスト教文学事典』一九九四年三月一日発行、教文館に拠る」にも出会っているのである。

従来、父のキリスト教については言われてきた。だが、本論においては、今まであまり重要視されなかった感のある、父の改宗より前と考えられる「東京英學校」での出会いをとりあげて重要視し、意義ある邂逅と見ている。「東京英學校」では、讃美歌や熱祷があったことが記されているが、生徒に強制してはいない。だが、そういう環境や教師らの人格、情熱から受ける何らかの感動、感化は存在していたと考えられる。

本論は、第一章第二節「露伴とキリスト教の出会いをめぐって」でも述べたように、この「東京英學校」での出会いを重要視するものであるが、なぜ、そのような出会いを重要と見ることができるのかについて考えさせられる実例が、新井白石の『西洋紀聞』[1]に見られる。そこには、捕らえられた宣教師シドチの身の廻りの世話をしていた獄卒、長助・はる夫婦（『新訂　西洋紀聞』解説　宮崎道生、四二一頁）の、受洗に関する記述がある。特にこの場合は、シドチは異形に感じられ、しかも言葉がよく通じない上に、当時はキリスト教の禁教下にあったという特殊な環境の中での出来事であることに留意して、見ていかなければならないと考える。

実例１

『新訂　西洋紀聞』（前掲、以下『西洋紀聞』とのみ記すこともある、一七―一八頁）に拠れば、正徳四年甲午（一七一四）シドチ[2]による受洗を自首して出た長助・はる夫婦が「此ほど彼国人の、我法のために身をかへり見ず、万里にしてこゝに来りとらはれ居候を見て　―〈略〉―　彼人に受戒《ママ》して、其徒と罷《ママ》（り）成り候ひぬ。」とあるように受洗を自首して出たというから、禁教下にもかかわらず受洗してキリスト教信徒になったのであり、この場合は言葉もよく通じないのであるから、シドチの人格、情熱をとおしての感動による感化が作用していると考えられる（受戒は仏教に使われるので、キリスト教で洗礼を受けることを言う受洗と表記する）。

ジョバンニ・パッティスタ・シドチが日本に潜入したのは、『新訂　西洋紀聞』新井白石関係略年表（『新訂　西洋紀聞』前掲、四六五頁）に拠れば、宝永五年（一七〇八年八月二九日）である。その情報を西邸（江戸城、西の丸の将軍世子邸）で聞いた白石（この年五二歳。『新訂　西洋紀聞』前掲年表参考）は、

其言語き、わきまふべからず。　新訂　西洋紀聞、前掲、以下同、三頁

と言葉が通じ難いことを書き伝え残している。さらに、はじめて見た時の印象を、

其たけ高き事、六尺にははるかに過ぬべし。普通の人は、其肩にも及ばず、頭かぶろにして、髪黒く、眼ふかく、鼻高し。〈略〉

座につきし時、右手にて、額に符字かきし儀あり。此のちも常にかくのごとし。　七―八頁

と異形、異様に見える事を記している。「右手にて、額に符字かきし儀」とは十字であろうと考えられる。この

後、白石はシドチと対していくのである。

前記『新訂　西洋紀聞』（宮崎道生、解説四二三―四二四頁）に拠れば、「白石は、非常にプライドの高い、容易に人に許さぬ人であったが、シドチの自然科学的知識には素直にカブトをぬぎ、またその人格についても讃辞を惜んでいない」と記し、また白石が「邏媽人に度々出会候事、凡そ一生の奇会たるべく候」と水戸の安積澹泊[3]にもらしたと伝えている。この場合、白石はシドチの人格、知識に感銘を受けたから、厳しい禁教令の下でも切支丹のことを書き残しているのではなかろうかとも考えられる。キリスト教の伝来はフランシスコ・デ・サビエル（表記は『聖フランシスコ・デ・サビエル書翰抄』上、一九四九年六月二〇日第一刷発行、一九九一年一一月二〇日第四刷発行。下、一九四九年七月一〇日第一刷発行、一九九一年一一月二〇日第四刷発行、岩波書店に拠る）の鹿児島上陸一五四九年八月一五日（天文一八年七月二二日）布教開始の天文一八年（一五四九）のことであり、日本人一般にキリスト教信仰を禁じたのは、家康によって下された慶長一七年（一六一二）禁教令第一号、つづいて慶長一八年（一六一三）一二月二〇日付の〈伴天連追放文〉においてであると見てよいであろう（「キリシタン」（吉田小五郎）『世界大百科事典』平凡社参考）。であるから、シドチの来日は布教開始からおよそ百六十年ほどを経過してのことであった。そして、その日本で厳しい取り調べを受け最後は獄死している。そういう中でシドチに会った白石が切支丹のことを書き残しているのである。因みにこの書は「ひそかに流布し」（海老沢有道『日本の聖書』一九八九年一二月一〇日第一刷発行、講談社、七二頁）たらしいが、「明治十五年（『新訂　西洋紀聞』宮崎道生、解説四一九頁に拠る）に刊本の出現を見るまでは、ひろく一般人の眼にふれることがなかった」という。恐らく筆禍を恐れ禁教下において秘されていたと考えられる。

長助・はるの受洗自首はこのような状況背景の中で行われたのであった。

そして、長助・はる夫婦の場合、言葉もよく理解されず、接した期間も長いことではないと見られるが、この夫婦は、キリスト教を伝えようと、単身生命を賭して渡来したシドチという人間を通してキリスト教にふれたと言える。つまり、シドチの基盤としているキリストの愛にふれて、感動し感化されたから受洗したと考えられる。この例は、高潔な人格、熱い情熱、勇気、深い知識を伴っての実践躬行がいかに人間の心奥部、深層部に大きく作用するかということを示すものなのではなかろうか。そこに出会いの意義があると考えるのである。

実例2

しかし、実例1の事例は大部以前のことである。だが、近代において、明治十九年（一八八六）頃にも類似した事例は見られる。

前述のように、人の心奥に強い印象を与え後々に持続すると考えられる出会いの例として、内村鑑三の『余は如何にして基督信徒となりし乎』(4)が参考になると考える。

内村はその中の「第八章　基督教国にて　――ニュー・イングランドのカレッヂ生活」（一五四―一五八頁）で、「カレッヂ」の「総長先生」との出会いに関して次のように記している。

ドアが開いた、そして見よその柔和さを！　大きながっしりした恰幅、涙をたたえた獅子のような眼、異常に強い温かい握手、歓迎と同情の物静かな言葉、――いや、これは彼を見るまえに余が心に描いていた姿、心、人ではなかった。余はただちに特別の平安を余自身のうちに感じた。〈略〉そしてその時から余の基督教は全く新しい方向を取ったのである。

と、このように「余」は「柔和」溢れる「総長先生」から「特別の平安」を感じ、「余」の「基督教は全く新しい方向」になったことを記している。「総長先生」に醸し出される「柔和さ」（愛によると考えられる。注岡田）に感動し感化されたのがうかがえる。

そして、「カレッヂ」の生活は非常に質素であったが、

余にはペンとインクと紙と、そしてその他の一切を満す祈りの心とがあった。

と、「祈りの心」に満たされての生活を記している。さらに内村は、

余はその教授たちすべてが好きであった。

と他の教授たちにも好印象をもったことを記している。また、

我々は詩人であって科学者ではない、そして三段論法の迷路は我々がそれによって真理に到達する途ではない。

とも記す。理論だけでは「真理」は理解できないと考えている。そして、

総長先生彼自身にまさって余を感化し変化させたものはなかった。彼がチャペルで起立し、讃美歌を指示し、聖書を朗読し、そして祈ることで十分であった。余は尊敬すべき人を一目見るというただ一つの目的のためにも、けっして余のチャペル礼拝を『カットした』(すなわち欠席した)ことはなかった。

と「総長先生」によって「感化」され「変化」したことを記している。さらに、

余には、一日の戦闘に備えるために彼の澄んだ響きわたる声にまさる何ものをも必要としなかった。神は我々の父にいまし、我々が彼について熱心であるにまさって我々に対する愛に熱心でありたもうということ、彼の祝福は宇宙にあまねく発射しているので、彼のみちみちているものが『とびこむ』には我々はただ我々の心を開きさえすればよいということ、我々の本当の間違いは、神御自身のほかには何びとも我々を潔《きよ》くすることができないのに、我々が潔くあろうと努力するそのことにあるということ、本当に自分自身を愛するものは先ず自分自身を厭いそして他人のために自分自身を与えるべきであるから、自己主義は本当は自己の憎悪であるということ、等々、等々、——以上のような、また他の貴重な教訓を、総長先生はその言葉と行為とによって余に教えてくれた。

と記していて「総長先生」が「言葉」だけではなく、自らの「行為」とによって教え示してくれたことがうかがえる。そして「余」は「総長先生」と接したことによる変化を次のように記している。

余は告白する、サタンの余を支配する勢力は余がかの人と接触するにいたっていらい弱まり始めたことを。徐々に余は余の原始の罪と派生した罪とを払い清められた。

と「総長先生」の「感化」によって罪をも清められると感じるのである。そして、

主は憐れみふかくありたもうこと、そして彼は余の罪を彼の御子にありて消し去りたもうたこと、彼に依り頼んで余は永遠の愛から遠ざけられていないことを、今や知るが故にである。

と記している。つまり、「余」は我執を離れ、「彼に依り頼んで」神の愛に包まれていることを、「総長先生」に出会ったことによって悟ったのである。「余は依然として絶えず躓く」であろうとも神の愛のうちにあることを悟ったのである。「柔和」な「総長先生」の原点もここにあると考えられる。

ところで、「余」が「緒言」において「余が書こうとするのは、余は如何にして基督信徒となりし乎である、何故にではない。いわゆる『回心の哲学』は余の題目ではない。余はただその『現象』を記述し、」と言っているよ

うに、前記の『現象』は、どのような経緯を経て「余」の「基督教」が新しい方向になったかを表現していると考えられる。この心の『現象』の経緯を長助・はる夫婦も自覚の如何にかかわらず経ているのではなかろうかと察しられる。ゆえに、この「余」と「総長先生」の出会いを、出会いの意義の重要性が見られる例として、ここに挙げるのである。

もっとも、「総長先生」に会ったすべての人が感動し「感化」されるとは限らない。「余」に拠れば「あの聖なる人が祈っているときに自分たちのラテン語のレッスンを勉強したあの無邪気な連中」もいたのである。この格差のある『現象』の不思議さは「余」の言うようにいわゆる「三段論法」つまり理論の埒外にあるものであると言えよう。

前記実例1、2は或る出会いがその人にとって心奥に大きく作用することを示している。そこで、以上をふまえて、露伴が「東京英學校」で出会ったであろう人々を見ると（本論第一章「第二節　露伴とキリスト教の出会いをめぐって」を参照して頂きたい）、これらの人々、またこれらの人々によって醸し出される環境は、シドチと長助・はる夫婦との関係、「総長先生」と「余」との関係に見られるように甚大なものではなくても、露伴に何かしらの影響、感動、感化を及ぼしたと考えられなくはないのであって、これらの人々に出会ったことはキリスト教の影響を視座として見るとき、露伴はおそらくキリスト教にふれるその最初において、いわば僥倖とも言えるような出会いをしたと考えられるのではなかろうか。ゆえに、私はここに露伴とキリスト教との邂逅の場として「東京英學校」の意義を重要視するのである。

当時の露伴の認識の程度はわからない。だが、窮境の時に説教を聞きにキリスト教会に立ち寄っているという事実（「突貫紀行」二十五日の項。『露伴全集』第十四巻、一五頁参照）は、すくなくともキリスト教に関心があり、それも悪印象において持続しているものではなかったと考えられるのではなかろうか。

露伴は、当時は漠としたものであったかもしれないが何らかの感化を受けて、それが露伴の心象風景の中に揺曳していたから、改宗した父や家族に会う前でも『突貫紀行』に記されているように、窮境の時に教会に行くという行動につながったと考えられるのである。

さらに、露伴の場合には、父のキリスト教への改宗と、それに伴って、信徒となった家族の囲繞の中に生活したという期間があった。

このことが加わることは、キリスト教が露伴の心の深層にとどまるものとなっていったと考えられるものであり、これも露伴とキリスト教の出会いを僥倖とも言える邂逅と見做す理由に加えたいと考える。

以上のようなことから、露伴とキリスト教との邂逅の場を重く位置づけて見るのである。

注

（1）『新訂　西洋紀聞――新井白石著』宮崎道生校注、東洋文庫一一三、一九六八年四月一〇日初版第一刷、一九九〇年九月二五日初版第一一刷発行、平凡社。

（2） シドッティ（Giovanni Battista Sidotti） 一六六八―一七一四 イタリアのシチリア島パレルモ出身の在俗司祭。宝永五年八月二十九日早暁、大隈国屋久島の唐ノ浦に和服帯刀の姿で上陸した。ただちに捕えられて長崎へ送られ、長崎奉行所でオランダ人を介して取り調べられ、翌宝永六年九月二十五日、長崎を発ち江戸へ護送された。小石川の切支丹屋敷吟味所で尋問を受けた結果、正徳四年（一七一四）三月一日、地下の詰牢に移され、同年十月二十一日に病死、遺骸は同屋敷裏門の側に葬られた。シドッティは、日本に到着して新井白石に会い、鎖国の根本理由とされたキリシタン侵略説の誤解を解き、さらにその博識と人格をもって白石を感動、尊敬させ、世界の歴史地理について認識を与え、実証的洋学再興の機運を開いた功績は大きい（『国史大辞典』第六巻、昭和六十年十一月一日第一版第一刷発行、平成九年九月二十日第一版第五刷発行、吉川弘文館抄に拠る）。

『新訂 西洋紀聞』「新井白石関係略年表」に拠ると、「一七〇八・八・二九屋久島に潜入、一七〇九・一一―一二月シドチ取調べ（四回）。一七一四・一〇・二一シドチ獄死」。

フランシスコ・デ・サビエルは、日本人の優秀性を認め、日本へおくるべき宣教師の資格として、人格、学殖、健康のとくにすぐれたものを選ぶべきを指摘した。〈略〉日本の伝道が、〈略〉常に政治圏外におかれ、信仰に終始し得たことが何よりの証拠である（「キリシタン」（吉田小五郎）『世界大百科事典』平凡社を参考）との記述もある。

よって、宣教師シドチもこの資格に適合する人物と思われ、プライドが高いといわれる白石が讃辞を呈するのもうなずけると思われる。

（3） 安積澹泊《あさかたんぱく》 明暦二年一一月一三日（一六五六年一二月二八日）―元文二年一二月一〇日（一七三八年一月

二九日）江戸中期の儒学者。水戸藩士。名は覚。字は子先、通称は覚兵衛、澹泊は号。希斎と号し詩文をよくした父貞吉の指示で寛文五（一六六五）年朱舜水の門に入る。天和三（一六八三）年彰考館編修となり、元禄五（一六九二）年三百石を給され、翌六年彰考館総裁に任じ、藩主徳川光圀のもとで『大日本史』編纂に指導的役割を果たした。〈略〉博識で史学にすぐれていたが、学者としてつねに謙虚な態度を持し、新井白石、室鳩巣、荻生徂徠らとも親交があった（「安積澹泊《あさかたんぱく》」（鈴木暎一）『朝日　日本歴史人物事典』一九九四年一一月三〇日発行、朝日新聞社より抄）。なお『日本人名大事典（新撰大人名辞典）』（一九三七年五月一五日初版第一刷発行、一九七九年七月一〇日覆刻版第一刷発行、編集者兼發行者　下中邦彦、平凡社）は没年を一七三七（旧暦と思われる）としている。

因みに新井白石　明暦三年（一六五七）―享保一〇年（一七二五）とは、同年代の学者として親交があったと考えられる。「新井白石関係略年表」（『新訂　西洋紀聞』前掲、四六八頁）に拠れば、白石は「享保三年（一七一八）六二歳、この年あたりから、安積澹泊との交際始まるか（?）。」、と見られている。

（4）内村鑑三著、鈴木俊郎訳『余は如何にして基督信徒となりし乎』披見のものは一九三八年十二月一〇日第一刷発行、一九五八年一二月二〇日第一四刷改版発行、一九九四年六月一五日第五八刷発行、岩波書店。

「カレッヂ」は、米国マサチューセッツ州のアマーストにあるアマースト・カレッヂ（一八二一年創立）。「総長」は、シーリー（Julius Hawley Seelye, 1824–1895）。一八五八年同校の哲学教授、一八七六年以降一八九〇年まで同校総長であった。同時に同校牧師を兼ねた（「カレッヂ」「総長」は、前掲『余は如何にして基督信徒となりし乎』注一五二を参考にした）。

（二）　作家露伴の文筆活動に見られるキリスト教との関連

では、なぜ文筆活動を辿ろうとするのか。それは、本論でとり上げた作品の他にもキリスト教の影響が認められる作品があるであろうと考えるからである。そこで、本論において『露團〻』『風流佛』『悪太郎のはなし』『休暇傳』『愛』についてキリスト教の影響を考察してきたが、ここでは、それに加えて本論でとりあげていない若干の作品にも言及して、明らかにキリスト教との関連が認められると考えられる記述を『露伴全集』各作品文末記載の年代順に列挙してみる。但し『醉興記』は『露團〻』の原稿料を旅費としているので、『露團〻』の後におき、年代記載無しの『方陣秘説』は執筆年代不明とする。

執筆年代不明『方陣秘説』[1]（『露伴全集』第四十巻、一三―一六頁）の、

> 偖テ余ハ神ノ存在ヲ許スモノナル故、―〈略〉―　人ハ自己ニヨリテ天地ノ大法萬象ノ大規ヲ定メタルニアラズシテ、神ニヨリテ作ラレタル天地萬象ノ中ノ一動物ナレバ、
> 〈略〉神ヨ神ヨ、吾人汝ニ感謝ス。

に見られるように、人間は神によって作られたとする「旧約聖書」の「創世記」の考え方に通じると考えられるものがある。なぜなら、「神」について聖書には、

我儕偶像の世に無きものなるを知また獨の神の外に神なきを知神と稱るもの或は天に在あるひは地に在て多の神おほくの主あるが如しと雖も我儕に於ては惟一の神すなはち父あるのみ萬物これより生われら之に歸す

『新約全書』達哥林多人前書第八章四—六節

世の中に偶像の神などはなく、また、唯一の神以外にいかなる神もいないことを、わたしたちは知っています。現に多くの神々、多くの主がいると思われているように、たとえ天や地に神々と呼ばれるものがいても、わたしたちにとっては、唯一の神、父である神がおられ、万物はこの神から出、わたしたちはこの神へ帰って行くのです。

「新約聖書」コリントの信徒への手紙一8・4—6

（口語訳は『新共同訳』に拠る。以下同）

とある。また「人ハ—〈略〉—神ニヨリテ作ラレタル天地萬象ノ中ノ一動物ナレバ」について聖書には、

元始に神天地を創造たまへり

『舊約全書』創世記第一章一節

斯天地および其衆群悉く成ぬ

『舊約全書』創世記第二章一節

初めに、神は天地を創造された。

「旧約聖書」創世記1・1

天地万物は完成された。　　　　　　　　　　　　「旧約聖書」創世記2・1

と記されている。以上から露伴の記述は、神の存在を肯定し、人間はその「惟一の神」によってつくられたものという考えが見え、さらに、その神に感謝するという思考がうかがえると考えられるものである。

したがって、露伴の記述には、明らかに聖書の影響の投影が見られると考えられる。

さらに、「(明治二十年八月)」の明治二十年八月二十五日より翌月二十九日に至る記事で、二十六年九月博文館發行の紀行文集「枕頭山水」に出た(『露伴全集』第十四巻、後記抄に拠る)『突貫紀行』の中の記述がある。明治二十年(一八八七)露伴は職を棄てて、明治二十年八月二十五日に任地北海道を出発して帰京する。この時の旅が『突貫紀行』として後に『露伴全集』第十四巻(昭和二十六年六月五日第一刷發行、昭和五十三年十一月十七日第二刷發行、岩波書店)の一—一七頁に収録されているものである。その九月二十五日に、

二十五日、朝、基督教會堂(2)に行きて説教をきく。

『突貫紀行』(『露伴全集』第十四巻、一五頁)

という記述があり、この旅は「のたれ死」をする時を想像さえした程非常に苦しいものであったらしいが、そういう状況の中で教会へ説教を聞くために、立ち寄っているという事実が見られるのである。したがって露伴自身がこ

の頃すでにキリスト教に関心を持っていたことがうかがえる。本論第一章「作家露伴生成の道程考──資質を培ったもの、第二節「露伴とキリスト教の出会いをめぐって、（一）「東京英學校」、ア「東京英學校」の環境、雰囲気、イ「東京英學校」を前提とする『突貫紀行』における記述の意味」、終章「本論視座の必然性の立証──露伴とキリスト教との関連（点検と再考察）（一）露伴とキリスト教との邂逅の場の意義」を参照して頂きたい。

「（明治二十二年二月）」の『露團〻』には恋愛観、愉快観、風流観においてキリスト教の影響が見られると考察できる。

また、「（明治二十二年一月）」の『醉興記』は、明治二十一年十二月三十一日から翌年一月三十一日に至る記事で、前記「枕頭山水」に載った。その『醉興記』の中の記述がある。露伴が初めて得た原稿料を持って出かけた旅で、後に『醉興記』として、『露伴全集』第十四巻の一九─四八頁に収録されているものである。

その八日（四四頁）に、

基督教の書を賣りあるき、聖子の恵みに無智の輩を浴せしめんと寒中此地等の山間を重荷負ひて巡回する人なり。

と、「合ひ宿した」「眞貫といへる人」について記しているのが見える。「眞貫」の行為に関心・興味をいだいたと考えられる。また、その人柄に魅了されもしたのであろうと思われる。

「(明治二十二年九月)」の『風流佛』は結末に一夫一婦による理想の夫婦のありようを推奨していると考察可能である倫理観にキリスト教の影響が見られると考察できる。また、本文中にも、聖書に落書をした子供が、消すのに焦る姿など、キリスト教に関係する記述が見られる。

「(明治二十二年九月)」の『悪太郎のはなし』は少年が神の存在を肯定し、さらに隣人愛を感得実行するように精神的成長をすることにキリスト教の影響が見られると考察できる。なお、『露團〻』『風流佛』『悪太郎のはなし』以上三作品については本論各章を参照して頂きたい。

また、「(明治二十四年八月)」の『風流悟』(3)(『露伴全集』第十巻、三八頁)には、

恰も舊教徒が神壇の前に跪き念ずる時、冥〻の裏に一道の挺天光明柱の存するあるを感じながら、其初まるところ終るところを認め得ざるが如き心地すると同じきものなるべし。

との記述が見られる。「神壇の前に跪き念ずる時、冥〻の裏に一道の挺天光明柱の存するあるを感じる」のは神の愛に包まれる感じである。一種の信仰体験とも考えられる。神の愛という不可視のものに関するので、この体験心情を記述するのは難しいし、また、容易に納得を得られるようなものでもない。にも拘らず、このような心情にふれているのは注目しておいてもよいのではなかろうかと考えられる。

露伴のキリスト教は植村正久との関係などから、新教プロテスタント側から見られるが、この言及からすると、露伴は旧教新教を問わず幅広くキリスト教の聖書の説く愛に関心があったことを表すものではなかろうかと考えられるものである。因みに柳田泉による「露伴先生蔵書瞥見記」には、「旧経説教考」というのが記されている。私見だが、柳田は「旧経説教考」と記しているが「旧教説教考」なのではなかろうか。または「基督教の經典」（『露伴全集』第二十七巻、一二〇頁）と記してもいる露伴が、「旧經」と記しているとも考えられなくもないが、ここでは、旧教を意味していると考えてよいのではなかろうか。「露伴先生蔵書瞥見記」には「旧経説教考」について発行所や著者名など一切記されていない。露伴がどこか旧教の教会で聞いたことをもとにしているのか、または、間接的に旧教関係の人あるいは書いたものから得たことをもとにして、自身で筆写記録したものか、だれかが旧教の説教について筆写記録したものででもあったのかとも思うが未詳（旧教はカトリック教会とその教えのこと）。

さらに、同じく『風流悟』（四七頁）の

今も存せる彼女と我とが手を携へて逍遙するところの樂園なり。牢獄は即ち樂園なり、蛇の居らざる樂園なり。

がある。この記述は、アダムとイヴが追われた「樂園」があり、さらにイヴを唆した「蛇」があることから、明らかに「旧約聖書」の「創世記」をふまえていると言えよう。

ところで、「牢獄」で想起されるのは、北村透谷の「我牢獄」である。「我牢獄」は『透谷全集』第二巻、昭和二十五年十月三十一日第一刷發行、岩波書店、三五一―三五八頁所収。勝本清一郎　解題、四五六頁に拠れば、一八九二年六月四日「白表・女學雜誌」第三二〇號に小説として發表された。署名は脱蝉子。勝本は、文中の「雷音洞主（露伴。注岡田）が言へりし如く我は彼女の三百幾つと数ふる何の骨を愛づると云ふにあらず」は、一八九一（明治二十四）年八月十三日「國民之友」第一二七號に載った幸田露伴の「風流悟」のなかの「我は…三百幾枚の骨の那箇の骨をも愛するにあらず」という箇所から來ている。「雷音洞主の風流は愛戀を以て牢獄を造り、己れ是に入りて然る後に是を出でたり」と評している點も、「戀と名のついたるものは即ち牢獄なるか」という句によって書き出された「風流悟」の主題に關している（以上は勝本清一郎解題『透谷全集』第二巻、昭和二十五年十月三十一日第一刷發行、岩波書店、四五六―四五七頁を参考）。

と記していて、このように透谷の「我牢獄」は、露伴の『風流悟』に触発されて執筆されたことがわかる。

ところで、「我牢獄」（『透谷全集』第二巻、三五六―三五七頁）で透谷は、

雷音洞主の風流は愛戀を以て牢獄を造り、己れ是に入りて然る後に是を出でたり、然れども我が不風流は、牢獄の中に捕繫せられて、然る後に戀愛の爲に苦しむ、

と記している。この表現に二作品、露伴の『風流悟』と透谷の「我牢獄」の相違が見られる。それは、露伴は「牢獄」を「出でた」（透谷が出たと見るのであって実際は出ていない。「牢獄」を「樂園」と観じ得ているのである）が、

透谷は「牢獄の中に捕繋せられ」たままで苦しむという違いである。そして透谷は、『風流悟』は「牢獄」を造るのにも「出で」るのにも「風流」がかかわっていると見るのである。「出でた」ところが「蛇の居らざる樂園」となっていることには何も言及していない。

だが、キリスト教の影響を視座とする本稿は、この「蛇の居らざる樂園」表現に着目する。この表現に至る過程を辿ることによって、簡略ながら私見を述べたいと考える。

まず、『風流悟』には、

牢獄なるにもせよ天の帝の或る意味よりして我に與へられたる牢獄なるにはあらざる歟、

『露伴全集』第十巻、以下同。本文三八頁

とあることから、牢獄そのもの、つまり苦しみそのものが『露團〻』にも見られたように、我を試みるために神から与えられたものとするという考えが前提にある。そして、彼女に接するときは、

純粋に誠實なるのみ、

本文四〇頁

という態度があり、さらに「純粋の愛」「眞の戀」志向が見られる。では、その「眞の戀」とはいかなるものかについて（「愛」「戀」「戀慕」などの用語についてはは一考を要すると思われるが、ここではふれない）、

唯一の戀慕の念の彼女に感得せられて、而して彼女の我に對して又唯一の戀慕の念を發せる時是れ眞の戀慕の成就なり。

本文四六頁

としている。ここには、『露團〻』や『風流佛』にも見られた男女の恋のありよう、つまり恋愛観につながるものがある。さらに、

是れ天の帝の命じて我等を夫妻となすにあらずして何ぞや。

本文四六頁

としているのであり、『風流佛』での『新約全書』「馬太傳福音書第十九章四―五節」に拠っての一夫一婦制推奨と考察できる言及につながる思考が見られるのである。

では、「我」はその「戀」をいかに考えるのであろうか。本文には、

我は見ざる語らざる恨まざる、而して長く忘れざる戀をなしたり、世人が見て成らずとなせるところの戀をなしたり。今も尚ほ戀の牢獄の裏にあつて生活せり。

本文四七頁

とあって、「我」は、いわば異次元の「戀をなした」のであり、しかも「出で」たのではなく「牢獄」の中に在るのである。中に在りながら、

此牢獄と名のついたるものは即ち常に、今も存せる彼女と我とが手を携へて逍遙するところの樂園なり。牢獄は即ち樂園なり、蛇の居らざる樂園なり。

本文四七頁

と、「牢獄」を「樂園」として観じえているのである。

以上の『風流悟』の表現の連繋をふまえると、「牢獄」の中に在りながら「樂園なり」という「樂園」は内観的「樂園」であり、『露伴全集』第二十七巻の『一國の首都』二九頁に見られる「樂園の罪無き昔時に回し」とある、人間の罪なき昔時の楽園につながるものでもある。では、なぜそのように観じえたか。それは、「牢獄」を神によって与えられたものと「我」が考えることに見られるように、キリスト教の影響が基盤にあるからであると考えられる（透谷もキリスト教の影響を受けているのだが、異るようである）。したがって露伴の『風流悟』の「蛇の居らざる樂園」表現は、単に表現用語だけにキリスト教的なものがとりこまれているのではなく、思考においてキリスト教の影響が包含されていると考えられるものである。

「（明治三十年八月）」の『休暇傳』では、少女たちへの讃辞に「馬太傳福音書第五章六節」の影響が見られた。本論第五章「幸田露伴少年文學『休暇傳』考――すべて「吉」のつく理想郷をめぐって、（二）「馬太傳福音書」をふまえた「教師吉井」の少女たちへの賛辞」を参照して頂きたい。

また、「（明治三十二年十一月）」の『一國の首都』(4)で、本論第六章「幸田露伴評論『愛』考」で挙げなかったその他の記述にふれたい。『露伴全集』第二十七巻（昭和二十九年八月十六日第一刷發行、昭和五十四年六月十八日第二刷發行、岩波書店）の二九頁には、前記『風流悟』で少しふれたが、

此時に當つて人誰か懺悔の血涙に盤古氏以来の積惡の垢汚を濯ぎ、非憤の心火にアダムイブ以後の重畳せる過失の塵埃を焚きて、忌むべき連鎖の一環子たるべき地を脱し、能ふべくんば世界を樂園の罪無き昔時に回し、人間を光音天の美はしかりし初めに返らしめんことを思はざるものあらんや。

と人間の原罪についての言及とも見られるものがある。「旧約聖書」の「創世記」のアダムとイブ（イヴとも『新共同訳』ではエバとも表記）が蛇に唆され神の定めに違反して、木の実を採り、すなわち罪を犯して楽園を追われ、それから人間の苦しみが始まったとする考え方につながるものを包含している。

また、『一國の首都』三七頁には、その頃上流社会に多く見られた蓄妾風俗を非難の後、

今は大概眞の妻と共に一家を成せり。所謂權妻は法律上に其位置の消滅せしのみならず、

と記し、一夫一婦制を推奨する姿勢が見え、本論第三章「幸田露伴『風流佛』考」の読みにつながる思考が見られる。

ところで、日本で一夫一婦制が一般に認められるに至る道は紆余曲折を経て険しいといってよいであろう。

「権妻」〔権妻（「権」は副の意）仮の妻。めかけ。妾。てかけ。側室。権的（ごんてき）。明治初年（一八六八）から二〇年頃の流行語。『日本国語大辞典』二〇〇一年五月二〇日、第二版、第五巻第一刷発行、小学館〕とは妾のことである。明治政府が成立するや、一八七〇（明治三）年制定の新律綱領において妾を夫の二等親とした。これは令制にならったものであるが、ここにおいて妾は妻と同じく夫の配偶者たるの地位を獲得したのであって、〈略〉江戸時代の妾に比して、その法律的地位は大いに向上した。

かくして社会的にも妾を持つことを恥じないようになり、妻妾同居の現象も珍しくなくなった。

これは当時の啓蒙的知識人を刺激して、廃妾論が、ことに明六社（森有礼創設。注岡田）系統の学者によって唱えられ、一八八〇（明治十三）年制定、翌々年施行の刑法〈旧刑法〉では妾は親族の中に含まれていない。もっとも旧刑法において妾を否認するまでには、いろいろ経緯があるのであって、〈略〉かくて一八八二（明治十五）年以後、妾は公認されないことになったが、この時に戸籍面から妾の文字が消えただけではなく、一八九八（明治三十一）年施行の戸籍法により戸籍面から除去されることになった。

また同年施行の明治民法でも現行民法でも妾は公認せず〈以下略〉〔「めかけ　妾［日本］」（石井良助）『世界大百科事典』平凡社参考〕とある。そこで明治三十一年の民法を見てみる。

披見のものは、奥田義人著『民法　親族法論　全』明治三十一年十月廿五日初版発行、〈略〉明治三十二年七月十日六版発行、〈略〉明治三十六年二月五日八版發行、有斐閣書房であるが、その一一五頁に

第七百六十六條　配偶者アル者ハ重子《ママ》テ婚姻ヲ爲スコトヲ得ス

本條ハ婚姻の第三要件ナル婚姻當事者ノ他ニ配偶者ヲ有スルモノナル可カラサル丁《ママ》ヲ規定シ

以テ一夫一婦ノ制度ヲ公認セリ

と記している。

現在ではどうか。披見のものは『法律學体系コンメンタール篇第八回配本　親族法・相續法』昭和二七年一二月二五日發行、我妻栄・立石芳枝著、日本評論社であるが、その四八―四九頁に、

〔**重婚の禁止**〕

第七百三十二條　配偶者のある者は、重ねて婚姻をすることができない。(1)

▼　舊法第七六六條と全く同じ。

(1)　前後二重の結婚があれば、前婚はその効力を持續するが、後婚はいわゆる重婚として取消されうる（七四四條）。

また重婚の當事者は、刑法上重婚罪に問われる（刑一八四條）。

と記されている。

つまり〔重婚の禁止〕が、すなわち一夫一婦制の公認であり、宣言であり、明治から現在にも続いているものと考えられる。

以下は私見であるが、日本では一夫多妻が当然のように考えられ、その因習は根深いものであった。ところが、明治の初期頃から西欧諸国の風習が伝わり、キリスト教の宣教もあって本論「幸田露伴『風流佛』考」でも述べたように、キリスト教関係では建白なども行われ、一夫一婦制が夫婦の理想の形態として考えられてきたのである。そこでまず妾の存在を否認し、〔重婚の禁止〕によって一夫一婦制を公認・宣言することになっているのではなかろうか。露伴の『風流佛』の倫理思考は明治三十一年以前のことであるから、社会風潮の動向を素早く取り入れているとも言えようが、その基盤となっているのはキリスト教であるとも言えるのでもあるから、やはりキリスト教の影響によるものと考えてよいと思われる。

さらに、『一國の首都』一二〇頁には、

猶太とタマルとの古譚に據つて考ふるに―〈略〉―基督教の經典中に記されたる娼妓の事は、創世記第三十八章のみならず、賢者摩西が世の淫風の盛なるを憤りて發せる教律の条下に散見すること少からず。然るに佛教の經典中には、娼妓に關するの記事指示するに遑あらざるほどにして、

と記していて、露伴が聖書に造詣が深かったことが推測できる。また、「基督教の經典中」「佛教の經典中」と、共に「經」と表記していることに留意したい。この表記からも本論序論での「なさけなや」の句の「讀經」は聖書を読むことではないかと考えられるのである。

さらに、『一國の首都』については本論第六章「幸田露伴評論『愛』考――「基督教」への言及と、初出時の「〈中略〉」部をめぐって」にも少しふれているので参照して頂きたい。

また、作品とは言えないかもしれないが、「成功明治三十七年一月號」の「名士撰擇の品性修養書」（『露伴全集』四十巻、六九三頁所収）には「論語」「孟子」などとならべて『新約全書』を挙げている。露伴自身が熟読し指針としていなければ挙げられないと思われる。

また、「（明治三十九年九月）」の『水の旋渦』（「水の旋渦」は雑誌宗教界の明治三十九年九月號に載つた。『露伴全集』別巻上、後記に拠る。雑誌などの括弧は後記に倣う）『露伴全集』別巻上、二〇二―二〇五頁所収。二〇五頁には、

自分は觀ずる。是の如くにして長い〳〵時の間に硬水は柔水となって行き、是の如くにして肉の人は靈の人となつて行くのであると。

と記している。「肉」と「霊」の対比は「ガラテヤの信徒への手紙」（『新共同訳』に拠る）5・16―26にも「霊の実と肉の業」として見られ、キリスト教の影響があると考えられる。なお、本論第二章「幸田露伴『露團〻』考、第一節『露團〻』の恋愛観をめぐって、（一）「しんじあ」の場合」を参照して頂きたい。

次いで、「（大正四年十二月）」の『快樂論』において、その愉快観にキリスト教の影響が見られたことは本論第二章「幸田露伴『露團々』考、第二節『露團々』の愉快観をめぐって」を参照して頂きたい。『快楽論』の愉快観は、既に『露團々』に萌芽が見られ持続していると考えられる。

さらに、「（昭和十三年九月）」の『幻談』(5)（『露伴全集』第六巻、昭和二十八年十二月二十日第一刷發行、昭和五十三年七月十八日第二刷發行、三九七―四二七頁所収）四〇二頁には、

大きな十字架の形が二つ、あり〱空中に見えました。それで皆もなにかこの世の感じでない感じを以てそれを見ました、と記してありまする。それが一人見たのではありませぬ。殘つてゐ《ママ》た人にみな見えたと申すのです。

と、アルプスのマッターホルン下山時の事故後の十字架の不思議な出現部分を紹介しているのが見られる。

『幻談』は『露伴全集』第六巻後記に拠れば「雜誌日本評論の昭和十三年九月號に載り、〈略〉本全集は鈴木利貞所蔵の速記原稿に著者の加筆したものを用ゐ《ママ》た」とある。

また、「（昭和十四年四月）」の『飲料水漉器』（「飲料水漉器」は夕刊讀賣新聞の昭和十四年四月十九日號・二十日號・二十一日號に「日支事變と水」と題して載つた談話筆記。『露伴全集』第二十五巻、後記抄に拠る。括弧等は後記に倣う）『露伴全集』第二十五巻、昭和三十年四月二十五日第一刷發行、昭和五十四年五月十八日第二刷發行、岩波書

店、六二一―六二六頁所収。六二六頁では、

支那《ママ》に働く日本人、支那《ママ》人に少しでも早く清い水を飲ませたいものだと思ひます。どうぞ何人でもよいが早くさういふものをこしらへてほしい（現在使われない表現もあるが、そのまま記した。他も同じ）。

と述べている。交戦中において敵味方を差別しない人間への愛によると考えられる思考が見られる。

そして、「（昭和十五年一月）」（露伴七四歳）の評論『愛』は露伴へのキリスト教の影響の集大成と考察できるものと考える。本論第六章「幸田露伴評論『愛』考――「基督教」への言及と、初出時の「〈中略〉」部をめぐって」を参照していただきたい。露伴がキリスト教を愛の教えとして認識していたことがわかるものでもある。そして言論統制弾圧の厳しい世情の中で、勇気をもってキリスト教にかかわることについて提言していると読めるものでもある。

以上のように文筆活動を辿ることによって瞥見しただけであるが、本論でとり上げていない作品のいくつかの例にも見られるように、露伴の作品や記述、つまり文筆活動には、キリスト教の影響の痕跡がうかがえ、しかもキリスト教の影響が長年にわたり続いていると言えるのではなかろうか。そして、ここに挙げたものの中には、聖書の聖句がふまえられていたりして、表面からキリスト教の影響があるとわかるような表現があり、一読してキリスト

教の影響が明瞭に認められると言えるものもある。だが、露伴の場合にはキリスト教が表面からは見えない形をとりながら、たとえば前述した『悪太郎のはなし』のように直接聖書の聖句が見られるのではないが、根底にかかわるところでの思考に、キリスト教の影響を基盤としていると考えられるものがあるので、留意して見る必要があると考える。いずれにしても、露伴の思考へのキリスト教の影響は、若年から老齢に至るまで長期にわたって持続しているのが見られると考えられるのである。ゆえに、継続して通奏低音のように（或いは伏流水のようにとも言えようが）流れていると言えるのではなかろうか。

注

（1）幸田露伴『方陣秘説』は、『露伴全集』第四十巻、昭和三十三年四月十日第一刷發行、昭和五十四年十二月十八日第二刷發行、岩波書店、三―一六頁所収。一三―一六頁。

「方陣秘説」は幸田家蔵の稿本に據り、執筆の年代は不明である。明治大正文學研究第四號に發表（「資料方陣秘説　幸田露伴」と題し、解説は塩谷賛。注岡田）せられた（『露伴全集』第四十巻、後記に拠る。括弧等は後記に倣う。他も同）。

執筆年代不明のものを冒頭におくのは次の理由による。高木茂男は「幸田露伴の『方陣秘説』」で「『露団々』成立時までには『方陣秘説』はすでにできていたと判断して間違いないと思われる。それが塩谷氏の推定通り明治一六年に書かれたものだとすると、小説執筆に先立つこと五年、露伴一七歳の時である。」としていることに拠る（『幸田露伴・樋口一葉』日本文学研究資料叢書、昭和五七年四月一〇日発行、有精堂、三九頁）。なお、笹淵友一『浪漫主義文學の誕生』六六三頁に拠れば、露伴の記憶では北海道赴任以前、柳田泉は十七八歳の頃、塩谷賛は二十歳前後、笹淵は十七八歳の頃と見ておられる。

『露團〻』では、「方陣秘説」は『露伴全集』第七巻の一四一頁に見え、「吟蜩子」が「田亢龍」に贈り、それを読んだ「田亢龍」が悟ったとしている。

（2）未詳。当時仙台には明治十一年設立の元寺小路教会、十九年設立の仙台美以教会（仙台五橋（いつつばし）教会）などの教会、仙台女学校・仙台神学校などの礼拝堂、講義所などがあった（以上は『幸田露伴集』新日本古典文学大系明治編22、二〇〇二年七月二四日第一刷発行、岩波書店、『突貫紀行』登尾豊校注、四〇六頁に拠る）。

（3）幸田露伴『風流悟』は、『露伴全集』第十巻、昭和二十八年七月三十一日第一刷發行、昭和五十三年九月十八日第二刷發行、岩波書店、三二一—四七頁所収。

「風流悟」は雑誌國民之友の明治二十四年八月發行第百二十七號附録「藻鹽草」に載り、署名は雷音洞主。未完である（『露伴全集』第十巻、後記に拠る。括弧等は後記に倣う。他も同）。

（4）幸田露伴、評論『一國の首都』は、『露伴全集』第二十七巻、昭和二十九年八月十六日第一刷發行、昭和五十四年六月十八日第二刷發行、岩波書店、一—一六八頁所収。二九頁。

「一國の首都」は雑誌新小説の明治三十二年十一月號・十二月號に前半が載り、三十四年二月號・三月號に「一國の首都續稿」と題して後半が載り、同年十一月春陽堂發行の随筆集「長語」に収められた。又四十四年五月春陽堂發行の『露伴集』第二巻にも「長語」が収められた。舊全集所収、後昭和十五年十二月冨山房百科文庫の一冊として「長語」が再刊せられた。本全集は初刊本を用ゐ《ママ》初出誌・舊全集を参照した（『露伴全集』第二十七巻、前掲、岩波書店、後記に拠る）。

（5）幸田露伴『幻談』は、『露伴全集』第六巻、昭和二十八年十二月二十日第一刷發行、昭和五十三年七月十八日第二刷發行、岩波書店、三九七―四二七頁所収。四〇二頁。

「幻談」は雑誌日本評論の昭和十三年九月號に載り、十六年八月日本評論社發行の小説集「幻談」に収められた。小説集「幻談」は二十二年九月岩波書店から再刊せられた。本全集は鈴木利貞所藏の速記原稿に著者の加筆したものを用ゐ《ママ》た（『露伴全集』第六巻、後記抄に拠る）。

「山の話」と「海の話」があって、本文引用部は『露伴全集』第六巻、四〇二頁。

「山の話」のアルプスのマッターホルンの遭難について記した中に見られる。

『アルプス登攀記』披見のものは、ウィンパー（Edward Whymper 注岡田）著、浦松佐美太郎訳『アルプス登攀記』下、岩波クラシックス4、一九八二年六月二二日第一刷発行、岩波書店、当該箇所二三二―二三八頁で、二三七頁に人々の前に幻のように空中に浮かぶ十字架の挿絵がある。

登尾豊「幻談」考（『国文研究』第五十一号、平成十八年三月、熊本県立大学日本語日本文学会）は「E・ウィンパー『アルプス登攀記』の最終第二十二章にある、マッターホルン初登頂からの帰途に起こったパーティの内の四人の転落死事故と残った人たちがその夜に見た空中の十字架像の話である。」とまとめている。この話は露伴が口述したものの速記の反訳原稿を蝸牛庵で露伴が加筆・訂正してなったものと言われておられる。

(三) 作家露伴の日常生活に見られるキリスト教との関連

では、なぜ、日常生活に着目するのか。それはキリスト教・聖書による指針が、露伴自身の日常生活において実践躬行されているかを見たいからである。

そこで、露伴とキリスト教との関連を日常生活から追ってみる。

本論第一章「作家露伴生成の道程考――資質を培ったもの」では主に幼少年期、即ち作家として世に出る前を対象としている。ここ終章(三)では作家として世に出る直前から、その後の作家露伴とキリスト教との長期にわたるかかわりを見る。

露伴が任地北海道から帰京した頃の幸田家は、前述したように、父の改宗により一家全員がキリスト教信者になっていたということは知られている。その頃の父については、

かうして自身は自宅から通勤して店番をする、日曜日には店を休んで教會に行、店の儲けは、すつかり教會の費用に差し出すといふ有様であつた。(1)

このような状況であったと伝えられている。

父はキリスト教に入ることをすすめたが露伴を承知させることはできなかった。しかし教会や説教所へは行

き、聖書も興味を以て読んだ。黙示録は非常におもしろかったようである。植村正久の下谷教会や田井という弁舌のたくみな牧師が預かっている麹町の説教所へ行った。植村正久は露伴の再婚に牧師となった人である。田井という人は家へも来て親しくしていた。露伴は信者たちとも知りあいになって英語に関する知識を与えられた。英語の習練はつねに心がけていた。

父は近くの御成道に店だけを借りて愛々堂という紙屋を始めた。愛々堂は利益を全部教会へ納めるために営まれたとしている書物もあるが、どういう資料に拠ったのか、そういうことはちょっと考えられないようである。(2)

という記述もある。ここで父の店の利益について前者は「店の儲けは、すつかり教會の費用に差し出す」と記し、後者は「愛々堂は利益を全部教会へ納めるために営まれたとしている書物もあるが」「そういうことはちょっと考えられない」としていて対立しているかに見える。だが、重複するかと思うが、前者柳田の『幸田露伴』は昭和十七年露伴生前に書かれたもので、その「序語」に記している柳田の執筆態度、すなわち「素直な傳を書かう」「作品に分らない點が出て來たり、資料そのものに疑點があつたりして、結局、度々先生（露伴のこと。注岡田）に御面倒をかけることになつた。」などから見て私は前者の信憑性を高く評価し、柳田が記しているような状況があったのではないかと考える。因みに後者塩谷の『幸田露伴』は上が昭和四十年七月三十日発行で露伴没後の発行である。また、「宗教心の厚い熱の人」（柳田泉『幸田露伴』前掲四頁）とも伝わる父の性質と、「愛」という字を重ねた店名からも、「愛々堂」の利益の大きな部分を、教会の費用に差し出す・献金するというようなことはあったのではなかろうかと考えられる。先祖代々の法華宗から改宗した父成延のキリスト教への傾倒ぶりがうかがえるのではなかろうか。教会での献金は往々にして救済にあてられるものである。後年『愛』で露伴には愛とは「少しでも他の幸福を増してやりたい」という認識が見られるのであって、このような父の影響が作用しているのではないかと考えられる。露伴は、ある時期そういう環境に囲繞されていたのである。さらに、

植村正久と露伴との関係はかなり後まで続いてゐる。露伴が大正元年（一九一二。注岡田）に迎へた後妻（「明治四十三年妻病死」。自傳の『年譜』に拠る。『露伴全集』第三十二巻、五一頁）八代子は植村の神学社の出身であった。[3]ともある。露伴の次女幸田文によれば「継母はクリスチャン」[4]とある。「クリスチャン」である女性を自身の伴侶として選び、しかも植村正久の司式によって式をあげていることにもキリスト教とのかかわりが見られると考えられる。

文の「手づまつかひ」に拠れば、文が九歳の時、「ガリラヤ湖上歩行の実験」[5]をして失敗したという。これは「ヨハネによる福音書」に

日の暮るころ弟子海に下て舟に登カペナウンに向て海を濟る既に暮けれどもイエス彼等に就ず狂風ふくに因て漸に海あれいだせり一里十町ばかり漕出せる時イエスの海を行み舟に近くを見て弟子たち懼たりイエス曰けるは我なり懼るゝ勿れ

『新約全書』約翰傳福音書第六章十六―二十節

夕方になったので、弟子たちは湖畔へ下りて行った。そして、舟に乗り、湖の向こう岸のカファルナウムに行こうとした。既に暗くなっていたが、イエスはまだ彼らのところには来ておられなかった。強い風が吹いて、湖は荒れ始めた。二十五ないし三十スタディオンばかり漕ぎ出したころ、イエスが湖の上を歩いて舟に近づいて来られるのを見て、彼らは恐れた。イエスは言われた。「わたしだ。恐れることはない。」

「新約聖書」ヨハネによる福音書６・16―20

（口語訳は『新共同訳』に拠る）

同じようなことは「マタイによる福音書」14・22―27、「マルコによる福音書」６・45―52にも見られる。文の行動は「イエスが湖の上を歩いて舟に近づいて来られる」に拠っていると思われる。弟子たちは、向こう岸のカファルナウムに行こうとしていたとあるように、この湖はガリラヤ湖である。文が失敗した時、露伴は「まじめな顔で」「キリストほど偉くないくせに向う見ずなことをするやつだ」（「手づまつかひ」二八七頁）と言ったという。この文の記述からも露伴が聖書を読んでいて日常の会話にもひいていたことがうかがえるのではなかろうか。

一九一七（大正六）年一三歳で文は女子学院に入学する。そのあたりのことを塩谷は、

四月、文子（「文子」は、二女「文」。注岡田）が麹町の女子学院に入学した。文字が似ているから学習院かと思う人もあるがまるで違う。キリスト教の学校でアメリカから金が送られて来ていて、宣教師として女の人も何人か来ていた。なかには美しい人もいた。キリスト教の学校でも生徒に信仰を強要することはなかった。(6)

と伝えている。また文は、

女学校はミッションであつたから聖書を読む。なつかしいガリラヤ湖は父のことばどほり確かに記録されてゐ、奇蹟は数々あつた。(7)

と記している。また、弟（成豊・通称、一郎。『幸田文全集』第二十三巻「年譜」四九三頁に拠る）について塩谷は、

一郎も小学校を卒業して青山学院へ入った。ここはむかし露伴がしばらく学んだ東京英学校の後身とも見られる学校で、八代子が信仰するキリスト教とも関係するところであった。(8)

と記している。これだけなら新しい西洋的なものへの憧れからの進歩的考えによる進学かともとれるが、これまで見てきた露伴とキリスト教との関連をふまえて見ると、それだけにとどめることはできないように思われる。なぜなら、たとえば露伴が「名士撰擇の品性修養書」（『露伴全集』第四十巻、六九三頁）に「品性修養」の書として、前にもふれたが「新約全書」を挙げているようなことがあることからすると、子女の教育に期待するものがあってのキリスト教関係の学校選択とも考えられないでもない。また文は、

植村氏はのちに父の再婚の式を司り、私に洗礼を与へる牧師であるから、妙なめぐりあはせである。(9)

と述べている。この記述から文は洗礼を与えられたと解釈[10]すれば、植村は一九二五年没、文は一九〇四年生れ（『幸田文全集』第二十三巻「年譜」四八九頁に拠る）、露伴は一九四七年没であるから、文はおよそ二〇才頃より前、父露伴が生存中のことになる。

また、文は次のように伝えている。

「たのしいクリスマス」

継母は近処の子供たちの悪化を悲しんで、一週に一夜、客間を除いた茶の間・寝室・玄関の三間を開放し、ホーリネス教会系の牧師を招き、日曜学校をした。

あるときはアンタソン伝道師、あるときは青山学院神学部の生徒などもこも〲来、子供たちは盛んな時には約百人位ゐた。父は先生たちにも子供たちにも非常に愛敬よく応対してゐたが、その晩になると子供の騒がしさ、讃美歌の合唱に辟易し、勉強もしてゐられずお酒も飲んでゐられず、きまつて夕方からどこかへ逃げ出して行つた。〈略〉父はそのとき五十過ぎてもはやお茶屋遊びなどしてゐないときだつた。〈略〉住ひを提供し生活を妨げられた五六時間を、毎週已むなく外へ行かなければならなかつた気の毒さ、たゞ子供たちのためならとそれだけが父の云つたことばだつた。[11]

ここで文は「五十過ぎて」と言っているが、露伴の五十代というと、大正五年（一九一六）五十歳から、大正十四年（一九二五）五十九歳までである（『露伴全集』別巻、下、初出目録に拠る）。この時期「初出目録」には多くの作品が並んでいるが、注目したいのは、たとえば、五十三歳に『運命』があり、五十五歳から『冬の日』『芭蕉俳句研究』などがあって、創作・研究に専ら力を傾注していると思われる頃と重なっていることである。したがって思索にふける時間はいくらでも欲しかったであろう。そういう中で、当時はまだ強かった家父長権でやめさせようともせず、「子供たちのためなら」と一週一度家を提供しているのである。露伴は子供たちが楽しみにしているからというだけではなくて、四十ほどの「少年文學」を書いてもいる露伴なのである。次代を担う子供たちのために、日曜学校（キリスト教会で、宗教教育を目的として子供を集めて日曜日に開く学校。『広辞苑』新村出編、昭和三十年五月二十五日第一版第一刷発行、昭和四十二年二月十日第一版第二十三刷発行、岩波書店に拠る）でのキリスト教の聖書による教え・お話が「子供たちのため」になるものであると評価していたから、場を提供していると考えられるのである。これらのことから、露伴は消極的ではあるが協力しているのであって、少なくともキリスト教について悪感情を抱いてはいないと考えられる。

以上のように露伴は子女をキリスト教関係の学校に通わせ、娘の文に話すのに聖書を引いたりし、再婚は牧師植村正久の司式でクリスチャンである女性としていて、露伴の身辺にはキリスト教とのかかわりが多いと言える。また露伴の父の改宗の契機となった牧師植村正久と露伴とのつながりも続いていたのではなかろうかと考えられる。したがって、露伴とキリスト教との関連は日常生活（身辺事情）から見ても全く離れるということはなく、持続していたと考えられるのである。

次に、結婚を前に悩む、文を諭す露伴の、聖書に拠ると見られる「助言」にふれたい。

後に文が三橋幾之助との結婚（一九二八年（昭和三年）十二月、二十四歳、『幸田文全集』前掲第二十三巻「年譜」四九八頁参考）に際して思い悩んでいた時に、露伴は次のように助言している。

「どうした眠れないか。」そこへ腰をおろし、組みあはせて立てた両足を両手にかゝへて、しづかにものを云ふ。「おまへはこはがつてゐるのだらう。おびえる事がらがあるのなら云つてごらん、おれが助言してやる。」云ふべきことは何も無かつた。「おまへ、学生の時分に聖書を読んでゐたぢやないか。檐の小雀の話はどうした？空に惑ひわづらふのは愚かだ、人生何にでも会つてみるがいゝ。抵抗力といふものはぶつかつて出る。痛いのは御定法だ」といふやうなことを話した。真冬でも寝巻はゆかた一枚の人である。「寒くなつた、おまへも安心してお休み。」私は父のつめたさうな足指を見つめて、手をついた。(12)

このようなことがあったという。

この雀について、聖書の該当箇所と考えられるのは、

誠やすゞめは窩をえ燕子はその雛をいるゝ巣をえたり　『舊約全書』詩篇第八十四篇三

われ醒てねぶらず〻たゞ友なくして屋蓋にをる雀のごとくなれり　『舊約全書』詩篇第百二篇七

などであろう。そして雀については、鳥の総称として旧約聖書中約四十回も用いられている。邦訳ではただ「鳥」

とのみ訳されている場合が多く（『新聖書辞典』一九八五年（昭和六〇）九月二〇日発行、いのちのことば社出版部、六七一頁参照）あるらしい。

露伴の言葉には、悩んでいる文に「空に惑ひわづらふのは愚かだ」と続けているので、おそらく次の箇所との混同があるのではないかとも考えられる。聖書には、

なんぢら天空の鳥を見よ　―〈略〉―　然ば何を食ひ何を飲なにを衣んとて思わづらふ勿れ　―〈略〉―　爾曹まづ神の國と其義とを求よ然ば此等のものは皆なんぢらに加らるべし是故に明日の事を憂慮なかれ明日は明日の事を思わづらへ一日の苦勞は一日にて足り

『新約全書』馬太傳福音書第六章二十六―三十四節

と記されている。文への露伴の「助言」には、この聖句の影響があるのではなかろうかと考えられる。その場での思い付きで言ったとは思われない。神への信頼が語られている聖書のこれらの部分が、露伴自身の中に根付いていたことによるのではなかろうかと考えられるのである。嫁ぐという人生の重大な節目にあたり思い悩む娘に聖書をひいて諭し「助言」しているのである。

また、家庭の内情は容喙しえないが、八代子夫人の行動が、家族の生活に支障をきたすようなことがあっても、露伴は、

怒りを発するまでになったが思い返して何も言わない[13]。

と伝えられているように怒らずに耐えているようである。このような事が事実ならば、信者である夫人よりも、怒らない露伴の方がキリスト教の愛を実践躬行しているように思えるのである。

以上のように、家族との日常生活の中にもキリスト教の影響が見られる。露伴は日常生活において実践躬行しているのである。わけても、クリスチャンである女性と植村正久による司式で挙式していること、娘文の結婚に際しての助言にも聖書が引かれていること、子息を露伴の通学した「東京英學校」の後身青山学院に進学させていることなど、人生の節目とも言うべき時に、キリスト教との関連が見られることは、注目すべきであると考える。

また、「五十過ぎ」の露伴が「子供たちのためなら」と、毎週日曜学校に自宅を解放提供していたということからは、露伴のキリスト教に対する認識を確認できると考える。

注

（1）柳田泉『幸田露伴』昭和十七年（一九四二）二月十二日発行、中央公論社、五七頁。

（2）塩谷賛『幸田露伴』上、昭和四十年（一九六五）七月三十日発行、中央公論社、六四―六五頁。

（3）笹淵友一『浪漫主義文學の誕生』昭和三十三年一月十日初版発行、平成三年六月二十日六版発行、明治書院、六六二頁。

（4）幸田文「かけら」『幸田文全集』第一巻、一九九四年一二月九日発行、岩波書店、二六七―二七一頁所収。二六八頁。

一九四八（昭和二十三）年二月二十二日発行の『週刊朝日』に「かけら―幸田露伴―」の表題で掲載され、『ちぎれ雲』に「かけら」の題で収録された。のち中央公論社版全集第一巻に収められた（『幸田文全集』第一巻後記に拠る）。

（5）幸田文「手づまつかひ《ママ》」『幸田文全集』第一巻、一九九四年一二月九日発行、岩波書店、二八六―二九二頁所収。二八七頁。

一九四八（昭和二十三）年五月十九、二十日発行の『東京新聞』朝刊に「手づまつかい（上）」（本巻二八八頁九行まで）、「手づまつかい（下）」の表題で掲載され、『ちぎれ雲』に「手づまつかひ」の題で収録された。のち中央公論社版全集第一巻に収められた（『幸田文全集』第一巻後記に拠る）。

（6）塩谷賛『幸田露伴』中、昭和四十三年（一九六八）十一月九日発行、中央公論社、二八二頁。

（7）幸田文「手づまつかひ」『幸田文全集』第一巻、前掲、二八八頁。

（8）塩谷賛『幸田露伴』中、前掲、三二八頁。

なお、『幸田文全集』第二十三巻、一九九七年二月二七日発行、岩波書店、「年譜」四九六頁に、「一九二〇年（大正九年）十六歳。四月、弟・成豊が明治学院に入学する。」という記述がある。いずれにせよ、キリスト教系の学校である。

（9）幸田文「みそつかす（おばあさん）」『幸田文全集』第二巻、一九九五年一月二七日発行、岩波書店、二七―

四六頁所収。四四頁。

一九四九（昭和二十四）年三月一日発行の『中央公論』に「おばあさん（みそつかす・二）」（目次には「（随想）おばあさん（みそつかす（二））」とある）の題で掲載され、『みそつかす』に収録された（『幸田文全集』第二巻後記に拠る）。

（10）「私に洗礼を与へる牧師」表現が「洗礼を与へた牧師」なら文は洗礼を受けたと考えられる。だが、「洗礼を与へる牧師」は洗礼を与える立場にある牧師という意味にもとれる。したがって文の洗礼を証明するものがあればよいのであるが、今のところ、そのようなものはなさそうな様子が推測される。だが晩年教会に話を聞きに行くというようなことはあったかもしれないとは思われる。

（11）幸田文「たのしいクリスマス」『幸田文全集』第二巻、一九九五年一月二七日発行、岩波書店、三二二―三二六頁所収。三二三頁。
一九四九（昭和二十四）年十二月一日発行の『ニュー・エイジ』の（随筆）欄に掲載された。本全集はこれを底本とした（『幸田文全集』第二巻後記に拠る）。

（12）幸田文「こんなこと（ずぼんぼ）」『幸田文全集』第一巻、一九九四年一二月九日発行、岩波書店、一七五―一九一頁所収。一八九頁。
一九四九（昭和二十四）年四月三十日発行の『文芸評論』小林秀雄特輯号に「ずぼんぼ」の表題で掲載され（目次の表題は「ずぼんぼ（父露伴の記）」）、『こんなこと』に「ずぼんぼ」の題で収録された（『幸田文全集』第一巻後記に拠る）。

（13）塩谷賛『幸田露伴』中、前掲、一九四頁。

むすび

終章において露伴とキリスト教との関連を、改めて点検と再考察したことにより、本稿（一）で述べたように、僥倖とも言える出会いに始まる露伴とキリスト教との関連は、作家露伴としての文筆活動において、また、日常生活での実践躬行において、長期に亘って持続しているのが見られるのである。

これによって確認されるのは、露伴のキリスト教の受容は、異国情緒にひかれてとか、流行にのってなどというような表層的なものではない。つまり軽佻浮薄なものではないということである。

露伴は『舊約全書』『新約全書』ともに熟読していると考えられる。そして、感銘を受け共感し、確信をもって聖書を指針として、過ごしていたと考えられる。

以上をふまえると、キリスト教の影響は、露伴の思考の根底に継続して通奏低音のように（或いは伏流水のようにとも言えようが）流れていたと考えられるのである。したがって、終章における露伴とキリスト教との関連の点検と再考察は、本論の視座による考察結果の必然性立証の一助になると考える。

ここで付記しておきたいのは、露伴とキリスト教との関連が、以上に挙げたような行程を経ているのをふまえるゆえに、昭和十五年晩年における執筆『愛』での言及で、婉曲な表現にひそかに潜ませられているものの考察が肯定できるものとなる。そして、『愛』は、露伴のキリスト教の「愛」の思考の集大成として考えられるのである。

※　本稿で用いた「聖書」

『新約全書』耶穌降生千八百八十年、米國聖書會社、明治十三年、日本横濱印行。「近代邦訳聖書集成」3、一八八〇年原本発行、一九九六年四月二五日第一刷発行、翻訳委員会編、ゆまに書房。

『舊約全書』耶穌降生千八百八十八年、米國聖書會社、明治二十一年、日本横濱印行、上巻（「舊約全書目録」に拠る。以下同）。「近代邦訳聖書集成」6、旧約全書、第一巻、一八七七年（奥付に拠る）原本発行、一九九六年四月二五日第一刷発行、翻訳委員会編、ゆまに書房。

『舊約全書』耶穌降生千八百八十八年、米國聖書會社、明治二十一年、日本横濱印行、中巻。「近代邦訳聖書集成」7、旧約全書、第二巻、一八八八年原本発行、一九九六年四月二五日第一刷発行、翻訳委員会編、ゆまに書房。

口語訳

『聖書　新共同訳　旧約聖書続編つき　引照つき』日本聖書協会（二〇〇二）。（本論では略して『新共同訳』とすることもある）。

結論

大前提としてあげたいのは、終章で述べたように、僥倖とも言えるような恵まれた出会いに始まる露伴とキリスト教の関連事象は、文筆活動、日常生活、両面において、長期にわたり持続していて、キリスト教の影響は露伴の思考の中に、通奏低音のように（或いは伏流水のようにとも言えようが）流れ続けていたと考えられることである。

しかし、今まで露伴作品をキリスト教の影響という視点から掘り下げて見ることが殆ど無かったのである。その原因には、露伴を東洋的と見るのが定説のようになっていたことが大きく作用していると思われる。だが、私はそれに加えて、露伴とキリスト教の関連事象に、あまり関心が向けられないままであったことが、その要因にあると考える。つまり、露伴とキリスト教を結び合わせて考えなかったように思われるのである。ゆえに、私は関連事象に拘泥したのである。

さて、キリスト教の影響を視座とするにおいて、最初に問題となるのは、露伴は、はたして聖書を読んでいたのであろうか、読んでいたのならば、どのような姿勢で読み、受容していたのかの確認である。そのために本論ではまず露伴が聖書に真摯に向き合った痕跡の確認として、「新約聖書ルカ伝一四章二六節」を詞書とする「なさけなや」の句に着目することから始めたのである。そして、改めて生い立ちを追うことによって、本論第一章に述べたように幼少年期から露伴の資質・教育（「東京英學校」への進学など）においてもキリスト教受容に資すると考えられるかかわりが見られたのである。これらが明らかになったことは、キリスト教の影響を視座として露伴を考察しようとする本考察の必然性立証の一助となると考えるのである。

以上をふまえて、結論は次の三項（一）本論各章考察の集約、（二）本考察により解明した事象、（三）前記（一）（二）をふまえての総括、に分けて述べたいと考える。

（一）　本論各章考察の集約

『露團〻』は恋愛観、愉快観、風流観に分けて考察した。

恋愛観は「深き愛と堅き信」であり、キリスト教的倫理観をふまえての恋愛観と考えられる。恋を愛と表現しているのも見られる。そして、若い二人の恋を、信と誠をもって貫いた清らかな恋として描き、成就させていることなどにキリスト教の影響がうかがえると考える。

愉快観で注目したいのは、「るびな」の配偶者の条件として、けっして不愉快の感覚を持たず、いつも愉快であることが挙げられていることである。いつも愉快でいることは人間としては無理なことと思われ、一見不思議とさえ思われるこの条件が何物にも代替不可能な条件なのである。なぜなら、ここに求められているいつも愉快な生活を「なし得る者」とは、過去の自己の心内・行為を、あたかも凝視するようなきびしい内省によっての悔い改めの過程を経て後、湧出すると考えられる感謝の念によって、苦悩を乗り越えることができて、常に愉快という心状を保持していくことができる者なのである。『露團〻』の求めている愉快にはこういう意味があって、それを可能とするための鍵にキリスト教がかかわっていると考えられるのである。

次に風流観であるが、まず、風流の始めは中国にあるというが、日本でいう風流とはいかなるものかを概略だが押さえることを試みた。

その上で『露團〻』を読むと、この作品には「ぶんせいむ」や「吟蜩子」に見られるように、露伴の風流観の一端が垣間見られると考えられるが、私見の分類では、(1)「たいらっく」型として詩作を重要要素とし、脱社会的、社会無関与的、隠遁的風流がある。(2)「吟蜩子」型として傍観者的、第三者的風流と名付けてみたいものがある。私は「吟蜩子」には「田亢龍」の身代わりという立場が大きく作用していると考えるので、これを傍観者的、第三者的風流と見るのである。(3)「田亢龍」型は自分一人で風流人ぶっている俗人の風流で、世俗的、偽善的、半可通的風流とするものである。(4)「ぶんせいむ」型というのは「ぶんせいむ」に見られるように自分自身では風流と認識していない行動がそのまま風流であって、それはそのまま自然に風流な生き方につながるもので、しかもその生き方は社会にかかわって行こうとする進取的、積極的要素を持つので、自然体的、社会関与型風流と名付けてみたらどうかと考えられるものである。「ぶんせいむ」の社会的関与というのは、病院への寄付など社会的弱者への配慮貢献にも見られる。そして、最後に「ぶんせいむ」と「吟蜩子」の二人は揃って旅に出るが、その「世界漫遊」の旅は、ただ歌枕をたずねてなどのいわゆる風流の旅ではない。不幸の人々を訪い尋ねて、その不幸を癒し救おうとする目的をもって、世界を巡るという旅なのである。このようなことは始めにおさえた日本の風流観の中には見られなかったことである。この「ぶんせいむ」の他者の不幸を癒し救おうとする目的をもって世界を巡る旅という設定には、キリスト教の説く隣人愛が根源にあり、また、世界に宣教師を派遣して、広く福音を伝えようとする姿勢をもつキリスト教の影響があると見られるのではなかろうか。さらに付け加えれば、「吟蜩子」が自分を苦しめた「田亢龍」を最後に許し、しかも迷いを覚まそうとしていることにも、キリスト教の影響を見ると言うこともできよう。

私見では、露伴の思考は、三角形になぞらえれば、磐石の日本を底辺とする東洋と西洋の三本の柱の頂点に位置するものと考えるのであるが、『露團〻』には、そのような作家露伴の思考形成要素の形相の明確な提示を見ることができる。中でも西洋はキリスト教が代表しているような形で見られることは、露伴作品にキリスト教の影響を視座として光を当てようとする者にとって、『露團〻』という作品は重要な意義を有している作品であると考える。

『風流佛』は露伴の代表作の一つであって、当時から高く評価されているものである。題名からも、また各章の冒頭に法華経がおかれていることによっても、東洋的、仏教的などという面から見られることが多いであろう。だが、西洋、キリスト教の影響を視座として見ると、この小説の根底にもキリスト教の影響が見られる。なぜなら、この小説の終り方に着目したい。終り方として次の三つが考えられる。

(1) 「第十」での二人の恋の結末がどうなったかわからないままの「玄の又玄摩訶不思議」（初出による）と表現される終り方。

(2)「團圓」での「行し後」で二人の恋が天上で昇華されたと考えられる終り方。
(3)「團圓」での「行し後」のまた「其後」に、「風流佛」が様々に変容してあちこちに顕現する終り方。

である。ここで考えられるのは、わからないまま幻想的に(1)で終わってもよいし、或いは(2)で終わってもよかったのではないかということである。(2)などは地上の恋が天上の聖愛に昇華し、美しい結末ではないかと考えられる。だが、露伴はくどいように「行し後」のあとに、さらに「其後」を付加しているのである。そして、ここで「風流佛」を一夫一婦の夫婦の妻の姿として、あちこちに、見る人それぞれに相応しく変容させ、顕現させているのである。そこで、考えておきたいのは、キリスト教の説く一夫一婦の夫婦のありようと、おおらかな、ゆるやかなとも言える日本の男女の風俗との間には、フランシスコ・デ・サビエルによってキリスト教が日本にもたらされた初めから異なる所があったということである。折しも〈日本キリスト教婦人矯風会〉の建白があったりもしているので、それら時代の趨勢をも取り入れて、小説の中で一夫一婦制を推奨しているのではないかと考えられ、キリスト教の影響があると考えられる。さらに、建白による影響というだけでなく、『風流佛』は日本の民法での一夫一婦制施行と考えられる明治三十一年より前のものであって、露伴の思考の根底に流れているキリスト教的倫理観の影響によると考えられるのである。

狩野芳崖と「珠運」について、私は、芸術家、日本画家としての芳崖が「珠運」の人物造型の意識下にかかわっているのではないかと考える。なぜなら、芳崖の弟子などの記した資料によってその生涯をたどると、「珠運」と重なる部分が多くあるからである。中でも国家的観念から婦女子に強壮な子孫を得るよう期待し、女子教育に力をいれたり、夫人を大事にしていたことなどから、芳崖は女性に対して人間としての愛があるのがうかがえる。夫人を亡くした後の落胆の様子にも愛情深い人間像が浮かぶのである。その芳崖の遺作が『悲母觀音圖』であって幼児と観音の構図にキリスト教の影響があるとされてもいるのである（本論第三章「幸田露伴『風流佛』考、第三節「珠運」構想背景と狩野芳崖をめぐって　その二、（五）『悲母觀音圖』、イ　現代の評価と解説」を参照して頂きたい）。

そのような日本画家狩野芳崖の死去は明治二十一年十一月五日で、その訃報は十一月七日の『朝日新聞』、『讀賣新聞』に哀悼の意とともに報じられている。露伴が絵画に関心があることは、たとえばのちに『浮世繪』（『露伴全集』第三十巻、三三一―四三頁）、『僞の北齋』（『露伴全集』第三十巻、四四頁）、『名畫は畫中に詩あり』（『露伴全集』第三十巻、四五―四七頁）などで言及していることや、また、随筆『原田直次郎君』（「騎竜観音」を描いた画家原田と思われる。『露伴全集』第二十九巻、四九一―四九三頁）もある。残された蔵書の中にも『狩野派大観』などがあった。したがって絵画にも深い関心を持つと考えられる露伴は芳崖の死去にも関心を抱いたと思われる。本論で述べたが、輻輳する文壇の交流関係からも芳崖について伝え聞くことがあったと考えられる。また、『風流佛』と関係があると言われもする露伴の木曽路の旅は『酔興記』に残っているが、それによると出発したのは明治二十一年十二月三十一日であって芳崖の死去と近接している。これらから露伴の記憶に新しいものでもあるから、芸術家「珠運」造型の深層に芳崖があったと考えるのである。

また、『風流佛』にとりこまれている「珠運」の芸術観や「風流佛」像創作過程と、芳崖の芸術観や『悲母觀音圖』創作過程などの様子の比較において、重なる部分が多く、それに加えて旅に出立する間近の訃報から芳崖が脳裏にあったであろうと考えられるのである。

そして、さらに、その芳崖の芸術作品『悲母觀音圖』と、露伴の作中人物「珠運」の彫刻「風流佛」というそれぞれの作品にまでもキリスト教の影響があるという共通点が重ねられるのである。

芳崖の芸術作品『悲母觀音圖』が仏教的に観音としながら、幼児をいれた構図などにマリア像などキリスト教の影響があったと見られている。また、この図は芳崖の亡き夫人に対する愛の結実でもあろう。同じように、創作された小説『風流佛』の「珠運」の芸術作品の彫像「風流佛」像、これも「珠運」の「お辰」に対する愛の結実である。しかも「佛」としながら「一切經」にもないとされている。そして、作者露伴の脳裏にはキリスト教の影響による倫理観があって、一夫一婦の守り本尊として顕現するとしているのではなかろうかと考える。したがって両芸術作品においてもキリスト教の影響が見られ、共通するものがあると考える。

以上のように、「珠運」芳崖両者間に多くの類似するところがあるので、後年、山口剛に語った「或人のこと」の「或人」は芳崖なのではなかろうかと考えられるのである。

すくなくとも、芸術家「珠運」構想の背景・深層に、芸術家芳崖があったと考えられるのである。

ところで、『風流佛』という作品は、日本的情緒、情景表現で満ちているとも思われる。だが、本文六六頁（『露伴全集』第一巻）には、

聖書の中へ山水天狗樂書したる児童が日曜の朝字消護謨に氣をあせる如く、

というような表現がある。これはおそらく日曜の朝、キリスト教の教会での日曜学校に行く子供たちが、教科書のように持って行く聖書に書いてしまった落書きを、時間に追われながら消しゴムで消している様子であり、露伴の弟妹たちの姿をふまえての表現か、或いは人を介して聞いた話からかとも思われるものである。このようなことからは、作品創作中でも作者の脳裏からキリスト教の影響が全く離れてはいないことがうかがえる。『風流佛』という題のこの作品は、このような表現を包含しつつ、西洋・キリスト教を際立たせずに、東洋・日本的情緒の中に融合させているように見えるのである。作者が日本的情景を背景に繰り広げる情緒纏綿たる恋の物語に魅せられる多くの読者は、その作品に内包されているキリスト教の影響にはすぐには気付き難いであろう。これが『風流佛』におけるキリスト教の影響のありようの特徴であるとともに、露伴作品のキリスト教のありよう（通奏低音のように、或いは伏流水のようにとも言えようが、流れている）が、うかがえるものでもあると考える。

さらに、露伴は『風流佛』のヌードも官能美にはとどめない。ダンテの『神曲』に見られるように、迷える人間の心情を至高へといざなうような結末、すなわち、このヌードは人間から虚飾を除いた愛の真実の姿なのであって、肉体的官能美を越えた象徴的愛の真実美の表現であるとして、読むことを可能とする要素が含まれていると考える。

そして、最終的に「風流佛」とは実体がなく愛の心を象徴しているものなのではなかろうかと読めるのである。ゆえに、見る人各々の境遇に相応しい姿に、さまざまに変容して見えるのではなかろうか。

因みに『醉興記』（『露伴全集』第十四巻、一九―四八頁）の旅は、明治二十一年十二月三十一日より翌年一月三十一日に至る記事で、花漬売りなども記されていて『風流佛』に活かされていると見られている。だが、露伴はそこでも、「合ひ宿したる眞貫といへる人の談話もおもむきありき」として「基督教の書を賣りあるき、聖子の恵みに無知の輩を浴せしめん」として「重荷負ひて巡回する人」「眞貫」について記している（『露伴全集』第十四巻、四四頁）。「眞貫」の人柄に魅了されたと考えられるこのあたりの記述は、旅中でもキリスト教に関することは、露伴の心にとどまるものであることを示唆していると考えられる。

さて、以上をふまえて『風流佛』を再考すると、同時代評で肉食頭陀（石橋忍月）が〈珠運は如何お辰は如何になりしや〉と疑問を提示していたが、ここでは私は悲劇的な要素を含まないものと考える。なぜなら、様々に変容してそれぞれの配偶者として相応しい姿であちこちに顕現する「風流佛」は、人々を守り、そして、それが志向するのは一夫一婦による円満な家庭である。そしてそこにもたらせられる「御利益」が「子孫繁盛家内和睦」なのである。まことに「芽出度」（本論では主として、よろこび祝うの意に解す）いことなのである。ここに作者の主眼とするものがあると見るので、ここにいたる前の二人の恋の結末も悲劇的要素は相応しくないと考える。なぜなら、恋が成就しなければ、この「芽出度」い一夫一婦の守り本尊には連繋し難いと考えるからである。恋の成就が天上のものに昇華して夫婦を守るものとなったとも考えられなくもないが、その場合も誠の恋を貫き通し成就した夫婦であることが相応しいのではなかろうか。その方が守り本尊とする人々にとっても価値がまし、望ましいのではなかろうか。また「一村の老幼」がこの世で成就しない、いわば悲恋を「芽出度」いと祝うであろうか。以上のように考えるので「珠運」「お辰」の恋の結末は成就したと考察する。

このように、キリスト教の影響を視座として見ることによって、同時代評で忍月が難解なので詳説してほしいと言っていたことが解けるのである。すなわち、

(1)〈珠運は如何お辰は如何なりしや〉は、恋愛は成就しすべて円くおさまる。その考察手段として、本文の「芽出度」表現に着目し、成就したと見る読み方が可能であることを検証した。その結果、恋はこの世で成就し二人は未来に向けて出発したと考える。

(2)〈著者の真意匠〉は、日本的情緒情景を背景にして情緒纏綿たる恋を描きながら、キリスト教の影響が見られる一夫一婦のありようの推奨を包含させ、社会への提唱につながるものとしていることにある。

(3)〈帰依佛御利益〉は、一夫一婦の誠の愛の上に成立する夫婦にもたらされる「子孫繁盛家内和睦」の幸福のことで、それはひいては国家の繁栄にもつながるものである。

以上のように考察できると考える。

そして、「風流佛」は仏典を網羅したとされる「一切經にもなき」(『風流佛』、『露伴全集』第一巻、七七―七八頁)という表現があることから、作者は「佛」としながら仏教のものではないことをほのめかせていると考えられる。変わらないと誓った男女の恋愛成就は結果として結婚へとつながるものであり、夫婦間において変わらぬ誠の愛を一生持続しようとすれば、その形態は一夫一婦がのぞましいと考えられる。おりしも『風流佛』創作当時、〈日本キリスト教婦人矯風会〉による一夫一婦の建白があったが、『風流佛』はこういう時代の趨勢をとりいれているのであって、古い因習の残滓が根深く存在している当時の社会における女性や、社会風潮をも見据えて「團圓」においていて一夫一婦制の推奨を提唱しているのではなかろうか。それゆえに、「團圓」「行し後」の「其後」以降において

『風流佛』は、教訓、教養、説教、啓蒙、寓意小説とも称される要素を含んでいると言えるのではないかと考えられるのである。キリスト教はその渡来の初めから一夫一婦は説いていたのであって、日本において、いわゆる重婚の禁止による一夫一婦制の施行は「風流佛」より後、明治三十一年であるから、それより前の『風流佛』においての露伴の思考の根底には、キリスト教の影響があると考える。

また、露伴は日本の次代を担う少年に向けて力を傾注して書いている。たとえば『悪太郎のはなし』は初出が明治二十二年九月からであるから、露伴の少年を対象としたと見られる作品としては初期に位置するものであるが、特徴の一つとして、初期のものとしては、子供に向けてやさしい文体で書かれていることが挙げられると言えよう。そして、一人の子供の精神的成長を描写しているものである。「太郎」という名前なのに、悪いことばかりしていて「悪太郎」と呼ばれていた少年を通して、まずその少年が神の存在を認識するようになる道程を描写し、最後には、その少年が自分を犠牲にして他者を救済しようとする隣人愛を実行するようになるという人間としての精神的成長をえがいているのである。その精神的成長に効果があったのは、言葉で説く教育ではなくて、実行による教育の効果が大であることが強調されている。

『悪太郎のはなし』で子供たちに伝えたい作者の主眼は、⑴神の存在を認識すること、⑵自己の犠牲を伴ってまでの隣人愛の実行の尊さ、なのではなかろうか。それを表面には明瞭に現れないが、「悪太郎」が「木の菓」（「菓」の用字に着目。注岡田）、さらに「林檎」を取ったとすることにより「創世記」のアダムとイブの話で木の実を取ったことによって、人間の原罪が始まるとされる聖書の世界をふまえて、表現していると考えられるのである。ゆえに、その拠り所・発想の根源には聖書の世界があると考えられる。また、実践躬行による教育の効果を力説していることには、作者自身の「東京英學校」での体験の影響があるかとも思われる。これらのことから作者にはキリスト教の影響があり、それが作品にも反映していると考えられ『惡太郎のはなし』はキリスト教の影響がある作品であると言えよう。そして露伴の教育の理念は「愛」であると考えられるのである。

さらに、『惡太郎のはなし』で特筆したいのは、子供にむけての小説ということにおいては、『惡太郎のはなし』が露伴の「少年文學」として最初のものとしてよいのではないかということ、また従来、児童文学の初めとされている巖谷小波の『こがね丸』よりも、さらに鳥越信の注目する三輪弘忠の『少年の玉』よりも前に書かれていると思われ、注目すべきことであると考える（なお、本論では内容も考えて『惡太郎のはなし』を少年文學としている）。

「少年文學」『休暇傳』の特徴は、登場する人名地名すべてに「吉」という字がついていることである。

露伴が『小説と想の構成』で「骨書きは如何してするかと云ふと、先づ人名、それから年齢」と小説を作る姿勢を述べていることと、登場人物すべての人名に「吉」がついているという特異性があることから、この小説を読むに当たり、先ず作者が苦心し、熟考した上で、意匠を凝らしたであろう登場人物の人名について考察することにした。その結果、教師や少年たちの名前には作者の深慮がこめられていると考察するものである。詳細は本論第五章「幸田露伴少年文學『休暇傳』考　――すべて「吉」のつく理想郷をめぐって」で述べたが、たとえば教師「吉井善作」は、吉い水の井戸から涸れることのない吉い水を注いで善を作る、つまり、生徒を善に導く、吉い人間を作るという意味を表していると見られ、また、欠席者「吉原茂之助」には、「吉原」が葦原に通底し、「茂」が稲が実ることにつながり、加えてその少年が歴史を書きたいとしていることから、葦原の瑞穂の国が想起できるのではないかというように考察する。

その中で特異なのは「吉熊金太郎」という人名である。この人名は、親たちが子供の成長を祈り祝う気持ちをこめた五月の節句に用いられ、足柄山で熊と相撲を取ったと伝えられて子供達にも人気のある、歴史上実在の人物「坂田金時」の幼名とされる「金太郎」に拠っていると考えられるのである。当時、「金太郎」は実際に節句の幟などに見られ、子供たちが親しんでいたものである。作者が、読者の子供たちが親近感を抱くであろうこの「金太郎」に託して子供たちに伝えたかったのは、生命への畏敬の念を持つことであると考える。

全体を通して、個人の自由、個性の相互の尊重、日本の歴史・伝統の尊重、自然との共生という考え方があって、そこに露伴の、次代を担う子供たちに託したい夢、理想がこめられていると考える。

「金太郎」の言う「活きて居るものが人の力から出來るものか、」とする考え方、これにはいろいろの話があるようだが、本論ではキリスト教聖書の「創世記」の、いわゆる「天地創造」に見られる天地も人間を含む生物もすべて神によって造られたとする考え方につながると見る。また、教師「吉井」の子供たち一人一人の個性を尊重し、自由に伸ばそうとする接し方、生徒たちの指導に見られる勤労の勧めと怠惰の戒め、そして彼が高潔で、生徒の信頼の篤い教師像に造型されていることなどにもキリスト教の影響が見られなくもないのではなかろうか。露伴が「東京英學校」で接した教師たちの投影があるのではないかとも考えられる。そして「吉井」の生徒に話す言葉の中に、たとえば、少女たちの善行に接した時のように、聖書（マタイによる福音書5・6）がふまえられているのが見られるのである。

付言しておきたいのは、この作品は、様々の職業にふれていて当時の時代をとりこみながら時代を越えていて、現在ならば職業体験実習のような生活実践教育にも役立つものであるということである。社会にはそれぞれ役立つ多様な仕事があることを伝えていて、やがて社会に出ていく少年たちの将来への参考になることを考慮しての、露伴の愛情が見られると考える。

評論『愛』は露伴のキリスト教の集大成と考えられるものである。そこで露伴はキリスト教は「愛を主とする立派な教となつた」との認識を示している。露伴はキリスト教を「愛」の教えとして認識していることがうかがえる。その「愛」を基盤として、『愛』で憂えている科学の「無忌憚應用」は科学の軍事転用を憂えているのである。露伴は世界平和を呼び掛けているのであり、戦争をこのましいとしないとする露伴の思考がうかがえると考える。そして露伴は日本だけにとどまらず、世界の人間の幸福、世界の平和にまで広い視野をもって言及している。特に「又指摘する」以下には、広く、人間世界への憂慮・希望・願望・祈りとも言えるものが、こめられていると読めるのであって、太平洋戦争突入間近い当時の社会情勢を考慮すると、勇気ある文筆活動と考えられるのである。発表時に「〈中略〉」部があることがそれを示唆している。

終章では、作家露伴とキリスト教との関連の点検と再考察をおこない、露伴がキリスト教と僥倖とも言える出会いをしていることを確認した（第一章「作家露伴生成の道程考——資質を培ったもの、第二節露伴とキリスト教の出会いをめぐって、（一）「東京英學校」を参照して頂きたい）。文筆活動においても、本論で取上げた作品以外にもキリスト教の影響の痕跡が見られる例のいくつかを挙げることができた。さらに、日常生活面からは、聖書を指針ともしていたと考えられる露伴の実践躬行する姿が浮かぶのである。

その中で注目したいのは、露伴が週一回「日曜学校」に自宅を提供していることである。その時期の執筆活動から推量すると、いろいろと不都合なことも多かったと思われるのに、露伴の言った言葉は「子供たちのためなら」ただそれだけであったという。このことからは、露伴は消極的ではあるが、「日曜学校」に協力しているのであって、すくなくとも、キリスト教に悪い感情は持っていなかったと考えられるのである。

以上がキリスト教の影響を視座とした露伴作品考察の集約である（詳細は本論各章を参照して頂きたい）。

（二）　本考察により解明した事象

（一）をふまえて本考察により明らかになったことを挙げる。

まず提示したいのは、露伴へのキリスト教の影響は大きく、思考の根幹にかかわるものであると考えられることである。露伴はキリスト教を「愛」の教えとして認識していて、すべてにおいて「愛」が基盤となっていると考えられることとである。

その露伴は「愛」を「少しでも他の幸福を増してやりたい」「相並んで彼此同じく幸福ならんとする」ものと考え、それを「人の心のやさしい、和やかな、美はしい働きであ」り、人の心のさまざまな働きの中で「愛が最も優美で靈妙で幽遠なもの」として、人間精神の崇高・至高のものとしてとらえている。そして、この思考が長期にわたり持続して通奏低音のように（或いは伏流水のようにとも言えようが）露伴に流れていると考えられるのである。

以上をふまえて、次のような事象が明らかになったと考える。

(1) 露伴の幼年からの体験によって培われていると見られる感謝の念と弱者に共感できる資質は、長じてキリスト教の説く愛の受容に資するものであったと考えられる。

(2) 露伴とキリスト教との邂逅としては、従来いわれる父の改宗より前の「東京英學校」での出会い・感化を重要視するべきであると考える。

(3) 露伴とキリスト教は日常生活においても、長い間つながりがあり、そのことを念頭におくと、露伴におけるキリスト教の受容は、エキゾチックなものにひかれてとか、一時の流行に付和雷同してとかではない。露伴はキリスト教を精神的なものとして心の深層部において受け止め、かつそれは持続して、通奏低音のように（或いは伏流水のようにとも言えようが）流れていたと考えられる。

(4) 露伴は聖書を生活の指針としていたと考えられる。ゆえに、露伴の倫理観にはキリスト教の影響がうかがえるのである。そして露伴の教育の理念は「愛」を基盤とするものである。

(5) 露伴はキリスト教・聖書と真摯に向き合い、『舊約全書』『新約全書』ともに熟読玩味し、キリスト教の説く「愛」に感銘を受け共感、感化をうけ、確信をもって指針としていたと考えられる。すべてにおいて「愛」が絶対不可欠であるとする〈愛の思考〉を、キリスト教によって形成するに至っていると考えられる。

(6) 前記(1)、(2)、(3)、(4)、(5)をふまえると、露伴の文筆活動において、キリスト教を基盤とする「愛」の精神が流れているのが見られるものがあって当然であると考えられる。

(7) 露伴は愛国の思いの篤い作家でもある。そして、さらにキリスト教の影響によって形成された露伴の〈愛の思考〉は日本を愛すだけにとどまらず、世界を愛し、「愛」を考え志向する人々によって築かれる世界平和を、理想とする思考を持つまでに到達していたと考えられる。すべての人間に対する「愛」である。その露伴が希求し願うのは、世界平和・人類の幸福である。

(8) キリスト教の「愛」を指針とする露伴には、戦争をこのましいとしないとする思考があるのがうかがえる。

(9) 露伴へのキリスト教の影響は、表面からは見逃しやすい形で作品の中にとりこまれていると言える。だが、視点を変えると明らかに見えてくるものがあるのである。であるから露伴作品を読むにあたっては従来の定説は尊重するが、露伴にたいする固定観念、既成概念にとらわれないことが必要であり、発想の転換が求められる所もあるのではなかろうかと考える。発想の転換をすれば、見逃しやすい形は見逃せない形になって現れてくるものもあると考えられる。

以上のようなことが明らかになったと考える。

このような幸田露伴は明治、大正、昭和にわたって文筆活動を続け（昭和十二年（一九三七）第一回文化勲章の受章者）、日本文学史において看過できない作家である。その作家に従来とは異なる光を当てる、つまり、西洋をキリスト教に絞り、キリスト教の影響を視座として考察してきた結果、前述のような事象が解明されたと考える。

（三）前記（一）（二）をふまえての総括

日本を和とし、西洋を洋とすると、和の中の洋、洋の中の和というように渾然と融合しているかのように見えるなかでの露伴の洋において、今まで見てきたことから考えられるのは、露伴の思考の根底に貫通しているのは、若年の日、「東京英學校」で出会って以来続いていて、晩年、昭和十五年にいたっての『愛』での言及に、

基督教は愛を唯一神に掛けるべく教へて、愛の聖化に力めた。愛を主とする立派な教となつた。そして其功徳を世に齎らした。—〈略〉—

（以下引用文は『露伴全集』第二十五巻『愛』より）六六七頁

とあるのにもうかがえるように、キリスト教の説く「愛」であると言えよう。

そして、この影響が露伴作品の中にもうかがえるものがあると言えよう。

ともすれば、暗黒に落ち込もうとする愚かなとも言えるであろう人間の心を勇気づけ、聖なるものの高みを志向するようにと働き寄与するのも文芸作品の力なのではなかろうか。そして、そこに高い価値があると考える。露伴の中に、キリスト教を基盤として通奏低音のように（或いは伏流水のようにとも言えようが）流れ続けている〈愛の思考〉が彼の作品において結実し、それを成さしめ、作品の価値を高めていると考えられる。

したがって、露伴における西洋・キリスト教の影響は、必須のものとして認めるべきである。それゆえに、独自の露伴作品の世界が形成されており、文学史的に高い意義を確立していると言えるのである。

愛の乏しい世界を誰が好いとするであらうか。　　六六八頁

という露伴には「愛」は不可欠なものという認識があることは既に述べた。「愛」の満ちている世界を理想としているのである。

その露伴は太平洋戦争勃発も間近い昭和十五年（一九四〇）『愛』で最後部の方に、

眼を擧げてみれば、花のゆたかに咲いてゐるのも愛のすがただ、蝶の輕く舞うてゐるのも、小禽のおもしろく鳴くのも、愛のすがただ。―〈略〉―　愛の乏しい世界を誰が好いとするであらうか。　　六六八頁

と記している。人間は、このように美しい花が咲き、蝶が舞い、鳥が囀る情景を日常のものとして享受している。

だが、それは戦争によって破壊されてしまう危惧があるものなのである。平和だからこそ、そのような美しくのどかな情景があるのであつて、露伴の記すこれらの情景表現は平和を象徴しているものと考えられる。露伴は、「愛」によって平和が保たれ、「愛」の欠乏から戦争が起き、戦禍・破壊によってこの情景も喪失してしまうことを伝えようとしているのである。さらに、つづけて『愛』は、

こゝに指摘する。愛の乏しくなつて行く世界が決して幸福でないことを。又指摘する。世界の人ゝが愛を重んぜねばならぬことに心づく日の既に近づけることを。
六六八―六六九頁

で終わっている。

露伴が「指摘する」の後で、「又指摘する」として言及しているここでの「心づく日」とは「愛」の欠乏によって起きた戦争の惨禍が蔓延し、それによって、咲く「花」も、舞う「蝶」も、囀る「小禽」も消え失せ、人々が「愛」の欠乏に気づく日を意味していると考えられる。当時の戦雲急を告げる情勢はその日が近付いていることを予感させるものである。露伴は「既に近づ」きつつあると思われるような情勢に在る世界の人々が、その予感の段階で「心づく日」を持つことを願っているのである。すなわち、露伴が「人類全體の幸、不幸、栄枯、盛衰のかゝつてゐるところの愛」と考えている「愛」の欠乏に気付き戦争の拡大に至らないように推移可能になることを願っているのである。

「愛」の重要性を「指摘」する中に、平和への願い・祈りのようなものが包含されていると考えられる。「愛」を不可欠とする思考のある露伴が「こゝに指摘」しているのは、「愛」の欠乏する世界は幸福ではない、つまり、「愛」があって平和があるのだから、「愛」がなければ平和は保たれない、したがって「愛」が乏しくなり戦争の渦中にある世界の人々は幸福ではないということである。加えて「又指摘」しているのは、人々は平和を失った時に平和の価値に「心づく」ものである。そして、太平洋戦争が始まるのを間近にした当時の情勢から見ると、失ってから「心づく」ような「日」が「既に近づ」いているのではないかという危惧のあることを露伴は「指摘」しているのであると読めるものである。ゆえに、そこに包含されているのは、平和を失う前に[1]、つまり、大きな戦争に至らない前に人々が平和の価値とその根源にある「愛」の重要性に「心づ」いて欲しいという願い、すなわち「愛」を基盤としての人間の幸福、世界平和への願いが包含されていると考えられるのであって、世界への警鐘でもあろうと思われるのである。

露伴が広く「世界の人〻」を対象にして平和を願う根底には、露伴の〈愛の思考〉がある。その〈愛の思考〉の拠るところには、露伴に通奏低音のように（或いは伏流水のようにとも言えようが）流れているキリスト教の説く「愛」が基盤にあると考えられる。したがって、このような面からも露伴へのキリスト教の影響は必須のものとして認めるべきであり、日本・東洋・西洋の三本の柱からなる露伴形成要素の重要な一本の柱として、看過できない問題として位置付けるべきであると考える。

キリスト教の「愛」を基盤としていると考えられる〈愛の思考〉をもって書かれた露伴の作品からは、二十一世紀を生きる人々への警鐘をも聞くことができると考えられるのではなかろうか。

注

（1）〈平和を失う前〉に平和の大切さに心づかねばならないことを示唆しているように思われる詩に、たとえば、ヘルマン・ヘッセ（一八七七—一九六二）の「平和」がある。

平和　　——一九一四年十月——

だれもが持っていたが、
ひとりとしてそれをありがたいと思わなかった。
だれもがあの甘い泉に活気づけられた。
ああ、その平和という名が今はどんな響きを持つことだろう！

略

（『世界の詩　1　新ヘッセ詩集』高橋健二訳、昭和三八年五月三一日初版発行、平成九年一月一〇日二七版発行、彌生書房、四八—五〇頁に拠る）。

FRIEDE

Jeder hat's gehabt,
Keiner hat's geschätzt,
Jeden hat der süße Quell gelabt,
O wie klingt der Name Friede jetzt!

以下略

タイトル：Hermann Hesse, Sämtliche Werke in 20 Bänden
巻号　　：Band 10, Die Gedichte
編集者　：Volker Michels
出版社　：Suhrkamp Verlag / Frankfurt am Main
出版年　：2002

このように、失った時に平和の有り難さが痛感されることを記している。平和を失ってからでは遅いのである。それゆえにこそ戦争になる前に愛の欠乏に心づかねばならないことを、露伴は指摘して警告しているのである。平和を希求する人間の心情は洋の東西を問わない。ヘッセの詩は露伴の『愛』での言及に響き合うと考えられるのではなかろうか。

初出一覧

幸田露伴『露團々』考
——露伴とキリスト教の関連と、「露團々」の愉快観、恋愛観の根底にあるキリスト教的思考の考察——
『日本文藝研究』第五十一巻第一号一九九九年六月十日　関西学院大学日本文学会

幸田露伴『露團々』考　——『露團々』の風流観をめぐって——
『日本文藝研究』第五十二巻第一号二〇〇〇年六月十日　関西学院大学日本文学会

幸田露伴『風流佛』考
——「發端　如是我聞」と「團圓　諸法實相」をめぐっての西欧的、キリスト教的視点からの考察——
『日本文藝研究』第五十三巻第二号二〇〇一年九月十日　関西学院大学日本文学会

幸田露伴『風流佛』考（上）　——「珠運」構想背景と狩野芳崖をめぐって——
『日本文藝研究』第五十四巻第一号二〇〇二年六月十日　関西学院大学日本文学会

幸田露伴『風流佛』考（下）　——「珠運」構想背景と狩野芳崖をめぐって——
『日本文藝研究』第五十四巻第二号二〇〇二年十月十日　関西学院大学日本文学会

幸田露伴『風流佛』考　——〈珠運は如何お辰は如何になりしや〉をめぐって——

『日本文藝研究』第五十五巻第二号二〇〇三年九月十日　関西学院大学日本文学会

幸田露伴少年文學『惡太郎のはなし』考　——作品表現と聖書世界との関連を視座として——

Study on Juvenile Literature "AKUTAROU NO HANASHI (The Tale of AKUTAROU)" written by KOUDA Rohan...Masako OKADA —From the Viewpoint of the Relation between *Expressions of the Tale* and *the World of the Bible*—

『人文論究』第五十二巻第三号二〇〇二年十二月十日　関西学院大学人文学会

序論

第一章　作家露伴生成の道程考

第五章　幸田露伴少年文學『休暇傳』考

第六章　幸田露伴評論『愛』考

結論　　以上は論文提出時

終章は提出時の結論部を基に出版に際してまとめ上げたものである。

○　各論末にも記載したが、出版にあたり補筆・修正・書き直しなどをした部分もあるが、論旨は一切変わらない。

あとがき

浅学非才の身を省みず、厚顔無恥との批判も覚悟しつつ、私が上梓に踏み切ったのは、八十路を越えて今という時を逸したら、もう時間がないと思うからです。そして、晩学の基には戦争（太平洋戦争）があると言ってよいと思います。

私の育った時代一九三〇―一九四〇年代は戦争の時代でした。私が生れ育った東京は、戦争も末期になると、毎日のようにB29による空襲がありました。下町と呼ばれていた方角の夜空が真っ赤に燃えて、避難してくる人々の長蛇の列が後から後から続いた夜もありました。B29の独特の爆音に怯える私の頭上から、何か不明の黒い物体が落下してきた時などは、どうしたらよいか身動きもできず、ただ樹木の根元に身を伏せていました。幸いにも僅かに離れていたために、事なきを得たと言うような思いも体験しました。あとで、その物体は敵味方は不明だが、飛行機の破片らしいとか聞きました。

弟は伊豆の方へ学童疎開で行き、私たちは学校工場などに働きに行き、母たちは隣組での竹槍の稽古や、バケツリレーの消火訓練などに参加する日常でした。ある時、上空で空中戦らしいものがあり、パラシュートを開こうと、もがくようにしながら開かずに、落下する姿を、ただ開くようにと祈りつつ見ているばかりだったと母が語っていた事がありました。私たちは学校工場で働く途中で、機銃掃射を受けた事もありました。また、雨霰のように落下する焼夷弾も、不思議にゆっくりと回転しながら垂直に落下する機影も見たように思います。

そのうちに、大本営発表は、言葉をいかに粉飾しても日増しに敗色の濃くなる戦局を伝え、特に「海ゆかば」の旋律を前奏のようにして伝えられる発表は、例えば、アッツ島玉砕など悲壮なものが多く、「海ゆかば」は、多くの戦死者への鎮魂の曲でもあったと思います。食料や衣料は不足し、多くの人々が常に空腹、飢えを感じていました。伸び盛りの子供達は窮屈な衣服に体を合わせるように我慢して着ていましたし、大人達は幾度も繕い直して着ました。以上は記憶の一端ですが、このような体験をしながら過ごしていました。

戦争中でも初めの頃は学校での授業はありました。

教育と言っても、今考えると随分偏っていたと思います。例えば、歴史では紀元二千六百年奉祝行事関係に学校から行ったように思います。英語の時間はなくなりました。野球の審判の判定にも、ストライクを「いい球」ボールが「悪い球」などに言い換えられていたようです。戦局が厳しくなると、学徒動員で女子学生・生徒は学校工場などで専ら働きました。私たちの作っていたものは、特攻機零戦の部品ではないかなどと、誰言うとなく囁かれたこともありました。そして、戦争は終わったのです。

私が、はじめに前述のような戦争中の体験を述べたのは、このような社会背景を実際に体験し、しかも、短期間ながら作者と同時空を生きた者の感覚には、善し悪しは別として現代とは異なる所があるのではないかと思うからです。その点をご理解頂きたいからです。

さて、戦後になって私たちに先ず課せられたのは、教科書の一行一行を筆で塗り潰す事でした。これまで学んだ事は何だったのかと混乱しました。正しい事として教えられ、一生懸命に勉強して覚えた事が、覆るのですから、本当の事・真実を知りたい、学びたい、と心底から思いました。そう思いながら、また、勉学に年齢は問わないとも思いながら、一方では年齢を危惧している私の後押しをしたのは、戦争末期の頃に神宮外苑で挙行された「学徒出陣」の写真です。その写真の撮影の頃は歓呼の声も少なくなっていたようですが、人々に送られて戦場に赴けば、名誉とされる無言の凱旋をする若人が多かったのです。写真に残るこの学徒たちの幾人が生還し、勉学・研究を続ける事ができたのか、恐らく志半ばに、野に、山に、海に、無念の最後を遂げた学徒の方が多かったのではないか、そう考えると、その若人たちの優秀さには及びもしませんが、些少でも真実を明らかにしたいと思いました。そうすることが、志半ばに散った学徒たちの無念の思いを少しでも晴らす事にも繋がるのではないかと思ったのです。そして、あの戦争を、まことに幸いにも生き延びさせていただき、今日を生かされている者・私はそのことに努力しなくてはならないのではないか、と思ったのです。ここに私の晩学と、その結実の拙論出版決意の原点があるように思います。この思いが私の、背中を押しもしましたし、また、ある時は導いていたようにも思います。

前述のように思っている私が、幸田露伴を研究対象にしたのには、露伴作品への北村透谷の高い評価と、笹淵友一先生の「ルカ伝」を引いての言及に触発されたことが大きく作用しています。私は露伴についての定説は尊重します。しかし、それでとどめたままでよいのか、本当はどうなのだろうかと思いだしたのです。そして、露伴作品を読み進めるうちに、露伴と私は短期間ながら、同時空に生きていた事が役立って来たように思います。露伴の言及がすんなりと理解できる所があるのです。私は露伴を現代に蘇らせたくなりました。そう思いながら読むと、露伴には、例えば『一国の首都』からは、環境相か都知事など適任だと思われてきますし、『愛』からは、平和問題に関して首相或いは大使として国連で演説してもらいたいと真剣に思われてきます。また、『休暇傳』からは、例えば川を表現するのに「縈り廻りつ流れ行く」としていますが、「縈」の一字によって同作品其四での「淵となり瀬となり瀧となり渦となり〈略〉」と続く多様な川の表情が想起されてくる伏線ともなっているのであって、見事な表現と考えられます。露伴には文部科学相など適任と思われて、国語教育・国語表現などの現状が気にかかってきました。全部現代に生きてきます。露伴研究は、古いように思われる向きもあるかとも思いますが、私は古くないと思っています。露伴は、当時新しい西洋を、表層だけでなく思考を伴って摂取し、作品にも活用している現代にも通用する作家であると思います。

ところで、〈露伴學の泰斗〉柳田泉先生は「露伴先生蔵書瞥見記　前書き」で「昭和十九年八月四日」の夜に「空襲警報があり、二度ばかり起され」たと伝えておられます。先生は、それを起爆剤のようにして、露伴の蔵書を書き留めていかれ、後に清書されるのですが、「七十の老筆を駆り、老眼をこすって、〈略〉公けにしたのも、せめてはこの名のみの文庫を残しておきたいと思ったからである。」「誤字や脱字もあるかと思う」とのお気持ちを述べておられます。研究の世界を垣間見ただけの私にも、このお気持ちは良く解るように思います。私も柳田先生のお気持ちの恩恵を被らせて頂きました。

学識のみならず、広範にわたって造詣が深い文豪幸田露伴と向き合う事は、あたかも横綱の胸を借りる新弟子のようで、私には容易な事ではありませんでしたが、露伴の世界に移動するのは楽しい事でもありました。そして、私が見落としているのではなかろうかと力不足を自責しながら、露伴作品中の聖句と全く一致する聖書（未詳）がどこかにあるのではないか、あれば見たいと、期待と楽しみを持って思い続けています。栁田先生のお言葉を借りれば、私は八十の老筆を駆り、老眼をこすって、誤字や脱字を危惧しつつも研究を続けていきたいと思っています。いつも出発点と思っています。

論文を御指導下さった大橋毅彦先生、高齢の学生の御指導に御苦労なさった事と思います。細川正義先生の御指導、永田雄次郎先生の御助言、さらに研究途上において、大鹿薫久先生、武久堅先生、鳥井正晴先生、森田雅也先生、山内一郎先生、関西学院大学図書館の有川浩氏、中野容尚氏、健康面では医師　尾尻正博先生、中澤光博先生、聖書と精神面ではフベルト・ネルスカンプ神父様、ホセ・アントニオ・イスコ神父様、『露伴全集』編纂に関わられた先生方、をはじめ、ご芳名を挙げえなかった多くの方々のご助力を頂きました。なお、関西学院大学出版会の田中直哉氏、旧字体などに取り組んで下さった松下道子氏には御迷惑をかけ、大変お世話になりました。本論にかかわって下さったすべての方々に厚く感謝申し上げます。私事で恐縮ですが、長期間何かと心配りをしてくれた長男和晃と家族にも感謝します。

（ご芳名は五十音順）

未熟な拙論がこのような形に成ったのは、ひとえに、多くの方々のご尽力のお陰です。皆様のご助力の賜物です。ありがとうございました。心から厚くお礼申し上げます。

そして、最後に、今ここに私を生かし、書かせて下さった大いなる力に、深甚なる感謝の意を捧げたいと思います。

二〇一二年五月　風薫る季節に　　岡田正子

著者略歴

岡田正子（おかだ・まさこ）

専　　攻　日本近代文学　博士（文学）

1930（昭和 5）年　東京府（現在の東京都）生れ
1948（昭和 23）年　東京都立第五高等女学校（現在の東京都立富士高等学校）卒業
1991（平成 3）年　佛教大学文学部国文学科卒業
1994（平成 6）年　佛教大学大学院文学研究科国文学専攻
修士課程修了　修士（文学）
1997（平成 9）年　関西学院大学大学院文学研究科博士課程前期課程
日本文学専攻修了　修士（文学）
2007（平成 19）年　関西学院大学大学院文学研究科博士課程後期課程
日本文学専攻修了　博士（文学）
2011（平成 23）年　関西学院大学大学院文学研究科　研究科研究員期間満了

所属学会・研究会など
関西学院大学日本文学会
日本近代文学会
全国大学国語国文学会
日本文芸学会
日本キリスト教文学会
阪神近代文学会
北村透谷研究会
（順不同）

幸田露伴と西洋　キリスト教の影響を視座として

2012 年 10 月 15 日初版第一刷発行

著者　岡田正子

発行者　田中きく代
発行所　関西学院大学出版会
所在地　〒 662-0891
兵庫県西宮市上ケ原一番町 1-155
電　話　0798-53-7002

印　刷　株式会社クイックス

Printed in Japan by Kwansei Gakuin University Press
ISBN 978-4-86283-123-1
乱丁・落丁本はお取り替えいたします。

http://www.kwansei.ac.jp/press

上の図版は、私が拙論を上梓することなど夢にも思わなかった若い頃の自作です。かえりみますと、この露伴論を執筆中も、私に若い頃の元気を思い起こさせるよすがとなって励ましてくれていたように思われます。それで、私には篤い思い入れがあるものですから、上梓という稀有の機会に、まことに稚拙で汗顔の至りなのですが、敢えて全容を拙論の終りに添えさせていただきました。

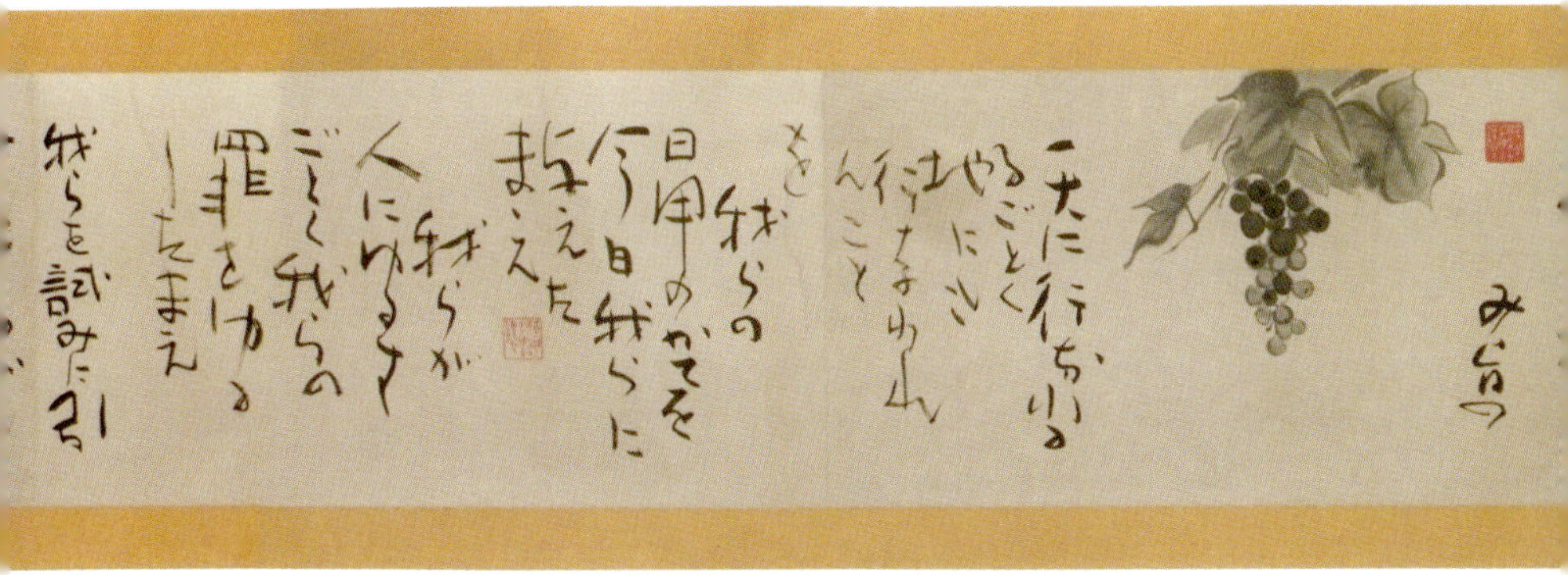

主の祈り

天にましますわれらの父よ
願わくはみ名の尊まれんことを
み国の来たらんことを
み旨の天に行なわるるごとく
地にも行なわれんことを
我らの日用のかてを今日われらに与えたまえ
我らが人にゆるすごとく我らの罪をゆるしたまえ
我らを試みに引きたまわざれ
我らを悪より救いたまえ
（マタイ6・9—13）
（ルカ11・2—4）

ぶどうの木（ヨハネ15・5）

筆者書す

主のいのり
天にまします
われらの父よ
願わくは
み名の崇
まれんことを
み国の来た
らんことを